Justus Pfaue und Philip Tempel

Ein Paradies für alle

Justus Pfaue und Philip Tempel

Ein Paradies für alle

Roman

Marion von Schröder

Marion von Schröder ist ein Verlag
der Ullstein Buchverlage GmbH

ISBN 978-3-547-71168-4

Gesetzt aus der Aldus
Satz: LVD GmbH, Berlin
Druck und Bindearbeiten: GGP Media GmbH, Pößneck
Printed in Germany

Meinem Freund Hans Janke
und seiner leisen, starken Stimme
Justus Pfaue

PROLOG

Hanna Berger war der drohenden Erblindung ihres Georgs erst spät auf die Spur gekommen. Seine Tricks, seine nachlassende Sehkraft zu kaschieren, wurden mit der Zeit arg töricht: In Konferenzen des Vorstands der Wertheim AG las er ohne Brille umfangreiche Aktenvorlagen mit seiner angenehm warmen Stimme vor. Eigentlich deklamierte er – wie ein Schauspieler. Die Vorstände waren von Georg Wertheims Vortrag sehr beeindruckt. Nicht so seine Gefährtin. Er hatte die Texte vorher auswendig gelernt. Hanna bemerkte, dass Georg sich mit einer Lupe durch Akten kämpfte, wenn er sich allein glaubte. Hie und da verschob sie das kristallene Tintenfass auf seinem Schreibtisch und sah, wie er mit seinem goldenen Federhalter in der Gegend herumfuchtelte, um in die Tinte eintauchen zu können. Amüsiert hatte sie sich darüber nicht. Seit Monaten fragte sie ihn häufiger: »Brauchst du nicht mal eine Brille, mein Lieber? Du knibbelst mit den Augen!«

»Ich habe heute Morgen zu lange in die glühende Sonne geschaut – so wie ich es schon als Kind zusammen mit meinem verstorbenen Bruder Hugo getan habe. Wer am längsten in die Sonne starren konnte, der hatte gewonnen.«

»Das ist eigentlich ziemlich blöd«, entgegnete Hanna und fragte nach, was er denn in seiner Jugend bei solchen Wetten gewonnen hätte?

»Hanna, du weißt doch. In Stralsund waren wir sehr, sehr arm. Mit ihrem kleinen Tuchgeschäft konnten sich Mutter Ida und Vater Abraham so gut wie nichts leisten.« Dann erzählte er die Geschichte, wie seine Mutter Ida seinem verstorbenen Lieblingsbruder Hugo zum Geburtstag einen rechten Schnürschuh schenkte und drei Monate später zu seinem, Georgs, Geburtstag den linken. Dieses Paar Schuhe mussten sich die beiden Brüder teilen. Durch Wettkämpfe wurde entschieden, wer die Schuhe tragen durfte. Natürlich kannte Hanna diese Geschichte. Nur ungern sprach Georg Wertheim von seiner ärmlichen Jugend, und wenn er es tat, dann wollte er von wichtigeren aktuellen Problemen ablenken. Hanna wusste, dass sie nur mit List und Tücke ihren Georg zum Besuch des berühmtesten und angeblich sogar besten Augenarztes Berlins bewegen konnte.

Zu Hanna Bergers Aufgaben gehörte es, täglich unauffällig den Kaufhauspalast zu inspizieren. Hier wurde Luxus für alle angeboten. Jedermann, ob arm, ob reich, konnte bei Wertheim etwas von Wert heimtragen. »Luxus für alle« hieß nicht, dass alle Waren unerschwinglich teuer waren. Selbst ärmere Leute konnten sich den Besuch bei Wertheim leisten, und sie verließen das Warenhaus mit dem Gefühl, sich etwas Luxus gegönnt zu haben, ohne noch ärmer geworden zu sein. Selbst Sauerkraut oder Wirsing, gar Strümpfe und Kleider waren bei Wertheim erschwinglich und von allerbester Qualität. Hanna achtete bei ihren Inspektionsrundgängen unnachsichtig darauf, dass jeder Kunde von den Mitarbeiterinnen und Mitarbeitern gleich freundlich bedient wurde.

»Ob Edelmann oder Knapp«. Dieser Spruch, in Messing graviert, hing an jeder Sammelkasse, diskret unter den Theken und in den Kantinen für das Personal. »Hier ist der Kunde König« sollte die »Wertheimer« daran erinnern, dass jeder Kunde ein König war und die reichen Käufer bestenfalls nur mehr ausgeben konnten.

Es war das größte Kaufhaus der Welt. Vier überkuppelte, 36 Meter hohe Lichthöfe unterteilten eine Fassade von 240 Meter Länge. Gegen das Flaggschiff des Wertheim-Konzerns war das ebenfalls 1906 eröffnete Kaufhaus des Westens, kurz KaDeWe genannt, zwar auch riesig, aber von den Dimensionen her eher eine Hütte. Auch heute noch.

Hanna Berger besuchte nicht alle Abteilungen des Kaufhauses täglich. Das hauseigene Bestattungsunternehmen »Mortalis – Erd-, Feuer- und See-Bestattungen« besichtigte sie höchstens einmal in drei Monaten, obwohl Wertheim auch das größte Unternehmen dieser Art in Preußen betrieb. Auch die hauseigene Metzgerei war nicht so ganz ihr Geschmack. Aber in Berlins größter Konditorei und dem Bankett-Service hielt sie sich gerne länger auf. Wenn ihr von der vielen Rennerei die Füße weh taten, steuerte sie eine der Personal-Teestuben an und nahm dort mit Angestellten den Tee. Da hörte sie Klatsch und Tratsch und hatte auch immer ein offenes Ohr für die Beschwernisse der in dunklen Kleidern gewandten Verkäuferinnen und Kassiererinnen oder der in würdigem Schwarz gekleideten Fachverkäufer. Natürlich wusste man in Berlin, dass Hanna Berger die Frau an der Seite des Vorstandsvorsitzenden der Wertheim AG, Georg Wertheim, war. Aber es wurde nie darüber getuschelt. Diesen Umstand verdankte sie vor allem ihrer liebenswürdigen Natürlichkeit und Ehrlichkeit. Allgemeine Ratlosigkeit herrschte allerdings bei langjährigen Mitarbeitern darüber, wie Hanna es schaffte, seit 1906 bis zum April 1931 so gut wie keinen Tag älter zu werden. Hanna Berger wurde von allen geliebt. Diese Zuneigung verschaffte ihr genau jenen Respekt, der nur aus einem fröhlichen Herzen erwachsen kann, in das andererseits niemand wirklich hineinblicken durfte. Kleine Betriebsprobleme löste sie mit einer witzigen Bemerkung. Wenn es mal Ärger gab, so konnte sie sehr lange und geduldig zuhören und diskret helfen. Wenn es einmal richtig krachte und eine Kündigung unumgänglich war, so war es Hannas Aufgabe, dieses Problem zu lösen. Die meisten Mitarbeiter hatten schon bei Wertheims gelernt und hofften, für den Rest ihres Lebens ein »Wertheimer« zu bleiben. Verfehlungen, die eine Kündigung nötig machten, löste Hanna diskret. Sie lobte den Herrn oder die Frau Mitarbeiterin fort. Fristlos zwar, aber immer mit einer Abfindung versehen. Diese Taktik hatte Hanna gegenüber Georg und seinen Vorstandsmitgliedern, den Brüdern Franz und Wilhelm, durchgesetzt. Hanna war bemerkenswert schön, klug und mied mit ihrem Georg jegliches öffentliche Auftreten. Zu zweit führten die beiden ein seltsames Leben. Ohne Oper, Konzert, Theater und gesellschaftlichen Aufwand.

Für Remmidemmi war Wertheims Frau Ursula auf Gut Saßleben zuständig. Ursula haute auf dem Lande mächtig auf den Putz und verkörperte für die Berliner und brandenburgische Gesellschaft den Glanz des Hauses Wertheim. Georg und seine Geliebte Hanna gab es in der Öffentlichkeit eigentlich nicht.

Am 4. April 1931 kam Hanna nach einem ihrer »Spazierendenken«-Rundgänge dahinter, wieso ihr Georg bei der abendlichen Vorstandssitzung im großen, mit afrikanischem Makassa-Holz ausgeschlagenen Konferenzraum so fabelhaft ellenlange Geschäftsberichte wie ein Schauspieler deklamieren konnte. Denn kaum hatte sie das gemeinsame Büro verlassen, sauste Georgs Lieblingsangestellter Willi Carow zu seinem Chef und las ihm alle wichtigen geschäftlichen Vorgänge so lange vor, bis Georg sie auswendig gelernt hatte. Er hatte ein fabelhaftes Gedächtnis. Während seiner Lehrzeit als Tuchhändler bei der Firma seines Onkels, »Wolff & Apolant«, hatte er zwischen seinem fünfzehnten und siebzehnten Lebensjahr auf der Berlitz School Englisch, Französisch und Italienisch in kürzester Zeit fließend sprechen und schreiben gelernt. Außerdem war er ein Zahlenphänomen. Er schaffte es, alle Primzahlen bis in den sechsstelligen Bereich im Kopf zu haben und weiterzuentwickeln. Telefonnummern, die er einmal gehört hatte, speicherte er auf ewig ab. Er kannte sogar noch die Geschäfts- und Umsatzzahlen der letzten Jahrzehnte lückenlos. Und wenn ihm Hanna in der gemeinsamen Wohnung am Klavier vorspielte, vergaß er nie auch nur eine einzige Note. Alles, was Georg Wertheim jemals sehen konnte, vergaß er nie. Bis ins kleinste Detail. Warum sollte ausgerechnet er Anfang April 1931 seine Sehfähigkeit, die grade mal noch zehn Prozent betrug, sich selber und seiner Hanna eingestehen? Ihm, dem Augenmenschen, drohte eine Tragödie.

Alle fünf bei den Wertheims angestellten Optikermeister hatten ihm auf Befragen bestätigt, dass eine Star-Operation eine heikle Angelegenheit sei und die Chancen der Erblindung bei mehr als fünfzig Prozent lägen. Keiner der fünf war auf die Idee gekommen, dass Georg Wertheim selbst der Betroffene war. Angelegentlich ließ er sich die neuen französischen und englischen Brillenmodelle zeigen – »aus Interesse«. Dann entschwand er sicheren Schrittes wieder zum Messingfahrstuhl, um in die Chefetage zu fahren. Oh ja, Georg Wertheim strahlte Sicherheit aus, auch wenn er nichts mehr sah. Er kannte seinen »Laden«, wie er das riesige Kaufhaus nannte, in allen Ecken und Winkeln.

Aber nun war Hanna dahintergekommen, und sie beschloss zu handeln. Unverzüglich! Aus langjähriger Erfahrung im Umgang mit ihrem Geliebten wusste sie, dass es völlig aussichtslos war, ihm ins Gewissen zu reden. Georg war ein sehr vernünftiger, kluger Mann. Sonst hätte er es im Geschäftsleben nicht so weit gebracht. Aber Hanna wusste auch, dass Vernunft und vernünftig zu handeln zwei unterschiedliche Paar Schuhe waren. Selbst die Stiefel hatte sie ihm manchmal morgens nach dem Ankleiden verkehrt herum hingestellt, um ihn in die Irre zu führen. Aber derartige Finten durchschaute Georg blitzschnell. Beim Zeitunglesen zum Frühstück hatte es sich eingebürgert, dass Hanna ihm immer das Wichtigste vorlas. Dafür schmierte er die Brötchen.

»Ich höre so gerne deine Stimme«, säuselte dann der nahezu Blinde hingebungsvoll.

Hanna musste sich etwas einfallen lassen, ohne Georg den Stolz zu nehmen. Seit Jahren schon kam jeden Morgen pünktlich sieben Uhr dreißig der Meister des Wertheim'schen Frisiersalons in die Wohnung von Hanna Berger und Georg Wertheim, um dem Chef im Herrenankleidezimmer auf einem Frisierstuhl den Bart zu schaben. Für den besten Rasierer und Friseurmeister Berlins war das eine große Ehre. So nahe kam dem großen Wertheim sonst niemand. Nicht mal Ärzte. Zeitlebens war Georg Wertheim gesund, und bis auf einen kleinen kosmetischen Eingriff während eines Urlaubs in Heringsdorf war niemals ein Arzt Georg zu Leibe gerückt. Seit dem frühen Tod seines älteren Bruders Hugo mit 27 Jahren misstraute er der medizinischen Profession. Er machte um die Sanitäts- und Medizinabteilung des Wertheim-Kaufhauses in der Leipziger Straße immer einen großen Bogen. Diese Fachabteilung ließ er, neben dem Beerdigungsinstitut und der

Metzgerei, von seinem jüngeren Bruder Wilhelm leiten. Zwar waren alle drei Wertheim-Brüder 1931 gleichberechtigte Vorstandsmitglieder, aber Georg war der Primus inter Pares. Bei ihm liefen alle Fäden der Abraham-Wertheim-Aktiengesellschaft zusammen. Seit 1888, als er sein erstes Warenhaus in Berlin eröffnete, eilte ihm der Ruf voraus, alles zu durchschauen, auf alles ein Auge zu haben und alle geschäftlichen Entwicklungen voraussehen zu können. Man sagte ihm sogar nach, dass er schon am Knistern eines Chiffonkleides hören könne, ob es sich um sizilianische oder byzantinische Ware handle. Tuche und Stoffe waren sein Spezialgebiet. Aus 60 Ellen Entfernung konnte er die Qualität eines Brokatstoffes erkennen und ein Urteil darüber abgeben, ob dieser Brokat von der venezianischen Familie Buoncuore gewebt war oder nicht.

Früher einmal.

Wertheims bester Friseurmeister schabte Georg den Bart. Wohlig hatte sich Georg in seinem Frisierstuhl ausgestreckt und genoss die erst heißen, dann kalten Kompressen aus irischem Leinen, die ihm der brave Mann um das Gesicht wickelte und die ihn, wie er sagte, »in Tagesform« brächten. Auf die letzte kalte Kompresse sprenkelte der Rasierkünstler einige Tropfen portugiesisches Eau de Toilette, was arg auf der Haut brannte und Georg jeden Morgen genoss. Währenddessen wurden ihm noch überzählige Haare aus den Ohren geschnitten und die etwas schüttere Frisur kunstvoll aufgebürstet.

Georg wollte mit Hanna, nachdem er sich das Seidenjabot um das Chemisette gebunden hatte (das schaffte er natürlich blind), noch ein Tässchen Mokka trinken und ein paar Toasts oder Brötchen genießen, sich die Zeitung vorlesen lassen und auf das Klingeln von Chauffeur John warten, um mit Hanna ins Büro zu fahren.

»Ist was, Hanna?«, fragte er, als er ihren Blick bemerkte.

»Aus deiner Nase lugt ein langes hässliches Haar«, antwortete sie.

»Mir werden immer alle überflüssigen Haare entfernt …«, sagte er und fummelte mit Daumen und Zeigefinger in seinem rechten Nasenloch herum. »Da ist kein Haar!!«

»Doch«, entgegnete Hanna, »dein Friseur hat es nicht gesehen, weil du morgens immer mit Kompressen verpackt wirst. Siehst aus wie das blühende Leben. Nur das Haar in deiner Nase macht dich alt.« Sie reichte ihm eine Pinzette und bugsierte ihn in seinem Ankleidezimmer vor einen runden Vergrößerungsspiegel. »Ein kurzer Ruck und es ist weg! Ist mir früher nicht aufgefallen. Ich sehe wohl schlechter«, ätzte Hanna und grinste Georg etwas tückisch an.

Georg ging dicht an den Spiegel und fummelte mit der Pinzette in der Nasengegend herum – vergeblich.

»Das erste Mal in unserem Leben regst du dich über ein einzelnes Haar in meiner Nase auf, Hanna.«

»Ich rege mich nicht auf, ich finde es nur unschön. Zappzerappzapzap – und raus ist es! Halt die Luft an, sonst tut's weh!«

»Da ist kein Haar.«

»So?« Hanna nahm ihm die Pinzette aus der Hand, setzte ihre Lesebrille auf, murmelte dabei, sie würde schließlich immer eine Brille tragen, wenn sie etwas nicht genau genug sehen könne. »Im Gegensatz zu dir.« Er, Georg, habe ja angeblich Augen wie ein Adler. In diesem Moment ahnte Georg, dass er Hannas Blick nicht mehr entweichen konnte. Ein beherzter Griff mit der Pinzette, ein kurzer Ruck – und Georg schossen die Tränen aus beiden Augen. Georg schrie nicht »aua« oder stieß eine Verwünschung aus. Er trocknete sich lediglich mit einem Schweizer Batisttaschentuch die Tränen.

»Übrigens – Schauspieler, die auf der Bühne auf Kommando weinen können, machen das genauso: Sie fummeln an der Nase rum, ziehen an einem Nasenhaar und schon glaubt der geneigte Zuschauer, der Alexander Moissi oder früher der Kainz und jetzt der Hans Albers könnten vor lauter Rührung über sich selber weinen.«

Da ertönte plötzlich ein Klingeln. An der Haustür der eleganten Etagenwohnung wartete der Chauffeur John.

Während der Fahrt ins Büro sprachen Georg und Hanna im

Fond der Limousine nichts. In den Rückspiegeln sah John, dass sein Chef gerötete Augen hatte, und da er seit 1916 in den Diensten des Herrn Wertheim stand, erdreistete er sich zu der kühnen Frage: »Haben Sie sich die Augen verkühlt?«

Bevor Georg den Knopf betätigte, mit der die Zwischenscheibe zum Chauffeur elektrisch heraufgelassen werden konnte, sagte Hanna noch blitzschnell: »Lieber John, erkundigen Sie sich doch mal, wie's heute Nachmittag auf dem schnellsten Wege zu Dr. Unger geht – dem Augenarzt. Bei der ewigen U-Bahn-Bauerei gibt es ja ständig Umwege. – Danke, Herr John.« Dann war die Scheibe zu.

»Brauchst du 'ne neue Brille, Hanna?« Das war das Einzige, was Georg dazu sagte.

Im Büro ging der Kleinkrieg um Georg Wertheims Augenlicht weiter. Hanna servierte ihm in seiner Lieblingstasse seine Elf-Uhr-Darjeeling-Lieblings-Teemischung und murmelte dabei: »Der Henkel der Tasse ist übrigens links … und die Kandiszuckerstangen stehen rechts von dir.«

»Sonst küsst du mich morgens nach dem Aufstehen immer erst auf den Mund, dann auf die Nase, dann auf die Stirn und dann auf beide Augen. Das hast du heute nicht getan! Nur an mir rumgezupft«, beklagte sich Georg.

Hanna reagierte nicht, und Georg hielt frohlockend die Tasse hoch und rührte mit der Kandisstange in seinem Tee rum.

»Ich habe heute Morgen in der Zeitung gelesen, dass heute zum ersten Mal der ›Welt-Blindenstock-Tag‹ begangen wird«, sagte Hanna.

»Der was, bitte schön?! Was für'n Tag?«, wollte Georg wissen.

Hanna hatte hinter ihrem Schreibtisch einen 1,35 Meter langen weißen Blindenstock hervorgezaubert, der in der Tat im Jahre 1931, am 4. April als Hilfsmittel und Erkennungssignal für alle Blinden der Welt der Öffentlichkeit vorgestellt wurde – also auch in der Sanitätsabteilung des Kaufhauses Wertheim. Immerhin hatte es ein Jahr gedauert, bevor sich die Weltblindenverbände in Paris auf diesen langen weißen Stock für Blinde geeinigt hatten. Die Wertheims waren in Berlin die Ersten, die ihn anboten.

Hanna hielt den langen, dünnen, weißen Stock hoch. Verständnislos schaute Georg in ihre Richtung.

Hanna fuchtelte mit dem Stock herum: »Bei uns kann man ihn schon erwerben!«

»Was?«

»Das Ding hier! – Siehst du nicht, womit ich hier dirigiere?«

Georg sah es nicht. Hanna trat an seinen Schreibtisch, legte ihm den Stock auf die Schreibfläche. Dann hielt sie ihm einen längeren Vortrag darüber, dass sie seit geraumer Zeit genau wüsste, dass er ein bewundernswerter Instinktmensch sei und sich durch das Leben und sein Umfeld tapere, dabei aber so blind wie ein Maulwurf sei. Und sie außerdem die Kumpanie zwischen ihm und Willi Carow durchschaut habe.

Georg argumentierte. Hie und da flimmere es manchmal vor seinen Augen, vor allen Dingen, wenn er wie in Kindertagen in die Sonne blicke oder in zu helles Licht. Jawohl. »Ich bin sehr enttäuscht, Hanna, dass du leichte Widrigkeiten, die mich ab und an heimsuchen, dermaßen aufbauschst.«

Auf ein Klingelzeichen kam Willi mit einem Werbeschild aus Emaille von 1 Meter mal 1,50 Meter herein und stellte es auf einen Besucherstuhl, um es von Hanna und Georg betrachten zu lassen. Es zeigte ein leichtbekleidetes amerikanisches »Girl next door« in kurzen Hosen und knappem Oberteil auf einer Coca-Cola-Flasche reitend vor einem himmelblauen Hintergrund. Darunter konnte man den Schriftzug *Coca-Cola* lesen. Überrascht schaute sich Georg das frivole Objekt an. Willi meinte, Frau Berger habe ihn gebeten, ihm die neue Werbung für eine amerikanische Limonade vorzustellen, die die Getränke- und Spirituosenabteilung bei Wertheim als erstes deutsches Warenhaus ins Programm aufgenommen hatte. Er laberte weiter, dass die Amerikaner bei Anbringung von mindestens fünf dieser Werbetafeln eine sehr großzügige Skontierung für ihre erfolgreiche Limonade garantierten und das Zeug irgendwie zwischen süß und ein bisschen nach Kaffee schmecke und bei weitem nicht so langweilig sei wie Selters ohne Geschmack. Er habe davon gehört, bemerkte Georg hochinteressiert und fragte irritiert nach, warum wegen des Geschmacks eine halbnackte Frau auf einem Pferd in den Himmel reiten müsse. Sie reite auf einer Flasche, auf einer Coca-Cola-Flasche und nicht auf einem braunen Wallach, verbesserte Willi.

Punkt 16 Uhr saß Georg Wertheim im Behandlungsstuhl des hochgerühmten Dr. Anton Jehuda Unger. Der untersuchte mit seinen optischen Geräten Georgs Augen, den Augendruck und plapperte dabei aus, dass er sehr stolz darauf sei, seine gesamte medizinische Ausrüstung modernster Bauart über die Sanitäts- und Medizinabteilung des Kaufhauses Wertheim erworben zu haben.

»Sie haben immer das Neueste zu einem reellen Preis, Herr Wertheim. – Kompliment!«

Hanna saß mit im Behandlungszimmer, beobachtete den Dr. Unger und bemerkte, dass dieser immer ernster wurde, dann immer sprachloser.

Nach einer Weile klappte er sein Untersuchungsgerät zur Seite, schaute zuerst Hanna, dann seinen Patienten an. Er eröffnete dem Kaufhaus-König, dass er unter einem sehr weit fortgeschrittenen Stadium des Grauen Stars auf beiden Augen leide und dringend eine Operation angeraten sei. Es sei höchste Zeit, da es sich nur noch um Monate handeln könne, bis die Erkrankung zur völligen Erblindung führe.

»Nach der Operation habe ich bestenfalls die Chance von fünfzig Prozent, nicht zu erblinden. Noch kann ich sehr viel sehen – und was ich nicht genau sehe, da verlasse ich mich auf meine Gewohnheiten und auf Frau Berger«, gab Georg zu bedenken.

Dr. Unger seufzte erneut. Seine Einschätzung, dass die Erblindung in kürzester Zeit aufgrund der Erkrankung eintrete, sei nicht pessimistisch. Es könne durchaus sein, dass Georg Wertheim die christlichen Ostern oder das gute alte jüdische Pessachfest nicht mehr sehenden Auges erlebe. Er reichte Georg zwei Kompressen, die mit Hamamelistinktur getränkt waren, und erklärte, dass die Kompressen Linderung versprächen, aber niemals Heilung, und dass es keine medikamentöse Heilung gäbe, sondern nur den Starstich. Dann verlor er sich in medizinischen Details, von denen er glaubte, dass er sie einem prominenten Patienten wie Wertheim unbedingt schuldig sei. Er führte aus, dass er mit einer kupfernen Nadel, einem winzigen Skalpell, entweder durch den Limbus-Tunnel in den Augapfel steche, um die getrübte Linse an den Augenhintergrund zu drücken, und dass Herr Wertheim dann mittels einer starken Brille wieder seine Sehfähigkeit erlange. Fast zumindest. Ein Risiko sei bei dem Starstich schon dabei. Er selber, erklärte Unger sachlich, habe auch die englische Methode der Star-Operation über den Skleral-Tunnel im Repertoire. Über diese Fähigkeit verfüge in Berlin nur er. Die Brillenstärke würde dann schwächer ausfallen.

Wertheim hatte ruhig zugehört, die kupferne Nadel nicht gesehen, die Dr. Unger seinem sterilen Kästchen entnommen hatte. Aber Hanna.

»Lieber Dr. Unger, wenn Sie noch weiter von Limbus-Tunnel und Skleral-Tunnel, von Stechen, Piksen, Augapfel-Hintergrund und Pupillen nach unten drücken schwadronieren, springt Herr Wertheim aus dem Stuhl und Ihnen ins Gesicht. Halten Sie die Klappe.«

»Nein, ich springe nicht aus dem Stuhl, Hanna. Wir machen das. Ich hab ja gar nicht zugehört. Jedes Jahr freue ich mich auf unsere Osterdekoration am Leipziger Platz. Ich vertraue dem Allmächtigen, dass Doktor Unger mich solide sticht und dass ich in knapp drei Wochen unsere großartige Osterdekoration betrachten kann. Ist das realistisch, Doktor?«

»Wenn wir morgen operieren und Sie, Frau Berger, mir versprechen, dass Sie stündlich die Kompressen mit Hamamelis wechseln und Sie, Herr Wertheim, mindestens zwei Wochen lang eine dunkle Brille tragen, dann ist die Wahrscheinlichkeit, Ostern zu sehen, gut.«

»Nur zu fünfzig Prozent. Ich bin getaufter Jude!«

»Es interessiert mich nicht, warum Sie ein getaufter Jude sind, Herr Wertheim. Sicher geschäftliche Gründe. Und ich werde den Allmächtigen anflehen, dass ich Ihnen helfen kann. Morgen früh um neun?«

Georg nickte, und Hanna sagte: »Mit Gottvertrauen, Herr Doktor. – Georg, machen wir es. Direkt nach dem Rasieren.« Sie kniete sich neben Georgs Stuhl und hielt seine Hände. Er umkrampfte ihre und ertastete mit den Fingern einen Rubinring an Hannas Linker.

»Ah, du trägst unseren Rubinring. Ist er doch?« – Georg Wertheim konnte den Ring nicht mehr sehen.

»Ja, den hast du mir 1921 bei Tiffany in New York gekauft.«

»Ich weiß«, lächelte Georg und murmelte: »Ursula war auch dabei. Allmächtiger, hat sie sich damals ein Riesentrumm ausgesucht.« Er streichelte Hanna die Wange: »Aber deiner war teurer. In den hab ich mich für dich verliebt! Schade, dass du nicht mit in New York sein konntest.«

Nach dem Rasieren am nächsten Morgen begaben sich Georg Wertheim und Hanna zum Starstechen.

Danach wechselte ihm Hanna stündlich die Augenkompressen mit Hamamelislotion. Zum ersten Mal in ihrer gemeinsamen Zeit verließen sie acht Tage lang die Wohnung nicht. Georg Wertheim trug vierzehn Tage lang eine dunkelbraune Brille mit Goldrand, und am dritten Tag bemerkte er, dass Licht in seine Augen drang, dass er Schemen erkennen konnte. Die optische Abteilung der Firma Wertheim schliff auf Anweisung von Dr. Anton Jehuda Unger eine Sehbrille für Georg Wertheim. Und kurz vor Ostern konnte er schon besser sehen als vor der Operation. Die ganze Geschichte hatte Georg und Hanna sehr zu schaffen gemacht. Aber es gab wieder ein Leben im Licht.

»Weiß der Himmel, was ich in Zukunft noch alles zu sehen bekomme und seit Jahren nicht erkannte! Lassen wir uns überraschen, Hanna. Unser Leben ist eine Überraschung. Oder?«, freute er sich.

Hanna streichelte ihm sanft über die Nase: »Jeder Tag mit dir!«

1. KAPITEL

Regnet es wenigstens?«

Schlechte Laune gestattete sich der Berliner Warenhauskönig Georg Wertheim nur, wenn er mit seiner Lebensgefährtin Hanna Berger alleine in seiner prachtvollen Mietwohnung war. So war es am Gründonnerstag des Jahres 1931. Hanna hatte dem Dienstpersonal über Ostern freigegeben. Normalerweise pflegte es in der Osterzeit aus Eimern zu regnen.

»Schlechtes Wetter beflügelt immerhin den Umsatz.« Er schlug die mit irischem Leinen bezogene Bettdecke zur Seite, hüpfte aus dem Bett, eilte zum Schlafzimmerfenster, öffnete den Samtvorhang einen Spalt und wurde von Frühlingssonne geblendet. Augenblicklich verspürte er einen stechenden Schmerz in seinen nach der Staroperation immer noch sehr empfindlichen Augen. Da stand aber Hanna schon hinter ihm und drückte ihm eine aus massivem Gold gefertigte Brille mit dunkelblauen Gläsern auf die Nase.

»Leg dich wieder hin. Wir frühstücken im Bett. Alles schon vorbereitet. Dann kuscheln wir noch.« Sanft führte Hanna ihren Georg wieder zurück ins Bett, deckte ihn zu, stopfte ihm einige Daunenkissen in den Rücken, hob seine dunkle Brille und gab ihm einen Kuss auf jedes Auge.

»Warum musstest du über Ostern auch noch dem Personal freigeben? Auch wegen des schönen Wetters?«, fragte Georg.

Während Hanna in der Küche Kaffee, Darjeeling-Tee und Kakao zubereitete und Eier kochte, Croissants hauchdünn mit Butter bestrich und Toast mit Lachs und Käse belegte, erklärte sie ihm die Situation. Dem belgischen Koch Guy habe sie den Jahresurlaub gewährt, weil der dringend nach Brabant müsse, um den

Fünfundsiebzigsten seiner Mutter zu feiern, und außerdem seine Schwester vor der Niederkunft ihres ersten Kindes stünde. Georgs italienischem Kammerdiener, dem Cesare, habe sie nach wortreichem Drängen gestattet, die Ostertage in Rom für einen Besuch beim Papst zu nutzen. Zu pilgern, sozusagen.

»Pilgert er alleine oder mit seiner deutschen Ehefrau?«, fragte Georg aus dem Schlafzimmer und fügte hinzu, dass Cesare zwar ein vorzüglicher Kammerdiener sei, aber wohl in seiner freien Zeit ein gehöriger Filou. Hanna packte ein silbernes Tablett mit dem Frühstück voll, ordnete ihr Négligé aus Seidenbatist und schleppte alles ins Schlafzimmer. In der Tür blieb sie stehen, fixierte Georg, der fröhlich mit seinen Beinen zappelte, die dunkle Brille auf die Stirn geschoben hatte und sie herausfordernd anlächelte.

»Seit wann kümmert es dich, was Cesare in seiner Freizeit macht? Das ist ganz und gar nicht deine Art«, meinte Hanna.

»Es ist auch nicht meine Art, über schönes Wetter nachzudenken – nur, weil es die Geschäfte stören könnte. Aber der Cesare riecht jeden zweiten Tag nach einem anderen Parfum. Ich kümmere mich um das Privatleben des Personals nur, wenn es für mich unbequem ist. Bei Cesare habe ich das Privatleben in der Nase!«

Hanna klappte die beiden Bügel unter dem Silbertablett aus und stellte es ins Bett. Dann schlüpfte sie auch unter die Decke. »Kaffee, Tee oder Kakao?«

»Schokolade mit einem Schuss Jamaica-Rum.«

»Den Rum kannst du dir selber holen. Steht im Speisezimmer. Die dritte Karaffe von links in der zweiten Reihe.«

Georg blieb im Bett liegen. Durch ein Zucken mit der Stirn rutschte die dunkle Brille wieder auf seine Nase. »Und wo bitte ist unsere havelländische Hausdame Hypolita mit ihren beiden putzenden Nichten? – Auch in der … in der … Sommerfrische?«

»Plötzlicher Todesfall in der Familie. Beerdigung morgen, am Karfreitag.«

Er glaube kein Wort, lamentierte Georg. Er sei selbst nicht mehr Herr seiner Zeit und seit der Augenoperation habe er keinen

Durchblick mehr, obwohl er schon deutlich besser seine Umwelt wahrnehmen könne. Er fühlte sich gegängelt. Durch Hanna und das schöne Wetter.

»Kommt denn wenigstens die schnellste Klinge Berlins pünktlich zu meiner Morgenrasur? Oder vergnügt die sich auf dem Wannsee beim Rudern?«

»Er wird pünktlich sein.« Dann hüpfte Hanna aus dem Bett und befahl ihm, bevor sie in ihr eigenes Bad ging, das Frühstückstablett in die Küche zu tragen.

Der Barbier erschien pünktlich. Er begann wortlos im Ankleidezimmer auf dem Frisierstuhl seinen Dienstherrn einzuseifen und den Bart zu schaben. Die ›schnellste Klinge Berlins‹ wusste nur zu gut, dass Herr Wertheim morgens maulfaul war. Nur reden, wenn er fragte.

»Meister, wie liefen denn in der Vorosterzeit die Geschäfte in unseren Friseursalons?«, erkundigte sich Georg.

»Bestens. Voll ausgebucht. Das schöne Wetter. Die Herren lassen sich die Haare kurz schneiden. In der Damenabteilung werden die Brennscheren kaum noch kalt, weil die Damen aller Stände nach einer Frisur à la *Blauer Engel* verlangen.«

»À la was?!«

»Wie Marlene Dietrich. Die Schauspielerin.«

»Die ist doch schon längst in Amerika. In Hollywood. Will dort Karriere machen«, wusste Georg Wertheim.

Dazu könne er nichts sagen, meinte der Chef der Wertheim'schen Friseurbetriebe und verabschiedete sich, nachdem er noch von Hanna aus einer silbernen Bonbonniere eine Praline angeboten bekam. Wie jeden Tag wählte er Halbbitterschokolade, gefüllt mit Blätterkrokant. Und sie lobte daraufhin, wie jeden Tag, seine guten Zähne.

Um neun klingelte der Chauffeur John an der Etagentür. Er nahm die Aktentaschen von Georg und Hanna in Empfang, schritt die Treppe voran und verstaute sie im Gepäckraum des braunen Rolls-

Royce. Den hatte Georg Wertheims bester Freund, der Bankier Emil-Georg von Stauß, Georg anlässlich eines Warenumsatzes von hundert Millionen Reichsmark jährlich auf Firmenkosten der Deutschen Bank geschenkt. Das war 1928!

Seit 1906 gab es enge geschäftliche Beziehungen zwischen dem Wertheim-Konzern und der Bank. Wertheim war der erste jüdische Partner des Instituts. Aus der Geschäftsbeziehung hatte sich eine persönliche Freundschaft entwickelt. Die Familie galt in Berlin als eine der reichsten. Georgs Brüder Franz und Wilhelm nahmen am gesellschaftlichen Leben der Stadt regen Anteil. Sie bewohnten im Grunewald und in Dahlem formidable Villen mit zwanzig oder gar fünfzig Zimmern.

Georg Wertheim hingegen lebte in einer anonymen Mietwohnung und verbarg sich bei seiner täglichen Fahrt zum Büro in seinem Kaufhauspalast am Leipziger Platz hinter abgedunkelten Scheiben. Von ihm gab es kein einziges offizielles Foto. Die wenigen Schnappschüsse von Familienfeiern gelangten nie an die Presse. Wertheim lebte zurückhaltend und pflegte geradezu fanatisch seine Anonymität. Sein Leben versüßte einzig seine Liebe zu Hanna Berger. Nun ja, außerdem war er auch noch offiziell verheiratet, hatte eine Tochter und einen Sohn und dazu natürlich eine Ehefrau namens Ursula, die weit weg ein glanzvolles Landleben mit ihrem Geliebten Arthur Höfgen führte. Ein schneeleises Arrangement, für das sich die Boulevardpresse schon seit Jahrzehnten nicht mehr interessierte.

Der Rolls-Royce rollte am Gloria Filmpalast vorbei. Seit vier Wochen in Folge lief dort die Wiederaufnahme des *Blauen Engel.* Trotz des Sonnenscheins waren alle fünf Vorstellungen täglich ausverkauft.

Georg bat seinen Chauffeur, kurz anzuhalten. Er betrachtete das gemalte Plakat über dem Eingang und meinte, irgendwie käme ihm diese Dietrich bekannt vor. Durch von Stauß wohl.

»Als sie noch kein Weltstar war, war sie in Berlin bei den Herren allgemein sehr beliebt, habe ich gehört«, grinste Hanna ihn an.

»Ich bin ihr nie begegnet«, erwiderte Georg.

»Ts, ts, durch von Stauß«, zischte Hanna und bat John weiterzufahren.

Der Wagen rollte an der zweihundertvierzig Meter langen Fassade des größten Kaufhauses der Welt entlang und bog dann in den nur der Geschäftsführung und Privatkunden vorbehaltenen Seiteneingang ein. Auch ohne Regen war der Luxuspalast am Leipziger Platz von Kunden überschwemmt.

Georg war sehr verdutzt: »Dunnerknispel! Wer hätte das gedacht? Bei dem Wetter! Ein formidabler Betrieb!«

Ganz gegen seine Gewohnheit und wohl auch, weil er sich hinter seiner Sonnenbrille verstecken konnte, nutzten Georg und Hanna nicht den Privataufzug zu ihren Büroräumen.

»Wollen wir uns mal durch die Menge quetschen? – Ha! Nun schau sich das einer an: Schlangen an allen Kassen und Packtischen! – Komm, geh'n wir in die Konditorei und unsere Lebensmittelabteilung«, Georg war plötzlich Feuer und Flamme.

Hanna sagte: »Alles so gut wie ausverkauft. Wenn die Werkstätten keine Nachtschichten eingelegt hätten, gäbe es keine Schokoladeneier und Osterhasen mehr. – Ich versteh überhaupt nicht, warum du dich heute Morgen so aufgeregt hast.«

»Ich habe nur kaufmännische Bedenken geäußert. In keiner Weise aufgeregt. – Regen bringt Segen! Normalerweise!«, verteidigte sich Georg.

Hanna hakte sich bei ihm unter und bugsierte ihn zu den Verkaufsständen der Konditoreiabteilung. Frühlingshaft gekleidete Frauen jeglichen Alters drängelten sich um die Verkäuferinnen, die über ihre schwarzen Kattundienstkleider weiße Schürzen gebunden hatten. Dutzende Konditoren lieferten frische Ware. Es wurden Leckereien zum Probieren angeboten.

Georg flüsterte Hanna ins Ohr: »Liebes, halt mich jetzt bitte nicht für frivol oder mäkelig, aber irgendwie sehen unsere Kundinnen in diesem Jahr gleich aus: Frisuren, Kleider, Schuhe – alles!«

»Wie Marlene Dietrich«, antwortete Hanna leise.

»Schon wieder diese Dietrich! Was ist denn nun mit dieser Person? Hat nur in einem Skandalfilm mitgespielt? – Gut, gut, von Stauß hat mir mal vor ein oder zwei Jahren von ihr erzählt. Beiläufig!«

»Fahren wir zur Damenoberbekleidung. Dann begreifst du, was wir dieser Femme fatale zu verdanken haben.« Im Fahrstuhl grinste Hanna ihn herausfordernd an.

»So vor zwei, drei Monaten hatte ich eine Idee … – bitte nicht erschrecken«, warnte Hanna ihn vor.

Der livrierte Liftboy öffnete die Tür zur Abteilung ›Damenoberbekleidung Frühjahr‹. Georg traute seinen schlechten Augen nicht: Hunderte von »Blauen Engeln« kämpften in der Frühjahrsmoden-Abteilung um Restware. Und um einen Tisch.

»Unsere Berlinerinnen sind verrückt geworden. Was ist denn da hinten los?«, wunderte er sich.

Dort saß auf einem thronähnlichen Stuhl Hans Albers. Er schrieb Autogramme auf Fotos mit seinem Konterfei, die eine begeisterte Menge für eine Mark fünfzig zuvor erwerben musste.

»Gute Güte, das ist doch dieser Hans Albers! – Ist er doch?«

Hanna erklärte: »Er spielt neben Emil Jannings eine Nebenrolle im *Blauen Engel*. Dein Bruder Wilhelm hat ihn für drei Tage zum Autogrammschreiben engagiert. Emil Jannings haben wir leider nicht bekommen. Aber für Karsamstag haben Wilhelm und ich Heinrich Mann und den Drehbuchautor Carl Zuckmayer zum Autogrammschreiben engagiert.«

»Ach was? – Was bekommt der blonde Hans denn für seine Arbeit?«

»Drei Kisten Jahrgangs-Cognac … und in der Jagdwaffenabteilung darf er sich eine Pistole auswählen.«

»Ah ja«, brummte Georg und fügte hinzu, dass ihm die ganze Angelegenheit zu undurchsichtig sei und dass er inständig darum bäte, sich in sein Büro zurückziehen zu dürfen, denn er habe das Gefühl, Hanna habe ihm einiges zu erklären. Wegen Wilhelm und so. Er fühlte sich schlecht informiert.

»Ich habe nicht die Zeit, mich mit einer solchen Kirmes-Veranstaltung zu beschäftigen. Gehen wir ins Kontor. Wir haben einiges zu besprechen. Bin ich eigentlich noch Herr im Haus?«

Die sechs Kontoristen in Wertheims Vorzimmer schmetterten ihm ein fröhliches »Guten Morgen!« entgegen. Georg zischte ein »Ebenso«, tippte seinem jüngsten Kontoristen, Willi Carow, auf die Schulter und forderte die Umsatzzahlen der letzten achtundvierzig Stunden an.

»Liegen schon auf Ihrem Schreibtisch, Herr Wertheim. Sie müssen sich mal unbedingt in die Damenoberbekleidung schleichen: Da schäkert Hans Albers mit Hunderten von Frauen herum!«

»Ja, für Cognac«, knurrte Wertheim ihn an, »und eine Pistole.« Dann stürmte er, gefolgt von Hanna, in sein Büro.

Zwei Kontoristen hielten die zweiflüglige, gefütterte Bürotür für ihn geöffnet. Willi flüsterte seinem Chef noch schnell ins Ohr: »Bitte nicht enttäuscht sein über den schlechten Abverkauf von Wintertextilien. Da hat uns das schöne Wetter einen Streich gespielt. Aber sonst: Respekt!«

»Ich will für die nächste halbe Stunde nicht gestört werden, Willi.«

Die Türen wurden hinter Hanna und Georg verschlossen. Bevor er sich an seinen Schreibtisch setzte, tigerte Wertheim mehrfach über den zwölf mal fünfzehn Meter großen chinesischen Seidenteppich. Schließlich ging er an die Fenster und zog die Damastvorhänge zu. Eine sanfte Dämmerung hüllte sein prachtvolles Büro ein. Dann setzte er sich hinter seinen aus Eiche gefertigten Schreibtisch, trommelte mit den Fingern der rechten Hand auf das grüne Juchtenleder der Schreibtischplatte, setzte seine Sonnenbrille ab, fixierte Hanna und bemühte sich, streng zu blicken.

»... Also, Wilhelm und du – oder du und der Wilhelm hattet die Idee, mit dem Albers für eine Warenkollektion in unseren heiligen Hallen zu werben. Außerdem haben Wilhelm und du oder du und Wilhelm mit dem frivolsten pornographischen Machwerk seit der Geschichte des Films schnelles Geld gemacht. Arme Berlinerinnen! Laszive Gewänder, Fetzen von Stoff für gutes Geld! – Sehe ich das in etwa richtig?«

»Auch in der Herrenkonfektion haben wir reißenden Absatz mit ähnlichen Anzügen, Mützen, Jacken, Westen, Gürteln und Hemden, wie sie Herr Albers in dem Film trug. Und sogar mit nachgemachten Schuhen.«

Dann legte Georg Wertheim los: Das Kaufhaus Wertheim habe sich auf ewig um seine Reputation gebracht, indem es sich an einem lasziven, verkommenen, sittenlosen Film bereichert habe. Er wisse nur nicht so genau, wem er nun die Vorwürfe machen solle: seinem Bruder Wilhelm, der für Werbung und Einkauf zuständig sei, oder jenem Menschen, dem er unter allen Menschen im Universum am meisten vertraue, den er liebe, verehre und der ihn seit seiner Augenoperation ganz offensichtlich manipuliere. So!!

»Cognac, bitte, Hanna!«, verlangte er.

Hanna goss aus einer Kristallkaraffe die samtbraune Flüssigkeit in einen Cognacschwenker und kippte ihn selber ex runter.

Georg hatte seine dicke Lesebrille aufgesetzt und die Umsatzzahlen studiert: »Das ist der höchste Osterumsatz, den wir je hatten. Und das in diesen politisch unruhigen Zeiten! Von den Tietzens und den Karstadts weiß ich, dass sie ganz schön klagen. Noch was, Hanna: Der Heinrich Mann hat zu Emil Jannings gesagt: ›Herr Jannings‹, hat er gesagt, ›den Erfolg dieses Filmes werden in erster Linie die nackten Oberschenkel der Frau Dietrich machen!‹ – Jetzt ist aber Schluss! … – Klasse Umsätze!«

Die Vorbehalte Georgs, seine Empörung darüber, dass die Abraham-Wertheim AG auf das Trittbrett einer angeblichen Sexualorgie aufgesprungen sei, waren, das wusste Hanna seit dem frühen Morgen, nur vorgespielt. Sie lebten und liebten sich seit fünfundzwanzig Jahren unter einem Dach. Geheimnisse zwischen den beiden gab es nicht mehr. Nur Tricksereien. Georg legte Wert auf Diskretion. In Wahrheit aber noch größeren Wert auf Umsatzzahlen, wobei Stil, Qualität und die Träume der Wertheim-Kundschaft immer im Vordergrund standen. Spätestens nachdem er die Umsatzzahlen der letzten Tage kannte, war er kaufmännisch aufs Höchste befriedigt. Der Dietrich, dem Albers und Hanna gebührte sein Dank.

»*Pecunia non olet*. Da können wir den mangelnden Abverkauf unserer exquisiten Winterware wohl verschmerzen. Aber mal ehrlich: Das mit dem Albers war doch deine Idee«, sagte Georg zu guter Letzt.

Dennoch, das Gezicke am Gründonnerstag 1931 hatte noch einen weiteren tiefen Grund: Wenn es zwischen ihnen Unstimmigkeiten gab, wurde geschwiegen. Geschwiegen nicht in der Weise wie langjährige Ehepartner, die sich nichts mehr zu sagen hatten und aneinander vorbei lebten. Nein, auch nach fünfundzwanzig Jahren war ihre Liebe noch frisch. Das Schweigen war ein Abtauchen in eigene Gefühle.

Wenn es Georg nicht mehr aushielt, stöhnte er den Satz: »Hanna, nur das Unausgesprochene ist wirklich wahr. Oder auch nicht. Worüber reden wir im Moment nicht? Ich könnte dir sagen, was mir auf der Seele brennt, aber fang du mal an. Ladies first.«

So auch an diesem Morgen!

Mit ihrem neuen amerikanischen Bleistiftanspitzer, mit dem man mittels einer Kurbel einen nagelneuen Bleistift innerhalb von Sekunden auf einen Stummel herunterspitzen konnte, zerstörte Hanna eine Kollektion sündhaft teurer Faber-Castell-Zedernholzbleistifte. Nachdem sie den achten Bleistift zu Holzspänen verarbeitet hatte, zündete sie sich eine Orientzigarette der Luxusmarke ›Muratti‹ in einer langen silbernen Spitze an.

»Die Marlene Dietrich soll ja auch in diesem Film wie ein Kohlekraftwerk rauchen«, sagte Georg.

»Seit deiner Augenoperation bemühe ich mich, etwas für deine Unsterblichkeit zu tun.«

»Ich kann schon wieder besser sehen, Hanna, aber auf dem Ohr sehe ich ganz schlecht.«

Hanna tat so, als überginge sie dieses Wortspiel: »Unsterblich bedeutet, dass man sich eines großen Mannes auch noch hundert Jahre nach seinem Ableben erinnert.« Sie pirschte sich an das eigentliche Problem der Ostertage heran. Sie betonte, dass das größte Kaufhaus der Welt in der Leipziger Straße allein schon der Familie Wertheim ewigen Ruhm beschere. Und die nicht minder luxuriösen Kaufhauspaläste in der Oranienstraße, am Moritzplatz oder in Stralsund und Rostock sicherten Georg ohnehin einen Platz in der Geschichte der großen Kaufmannsdynastien.

Dann holte sie tief Luft.

Aber ein großer Mann solle doch bitte gefälligst auch etwas hinterlassen, was immer an ihn erinnere. Ein Gemälde! – Mit anderen Worten: Seit der Operation stelle ihm der berühmteste Porträtmaler jener Zeit, Emil Orlik, heimlich nach und hätte Hunderte von Skizzen von ihm angefertigt.

Georg jubelte. Er habe diesen ständig besoffenen Pinselquäler schon vor Wochen bemerkt: »Ich bin doch nicht total blind und blöd!«

Der Orlik habe jetzt ein umfassendes Bild von Georgs Seele gefunden und bereits einen gelungenen Entwurf für ein Porträt präsentiert. Alle seien begeistert. Einzig der noble Gesichtsausdruck von Georg fehle noch. Es gäbe kaum eine Berliner Familie von Rang, die sich von Orlik nicht für die Ewigkeit habe porträtieren lassen. Orlik sei ein Mann, dem es an Aufträgen nicht mangele, und weil er zu viel davon ausführe, sei er mit dem Alkohol etwas in die Gewohnheit gekommen. Aber …

Hanna begab sich an ihren Schreibtisch, der in L-Form an den von Georg anschloss, und betätigte die Wechselsprechanlage mit dem Vorzimmer.

»Willi Carow, bitte.«

Hanna hatte den Knopf der Gegensprechanlage noch nicht ganz losgelassen, da flog die Doppeltür auf und Willi Carow stand im Allerheiligsten der Filiale am Leipziger Platz und strahlte.

Willi Carow war ein fixer junger Mann, der geschäftlich über alle Vorgänge im Konzern auf dem Laufenden war, den Hanna schätzte und dem sie vertraute. Willi Carow war für beide der Sohn, der ihnen in ihrer Verbindung nicht vergönnt war. Albrecht Wertheim, der Sohn von Ursula und Georg, lebte im fernen Sassenheim und interessierte sich für Autos, Motorräder und neuerdings auch Flugzeuge. Georg und Hanna wussten, dass Albrecht niemals das Familienunternehmen Wertheim als Stammhalter fortführen wollte und konnte.

Willi wusste sofort, dass es um das Porträt ging: »Frau Berger, ich habe Professor Orlik von zweien unserer Hausdetektive beobachten lassen. Er hat in der gesamten Karwoche nur mäßig getrunken und außerdem unserem Justitiar Dr. Meschelsohn eidesstattlich versichert, dass er am Ostersonntag oben im Fotoatelier für die Abschlusssitzung nüchtern zur Verfügung zu stehen gedenkt … Ist das recht so?« Willi schaute hilfesuchend Hanna an und sehr, sehr skeptisch seinen Chef.

Aus einer Mappe holte Willi einige in Gouache-Technik ausgeführte Entwürfe für das Porträt von Georg Wertheim. Sie zeigten ihn als würdigen Firmenchef, der – wie Moses die Zehn Gebote – eine Zeichnung der Fassade des Kaufhauses am Leipziger Platz feierlich in den Händen hält. Das Gesicht Wertheims war nur skizziert.

Georg beäugte eingehend das Bild. Besonders die Zeichnung des Gebäudes: »Von unserer Fassade stimmt ja jedes Fenster. Jeder Wasserspeier. Da hat sich dieser Herr Trunkenbold richtig Mühe gegeben.«

»Ein großer Künstler, wenn er nüchtern ist«, eiferte Hanna sofort. »Am Sonntag wird er dein Gesicht beleben. Mit einem sanften Lächeln wirst du die Betrachter bezaubern. Jahrhundertelang.«

Oh je!, dachte Georg.

Dann sei Herr Wertheim eine öffentliche Figur, zu der man aufblicken könne, half Willi seiner heimlichen Chefin und fügte noch hinzu, dass es für alle Angestellten und Lieferanten recht frustrierend sei, dass man den weltberühmtesten Warenhausherrn eigentlich immer nur im Sauseschritt an sich vorbeiflitzen sehe, meistens noch den steifen Hut ins Gesicht gezogen. Er betonte, dieses Bild sei geeignet, zum geistigen, geschäftlichen und kreativen Oberhaupt des Wertheim-Konzerns aufzublicken. Da habe man doch mal was für später.

»Etwas fürs Herz!«, schmeichelte Willi. Im Hintergrund klatschte Hanna wortlos Beifall.

»Und gleich doppelt«, setzte sie nach. Sie habe den Orlik überzeugen können, das Gemälde in doppelter Ausfertigung vorzubereiten: Eins sollte im mittleren Lichthof des Leipziger Platzes in einer kunstvoll ausgeleuchteten Nische aufgehängt werden und das zweite in der Villa von Ida Wertheim, der 1918 verstorbenen Mutter der Familie. Ihre Villa in Dahlem blieb der Treffpunkt für die Wertheims. Seit vielen Jahren trauerten sie der großartigen Ida Wertheim nach. Jeden Donnerstag beim Tee. Mutter Ida Wertheim war das Herz des Wertheim-Konzerns, Georg der Kopf und Stratege. Sein Konterfei sollte nun in ihrem Esszimmer hängen.

»Gleich zwei Gemälde, Hanna?! Eines hier fürs Haus, damit mich jeder erkennt und anquatschen kann, und mit dem anderen soll ich Mutter Idas Villa entehren? Also, ich weiß nicht … Zwei Bilder!«

»Orlik hat Mengenrabatt eingeräumt.«

»Ach was?«

Sein Freund Emil-Georg von Stauß habe sich auch von Orlik porträtieren lassen. Schon vor fünf Jahren. Und an exponierter Stelle hing das Porträt in der Zentrale der Deutschen Bank. Ein neues sollte demnächst im Reichstag, im Foyer, aufgehängt werden, weil von Stauß der herausragendste Wirtschaftsmogul der Weimarer Republik war und darüber hinaus noch eines der wichtigsten Mitglieder des Reichstages – der Kopf der DVP, der Deutschen Volkspartei. Angeblich war er einer jener Männer, die dem Emporkömmling Hitler die Stirn böten.

Willi musste die Skizzen wieder einpacken und durfte sich aus dem Chefbüro entfernen. Er war beinahe schon aus der Tür hinaus, als Hanna ihn noch bat, die aktuellen Umsatzzahlen der letzten vier Stunden in der Leipziger Straße abzufragen und sich auch telefonisch nach den Umsätzen der anderen Filialen der Wertheims zu erkundigen.

»Gibt es sonst noch etwas, was du hinter meinem Rücken arrangiert hast, Darling?«

Hanna hatte.

Noch niemals zuvor hatte Georg Wertheim das wohl weltweit modernste Fotostudio im Obergeschoss des Leipziger Platzes betreten. Er wusste nur, dass es für alle Berliner Brautpaare, Täuflinge, Jubilarinnen und Jubilare zum guten Ton gehörte, sich bei Wertheim ablichten zu lassen. Dutzende von Fotokünstlern waren dort beschäftigt und machten mehr Umsatz als das hauseigene Bestattungsunternehmen. Das wusste Georg auch.

»Mortalis« war immerhin das zweitgrößte Bestattungsunternehmen Berlins einschließlich der Mark Brandenburg. Ein Beweis für den Werbespruch der Wertheims: »Von der Wiege bis zur Bahre. Wer bei Wertheim kauft, bringt etwas von Wert heim.«

»Georg – du und ich wissen, dass wir unsere Beziehung nur frisch halten, wenn wir hie und da mal einen kleinen Umweg gehen. Gib zu: Deine moralische Entrüstung über einen Film, den du nicht gesehen hast, hast du längst in die Kartei ›Ein gutes Geschäft heiligt die Mittel‹ abgelegt. Ich respektiere deine Moral. Dumme Frage, aber hast du jemals einen Schritt in die Damenunterbekleidung gesetzt?«

»Natürlich nicht. Wie sähe das denn aus?! – Ich in der Wäscheabteilung. Die Umsatzzahlen kenne ich genau!«

»Dann weißt du nicht mal, dass wir die schärfsten Dessous in ganz Europa vertreiben. Dagegen sind die ›Galeries Lafayette‹ in Paris ein klösterliches Unternehmen!«

»Was interessiert es mich, was Frauen unten drunter tragen – nicht mal bei dir. Es sind nicht die Leibchen oder die Wäsche, die du trägst, die mich anregen. Hanna, jetzt bin ich doch peinlich berührt. Mir ist natürlich klar, dass wir Dessous aus Brüsseler Spitzen verkaufen. Unglaubliche Preise für ein Nichts an Material. Aber du trägst Dessous aus Schweizer Batist – reizvoll, aber schicklich, als hätten Schweizer Nonnen die Garne zuvor mit dem Mund weichgekaut, so zart sind sie.«

Hanna jubelte, nahm Georg in die Arme. »Du kannst ein ganz

schönes Ferkel sein! Schweizer Nonnen haben meine Dessous nicht gekaut. Georg! Mal ganz ehrlich: Bist du jetzt nicht doch ein klitzekleines bisschen neugierig auf diese fesche Lola? Auf den ganzen Film?«

Irgendwo müsse der Umsatz ja herkommen, gab er zögerlich zu und willigte tatsächlich ein, sich nach Geschäftsschluss mit Hanna, von Stauß, Hans Albers und Emil Jannings im Fotoatelier einzufinden, um einer Privatvorführung des Films *Der Blaue Engel* beizuwohnen. Der Filmproduzent Erich Pommer sollte auch kommen, denn der sei, so gestand ihm Hanna, an den Einnahmen Wertheims durch den Verkauf von nachempfundenen Kostümen zu zweieinviertel Prozent beteiligt.

»Du bist ein Teufelsweib!« Georg umarmte seine Hanna leidenschaftlich und küsste ihr Gesicht. »Aber bitte für diese Privatvorführung keine alkoholischen Getränke. Nur Selterwasser. Könnten wir nicht auch den Carl Zuckmayer einladen? Ich schätze seine Stücke sehr. Hat doch auch an der *Lola* mit rumgefummelt. Als Dichter!«

Hanna widersprach. Es würde auf jeden Fall Alkohol geben! Der Wertheim'sche Bankettservice bastele schon den ganzen Tag an einem opulenten Kalten Buffet mit den entsprechenden Getränken.

»Punktum aus. Georg, diese ganze Privatvorführung findet doch nur statt, damit du dich an die Umgebung im Fotostudio gewöhnst und am Sonntag völlig locker, unvoreingenommen und vor allen Dingen freundlich dem Maler Orlik zur Verfügung stehst. Mindestens zwei Stunden lang ohne Murren. Unglaublich: ›Meine Unterbekleidung von Schweizer Nonnen mit den Zähnen bearbeitet!‹ – Manchmal überraschst du mich.«

Fröhlich versetzte Georg Hanna einen Klaps auf den Hintern.

Willi kam wieder ins Büro geschossen und bejubelte die Mittags-Umsatzzahlen aller Wertheim-Filialen in Berlin, Stralsund, Rostock und Görlitz.

»Ich wusste es ja immer: Wenn zu Ostern oder Pessach die Sonne scheint, sitzt das Geld bei den Kunden locker«, sagte Georg Wertheim.

Hanna war überrascht.

»Karstadt hat sich bei Justizrat Meschelsohn beschwert, dass wir mit hochwertigen Sonderangeboten zum Selbstkostenpreis für … na ja – für unsere nicht so finanzkräftigen Kunden angeblich übertrieben hätten und dass sie uns deswegen verklagen wollten. ›Dumpingpreise‹ heißt das«, erklärte Willi.

Das störte Wertheim nicht. Er prophezeite, dass mit dieser Verkaufsaktion für Bedürftige die Warenbestände mit Sicherheit in der Kinderabteilung und die Chocolaterien aus deutscher Produktion nach Ostern wieder aufgefüllt werden müssten. Auch Armut brächte Geld.

Er hatte recht. Vor allem die preiswerten Kinderschuhe seien weggegangen wie warme Semmeln. Und mit dem Brötchenbacken käme die Bäckerei auch nicht nach, denn Wertheim bot fünfzehn Schrippen zum Preis von zehn an. Allerbeste Qualität. Und die Butter, die Eier und das Straßburger Sauerkraut zum halben Preis. Ostern für die Bedürftigen.

»Wetten, dass in der nächsten Woche von der Hugenberg-Presse wieder gelästert wird, die Juden Wertheim würden sich auf Kosten der Armen bereichern?«

So würde es sicher sein. Aber das kümmerte Georg Wertheim auch nicht. Antisemitische Anfeindungen war er gewohnt, obwohl er sich 1906, kurz vor seiner Eheschließung mit Ursula Gilka, hatte taufen lassen müssen, weil damals Baugenehmigungen vom Magistrat der Stadt Berlin nur an Christenmenschen bewilligt wurden.

»Juden wetten nur dann, wenn sie kein Geld haben, wird in der Presse stehen. Wie töricht. Haben die 'ne Ahnung! Wer wird denn wetten, wenn er kein Geld hat? Wovon denn? – Willi, wie oft hast du dieses Filmkunstwerk mit dem großen Emil Jannings schon gesehen?«

»Achtzehn Mal, Herr Wertheim.«

»Wüstling. Heute Abend zum neunzehnten Mal. Setz dich neben mich und erklär mir den Film, wenn ich was nicht verstehe oder nicht sehen kann.«

»Darf ich meine Verlobte mitbringen?«

»Zum Fummeln, was?«

»Georg, jetzt wirst du obszön.« Hanna war entrüstet.

Die Haustechniker des Kaufhauses am Leipziger Platz hatten aus zahlreichen mit Rosshaar gefüllten Matratzen aus der Bettenabteilung eine schallisolierende Kammer gebaut. Darin stand ein Projektionsapparat, den der Produzent des Filmes, Erich Pommer, aus Babelsberg für diese Privatvorführung herangeschafft hatte. Über die Ausmaße seines Fotoateliers war Georg Wertheim sehr verwundert. Er schätzte das Atelier auf zwanzig mal dreißig Meter. In Wahrheit waren es fünfundzwanzig mal sechzig, und der Filmproduzent Pommer war von der technischen Ausstattung begeistert.

Bei Wertheims könne man genauso gut Filme drehen wie bei ihm in den großen Studios vor den Toren der Stadt Berlin. Ein bedeutender Architekt des Dessauer Bauhauses hatte dieses Atelier entworfen. In seiner lichten, funktionalen Kargheit entsprach es so gar nicht dem Prachtbau am Leipziger Platz. Es gab Architektur-Ästheten, die mäkelten über dessen gewaltigen Fausthieb in Kitsch. So konnte man es auch betrachten.

Das gigantische Warenhaus am Leizpiger Platz war eine Mischung aus Renaissance, Barock, Rokoko, Gotik, mit einigen romanischen Tupfern. Der Architekt Alfred Messel hatte sich aller Baustilrichtungen bedient und dabei nur die Höhepunkte geklaut. Die Paramenten-Abteilung, in der Bibeln, Kruzifixe und andere Glaubensrequisiten angeboten wurden, war original einer Seitenkapelle des Kölner Doms nachempfunden. Die Lichthöfe waren so hoch, dass ein fünfstöckiges Wohnhaus bequem darin Platz gefunden hätte. Gemeinhin besuchten täglich an die fünfundzwanzigtausend Kunden das Warenhaus am Leipziger Platz. Über die Ostertage waren es trotz oder wegen des schönen Wetters sicher doppelt so viele.

Im 1906 eröffneten Kaufhaus des Westens, kurz KaDeWe, wollte man den Luxus der Wertheim'schen Kaufhäuser imitieren. Mangels Baugrund war das KaDeWe gegen den Wertheim-Palast viel kleiner ausgefallen, aber auch sehr beliebt. Es war schon richtig: Bei Karstadt, Althoff, Jandorf, Lubasch und Herzog ging man einkaufen. Zu Wertheim strömten alle Schichten, um was zu erleben. Sicher auch ins Fotoatelier unter dem Dach für ein Erinnerungsfoto.

An den Stirnwänden hingen an Schienen zahlreiche großformatige Prospekte, die als Hintergrund dem Betrachter vorgaukelten, das Foto sei in Griechenland, Italien, in Versailles oder auch im Dschungel von Afrika geschossen. Als Requisit zum Sitzen standen Möbel aller Stilepochen herum. Es gab auch einige Eisbärenfelle für Fotos mit Säuglingen. Denn die Spezialität waren Babyfotos. Einige Kostproben dieser Lichtbildkunst waren in gläsernen Vitrinen ausgestellt.

Durch seine Lesebrille betrachtete Georg Wertheim entzückt die strahlenden Babys auf Eisbärfellen. »Unsere Lichtbildkünstler müssen ja wahre Menschenfreunde sein. Hanna, schau mal, alle Kinder lachen!« Dabei machte er alberne Bewegungen und tat so, als könne auch er einen Säugling zum Lachen bringen, als klappere er mit einer Rassel.

Hanna überlegte, ob sie ihm die Wahrheit über das Zustandekommen von lachenden Babys auf weißen Fellen verraten sollte.

»Schau mal, Darling, die lachen ja sogar Tränen! Wirklich niedlich … Ich meine, ich war meinen Kindern auch ein guter Vater, aber so richtig gekümmert hab ich mich ja nicht um sie.«

Hanna murmelte: »Es sind Tränen, Georg.«

»Wie? Was?«

»Na ja – manche unserer kleinsten Kunden lassen sich von einem Glöckchen oder Plüschtier aufheitern und lachen, aber die meisten sind nur erschrocken und gucken eher ängstlich in diese fremde Welt.«

»Siehste! Ein Grund, warum ich mich nie fotografieren ließ.«

»Aber wenn dir jemand unverhofft eine Nadel in den Po pikste, würdest du erschrecken und hättest sicher einen sehr attraktiven Gesichtsausdruck. Die meisten lachenden Säuglinge fangen dann an zu weinen – und wenn man dann den Magnesiumblitz zündet und den Auslöser drückt, dann sieht das Weinen der Babys wie Lachen aus. Ehrlich gesagt: Die Fotografie ist oft eine raffinierte Lüge. So und jetzt begeben wir uns auf unsere Plätze und warten, bis deine Gäste kommen.«

Die Gäste kamen: Heinrich Mann, Carl Zuckmayer und Emil Jannings. Am Arm von Emil-Georg von Stauß die berühmte Schauspielerin und Sängerin Trude Hesterberg. Sie war einmal für die Rolle der *Lola* vorgesehen und durch das Revuegirl Marlene Dietrich ersetzt worden. Die Trude und der Herr von Stauß schienen sich neuerdings näher zu kennen. Sie trug einen sündhaft teuren Pelzmantel aus Zobel, darunter ein Hauch von Nichts, aber dieses aus fleischfarbener Seide. Heinrich Mann zischte sofort heran und überreichte der Hesterberg ein Glas Riesling-Sekt. Carl Zuckmayer, der berühmte Stückeschreiber und Mitautor des Drehbuchs, brachte Lachsschnittchen. Emil-Georg von Stauß amüsierte sich prächtig über das Gebalze der deutschen Dichtergrößen. Er half der Diseuse aus dem Zobel. Da balzte auch der Darsteller des Professor Rath, Emil Jannings. Gute Stimmung.

Von Stauß erklärte Georg, wer seine fleischfarben gekleidete Schönheit sei. Seine Weibergeschichten waren in Berlin legendär, und Wertheim hatte immer die berechtigte Furcht, dass sein enormes Gedächtnis auch Nebensächlichkeiten wie Amouren speichere und seine Sicht und die Einstellung auf Mitmenschen ins Negative zu beeinflussen vermochte. Schon oft hatte Georg Wertheims geniales Gedächtnis ihm einen Streich gespielt. Von Jugend an.

Mit einigem Getöse enterte Hans Albers das Atelier. Er steuerte zunächst das Kalte Buffet an, angelte sich eine Buddel französischen Jahrgangs-Cognac, nahm daraus einen tiefen Schluck und rannte auf Hanna zu. Georg ließ er erst mal links liegen. »Wenn ich nicht gerade so unglücklich verliebt wäre, Frau Berger, würde ich Ihnen auf der Stelle einen Antrag machen! Glauben Sie mir.«

Albers warf die Cognacflasche von seiner rechten in die linke

Hand und wollte Hanna einen Handkuss verpassen. Hanna stellte sich dezent einen Schritt hinter Georg und funkelte Albers an. Sie achtete darauf, dass ihre Augen nicht klimperten. Sie wollte ihrem klassisch schönen Gesicht einen strengen Ausdruck verleihen.

Vor der Filmvorführung war sie noch auf einen Sprung im Damen-Friseursalon vorbeigegangen, hatte sich ihre brünetten Haare aus der Stirn kämmen und hinten mit einem eindrucksvollen Einschlagungetüm zusammenstecken lassen. Wie immer hatte sie den Rat ihrer Stammfriseuse nicht befolgt und sich bei der letzten Haarwäsche die Haare mit eiskaltem Wasser ausgespült. Seit ihrer Jugend schwor sie darauf, dass das kalte Ausspülen den Haaren einen Festtagsglanz verlieh. Sie hatte recht. Vieles war an Hanna Berger zu bewundern, über ihre glänzenden Haare sprach man sehr oft in der Berliner Gesellschaft. Auch über ihr ebenmäßiges Gesicht, die blauen Augen und vor allem ihr Profil, das – wie alle Direktricen der Wertheim'schen Betriebe behaupteten – an Greta Garbo erinnere. Dass ihr der besoffene Albers einen unverschämten Antrag machte, steckte sie locker weg, pikste aber Georg von hinten in den Rücken.

»Woher kennen Sie Frau Hanna Berger, Herr … Herr … Albers?«, wollte Georg wissen.

»Ihr Bruder Wilhelm hat uns vorgestellt, als ich den Vertrag für die goldene Kreditkarte für dieses Etablissement verhandelte … und meine Kreditlinie. Über meine Autogrammstunde von heute Vormittag haben wir auch verhandelt. Stimmt's, gnädige Frau?«

Hanna nickte dezent. Georg setzte seine dunkle Brille auf.

»Und wer sind Sie?«, fragte der Filmstar.

»Also, Frau Berger hat Ihnen für unsere Goldene Kundenkarte eine großzügige Kreditlinie eingeräumt?« Georg ließ Albers Frage unbeantwortet.

Das sei bitter nötig gewesen, schwadronierte dieser, denn seine gesamten Maßanzüge, Mäntel, Hüte und Budapester Schuhe gingen mächtig ins Geld. Als Mann der Öffentlichkeit müsste er in sein Äußeres investieren.

»Sind Sie der Sekretär oder Buchhalter von Frau Berger?« Albers wollte herausfinden, wer Georg war.

Aus einiger Entfernung hatte von Stauß aus den Augenwinkeln mitbekommen, dass sich über Albers, Georg und Hanna dunkle Wolken zusammenzogen. Flink überließ er Trude Hesterberg den Literaten und Jannings und hüpfte herbei.

»Lieber Hans, darf ich dir Georg Wertheim vorstellen.«

Sofort lockerte Albers seine Seidenkrawatte, öffnete den obersten Knopf: »DER Georg Wertheim?«

»Unser aller Gastgeber. – Mein Freund Georg hat sich dazu durchringen lassen, deinen, Marlenes und auch Emils Film im Privatissimum zu betrachten. – Der Wertheim!«

Georg deutete ein Lächeln an, amüsierte sich aber köstlich darüber, wie Albers einen nahezu preußisch knappen Diener machte, verlegen von Stauß die Flasche Cognac in die Hand drückte und auf dem Absatz kehrtmachte und mit den steifen Schritten, die Betrunkenen zu eigen sind, wenn sie sich kontrollieren wollen, auf einem freien Platz in der letzten Reihe des improvisierten Zuschauerraumes Platz nahm. Dort stierte er vor sich hin und murmelte irgendetwas Unverständliches, was so ähnlich klang wie »Granatenscheiße«.

Georg beklagte sich sofort bei von Stauß, dass dieser Komödiant Hanna aufs Unflätigste angemacht habe und nur aufgrund des Umstands, dass er gerade unglücklich verliebt sei, davon Abstand nahm, Hanna in einer Weise die Aufwartung zu machen, die einer Verführung gleichkam. Von Stauß beruhigte ihn, der Albers sei immer unglücklich verliebt, und im Moment sei es ganz schlecht um ihn bestellt, und er nerve alle möglichen Freunde, ihm eine Pistole vom Kaliber neun Millimeter zu beschaffen. Er gedenke, sich in den nächsten Tagen öffentlich zu erschießen, wenn seine Herzensdame nicht einlenke. In Interviews der Klatschpresse habe er sogar seinen Selbstmord angekündigt. Georg schaute die plötzlich entsetzte Hanna lange an.

»Ich glaube, unser Waffenmeister hat ihm eine Pistole nach der

Autogrammstunde gegen Quittung ausgehändigt, plus Munition. Genauso wie die zwei Kisten Jahrgangs-Cognac. Ich hatte angenommen, unser prominenter Gast benötige so ein Ding, um sich zu verteidigen. Man liest ja auch, dass Albers vielen Ehemännern Hörner aufgesetzt hat. Oh, oh, oh!« Hanna war blass geworden.

»Bei sich tragen tut er das Schießeisen nicht. Dazu ist sein Maßanzug viel zu eng geschnitten. Aber vielleicht steckt sie in der Tasche seines Trenchcoats, den er an der Garderobe abgegeben hat. Ich arrangier das für euch und lass alles überprüfen«, sagte von Stauß.

»Herr Albers trägt einen englischen Burberry-Trenchcoat, innen mit Nerz gefüttert«, wusste Hanna.

Georg und von Stauß starrten sich an. Beide einte der Gedanke, dass Hanna nichts, aber auch gar nichts entging. Von Stauß schlenderte unauffällig zur Garderobe. Da war nichts zu finden. Keine Waffe. Vorerst!

Ein elektrischer Gong ertönte, und das Licht im Fotoatelier wurde heruntergedimmt. Vor alle Sitzgelegenheiten für die Zuschauer waren kleine Beistelltische gestellt. Es durfte während der Vorführung geraucht, gegessen und getrunken werden.

Die Brüder Wilhelm und Franz Wertheim wie auch deren Ehefrauen und auch die Schwestern Gertrud und Helene waren der Einladung zur Privatvorführung vom *Blauen Engel* nicht gefolgt. Telefonisch hatten sie ausrichten lassen, dass sie den Film alle mehrfach gesehen hätten, und wünschten viel Vergnügen. Wilhelm Wertheim hatte sogar von einem Hausboten ein Billett ins Chefkontor seines Bruders übermitteln lassen, in dem er anzüglich schrieb, er wünsche viel Vergnügen. Im P. S. hatte er noch angemerkt, Georg möge beim Betrachten des Filmes die Finger von Hanna Berger lassen, denn es sei wahrscheinlich, dass Georg Wertheims sprichwörtliche Disziplin im Dunkel einer Filmvorführung von intimen Lustäußerungen überlagert werden könnte. Wütend hatte Georg den Brief zerrissen.

Alle bis auf Hanna und Georg kannten den Film in- und auswendig und konnten die Texte und Lieder mitsprechen oder mitsingen. Willi Carow saß neben Wertheim und genoss die neunzehnte Vorführung. Seine Verlobte hatte er entschuldigt.

Georg Wertheim fragte ihn angelegentlich kurz nach Beginn der Vorstellung: »Wohl Angst, bei diesem Spektakel die Finger nicht von der Verlobten lassen zu können, was?!« Gleichzeitig ergriff er mit seiner Rechten die Linke seiner Hanna und drückte sie fest. Was er dort auf der Leinwand sah, überraschte ihn, erregte ihn. Er flüsterte Hanna ins Ohr: »Die Dietrich ist keine Hure. Sie ist geballte Lust. – Ein Vulkan! Armer Emil Jannings. Bekommt keinen Stich ab. Macht sich zum Affen. Tja, diese alten Männer.«

»Phantastisch«, erwiderte Hanna, und es gefiel ihr, dass Georg in aller Öffentlichkeit nicht nur in ihr Ohr hinein flüsterte, sondern an ihrem Ohrläppchen herumknabberte. »Verschluck dabei nicht meinen Ohrring«, flüsterte sie.

Der große Produzent Erich Pommer kannte den Film besser als jeder andere der Anwesenden, aber wegen der besonderen Atmosphäre dieser Privatvorführung klatschte er nach jedem Couplet der Dietrich Beifall, und selbst Hans Albers, der angeblich wegen Liebeskummer dem Tode nahe war und in dem Film einen ziemlich widerlichen Kerl spielt, der den Jannings in eine Zwangsjacke binden muss, schlug begeistert mit den Händen auf die Schenkel. Nur Trude Hesterberg in ihrem lachsfarbenen Abendkleid, in das sie eine Garderobiere eingenäht hatte, saß kerzengerade auf ihrem Sessel, ließ sich von Heinrich Mann Häppchen reichen und von Carl Zuckmayer Weißwein. Alles, was die dralle Marlene Dietrich dort oben auf der Leinwand vollführte, war ursprünglich für sie geschrieben. Sie ahnte sicherlich, dass sie niemals diese elegant-ordinär-sinnliche Ausstrahlung der Dietrich erreicht hätte.

Trude Hesterberg war schon seit langem ein großer Star. Diese Marlene kam aus der künstlerischen Gosse, der Revue, dem ordinären Nummerntheater oder auch aus dem Hurenproletariat der hehren Bühnenkunst der Weimarer Republik. Doch selbst der große Jannings agierte neben der Dietrich wie ein altmodischer Schmierenkomödiant. Großartig zwar, aber altmodisch komisch.

Wertheim musste sich immer wieder vorbeugen und die Augen

zusammenkneifen, um durch seine Brille alles ganz genau mitzubekommen. Er flüsterte: »Hanna, diese Frau ist abstoßend sinnlich. Nicht ganz mein Geschmack. Wenn sie irgendwann deine Konfektionsgröße erreicht, könnte sie in Amerika ihren Weg machen. Singen kann sie ja eigentlich nicht, aber sehr musikalisch sprechen«, und er knabberte weiter an Hannas Ohr.

Hanna legte ihre linke Hand auf Georgs Oberschenkel. Von Kopf bis Fuß auf Liebe eingestellt.

»Diese Frauensperson hätten wir vor zwei, drei Jahren als Werbefigur oder als Vorführ-Direktrice unter Vertrag nehmen müssen. Die meisten unserer Kundinnen wollen sich genau wie sie auch immer in die engsten Kleider zwängen.« Wertheim dachte schon wieder geschäftlich-pragmatisch.

Dann war der Film zu Ende, und Emil Jannings stürmte ohne Gruß aus dem Fotoatelier. Er spürte, der Beifall, den alle Anwesenden diesem bereits weltweit bekannten Meisterwerk zollten, galt nicht ihm. Sein plötzliches Verschwinden bemerkte niemand. Auch Trude Hesterberg verabschiedete sich knapp und ließ sich von Carl Zuckmayer nach Hause bringen. Heinrich Mann war darüber sauer. Er hatte die Trude schon für sich eingeplant.

Erich Pommer beantwortete Georgs Frage nach dem geschäftlichen Erfolg dieses Werkes ausweichend mit der Bemerkung, die Ufa habe sehr viel Geld an dem Film verdient und die Finanziers noch mehr. Er deutete auf Herrn von Stauß. »Denken Sie an meine zweieinviertel Prozent Beteiligung.« – Und weg war Herr Pommer.

Nur Hans Albers saß noch auf seinem Sessel, das Kinn war ihm auf die Brust gesunken. Er schlief nicht, er sinnierte.

Georg dachte laut: Er habe zwar keine Ahnung von der Cinematographie, aber er sei sich sicher, dass diese Aktrice mit dieser Darstellung in die Geschichte eingehen würde, in die Geschichte dieser Filmkunst. »Die Anfängerin hat was für ihre Ewigkeit getan. Hoffentlich weiß sie das.«

»Siehste, und der große Porträtmaler Orlik wird am Ostersonntag etwas für deine Ewigkeit tun. Hoffentlich weißt du das?«, neckte Hanna.

Georg schmunzelte sie an. Von Stauß bemerkte das. Hanna lächelte höflich.

»Genau diesen Gesichtsausdruck möchte ich später auf deinem Gemälde sehen!« Hanna wusste, wie sie Georg zu nehmen hatte.

Ihr Verhältnis zu von Stauß war seit fünfundzwanzig Jahren reserviert, nie herzlich. Von Stauß wusste sehr wohl, dass alle Verträge zwischen den Wertheims und der Deutschen Bank nach der Überprüfung durch den berühmten Justizrat Meschelsohn von Hanna noch gelesen wurden.

Von Stauß war neben seinen zahlreichen Affären natürlich auch angemessen verheiratet. Er spürte, dass sich sein scharfer Bankerverstand und zuweilen lauter Charme bei Hanna nicht verfingen. Eigentlich gab es in seinem Geschäftsleben nur eine einzige Person, von der er annahm, dass er ihr nicht gewachsen war. Er war mit allen Größen der deutschen Wirtschaft quasi auf Du und Du und konnte auch Georg um den Finger wickeln. Nur nicht Hanna Berger.

»Deine Hanna ist für uns Geldleute die Apokalypse. Du weißt ja gar nicht, wie gut du es mit ihr getroffen hast. An ihrer Seite bleibst du ewig jung. – Hast du das schon mal bemerkt?«, fragte er Georg.

Bemerkt hatte das Wertheim nie, aber es war ihm auch nicht wichtig. Er liebte, stritt und schlief mit Hanna, seit fünfundzwanzig Jahren. An jenem Gründonnerstagabend nach der Privatvorführung des *Blauen Engel* war Georg hibbelig. Er wollte möglichst schnell die Veranstaltung verlassen, schnell in die gemeinsame Mietwohnung. Unruhig trat er von einem Fuß auf den anderen.

Diesmal flüsterte ihm Hanna ins Ohr: »Georg, bist du gockelig?«

Ihr Geliebter schürzte die Lippen, nickte dezent und deutete dann auf Hans Albers, der immer noch in sich versunken in seinem Besuchersessel ausharrte.

»Ich verabschiede mich noch schnell von dem Albers und du, sag mal, hast du nicht ein schwarzes Négligé aus Brüsseler Spitze?« Dann räusperte er sich und sagte laut zu den verbliebenen Anwesenden, dass es auch für ihn ein Vergnügen war, zum ersten Mal sein berühmtes Fotostudio kennengelernt zu haben, und dass der Abend und die Umstände des Abends sein außerordentliches Wohlgefallen gefunden hätten.

Hans Albers, Berlins schönster Mann, mit den blauesten Augen, schreckte daraufhin alle auf mit dem Ruf: »So, jetzt geh ich mich erschießen!« Er eilte zur Garderobe und ließ sich von einem livrierten Diener des Wertheim'schen Servicepersonals in den Trenchcoat hieven. Umständlich knotete er einen Kaschmirschal um seinen Hals, griff unter die Garderobentheke und angelte seinen Hut hervor.

In diesem hatte er seinen Schießprügel versteckt. Er zerrte ihn heraus, steckte ihn in die Tasche, bedeckte sein Haupt mit dem breitkrempigen Borsalino, für den er in Berlin sehr berühmt war, zog sich die Juchtenlederhandschuhe an, raste durch das riesige Fotoatelier, fand die Wendeltreppe, die zur Dachterrasse im Wertheim'schen Kaufhaus führte, und schmetterte von oben den schlechten Text: »Adieu, du schnöde Welt! Im Nirgendwo oder Jenseits sehen wir uns wieder!« Dann verschwand er nach oben aufs Dach und ließ sich nass regnen, denn so ab etwa elf Uhr hatte der Allmächtige beschlossen, es bis mindestens nach Beendigung der Gottesdienste am Karfreitag über Berlin regnen zu lassen.

»Selbsttötung! Um Himmels willen!«, hauchte Hanna. »So tut doch was!«

Georg winkte einige Diener und den Filmvorführer herbei, um Hans Albers in den Regen zu folgen.

»Ein toter Filmstar in der Karfreitag-Nacht auf dem Dach von Wertheim ist nicht nur traurig, sondern ein Skandal!« Georg rannte mit Hanna und einigen Angestellten die Wendeltreppe hinauf.

»Gemach, gemach.« Von Stauß zog einen Stuhl an die Getränkebar. Er goss sich einen schottischen Whisky ein. Alle Anwesenden drängten sich auf der Wendeltreppe zur Dachterrasse. Dann verharrten sie und blickten auf den Deutsch-Banker. »Georg, mein Freund, lass ihn nass werden. Wenn ein Mann wie der Albers sich in einen pelzgefütterten Trenchcoat hüllt, den Schal umwickelt, einen Hut aufsetzt und sich auch noch Handschuhe anzieht, damit er sich oben auf dem Dach eures Palastes nicht erkältet, glaubt ihr doch nicht im Ernst, dass er sich jetzt erschießen wird!«

Diesem Argument konnte sich erst Hanna und dann, nach einigem Überlegen, auch Georg nicht verschließen. Georg wies einen Angestellten an, sich mit einem großen Schirm auf das Dach zu begeben und dafür zu sorgen, dass der Albers Hans oben nicht allzu nass würde und sich womöglich erkälte.

Hans Albers empfand die ihm gezollte Aufmerksamkeit gegen den prasselnden Regen als angemessen respektvoll, drückte dem Schirmhalter erst ein üppiges Trinkgeld und dann seine Pistole in die Hand, mit der Bemerkung, er möge die Pistole in der Wertheim'schen Jagdwaffenabteilung für ihn in Zahlung geben und den Erlös seinem Hauskonto gutschreiben. Dann kletterte er wieder die Wendeltreppe ins Atelier hinunter, verabschiedete sich von Hanna mit einem Handkuss und beklagte im Hinausgehen, dass öffentliche Tanzveranstaltungen in der Karfreitagsnacht und überhaupt alle Lustbarkeiten auf dem Kiez vom bigotten Magistrat und den Pfaffen untersagt seien. Er ginge jetzt ins Bett, würde sich noch einen Kräutertee bereiten, denn er habe ein Kratzen im Hals, eine kleine Verkühlung vermutlich. Von Stauß fragte noch lässig, ob Georg und Hanna so freundlich sein könnten, ihn mit dem Rolls-Royce zu Hause vorbeizufahren. Er selber habe seinen Chauffeur schon in den Osterurlaub entlassen.

»Hanna und ich haben es eilig. Verzeih, Emil. Ich lasse dir von unserem Nachtpersonal am westlichen Eingang eine Droschke besorgen. Wir begleiten dich nach unten.«

Mit schnellen Schritten eilte Wertheim voraus. Hanna warf ihm noch den Kaschmirmantel mit dem Samtkragen über, setzte ihm den englischen Bowlerhut auf den Kopf und trippelte hinterher.

Von Stauß schaute dem verliebten Paar nach und rief ihnen zu: »Ein unverschämt freizügiger Film, nicht?«

Georg Wertheim legte sich auf Hannas Seite ins breite französische Bett. Eilig hatte er sich zuvor noch geduscht und mit reichlich portugiesischem Eau de Toilette abgerieben. Hanna planschte unerträglich lange in ihrem Badezimmer in einem Schaumbad herum und genoss die ätherischen Rosenöle aus Nizza. Endlich gurgelte das Wasser durch den Ausguss. Georg begann leise das Lied zu summen »Ich bin von Kopf bis Fuß auf Liebe eingestellt«. Das wurde ihm irgendwann peinlich, und er hörte wieder auf. Doch dann setzte Hanna im Badezimmer ihren neumodischen elektrischen Haartrockenfön der Marke Edison aus Amerika in Betrieb, um sich die Haare mit unvorstellbarem Lärm zu trocknen. Da wurde Georg zum Bettflüchter.

Er schlüpfte in seine Samthausschuhe, begab sich in sein Ankleidezimmer, betrachtete sich eingehend nacheinander in mehreren Spiegeln, mit denen die Schiebetüren seiner Kleiderschränke belegt waren. Dazu setzte er seine Brille auf. Prompt fand er, die Brille mache ihn alt. Von Kindheit an hatte er körperlich schwer arbeiten müssen und sich später mit stundenlangen Ruderpartien mit Hanna auf den Berliner Seen in Schuss gehalten. In seinem Ankleidezimmer stand sogar ein Fitnessrad, wie sie vor einigen Jahren in Amerika in Mode gekommen waren. Bis zu seiner Staroperation war er täglich mindestens eine Dreiviertelstunde gegen den ›inneren Schweinehund‹ angeradelt. Dann hatte ihm sein Augenarzt diese Belastung verboten. Um die Zeit des Wartens auf Hanna zu überbrücken, schwang er sich auf das Rad und trat in die Pedale.

Endlich erschien Hanna, gekleidet in ein schwarzes Spitzenneglige, mit getrockneten schulterlangen Haaren und duftete nicht nur nach dem Rosenschaumbad, sondern auch nach dem Parfum Schiaparelli. Das war 1931 das teuerste Parfum aus Paris. Georgs Schwester Helene hatte fünf Milliliter davon aus Paris mitgebracht. Georg hatte prompt nach dem Preis gefragt und gegrummelt, das sei kein Parfum, sondern eine Kapitalanlage und in Berlin unverkäuflich.

»Vergeude keine Kraft, Darling.« Hanna half ihm vom Rad.

Georg legte sich wieder ins Bett.

»Na dann«, hauchte Hanna, legte sich dazu und kuschelte sich dicht an ihn.

»Darf ich dir das schwarze Negligé wegstreicheln, Hanna?«

»Das liegt schon auf dem Boden.«

»Du hast es schon ausgezogen?!«, freute sich Georg.

»Jedenfalls trage ich nicht mehr von Schweizer Nonnen mit dem Munde gekaute Wäsche.« Dann knöpfte sie eilig die Perlmuttknöpfe von Georgs schwarzem Seidenanzug auf, wobei sie den letzten versehentlich abriss.

»Hanna, weißt du übrigens, dass wir als Einzige im deutschen Reich unsere Perlmuttknöpfe aus einer Manufaktur in Neapel beziehen? Die werden alle mit der Hand gesägt!«

»Shut up«, erwiderte sie liebevoll.

Sowohl bei Grämlichkeiten als auch bei höchstem Glück und Vertrautheit bedienten sich Hanna und Georg der englischen Sprache. Bereits mit siebzehn Jahren sprach Georg Wertheim Englisch, Französisch, Jiddisch und Italienisch. Das Jiddische hatte er in seiner Familie gelernt, die anderen Sprachen als Lehrling in seiner Freizeit an der Berlitz School in Berlin. Lang war das her. Hanna sprach mehrere Sprachen leidlich, aber Französisch fließend. Das hatten die Geschäfte mit französischer Luxusware so mit sich gebracht.

»Je t'aime«, flüsterte sie, beugte sich über Georg und küsste ihn auf beide Augen, auf die Stirn, auf die Nase und auf den Mund. Georg umschlang jenen Menschen fest mit beiden Armen, von dem er wusste: Sollte Hanna jemals etwas passieren, wäre er innerlich tot, auch wenn er äußerlich noch zu leben schien.

»Was für 'n Tag, Hanna! An diesen schmuddeligen Film möchte ich gar nicht denken«, gestand er.

»Je t'aime und shut up.«

»Darf ich das Licht anlassen, Hanna? Ich möchte dich sehen.«

Er durfte.

Die ganze Nacht schlugen Regentropfen an die Fenster der Berliner Häuser. Aber pünktlich nach den evangelischen und katholischen Gottesdiensten am nächsten Tag schien wieder die Sonne.

Da Berlin eine sehr, sehr große Stadt war und am Prenzlauer Berg noch die Regenschirme aufgespannt werden mussten, während in Charlottenburg an der Kaiser-Wilhelm-Kirche bereits die Sonne schien, traf es sich, dass am Karfreitag 1931 hier die Regenschirme als Erstes eingeklappt wurden, viele Herren ihre dunklen Mäntel auszogen, über den Arm legten und nur die Damen der besseren Gesellschaft ihre seidenen Staubmäntel nicht ablegten.

Am Karfreitag versammelten sich in der Kaiser-Wilhelms-Kirche auch viele getaufte Juden, um zumindest einmal im Jahr zu bekunden, dass sie sich dem protestantisch-christlichen Glauben zugehörig zu fühlen schienen. Um die Jahrhundertwende herum war es für das großbürgerlich aufstrebende Judentum politisch unumgänglich, sich taufen zu lassen, um beispielsweise in der Armee Karriere zu machen oder als medizinische Koryphäe einen Professorentitel zu erhalten. Die Berufsstände der Ärzte, Juristen, auch der Bauernverband, die Handelskammern, die Mittelstandsvereinigung und die meisten Beamten waren zwar nicht antisemitisch, aber um Karriere zu machen, Baugenehmigungen, Export- und Importgenehmigungen zu erhalten, zu expandieren, war es durchaus angezeigt, dem christlichen Glauben beizutreten. Genau genommen fing die Christianisierung der Berliner Juden schon Mitte des neunzehnten Jahrhunderts an. Darüber wurde nicht diskutiert und die preußischen Politiker wären wohl auch empört gewesen, hätte man ihnen unterstellt, die jüdischen Mitbürger in irgendeiner Weise zu benachteiligen. Doch das waren nur Lippenbekenntnisse von Politikern, die ohnehin alle naselang ihre Meinungen änderten, die sich den Zwängen der Wirtschaft unterwarfen und diesen ehrgeizigen Juden aus dem polnischen Galizien oder aus Süddeutschland Steine in den Weg legten, wann immer sie konnten. Vor allen Dingen dann, wenn diese ehrgeizigen jüdischen Kaufmannsherren Steine übereinanderhäufen wollten, um gigantische Kaufhauspaläste zu bauen. Dann giftete die preußische Mittelstandsvereinigung mit dem Argument, die jüdischen Kaufhäuser, allen voran Wertheim, Tietz und Herzog, würden dem christlichen Mittelstand den Umsatz abgraben.

Jüdische Akademiker hatten es nicht leicht, zu ihren außerordentlichen Fähigkeiten auch eine angemessene akademische Karriere zu machen. Man schätzte die erstklassigen jüdischen Anwälte, aber ungetauft hatten sie keine Chance, in den Staatsdienst überzuwechseln oder einem Gericht als Richter vorzustehen. Das war zwar nicht verboten, aber Gewohnheiten, die Verteidigung von Pfründen der Handelskammern oder der richterlichen Vereinigung waren die gemeinste Form der Diffamierung.

Sogar der bedeutende Journalist und Schriftsteller Theodor Fontane giftete in seinen Artikeln sehr oft gegen die »schlitzohrig schlauen jüdischen Mitbürger« an, »die sich anheischig machen, an den Tischen der Grafen und Barone Platz zu nehmen, um mit den traditionellen Herrschern des gesellschaftlichen Lebens die christliche Luft einzuatmen«. Vielen Juden blieb gar nichts anderes übrig, als sich taufen zu lassen. Das ging am schnellsten und ohne große Umschulung durch Pastoren in der Kaiser-Wilhelm-Kirche am Kurfürstendamm. Ganz in der Nähe hatte 1906 der jüdische Unternehmer Jandorf das ›Kaufhaus des Westens‹ eröffnet und war damit sehr erfolgreich. Jandorf hatte ein reiches Angebot für die sogenannte Laufkundschaft. Um das KaDeWe herum hatten sich viele jüdische Handwerksbetriebe, Silber- und Goldschmiede angesiedelt. Jüdisches Leben fand ein bisschen in der Fasanenstraße statt. Richtig fromm war man als Jude in dieser Gegend nicht. So war es kein Wunder, dass, sofern sich ein Jude taufen ließ, er die Kaiser-Wilhelm-Kirche heimsuchte. Das ging ruckzuck, fand meistens morgens um acht Uhr unter Ausschluss der Öffentlichkeit statt. Man ging als Jude rein und kam als getaufter protestantischer Jude wieder raus. Weil es so unkonventionell, ohne Aufsehen geschah, hatte sich unter den Juden Berlins wegen der Nähe des ›Kaufhauses des Westens‹ für die Kaiser-Wilhelm-Kirche der Begriff ›Taufhaus des Westens‹ eingebürgert.

Blitztaufen gab es dort vor allen Dingen bis 1913, jenem bedeutenden Jahr, als sich in Berlin Monarchen aus Russland, Großbritannien und Kaiser Wilhelm trafen, um des Kaisers Tochter Viktoria Luise zur Hochzeit die Ehre zu erweisen. Der Kaiser, der Zar und der englische König waren sich schon zu diesem Zeitpunkt nicht mehr ganz grün und überlegten heimlich, dass sie sich eigentlich gar nicht leiden konnten. 1914 konnten sie sich offiziell nicht mehr leiden, und da brauchte man ganz besonders die ehrgeizigen, nunmehr getauften Berliner Juden. Nur die Hetzpresse, allen voran *Die Wahrheit*, ätzte ständig gegen die »jüdischen Emporkömmlinge« und wurde nicht müde zu betonen, dass »selbst die getauften Juden heimlich ihrem Judentum nicht abgeschworen« hatten, weil sie, wie auch in der Familie Wertheim, jüdische Ehemänner oder jüdische Ehefrauen ehelichten, sich von jüdischen Anwälten beraten ließen, vorzugsweise auch jüdische Ärzte für ihre Gesundheit konsultierten und einzig, wie *Die Wahrheit* maulte, »weiterhin unter sich blieben und sich nur geschäftlich an der machtvollen Eiche des deutschen Volkes rieben«. Das behauptete Kaiser Wilhelm viel später im Exil in Holland.

Der Karfreitag im Jahr 1931 war auch geprägt durch einen lauten Antisemitismus der deutsch-nationalen, reaktionären Hugenberg-Presse und durch einen gewissen Adolf Hitler, der mit seiner Volkspartei NSDAP noch 1928 mit gerade mal zweieinhalb Prozent Stimmen in den Reichstag eingezogen war, machtvoller geworden war und auf der Straße antisemitische Demonstrationen organisieren ließ.

Die Wiederaufnahme des *Blauen Engel* im Gloria-Palast war zwar immer ausverkauft, aber junge Männer in braunen Uniformen mit einer Hakenkreuzbinde am rechten Arm störten regelmäßig die Vorstellungen. Bedeutende jüdische Künstler wurden öffentlich angefeindet. Der große Theatermann Max Reinhardt galt als »gewissenloser Verführer und Pestbazillus des deutschen Blutes«.

Georg Wertheim und Hanna Berger kümmerten sich nie um den Antisemitismus, Georgs Brüder und Schwestern verschanzten sich in ihren Villen und lebten mit der Berliner Gesellschaft nicht nur in friedlicher Koexistenz, sondern waren die Berliner Gesellschaft. Der Hass gegen Juden entwickelte sich von unten.

Über Ostern 1931 registrierte man im Tietz-Konzern diese Entwicklung zuerst. Der hauseigene Sicherheitsdienst, die Detektive, meldeten der Direktion einen Anstieg von Ladendiebstählen dreistester Art, ja sogar Übergriffe auf Angestellte. In den Wertheim-Kaufhäusern war davon nichts zu spüren. Georg Wertheim und vor allem wohl auch Hanna Berger hatten es geschafft, dass ihre Konsumpaläste nicht nur ›Luxus für alle‹ boten, sondern ihn auch zu moderaten Preisen für jedermann ermöglichten. Hier waren nicht nur Könige und Grafen Kunden, sondern jeder Kunde König, dem mit Respekt und – wie es allen Besuchern schien – mit liebenswertester Höflichkeit nichts aufgeschwatzt wurde. Hanna hatte das Geschäftsprinzip für Luxus irgendwann einmal auf den Punkt gebracht: »Unser Wirsing, unser Sauerkraut, unsere Kartoffeln und unsere Konfektion für Damen und Herren sowie das Schuhwerk müssen für alle erstrebenswerter sein und qualitativ besser als unsere unbezahlbaren französischen Modeimporte, russischen Pelze und Juwelen, die wir ohnehin nur in Séparées an eine Kundschaft veräußern, die eigens dafür um einen Termin nachsucht.«

Franz Wertheim, der im Konzern für die Qualitätskontrolle aller Waren zuständig war, verstand das nicht so recht und bat Hanna, das doch mal genauer zu erklären.

»Ganz einfach, Franz. In der Herren-Maßabteilung beschäftigen wir als Meister zwei tschechische Schneider, die beide einen Buckel haben. Weil sie selber körperbehindert sind, können sie mit ihrem Geschick jedem anspruchsvollen Herrn den perfekten Frack, Anzug oder Mantel schneidern. Nun sei ehrlich, Franz, du kennst die beiden Herren und ihre Qualitäten, aber wer unserer vielfältigen normalen Kundschaft würde sich einem Buckligen anvertrauen? In der Konfektion beschäftigen wir nur elegante Verkäufer mit preußischem Gardemaß, und sie müssen alle frisch nach ›4711‹ oder ›Uralt Lavendel‹ duften. Zu schönen Menschen hat man mehr Vertrauen als zu den durch die Natur benachteiligten Könnern. Den Chef-Juwelier unserer hochwertigen Schmuckwarenabteilung haben wir von Fabergé abgeworben und seinen Vertreter der Geschäftsführung von Van Cleef & Arpels. Beide sind ziemlich arrogante Affen. Ich kann sie nicht leiden, aber unsere kaufkräftige Kundschaft erstarrt in Ehrfurcht vor diesen französischen Monsieurs. Den Brautschmuck, wie Eheringe und andere Liebesgaben, lassen wir von verheirateten jungen Frauen und vertrauenerweckenden Berliner Herren verkaufen, wobei Letztere von mir angewiesen wurden, ihren Kunden auch eine Teilzahlung zu gewähren. Warum sollten junge Liebende auf Luxus verzichten? Wir berechnen nur ein Prozent Zinsen und einmal in der Woche verlangen wir eine bescheidene Rückzahlung der Kredite. Das machen wir in allen Abteilungen so. Die Raten müssen in der Wertheim-Bank bar eingezahlt werden, also hat der Kunde ein Konto bei uns. Und glaub mir, Franz, diese Menschen kommen einmal in der Woche und zahlen, kaufen noch etwas Neues, fühlen sich von uns gut behandelt und unsere juristische Abteilung hat mit Zahlungsbefehlen überhaupt keine Probleme.«

Natürlich hatte Hanna ihre psychologische Verkaufsförderung und Kundenbindung mit Georg Wertheim unter vier Augen diskutiert und Georg hatte immer wieder eingewandt: »Aber wenn mal eine Katastrophe kommt und niemand mehr Geld hat, dann bleiben wir auf ungeheuren Verlusten sitzen.«

»Wenn diese Katastrophe kommt, dann ist die Deutsche Bank pleite, die gesamte deutsche Industrie und wir auch.«

Hanna hatte recht behalten. Die Katastrophe war einmal eingetreten, aber das lag viele Jahre zurück. Das war im Jahr 1924 gewesen.

1931 schwappte aus Amerika die Weltwirtschaftskrise auch nach Berlin. Die Politiker wussten nicht, wie sie ihr Land über die Runden bringen sollten, alle Parteien waren zerstritten, die drohende Pleite stärkte radikale politische Gruppierungen. Nur bei Wertheim funktionierte noch das Geschäftsprinzip von Geben und Nehmen.

In der Nacht von Gründonnerstag auf Karfreitag ahnten beide noch nicht, dass sie in Wahrheit einen Vulkan erklommen hatten, der kurz vor dem Ausbruch stand. Sie hatten eine wundervolle Nacht verbracht.

Georg kleidete sich am Karfreitag sorgfältig an, setzte seine Sonnenbrille auf, ließ sich mit Hanna von Chauffeur John zur

Skulpturenallee im Tiergarten fahren, schwenkte vergnügt seinen Spazierstock mit dem handgeschmiedeten Silberknauf aus der Wertheim'schen Silberschmiede und flanierte mit vielen anderen Sonnenhungrigen an den Skulpturen deutscher Geistesgrößen vorbei. Zur Feier des Tages trug Hanna einen dunklen Hut und einen anthrazitfarbenen seidenen Staubmantel, den ihr ein buckliger Tscheche maßgerecht auf den Leib geschneidert hatte. Ein sehr elegantes gediegenes Paar und offensichtlich bei bester Laune. Wie üblich erkannte niemand in dem Spaziergänger einen der mächtigsten Wirtschaftstycoons Berlins. Nicht nur, weil er gegen die Sonne eine dunkle Brille trug, sondern, weil er sich in sich selber bestens verstecken konnte.

Nicht einmal sein Bruder Franz, der in einem offenen Mercedes-Cabriolet den Boulevard entlangfuhr, bemerkte seinen Bruder und Hanna. Franz hatte es sehr eilig. Mit seiner Familie war er bei seinem Bruder Wilhelm zu einem Fischessen für zig Dutzend Gäste eingeladen.

Als Gastgeschenk hielt seine Frau Käthe, geborene Goldschmidt, ein in Cellophan eingepacktes Orchideen-Blumengebinde mit über vierzig Blüten aus der Wertheim'schen Blumenbinderei. Das Geschenk verbarg eine original russische, zwölf Unzen schwere, blaue Kaviardose, die Franz zum Direktionspreis in der Fischabteilung erworben hatte und die er seinem Bruder Wilhelm und dessen Gästen spendieren wollte.

Als sie mit dem Wagen losfuhren, meinte er etwas gallig zu seiner Käthe, Wilhelm habe karfreitags immer die Angewohnheit, jetzt verarmte, ehemals aber reiche Freunde einzuladen. Da sei es doch nur richtig, dass diese neuen Armen nicht nur mit Gefiltem Fisch verwöhnt würden, sondern dass diese auch mal wieder auf teurem russischem Kaviar ausrutschen könnten. Käthe fand das nicht witzig, aber sie wusste, dass Wilhelm sich in der Tat bei der Auswahl seiner Gäste durchaus an Freunde erinnerte, die, wenn überhaupt, dann mit großer Würde, ihrem vergangenen Reichtum nachzutrauern übten. Franz nannte es ›das Mumienfest‹.

Nach einer Stunde lungenerweiternden Spaziergangs an der Skulpturenallee holte Chauffeur John die Spaziergänger wieder ab und fuhr sie zurück in ihre Mietwohnung.

Dort briet Hanna zwei Seezungen aus Dover in Butter, setzte sich über Eck an den riesigen Esstisch im Speisezimmer und Georg stellte liebenswert fest, dass nicht mal der belgische Koch Guy die exquisiten Seezungen so perfekt zubereiten könne wie Hanna.

»Seezunge ist Seezunge, Darling. Seitdem wir uns kennen, isst du mindestens vier-, wenn nicht gar fünfmal die Woche Seezunge.«

»Als ich noch ein Kind war, konnte meine Familie sich weder Seezunge aus der Ostsee noch sonst woher leisten. Bestenfalls Rotbarsch. Pf! – Rotbarsch hat man in Stralsund an die Katzen verfüttert. Nur wir Wertheims nicht. Dich brauche ich natürlich mehr als tägliche Seezunge, aber in der Reihenfolge. Wenn Guy irgendwann mal wieder hier aufkreuzt: Sag ihm bitte, er soll diese dämlichen, viereckigen gebratenen Kartoffelstäbchen weglassen.«

»Pommes frites! – Köstlich.«

»Die stinken aber im ganzen Haus, Hanna, und wir wohnen hier zur Miete und müssen Rücksicht nehmen.«

»Spinner, Darling.«

Und dann gingen Hanna und Georg wieder ins Bett.

Wie jeden Morgen auf die Minute genau betraten Hanna und Georg ihr Büro auch am Karsamstag. Der Pressechef des Wertheim-Konzerns, Dr. Jürschik, hatte für das Chefbüro die übliche Pressemappe gestaltet. In allen Berliner und überregionalen Zeitungen mahnten die Wirtschaftsjournalisten vor der drohenden Wirtschaftskrise. Die deutsche Wirtschaft war in Schwierigkeiten. Lediglich den Handelshäusern ging es noch gut. Allen voran Wertheim. Wer immer noch etwas Geld flüssig hatte, flüchtete in ›Sachwerte‹. Der Umsatz von teuren Schmuckpretiosen war überragend und besorgniserregend gleichzeitig. Ebenso Antiquitäten. Vor allem die Neureichen ließen sich vom Glanz der Wertheim'schen Schmuckabteilung blenden und trugen angeblich pfundweise in Gold und Silber gefasste Edelsteine nach Hause. Das war übertrieben. Am Telefon erfuhr Hanna von den beiden französischen Chef-Juwelieren von außerordentlichen Umsatzzuwächsen ›hochpreisiger‹ Artikel.

»Was weg ist, ist weg, Hanna. Aber es besorgt mich, wenn nur einige wenige sich unnützes Zeug leisten und unsere normale Kundschaft dabei zuschaut. Das schafft Neider.«

Der Neid sei der große Bruder der Unruhe, meinte Hanna noch, als Willi in das Büro stürmte und stolz verkündete, die beiden auf den Maler Orlik angesetzten Hausdetektive hätten berichtet, er habe bisher dem Alkohol widerstanden und bis auf zwei Gläser des neuen Berliner Modegetränkes keinen Alkohol zu sich genommen: die amerikanische Limonade Coca-Cola, versetzt mit einem Schuss jamaikanischem Rum. Hanna und Georg hatten das Zeug auch einmal probiert. Hanna mochte es nicht und Georg gab immerhin zu, dass es sanft auf der Zunge prickele und die Mischung auch das Blut etwas in Wallung brächte.

Willi Carow trat nervös von einem Fuß auf den anderen. Wertheim bemerkte, dass sein Lieblingskontorist Willi über seinen Schnürstiefeln hellgraue Gamaschen trug – wie Hans Albers in dem Film. Fragend schaute er Willi an.

»Herr Wertheim, es wäre ganz gut, wenn Frau Berger mal auf einen Sprung zu unseren Tschechen in die Herren-Maßabteilung hüpfte.«

Hanna blickte gespannt den jungen Mann an: »Weil? Und warum soll ich hüpfen?«

Weil die Tenöre Jan Kiepura und Richard Tauber durch ein unentschuldbares Versehen der Disponenten gleichzeitig zum Endfitting ihrer Fräcke erschienen waren und Willi gewisse Eifersüchteleien zwischen den Herren Sängern befürchte.

Georg war arglos. »Ich verstehe diese Aufregung nicht. Frack bleibt doch Frack.«

»Aber nicht bei Tenören.« Hanna zischte aus dem Büro.

Jan Kiepura war der schönste und bei den Damen umschwärmteste Tenor jener Jahre in Berlin, und Richard Tauber war der künstlerisch umschwärmteste und deutlich pummeliger als der schöne Pole Kiepura.

Mit schnellen Schritten eilte Hanna die Gänge von der Büroetage zu einem Lift, der direkt in die Herren-Maßabteilung führte. Willi konnte ihr kaum folgen, denn die Hans-Albers-Gamaschen waren eine Nummer zu groß. Er berichtete noch im Laufen, dass sich sowohl Tauber als auch Kiepura direkt nach Betreten des Hauses in die Schallplattenabteilung begeben hatten. Kiepura habe dabei festgestellt, dass es wesentlich mehr Richard-Tauber-Aufnahmen im Angebot gab als seine eigenen Einspielungen. Die beiden Sänger hätten so getan, als sähen sie sich nicht. Tauber sei mit einem frohlockenden Lächeln in den Messingfahrstuhl gestiegen. Der sportliche Schönling Kiepura habe die Treppe an einem Lichthof genommen – zwei, drei Stufen auf einmal – und sei nach oben zu den Tschechen gestürmt. Viele Kunden hätten die beiden Sänger natürlich erkannt. Kiepura sei häufiger um Autogramme gebeten worden als der großartige Richard Tauber.

Natürlich schickte es sich für eine Dame nicht, beim letzten ›Fitting‹ von Fracks zugegen zu sein. Hanna betrat die Schneiderwerkstatt, von der aus man durch mit Gardinen verhängte Glasfenster in den Verkaufs- und Anprobesalon blicken konnte. Vorsichtig lüpfte sie eine Gardine und stellte erleichtert fest, dass sich die buckligen Tschechen zunächst um Richard Tauber kümmerten und Kiepura in einem anderen Ankleidesalon sich in einem bombastischen Fauteuil räkelte. Er wurde von einem Hausdiener des Bankettservice mit französischem Champagner verwöhnt. Hanna hechelte von einem Fenster zum anderen, um die Ereignisse zu verfolgen.

Die Anprobe bei Tauber zog sich hin. Angeblich zwickte mal die Frackweste, mal der ganze Frack, dann war die Hose zu lang oder der Kragen des Frackhemdes zu eng.

»Wir müssen Zeit gewinnen.« Sie wies einen der zahlreichen Maßschneider an, mit einer Kollektion Frack-Capes zu Jan Kiepura zu eilen, um ihm ein Cape zu offerieren. Blitzschnell deutete sie auf ein Kaschmircape, das dramatisch mit rotem Satin ausgekleidet war.

»Dies da. Das macht den Kiepura noch attraktiver. Irgendwie dämonischer. Feurig röter!«

Das fand Jan Kiepura in seinem Ankleidesalon auch, und Hanna und Willi konnten beobachten, wie er durch den Anprobesalon tänzelte.

Da sich die Anprobiererei bei Tauber noch hinzog, ordnete Hanna an, seinem tenoralen Kontrahenten auch noch eine Kollektion Zylinder und Lackschuhe anzubieten. Schließlich war Richard Tauber zusammengesteckt und zufrieden.

Zwischen den Ankleidesalons gab es eine Verbindungstür. Die riss Richard Tauber plötzlich auf, ging auf den Kollegen zu, umarmte ihn und schmetterte laut: »Lieber Jan! Wie freue ich mich, dass wir beide den gleichen Geschmack haben!« Er umarmte seinen Konkurrenten und bemerkte noch kurz, dass ihn die rote Satinfütterung des Capes ausnehmend gut kleide, und setzte allerdings giftig hinzu, dass das Blutrot des Capes zwar die Augen betöre, aber die Ohren nicht betrügen könne.

Willi Carow flüsterte: »Das endet in einer Prügelei!«

Hanna befahl, er solle die Klappe halten und sofort dafür sorgen, dass den beiden Sängern zwei üppige Ostergeschenkkörbe zu ihren Limousinen nachgetragen würden.

Die üppigen Geschenkkörbe seien so gut wie ausverkauft. Eigentlich total ausverkauft, gab Willi zu bedenken.

»Ausverkauft gibt es in unserem Hause nicht«, befahl Hanna, und Willi jagte in die Bankettabteilung hinunter und ließ zwei prachtvolle Präsentkörbe zusammenstellen, die jeweils fast so teuer waren wie die Maßfräcke der beiden Tenöre. Der Bankettchef und oberste Küchenmeister der Wertheim'schen Restaurants bestand darauf, dass nicht nur Willi die Hausquittung für Eigenbedarf abzeichnete, sondern dass er auch noch auf die Unterschrift von einem der Wertheim-Brüder bestehen müsse, denn bei Wertheim war man zu Ostern wirklich ausverkauft. Der Bankettchef konnte sich nur mit Kaviar, getrüffelter Gänseleber, belgischem

Konfekt und anderen Luxusgütern behelfen. Selbst die Zuckerguss-Narzissen waren ausgegangen, und so musste aus der Floristenabteilung Flieder herangeschafft werden, der für exaltierte Neureiche extra aus San Remo importiert wurde.

Die beiden Tenöre fühlten sich gleichermaßen gut behandelt und Georg Wertheim unterschrieb die betriebsbedingte Ausgabe unter Protest.

Immerhin trudelte im Verlauf des Karsamstags noch per Bote ein Brief von Hans Albers ein, in dem er sich für sein Benehmen während der Filmvorführung entschuldigte, Georg um Nachsicht bat und im P. S. das Herz der schönen Hanna Berger küsste.

Prompt rief nachmittags Emil-Georg von Stauß an und fragte nach, ob es denn stimme, dass es zum Eklat zwischen Jan Kiepura und Richard Tauber wegen Maßfräcken gekommen sei. Er habe so etwas aus Künstlerkreisen gehört und sei überrascht, dass die Firma Wertheim diesen Knödeltenören auch noch den peinlichen Auftritt mit Geschenkkörben veredelt habe. Hingegen seine Familie lediglich mit einem ein Meter fünfzig hohen, in Goldpapier eingewickelten, hohlen Vollmilchschokolade-Osterhasen beschenkt wurde. Bei diesem Telefonat lachte sich von Stauß kaputt, meinte, es sei alles nicht so ernst gemeint und er würde den lächerlichen Osterhasen in dem Speiseraum seiner Motoryacht auf dem Wannsee aufstellen, sozusagen als Blickfang für einige Politiker, die für den Ostersonntag bei ihm um eine Audienz ebendort nachgesucht hätten: interessante Leute irgendwie. Vor allem der Herr Hitler, dann der Welktkrieg-I-Flieger Hermann Göring, ein hinkefüßiges Kerlchen namens Gröbels oder so ähnlich und ein unappetitlicher Prolet namens Röhm.

»Diese Herren machen ziemlich viel Wind in der Presse«, sagte Georg später zu Hanna.

»Dann wollen wir doch hoffen, dass dein Freund von Stauß sein Fähnchen nicht in diesen Wind hängt, nicht wahr?«, bemerkte Hanna spitz.

Sie erinnerte Georg daran, dass schon mehrfach die Tietz-Kaufhäuser von braun uniformierten jungen Männern des Herrn Röhm heimgesucht worden seien. Im Hermann Tietz am Potsdamer Platz hätten einige dieser Rabauken sogar in die Butter- und Sahnecreme-Torten gepinkelt.

»Bitte, Hanna, erzähl mir doch nicht etwas so Unappetitliches. Ich habe mir gerade von unten aus dem Restaurant eine Dover-Seezunge bestellt … – Was isst du denn heute Mittag?«

»Kartoffeln mit brauner Soße.«

Um neunzehn Uhr fünfzehn schleppte Willi Carow die Ausdrucke der Sammelkassen aller Berliner Filialen des Wertheim-Konzerns ins Büro. Dr. Jürschik, der Pressesprecher der Wertheims, hatte mit der Auswahl seiner Zeitungsartikel schon recht: Zu Ostern 1931 wurde gekauft, als gäbe es kein Morgen. Niemals zuvor wurde so viel Geld ausgegeben und niemals zuvor, das analysierte Georg trickreich, war der Umsatz von billigem Straßburger Sauerkraut so hoch wie in jenem Jahr. Ob arm, ob reich – jeder gönnte sich noch einmal etwas. »Was du heute kannst besorgen, das verschiebe nicht auf morgen.« Der Vulkan der Weimarer Republik brodelte. Auf den Dächern aller Wertheim-Kaufhäuser flatterten hundertfach die schwarz-rot-goldenen Fahnen der Weimarer Republik.

Schon vor Wochen hatte Georg auf Drängen von Hanna einem Essen im kleinen Kreis bei Bruder Franz zugesagt. Das war vor seiner Staroperation und noch weit bevor der Kunstmaler Orlik von Hanna den Auftrag erhielt, den obersten Wertheim für die Ewigkeit in Öl zu malen. Georg bat Hanna, die Einladung kurzfristig abzusagen, da er sich auf den nächsten Tag psychisch, physisch und überhaupt vorzubereiten gedenke – künstlerisch!

»Bevor ich in dieses Ölgeschäft einsteige, brauche ich meine Ruhe. Und wenn Franz von ›kleinem Kreis‹ spricht, lädt er mit Sicherheit zig Leute ein, die meinen Augen nicht guttun. Außerdem rauchen die Herren dort alle wie die Schlote und das vertragen meine Augen auch nicht.«

Georg zündete sich eine Zigarre an, blies Kringel ins Büro, und Hanna schwieg.

»Hanna, du weißt, ich kann schlecht lügen. Ich kann doch nicht sagen, dass ich einfach keine Lust habe und lieber mit dir zu Hause die Beine hochlegen und dir beim Klavierspielen zuhören möchte. Außerdem werde ich dann von Franz und seiner Frau wieder gelöchert, wann ich zuletzt bei Ursula und den Kindern auf Gut Saßleben war. Und ob in diesem Jahr überhaupt schon.«

Hanna schwieg immer noch. Was sollte sie auch dazu sagen? Insgeheim freute sie sich, dass ihr Georg seine Zeit am liebsten mit ihr verbrachte. Aber sie wusste auch, wie wichtig es war, an solchen Familientreffen teilzunehmen.

»Lüg du für mich. Meinetwegen kannst du auch versprechen, dass ich zwischen Pessach und Schawuot die ganze Mischpoche von Franz zu einer Landpartie nach Saßleben einladen werde, um mich zu revanchieren, sofern das Wetter sich hält und die Sonne scheint«, redete Georg Wertheim noch immer.

Über die Telefonzentrale im Kellergeschoss, direkt neben den riesigen Tresorräumen, ließ sich Hanna mit dem Anschluss von Franz Wertheim verbinden. Stumm reichte sie Georg den Hörer. Wenn er nicht gehen wollte, dann sollte er auch selbst absagen.

»Tut mir wahnsinnig leid, lieber Franz, aber Hanna fühlt sich nicht so recht. Sie hat Migräne, Spannungskopfschmerzen und darüber hinaus noch Wasser in den Füßen. Im Übrigen, alles, was du über Jan Kiepura und Richard Tauber gehört hast, stimmt so nicht!«

Dann lauschte er längere Zeit in den Hörer und sein Gesicht wurde immer länger. Hanna war verdutzt, wie weit ihr Georg die Mundwinkel nach unten ziehen konnte.

»Wie bitte? Wer?! – Eine Soiree mit Richard Tauber? In eurem Musikzimmer? – Umsonst, als Überraschungsgast?«

Hanna strahlte und klatschte vergnügt in die Hände. Das klang nach jeder Menge Spaß!

»Richard Wagner wird er zu Gehör bringen? Kann er das denn? Nein, tut mir fürchterlich leid: Hanna sitzt mir gegenüber, kann nicht sprechen und reibt sich grade die Schläfen mit Eukalyptusöl ein. Stechender Kopfschmerz. – Bis nächste Woche.« Und dann knallte er den Hörer auf.

»Siehste, Hanna, kaum befasst man sich mit diesen Künstlern, schon schleimen sie sich bei der Verwandtschaft ein«, meckerte Georg.

»Und ich muss fast im Sterben liegen. Nein, das fand ich jetzt unfair«, sagte Hanna.

»Bedenke, Richard Wagner! – Im kleinen Kreis! Erinnerst du dich daran, wie wir mal zusammen in der *Götterdämmerung* waren? Da bin ich in der Pause rausgerannt. Wagner mag ich überhaupt nicht. Wie kann ein Komponist so viele Noten verschwenden, um einen solchen Krach zu machen. Und du sagst doch auch immer, der Tauber sei mehr für das leichte Fach. – Sweetheart, lass uns die Beine hochlegen. In den letzten Tagen hat mir das sehr gutgetan. Und wenn es irgendwie geht, soll Willi noch einen Geschenkkorb für die Familie von Stauß organisieren. Ein Vollmilch-Osterhase für diese Hitlers? – Also, ich weiß ja nicht.«

Und schon wieder hatten es Georg und Hanna sehr eilig, früh ins Bett zu kommen. Diesmal trug Hanna ein weinrotes Spitzennégligé und Georg einen schneeweißen Pyjama mit schwarzem Kragen.

Er zog Hanna fest an sich, knuddelte an ihr rum und flüsterte ihr ins Ohr: »Seit Tagen kommen wir beiden hier wieder so richtig in die Gewohnheit. In letzter Zeit war ich wohl etwas sehr launisch.«

Sie liebten sich und lagen danach lange Löffelchen. Dann hatte Hanna plötzlich Appetit auf eine frische Import-Ananas. Sie gingen in die Küche, Hanna schälte die Ananas und schnitt sie in Scheiben. So saßen sie nachts um eins am Ostersonntag da und fütterten sich gegenseitig.

»Hanna, Sweetheart, kannst du was ganz, ganz Schönes ganz, ganz leise auf dem Flügel spielen, ohne dass unsere Mitbewohner wach werden?«

Im roten Spitzennégligé setzte sich Hanna auf die Klavierbank, öffnete den Flügel und spielte ganz, ganz leise ›Häschen in der Grube saß und schlief‹.

Dann schlichen sie wieder ins Bett.

Am nächsten Morgen erschien ›die schnellste Klinge Berlins‹ pünktlich zur täglichen Rasur und Gesichtspflege. Diesmal bekam der Barbiermeister nicht nur ein Krokant-Konfekt der Halbbitterausführung, sondern die ganze Bonbonniere. Außerdem noch Ostergeschenke für die Frau und seine fünf Kinder. Hanna drückte ihm sogar noch Geld für ein Taxi – sie sagte ›Droschke‹ – in die Hand, damit er wieder schneller zu seiner Familie komme.

Gefrühstückt wurde erst zur Mittagszeit: Seezunge. Danach staffierte Hanna Georg für das Gemälde aus. Zigmal wechselte er den Anzug, obwohl der wie immer schwarz war und der Kragen wie immer ein Stehkragen und die Seidenkrawatte auch wie immer in gedeckten Anthrazit-Tönen mit dezentem Muster gehalten war. Georg wollte die Zeit rumbringen, außerdem hatte er Lampenfieber. Als das Sortiment an gestärkten, steifen Kragen aufgebraucht war, entschied er sich für den ersten.

Er fragte, ob dieser Alkoholiker von einem Maler ihm möglicherweise ein paar Haare mehr auf das Haupt pinseln könne: »Mit mehr Haaren auf dem Kopf kann ich besser lächeln. – So vielleicht?« Und er lächelte Hanna auf verschiedene Weisen an und beobachtete sich dabei in den Spiegeln seines Ankleidezimmers, bis ihm die malträtierten Augen tränten. Hanna entnahm einer silbernen Dose einige hamamelisgetränkte Gazekompressen, befahl Georg auf den Rasierstuhl und legte ihm die Kompressen auf die Augen.

Sie sagte: »Mach nicht so ein Theater. Bleib ganz natürlich und schau Meister Orlik heute Abend genau so an, wie du mich heute Nacht beim Ananasessen angeschaut hast und beim ›Häschen in der Grube‹.«

Georg lächelte, drückte die Kompressen fester auf seine Augen und meinte, er könne nicht garantieren, dass er über Stunden einem wildfremden Menschen, einem alkoholkranken darüber hinaus, mit seinen kranken Augen ein freundliches Gesicht vorspielen könne.

Das Telefon klingelte. Willi Carow meldete, Orlik sei nach wie vor nüchtern. Herr von Stauß bedankte sich für den opulenten

Ostergeschenkkorb und erzählte, dass dieser Führer, dieser Adolf Hitler, Antialkoholiker sei, im Gegensatz zu seinen Begleitern, und er sich deswegen aus der Küche mit einer Tüte Hagebuttentee versorgt habe.

»Iiih, Hagebuttentee!«, ekelte sich Georg.

Hanna hatte am zweiten Hörer mitgehört und bei der Erwähnung von Hagebuttentee erschauderte auch sie. Viel Vergnügen mit Orlik, wünschte Stauß noch zum Schluss, und weiterhin frohe Ostern, dann legte er auf. Hanna erinnerte sich daran, dass der Chef, Präsident oder Führer dieser NSDAP Gerüchten zufolge auch einmal Maler gewesen sei, aber sicherlich kein guter, wofür der Umstand sprach, dass er sich mit Hagebuttentee zufriedengab.

Dann endlich holte John das Paar zum Malertermin ab.

Bevor sie in den Seiteneingang für die Direktion und Prominenz einbogen, bat Georg mehrfach, an der riesigen Fassade seines schönsten Kaufhauses entlangzufahren. Seine Augen brannten noch etwas. Deswegen trug er seine dunkle Brille. Sogar Teile der österlichen Auslage in den Schaufenstern waren ausgeräumt und wohl verkauft worden.

»Dunnerknispel!«, freute sich Georg.

In den Seitenstraßen bemerkte John mehrere Kasten-Lkws und glaubte, in den Fahrerkabinen Männer mit braunen Mützen und braunen Hemden und Hakenkreuzarmbinde zu erkennen. Sonst gab es nur wenige Passanten vor dem Kaufhaus. Auch aus der U-Bahn-Haltestelle kamen kaum Leute. Ein junger Bursche hielt seine Hände zu einer Räuberleiter gefaltet, sein Freund stieg daran hoch, stellte sich auf dessen Schultern und zupfte eilig einige seidene Osternarzissen aus der Fassaden-Oster-Außendekoration bei Wertheim. Als er einen kleinen Strauß zusammengeklaut hatte und John eigentlich den Wagen schon abbremsen und aussteigen wollte, um die Diebe zu stellen, hinderte ihn Georg daran, denn Hanna hatte ihn auf ein junges Mädchen aufmerksam gemacht, das sich an einer Schaufensterscheibe die Nase platt drückte und preiswerte Brautkleider bewunderte. Der Dieb war wohl der Bräutigam.

»Süß«, sagte Hanna.

Georg nickte und meinte, er habe für sie auch schon einmal Blumen geklaut. Hanna schaute ihren Georg ungläubig, misstrauisch an.

»Doch, doch! Mit meinen eigenen Händen … und einem kleinen Spaten habe ich im Wintergarten von Ursula in Saßleben eine blühende Kamelie ausgegraben, sie in einer kupfernen Milchkanne versteckt und sie dir mit nach Berlin gebracht. Sie blüht immer noch auf unserem Südbalkon, wenn ihr danach zumute ist. Kamelien sind eigenwillig.«

»Warum hast du mir das denn nie gebeichtet, Darling?«

»Hättest du's mir geglaubt?«

»Ich glaube schon. Irgendwie bin ich ja auch die Kameliendame – die illegitime Frau an deiner Seite.«

»Wie kannst du illegitim sein? Unsere Beziehung dauert schon länger als meine, wie soll ich sagen … Trauscheinverbindung.«

Dann fuhr John auf ein Handzeichen Georgs zum Seiteneingang. Er stieg aus, hielt die Tür des Rolls auf, half erst Hanna aus dem Wagen und nahm dann Georg den steifen Hut aus der Hand, den er während der Fahrt immer trug, der ihn beim Aussteigen aber hinderte.

Über das Wagendach hinweg konnte der Chauffeur die Leipziger Straße beobachten und bemerkte, dass aus den Kastenwagen der SA junge Männer in braunen Uniformen stiegen, die sich, so schien es wenigstens, für die Auslagen bei Wertheim interessierten. Sie taten so, als schlenderten sie beiläufig umher. Seinem Dienstherrn sagte er nichts. Herr Patschowske hatte Dienst als Wächter am Prominenteneingang und die Ankunft seines Chefs längst bemerkt. Er öffnete das Portal von innen und hielt mit einem tiefen Diener seinem Chef und Hanna den Türflügel auf. Georg wünschte fröhliche Ostern.

Hanna flüsterte ihm ins Ohr: »Der Mann heißt Patschowske.«

»Frohe Ostern, Herr Patschowske!«

Augenblicklich war der Nachtwächter sehr stolz und kniff John ein Auge zu. Er konnte sein Strahlen nicht mehr unterdrücken, als Hanna ihn auch noch fragte, wie es denn seinen Kindern gehe und ob sie alle gesund und munter seien. Patschowske antwortete, dass seine Kinder auch schon Kinder hätten. Hanna wusste prompt die Namen von den drei Enkelkindern des Wächters.

»Stimmt's, Herr Patschowske?«

Es stimmte. Patschowske geleitete sie durch den mit Messing ausgeschlagenen Eingang in das Innere des Warenhauses. Überall glimmte Arbeitslicht. Viele Lageristinnen räumten Regale auf und verrichteten trotz der Osterzeit ihre Arbeit.

Sie durchquerten einen der üppigen Lichthöfe, dessen Mitte von einer Plastik von zweifelhaftem Geschmack dominiert wurde. Die Plastik hieß ›Die Arbeit‹. Sie stellte eine dicke Frau dar und wurde von den Kunden »Frau Wertheim« genannt. Damit meinte man aber nicht Mutter Ida, sondern Georgs Ehefrau Ursula, die etwas korpulent war und der ausgerechnet Ida Wertheim nach dem ersten Kennenlernen den Spitznamen die »Fleischpirogge« gegeben hatte. Über dieses zweifelhafte Kunstwerk leuchtete eine mit Blattgold verzierte Maya-Sonne, die Tag und Nacht mit Scheinwerfern die vielfältige Pracht des Warenhauses zu erleuchten schien. Schöner Kitsch.

Hanna wunderte sich, dass einige jüngere Wächter Gummiknüppel an den Gürteln trugen und ein ganz junger sogar eine Schrotflinte unter einer Ladentheke verschwinden ließ, als er der Geschäftsleitung ansichtig wurde. Hanna ließ sich ihre Verwunderung nicht anmerken. John tat auch so, als habe er nichts gesehen.

Im Aufzug zum Fotoatelier begann Georg wieder zu nörgeln, als er erfuhr, dass der Maler bereits wartete. Vielleicht hatte er ja die Hoffnung, Orlik hätte sich im letzten Moment doch noch besoffen und der Termin wäre hinfällig. Hanna zeterte los, es sei für die Geschichte, in die Georg zweifellos eingehen würde, und nicht unbedingt für sie. Sie sähe ihren Darling ja täglich.

»Aber für deine Familie, deine Frau und deine beiden Kinder, für die Lieferanten, die Kundschaft! – Erst in Öl gemalt wird man zur Persönlichkeit, wenn man sich schon nicht fotografieren lässt!«

Georg stieß nur ein kurzes »Pff« aus und giftete zurück, dass einzig und allein Hanna seine Familie sei.

»Nee, nee! – Übermorgen wird sich dein Sohn Albrecht mit einer Olympiasiegerin im Fechten verloben.« Helene Mayer hieße sie.

Georg echauffierte sich daraufhin, warum er alles immer nur so nebenbei erfahre und vor allen Dingen erst dann, wenn er einen schweren Weg ginge, mit dem Aufzug aufwärts, zu einer künstlerischen Hinrichtung? Im Übrigen sei dieses Angelöbnis dann wohl das dritte in zwei Jahren.

Helene Mayer sei die berühmteste Fechterin ihrer Zeit und ganz nebenbei Jüdin, erklärte ihm Hanna. Endlich hielt der Aufzug im Fotoatelier an. Im Hinausgehen entschied Georg, dass es dann an der Zeit sei, nach Saßleben Blumen zu schicken und vielleicht noch ein kleines Cabriolet von Mercedes, mit einer großen Schleife drum herum. Er hoffte doch, dass Sohnemann Albrecht nicht zwischen Pessach und Schawuot zu heiraten gedenke? Das sei Juden aus religiösen Gründen verboten. Auch wenn sie Christen würden.

Hanna schob Georg in das riesige Atelier. Auf einer Stirnseite stand eine Staffelei mit einem fast fertiggestellten Gemälde von Georg Wertheim. Nur das Gesicht bedurfte noch der künstlerischen Ausführung durch den ungefähr sechzigjährigen Professor Orlik. Dieser trug einen faltenreichen Malerkittel und auf dem Kopf ein Samtbarett. Im letzten Moment, während er noch seine Pinsel ordnete, ließ er einen silbernen Flachmann in seiner Kitteltasche verschwinden. Er eilte er seinem Auftraggeber entgegen, küsste Hanna die Hand und sagte zu Georg, wie er sich freue, dass er ihn einmal von Angesicht zu Angesicht sähe. Tief verbeugte er sich vor Georg Wertheim. Dann war er entsetzt: Georg trug wegen des hellen Kunstlichts im Atelier seine Sonnenbrille.

»Parbleu«, zeterte er los. »Sie erscheinen mit Brille? – Herr Wertheim, ich hatte mir für heute Ihre Nasen- und Augenpartie vorgenommen. Wichtig, wichtig! Ihre Augen, die Nase und Ihr ausdrucksvoller Mund sind gewissermaßen die Seele des Antlitzes.«

Instinktiv griff er in seine Kitteltasche und umkrallte seinen Flachmann. Dann bat er Georg, sich an eine mit rotem Samt beschlagene Kopfstütze locker anzulehnen und nicht mehr zu bewegen.

Georg nahm die Brille ab, zupfte seine Seidenkrawatte zurecht und begann, sein Gesicht in ein freundliches Lächeln zu legen. Orlik nahm mit dem Daumen und einem Künstler-Malerstab Maß.

Auf der Leipziger Straße stürmten unterdessen SA-Männer auf das Kaufhaus zu. Die wenigen Passanten flüchteten. Einige der Uniformierten hatten Eimer mit gelber Farbe und Pinsel in den Händen und schmierten damit Davidsterne an die Schaufensterscheiben. Aus seinem Seitenausgang hatte das Patschowske natürlich bemerkt. Er stürmte heraus und wurde von einem der SA-Leute mit einem Holzprügel niedergeschlagen, bevor er noch mit der Trillerpfeife den Wachdienst der Firma Wertheim alarmieren konnte. Zwei SA-Leute warfen mit Steinen Schaufensterscheiben ein. Die österliche Dekoration ging zu Bruch. Eine durch Narzissen schreitende Schaufensterpuppe krachte in die künstliche Rabatte und in Papp-Ostereier.

Im Fotoatelier hörte man von den Ausschreitungen unten auf der Straße nichts. Die Verstärkung im Parterre des Kaufhauses stürmte herbei. Es begann eine Prügelei. Der jüngste Wächter schoss mit seiner Schrotflinte sogar in die Luft. Das machte die Sache nicht besser. Sie eskalierte. Aus einer Seitenstraße raste ein Kastenwagen heran. Wäre ihm am Bordstein des Trottoirs nicht die Achse gebrochen, er wäre durch den Haupteingang des Kaufhauses gedonnert.

Orlik war mit dem Licht nicht zufrieden. Immer wieder trat er an sein Modell heran und grummelte, er bräuchte von links mehr Licht. Dann zog er einen Ständer mit einer Kohlenstablampe dichter heran, entzündete den Scheinwerfer und schob die beiden

Kohlestäbe mit Stellschrauben so lange gegeneinander, bis ein Lichtbogen erschien und gleißendes weißes Licht auf Georg Wertheims Augen traf. Die Helligkeit durchflutete das ganze riesige Atelier.

Wertheim schrie auf und drückte beide Hände vor die Augen. Er brach vor Schmerzen zusammen. Hanna geleitete ihn so schnell es ging zu einer Ottomane, die als Requisitenmöbel im Fotostudio benutzt wurde. Georg sah nichts mehr. Für einige Augenblicke. Die Augen waren gerötet. Die Tränen liefen ihm über die Wangen.

Blitzschnell entnahm Hanna ihrer Handtasche eine Silberdose mit den Hamamelis-Kompressen, um sie Georg auf die Augen zu drücken. Zunächst wehrte er sich noch, dann zeterte er, Kunst sei Scheiße und jetzt sähe er auch noch aus wie ein ertrunkener Fisch! – Rotbarsch!

Orlik nahm nicht einen – nein zwei, drei oder auch vier tiefe Schlucke aus seinem Flachmann.

Der Chauffeur John hielt Georg an den Schultern fest und kämpfte mit ihm, damit sich dieser nicht wieder mit den Fäusten in den Augen herumrieb.

Orlik setzte sich in einen Sessel und lutschte die letzten Reste seines Flachmanns aus.

Hanna überreichte John einen Zentralschlüssel, der in alle abschließbaren Vitrinen, Schränke, Regale und Türen im Wertheim-Konzern passte. Auch für die Schränke in der Wertheim'schen Apotheke. John musste sofort in die Apotheke runter, um Hamamelis-Lotion zu suchen und nach Möglichkeit auch Tinctura opii. Das sei eine Opiumtinktur und würde die Schmerzen bei Georg lindern. Georgs Operateur hatte dazu einmal geraten, falls es zu Komplikationen mit seinen Augen kommen sollte, der Notfall eintrete. Nun war der Notfall eingetreten.

John rannte aus dem Atelier, drehte sich in der Aufzugstür noch einmal um und fragte: »Tinctura opii? – Steht das so drauf?«

»Ich hoffe«, weinte Hanna und drückte Georgs Gesicht fest an sich. »Verzeih.«

Nun hörte man von unten aus dem Kaufhaus, weit, weit entfernt ein knallendes Geräusch. Hanna lauschte einen Augenblick, Orlik schien auch etwas bemerkt zu haben und lallte: »Schüsse! Im Haus ist Krieg!«

Tatsächlich, zweihundert Meter entfernt, aus der Richtung der Jagdwaffenabteilung krachten Schüsse. Dort hatten SA-Leute sich bewaffnet, die Schränke mit der Munition aufgebrochen und ballerten wild durch die Gegend: In die Decke und mit Zielübungen auch runter in einen Lichthof. Sie versuchten, die goldgelb leuchtende Maya-Sonne wegzuschießen.

Die Wertheim'schen Wächter hatten sich vor der Übermacht in den Keller geflüchtet und sich im Bestattungsunternehmen ›Mortalis‹ hinter dem Angebot von Särgen aller Preisklassen verschanzt. Außer mit Jagdwaffen zu schießen und mit den Füßen die Vitrinen der Unterwäsche einzutreten, fiel den SA-Simpeln nicht allzu viel ein. Im Gegenteil – viele von ihnen schienen zum ersten Mal das Einkaufsparadies zu besuchen, Luxus zu sehen. Einige der jüngeren SA-Jüngelchen begannen in der Hutabteilung Pappkartons zu öffnen und sich Damenhüte auf ihre SA-Kappen zu stülpen. Mehr und mehr wurde die braune Truppe angesichts der Wertheim'schen Pracht verlegen und wusste nicht mehr so recht, was sie nun eigentlich kaputtmachen sollten oder wollten. Einer stand am Seiteneingang und lauerte darauf, ob möglicherweise ein Polizeieinsatzkommando heranpreschte, denn es war allgemein bekannt, dass die Berliner Kaufhäuser unmittelbar mit den umliegenden Polizeiwachen telefonisch verbunden waren, sofern es zu Einbrüchen oder Übergriffen mit Sachschäden in den Verkaufs- und Lagerräumen kam. An und für sich hätten in allen Polizeiwachen die Alarmglocken und Sirenen aufheulen müssen.

Taten sie aber nicht. Denn einer der Nachtwächter von Wertheim trug unter seiner Dienstlivree heimlich das braune Hemd der SA und unter dem Revers das Parteiabzeichen der NSDAP. Niemandem der Belegschaft bei Wertheim war es verboten, irgendeiner Partei anzugehören. Das war für die Geschäftsleitung kein Thema. Politisch legte Georg Wertheim nur Wert auf ein gutes Verhältnis zu den Gewerkschaften. Das ging so weit, dass er als einziger Kaufmannsherr über den Tariflohn zehn Prozent mehr an Gehalt entrichtete und alle Mitarbeiter Jahr für Jahr einen Bonus von fünf Prozent des Umsatzes ausgezahlt bekamen, den sie allerdings gleichzeitig bei der hauseigenen Wertheim-Bank für den enormen Sparzinssatz von sieben Prozent anlegen konnten, um sich noch zusätzlich eine Altersversorgung zu sichern. Diese Boni-Anlageempfehlung verstanden die Wertheimer nicht nur als ein lohnendes Geschäft, sondern in Wahrheit auch als Befehl. Eine Anweisung von oben, und so blieben die erheblichen Bonizahlungen des Konzerns, hochverzinst zwar, immer im Geldkreislauf der Wertheims. Gleichwohl wurde diese Spareinlage beim Ausscheiden oder der Pensionierung eines Mitarbeiters unverzüglich ausgezahlt, und es kam dabei eine ganze Menge Geld zusammen. Sofern das Geld noch etwas wert war.

Zur Inflationszeit, nach dem Ersten Weltkrieg, war das Geld gar nichts wert, aber damals hatten die Wertheim-Mitarbeiter keinen Pfennig verloren, sondern ihre Einlagen wurden gegen Zertifikate dem Warenbestand gutgeschrieben, und auch jetzt, 1931, als die Weltwirtschaftskrise aus Amerika herüberschwappte, war die ›hauseigene Rentenversicherung‹ durch den enormen Warenbestand der Wertheims abgesichert.

Der kleine NSDAP-Mitläufer unter den Wächtern der Wertheims hatte die Alarmanlage zu allen Polizeistationen mit einer Drahtzange außer Betrieb gesetzt.

John schlich sich in Richtung Apotheke, wurde nicht entdeckt und suchte in der eindrucksvoll großen pharmazeutischen Abteilung nach so etwas, was wie ›Giftschrank‹ aussah. Auf allen vieren kroch er in das Labor der Apotheke. Dort entdeckte er einen Tresor, an dessen Tür ein Totenkopf gemalt war. In diesen Tresor passte nicht nur der Einheitsschlüssel von Hanna nicht, sondern John bekam sogar noch einen elektrischen Schlag, als er die Tresortür nur berührte. Immerhin gelang es ihm, Hamamelis-Lotion aus einer Vitrine zu nehmen und eine große Packung Aspirin. Außerdem fand er in einem kleinen Stahlschrank, den er mit Hannas Schlüssel öffnen konnte, eine braune Flasche, auf der ›Cocaine‹ stand. Von Kokain wusste John, dass damit in den zwanziger Jahren der Champagner und Cognac in Tanzbars und Kellerlokalen angereichert wurden und viele Leute dieses weiße Pulver durch die Nase schnieften, um sich anschließend noch wilder zu gebärden als zuvor.

Er hatte gehört, dass dieses Zeug ein Rauschmittel war. Er nahm die Flasche mit, denn bis Ende 1931 war Kokain noch ein probates Mittel gegen Müdigkeit und Bestandteil von Hustensaft, der auch bei Kindern wirken sollte. Als er sich wieder zurückschleichen wollte, bemerkte John, dass von den braunen Rabauken im Untergeschoss und in den Lichthöfen nichts mehr zu sehen war. Die Tölpel hatten sich, nachdem die goldene Maya-Sonne mit Schrotkugeln zerstört worden war, in der Lebensmittelabteilung für Luxusartikel getroffen und probierten zuerst Dinge, die sie kannten, und dann Delikatessen, vor denen sie sich ekelten. Asiatisches Zeug. Bei der späteren Inventur in der Luxus-Delikatessenabteilung stellte sich heraus, dass geröstete Skorpione und Ameisen und angeblich tausend Jahre alte, verfaulte chinesische Eier die Neugier der SA-Strolche geweckt hatten.

John schlich zu Fuß die Treppen nach oben. Unentdeckt gelangte er wieder ins Atelier. Hanna hatte mit einigem Nachdruck Professor Orlik in die Umkleidegarderoben des Ateliers abgeschoben. Als es ihm dort, vor allem wegen der Schießerei im Kaufhaus und wegen übermäßigem Alkoholgenuss, schlecht wurde, bugsierte sie ihn in die Waschräume. Dort ging Orlik vor einer Toilettenschüssel in die Knie, umarmte sie und erleichterte sich.

Georg ruhte immer noch auf der Ottomane und drückte die Hamamelis-Kompressen auf seine Augen. Als John zurückkehrte, wusste Hanna natürlich nichts mit dem Kokain anzufangen. Am Fernsprecher wählte sie die ›99‹, die ihr eine Amtsleitung vermittelte. Sie störte Georgs Augenarzt beim Ostereier-Pusten. Dieser wollte sogleich mit einem Express-Taxi seinen Patienten besuchen.

»Dann spielen Sie mit Ihrem Leben, Doktor. Zurzeit findet bei uns im Haus eine Art Revolution statt.« Es seien sogar Schüsse gefallen und die Polizei noch nicht eingetroffen.

Ein wenig Kokainpulver unter die Zunge gelöffelt, werde Georg Wertheims Schmerzen lindern. Georg lehnte das entschieden ab. Nicht im Traum denke er daran, auch noch drogenabhängig zu werden. Immerhin rang er sich dazu durch, Aspirinpulver, mit Apfelsaft vermischt, zu schlucken.

Hanna wechselte jede Minute die Kompressen. Irgendwann wehrte Georg ihre Fürsorge ab. Seine Augen waren nicht mehr so gerötet, und blinzelnd verkündete er, er könne schon wieder hell, dunkel und schemenhaft seine Umwelt wahrnehmen.

»Dich besonders, Hanna«, flüsterte er. »Du hast auch rote Augen. Du hast geweint. – John soll die Tür zum Atelier verbarrikadieren.«

»Warum haben wir Tausende und Abertausende in unsere Standleitung zu den Polizeibehörden gesteckt, wenn sie nun nicht funktioniert?«, fragte Hanna.

Sie rief bei der Polizei an, erreichte auch einen nachrangigen Beamten in der Hauptwache, der ihr mitteilte, dass sich die meisten Beamten des mobilen Einsatzkommandos im Osterurlaub befänden und sich die übrigen mit diesen braun gekleideten Rowdies am KaDeWe herumprügelten, denn zeitgleich hatte die SA auch in Charlottenburg zugeschlagen.

»Schande!«, schimpfte Hanna, da nütze wohl auch die Privatnummer des Polizeipräsidenten nichts, dem auch die Ehre einer Goldenen Kundenkarte bei Wertheim schon weit vor seiner Wahl zum Chef der Polizei zuteilgeworden war und der, wie sich beim nächsten Anruf herausstellte, persönlich den Einsatz seiner durch den Osterurlaub stark geschwächten Polizeitruppen bei Hermann Tietz befehligte. Auch da war Randale.

»Du musst in deinem schwarzen Notizbuch die Funktelefonnummer von Staußens Motoryacht haben. Versuch den zu erreichen. Emil-Georg hat doch die Chefs dieser uniformierten Idioten an Bord«, sagte Georg Wertheim zu Hanna. Dann wandte er sich an seinen Chauffeur: »John, was ist da unten gerade los? Geschossen wird ja nicht mehr.«

»Die fressen sich gerade durch die Delikatessenabteilung. Ganz junge Kerle. Einigen wächst noch nicht mal ein Bart.«

Hanna blätterte in ihrem schwarzen Notizbuch und fand die Funktelefonnummer von Emil-Georg von Stauß' Motoryacht. Ein solches Telefonat funktionierte über Kurzwelle und dauerte entsprechend lange.

Auf dem Havelsee dümpelte die eindrucksvolle Motoryacht des ehemaligen Vorstandsvorsitzenden der Deutschen Bank und des Vorsitzenden des Aufsichtsrats von Daimler-Benz, der Ufa und von AEG. Das Boot war festlich illuminiert.

Es war ein milder Tag, und auf dem Vordeck stießen die Herren Goebbels, Röhm, Göring und von Stauß mit Sektflöten an. Nur Herr Hitler hob eine Tasse mit Hagebuttentee hoch und war etwas außer Atem, denn er hatte nahezu zwei Stunden seine politischen Überzeugungen Emil-Georg von Stauß vorgetragen. Von Stauß war sehr beeindruckt vom Temperament und noch mehr von den Visionen, die dieser Mann mit dem merkwürdigen Bart über das ganze Schiff gebellt hatte. Selbst der Steward, der immer wieder Getränke servierte und Tee nachgoss, war von dem ›Führer‹ ergriffen. Von Stauß war für die DVP Mitglied des Reichstages und stellvertretender Reichstagspräsident, hatte aber bisher aus gesellschaftlichen Gründen einen zu nahen Umgang mit diesem ›politischen Proleten‹ gemieden. Das hatte sich an diesem Nachmittag geändert. Schlagartig! Auf Wunsch des Führers ließ er dem Herrn Hitler ein Stück Linzertorte vom Steward servieren, holte tief Luft, bat Hitler, doch auf einem Deckchair Platz zu nehmen, überlegte eine Weile, nahm noch einen tiefen Schluck aus der Sektflöte und sagte knapp: »Kompliment, verehrter Herr Hitler. Kompliment.«

Hitler dankte mit einem knappen Kopfnicken und schnipste ein Stück Linzertorten-Krümel von seinem Revers.

»Lieber Herr Hitler, Ihr Vortrag vorhin im Salon und auch jetzt hier auf dem Vorschiff hat mich fasziniert. Ich selber bin, wie die Herren wohl wissen, im Vorstand der Deutschen Volkspartei, aber nach diesem Tag auf meinem Boot und Ihren epochalen politischen, visionären Ausführungen, lieber Herr Hitler, bitte ich Sie, mich als jüngstes Parteimitglied aufzunehmen. Erweisen Sie mir die Ehre.«

Hitler nickte zufrieden: »Das war doch wohl eine klare Aussage. Was, Freund Hermann?« Dabei schaute er den dicken Weltkrieg-I-Flughelden Göring freundlich an.

Göring hatte es mit seinem Brutalo-Charme geschafft, dass von Stauß und er schon kurz nach dem Betreten des Bootes zum Du übergegangen waren. Von Stauß kannte den Göring aus dem Reichstag, wusste auch, dass der Dicke Stammkunde bei Wertheim war und – wie er beklagte – ihm mehrfach die Goldene Kundenkarte in dem Nobelkaufhaus abgelehnt worden sei. Eine gewisse Hanna Berger habe ihm in wohlgesetzten, handgeschriebenen Briefen mitgeteilt, dass aus Gründen der politischen Wertneutralität grundsätzlich nur die einfache Einkaufskarte gewährt würde.

Wenn es denn der Reputation des lieben Hermann diene, könne er da was machen, versicherte von Stauß. Die Frau Berger sei zwar sehr charmant, jedoch auch ein harter Knochen. Aber Georg Wertheim würde ihm hie und da kleine Sonderwünsche erfüllen.

Dieses Gespräch am Rande des Abendessens im Anschluss an den erfolgreichen Nachmittag auf der Yacht hatte Röhm mit einigem Unbehagen mitbekommen und schüttete sich zwischen all den Weiß- und Rotweinen mit Nordhäuser Korn voll.

In der kleinen Funkkabine piepste ununterbrochen das Kurzwellentelefon. Der Erste Offizier hob den Hörer ab und fuhr die unbekannte Frauensperson am anderen Ende an, dass Herr von Stauß derzeit eine hohe politische Delegation an Bord hätte und im Moment auf keinen Fall gestört werden dürfe.

»Ich bleibe in der Leitung!«, schrie am anderen Ende Hanna Berger, die nach dem stundenlangen Telefonieren keine Geduld mehr hatte. »Sagen Sie Herrn von Stauß, im Kaufhaus am Leipziger Platz herrsche Krieg!«

Sie möge sich einen Moment gedulden, fauchte der Erste Offizier zurück und fügte hinzu, dass an diesem Ostersonntag-Abend auf der Yacht des Herrn von Stauß die Zukunft Deutschlands gestaltet würde.

Da war was dran. Hitler stieß mit seiner Teetasse gegen die Sektflöte von Emil-Georg von Stauß und bellte knapp, er fühle sich sehr geehrt, dass der mächtigste Mann der deutschen Wirtschaft ihm, dem bescheidenen Politiker, nicht nur so lange zugehört habe, sondern dass er ihn auch offensichtlich von seinen Visionen für Deutschland überzeugen konnte.

»Mit der Weimarer Republik und ihren Politikern stehen wir mit den Hacken am Rande eines offenen Grabes. – Göring, Röhm, Goebbels: Hat jemand der Herren einen Aufnahmeantrag für die NSDAP dabei?«

Röhm hatte.

Doch Göring wiegelte ab: »Mein Führer, immer langsam mit den jungen Pferden. – Lieber Emil-Georg, als DVP-Mann und Reichstagsmitglied bist du uns derzeit politisch nützlicher. Mit deinen exzellenten Kontakten und als Herr über den deutschen Geldadel solltest du dich aber noch eine gewisse Zeit neutral verhalten. Ich freue mich, dass dein Herz uns gehört. Sehr erfreulich. Aber lass uns überlegen: Wenn du zu uns überläufst, so ist das wenig sinnvoll. Wir sollten unseren Verstand einsetzen. Dort, wo du jetzt bist in deiner Partei, kannst du die Zweifler an unserer großen Sache besser überzeugen. Heil Hitler!«

Alle riefen »Heil Hitler!«. Dezent klatschte Hitler Beifall. Und von Stauß hatte verstanden. Sehr gut verstanden. Der Plan war, den Geldadel ganz vorsichtig an die NSDAP heranzuführen und nicht unbedingt ein Fanal zu setzen, was zweifellos bei einem Parteiwechsel des mächtigen Herrn von Stauß ein Vakuum in der unruhigen Weimarer Republik verursacht hätte.

Dann fiel sein Blick auf den Steward, der immer wieder mit der Hand an seinem rechten Ohr herumfuchtelte und andeutete, dass ein wichtiges Telefonat in der Funkkabine auf von Stauß wartete.

Von Stauß ging zum Telefon: »Ganz richtig, Hanna, ich befinde mich noch auf meinem Boot. – Was?! – Überfall?! Vandalismus?! – Ist mir völlig unverständlich! – Bei euch?! – Gut, bei Hermann Tietz könnte ich mir den Aufstand des Pöbels vorstellen. – Wo sind Sie jetzt? – Noch im Atelier.«

Durch ein Fenster der kleinen Funkkabine konnte von Stauß auf das Vordeck schauen. Dort standen die Nazi-Größen, bis auf Adolf Hitler. Der saß. Von Stauß wollte gerade den Hörer wieder auflegen und bemerkte, dass ihm Schweiß den Nacken herunterlief. Er presste das Telefon dicht an sein Ohr.

»Liebe Hanna, seien Sie versichert: Georg und ich sind seit einem halben Leben lang befreundet und geschäftlich verbunden. Bleiben Sie, wo Sie sind, und sollten diese jungen Heißsporne etwas zerstören, würde mich das persönlich sehr wütend machen. – Ja, ganz sicher. Tut mir leid für meinen Georg. Armer Kerl. – Ist ja widerlich!«

Dann legte er den Hörer auf und betrat wieder strahlend das Vordeck. Er schlängelte sich an Göring heran und flüsterte ihm ins Ohr.

Der Dicke brüllte sofort los: »Röhm, Sie Granatenarschloch! Ihre Rabauken haben nicht nur Tietz angegriffen, sondern auch noch Wertheim am Leipziger Platz! – Die großen Wertheims, Röhm! Wenn wir das nicht wieder hinkriegen, haben wir morgen weltweit eine ganz miese Presse! Wertheim ist Gott!«

Hitler hob missbilligend die Brauen und nippte am Hagenbuttentee. Wertheim sei aber auch Jude, wie die Tietzens und die anderen jüdischen Eigentümer im Kaufhaus des Westens.

»Mein Führer, das müssen wir heute Abend vergessen. – Röhm, Sie dackeln sofort mit Herrn von Stauß zum Leipziger Platz und pfeifen Ihre Idioten zurück! Und ich wünsche, dass da wieder Ordnung gemacht wird. Ich mache Sie persönlich für alle Übergriffe verantwortlich!«

Joseph Goebbels hatte während des ganzen Abends geschwiegen. Jetzt, als Hermann Göring die Befehlsgewalt über seinen Führer und über Röhm übernahm, sagte er zum ersten Mal etwas: »Wertheim wird sich über kurz oder lang aus Altersgründen aus seinem Geschäft zurückziehen. Aber ich gebe Herrn Göring recht – reinigende Maßnahmen bei dem Juden Wertheim machen weltweit schlechte Presse.«

»Richtig«, pflichtete ihm von Stauß bei.

Dann meckerte Goebbels in seiner rheinischen Singsang-Stimme laut auf: »Im Übrigen lasse ich mir schon seit Jahren in der orthopädischen Schuhabteilung bei Wertheim mein Spezialschuhwerk anfertigen. Diesem Unternehmen kann man vertrauen.«

Tatsächlich lüpfte er ein Hosenbein und zeigte seinen orthopädischen Schuh, der seinen Klumpfuß stützte. Später würde er sich eine solche ›Schwäche‹ nie wieder erlauben.

Ein Beiboot brachte Röhm und von Stauß ans Ufer. Dort stiegen sie in die Mercedes-Limousine des Herrn von Stauß. Sie jagten zum Leipziger Platz. Von Stauß hatte darauf bestanden, dass Röhm vorne neben dem Fahrer sitzen musste. Er selber saß schlechtgelaunt hinter der hochgekurbelten Glasscheibe, mit der der Fond von der Chauffeursbank abgeteilt werden konnte. Kurz bevor sie den Leipziger Platz erreichten, drehte Röhm sich um, klopfte gegen die Scheibe.

Von Stauß drehte sie herunter: »Was gibt's?«

Röhm lamentierte, er selber könne als oberster Befehlshaber der SA nicht persönlich bei Wertheim seine Jungen zurückpfeifen. Das würde seine Position erheblich schwächen.

»Soll das etwa heißen, Röhm, dass Sie persönlich den Befehl für solche Rollkommandos gegeben haben?«

Die Dinge entwickelten sich, ohne dass man noch dezidierte Befehle geben müsste, meckerte Röhm zurück und glaubte tatsächlich, die Auswüchse seines braunen Pöbels hätten historische Dimensionen. Er wies den Chauffeur an, um den Leipziger Platz herum zu kurven. Dann erspähte Röhm einen Pkw, stoppte die Limousine, rannte zu dem Fahrzeug. Langsam pellte sich ein grobschlächtiger SA-Führer aus dem Wagen, der den dicken Röhm um dreißig Kilo an Gewicht übertraf und einen halben Kopf überragte.

Gutschke, so hieß der SA-Führer, der aus sicherer Distanz seine Bubis zu Wertheim kommandiert hatte, war, bevor er bei der SA Karriere machte, Kopfschlächter im Akkord bei einem privaten Schlachthof, an dem der Wertheim-Konzern zu über achtzig Prozent beteiligt war. Die Geschäftsführung des Schlachthofes hatte

Gutschke fristlos entlassen, weil man ihm nachweisen konnte, dass er monatelang Schweinehälften für seine SA abzweigte. Auf eine Strafanzeige verzichtete die Schlachthofleitung: Gutschke war nur einer von vielen SA-Leuten in dem Schlachthof.

»Ich werde Sie begleiten, Herr Gutschke. Gehorchen Ihnen denn noch Ihre Männer?«

Gutschke schaute von oben auf von Stauß und Röhm herab.

Röhm lächelte verlegen und setzte sich in Gutschkes Pkw. »Dalli, dalli«, sagte er noch.

Im Erdgeschoss mit dem Lichthof, vor der expressionistischen Plastik ›Die Arbeit‹, pflanzte Gutschke sich auf und brüllte: »Kameraden! Alle zu mir! Zu Gutschke. Der Letzte, der hier antanzt, bekommt einen Tritt in den Arsch!«

Aus der Delikatessenabteilung flitzten junge SA-Leute heran. Einige kauten noch. Der Letzte, der eine Staude mit Mini-Bananen in den Händen hielt, bekam wirklich einen Tritt in den Hintern.

»Männer, bringt diese Sache hier so gut wie es geht wieder in Ordnung. Räumen Sie auf. Alles, was Sie zerstört und aufgefressen haben, wird Ihnen die Geschäftsleitung von Wertheim in Rechnung stellen. – Verstanden? – Dalli, dalli, Herr Gutschke!«, schrie von Strauß.

Gutschke brüllte »Antreten!«, und die SA-Leute stellten sich in einem Zweierzug vor ihm auf. Aus ihren Verstecken tauchten die Wächter Wertheims wieder auf. Sie waren über die militärische Disziplin, mit der die Truppe durch den Haupteingang das Kaufhaus wieder verließ, sehr überrascht.

Noch überraschter waren sie allerdings, als von Stauß mit lauter Stimme »Stopp!« brüllte, dann dicht an den riesigen Gutschke trat, ihm nacheinander die Knöpfe seiner braunen Uniformjacke abriss und ihm einschärfte: »Gutschke, Sie werden draußen gleich auf Fotografen und Journalisten treffen. Ich seh sie zwar noch nicht, aber ich rieche sie schon förmlich. – Kein Wort. Und keine Prügeleien. Dieses Ereignis hat nie stattgefunden.«

»Aber SA-Führer Röhm hatte doch …?«

»Der Röhm hat mir aufgetragen, Ihnen das zu befehlen. Verstanden? – Sie kennen mich doch wohl, oder?«

Nur aus der Zeitung, meinte Gutschke und brüllte dann: »Mein Trupp: Abtreten und Schnauze halten!«

Patschowske schlich heran und geleitete von Stauß zum Aufzug. Dann fuhr er mit ihm nach oben ins Atelier. Er bedankte sich im Namen aller Wertheim-Mitarbeiter für das beherzte Eingreifen des Herrn von Stauß.

Nach einigem Klopfen öffnete John die Tür zum Atelier.

Persönlich ging von Stauß der Übergriff auf das Unternehmen seines besten Freundes sehr nah, aber die Begegnung mit Adolf Hitler hatte ihn aufgewühlt. An jenem Ostersonntag-Abend 1931 glaubte von Stauß zu erkennen, ja war sich sicher, dass von diesem seltsamen teetrinkenden Vegetarier ein Sog ausginge, der die Weimarer Republik, den Reichstag, verändern würde, so wie er sich selber an dem Abend auf seiner Motoryacht verändert hatte. Der Glanz des Hauses Wertheim sollte weiterstrahlen. Er war sich auch sicher, dass sein Lebensfreund Georg Wertheim sich nicht mehr lange an der Spitze des Konzerns halten könne. Dass Georg irgendwann auch mal Jude gewesen war, interessierte von Stauß nie. Im Gegenteil: Zu Beginn ihrer Freundschaft, 1906, hatte er ihm sogar mal bei einem Seezungen-Essen unter vier Augen gestanden, dass er Wertheim manchmal um die Macht seines jüdischen Blutes beneide. Von Stauß gehörte zu jenen Männern, die jüdische Unternehmer für tüchtiger hielten als den gesamten Vorstand der Deutschen Bank zusammen.

Aber er ahnte, nein, wusste genau, dass die Ausstrahlung des Herrn Hitler und die Bösartigkeit des rheinischen Giftzwerges Joseph Goebbels Unternehmern wie Wertheim, Tietz, Jandorf auf Dauer gefährlich werden würden. Jahrzehntelang hatte von Stauß die wirtschaftlichen Geschicke Deutschlands entscheidend mitgeprägt, sogar bestimmt. Nun war er von Hitler beeindruckt und beschloss an jenem Abend, seinen besten Freund sachte aus der Geschäftsleitung des von der Deutschen Bank finanziell ohnehin über Aktienoptionen beherrschten Wertheim-Konzerns zurückzuziehen. Georgs Zeit war abgelaufen.

Georg ruhte noch auf seiner Ottomane. Er trug seine dunkle Brille und streichelte die Schulter von Hanna Berger, die ihren Kopf in seinen Schoß gelegt hatte. John half Orlik dabei, das Porträt Wertheims in einem ledernen Spezialkoffer zu verstauen, und geleitete den Maler aus dem Atelier.

Nun könne er das Porträt aus dem Gedächtnis fertigstellen, sabbelte Orlik. Sein Gesicht hatte eine grünliche Färbung.

Von Stauß zog einen zierlichen goldenen Kaffeehausstuhl an die Ottomane und blickte Georg lange an. Von Stauß war um die sechzig, sah aber aus wie ein gut erhaltener Fünfundvierzigjähriger. Georg war älter und hatte sich seit seiner Augenoperation durch eisernes Training und seine erstklassigen Gene, vermutlich auch durch den ständigen Genuss von gesunden Seezungen und durch die Zuwendung von Hanna, prächtig gehalten.

»Fit wie ein dreijähriger Traberhengst«, schmeichelte ihm Emil-Georg von Stauß immer wieder einmal, wenn Georg ihm stolz vorführte, dass er auf einem Bein zehn Kniebeugen hinbekam – sowohl mit dem rechten als auch mit dem linken Fuß. Bei solchen Demonstrationen war nicht mal Hanna dabei und Georg pflegte derartig alberne Turnübungen nur dann vorzuführen, wenn sein Freund Emil ihm von seinen außerehelichen Weibergeschichten, berühmten Schauspielerinnen oder ganz besonders scharfen Revuegirls vorschwärmte.

»Emil, du magst eine Testosteronbombe sein, aber athletisch bist du gegen mich ein Wrack«, und dann machte er wieder seine einbeinigen Kniebeugen und war nur mit Mühe von Emil-Georg davon abzuhalten, auch noch einen Handstand an der Wand vorzuführen, den Georg auch noch draufhatte. Die beiden verband eine sehr intime Freundschaft.

Das änderte sich an diesem Abend.

»Es tut mir leid, Georg, diese politischen Wirrköpfe habe ich entfernen lassen. Junge Leute ohne Perspektive schlagen schon mal über die Stränge, mein Freund. Ganz nebenbei, Hanna, die Schäden melden Sie der Versicherung. Mit Durchschlag an mich. Dann geht das versicherungstechnisch zack-zack. – Na ja, üble Sache, was? Doch, doch. – Aber nun zu dir, Georg. Was machst du denn für Sachen?« Mit beiden Händen ergriff er die Rechte von Wertheim: »Junge, Junge, Junge! – Weißt du, meine Frau hat sich vor zwei Jahren auch mal den Star stechen lassen. Die war danach vier Wochen so gut wie blind.«

»Emil, worauf willst du hinaus? Warum passiert so was?«

Hanna hatte für alle drei Portwein eingeschenkt, reichte die Gläser herum und bemerkte ganz nebenbei: »Wohl, weil wir hier alle Juden sind, nicht wahr?« Sie führte ihr Gesicht dicht an das von Emil-Georg. »Und Sie haben diese Leute wohl im Griff, Emil? – Einfach so zack-zack! Nicht wahr?«

»Blödsinn«, entgegnete von Stauß, »Georg ist getauft und seine Frau Ursula stammt aus einem alten protestantischen preußischen Geschlecht.«

Georg verschüttete absichtlich etwas Portwein auf Emil-Georgs Schuhe. Hanna erklärte noch, dass sie nicht getauft sei und, wie allgemein bekannt, nicht die Frau von Georg Wertheim, sondern die Frau, die sich auf der Stelle wie eine Löwin vor Georg werfen würde, um ihm beizustehen. Georg versuchte, sie zu beruhigen. Aber Hanna hatte sich tatsächlich in einigen Metern Entfernung in einer Art Kampfposition aufgestellt.

»Ohne Polizei hast du diese Verbrecher meines Hauses verwiesen. Du hast mir nie erzählt, wie viel politischen Einfluss du hast, Emil. – Lieber Freund, dieser Hitler kann dir doch nichts bedeuten?«, fragte Georg.

Von Stauß antwortete, er sei in der Politik, und die Politik könne für die Wirtschaft sehr nützlich sein. Zuweilen faszinierend, besonders seit einigen Stunden. »Mach dir keine Sorgen. Ich nütze meine neuen Kontakte für unsere Freundschaft. Gerade in diesen wirren Zeiten eines …«, und er schlug mit seinem Siegelring gegen das Portweinglas, »… eines neuen Aufbruchs werden Visionäre die Politik völlig umkrempeln. Glaub's mir.«

»Ist das wahr? Ich habe mich aus der Politik, bis auf mein gutes Verhältnis zu den Gewerkschaften, immer rausgehalten. Habe mich immer auf dich verlassen, aber möglicherweise werde ich jetzt wohl alt«, sagte Georg Wertheim.

»Quatsch«, meinte von Stauß. Wenn man die Konzernzahlen und Umsätze genauer betrachte, würde die gesamte deutsche Wirtschaft davon ausgehen, dass einzig er unter allen Warenhäusern seine Geschäfte finanziell bestens geordnet habe. »Lass uns in dein Büro gehen und noch über das eine oder andere quatschen. Wir müssen auf andere Gedanken kommen.«

»Neue Gedanken, Herr von Stauß?«, fragte Hanna. Die Löwin lauerte.

Bevor sie das Atelier verließen, deutete von Stauß auf die leere Staffelei und meinte, das Bild von Orlik würde immer an Wertheim erinnern.

Hanna ging voraus durch die Flure der Geschäftsführung im Wertheim-Konzern, entzündete und löschte die Lichter, und schließlich erreichten sie die Abteilung der Chefkontore.

In seinem Büro bot Georg seinem Freund einen Platz in der kleinen niedrigen Sitzgruppe an. Er selber setzte sich hinter seinen Schreibtisch. Auf sein Bitten löschte Hanna die Deckenbeleuchtung. Georg knipste seine grüne Schreibtischlampe an, so dass er nicht geblendet wurde, und konnte nun auf Emil-Georg von Stauß, der in einem Sessel kauerte, hinabsehen. Im Halbdunkel verschwand Hanna wieder in einer Ecke. Georg versteckte sich hinter seiner dunklen Brille. Hanna hatte die silberne Dose mit den Hamamelis-Kompressen griffbereit und war einigermaßen überrascht, dass Georg als Erster das Wort ergriff.

»Als ich ein Kind war, hat mich Antisemitismus geschmerzt. Ich musste mich meiner Haut erwehren. Später gab es Ausschreitungen. Immer so gewisser Kreise. Nebbich. War unangenehm, aber ich hab den Wertheim-Konzern wachsen lassen. Irgendwann hat mich dieser Presse-Antisemitismus nicht mehr gekümmert.«

»Ich war ja auch immer da«, sagte von unten herauf Emil-Georg von Stauß. »Reden wir nicht um den heißen Brei herum, lieber

Freund. Wir müssen neue Verhältnisse schaffen. Heute. Heute Abend – für die Zukunft eures Hauses Wertheim.« Von Stauß erhob sich, ging zum Schreibtisch und reichte Georg seinen Füllfederhalter, nachdem er seiner Jackentasche ein Dokument entnommen und es Georg hingelegt hatte. Langsam strich er es glatt.

Georg starrte durch seine dunkle Brille auf das schlichte Dokument. Da stand nur ein einziger Satz. Der beinhaltete, dass er alle ihm persönlich verbliebenen Anteile am Wertheim-Konzern seiner einzigen Erbin übertrage. Sofort und unwiderruflich. Diese einzige Erbin war seine Frau Ursula auf Gut Saßleben.

Von Stauß versuchte eine Erklärung: Es habe mit seinem Alter zu tun, wohl auch ein wenig mit den politischen Entwicklungen, und er könne sich den Wünschen der Deutschen Bank nicht widersetzen. Im Übrigen bleibe ja alles beim Alten.

»Bitte unterschreib. Dann kann ich dein Privatvermögen, deine Frau Ursula, deine Kinder und vor allen Dingen unsere Freundschaft schützen.«

»Es weht ein kalter Wind über Deutschland, Herr von Stauß«, sagte Hanna.

Der erwiderte, das sei doch kein kalter Wind, sondern ein Wind der Hoffnung, und wenn man nach diesen Ereignissen schnell zur Tat schreite, sei die Zukunft Wertheims gesichert, und Hanna und Georg könnten weiter glücklich bleiben. Das könne er als Freund garantieren. Gleichwohl drohte er beiläufig, dass er diese Garantie nicht für alle Zukunft verantworten könne. »Bitte Hanna, kommen Sie zu uns. Ergreifen wir uns an den Händen. Ich verspreche Ihnen, die Deutsche Bank will auf Ihre Talente nicht verzichten.«

»Enteignung erster Klasse«, ächzte Hanna.

Georg nahm aus dem Füllfederhalterständer seinen eigenen Füllfederhalter, prüfte den Tintenfluss und ließ ihn über dem Dokument kreisen. Dann stach er mit der Feder durch das Dokument bis in die grüne, mit Juchtenleder bespannte Schreibplatte, so dass der Füllfederhalter stecken blieb. Er schrie von Stauß an, er möge ihn auf der Stelle alleine lassen. Man werde die Diskussion später fortsetzen. Von Stauß flüchtete aus dem Büro.

Georg wollte sich hinter seinem Schreibtisch erheben, aber die Knie versagten ihm ihren Dienst. Er ließ sich in seinen Arbeitssessel zurückfallen. Besorgt war Hanna herangeeilt, nun umarmte sie seine Schultern und verbarg ihren Kopf an seinem Hals. Unter der dunklen Brille traten Tränen hervor und liefen ihm über das Gesicht.

»Halt mich fest. Ich möchte etwas spazierendenken. Weit, weit zurück. Es ist mir danach … – spazierendenken. – Hast du noch die silberne Zigarettendose meiner Mutter Ida?«

»Das weißt du doch, Georg. Die hab ich immer dabei.«

»Zünd dir eine Zigarette an. Ganz langsam. Rauch und beachte mich nicht. – Spazierendenken, zurück. Weit zurück. – Ich hab, glaub ich, die Deutsche Bank an die frische Luft gesetzt, oder?« Dann legte er die dunkle Brille auf die Schreibtischplatte und schloss die Augen.

Hanna entzündete eine Orientzigarette und betrachtete die zerbeulte silberne Zigarettendose, die sie wie immer in ihrer Handtasche mit sich trug. Eine abgegriffene Gravur konnte man noch lesen: *Ida Wertheim*.

2. KAPITEL

Stralsund 1871

In den Gassen hinter dem Stralsunder Hafen schlugen zwei Seeleute ihr Wasser gegen einen Forsythienbusch ab, den Ida Wertheim tagelang vor Pessach 1871 mit warmem Wasser gegossen hatte. Nun blühten sie und wurden bepinkelt. Georg Wertheim war 13 Jahre alt und musste seinen Bruder Hugo davor bewahren, Steine von der Gasse zu sammeln, die er auf die Pisser werfen wollte.

Georg Wertheim war ein ernster Junge. Im Gegensatz zu seinem fröhlichen Bruder, nach dem sich die Mädchen, aber auch die älteren Frauen umdrehten. Hugo war von einer Schönheit, wie sie vor Hunderten von Jahren vielleicht Raffael mal gemalt hatte. Außerdem war er mutig.

Zu Pessach trugen die Jungen schwarze lange Hosen, weiße Hemden, auf dem Hinterkopf die Kippa. Hugo schimpfte, die Herren Seeleute sollten sich doch bitte ins Hafenbecken erleichtern und nicht an den blühenden Busch seiner Mutter Ida.

Einer der Seeleute brüllte zurück: »Glotz nicht so, du Judenlaus!«

Georg wollte beschwichtigen: »Reg dich nicht auf, Hugo. Das sind treve Schlemihle!«

Hugo empörte sich, seine Mutter habe den Strauch vor Jahren gepflanzt, damit das elende Geschäftsviertel hinter dem Hafen etwas bunter sei.

Die beiden Jungen näherten sich dem armseligen Tuch- und Stoffgeschäft von Abraham Wertheim. Es gab nur ein Schaufenster, das zwar blitzblank geputzt war, doch vollgestopft mit billigen Stoffen, sogenannter minderwertiger Kommissionsware oder Tuchen mit leichten Webschäden. Oberhalb des winzigen Geschäftes gab es eine Küche, in der die Eltern schliefen, und dazu noch ein einziges Zimmer, in dem alle sieben Kinder von Abraham und Ida Wertheim, teilweise sogar zu dritt in einem Bett, nächtigten.

Die Wertheims waren bettelarm, und wenn Ida nicht immer wieder mal von fahrenden Händlern und Seidengaunern aus dem Hafen zweitklassige Tuchwaren organisiert hätte, wäre es noch elender zugegangen. Vierundzwanzig Stunden am Tag bemühte sich Ida, ihre Artikel zu verhökern. Sie hatte viel Mühe, ihre Kinder satt zu bekommen. Doch ihr Nachwuchs war ihr Stolz und ihre größte Freude. Trotz der Armut schenkte sie ihrem weit über zwanzig Jahre älteren Ehemann Abraham von 1856 bis 1870 insgesamt neun Kinder. Eine Tochter und der letzte Sohn Max starben, als sie kaum den Windeln entwachsen waren. Die sieben Kinder mussten ausschließlich nach Ida Wertheims Pfeife tanzen. Im wahrsten Sinn des Wortes: Sie trug tatsächlich eine Bootsmannspfeife um den Hals, mit der sie sich bei allzu großem Kuddelmuddel im Ladenlokal und in der winzig kleinen Wohnung Gehör verschaffte.

Hugo und Georg Wertheim waren am Pessach-Morgen etwas durch die Hafengassen gestrolcht, um sich den frommen Vorbereitungen zum Pessachfest, die Mutter Ida sehr ernst nahm, zu entziehen. Sie waren die ältesten Söhne und hatten keine Lust, sich an den aufwendigen Reinigungsarbeiten bei Ida und Abraham Wertheim zu beteiligen. Zu Pessach musste alles mit Seifenlauge und Wurzelbürste abgeschrubbt werden. Nirgendwo durften Reste von gesäuertem Brot in den Ecken herumliegen. Die Töchter gingen ihrer Mutter zur Hand. Helene schrubbte mit Seifenlauge sogar das Trottoir vor dem kleinen Laden.

Die Jungen näherten sich.

Ida witterte förmlich, dass ihre beiden Ältesten in der Nähe lauerten, um sich den frommen Pessach-Ritualen zu entziehen.

Sie brüllte: »Hugo! Georg! – Wo versteckt ihr euch? Ich rieche euch!«

Georg wollte sogleich zur Mutter laufen, aber Hugo hielt ihn fest. Er befürchtete, Mama würde ihm gleich einen Tritt in den Toches versetzen, weil sie nicht pünktlich ihren Aufgaben nachkamen.

»Du weißt doch, zu Pessach wird sie immer zur Furie! – Und sag ja nichts von den Forsythien.« Dann liefen sie über eine Gasse und bogen in eine Straße ein, von der Ida sie nicht erwarten würde. Langsam näherten sie sich der ärmlichen Tuchhandlung des Abraham Wertheim.

Schon aus der Ferne sahen sie, wie die Kinder Wilhelm, Hedwig, Helene und Franz putzten, der dreijährige Wolf mit einer Stoffpuppe spielte und sich am Schrubber von Ida Wertheim dabei festhielt. Als Vater Abraham auf Socken aus dem Ladenlokal schlich, interessierte es Wolf sogleich, wie sich der Vater umständlich die Lederschnürschuhe vor dem Geschäft anzog. Wolf wollte sich an seinem Hosenbein festhalten, als Abraham aufstand, um seinen väterlichen Pessach-Verpflichtungen nachzukommen.

»Wölfchen, wir spielen später, wenn ich wieder zurück bin. – Mama schickt mich noch einkaufen, für heute Abend zum Seder. Sie spendiert Süßes für euch alle und Saures für sich und für mich. Der Allmächtige nennt das Wein.«

Natürlich verstand der kleine Wolf von alledem nichts, ließ aber immerhin seinen Vater los.

Ida Wertheim hatte ihren Abraham erwartet. Selbstbewusst trat sie ihm entgegen, drückte ihn fest an sich und küsste ihn. Am Morgen hatte sie, auf einem einfachen Holzschemel sitzend, in einem Steinmörser Bitterkräuter aus Schnittlauch, Dill, Petersilie und Knoblauch gemörsert. Bitterkräuter waren ein wichtiger Bestandteil des Seder-Mahls am Abend vor Pessach.

Georg und Hugo beobachteten die weiteren Ereignisse, die sie seit ihrer frühesten Kindheit so genau kannten.

Ida brüllte wie üblich, jetzt sei aber Schluss mit den Fisimatenten, und verteilte an alle Anwesenden strenge Anweisungen. Bruder Wilhelm solle mit dem Reisigbesen noch mal vor dem Geschäft kehren, Hedwig in der kleinen Küche die Bitterkräuter weiter mörsern und beim Betreten des Ladenlokals gefälligst ihre Schuhe ausziehen. Sie gab ihr einen Klaps auf den Po und scheuchte sie in das Innere des Ladens. Dann griff sie hinter sich und warf Wilhelm einen Reisigbesen zu. Der begann brav mit der Fegerei.

»Das bleibt uns ja zunächst mal noch alles erspart. Nur der Allmächtige weiß, was sie noch für uns auf Lager hat. So, pass auf, jetzt ist Vater dran«, sagte Hugo zu seinem Bruder.

Sie beobachteten, wie Ida in eine Lederbörse griff und einige Münzen hervorkramte, die sie dann Abraham überreichte. Ihr Mann zählte mit.

»Also Abraham, bis zum offiziellen Geschäftsschluss und bis zu unserem Seder haben wir noch drei Stunden Zeit. Hier sind fünfundzwanzig Pfennig. Dafür kaufst du Zuckerstangen für die Kinder und Lakritze. Dann gehst du zu Mundek Muschkatblüte und kaufst drei Achtelliter Weißwein. Hast du die Flasche dabei?«

Abraham hob brav eine grüne Flasche mit Schnappverschluss hoch und auch den Juchtenbeutel zum Einkaufen.

Es gab viele Menschen in Stralsund, die der geschäftstüchtigen Ida nachsagten, dass sie täglich ihren Abraham mit ein paar Münzen in die Stadt schicke, damit er nicht ihre Geschäfte störe. Abraham war der gutherzigste und frommste Jude in ganz Stralsund und ging fast täglich zum Zehner-Gebet in den Gebetssaal des Hafenviertels.

Der schöne Hugo flüsterte seinem Bruder zu, es sei mal wieder wie immer: Mama wolle den Tadde wieder von den Füßen loswerden. Fromm fand Hugo das nicht.

Georg lächelte zaghaft seinen älteren Bruder an und meinte: »Ach, lass mal. Fromm mag es nicht sein, aber immerhin hat der Allmächtige Mama und Vater viele Kinder geschenkt! Was will man mehr?«

»Am besten nicht noch mehr!«, lachte Hugo und kniff seinen Bruder übermütig in die Wange, drehte ihm anschließend auch noch ein Ohr um.

Sie sahen, wie Abraham in kleinen Trippelschritten um die nächste Ecke verschwand. Ida schaute ihm lange nach. Dann blickte sie aufmerksam nach links, nach rechts, nach vorne und nach hinten und tigerte vor ihrem Ladenlokal herum. Ihre Schritte wurden schneller.

Hugo zählte laut: »Einundzwanzig, zweiundzwanzig, dreiundzwanzig, vierundzwanzig – jetzt!«

Und er hatte recht. Ida hatte Witterung aufgenommen und brüllte laut durch das ganze Viertel: »Hugo! Georg! Ich spüre euren Atem. Schon seit Minuten!«

Die beiden Jungs sausten zu ihrer Mutter. Hugo berichtete entschuldigend, sie seien mit zwei Seeleuten aneinandergeraten, die gegen Idas Forsythienbusch gepinkelt hätten.

»Kein unheiliges Geschwätz am Tag vor Pessach, kurz vor dem Seder-Mahl!« Dann forderte sie ihre Ältesten auf, ihr in den Laden zu folgen.

Im Verkaufsraum konnte man sich kaum bewegen. Überall standen aus Brettern zusammengezimmerte Regale herum. Die waren vollgestopft mit Stoffballen, Musterstücken von zweifelhafter Herkunft und abenteuerlichem Farbdesign. Ein Geschäft mit viel Angebot und wenig Qualität. In jeder Ecke störten Stoffballen und zusammengefaltete Reste. Einem Gerücht zufolge handelte Ida Wertheim mit sogenannter ›Konkursware‹ oder auch ›nicht zünftiger‹ Ware, was ungefähr so viel hieß wie unversteuerter Ausschuss. In dem Chaos des Stoffangebotes kannte sich nur Ida Wertheim aus. Hinten im Raum stand ein einfacher Tisch, der auch als Verkaufstheke diente, auf dem für die Kundschaft Warenproben ausgebreitet werden konnten. Auch unter diesem Tisch stapelten sich Ware und die Reste von Waren. Immerhin – an jedem Regal und auch am Tisch hingen hölzerne Maßstäbe von einem Meter Länge. Im Hintergrund führte eine Treppe in die winzig kleine Wohnung der Wertheims. Oben auf dem Treppenabsatz hatte Schwester Hedwig unterdessen die Bitterkräuter im Steinmörser zu Matsch zerquetscht.

Auf dem Verkaufstisch thronten zwei in Ölpapier verpackte Stoffballen. Ida deutete auf die beiden Pakete. Hugo solle ihr genau zuhören, und der kluge Georg solle sich gefälligst alles merken. Dann befahl sie ihnen, diese Pakete noch dringend auszuliefern, zu Samuel Kaminski im Hafen. Samuel Kaminski war ein Schiffsausstatter.

»Hugo, du weißt doch, wo Kaminski seinen Laden hat, oder?«

Hugo blinzelte unwissend seine Mutter an. Georg blieb sachlich und versprach, pünktlich die Ware zu Kaminski zu bringen und wie befohlen nur gegen Barzahlung auszuhändigen.

Hugo war der Schöne, dem alles leichtfiel, und Georg, das wusste Ida, der Verlässliche, Kluge, der es aber nie zuließ, dass sie ihm auch nur mal liebevoll über die Wange streichelte. Schon als kleiner Junge wich Georg allen Liebkosungen seiner Mutter aus. Georg hatte eine Scheu vor körperlichen Berührungen und Zärtlichkeiten. Einzig Hugo durfte ihn anfassen. Gemeinsam teilten sie sich auch oben im Schlafraum ein Bett. Wenn Hugo eingeschlafen war, strich Georg oft über das blonde Haar des Bruders oder deckte ihn mit der Wolldecke zu, wenn Hugo sie weggestrampelt hatte.

»Ausschließlich gegen Barzahlung, Georg! Euch Großen kann ich's ja sagen: Ich schicke euch und nicht Vater, denn bei Papa darf Kaminski immer anschreiben. – Ach, euer Vater hat einfach ein zu weiches Herz.«

Es hätte schlimmer kommen können für Hugo und Georg. Beispielsweise hätte Ida ihnen auch befehlen können, alle Matratzen auf die Straße zu schleppen, um mit Haselnussstöcken den Staub herauszuschlagen oder aber mit einem Messer die Ritzen der Holzdielen auszukratzen, damit nicht Reste unheiligen Schmutzes die Heiligkeit der Pessach-Tage gefährdete. Für Tadde Abraham waren diese jüdischen Riten eine Selbstverständlichkeit. Mit neun anderen jüdischen Stralsunder Bürgern hielt er Fürbitte im Betsaal. Schnell packten die beiden Jungen die Pakete und rannten in Richtung Hafen. Sie waren heilfroh, dass sie mit den heiligen Pessach-Pflichten nichts weiter zu tun hatten, und liefen weg.

Da rauschte die Frau des Bäckers von gegenüber, Lisa Sörensen, in das blitzblank geputzte Tuch-Chaos von Ida. Sie hatte noch gesehen, wie die beiden Ältesten mit der Lieferung davongeeilt waren, und begrüßte Ida mit dem Seufzer, wie es denn nur sein könne, dass ihr christlicher Herrgott der jüdischen Frau Wertheim einen Sohn wie Hugo geschenkt habe. So viel Schönheit sähe man bei Christenmenschen ja äußerst selten, zumindest nicht in Stralsund. Im Übrigen benötige sie zum Abdecken der Plunderteilchen ihres Mannes einen billigen Stoff als Abdeckmarkise. Außerdem habe man für die christlichen Ostertage auf Vorrat auch Osterzöpfe gebacken.

»Die Bienen setzen sich auf alles, und die Fliegen erst. – Ach, die Schönheit Ihres Hugos!« Sie seufzte erneut. »Und nicht mal Christ!«

Diese Anzüglichkeiten waren eigentlich nur das Vorspiel für eine hartnäckige Feilscherei. Lisa Sörensen wollte den Stoff so billig wie möglich kaufen. Ida musste das Terrain für die Feilscherei vorbereiten. Also giftete sie zunächst einmal zurück, dass der eigene Allmächtige eben ein gerechter Allmächtiger sei und »Schönheit an den verteilt, der sie auch verdient, liebe Frau Lisa ... – Also, Sie benötigen mehrere Meter billigen Stoff, um Plunderteilchen und Osterzöpfe vor der Frühlingssonne zu schützen und vor Ungeziefer.«

Sie dürften keineswegs zu teuer sein und außerdem noch waschbar. Blitzartig griff Ida in ein Regal und zauberte einen Ballen aus beigefarbigem Nesselstoff auf den Verkaufstisch. Das sei Genueser Ware. Die Bäckersfrau hatte keine Ahnung, was das bedeutete, und Ida erklärte ihr, dass Ware aus Genua das angeblich Preiswerteste sei, was es zurzeit auf dem Markt gäbe. Für den laufenden Meter bei ein Meter sechzig Breite verlangte sie zwei Mark achtzig und versicherte, unter Genueser Nesselstoff würden Torten, Plunderteilchen und Osterzöpfe garantiert nicht in der Frühlingssonne verdampfen.

Zwei Mark achtzig hielt Lisa natürlich für einen Witz, und das Argument, Ida habe einen Mann und sieben Kinder zu ernähren, zählte nicht. Im Gegenteil: Lisa stichelte sogar, Tadde Abraham sei ein weitaus großherzigerer Nachbar und habe mal vor Jahren den weiß-rot gestreiften Stoff für die Rollmarkise zu einem sehr günstigen Preis geliefert. Irgendwann landete man bei zwei Mark fünfundsechzig.

Währenddessen brachten Hugo und Georg die beiden Pakete zum Hafen. Es ging wieder an dem Forsythienstrauch vorbei. Dann hörten sie irgendwo aus einem Hinterhof Männerstimmen.

Hugo hielt Georg zurück: »Vorsicht, das sind die Straßenköter vom Hafen. Denen sollten wir aus dem Weg gehen.«

Georg hatte die Geräusche auch vernommen, und sie eilten in eine schmale Seitengasse. Aber es war zu spät. Die fünf bis sechs Hafenrowdies hatten sie die ganze Zeit schon beobachtet.

Die Bäckersfrau keifte da gerade mit ihrer Mutter herum, es sei doch mal wieder typisch, dass man mit Juden keine anständigen Geschäfte machen könne. Sie warf dem Nesselstoff auch seine Herkunft aus Genua vor. Sie behauptete, ihre Brote und Brötchen seien täglich frisch, hingegen die Stoffe der Frau Wertheim nicht mal aus Deutschland, sondern aus dem fernen Italien. Ida war noch nie auf den Mund gefallen und erwiderte, Italien sei genauso christlich wie die Bäckersfrau. Schließlich einigte man sich auf zwei Mark. Das Geld wanderte blitzschnell aus Lisas Hand in Idas Geldbörse.

Georg und Hugo saßen in der Falle. An dem einen Ende der engen Gasse lauerten drei gleichaltrige Burschen und auf der anderen Seite zwei kräftige ältere Jungen, die deutlich muskulöser waren als die Wertheims. Es gab keine weiteren Passanten in der Gasse.

Hugo stellte sich mit dem Rücken gegen den Rücken von Georg und meinte nur: »Oij, oij, oij, oij, oij.« Dann nahm er langsam seine Kippa vom Hinterkopf und steckte sie in die Gesäßtasche seiner schwarzen Hose.

Georg tat das Gleiche, faltete aber die kleine schwarze Mütze zuvor sorgfältig zusammen und steckte sie sich unter das Hemd.

Hugo flüsterte, es sei am besten, loszuspurten und durchzubrechen. Bei den drei Gleichaltrigen könnte es klappen.

Der Versuch scheiterte. Obwohl sie mit den Stoffpaketen wild um sich schlugen, kamen sie bei den Gegnern nicht weiter. Die Älteren droschen mit den Fäusten auf Georg und Hugo ein. Einer von ihnen zog an Hugos blonden Haaren. Hugo war darauf bedacht, seinen Bruder zu schützen und rotierte mit seinem Stoffpaket nach allen Seiten. Dass ihm dabei einige Büschel Haare ausgerissen wurden, störte ihn nicht. Immerhin konnten sich die beiden in Richtung Hafen freikämpfen und davonlaufen.

Die fünf Jungen folgten ihnen und brüllten ihnen nach: »Hep, hep, Judendreck!« Das war eine verballhornte Abkürzung für: *Hierosolyma est perdita – Jerusalem ist zerstört.* »Hep, hep, Judendreck!«

Während Ida noch ein schönes Geschäft getätigt hatte und Abraham mit neun weiteren Männern im Stralsunder Betsaal zugange war, kämpften seine beiden ältesten Söhnen am Hafen ums Überleben. Am Hafenbecken erwischte es Hugo als Ersten. Obwohl er noch mit seinem Paket wild um sich schlug, rammte ihm einer der großen Burschen ein hölzernes Joch, so wie es die Schauerleute benutzen, um schwere Waren auf den Schultern zu tragen, in den Magen. Er krümmte sich und ging vor Schmerzen zu Boden. Als Georg mit ansehen musste, dass die übrigen Jungen seinen am Boden liegenden Bruder mit Füßen traktierten, ließ er sein Paket fallen und stürzte auf die Überzahl.

Aus der Entfernung beobachteten Passanten am Hafen, unter anderem auch die pinkelnden Seeleute, ungerührt diese ungleiche Prügelei unter Heranwachsenden. Sie amüsierten sich sogar darüber. Einige von ihnen fanden den Mut von Hugo, der sich der Übermacht erwehren wollte, außerordentlich, und sie klatschten respektvoll. – Ein »Judendreck« mit Mannesmut – immerhin. Das passte nicht in ihr Weltbild.

Schließlich wurde Hugo doch überwältigt. Die Bande zerrte ihn an Händen und Beinen zum Hafenbecken und warf ihn in das brackige Wasser. Die Stoffpakete flogen hinterher. Georg konnte sich, bevor auch er ins Wasser gestürzt wurde, noch an einen Poller klammern und landete nicht im Hafenbecken. Auch weil nun doch die beiden Seeleute, von Mitleid getrieben, herbeirannten und die Rabauken mit Schlägen und Tritten verjagten.

Hugo paddelte im brackigen Hafenwasser und strampelte wie ein Frosch, der vergessen hat, dass er schwimmen kann. Hugo konnte nicht schwimmen. Immer wieder tauchte er aus dem Wasser auf. Er schluckte viel Wasser.

Georg sah eine schmale Hafentreppe, die zur Wasserlinie führte, doch die beiden Seeleute hatten längst ihre Jacken und ihre Schuhe ausgezogen und einer von ihnen sprang ins Wasser, während der andere mit einer langen Schauerstange, die er einer Halterung entnommen hatte, versuchte, den um sein Leben kämpfenden Hugo zu retten.

Georg stand auf der Treppe und sah fassungslos und starr vor Angst zu, wie man den leblosen Körper seines Bruders aus dem Wasser zerrte. »Hugo, Hugo!« Tränen liefen ihm über das Gesicht. Er warf sich auf den bewusstlosen Bruder.

Die beiden Seeleute trugen den nassen Körper die Treppe hinauf und legten ihn oben auf die Kaimauer. Dabei bemühten sie sich um eine Art Seitenlage und fingen an zu pumpen.

Ein elegant angezogener Herr, wohl ein Schiffsmakler, war hinzugekommen, beugte sich über den bewusstlosen Hugo und knetete so lange an ihm herum, bis er das Bewusstsein wiedererlangte und hässlich grünes Wasser spuckte. Georg war niedergekniet und hatte den Kopf seines Bruders in seinen Schoß gebettet.

Die beiden in Ölpapier verpackten Stoffballen für den Schiffsausstatter Kaminski dümpelten im Wasser und schwammen in Richtung Ostsee.

Der Sohn von Schiffsausstatter Kaminski hatte aus sicherer Entfernung die Katastrophe beobachtet. Er rannte zum Betsaal der kleinen jüdischen Gemeinde zu Stralsund, unterbrach den Vorleser und flüsterte Abraham Wertheim ins Ohr, was sich am Hafen mit Hugo und Georg zugetragen hatte. Abraham verneigte sich hastig vor den Thorarollen, nahm seine Tuchtasche und die Flasche mit Weißwein und verließ hastig den Betraum. Die anderen Männer blieben sitzen und verrichteten ihre Gebete. Kaminskis Sohn wurde von einem alten Juden auf den freien Platz gedrückt.

Damit waren wieder die von jüdischen Gesetzen vorgeschriebenen zehn Männer in der Betgemeinschaft.

Ida putzte schon wieder mit einer Wurzelbürste die steinerne Türschwelle. Der kleine Wolf patschte mit den Händen im Zinkeimer herum, und die anderen Kinder halfen im oder am Ladenlokal erneut beim Reinemachen. Nur noch eine Stunde bis zum Seder-Mahl.

Das Rumpeln hölzerner Räder und undeutliche Stimmen ließen Ida aufhorchen. Ihre Kinder schworen darauf, dass Mutter Ida Wahrnehmungen und Instinkte hatte, die keinem anderen Menschen gegeben waren. Sogar Vorahnungen. Sie lauschte dem Rumpeln und den leisen Stimmen. Voller Ehrfurcht berührte sie die Mesusa. Das ist ein kleines metallenes oder hölzernes Behältnis, in dem am rechten Türpfosten der Eingangstür eines jeden jüdischen Ladenlokals oder Hauses ein Thoraspruch verborgen ist. Als sie sich wieder umwandte, schrie Ida auf.

Abraham fuhr eine hölzerne Schubkarre um die Ecke. Hugo lag darauf. Er war wieder in eine tiefe Bewusstlosigkeit gefallen. Georg trippelte aufgeregt vor dem Gefährt herum und versuchte, mit beiden Händen Hugos schwankenden Kopf festzuhalten. Dann stellte Abraham die Karre vor dem Ladenlokal ab. In einiger Distanz und voller Angst betrachteten die Geschwister, sogar Wolf, der dreijährige Jüngste, ihren ältesten Bruder. Hedwig fürchtete schon, er sei tot. Doch Abraham verkündete feierlich, der Allmächtige habe ihm noch das Leben gelassen.

Viel war aber nicht mehr davon übrig. Immer wieder mal erwachte Hugo aus seiner Ohnmacht und spie grünen Schleim. Ida und Abraham hoben ihn von dem Gefährt und schleppten ihn in den ersten Stock in das einzige Schlafzimmer. Georg durfte mitkommen und berichtete leise von den Ereignissen am Hafen. Dabei weinte er und wusch zärtlich seinen Bruder ab. Irgendwann kam Hugo zu sich, und ein Hustenanfall schüttelte seinen Körper.

Die anderen Kinder waren neugierig herangekommen. Abraham bat sie, wieder hinunter in den Laden zu gehen, am besten aber nach draußen. Auch am Türpfosten des Schlafzimmers war eine Mesusa befestigt. Abraham kauerte sich dicht an den Türpfosten und streichelte die Mesusa. Dabei murmelte er ein Gebet. Leise – es war beinahe wie ein verzweifeltes Schweigen.

Georg strich mit einem feuchten Baumwolllappen erneut über Hugos Oberkörper und die Arme.

Dann stellte er plötzlich sachlich fest: »Es soll Typhus in Stralsund wüten.«

Abraham wusste das, und Ida sagte mit tonloser Stimme, dass Typhus im Hafenwasser herumschwimme und dass es deshalb wichtig sei, einen Doktor herbeizurufen.

»Georg, hol du den Doktor! Du machst doch für dessen Sohn in der Schule die Mathematik- und Lateinarbeiten. Und schreibst auch die Deutschaufsätze. Vielleicht dankt der Doktor es dir und besucht an einem Festtag unser Elend.«

Georg rannte los.

Unten, um den großen Verkaufstisch herum, hockten seine Geschwister, auf dem Tisch stand die Flasche mit Wein, und die Pessach-Süßigkeiten lagen noch in Tüten herum. Jetzt, im fahlen Licht der Petroleumlampe, wurde ihm die Ärmlichkeit der Wertheim'schen Tuchhandlung erst recht bewusst. Bevor er hinauslief, drehte er sich noch mal um und brüllte seinen Geschwistern zu, dass niemand zu Hugo hinauf dürfe! Auf keinen Fall berühren: Vielleicht war es Typhus! Mit einiger Sicherheit sogar.

»Seid ganz still! Mich dürft ihr auch nicht anfassen.«

Aber das mochte der Georg ja ohnehin nicht.

Schwester Helene schaute nach oben zum Treppenabsatz. Dort stand Vater Abraham und betete inständig, indem er mit dem Kopf immer nickte. Leise flehte Helene: »Mazeltov.«

Ida hatte schon am frühen Morgen des Tages ihre berühmte Hühnerbrühe bereitet – scharf und mit viel Ingwer. Aus mehreren Hühnern und viel Gemüse – ein Festmahl, das sie sich nur selten leisten konnten. In einem kleinen Topf hatte sie etwas Suppe heiß gemacht und versuchte, Hugo die Flüssigkeit einzuflößen. – Vergeblich. Hugo konnte nicht schlucken.

Georg kam schneller als erwartet zurück. Ohne Arzt. Er sagte nur knapp seinen Eltern, dass der Doktor seine Feierlichkeiten nicht unterbrechen werde.

Hugo hustete. Schüttelfrost durchzuckte seinen Körper. Ida deckte ihn zu. Georg legte eine weitere Decke auf die Füße des geliebten Bruders. Leise deutete er an, dass der Arzt möglicherweise am kommenden Morgen vorbeischauen würde und im Übrigen gegen die drohende Typhusgefahr nur ›Sauberkeit, Sauberkeit und Sauberkeit!‹ nütze.

Abraham fügte noch hinzu: »Beten, beten, beten!«

Das war sowohl für Ida als auch Georg etwas zu viel an Frömmigkeit, und Georg schrie seinen Vater an: »Vom Beten hat der Doktor nichts gesagt!«

Ida schickte ihren Sohn nach unten zu den anderen Kindern und bat ihn, mit seinen Geschwistern irgendwie den Seder-Abend zu begehen. Georg schüttelte den Kopf und meinte, er werde alle noch anstecken. Schließlich habe er Georg unten am Hafen sogar mit dem Mund zu beatmen versucht, wie es ihm ein eleganter Herr geraten habe. Dann küsste er Hugo sanft auf die Stirn, ging zu dem winzig kleinen Fenster und schaute in die Nacht.

Immerhin am nächsten Morgen, sogar ziemlich früh, kam der Arzt und Vater des minderbegabten Klassenkameraden von Georg in einer Kutsche vorgefahren und schaute sich angewidert, indigniert und schlechtgelaunt in der Gegend um. In der Ladentür stand Ida, im Halbdunkel des Ladens alle ihre Kinder. Betend und übernächtigt schniefte Vater Abraham. Georg erwartete den Arzt neben seiner Mutter stehend. Der öffnete nur wortlos seine Arzttasche, holte eine Flasche mit Kampfer und eine weitere braune Flasche heraus und überreichte sie mit spitzen Fingern Mutter Ida.

Ida wünschte dem Arzt frohe Ostern, und der Doktor antwortete nur: »Dito.«

Dann trat Georg einen Schritt vor und schaute dem Doktor in

die Augen und fragte: »Typhus? Typhus, Herr Doktor, woran erkennt man den?«

Der Arzt war überrascht und näselte so was wie: »Also Junge, ich muss doch wohl bitten! – Wie bitte? Was soll ich dir das erklären? Du bist ein Kind!«

Georg erklärte, Hugo huste, spucke Schleim oder schmutziges Wasser. Der Arzt fragte, ob sein Bruder auch Flecken im Mund und auf der Brust habe, so rötlich braune oder graue und unter Umständen auch hohes Fieber.

»Muss ich nachschauen«, sagte Georg leise, trat dann dicht an den Doktor heran und ratterte: »Amo, amas, amat, amamus, amatis, amant. – Ich liebe, du liebst, er sie es liebt, wir lieben und so weiter. – Herr Doktor, ich besuche das Gymnasium zusammen mit Ihrem ältesten Sohn, dem Andreas.«

»Ah ja!« Andreas spräche manchmal von dem kleinen Georg Wertheim, gab der Arzt immerhin zu, und es täte ihm leid, dass er am Vorabend nicht vom Hauspersonal vorgelassen worden sei. Georg war das schnurzpiepegal. Er rannte hinauf zum Schlafzimmer, weckte seinen Bruder, schlug die Laken und die Decken zurück, öffnete das Nachthemd und untersuchte Hugos Brust nach braunen, roten oder grauen Flecken. Dann schob er Hugo einen Löffel in den Mund und untersuchte die Mundhöhle. Keine Flecken zu sehen. Da es ein dunkles Schlafzimmer war, stand Ida hinter ihm und leuchtete mit einer Petroleumlampe.

»Na, mein Schlauester? Hast du irgendwas entdeckt, was Fleckiges? – Sag doch!«

Georg schüttelte den Kopf und bedeckte seinen Bruder wieder bis zur Nasenspitze. Dann schimpfte er, der Sohn des Arztes sei der dümmste Kerl in der ganzen Klasse, wenn nicht gar von der ganzen Schule, bekäme aber trotzdem die besten Noten. Nicht, weil er ihm die meisten Arbeiten schrieb, sondern weil er eben so dämlich war, dass man das einem Arzt als Vater nicht antun könne, den Sohn von der Schule zu verweisen.

»Mutter, Mittelmäßigkeit ist die eine Sache. Dann läuft man so mit. Aber wenn du absolut dumm bist, komplett verrückt, aber aus der richtigen Familie stammst, dann, Mutter, haben Lehrer oder Direktoren gar keine andere Chance, als dich zum Genie zu erklären. Dieser Andreas rechnet sogar noch mit den Fingern!«

Dann nahm er die Flasche mit Kampfer, ließ sich von seiner Mutter ein Stück Tuch reichen und rieb den Körper seines Bruders ein. Vielleicht war Ida etwas geniert. Sie wollte nicht den nackten Körper ihres Hugos betrachten. Deswegen ging sie nach unten und fragte den Arzt, was die Wertheims dem Doktor für seinen morgendlichen, außergewöhnlichen Besuch schuldig seien. Großzügig winkte der Arzt ab und meinte, das ginge auf Kulanz, und schließlich sei es ja auch für die Wertheims so etwas Ähnliches wie Ostern – dieses Pessach. Unter Umständen würde sich seine Frau aber über zwei Meter roten Samt für ein Sofakissen freuen.

Hugo bekam kein Fieber, auch keinen Typhus. Doch seit jenem Pessachfest 1871 litt er, wie man damals zu sagen pflegte, an ›Engbrüstigkeit‹ und hatte häufig Hustenreize. Ida meinte, er habe wahrscheinlich damals zu viel saures Wasser geschluckt und er solle, wenn er im Freien sei, immer tüchtig durchatmen. Hugo entwickelte sich mit der Zeit prächtig, gesundete auch leidlich und wurde immer schöner. Häufiger kamen sogar junge Bürgerstöchter Stralsunds in den ärmlichen Laden und fragten umständlich und lange nach ausgefallenen Waren, um ihre Verkaufsabsichten aber sofort abzubrechen, wenn sie feststellten, dass Hugo nicht anwesend war.

Georg war ein erstklassiger Schüler. Ein Lateinlehrer hatte bei Ida Wertheim vorgesprochen, ein Stipendium oder den Erlass des Schulgeldes versprochen, wenn Georg weiterhin die Schule besuche, mindestens das Einjährige, also die Mittlere Reife, absolviere und ihn, den Lateinlehrer, mit seinem Bildungshunger erfreue. Georg sei so strebsam, dass er viele andere Mitschüler beflügele, bis auf den dämlichen Andreas natürlich.

Doch es war längst eine andere Zukunft für Hugo und Georg geplant.

»Was möchte die Zukuft sein?«, seufzte eines Abends im

schummrigen Ladenlokal Ida Wertheim, als alle Familienmitglieder am Verkaufstisch ihr Abendessen verzehrten. Mit dem Geschäft ging es nicht abwärts, aber auch nicht aufwärts, und Hugo und Georg waren nun in einem Alter, in dem doch darüber nachzudenken sei, was in der Zukunft sein mochte. Sie hatte auch schon einen Plan.

Ida Wertheim entstammte einer sehr wohlhabenden Berliner Tuchhandels-Familie. Sie war die Schwester eines Partners des berühmten, fast achtzigjährigen Tuchunternehmers Wolff & Apolant. Ihr Bruder Wolf war vor Jahren natürlich gegen die Hochzeit mit Abraham Wertheim gewesen. Erstens, weil Abraham viel zu alt für seine Schwester war, und zweitens, weil er genau das Gegenteil eines Geschäftsmannes darstelle. Immerhin hatte er seiner Schwester zur Geschäftsgründung aus dem Wolff & Apolant'schen Vermögen so viel Geld zur Verfügung gestellt, dass sie in Stralsund das kleine Geschäft eröffnen konnten. Wäre es nicht zu dem ungewöhnlichen Kindersegen gekommen, hätte sie etwas aus dem Laden gemacht. So war sie aber meistens schwanger. In Abraham hatte sie keine große Hilfe, nur einen sehr treuen, liebenswerten Mann, mit dem sie jeden Montag, Mittwoch und Freitag in der Küche das Bett teilte.

Abraham war äußerst sinnlich veranlagt, und Ida Wertheim, die hübsche, blonde, wohlerzogene Berliner Großbürgerstochter, auch.

Jedenfalls beschloss Ida Wertheim, ihre ältesten Söhne nach Berlin in die Lehre zu ihrem Bruder Wolff zu schicken. Sie sollten den Tuchhandel von der Pike auf lernen. So, wie die Geschäfte in Stralsund nun mal liefen, könnte es nicht weitergehen.

»Berlin! Frauensleute wie mit dem Munde gemalt!«, jubelte Hugo. »Und nicht so derbe Trudschen wie hier im feuchten Stralsund.«

Schon als Pubertierender war Hugo im Rahmen des Schicklichen sexuell äußerst aktiv. Bei zwei verheirateten Stralsunder Bürgersfrauen war er sogar bis unter die Unterwäsche gekommen. Er hatte seine ersten sexuellen Lehrjahre bereits absolviert. Georg wusste von diesen Amouren nichts.

Hugo freute sich auf Berlin und die Tuchhändlerlehre, Georg war enttäuscht. Er hätte zu gerne die Mittlere Reife, wenn nicht gar Abitur gemacht. Im letzteren Falle wäre er der erste Jude Stralsunds gewesen, dem das von der Schulleitung gestattet worden wäre.

1873 fuhren Hugo und Georg mit dem Zug nach Berlin. Sie mussten dreimal umsteigen, fuhren Dritter Klasse, und kurz vor Berlin bemerkte Georg, wie Hugo einer sehr hübschen Anfang-Dreißigerin auf die Toilette nachstieg. Georg fand das sowohl eklig als auch interessant, irgendwie.

Kaum angekommen brach die Großstadt Berlin über die beiden jungen Männer herein wie die Sintflut über die Arche Noah. Krach, Lärm, Lichter, Glitzer. In Nebenstraßen stanken die Gossen nach allerlei Unrat, den die ärmeren Bewohner Berlins einfach auf die Straße schütteten. Von der Weltstadt Berlin, der Glitzerstadt, war die Reichshauptstadt noch weit entfernt. Höchstens auf den Boulevards war vom Reichtum etwas zu bemerken.

Unter den Linden fielen Hugo und Georg überhaupt nicht auf. Beide trugen noch die Kippa, einen schwarzen Anzug und ein weißes Hemd, wie sie es ihrem Vater Abraham versprochen hatten und Ida ihnen auch geraten hatte, weil Onkel Wolff, der Lehrherr, angeblich ein sehr frommer Jude sei. Es gab genügend andere Juden, und man grüßte sich sogar auf der Straße. Hugo war fassungslos über den weiblichen Teil der Bevölkerung Berlins. Er wunderte sich bei den Damen über diese seltsamen Kleider, die hintenrum immer mehr Popo versprachen als wohl da drunter war. Französische Mode. Sie gingen vom Potsdamer Bahnhof zu Fuß zum Tuchgroßhandelsunternehmen Wolff & Apolant.

Das dauerte eine Weile, weil der Gestank der Straßen einerseits Hugo immer wieder zum Husten reizte, er andererseits jeder hübschen Weibsperson lange nachschaute. Georg schleppte die beiden einfachen Koffer und verweilte häufig vor den Schaufenstern der Geschäfte, verglich die Preise und war sehr beeindruckt, während Hugo in der Gegend herumbalzte. Schließlich landeten sie in dem schlichten, äußerst spartanisch gehaltenen Großtuchhandelsunternehmen Wolff & Apolant. Sie wurden bei Onkel Wolff sofort vorgelassen. Der guckte sich seine Neffen lange an und beschloss, sie einer sehr strengen, unbarmherzigen Lehre zu unterziehen.

»Ihr seid meine Verwandten. Euch schicke ich durchs Feuer. Morgen früh fangt ihr in der Bügelei unten im Keller an.« Unter seiner Fuchtel, so versprach er, würden sie nicht solche geschäftlichen Versager wie ihr Erzeuger, der Herr Abraham Wertheim, werden. »Und du, lieber Hugo, lass gefälligst die Finger von meinem weiblichen Bedienungspersonal.« Er schaute Georg an. »Über dich schreibt mir deine Mutter, du könntest vierstellige Zahlen im Kopf subtrahieren, addieren, multiplizieren und dividieren. Stimmt das?«

»Das kann Hugo auch«, sagte Georg.

3. KAPITEL

Gleich am nächsten Morgen sollten sie im Kellergewölbe durch den Import zerknautschte, sündhaft teure Brokat-, Organza- und besondere Seidenstoffe mit bis zu fünfzehn Kilo schweren mit Holzkohle beheizten Bügeleisen wieder in einen verkaufsfähigen Zustand plätten.

Hugo hatte beim Betreten des Geschäftshauses der Firma Wolff & Apolant sogleich einen leichten Hustenreiz verspürt. Überall im Haus roch es nach saurem Dampf, der aus dem Keller nach oben stieg. Dieser Dampf war vermischt mit einer Chemikalie, die Aceton hieß und den feuchten Leinentüchern beigemischt wurde, mit denen man die teuren Tuche wieder in Form brachte. Ein widerlicher Gestank.

In Onkel Wolffs mit Tuchwarenproben aus aller Welt vollgestopftem Büro stank es nicht nach diesem Aceton, sondern nach einer Mischung aus Pfeifentabakknaster und entschieden zu wenig Lüftung. Onkel Wolff selber benutzte nach jedem Wannenbad, das er pünktlich am Freitagmittag kurz vor Beginn des Sabbat zelebrierte, zur Körperpflege ein indisches Duftöl. Patchouli hieß das, hielt eine ganze Woche gegen andere Körperausdünstungen vor und legte sich Hugo auch gleich auf die Lunge.

Georg schaute sich in dem vollgestopften Allerheiligsten von Wolff & Apolant um und bemerkte, dass es dort zwei massive Eichenholzschränke gab, die außer mit normalen Schlössern auch noch mit einer Vielzahl von Vorhängeschlössern und Ketten gesichert waren. Onkel Wolffs Schreibtisch quoll über von Stoffproben, in die er immer seine dicken Finger wühlte, sie zerquetschte, sie an die Nase hielt und daran roch.

Seine beiden Neffen saßen auf den vorderen Kanten von zwei wackeligen Besucherstühlen und ein steinalter, spindeldürrer orthodox gekleideter Jude servierte mit zittriger Hand ein Glas echten Muckefuck aus richtigem Bohnenkaffee. Tiefschwarz, ein Glas für beide Neffen gemeinsam.

Das sei Bohnenkaffee aus Afrika, Äthiopien oder so ähnlich. So stark, dass ein Löffel darin stehen könne, und seine beiden Neffen mögen das Gebräu einmal kosten, um dann festzustellen, dass sie hellwach die kommende Nacht kein Auge zutun könnten.

Hugo probierte als Erster das Gebräu. Es war mordsmäßig stark und zog ihm, wie er leise seinem Bruder zuflüsterte, den Hals und alle Innereien bis zum Hintern runter zusammen.

Sie würden sich an den Trank gewöhnen, erklärte der Onkel. Jeden Tag gäbe es ein Glas davon. »Das hält euch hellwach, aufnahmefähig.« Und würde auch Hungergefühle stillen. Punkt sieben Uhr gäbe es Frühstück, unten im Kaschmirlager, in einem Holzverschlag, der den beiden neuen Lehrlingen als Büro dienen sollte.

»Jeden Morgen erwartet euch der alte Nathan mit einem Glas Milch, zwei Schrippen mit Marmelade und, falls erwünscht, zwei Zigarillos für jeden pro Tag.« Das Mittagessen sei variabel, eigentlich mehr ein Arbeitsessen, und man würde es täglich hier im Büro einnehmen. Dann erklärte er noch, dass er natürlich der bedeutendste Tuchhändler Preußens sei und die Firma Wolff & Apolant kaiserlicher Hoflieferant.

»Das hat uns Mutter alles schon berichtet«, ergriff Georg zum ersten Mal das Wort. Dann zeigte er ihm sein letztes Zeugnis vom Gymnasium. Die Noten waren erstklassig und der Latein- und Klassenlehrer in Stralsund bedauerte in einem Zusatz, dass Georg frühzeitig das Bildungsinstitut auf eigenen Wunsch verlassen habe.

Hugos Abgangszeugnis war mittelprächtig. Ihm testierte ein Lehrer freundliche Umgangsformen und außergewöhnliche Gefälligkeit den Mitmenschen gegenüber. Im Übrigen wünschte er ihm für Berlin alles Gute.

Bevor er mit einer großen Messingglocke den alten Nathan wieder herbeibimmelte, sagte Onkel Wolff noch: »Der Nathan sieht nicht nur so alt aus wie das Judentum, er ist es auch. Über fünftausend Jahre. Fromm, verlässlich, äußerst schwerhörig und allein schon deswegen eine Vertrauensperson.«

Das »Judentum« kam langsam herangeschlurft und zeigte den beiden Knaben unterm Dachgeschoss eine Mansarde, in der sie gemeinsam während ihrer Lehrzeit wohnen und schlafen sollten. Jeder in einem eigenen Bett. Im Winter sei es hier oben bitterkalt, krächzte Nathan, aber die anderen Lehrlinge früherer Jahre hätten sich dann immer in einem Kupfergefäß glühende Holzkohlen aus der Bügelkammer gestohlen und es mitten in die Mansarde gestellt. Ein wenig hätte es gegen die Kälte geholfen.

Die neuen Lehrlinge begannen, ihre Koffer auszupacken, und Nathan blieb neugierig in der Mansarde stehen, um genau mitzukriegen, was die neuen Mitglieder von Wolff & Apolant denn so alles mit sich führten. Es war nicht viel: weiße Hemden, Leibwäsche, neben dem Feiertagsanzug in Schwarz, den sie trugen, noch eine mittelgraue, gestreifte Hose und eine dunkelgraue Jacke. Gemeinsam hatten Hugo und Georg einen Wintermantel und jeder eine Pelerine aus Wachstuch für die Berliner Regentage.

In den letzten Tagen vor ihrer Abreise hatte Ida aus unzähligen Strickwollresten jedem ihrer ›Goldjungen‹ drei knallbunte Schals gestrickt. Schwester Hedwig, die in hausfraulichen Künsten sehr geschickt war, hatte ihren Brüdern mehrere Paar Wintersocken und für jeden ein Paar Fäustlinge mit auf die Reise gegeben.

Ursprünglich waren die auch knallbunt wie Idas Schals, aber die kleine Schwester war auf die Idee gekommen, ihre Socken und Handschuhe mit schwarzer Textilfarbe einzufärben.

Vater Abraham, der in seiner Jugend einst zwei Jahre in London bei Verwandten gelebt hatte und deswegen seine ältesten Söhne auch mit einem gewissen Erfolg in der englischen Sprache unterrichtete, hatte sich von zwei Seidenbindern, Krawatten oder, wie er vornehm auf Englisch näselte, »ties« getrennt und ihnen gezeigt, wie man diese Krawatten auf vielfältige Weise unter die gestärkten Austauschkragen binden konnte, um in Berlin etwas darzustellen.

Dass beide Jungen die Kippa trugen, erfüllte den alten Nathan mit Freude. Der Herr Wolff trug immer einen großen schwarzen Hut auf dem Kopf. Tag und Nacht wohl, so speckig war der Hut. Nathan war neugierig darauf, was die jungen Herren aus Stralsund mit nach Berlin gebracht hatten. Hugo schnitt ihnen ein Stück geräucherte Rinderbrust mit einem Messer ab, die, wie er erklärte, der einzige koschere Metzger in Stralsund anlässlich des Auszugs der beiden Ältesten geräuchert hatte. Ein Festtagsschmaus.

Nathan lutschte auf der trockenen Scheibe Rinderbrust herum, bedankte sich artig, konnte sie leider nicht kauen, da er bis auf einen einzigen Zahn links vorn oben keine weiteren Zähne im Mund hatte.

Hugo stieß Georg amüsiert in die Rippen.

»Mit diesem Mann müssen wir drei Jahre auskommen. Verärgere ihn nicht«, flüsterte Georg seinem Bruder zu. »Neben Onkel Wolff ist er der mächtigste Mann hier. Hab ich im Gefühl.«

»Meinst du, der alte Zausel hält noch drei Jahre durch?«, fragte Hugo.

»Dreihundert Jahre!«, war sich Georg sicher und fügte hinzu: »Und wenn es diesen Nathan nicht mehr gibt, hat Onkel Wolff einen anderen Vertrauten längst in petto, vielleicht uns.«

Genau genommen schliefen Georg und Hugo in der folgenden Nacht zum ersten Mal jeder in einem eigenen Bett. Die geräucherte koschere Rinderbrust lag schwer im Magen. Irgendwann schlug es von irgendeiner Kirche Mitternacht.

Hugo trank die dritte Karaffe Wasser leer und sagte: »Ganz ehrlich, Georg, ich hab noch gar kein Heimweh. Du?«

»Alle haben bei unserem Abschied geweint. Mutter Ida natürlich am lautesten«, antwortete Georg.

»Mutter weint immer. Auf Kommando, wenn es ihr nützlich erscheint. Du hast sie wohl nie erlebt, wenn vom Magistrat der Steuereintreiber ihr die Aufwartung machte«, sagte Hugo.

Georg konnte sich an derartige Auftritte sehr wohl erinnern. Aber das waren ›Auftritte‹. Dann pflegte Ida eine herzzerreißende

Szene hinzulegen, dass der Magistratsbeamte unverrichteter Dinge, also ohne auch nur einen einzigen Kreuzer für die Steuer einzutreiben, abzog. Mit Tränen in den Augen, voller Mitleid, verließ er dann den schäbigen Laden in Stralsund und versprach, bei seinen Vorgesetzten für die Wertheims ein gutes Wort einzulegen. Der Abschiedsschmerz hingegen war echt gewesen.

Sie könne ein außergewöhnliches Biest sein, murmelte Hugo noch, lachte kurz auf und schlief endlich ein.

Zwischendurch musste er husten. Der Acetongeruch aus den Bügelräumen im Keller durchzog das ganze Haus bis rauf in die Mansarde der Brüder.

Punkt sieben Uhr saßen sich Georg und Hugo an einem zwei mal fünf Meter großen Eichenholztisch jeweils am Kopfende gegenüber. Um sie herum waren in hölzerne Regale Stoffballen in vielen Farben gestopft. Ihr Arbeitsplatz befand sich im zweitheiligsten Heiligtum der Tuchhändler Wolff & Apolant: der Kaschmir-Abteilung.

Das heiligste Heiligtum war ein kleiner Raum mit mehrfach gesicherter Stahltür, hinter der sich die Brokatstoffe des uralten Familienunternehmens Buoncuore aus Venedig befanden. Zu diesem Raum hatten nur Onkel Wolff und Nathan einen Schlüssel. Immerhin – das Kaschmirlager als Arbeitsstelle war schon eine große Ehre. Der Herr Wolff schien seine Neffen sehr zu schätzen, wenn nicht gar zu lieben. Oder er hielt die engen verwandtschaftlichen Beziehungen für ein heiliges Gesetz des Allmächtigen, dass er sie hier arbeiten ließ.

Zum Frühstück gab es Marmeladenbrötchen und eine große Tasse mit lauwarmer Ziegenmilch und eine mit Kuhmilch.

Nach dem ersten Schluck musste sich Hugo vor Schreck fast übergeben. Er stopfte, um den scheußlichen Geschmack im Mund zu überdecken, schnell einige Bissen Marmeladenbrötchen hinterher.

»Georg, ich weiß zwar nicht, wie gequirlte Affenscheiße schmeckt, aber das Zeug muss ein Pavian mit Durchfall in unsere Tassen gekackt haben!«

»Ziegenmilch ist gut für Ihre Lunge. Ich habe die ganze Nacht gehört, wie Sie gehustet haben, Herr Wertheim.« Nathan war sehr fürsorglich.

Er selber habe nicht gehustet, meldete sich zaghaft Georg und steckte dann den Zeigefinger in seine Milch und lutschte daran. Tatsächlich – ihm hatte Nathan Kuhmilch vorgesetzt.

Ziegenmilch sei doppelt so teuer wie Kuhmilch, dozierte der alte Nathan, lächelte fein und fügte hinzu, der Herr Wolff habe ihm nicht nur einmal, nein, Dutzende Male am vergangenen Abend und seit heute morgen fünf Uhr eingeschärft, den Herrn Hugo mit allem zu versorgen, was seiner angegriffenen Gesundheit bekömmlich sei.

»Sehr aufmerksam, der Onkel Wolff. Und auch Sie, Herr Nathan«, ächzte Hugo und musste schon wieder leicht hüsteln, weil auch im Kaschmirlager der Geruch aus dem Bügelraum im Keller nicht zu überriechen war.

Nathan gestattete den Jungen zehn Minuten zum Frühstück. Dann händigte er jedem zwei Zigarillos aus, streichelte Hugo sogar über das lange blonde Haar und sagte fast zärtlich, es sei besser für den schönen Jüngling, das Rauchen zu unterlassen und die Zigarillos vielleicht gegen Zitrusfrüchte am Gemüsestand gegenüber des Geschäftshauses von Wolff & Apolant einzutauschen. Dann schlurfte er davon. Georg stand auf, ging um den Tisch herum, reichte Hugo seine Tasse mit Kuhmilch, Hugo nahm einen großen Schluck und Georg roch an der Tasse mit der Ziegenplörre.

»An einem unserer freien Tage sollten wir mal in den Zoologischen Garten gehen. Vielleicht riecht ja Pavian-Kacke tatsächlich so.«

»Oder wie die Scheiße eines darmkranken Kamels.« Hugo wollte seinen Bruder übertreffen.

Georg hielt sich die Nase zu und nahm einen Schluck Ziegenmilch. »Hugo, du bist zu empfindlich. Gewöhnungsbedürftig wohl, aber wie sagt unser Tadde Abraham immer beim Weißwein zum Sabbat: Sauer, aber im Abgang gar nicht mal so schlecht.« Und er trank die Ziegenmilch aus.

Hugo war baff, deutete auf das frischgestärkte Chemisette, das er unter seiner Jacke als Hemdersatz trug und eine Art Latz war, den man am Leinenunterhemd mit einem Knopf befestigte.

»Wenn du mir jetzt auf das frischgestärkte Chemisette kotzt, gehe ich niemals mit dir in den Zoo! Und wenn, dann nur alleine, in weiblicher Begleitung. Die wird sich in Berlin bestimmt leicht finden.«

Später führte Nathan sie in die Kellerräume. Dort wurden die kostbaren Waren mit schweren, gusseisernen Bügeleisen auf großen, mit Molton bezogenen Tischen aufgebügelt. Die Bügeleisen wurden auf glühend heißen Öfen immer wieder erhitzt, so dass die Holzkohle ständig leuchtete. Hier arbeiteten nur Frauen, Heranwachsende im Alter von Georg und Hugo und viele Kinder. Ätzender Dampf erfüllte die Räume. Durch die winzigen Oberlichter der Kellerfenster konnte kaum etwas von dem Gestank abziehen. Der verteilte sich stattdessen gleichmäßig im ganzen Haus. Onkel Wolff erwartete sie bereits im Bügelraum. Nathan hatte ihnen zuvor zwei graue Kittel gereicht, in die sie hinein schlüpften und die wie Arztkittel hinten zugebunden wurden.

Wolff brüllte los: »Was hab ich euch gestern Abend gesagt? – Von der Pike auf! Und das heißt im Stoffhandel zunächst einmal: Tuet Buße, tuet Buße, tuet Buße. Ihr müsst den Respekt vor der teuren Ware erlernen. Einen tiefen Respekt.« Er deutete auf einige Partien zerknautschter Kaschmirstoffe, hob seine Stimme und donnerte: »Diese Kaschmirqualität aus dem fernen Pamir lag bis heute Morgen um sechs Uhr noch vierfach zusammengefaltet in euerm neuen Büro. Sieht jetzt aus wie Putzlumpen.«

Bevor Nathan sie in das Purgatorium des Tuchhandelsunternehmens führte, hatte sich Georg mit den Preisschildern auf den Stoffballen beschäftigt. Seine Hände hatten über weiche Ware gestreichelt, und er hatte festgestellt, dass für nahezu gleiche Qualitäten unterschiedliche Grundpreise mit Umbra-Tinte auf brauner Pappe angegeben waren.

Hugo hielt sich ein Taschentuch vor den Mund, um den Hustenreiz zu unterdrücken. Georg stellte sich vor seinen Bruder.

»Herr Onkel Wolff, Verzeihung, ich hätte gleich am ersten Tag mal eine dumme Frage: Warum gibt es bei Ihnen eigentlich unterschiedliche Preise für die gleichen Qualitäten aus dem fernen Pamir oder den Hängen des Himalayas?«

»Was verstehst du denn von Kaschmirqualitäten? Du, du Hungerleider.«

Seine Mutter habe ihm viel darüber erzählt und im Übrigen habe er in den letzten Jahren bei dem Schiffsausstatter Kaminski französische, englische Prospekte und Fachjournale über Mode und Stoffe lesen dürfen. Aber es sei richtig: Er habe heute Morgen zum ersten Mal diesen wundervollen weichen Stoff mit seinen Händen gefühlt.

»Theoretisch bin ich auf dem Wissensstand der Engländer, der Franzosen und Italiener. Das schwör ich Ihnen, Herr Onkel Wolff.«

Wolff glaubte seinem Neffen aufs Wort, denn sein Neffe hatte ohne zu stottern, mit fester Stimme gesprochen, und wenn Leute beim Vortrag nicht stottern, war das für den gewieften Tuchhändler Wolff ein sicheres Zeichen, dass sein Gegenüber Bescheid wusste und sich kleingeistige Diskussionen nicht lohnten. Weder privat, noch im Geschäftsleben.

»Also habe ich zum einen einen schönen und zum anderen einen sehr klugen Lehrling.« Davon war Wolff überzeugt. Und dann stellte er sich in Positur: »Preise verglichen? Beim Kaschmir? – Lieber Georg Wertheim, Handel bedeutet Wandel und der Wandel hat keinen Festpreis. Nur einen Grundpreis, den wir erzielen müssen. Das Minimum. Und das steht auch auf den Zetteln.« Nur durch den Minimalpreis sei Wolff & Apolant in Preußen, einschließlich Sachsen und wohl auch Bayern, der bedeutendste Stofflieferant. »Jawohl.«

Georg widersprach: »Ganz sicher von Berlin und der Mark Brandenburg, aber nicht von Sachsen und Bayern.«

Woher er denn das wissen wolle, giftete der Onkel.

Georg hatte bereits von Stralsund aus mit der Berliner Handelskammer korrespondiert und die allgemein zugänglichen Bilanzen des Hauses Wolff & Apolant angefordert. Wolff & Apolant waren durchaus bedeutende Tuchhändler, und er war stolz, hier lernen zu dürfen. Keineswegs aber in den Bügelräumen. Das sei unwürdig. Nicht nur für die Brüder, sondern besonders für die Kinder, die armen Frauen und mit Sicherheit für die teuren Stoffe. Es sei doch viel besser, schlug er vor, diese Höllenarbeit durch entsprechende Investitionen beim Transport und möglicherweise auch durch professionelle Bügel-Handwerksbetriebe außer Haus kostengünstiger ausführen zu lassen. Georg Wertheim riskierte bereits am ersten Tag seiner Lehre eine dicke Lippe. Blieb dabei aber sachlich.

Nathan erwartete nach diesen Frechheiten den unverzüglichen Rausschmiss der neuen Lehrlinge. Doch der Hoflieferant Wolff packte Georg an den Schultern und drückte ihn fest gegen seine Seidenweste, die in recht zweifelhafter Farbzusammenstellung aus schwerem Brokat ihm auf den gewaltigen Leib geschneidert war.

Seit Monaten habe er über eine Lösung dieses unzulänglichen Lagerproblems und das teure Aufbügeln im eigenen Hause nachgedacht, gab er zu. Dann scheuchte er in einem Akt von Großherzigkeit alle Kinder und Frauen aus dem Kellergewölbe.

Als Georg so an die Brust des Onkels gepresst wurde, wurde ihm von dem Patchouliduft nachgerade übel.

In den ersten Wochen arbeiteten sich die Wertheims gut ein. Später wurde in Berlin gern die Geschichte über Georg Wertheim erzählt, der bereits am ersten Tag seiner Lehrzeit das ehrwürdige Tuchhandelshaus auf den Kopf gestellt hatte. Und es wurde auch gemunkelt, dass Georg Wertheim schon als Jüngling die Abschaffung von Kinderarbeit in unwürdigen Werkstätten wie Bügelräumen, Farbfabriken oder auch bei den Schornsteinfegern durchgesetzt habe. Jedenfalls – bei Wolff & Apolant gab es keine Kinderarbeit mehr und auch Frauen wurden nicht mehr beschäftigt, sofern sie schwanger waren.

Das machte die armen, kinderreichen Familien zwar noch ärmer, aber die Lebenserwartung von Kindern und jungen Frauen stieg.

Darüber hatte sich Georg nie Gedanken gemacht, aber sein ökonomischer Verstand sagte ihm, dass die mühsame Arbeit der Schwächsten der Schwachen in der Gesellschaft niemals gewinnbringend sein würde.

Georg und Hugo mussten im Kaschmirlager alle Stoffballen aus den Regalen zerren. Sie sorgfältig auseinander- und noch sorgfältiger auf dem riesigen Tisch wieder zusammenfalten. Gleichzeitig sollte Georg den Bestand an Kaschmirwaren ausmessen. Es sollte mal festgestellt werden, was sich überhaupt so alles im Lager angehäuft hatte. Die Lieferscheine und Rechnungen befanden sich, wenn überhaupt, in den beiden hochgesicherten Eichenschränken in Wolffs Büro.

Wolff & Apolant handelte weltweit und importierte aus den entlegensten Ecken der Erde. Es gab viele Handschlag-Geschäfte mit Kapitänen der Indienroute oder mit Reedern in Rostock, Hamburg oder Bremen.

Bargeld lachte, das Wolff in einem Spezialgürtel um seinen Bauch herum versteckt trug oder auch als Goldmünzen, die er – diskret als Knöpfe getarnt, also mit Stoff überzogen – an seinen zahlreichen flammenfarbenen Brokatwesten angenäht hatte.

Wolff war ein Goldschatz auf zwei Beinen. Für den Fiskus hatte er natürlich eine eigene Buchführung. Seine Geschäfte hatte er angeblich im Kopf. Als Hoflieferant des Kaiserhauses überließ er es der hochherrschaftlichen Kundschaft, den Preis selber zu bestimmen. Schlecht schnitt er daher mit dem Kaiserhaus und seinen Vasallen, wie Fürsten, Junkern, Grafen und Baronen im Brandenburgischen und Berlin nie ab. Niemand der Höflinge wollte zugeben, dass er etwas billig eingekauft hatte. Wolff war dafür bekannt, dass er der Gräfin X dezent flüsterte, was die Gräfin Y für ihre neue Samtrobe aus original englischem Samt ausgegeben hatte. Genauso trieben die Hofjuweliere die Preise bei Kaisers und Umgebung in die Höhe. Nur Kaiser Wilhelm selbst und seine Familie waren knickerig sparsam. Diese Herrschaften ließen sich Luxusgüter gerne schenken. Sie versprachen dafür kaiserliche

Huld, ließen von einem Kammerherrn oder Hofminister einen warmherzigen Brief schreiben, den sich die Hoflieferanten dann stolz an die Wände ihrer Geschäftsräume nagelten.

Der Geiz des Kaiserhauses!

In Berlin war es üblich, dass viele Hoflieferanten, ob Goldschmiede, Gemüsehändler, Imker oder Büchsenmacher, ihren Geschäftsbetrieb krankheitsbedingt justament immer an jenen Tagen zusperrten, wenn ihnen ihre Zuträger in der Dienerschaft des kaiserlichen Hofes berichteten, dass der Kronprinz oder irgendein naher Verwandter des Kaisers einem Hoflieferanten die Ehre eines Besuchs zuteilwerden lassen wollte. Dann mauerten die Händler am liebsten die Türen zu.

Mit dem einfachen Adel ließ sich prima Geschäfte machen. Einer der ersten Berliner Handwerks-Millionäre war ein Maßuniformschneider, der das kaiserliche Offizierskorps ausstattete. Dieser exklusive Uniformschneider war ein enger Freund der Firma Wolff & Apolant und wusste sehr genau, dass die Halberstädter Kürassiere zum Beispiel alle Kosten aus der eigenen Tasche zahlen mussten. Dazu gehörten zwei Pferde, ein Diener, der sogenannte Putzer im Unteroffiziersrang sowie eine respektable Wohnung in der Nähe oder in Potsdam und eine üppig aufwendige Kollektion unendlich vieler Uniformteile wie Mützen, Stiefeln, Posamenten für die Galauniform und und und …!

»Nur, wer unter den Offizieren bella figura macht, ist dichter am Kaiser dran. Je besser diese Herren eingekleidet sind, umso milder fällt das Auge Seiner Allergnädigsten Durchlaucht, unseres Kaisers, auf die armen Leibgardisten«, lächelte Onkel Wolff.

Im Büro hatte Herr Onkel Wolff Georg in die Geheimnisse seiner Geschäftsbeziehungen mit den Hoheiten nach einigen Monaten eingeweiht. Georg hatte aufmerksam zugehört und sich Notizen gemacht.

Hugo fand die Sache ganz interessant und meinte nach dem sehr langen Vortrag des Onkels sachlich: »Herr Onkel Wolff, wenn Ihr mit dem Adel und den Speichelleckern um den Kaiser herum die besten Geschäfte macht, so werdet Ihr doch nicht so dumm sein, irgendjemand von diesen Grafen und Gräfchen, Baronen und Baronessen etwas auf Pump zu liefern? Ich meine, Kredit einzuräumen?«

Georg war über die Schlussfolgerung seines Bruders Hugo sehr überrascht. Längst war er auch auf diesen Trichter gekommen, aber er hatte sich nie getraut, diese laut auszusprechen.

»Du bist genauso frech wie mein lasterhafter, aber reich verheirateter Bruder. Mein Bruder Polka-Wolff.«

Hugo strich sein Chemisette glatt, zupfte am Seidenjabot seines Vaters Abraham und strahlte den Kaufmannsherrn an: »Meinen Sie den Herrn Polka-Wolff, über den man in den Zeitungen dieser Sozialdemokraten so viel Gemeinheiten liest?«

»Genau den!«, tobte Wolff.

Georg versicherte, in die sozialdemokratische Presse würden die Fischhändler in Stralsund nur ihre Heringe einpacken, denn Georg spürte instinktiv, dass dieser Herr Polka-Wolff der wunde Punkt in Onkel Wolffs Verwandtschaft war und dass bei Hugo eine starke Affinität für Lebemänner wie Polka-Wolff nicht auszuschließen war. Georg hatte sofort das Vertrauen seines Lehrherrn gewonnen. Im Umgang mit dem schönen Hugo erwartete Wolff Probleme.

In den ersten Monaten ihrer Lehre verbrachten die Brüder die Abende in ihrer Schlafmansarde. Hugo lag mit nacktem Oberkörper auf seinem Bett. Georg kniete über ihm und massierte ihm den Rücken, besonders die Schulterblätter und den Nacken. Die Kletterei in den Regalen der Kaschmirabteilung, die ganze Bestandsaufnahme der Waren war beiden Brüdern arg in die Glieder gefahren. Hugo stöhnte. Körperliche Arbeit sei irgendwie etwas für Arbeiter, meinte er.

»Dabei hast du einen Körper, muskulös wie ein durchtrainierter Seemann oder Schiffszimmermann«, sagte Georg.

Hugo erhob sich vom Bett, ging zum Waschtisch und wusch sich den Oberkörper mit Seifenlauge, kleidete sich an und betrachtete sich in einem kleinen ovalen Spiegel.

»Wer ist eigentlich dieser Polka-Wolff, Hugo? Nathan flüstert immer von dem Kerl.«

»Ein Mann, den ich kennenlernen möchte. Arbeitet wenig, eigentlich gar nicht, hat eine unverschämt reiche Frau geheiratet und lebt von deren Zinsen. Er verkehrt hier in Berlin mit Gott und der Welt – wenn man mal den Allmächtigen außen vor lässt. Ich hab Nathan schon gelöchert. Nathan liebt mich irgendwie«, erklärte Hugo.

»Und von solch einem Arbeitsscheuen möchtest du lernen, stimmt's?«

»Ja!« Hugo kleidete sich in seinen Feiertagsstaat und bemerkte, es sei trotz seiner Verspannungen nach der langen Zeit in dem Handelshaus nötig, sich mal von der frischen Luft durchpusten zu lassen. Darüber hinaus habe er gehört, dass der Polka-Wolff an jedem Freitag in einem berühmten Tanzlokal mit seiner Gemahlin Champagner trinke, selber ungern tanze und die Frau von Polka-Wolf sich von kaiserlichen Offizieren über die Tanzfläche schwenken ließe. »Die schmeißen mit Geld um sich!«, schloss er seine Ausführungen.

Georg wunderte sich, woher Hugo nach so kurzer Zeit derart detaillierte Kenntnisse über das gesellschaftliche Leben von Berlin gewonnen hatte.

»Alles von Nathan! Nathan weiß alles, redet über nichts, aber niemand hier im Haus zollt ihm Respekt oder bedauert ihn wegen seiner Blasenschwäche. Ich bin ihm heimlich aufs Klo gefolgt.« Nathan habe ihm irgendwann geraten, nicht nur einen Beruf zu lernen, sondern auch das Leben kennenzulernen. Polka-Wolff und seine Frau seien dafür, vor allem am Freitagabend, die beste Adresse. Hugo drückte Georg fest an sich, küsste ihn auf die Stirn: »Frau Polka-Wolff soll außerdem mannstoll sein.« Er grinste.

»Bring dich nicht in Gefahr, Hugo«, sagte Georg.

In Gefahr könne man sich nur bringen, wenn man keine Erfahrungen gesammelt hat. Seine Erfahrungen in Stralsund seien bescheiden gewesen, aber eine gute Lehre.

»Hast du denn genügend Geld, dass man dich überhaupt in diesen Tanzpalast reinlässt? So was kostet doch! Hat dir das der Nathan nicht auch gesagt?«

Hugo ging davon aus, dass ihm in Etablissements dieser Art freier Zutritt gewährt würde. Doch, Hugo war sich seiner Ausstrahlung und seiner Reize durchaus bewusst. Bevor er die Mansarde verließ, zupfte ihm Georg noch die Seidenkrawatte zurecht und entfernte mit einer Kleiderbürste Fusseln von Hugos Schultern. Zum Abschied umarmte er den Bruder.

»Tanz und amüsier dich für mich mit. Wenn es nicht allzu spät wird, weck mich bitte und erzähl mir alles.«

»Wetten, dass du dann errötest, Jungfrau Georg?« Weg war er.

Georg ging zum Schrank und zog unter seinen Hemden ein Lehrbuch der Berlitz School für Französisch hervor. Er versuchte sich zu konzentrieren, spürte aber, wie ihm das Blut in den Kopf stieg. Er zog den Stuhl unter die Dachluke, öffnete sie und atmete tief die frische Luft ein.

Natürlich wurde Hugo von den livrierten Dienern durchgewunken. Als sei er ein junges hübsches Mädchen, die immer kostenlos den Tanzpalast betreten durften. Kaum hatte er den prachtvollen Tanzsaal betreten, reichte ihm ein Kellner von einem Tablett ein Glas Champagner. Er wurde wie ein Stammgast behandelt. Die Augen der Damen richteten sich auf ihn. Hugo betrachtete sich in einem der zahlreichen Kristallspiegel, die von Lüstern illuminiert wurden. Er gefiel sich selber.

In einer Nische saß ein sehr auffälliger Mann. Es konnte nur Polka-Wolff sein. Er war laut, hatte sehr viel Ähnlichkeit mit seinem Bruder, trug ebenfalls eine knallbunte Weste aus Seidenmoiré unter seinem Frack und einen Kummerbund in Preußischblau aus Atlasseide. An Polka-Wolffs Tisch saßen uniformierte Offiziere der Halberstädter Kürassiere und himmelten allesamt Polka-Wolffs Frau Ernestine an. Von Ernestines Schönheit konnte niemand unbedingt geblendet sein, wohl aber von dem pfundweise Brillantschmuck, den sie um den Hals bis tief ins Dekolleté trug und an beiden Armen rauf bis zu den Ellenbogen. Auf dem Kopf thronte ein Hut, der einem weißen Schwan nachempfunden war. Im Schnabel trug er eine riesige Perle an einer goldenen Kette.

Ein Wunder, dass die Sozialdemokraten dieses Ehepaar nicht mit Farbbeuteln bewerfen, dachte Hugo für sich, schlenderte aber doch unauffällig-auffällig in die Nähe dieses Ecktisches. Dort nippte er am Champagner.

Ein großes Orchester, Hugo schätzte es auf mindestens zweiunddreißig Musiker unter der Leitung eines sehr dynamischen Dirigenten, musizierte abwechselnd Polkas und Wiener Walzer. Der Maestro sah ein bisschen aus wie einer aus der Strauß-Dynastie und spielte auch die Sologeige. Vielleicht war es ja sogar ein Strauß.

Dann zauberte Hugo einen möglichst hochmütigen Ausdruck in sein Gesicht und schaute so lange zu Polka-Wolffs Tisch rüber, bis sich seine Augen mit denen der Ernestine trafen. Mit dem linken Mundwinkel deutete Hugo ein Lächeln an. Es wurde erwidert und auch von den Offizieren am Tisch bemerkt. Unisono wandten sie sich dem neuen Konkurrenten zu. Alle Herren erkannten sofort, dass dieser Jüngling zwar nicht nach der letzten Mode gekleidet war, aber sie alle mit einem lässigen Augenaufschlag aus dem Feld schlagen würde.

Langsam zählte Hugo, um Sicherheit zu gewinnen, bis sieben. Dann stellte er die Champagnerflöte einem vorbeieilenden Kellner aufs Tablett, wartete, bis der Maestro für einen Langsamen Walzer den Ton angab, und ging, Ernestine nicht aus den Augen lassend, auf den Tisch zu.

Bevor er sich überhaupt verbeugen konnte, um Ernestine zum Tanz aufzufordern, schmetterte Polka-Wolff: »Junger Freund, Sie sind der Schwiegersohn, den ich nie haben werde! Meine Gattin wünscht, mit Ihnen zu tanzen. – Einverstanden, die Herren?« Und Polka-Wolff schaute die Herren Offiziere an und hob mit einem »Cheerio« sein Glas.

Hugo hatte ein entscheidendes Defizit zu überwinden. Er hatte noch niemals in seinem Leben auf einer richtigen Tanzfläche getanzt. Nur mit seinen kleinen Schwestern albernen Ringelreihen und mit seiner Mutter bei Chanukka einmal wild um den Tisch rum. Die Tanzveranstaltungen in Stralsund, die er heimlich besuchte, waren deutlich derber, fanden meistens im Halbdunkel von Hafenkaschemmen statt und waren von vornherein darauf abgestellt, dass man körperlichen Kontakt suchte. Einige erotische Erfahrungen hatte Hugo in Stralsund gemacht. Allzu leichter Eroberungen hatte er sich enthalten. Er geleitete Ernestine auf die Tanzfläche.

»Liebe gnädige Frau, ich muss Ihnen vorab gestehen, dass ich noch niemals zuvor auf dem Tanzparkett eine Dame geführt habe. Kurzum, ich kann partout nicht tanzen.«

Zack – schon war er wieder da, der Körperkontakt mit dem weiblichen Geschlecht. Ernestine riss ihn augenblicklich an sich, drückte ihn: »Das, junger unbekannter Freund, steigert das Verlangen und hebt meine Gier. Folgen Sie einfach meinen Füßen und treten Sie nach Möglichkeit nicht drauf. – Mit wem hab ich das Vergnügen?«

»Mit dem Hugo Wertheim aus Stralsund. Lehrling.«

»So, so. Stralsund. Sie riechen ja gar nicht nach Fisch.«

Hugo war sehr gelehrig. Drehte Walzer- und Polkarunden, landete schließlich zwischen Polka-Wolff und Ernestine am Tisch. Polka-Wolff hatte sich zwischendurch auch mal mit einer frisch geschiedenen Millionärin auf eine kurze Polka auf die Tanzfläche geschoben und fand diesen Wertheimbengel ausnehmend ansehnlich. Er schloss ihn sogleich in sein Herz, als er erfuhr, dass der Junge nicht nur Lehrling bei seinem Bruder, dem raffgierigen Tuchhändler Wolff, war, sondern – potztausend – auch noch sein Neffe.

Für Hugos Herkunft hatte er nur den blassen Satz übrig: »Glücklich verheiratet ist meine Schwester Ida ja nicht. Dich werde ich unter meine Fittiche nehmen!«

»Nicht, dass du uns in Berlin in falsche Hände gerätst!«, ergänzte Tante Ernestine.

Hugo bekam französische Häppchen in den Mund gestopft, Süßigkeiten und ziemlich viel Alkohol. Als der Morgen graute, fuhr das Ehepaar Polka-Wolff Hugo mit einer Kutsche zum Handelshaus Wolff & Apolant und lud Hugo ab. Ernestine hatte ihn heimlich zum Tee eingeladen und dabei durchblicken lassen, dass ihr Mann meistens tagsüber mit kräftigen Männern auf den Berliner Seen dem Segeln fröne. Auch an der Ausstattung Hugos wolle sie einige Veränderungen vornehmen, versprach sie.

Hugo schwirrte der Kopf. Ernestine war ein Naturereignis. Er war ziemlich betrunken und Polka-Wolff wohl ein Mann, dem eine reiche Ehe auch viel Freiheit für andere Aktivitäten bot, die Hugo nicht richtig einzuschätzen wusste. Es fiel ihm aber während der Tanzveranstaltung auf, dass in Polka-Wolffs Blick eine gewisse Gedankenverlorenheit zu bemerken war, wenn er schneidige Offiziere, elegante Tänzer oder ihn betrachtete. Manchmal legte er ihm sogar unter dem Tisch die rechte Hand auf seinen linken Oberschenkel. Das war Hugo unangenehm, denn auf dem rechten Oberschenkel lag Ernestines Hand und ihr nackter Fuß krabbelte sein Hosenbein hinauf und kitzelte ihn. Auf verwirrende Weise hatte sich der erste Ausgangsabend für Hugo, so schien es, gelohnt.

4. KAPITEL

Zeit ist Geld. Und Zeit musste auch für das Vergnügen gefunden werden. Aber wo? In Berlin verstand man es zu feiern. In Potsdam, bei Hofe, war es langweilig. Die preußische Etikette wirkte nicht gerade beflügelnd auf den Hofstaat. Kein Platz für Vergnügungen. Für die unverheirateten Leiboffiziere Seiner Majestät gab es jede Menge Ehrenämter im alten Palais, ziemlich einfältige auch. Es bedurfte einer längeren Korrespondenz des Sekretariats des Reichskanzlers Bismarck mit dem Hofministerium, bis wenigstens das Ehrenamt des Kaiserlichen Pinkelpott-Verwalters abgeschafft wurde. Die Stabschefs der Generalität empfanden dieses Ehrenamt als zu unmilitärisch.

Langeweile allerorten in Potsdam. Genau genommen flüchteten viele Offiziere und adelige Hofdamen nach Berlin, in eine kleine Zweitwohnung in der Hauptstadt. Häufig waren es nur diskrete Zweizimmer-Behausungen in Kreuzberg. Dort lebten aktive Offiziere Seiner Majestät Heer zu Tausenden. Zuweilen taten sich auch mehrere Hofdamen zusammen. Gerade so, als achteten sie untereinander auf Schicklichkeit. Das bedeutete aber nur eifersüchtiges Beäugen, welche der Damen die besten Partien unter den vermögenden Offizieren ergattern sollte. Berlin war der adelige Heiratsmarkt für Potsdam. Berlin war auch teuer.

So dockten viele junge adelige Damen und Herren beim reichen Berliner Bürgertum an. Unter den ganz reichen Bürgern gab es verhältnismäßig viele jüdische Söhne und Töchter, die ihrerseits der Strenge des jüdischen Familienverbandes abends entflohen, um sich in ›Etablissements‹ zu begeben. Tanzlokale, Restaurants mit Separées, auch Gaststätten, die nach englischem Vorbild ›Bars‹

genannt wurden und in denen neben der Luxusbrause aus dem Rheingau oder dem Champagner ein neues Getränk angeboten wurde. Es hieß Gin Tonic und wurde angeblich am englischen Königshaus hektoliterweise geschluckt. Man nannte diese vergnügungssüchtigen jungen Menschen die ›Gin-Tonic-Schickeria‹ oder einfach nur ›Nachtfalter‹.

Zu denen gehörte Hugo gleich nach seinem ersten Auftritt. Berlin meinte es gut mit Hugo, weil der Allmächtige es gefügt hatte ihm Polka-Wolff als Onkel beizustellen. Polka-Wolff und Ernestine waren die Majestäten des Berliner Nachtlebens. Nach der ersten Begegnung ließ Ernestine den angeheirateten Neffen Hugo vom besten Hofschneider einkleiden. Dieser Beste der Besten war der erste Handwerks-Millionär, der sein Vermögen mit Maßuniformen aus Tuchen von Wolff & Apolant gemacht hatte.

Als Hugo nach seiner ersten Nacht mühsam die Stiegen zur Mansarde erklommen hatte, war Georg noch wach. Natürlich war es Herrn Onkel Wolff nicht entgangen, dass Hugo das Haus verlassen hatte, um, wie er meinte, noch etwas frische Luft zu schnappen. Als er nach zwei, drei Stunden immer noch nicht zurückgekehrt war, saß Wolff in seinem Büro, hatte die Journale für die offizielle und die inoffizielle Bilanz nebeneinandergelegt und festgestellt, dass das offizielle fiskalische Wareneingangs- und -ausgangsbuch Differenzen auswiesen, die nur durch Urkundenfälschung zu beheben waren. Die Journale wurden auf Anweisung der Finanzämter mit »Gallustinte« geführt. Das war eine eisenhaltige Tinte, die angeblich urkundenecht war und jegliche Manipulationen ausschloss. Dachten die Beamten der Finanzbehörden!

Ein Trugschluss. Aus einem der beiden Schränke entnahm Wolff eine kleine Flasche mit Kaliumjodid sowie einen feinen Pinsel aus Dachshaar.

Die Verbindung von Kaliumjodid und Gallustinte neutralisierte sich. Das Papier wurde wieder jungfräulich hellgelb. Irgendwo unter den zahlreichen Stoffmusterbüchern auf Wolffs Schreibtisch befand sich eine Klingelleiste. Er drückte die Klingel Nummer vier. Da war es schon elf Uhr dreißig und im Mansardenzimmer seiner Neffen Hugo und Georg klingelte eine mechanische Bimmel direkt über der Tür der Dachstube. Georg saß noch am Schreibtisch und hatte sich wieder in sein Berlitz-Lehrbuch vertieft. Er wollte bis zur Heimkehr Hugos weiter Französisch lernen. Sein Onkel verlangte nach ihm. Nachts! Er saß in einem langärmligen Unterhemd am Tisch, schlüpfte schnell in ein weißes Hemd, zog eine Arbeitsjacke drüber und band sich einen von Mutter Ida gestrickten, bunten Schal um. Nachts wurde bei Wolff & Apolant nicht geheizt. Vor lauter Französischlernen und der Warterei auf seinen Bruder hatte er oben in der zugigen Mansarde die Kälte nicht verspürt. Aber jetzt, als der Onkel nach ihm klingelte, wurde ihm plötzlich ganz kühl. Er hetzte die Stiegen und Treppen hinunter und klopfte an die Bürotür des Onkels. Der brüllte »Herein!«, aber als Georg die Tür öffnen wollte, musste er feststellen, dass sie abgeschlossen war.

»Entschuldigung, Neffe!«, krakeelte Wolff und Georg hörte, wie der Onkel sich aus seinem Schreibtischstuhl wuchtete, ihn dabei umschmiss und dann von innen die Tür aufschloss. Mit einem beherzten Griff riss er Georg ins Büro. Es wurde von zwei Petroleumlampen beleuchtet und machte auf Georg den Eindruck einer Kommandozentrale für Konterbande. Schmuggler.

»Dein Bruder ist schon seit Stunden auf dem Trallewatsch!«

Den Ausdruck ›Trallewatsch‹ musste Wolff ihm erst mal erklären, während er ihn auf einen Stuhl drückte, den er neben seinem eigenen Schreibtischstuhl aufstellte. ›Trallewatsch‹ sei Vergnügen, Alkohol, Tanz, möglicherweise sogar Geschlechtsverkehr.

»Gib es zu«, sagte Wolff. Mit Sicherheit habe ihnen doch der alte Nathan von Polka-Wolff und dessen Neigungen erzählt. Ein so junger und hübscher Kerl wie Hugo käme doch nicht nach Berlin, nur um staubigen Tuchlagern seine Jugend zu opfern. Dafür sei der Hugo vom Allmächtigen mit viel zu viel Schönheit ausgestattet worden.

»Hoffentlich hat sich der Allmächtige nicht bei Hugo verausgabt.« Wolff befürchtete, der Allmächtige könne möglicherweise auf die Idee kommen, ihn frühzeitig wieder zu sich zu holen.

»So viel Schönheit wandelt nicht lange auf Erden.«

Onkel Wolff war pragmatisch griesgrämig, außerdem ärgerte ihn das Problem mit der offiziellen Buchführung.

»Ich bin zwar in mieser Stimmung, aber auch davon überzeugt, dass Hugo für uns nachts jene Kunden akquiriert, die wir bald tagsüber im Verkaufssalon empfangen werden. Ich hab es in der Nase: Hugo ist ein Rattenfänger. Nachts treiben sich die reichen Ratten rum. Ich bin zwar mit meinem Bruder Polka-Wolff überquer, aber rein geschäftlich partizipiere ich gern an ihm.«

Georg fand, dass sein Onkel Wolff in Rätseln redete. Was hatte Hugos Schönheit mit Geschäften zu tun? Und was war so schlimm daran, dass Hugo mal die Nacht zum Tage mache? »Rattenfänger fürs Geschäft finde ich einen sehr unpassenden Ausdruck, Herr Onkel.«

Dann schob ihm Wolff einige Musterbücher von den Wareneingangs- und Warenausgangs-Journalen fürs Finanzamt zu, legte verschwörerisch einen Zeigefinger auf die Lippen, pfiff dann noch durch die Zähne und flüsterte: »Hat dir deine Mutter Ida mal etwas von doppelter Buchführung erzählt?«

Das hatte Ida nicht. Ida hatte nur ein schwarzes Heft mit liniertem Papier. Da trug sie die Einnahmen und die Ausgaben ein und unterm Strich kam dabei immer ein Minus heraus. Darüber sprach Ida aber nie. Sie wollte ihre vielköpfige Familie nicht beunruhigen. Zum Allmächtigen betete sie jeden Abend, dass die Zukunft bei ihren Kindern läge, besonders bei ihren Ältesten Hugo und Georg, wobei sie Georgs Zurückhaltung mehr Vertrauen schenkte als dem fröhlichen Draufgängertum ihres schönen, aber leicht kränkelnden Ältesten Hugo.

»Mutter wurstelt sich so durch. Wenn es bei uns ganz eng wird in Stralsund, gibt es gehakelten Hering oder Steckrüben mit Knoblauch und Rapsöl.«

Onkel Wolff meinte, Georg sei ehrlich, brutal ehrlich, lebe nicht über seinen eigenen Stand. Aber ehrgeizig und selber auch recht gut aussehend. Onkel Wolff schob ihm die Journale in das Licht einer Petroleumlampe und sagte: »Nur zu schüchtern bist du. – Warum bist du nicht mit Hugo auf den Trallewatsch gegangen?«

Georg antwortete wahrheitsgemäß, er sei wirklich schüchtern unter fremden Menschen. Dann fielen ihm die durch Kaliumjodid verursachten hellen Stellen in den beiden Journalen auf. Er sprach den Onkel darauf an.

Der antwortete, das seien Flecken wie auf den Landkarten des afrikanischen Kontinents, die man mit Leben erfüllen müsse. In den vergangenen Wochen habe er sich buchhalterisch einige Male Zahlendreher geleistet, also falsch abgerechnet. Er bat seinen Neffen, die Zahlen zu überprüfen, um dann die weißen Flecken finanztechnisch mit dem wahren Leben zu erfüllen. Angeblich könne er ja vierstellige Zahlen im Kopf multiplizieren.

»Hier muss schwer nachgerechnet werden. Ein Chaos! – Im Rechnen war deine Mutter schon als Kind sehr gut.« Dass sie heute so scharf rechnen müsse und dann nur Steckrüben mit Knoblauch und Rapsöl herauskämen, sei sehr bedauerlich. Kurzum – Wolff blickte bei seiner offiziellen Buchführung nicht mehr durch. Instinktsicher hatte er erkannt, dass bei Georg die heimlichsten Geheimnisse seiner Buchführung in guten Händen waren. Georg solle in den nächsten Tagen die Fehlerquellen finden, die richtigen Zahlen ausrechnen, zu ihm zurückkommen und dann mit Gallustinte die echten Zahlen eintragen, um Unannehmlichkeiten mit den Finanz- und Polizeibehörden zu entgehen.

»Glaub mir, gerade uns Juden trauen die Finanzbehörden nicht über den Weg und schon gar nicht bei unseren Büchern. Dabei frisieren wir unsere Einnahmen und Ausgaben weit weniger als die Heereszeugämter Seiner Majestät.« Da seien ihm Skandale bekannt geworden, die jegliche Vorstellung vom korrekten Preußentum in den Staub stießen. Feierlich überreichte er Georg die Journale, geleitete ihn zur Tür und drückte ihn an sich: »Wir müssen anständige jüdische Händler bleiben. Soweit das geht. Mir wachsen die vielen Zahlen einfach über den Kopf.« Es sei sehr schwer, bei dem gewaltigen Angebot und Warenbestand den Überblick zu behalten. Er drückte ihm noch einen Kuss auf die Stirn. Georg fühlte sich einerseits geehrt über das große Vertrauen des Onkels, andererseits hatte er keine Ahnung, was auf ihn zukam.

Neben französischen Journalen und englischen Magazinen hatte Georg in Stralsund nachts bei Kerzenlicht, wenn sein Bruder Hugo schon schlief, sich auch Lehrbücher über Nationalökonomie der Universitäten Heidelberg und Tübingen besorgt, in denen viel über Buchführung, Bilanzen, Gewinnmaximierung, ›drohenden Konkurs‹ stand und die der Gymnasiast verstand. Ein österreichischer Ökonom namens Schumpeter hatte ihn sehr interessiert. Dieser Schumpeter schien bereits im neunzehnten Jahrhundert ganz genau zu wissen, wie man reich wurde und vor allen Dingen auch vermögend blieb.

Bevor er wieder nach oben ging, begab er sich in den Verkaufssalon von Wolff & Apolant und holte sich von dort einige Dutzend Bogen Papier, mehrere Graphitbleistifte und ein Federmesser, um diese anzuspitzen. Auch einen Kautschukknubbel, mit dem man Bleistiftschrift entfernen konnte, nahm er mit auf seine Mansarde und arbeitete sich in Onkel Wolffs Journale intensiv ein und vergaß dabei fast, dass er auf Hugo wartete.

Das meiste konnte er im Kopf nachrechnen. Es fiel ihm auf, dass Berlins erfolgreichster Tuchhändler für die gleichen Qualitäten oft unterschiedliche Preise bilanzierte. Beim Einkauf hatte gleichwertige Ware meist noch denselben Preis. Doch beim Verkauf dieser Waren herrschte ein wirres Kuddelmuddel. Mal mit, mal ohne Gewinn. Wohl die Folge wilder Feilscherei zwischen Wolff und seinen Kunden. Feilschen brachte unterm Strich wenig Gewinn.

Bei Mutter Ida in Stralsund war die Sache einfach: Sie kaufte immer das Billigste, was sie gerade noch bezahlen konnte, und versuchte es nach endlosem Gequatsche so teuer wie möglich wieder zu verhökern. Bei Ida fielen die Gewinne auch unterschiedlich aus. Das war noch eben erträglich, weil Ida und ihre Familie im wahrsten Sinne des Wortes von der Hand in den Mund lebten.

Nach einigen Stunden des Rechnens und Bilanzierens kam der sechzehnjährige Georg zu dem Schluss, dass der Kaufmann Onkel Wolff weder wusste, wie reich er war, noch sich durch die Feilscherei jemals Gedanken darüber gemacht hatte, wo auf Dauer

Verluste entstehen konnten. Wolff & Apolant war ein reiches Unternehmen. Der Onkel hatte nur keine Ahnung, wodurch sie eigentlich reich geworden waren. Diese Ahnungslosigkeit führte automatisch zu einem bescheidenen Lebenswandel des Onkels. Seine Kunden nannten das ›typisch jüdischen Geiz‹.

Irgendwann in der Frühe kam Hugo in die Mansarde getorkelt. Sein Gesicht glühte, und er roch nach Alkohol, Zigarrenrauch und nach schweren Parfums, wie sie in orientalischen Basaren hergestellt und von der Berliner Gin-Tonic-Schickeria benutzt wurden. Hugo stank nach Sünde. Georg half ihm beim Entkleiden, gab ihm einen kleinen Schubs. Hugo plumpste ins Bett.

Georg deckte ihn zu und wünschte: »Guten Morgen.«

»Schau mal in die Brusttasche meiner Jacke! – Dutzende Visitenkarten von sehr vielen Frauen und Geschäftsleuten, die nachts ihr Geld ausgeben oder verdienen – oder umgekehrt. Guten Morgen. – Berlin ist unser Leben wert«, lallte Hugo.

Zunächst war Georg versucht, nicht in Hugos Brusttasche nachzusehen. Dann tat er es aber doch. Tatsächlich – wie ein Orkan musste sein Bruder durch die Berliner Nachtschickeria gefegt sein. Einige der Visitenkarten von Geschäftsleuten rochen sogar parfümiert. Da war ein Hoflieferant für Seidenstrümpfe. Andere für Konfekt, Drogerie- und Duftartikel. Auch sieben Damen hatten Hugo ein handgeschriebenes Billett zugesteckt. Oft nur mit Kürzel als Namen, aber voller Adresse. Ernestine Wolff hatte ihm auf Büttenpapier eine Lageskizze ihrer Villa aufgezeichnet. Einen Wochentag und die Uhrzeit eingetragen.

Georg freute sich für Hugo. Der war eingeschlafen. Georg konnte nicht recht unterscheiden: Schnarchte oder hustete er? In der Reverstasche fand Georg beide Zigarillos, die ihnen Onkel Wolff immer als Tagesdeputat zuteilte. Während er Hugos Schlaf bewachte, entzündete Georg eine Kerze an seiner Petroleumlampe. Die Papierseiten aus dem Verkaufssalon hatte er in den vergangenen Stunden mit Zahlen und Anmerkungen so vollgeschrieben, dass sogar die Ränder vollgekritzelt waren.

Am nächsten Morgen wurde Hugo zum Außendienst eingeteilt. Wolff befahl ihm, in der firmeneigenen, von zwei Pferden gezogenen Lieferkalesche Stoffe an verschiedene textilverarbeitende Betriebe wie Schneider, Hofschneider und Oberhofschneider auszuliefern. Zum Schluss musste er noch eine zentnerschwere Partie Nesselstoffe für eine Kleiderfabrik in Moabit gegen strikte Barzahlung eines Betrages zwischen dreihundert und dreihundertfünfundsiebzig Mark verkaufen. Die dreihundert oder dreihundertfünfundsiebzig nannte Onkel Wolff den ›Gleitpreis‹, um den Hugo feilschen sollte. In jedem Falle sollte ein Gewinn für das Tuchhaus Wolff & Apolant gesichert sein. Dreihundert war der Selbstkostenpreis. Georg fand das total unkaufmännisch dumm.

Für die Lieferung nach Moabit sollte Hugo sich nicht allein auf den kräftigen Kutscher verlassen, sondern von der nahe gelegenen Polizeiwache einen Gendarmen namens Rüdiger abholen. Diesen beschenkte Onkel Wolff zum Geburtstag oder Weihnachten immer mit einer Flasche Nordhäuser Korn. Dafür half er ihm bei heiklen Auslieferungen als Schutzmann im wahrsten Sinne des Wortes.

»Wenn du dich in Moabit rumtreibst, verstecke dein langes blondes Haar unter einer Schiebermütze. Am besten schwärzt du noch dein Gesicht mit Dreck. Wir machen zwar Geschäfte mit den Textileuren in Moabit, aber wir lieben die Gegend nicht. Wenn du über dreihundertfünfzig Mark herausholst, dann darfst du dir mit deinem Bruder Georg zehn Mark Lehrgeld teilen.«

Auch das war wieder so eine krause Rechnung von Wolff & Apolant, über die Georg nur innerlich mit dem Kopf schütteln konnte. Er empfahl dem Onkel, dass es viel sicherer sei, wenn der Textileur aus Moabit selber bei Wolff & Apolant die Ware abhole. Dann könne man in aller Ruhe über den Preis reden und die Sache sei weniger gefährlich. Dann interessierte es ihn, was ein Textileur eigentlich sei?

»Diese Textileure stellen aus billigen, blaugefärbten Genueser Stoffen sehr strapazierfähige Arbeiterhosen her. Die gehen nie kaputt.« Der Textileur aus Moabit habe diese Hosen bei einer Reise nach Nordamerika bei vielen Hafenarbeitern, aber auch bei diesen ›Cowboys‹ entdeckt und mache nun ein gutes Geschäft mit der armen Arbeiterbevölkerung in den industriellen Randgebieten Berlins.

Blaue Hosen aus Drillich. Darüber wusste Georg längst Bescheid.

»Hab ich drüber gelesen. Diese Hosen heißen ›Jeans‹. Und heißen deswegen Jeans, weil sie eben aus dem Stoff aus Genua gefertigt werden. Genua gleich Jeans.« New Orleans, so führte er umständlich aus, sei das Zentrum der Jeanshosenherstellung. »Cowboyhosen aus Berlin für die Arbeiter. Das muss ein Bombengeschäft sein. Warum bestellt dieser Textileur seine Stoffe nicht direkt in Genua? Das wäre für Sie zwar schlecht, lieber Onkel, aber doch viel vernünftiger für den Textileur?«

Er habe Freunde bei den Zollbehörden, beschied Onkel Wolff verärgert seinen vorlauten Neffen und jagte dann Hugo davon. Georg und Wolff gingen zurück ins Haus: »Was, beim Allmächtigen, weißt du über Textilien, Stoffe, Hosen und Zahlen eigentlich nicht? Wozu schickt dich deine Mutter überhaupt noch zu mir in die Lehre? – Das alles willst du aus Büchern gelernt haben?«

Georg lächelte fein, hielt seinem Lehrherrn die Tür zu seiner Arbeitsstelle im Kaschmirlager auf und deutete auf den großen Tisch, auf dem sich seine Notizen und die vergifteten Journale fürs Finanzamt türmten.

Er schaute seinen Lehrherrn lange an: »Wenn ich Sie wäre, Herr Onkel, würde ich mich mit dieser Hosenfabrik des Textileurs in Moabit nicht wegen alberner Preise für Genueser Stoffe herumstreiten, sondern mich an der Hosenproduktion beteiligen. Leisten könntet Ihr Euch das allemal.« Dann deutete er auf die beiden Journale mit den weißen Flecken. »Hugo und ich wissen genau, wie arm wir sind. Aber es muss viel schlimmer sein, wenn ein Mann wie Sie nicht mal weiß, wie vermögend er ist.«

»Nicht so laut!«, brüllte der Onkel.

Georg getraute sich, sein Gesicht dicht an das dieses gewaltigen Mannes zu schieben. Er erdreistete sich sogar, gegen die Knöpfe der quietschbunten Weste seines Onkels zu tippen. Georg wusste, dass es gar keine richtigen Knöpfe waren, sondern mit farbigem Atlasseidenstoff überzogene Goldmünzen.

»Im Wareneingangsbuch zeichnet Euch, lieber Onkel, eine gewisse Kontinuität aus. Sogar bei den Kaschmirqualitäten aus Asien«, fuhr Georg fort. Er deutete auf die prallgefüllten Regale seines Arbeitsraumes. »Unterschiede gibt es nur je nachdem, ob Ihr mit einem englischen Importeur handelt oder mit einem venezianischen.«

»Ob Engländer oder Italiener: In beiden Fällen sind das immer Juden wie du und ich. Die vertrockneten englischen Christen sind nur auf Gewinn aus. Phantasielos, stur. Freundschaft entwickelt sich mit diesen Gojim kaum. – Was willst du mir sagen, Neffe?«

»Schimpft nicht auf die Engländer. Immerhin haben sie die Dampfmaschine und andere nützliche Dinge erfunden. Ob Jude, Muselmane oder Christ oder meinetwegen auch Atheist – Festpreise wären vernünftiger! Das Feilschen im Einkauf und Verkauf macht Arbeit und kostet Zeit! Time is money!«

Dann legte er ihm einige Zettel vor, deutete auf Zahlen, bei denen Georg sicher war, dass sie in die weißen Flecken der sehr unsicheren Buchhaltung passen könnten. Trotz aller Feilscherei.

»Onkel, Ihr habt komplett den Überblick verloren. Ihr habt mich ins Vertrauen gezogen. Nun erwartet Ihr von mir die nackte Wahrheit.«

»Die Wahrheit liegt immer beim Feilschen«, beharrte Onkel Wolff.

Vielleicht, wenn der Käufer sehr arm ist und sich nichts leisten kann und nur reich an freier Zeit sei, gab Georg immerhin zu.

Wolff begriff, dass Georg sich einen schonungslosen Überblick über die Geschäfte verschafft hatte, und wollte nicht so schnell nachgeben. Feilschen sei nur ein unschönes Wort für handeln, und das sei bei Wolff & Apolant genauso wie in dem kleinen elenden Laden der Familie Wertheim in Stralsund.

»Leider ist dein Vater Abraham kein Geschäftsmann. Aber aus dir wird mal einer werden. – Was sollen deine neumodischen Ansichten?! ›Festpreise‹! Langweilig. Ich bin nicht dumm, ich hab auch gehört, dass man in Frankreich neuerdings sogar im Parlament über Festpreise des Handels diskutiert und in Geldgeschäften schreckliche Neuerungen wie Quittungen eingeführt hat.«

Die hätten die venezianischen Kaufherren schon vor fünfhundert Jahren gehabt, wusste Georg.

»Stimmt ja nicht, stimmt ja nicht, stimmt ja nicht! – Damals hieß so was noch Schuldschein und war eine Ehrensache, die leider Ströme von Blut verursacht hat.«

Er ließ sich von seinem Neffen ein Glas mit Gallustinte reichen, einen Federhalter und schrieb die Zahlen auf, wie sie Georg errechnet hatte. Georg schaute seinem Onkel geduldig zu.

»So, jetzt sind die Journale für die Finanzbehörden zeitgemäß – sagen wir es mal so. Ordentlich! – Bin ich jetzt ärmer, Neffe?«, wollte Wolff wissen.

»Gehe ich recht in der Annahme, dass in den Finanzämtern keine Menschen unseres Blutes arbeiten? Keine Juden?«, fragte Georg.

»Leider nicht, mein Junge. Wir Juden, und mögen wir noch so tüchtig sein als Händler, Mediziner oder Rechtsanwälte, Handwerker, im Staatsdienst dürfen wir keine Karriere machen. Es sei denn, wir lassen uns taufen. Aber lass uns doch über etwas anderes reden! – Mir geht es noch gut und dir in Zukunft hoffentlich auch. Dennoch herrscht viel Unrecht. In Spandau besonders. Wenn du da die Juden siehst, bist du nicht stolz darauf, ein erfolgreicher Geschäftsmann zu sein und Jude noch dazu. Von wegen Festpreise! Das Leben würde keinen Spaß mehr machen. Weder uns Juden, noch den christlichen Händlern. Mein eigentliches Geheimnis«, und wieder deutete er auf die Ballen mit erlesenstem Kaschmir, »ist Qualität.«

Georg argumentierte weiter: »Dessen wahren Wert Ihr nicht kennt! Eure Qualitäten sind grandios. Mazel tov! Die Lager für Seidenorganza oder Samt aus England, Belgien und Luxemburg würden Mutter Ida wochenlang den Schlaf rauben, so prachtvoll ist alles. Wenn Mama über Samt streichelt, leuchten ihre Augen wie … wie …« Georg suchte nach dem passenden Wort.

»Sie hat hellblaue Augen. Wie du, Georg. Aber wenn sie über Samt streichelt, leuchten sie wie Tollkirschen oder glühende Kohlen, nicht wahr?«

»Onkel Wolff, Ihr wisst gar nicht, wie vermögend Ihr seid. Ihr könntet Hugo und mir eigentlich schon in der Lehrzeit ein anständiges Entgelt zahlen.«

Wolff überlegte. Dann befahl er Georg, alle Zettel zu verbrennen, klemmte sich seine beiden Journale unter den Arm und ging. Ab jenem Morgen war es üblich, dass sich der Lehrling Georg und sein Lehrherr Onkel Wolff zum Frühstück in Wolffs Büro trafen. Das hatte Georg so peu à peu aufgeräumt, ohne dass es Onkel Wolff auffiel. Er wunderte sich nur, dass er bei seiner Sucherei nach Mustern und Unterlagen alles sofort fand. Die Frühstücke fanden immer von sieben bis neun Uhr statt. Eigentlich waren es Geschäftsbesprechungen.

Auch Hugo schlug während seiner Lehrzeit bei Wolff & Apolant geschäftlich ein wie eine Bombe. Wenn er nicht gerade Waren auslieferte, arbeitete er im Verkaufssalon. Dort entwickelte er sich zu einem erstklassigen Verkäufer für die Gin-Tonic-Schickeria. Schon bald kamen Mütter mit ihren heranwachsenden Töchtern weit aus dem tiefen Brandenburgischen zu Wolff & Apolant angereist und ließen sich exklusiv von Hugo mit den Seiden-, Samt- oder Organzastoffen drapieren, bevor sie dann fröhlich zwitschernd damit zu ihren Hausschneiderinnen entfleuchten oder sich einen der teuren Berliner Hofschneider leisteten. Hugo ließ sich einen Kaiser-Wilhelm-Bart stehen, den ihm Tante Ernestine mit Polka-Wolffs Bartpomade in Form brachte. Hugo wurde unter allen Tuchhändlern Berlins nicht nur der begehrteste, sondern auch der gewinnbringendste. Der schwerhörige alte Nathan grummelte irgendwann einmal, die neureiche Kundschaft käme ja nur, um den Hugo zu kaufen.

Pünktlich um achtzehn Uhr stellte Hugo seine Arbeit Tag für Tag ein und machte sich für den Abend, wie er selber sagte, ›schnieke‹. Bis auf den Sabbat ging er jeden Abend auf den Trallewatsch. Nicht nur Tante Ernestine staffierte ihn üppig aus. Auch Onkel Wolff ließ sich von Georg davon überzeugen, Hugo zum schönsten Akquisiteur in der Geschichte des Hauses Wolff & Apolant zu beschneidern.

Im Verlauf des zweiten Lehrjahres klagte Hugo dreimal über ein Brennen beim Wasserlassen. Er vertraute sich seinem Bruder an, und Georg wälzte auf der Stelle medizinische Bücher aus dem Bereich Haut- und Geschlechtskrankheiten. Dann diagnostizierte er die ›Offizierskrankheit‹, die nur sehr mühsam bei Fachärzten für, wie es bei den Offizieren hieß, ›Haut und Liebe‹ zu behandeln war. Unter seinen Offiziersfreunden wurde Hugo ein geeigneter, diskreter Arzt empfohlen. In dessen Praxis traf er so manchen Herrn wieder, dem er bei seinen nächtlichen ›Geschäftstouren‹ begegnet war.

Ansonsten machten die Brüder über diese Unpässlichkeiten nicht allzu viele Worte und in ihren wöchentlichen Briefen an die Familie nach Stralsund schrieben sie selbst in gesundheitlichen Krisensituationen, ›es stünde alles zum Besten‹. Bei Tante Ernestine war er gerngesehener Hausgast.

Irgendwann erkaltete Hugos Leidenschaft für Berlins berühmteste Salondame. Mit Charme verstand er es, aus Ernestine so etwas wie eine mütterliche Freundin zu gestalten, die ihn behutsam sowohl durch die neureiche Berliner Gesellschaft, als auch durch die ärmlichen adeligen Mitesser geleitete.

Reiche jüdische Töchter Berlins mieden das Nachtleben wie der Teufel das Weihwasser und diesen Hugo Wertheim ganz besonders. Diese Abweisung verdankte Hugo dem glänzend informierten jüdischen Großbürgertum Berlins. Dem war die geschmeidige Geschäftstüchtigkeit Hugos nicht entgangen. Seine Flatterhaftigkeit auch nicht. Die Synagoge in der Oranienburgerstraße besuchten Georg und Hugo eher selten.

Die Verhandlungen um eine Beteiligung mit dem Textileur, dem Hosenfabrikanten aus Moabit, führte Georg Ende seines zweiten Lehrjahres im Jahr 1875 alleine. Sie fanden im Büro Onkel Wolffs statt und waren erfolgreich. Mit der Zusage eines Festpreises für den blauen Genueser Stoff erwarb Wolff & Apolant eine Neunundvierzig-Prozent-Beteiligung an der Arbeitshosenmanufaktur. Mit siebzehn Jahren war Georg Wertheim schon Prokurist dieser Hosenfirma. Dazu bedurfte es einer außerordentlichen Genehmigung durch einen Notar, weil Georg für einen selbständigen Geschäftsmann noch zu jung war.

In Stralsund las Abraham Ida und den Kindern den Brief aus Berlin vor, in dem die Jungen mitteilten, dass Georg Hosenfabrikant geworden war.

Ida war sehr stolz: »Noch in der Lehre und schon ein eigenes Geschäft! – Allmächtiger, was möchte die Zukunft sein?«

Wirtschaftlich hatten sich die Verhältnisse in Stralsund etwas gebessert. In jedem Brief lagen einige Geldscheine, die sich Georg und Hugo vom Lehrgeld absparten. Onkel Wolffs Prämien für besonders gute Umsätze der Neffen schickten sie komplett nach Hause. Das war eine heikle Angelegenheit. Mit Schönschrift schrieb Georg über die Ereignisse eines jeden Tages der Woche. Dabei erwähnte er die Nächte Hugos mit einer gewissen Unverbindlichkeit. Hugo sei Tag und Nacht für Wolff & Apolant unterwegs und würde ihm, dem Georg, den alltäglichen Papierkram überlassen. Dann wurde das angesparte Geld in Ölpapier eingewickelt und der Brief dazugelegt. Georg streifte durch die kleinen Einzelhandelsgeschäfte Berlins, um für die Eltern Posamenten wie Troddeln, Bänder, Knöpfe, Seidenstreifen und handrollierte Taschentücher zu kaufen. Das Ganze wurde als Päckchen verpackt und dann als Wertpaket pünktlich am Freitag in der Früh nach Stralsund geschickt. Viermal schickten sie Abraham eine modische Seidenkrawatte von einem Hoflieferanten. Vor allen Dingen aber wöchentlich Geld. In Stralsund wurde die Familie endlich mal satt und Ida war nicht mehr gezwungen, ein-, zweimal in der Woche ihre Liebsten mit gehakeltem Hering oder Steckrüben zu sättigen.

Wöchentlich schrieb Ida zurück. Sie berichtete von den unmöglichen Streichen ihres jüngsten Sohnes Wolf, von der Tüchtigkeit ihrer beiden Töchter und rühmte die Brüder Franz und Wilhelm, die ohne zu murren im Geschäft mithalfen. Neuerdings aber immer häufiger quengelten, nach Berlin in die Lehre zu gehen. Wenn Vater Abraham kränkelte, so verschwieg sie das. Doch Georg und Hugo kannten Mutter Ida. Wenn diese nicht über Abrahams täglichen Besuch des Betsaales erzählte und über die Widrigkeiten mit der Kundschaft, wussten sie: Abraham litt unter rheumatischen Anfällen.

In einem Brief schrieb Ida sehr ausführlich, dass der Sohn dieses ruchlosen Arztes, dieser Andreas, von der obersten Schulbehörde nicht zum Abitur zugelassen worden war und den Vater aus Kummer darüber der Schlag getroffen habe. Sie frohlockte gar, dieser arrogante Schnösel von einem Arzt sieche nun auf einer Bank am Stralsunder Hafen herum. Der Sabber liefe ihm aus dem Mund. Die Arztfamilie musste für ihr Auskommen Zimmer der hochherrschaftlichen Villa untervermieten. Doch: Ida war auch biestig nachtragend. Jeder Brief Idas endete mit einem ›P. S.‹ und der Frage, ob denn zumindest der Hugo schon ein geeignetes jüdisches Mädchen kennengelernt habe, das auch seine inneren Werte zu würdigen wisse und nicht nur sein gutes Aussehen. Über Hugos Liebesleben wurde sie nie informiert. Das störte sie. Deswegen gab es in jedem Brief noch ein zweites ›P. S.‹: Sie empfahl Hugo dringend, sich bei einer Verlobung nur für eine Jüdin zu entscheiden. Er solle darauf achten, dass diese in der Jugend noch recht schlank, auch ein wenig intelligent, aber bitte nicht zu klug, in jedem Fall aber witzig sein müsse. Nur dann seien einer möglichen dauerhaften Verbindung Glück und der Segen des Allmächtigen beschieden. Keinesfalls eine hübsche, kluge, reiche Jüdin. Das ginge nie gut.

Ab und an fragte Hugo nach solchen Briefen seinen Bruder: »Ach, Georg, du baust hier das ganze Unternehmen um, und ich verkaufe klotzig bei Wolff & Apolant. Warum, beim Allmächtigen, begleitest du mich nicht einmal auf den Schwoof?«

»Weil ich zwei linke Beine habe und lieber mit dir zu den Promenadenkonzerten sonntags gehe. Du erzählst mir doch ohnehin alles. Da lebe ich mit! Außerdem verursacht Tante Ernestine bei mir Ohrenschmerzen. Die ist doch schrill, oder?«

»Du hast Angst vor Frauen, Georg. Gib es zu.«

»Sie liegen mir noch nicht so richtig. – Ungewohnt wohl. Ich müsste zu viel von mir preisgeben, um beachtet zu werden«, gestand Georg.

Niemals während seiner Lehrzeit hatte Hugo die Einladung zu einer Bootspartie mit Polka-Wolff angenommen. Diese Angelegenheit war ihm nicht geheuer! Es gab komisches Gerede darüber.

Nur die Seen in und um Berlin herum waren für die beiden Brüder das schönste Ziel ihrer Freizeitgestaltung. Oft, wenn sie ein Wertpaket nach Stralsund verschickt hatten, erwogen sie, eine Ruderpartie auf dem Teufel- oder Lietzensee zu unternehmen. Manchmal gönnten sie sich die auch.

Onkel Wolff dehnte die Frühstücke mit Georg im Laufe der Zeit jeden Morgen von sieben bis in die Mittagszeit aus und erwog kurz vor dem Jom-Kippur-Fest 1875, ihn nach der Lehrzeit als Partner in das Handelshaus Wolff & Apolant aufzunehmen. Er zündete sogar in den Morgenstunden die Menora an. Für den Allmächtigen und für die Geschäfte in Zukunft.

Nur eine Sache bereitete ihm nach wie vor Probleme: »Das mit deinen Festpreisen wirst du nie durchsetzen. Dafür sind Verkäufer und Kunden viel zu leidenschaftlich.« Doch dann bat er Georg eindringlich, nach Ablauf der Lehrzeit sein Partner zu werden.

Georg erwiderte: »Eine große Ehre, lieber Onkel. Nach der Lehrzeit Euer Partner? – Das geht nur mit Hugo zusammen.« Und einem Gehalt, das für beide fix sei und nicht variabel. Eine Umsatzbeteiligung von fünf Prozent obendrauf.

Wolff schnaubte: »Hugo engt ein so traditionsreiches Haus wie Wolff & Apolant ein. Er ist der beste Verkäufer und Akquisiteur nach mir, als ich in seinem Alter war. Doch unstetig. Lieber Neffe, du finanzielles Goldstück unter der Sonne des Allmächtigen, Hugo wird in Berlin heiraten! Und zwar sehr reich. Er soll sich aber noch Zeit lassen. Momentan stillt er zum Segen unseres Unternehmens noch seine männlichen Bedürfnisse. Aber so wie ich die schreckliche Ernestine kenne, hat sie ihre Perlenschnüre und Goldketten schon um geeignete Frauenspersonen geworfen, die sie Hugo zur rechten Zeit vorführt … – Warum habt ihr mich eigentlich nie gebeten, eure jämmerliche Mansarde gegen bessere Räumlichkeiten zu tauschen?«

»Weil wir uns getrennt nie wohlfühlten, lieber Onkel.«

»Du würdest es wohl ohne Hugo nicht aushalten.« Wolff hatte recht. »Ich erwäge, deine Lehrzeit abzukürzen auf diese zwei Jahre. Ich will dich als Partner und Hugo als reich verheirateten Generalvertreter des Hauses Wolff, Apolant & Co. – Eure Mansarde ist doch furchtbar!«

An jenem Nachmittag brachten sie wieder ein Wertpaket zur Post, und die Kalesche Wolff & Apolants fuhr sie an den Wannsee. Georg mietete ein Ruderboot. Dann zog er sein schwarzes Jackett aus, legte es sorgfältig zusammen, krempelte die Ärmel seines Hemdes hoch, lockerte den steifen Kragen und half Hugo beim Einsteigen. Hugo schien sich erkältet zu haben. Er hustete stark.

»Setz dich ruhig hin. Ich werde rudern. Beweg mich ohnehin im Kontor zu wenig.«

»Abgemacht«, hustete Hugo, »verstehe ich alles richtig? Ich bin als reicher Ehemann vorgesehen und du als Juniorpartner bei Wolff. – Gar keine schlechten Aussichten.« Er hustete erneut und Georg klopfte ihm auf die Schulter. Dann legten sie mit dem Boot ab.

Georg konnte hervorragend rudern. Hugo wusste, wie Georg sich morgens und abends um Fitness oder Kraft bemühte. Dazu hatte er zuvor auf Englisch ein Buch gelesen: *Fit with sport* hieß das und war von einem englischen Lord Bedsford geschrieben. Lord Bedsford war bei einer Fuchsjagd mal vom Pferd geworfen worden und saß infolge des Sturzes querschnittsgelähmt in einem hölzernen Rollstuhl. Deswegen schrieb er ein dickes Buch über Armdrücken, Ringen mit den Armen, Kugelstoßen und Diskuswerfen. Er empfahl jungen Menschen mit mindestens dreißig Liegestütze zweimal am Tag sich abzuquälen und Dutzende Kniebeugen, nach Möglichkeit auf einem Bein.

Dass ein behinderter Lord aus dem Rollstuhl heraus so leidenschaftlich für den Sport agitierte, hatte Georg mächtig imponiert. Er folgte den Empfehlungen der englischen Originalausgabe Wort für Wort. Bis aufs Kugelstoßen, Diskuswerfen und Bogenschießen.

Im Armdrücken besiegte Georg selbst die kräftigsten Lagerarbeiter von Wolff & Apolant. Hugo ließ er hie und da gewinnen. Er schaffte Kniebeugen auf dem rechten oder linken Bein mühelos. Zweiundvierzig Stück waren sein Rekord. Erst dann war er etwas außer Atem. So kräftig er konnte, ruderte er auf den Wannsee. Dann entnahm er einem Leinentuch eine Flasche Malzbier, einige Schrippen belegt mit Lachs und Käse und Obst.

»Mutter Ida müsste nicht mehr in dem Laden stehen und Wilhelm und Franz wären auch lieber in Berlin. Ach, Hugo, es wär' zum Träumen schön. Das mit deiner Heiraterei muss ja noch nicht so schnell sein.«

Hugo hustete und hielt sich sein weißes Taschentuch vor den Mund.

»Das mit der Tanzerei ist schon weniger geworden – anstrengend, die nächtlichen Geschäfte. Hast du wohl schon gemerkt, oder?«

»Seit präzise siebenundzwanzig Tagen kommst du auch erst im Morgengrauen nach Hause, riechst aber weniger nach Parfum, Rauch, Alkohol, nach – wie soll ich sagen …«

»Vielleicht nach nichts? Nicht mehr nach den Nächten. Richtig reich heiraten werde ich möglicherweise nicht. Sicher sogar nicht.«

»Bist du verliebt? Du riechst neuerdings nach frischem, gestärktem irischem Leinen.«

»Nach der Bettwäsche eines ganz bestimmten Hotelzimmers in Charlottenburg. Miriam heißt sie. Mit ihr verbringe ich dort meine Nächte.«

»Mazel tov. Keine Schickse?«

»Nö, sie ist bettelarm. Tochter eines Schusters aus Spandau. Flickschusters.«

»Und?«

Erneut musste Hugo husten und Georg bemerkte zu seinem Entsetzen, dass im weißen Taschentuch rote Spritzer, fast Flecken, sichtbar wurden.

In den Hustenanfall hinein beichtete Hugo: »Sie hat als Garderobiere im Tanzsalon Esplanade gearbeitet. Ich war verliebt. Sofort. Hab sie überredet. Wir kommen uns jetzt jede Nacht nahe, aber sie liebt mich nicht. Das ist das Schlimmste, was mir passieren konnte: Die Frau, die ich liebe, begehrt mich nur, nimmt aber nicht mal Geschenke. Wir reden kaum miteinander. Für sie bin ich nur ein Gesicht und ein Körper. Aber kein Mann. Nur Manns genug, um ihre Leidenschaft zu genießen und selber dabei unglücklich zu sein.«

Wieder räusperte er sich. Die Flecken im Taschentuch wurden größer.

Hugo zerknüllte das Taschentuch und stopfte es in die Hosentasche. Er bemühte sich, den Hustenreiz zu unterdrücken.

»Wie soll ich das versteh'n, Hugo? Diese Miriam hält dich als Geliebten. Und nicht als Verlobten?«, fragte Georg

»Nein, nein«, unterbrach ihn Hugo. »Nicht als Verlobten. Weit davon entfernt. Ja, ich bin ihr Geliebter. Einfach so! Bei all meiner Liebe fühle ich mich von ihr missbraucht. Körperlich. Macht aber nichts.«

»Missbraucht, tja.« Georg reichte ihm ein frisches weißes Taschentuch. Hugo kämpfte gegen einen Hustenanfall an und krächzte: »Ich bin tagsüber völlig unkonzentriert und fiebere nur noch den Abenden entgegen.«

Georg erhob sich von seiner Ruderbank und befühlte die Stirn seines Bruders: »Du hast Fieber, Hugo. Du musst dringend zu einem Arzt.«

»Es ist nichts Schlimmes, Georg. Eher ein säuerliches Aufstoßen. Vielleicht grade zu viel frische Luft? Wenn ich mit Miriam zusammen bin, muss ich nie husten. Sie ist sehr leidenschaftlich. ›Missbrauchen‹ ist ein falsches Wort. Sie benutzt mich … Ja. Ich weiß nicht einmal ganz genau, wo sie wohnt. In Schöneberg, in der Cecilienstraße angeblich. Sie benutzt immer den Haupteingang, aber ich bin mir sicher, sie wohnt irgendwo in einem Hinterhof. Aber nicht mehr in Spandau.«

Georg schwieg lange, dann sagte er schließlich: »Und woher weißt du dann, dass ihr Vater ein armer Flickschuster in Spandau ist?«

Hugo beantwortete die Frage nicht. Zuckte nur mit den Schultern.

»Aber dass Miriam ihr Name ist, da bist du dir sicher?«

»Ja, absolut. Mit Wäschetinte steht dieser Name auf allen ihren Kleidungsstücken geschrieben. Vor allem auf der Leibwäsche. Ich liebe sie. Ach, ich hatte reichlich Abenteuer in den letzten beiden Jahren. Abenteuer eben. So lala. Diesmal ist es mehr. Immer im gleichen Hotelzimmer.«

»Frühstückt ihr wenigstens miteinander?«

Hugo bejahte dies traurig und erzählte noch, dass Miriam nach der Leidenschaft es immer ablehne, sich von ihm in die Cecilienstraße bringen zu lassen. Er täte es aber trotzdem. Während dieser Spaziergänge im Morgengrauen wechselten beide kein Wort miteinander. Außer um sich für die nächste Nacht zu verabreden.

»Miriam hat sich noch nie mit einem Kuss von mir morgens verabschiedet.«

»Du hast Angst, dass sie eines Tages nicht wiederkommt, nicht wahr?«

Immerhin stellte sich heraus, dass Miriam seinen Namen kannte und wusste, was er arbeitete. Nur einmal habe Miriam ihm eine Strähne seines Haares abgeschnitten, es sorgfältig mit einem Stück Schnürsenkel zusammengebunden und in ihre kleine, mit Glasperlen bestickte Geldbörse gesteckt. Das sei das Einzige, was Miriam von ihm habe.

Georg ruderte wieder zurück an den Bootssteg. Er bezahlte die Bootsmiete und beschloss, den alten Nathan nach einem Lungenfacharzt zu fragen. Onkel Wolff wollte er nicht ins Vertrauen ziehen. Der schob Hugos Husterei auf das Rauchen und hatte ihm bereits vor Monaten die beiden Zigarillos pro Tag gestrichen. Seitdem er mit Miriam die Nächte verbrachte, hatte Hugo mit dem

Rauchen aufgehört. Allerdings nur aus dem Grund, weil Miriam den Geruch und den Geschmack von Tabak abstoßend fand.

Natürlich kannte Nathan einen Arzt, der in der Berliner jüdischen Gemeinde über einen hervorragenden Ruf verfügte und den auch viele reiche Christenmenschen aufsuchten. Dr. Samuel Lange empfing in seiner Villa in Wilmersdorf ausschließlich Privatpatienten. Auch Onkel Wolff, der niemals eine Unpässlichkeit zugab, konsultierte Dr. Lange. Wolff fühlte sich zwar kerngesund, nur zu dick und zu kurzatmig. Insgeheim hatte er aber eine panische Angst vor Krankheiten. Die Firma Wolff & Apolant war also bei Dr. Samuel Lange eingeführt, und es bedurfte nicht einer beträchtlichen Vorkasse, die Dr. Lange von neuen Patienten gemeinhin forderte.

Nichts in der Villa erinnerte an eine Arztpraxis. Dr. Lange betrieb sein Gewerbe in ziviler Kleidung in einem Salon mit einer ledernen Liege. Nur ein Glasschrank barg einige medizinische Instrumente. Außerdem gab es noch einen dreiteiligen Seidenparavent, der mit kämpfenden Samurais und demütig Tee kochenden Geishas bestickt war. Hinter diesem Paravent legte Hugo ab.

Mit einem hölzernen Stethoskop horchte Dr. Lange zuerst an Hugos Brust, dann an seinem Rücken herum. Georg durfte im Salon bleiben. Er beobachtete aufmerksam die lässige Diagnose des sehr geachteten, vor allen Dingen aber sehr teuren Arztes.

Bis zum Tag der Untersuchung hatte sich Georg in einer fachmedizinischen Bibliothek Bücher über Lungenerkrankungen ausgeliehen und sie nachts studiert, während Hugo sich mit Miriam in dem Hotel liebte. Bevor sich Hugo mit Miriam traf, trank er immer mehrere Tassen brühend heißen Pfefferminztee mit einigen Tropfen Kampfer drin. Das erleichterte ihm eine Nacht lang das Atmen. Was Georg in den Fachbüchern über Lungenerkrankungen las, ängstigte ihn. Immer wieder drohte der Begriff ›Schwindsucht‹. Ganz besonders interessierte Georg allerdings ein anderer Begriff: ›Libido‹. Unter diesem Stichwort wurde beschrieben, dass schwindsüchtige Lungenkranke durch überproportional starken Geschlechtstrieb auffällig würden. Die Libido, das wusste Georg schon aus Stralsund, war bei Hugo ausgeprägt. In den letzten Wochen mit Miriam deutete sein Verlangen nicht nur auf die wahre Liebe hin, sondern auch auf eine ernste Lungenkrankheit. Glaubte Georg.

Auf Anordnung von Dr. Lange atmete Hugo durch die Nase lange ein und durch den Mund so lange aus, bis er hustete.

»Das klingt ja, als hätten sich sechs oder sieben Katzen in Ihrer Brust eingenistet und würden maunzen und miauen«, witzelte der Arzt. Er wandte sich Georg zu: »Herr Wertheim, ich höre bei Ihrem Bruder Hugo eine gewisse Gereiztheit. In der Lunge. Sicher hat Ihr Bruder empfindliche Bronchien.«

Hugo durfte sich wieder ankleiden. Dr. Lange wirbelte spielerisch mit seinem Holzstethoskop in einer Hand herum.

»Junger Mann, leiden Sie unter Nachtschweiß? Ich meine, transpirieren Sie während des Schlafens? Schlafen Sie überhaupt regelmäßig und auch mal eine ganze Nacht durch?«

Hugo schüttelte den Kopf. Der Arzt wollte Georg das Stethoskop reichen.

»Wollen Sie auch mal die Katzen hören?«

Georg lehnte ab.

»Und Kampfer mit Pfefferminztee schafft Ihnen also Erleichterung? Erstaunlich! – Also, Sie transpirieren nicht und sind ein wohlgestalteter, athletischer junger Mann. Habe ich nicht schon mal von Ihnen gehört? ›Hugo Wertheim‹. – Eine gewisse Patientin reiferen Jahrgangs erzählte mir mal, Sie seien für sie der reinste Jungbrunnen. Ich darf natürlich keine Namen nennen. Offensichtlich verfügen Sie über eine außergewöhnliche Anziehungskraft auf Damen jeglichen Alters. Chapeau!«

»Tante Ernestine«, murmelte Hugo.

Dr. Lange gab dies natürlich nicht zu. Er lächelte das Lächeln von Männern, die über Geheimnisse verfügen und sie nur ganz schwer bei sich behalten können.

»Na, lassen wir das. – Also, Sie transpirieren nachts nicht. Bei der normalen Bettruhe. – Hatten Sie schon einmal Blut in Ihrem Sputrum?«

Hugo verstand nicht. Umso mehr Georg.

»Ja, ja, beim Husten hat mein Bruder schon häufiger Blut gespuckt. In den letzten Tagen aber nicht mehr. Der heiße Pfefferminztee mit dem Kampfer?«

Hugo nickte heftig und Georg verneinte die Unterstellung des Arztes, heftiger Zigarillo- oder Zigarrenrauch sowie der regelmäßige Genuss von Cognac könnten zur Engbrüstigkeit geführt haben. Georg erzählte dem Arzt, dass Hugo vor vielen Jahren einmal in ein Hafenbecken gestürzt sei und als Nichtschwimmer sehr viel Wasser geschluckt habe. Damals sei er dem Tode nahe gewesen.

Mit einem Holzspatel betrachtete Dr. Lange etwas ratlos Hugos Zunge und Mundhöhle, blickte dabei sehr geschäftig, und Georg hatte den Eindruck, der Doktor war reichlich ahnungslos. Schwindsucht schloss er aus. Es lag wohl aber eine Reizung der Bronchien vor.

Als Therapie empfahl er das Modernste, was die Medizin vorzuweisen hatte: »Wir modernen Ärzte sprechen neuerdings vom ›heilsamen Reizklima des Meeres‹. Herr Hugo, der Genuss der Meeresluft setzt natürlich eine gewisse finanzielle Unabhängigkeit voraus. Um Ihren malträtierten Atemorganen wieder Linderung zu verschaffen, müssten Sie sich in großer Muße, über Monate, besser ein Jahr, der Meeresluft aussetzen. Wird Ihnen das die Firma Wolff & Apolant ermöglichen?«

In diesem Augenblick wusste Georg, dass er und Hugo ihre Zukunft nicht so schnell in Berlin fänden. Auch das hatte er in dem Buch gelesen: frische Meeresluft oder die Höhenluft in der Schweiz. Also Stralsund! Heimkehr.

Auf dem Heimweg zu Wolff & Apolant sagte Georg: »Unsere Zukunft sollte eigentlich Berlin sein. Aber das wird sie vorläufig nicht. Wir werden also nach Stralsund zurückkehren. Dort wirst du ganz gesund. Wenn Tadde Abraham täglich mit dem Allmächtigen Zwiesprache hält, wird das schnell nützlich sein. Ach, Hugo, verabschiede dich von Miriam, obwohl du sie ja nie wirklich kennengelernt hast – bis auf … das Körperliche.«

5. KAPITEL

In der gemeinsamen letzten Nacht mit Miriam überreichte Hugo ihr einen Brief, in dem er sie beschwor, ihn genauso leidenschaftlich zu lieben, wie er es tat. Er bedauerte, dass er für längere Zeit von ihr Abschied nehmen müsse, und schrieb ihr seine Anschrift in Stralsund auf. Nach dieser Nacht versprach Miriam ihm, den Brief gelegentlich zu lesen. Ansonsten war sie sehr gefasst und bedauerte die Trennung. Sie versicherte, dass sie alle Leidenschaften, die eine Frau empfinden könne, mit Hugo genossen habe und es für sie nicht in Betracht käme, sie mit einem anderen Mann zu genießen.

»Alles hat seine Zeit, lieber Hugo, auch die Leidenschaft. Ich werde dich in Erinnerung behalten. Unsere Nächte. Ich kann und werde diesen Brief öffnen, wenn ich mich nach dir sehne«, waren ihre letzten Worte zu ihm.

Dann durfte Hugo Miriam wieder zur Cecilienstraße in Schöneberg bringen. Ein Abschied wieder ohne Kuss. Immerhin streichelte sie ihm sanft die Wange.

Onkel Wolff war außer sich vor Zorn, als ihm Georg im Kontor sagte, Hugo und er wollten in Zukunft wieder in Stralsund leben, um dort Mutter Ida geschäftlich zu unterstützen. Es gab ein endloses Hin und Her. Hugo und Georg würden ihr Glück verspielen, das so glänzend in Berlin vor ihnen lag. Gut, Hugo kränkele in letzter Zeit etwas, aber er sei alles in allem viel ruhiger geworden. Erwachsener. Georg sei im Übrigen als sein Nachfolger vorgesehen. In der geschäftlichen Wichtigkeit habe Georg den alten Nathan überflügelt.

Geschäftliche Verantwortung hatte Georg ohnehin schon. Nathan wusste zwar alles, aber er war für Onkel Wolff mehr eine Art Kalfaktor, dem er vertraute, aber gleichzeitig in den langen Jahren ihrer Zusammenarbeit niemals etwas zugetraut hatte. Onkel Wolff wiederholte sich: Hugo sei für eine reiche Ehe bestimmt, und er könne mit einer geeigneten jüdischen Ehefrau fabelhaft leben, gerade weil er leicht kränkele.

»Georg, du ahnst gar nicht, wie jüdische Ehefrauen reagieren, wenn sie einen attraktiven, klugen, lustigen, gebildeten, aber leicht kränkelnden Ehemann dominieren dürfen. Ein solcher Ehemann hat das Paradies auf Erden. Früher Ruhestand und viel Geld – was will man mehr?!«

»Warum, lieber Onkel Wolff, habt Ihr denn nie geheiratet? Wie Euer Bruder, der Polka-Wolff?«

»Eben, weil ich die jüdischen Ehefrauen kenne und noch putzmunter bin!«

Zwei Abende vor der Heimreise begleiteten Georg und Onkel Wolff Hugo zum ersten Mal in Polka-Wolffs Stammsalon. Als einzigen Luxus hatte sich Georg von Onkel Wolff schwarzen Kaschmirstoff erbeten. Aus dem ließ er sich von einem berühmten jüdischen Schneider Maßjacken und Westen anfertigen. Seine schwarzen Hosen waren aus Gabardine. Er besaß nun auch einen Kaschmir-Wintermantel und einen leichteren Sommermantel aus zweigezwirnter Kaschmirqualität. Für den Rest seines Lebens sollte Georg Wertheim immer Kaschmir tragen. Später sogar ein Material, das Vicunia hieß, zehnmal so teuer wie die besten Kaschmirqualitäten war und so fein gewebt, dass man ein komplettes Sakko durch einen Ehering ziehen konnte. Der Mitgeschäftsführer der Arbeitshosenfabrik lebte zwar immer bescheiden, aber die Materialien, die er an seinen Körper ließ, waren von erlesenster Qualität. Selbst seine Leibwäsche wurde aus feinster mercerisierter ägyptischer Baumwolle hergestellt. Außerdem ließ er sich von einem ungarischen Schuhmacher zwei Paar maßgearbeitete schwarze Halbschuhe und ein Paar geschnürte Stiefel für den Winter anfertigen. Nach jedem Tragen hielt er sie mit Zedernholz-Fußspannern in Façon und pflegte sie mit Schuhölen aus England.

Über Stoffe, ihre Herkunft, die besten Hersteller und Lieferanten wusste er nach zwei Jahren Lehre mehr als alle Berliner Textileure, Hofschneider oder Tuchhändler zusammen. Während Hugo sich auf dem ›Trallewatsch‹ befand, hatte Georg Unmengen von Fachbüchern über Stoffqualitäten, Herstellungsländer und -orte gelesen, über die besten Lieferanten und die Geheimnisse, die aus einem Stück Tuch erst eine Qualität machten. Fast zwei Dutzend Bücher nur über die Geschichte der Seide hatte Georg während seiner Lehrzeit nahezu auswendig gelernt.

Diese exquisiten Kenntnisse kamen den Lagerbeständen Wolff & Apolants zugute. Er wusste nicht nur, was gut, sehr gut und exorbitant luxuriös war, sondern auch, was sehr gut und dennoch preiswert sein konnte.

Mutter Ida hatte Handel mit den Waren getrieben, die eben gerade reinkamen. Sie hatte weder die Zeit, das Geld noch die Kenntnisse, auch aus scheinbar minderer Qualität das Beste zu machen. Georg kannte sich in Stofffragen aus, bis hin zum Baumwollnessel, und meistens reichte ihm ein Blick, ein beherzter Griff ins Material, und sein Urteil stand fest.

»Auch im billigsten Material kann noch ein gewisser Luxus stecken, wenn es die beste billigste Ware ist«, war seine Devise.

Die Genueser Stoffe, aus denen man die Jeans herstellte, waren ein gutes Beispiel für Qualität, die den allerhöchsten Ansprüchen genügte und sich durch starke Strapazierfähigkeit auszeichnete.

»Luxus kann auch billig sein«, schärfte er seinem Onkel immer wieder ein. »Dann muss es eben die Menge machen.«

Erstklassig ausstaffiert saß Georg neben Ernestine Wolff und seinem Onkel Wolff. Beide fühlten sich in dem Salon nicht sonderlich wohl.

»Alles wirkt hier so erhitzt. So künstlich«, grummelte Onkel Wolff.

Ernestine wollte zum Abschied noch einmal mit Hugo nach

dem Diner über die Tanzfläche schieben. Hugo lehnte höflich ab. Ernestine war enttäuscht und schaute Georg herausfordernd an.

Der errötete, nahm schnell einen Schluck Selterwasser und stellte lächelnd fest: »Eine grandiose Robe, gnädige Frau! C'est française, c'est Crêpe de chine.«

Ernestine hatte sich in der Tat eine aufwendige Abendrobe auf den fülliger gewordenen Leib schneidern lassen.

»Nein, das Stöffchen ist nicht direkt aus Frankreich. Aber von der allerhöchsten Hofschneiderei. Die arbeiten nicht für die geizigen Hohenzollern in Potsdam, sondern für die mit exquisitem Geschmack ausgestatteten Fürsten von Baden. – Sie haben recht, junger Freund: Der Stoff ist Crêpe de chine von irgendwo.«

Georg streckte die Hand aus: »Darf ich?« Dann strich seine Hand vorsichtig über die gewaltig aufgedonnerten Ärmel der Robe.

»Eine Lieferung von uns. Beziehen wir aus einer kleinen Manufaktur in der Nähe von Paris. Heißt Clichy. Doch Frankreich.«

Ernestine platzte vor Stolz. »Clichy? Clichy? – Clichy klingt sehr teuer, junger Freund«, ließ sie ihre Stola von der Schulter gleiten und reichte sie Georg. »Und was, bitte schön, ist das?«

Georg erkannte auch das. Es sei Organza aus Konstantinopel. Möglicherweise aber auch … vorsichtig kratzte er mit dem Fingernagel seiner linken Hand, den er absichtlich etwas länger hatte wachsen lassen, an dem feinen Gewebe herum. »Nein, gnädige Frau, das ist Organza aus Palermo. Dagegen ist die Byzantiner Ware nachgerade Rupfen. Obwohl fast so teuer.«

»Haben wir das alles auf Lager?«, fuhr Onkel Wolff dazwischen und ließ sich mit einem Schnipsen der Finger ein Glas Bier bringen.

Georg bejahte das und fügte beiläufig hinzu, dass er auch die exquisitesten Waren nach einigen Diskussionen zu Festpreisen bezogen hätte, die mindestens vierundzwanzig Monate gelten sollten.

Wolff polterte, was denn sei, wenn dieses teure Zeug mal aus der Mode käme?

Georg antwortete sehr ruhig: »Die gnädige Frau Ernestine Wolff wird mir recht geben. Luxus kommt nie aus der Mode. Glauben Sie mir, lieber Herr Onkel: Auch die reichen Leute sind in Wirklichkeit eigentlich arm, und weil sie das wissen, leisten sie sich nur die teuersten Qualitäten. Meine Mutter Ida hat früher immer gesagt: Eigentlich sind wir so arm, dass wir uns nur das Teuerste leisten sollten. Das hält länger und ist besser.« Und Georg hoffe, dass in Zukunft er und Hugo diesen Wunsch ihrer Mutter in Stralsund erfüllen könnten.

Hugo hatte sich während des Diners zurückgehalten. Nur zweimal unterm Tisch sanft die Hand seiner Gönnerin Ernestine gestreichelt. Zwischendurch immer wieder gehustet. Ernestine sah ihn besorgt an und hatte keine Bemerkung gemacht, als Hugo Pfefferminztee orderte und aus einer Flasche mit einer Pipette einige Tropfen Kampfer hineinträufelte. Polka-Wolff und Ernestine waren ehrlich traurig.

Onkel Wolff war hingegen immer noch selbstsüchtig: »Potztausend«, schimpfte er, »ich habe euch als Lehrlingen horrende Gehälter gezahlt, weil ihr eine gute Investition wart. Beide. Und trotzdem wollt ihr in diesem elenden Stralsund eure Zukunft suchen?!«

Am Tisch herrschte Schweigen. Georg strich mit dem feuchten Zeigefinger am Glasrand des Kristallwasserglases entlang, bis es sang. Hugo schluckte mehrfach tapfer.

Dann endlich hatte Ernestine eine fabelhafte Idee: »Jungs, Berlin läuft euch doch nicht weg! Jetzt zieht es euch, aus welchen Gründen auch immer, nach Stralsund.«

»In ein klitzekleines Loch von Geschäft«, fauchte Wolff.

»Aus dem deine Neffen etwas machen können, wenn du ihnen dabei hilfst, Schwager Wolff! Denk doch mal praktisch. Dieser Georg hat in den letzten beiden Jahren viel getan, um Wolff & Apolant auf Vordermann zu bringen. Du bist das erste Tuchhaus am Platze. Für Arm und Reich. Früher warst du nur berühmt, jetzt bist du sogar seriös!«

So viel Lebensklugheit hatte niemand am Tisch Ernestine zugetraut. Wolff trank mit einem Schluck sein Bier aus. Polka-Wolff verschluckte sich am Champagner. Georg knetete aus dem Weißbrot nervös kleine Kügelchen. Hugo strich seine langen blonden Haare aus der Stirn und musste seltsamerweise gar nicht husten.

Onkel Wolff setzte zu einer Antwort an: »Noch ein Bier! Ich könnte mich aber indirekt oder direkt, jedenfalls irgendwie an euerm Laden in Stralsund beteiligen – mit anständigen Waren beispielsweise. Die Angelegenheit mit den blauen Hosen für die Arbeiterschaft hat sich schließlich ausgezahlt. Stralsund ist eine Hafenstadt: Da steckt viel Geld. Das Geld, lieber Polka-Wolff, hat Ida bisher noch nicht gefunden! Aber ihr beide könntet das schaffen: Du, Hugo, mit deiner Schönheit und du, Georg, mit deinem unverschämt guten Kopfrechnen und dieser ... dieser ... wie nennt man das?«

»Warenkunde«, antwortete Georg. »Aber eine Beteiligung an dem Tuchhandel Abraham Wertheim lehnen Hugo und ich ab. Wir erbitten nur eure Lieferungen über einen langfristigen Kredit, mit einer Verzinsung von allerhöchstens drei Prozent.«

»Vier Prozent.«

»Zweieinhalb Prozent.«

»Gut, drei Prozent.«

»Aber Lieferung frei Haus nach Stralsund. Die ersten Partien, lieber Onkel, würden wir in Schrankkoffern, die ohnehin unbenutzt in euren alten Bügelräumen herumstehen, selber nach Stralsund expedieren«, erklärte Georg geflissentlich.

An diesem Abend wurde nicht mehr getanzt und auch nicht mehr über Geschäfte geredet, aber es herrschte bei allen Beteiligten gute Laune.

»Und zum Einkaufen der neuen Partien kommst du dann persönlich nach Berlin, lieber Hugo!«, frohlockte beim Abschiednehmen Ernestine und drückte ihn noch einmal mütterlich in ihre Crêpe-de-chine-Wolken.

Nathan flossen beim Abschied die Tränen über das Gesicht. Er umarmte die beiden ehemaligen Lehrlinge und jammerte, es sei ein Abschied für immer. Viel Zeit bliebe ihm auf Erden nicht mehr.

»Herr Nathan, versprechen Sie mir, dass nicht in kürzester Zeit wieder bei Wolff & Apolant das alte Chaos herrscht, das Durcheinander in den Lagern. Und halten Sie die Bücher sauber. Nur solange Wolff & Apolant straff geführt wird, können wir in Stralsund beruhigt unser Geschäft betreiben und möglichst schnell wachsen. Wir haben gute Konditionen: drei Prozent!«

»Tatsächlich?«, staunte Nathan. »Da hat der Herr Wolff sich aber in einen Schlamassel gebracht.«

»Er hatte zu viel Bier getrunken, Herr Nathan.«

Das spindeldürre Männlein umarmte Georg. Er schenkte ihm zum Abschied seine silberne Taschenuhr.

»Ich muss nicht mehr wissen, wie die Zeit vergeht.«

Auf die Kalesche wurden vier große Schrankkoffer geladen, die ordentlich vollgepackt waren mit Stoffen jeglicher Qualität und Preisklasse. Auch mit Massenware, wie sie in einer Hafenstadt für die Schiffsausstatter nötig war. Wolff & Apolants Lageristen mussten sich mit Jutegurten ins Zeug legen, um die Behältnisse zu verfrachten. Sogar Onkel Wolff packte mit an und half, die schweren Teile auf die Ladefläche zu schieben.

Hugo streichelte er über das Haar, gab ihm einen Klaps auf die Schulter, wünschte ihm alles Gute für die Zukunft und bessere Gesundheit. Georg drückte er fest an seine Brokatwesten-Brust, hielt ihn dann an den Schultern fest und blickte ihm lange ins Gesicht. Langsam zog er aus der Innentasche seines Samtsakkos einen dicken Briefumschlag aus Büttenpapier. Hastig steckte er ihn Georg ins Kaschmirsakko.

»Mein Junge, ein wenig Geld. Falls du mal meine drei Prozent Zinsen nicht pünktlich zahlen kannst. Aber denke ja nicht, es sei ein Geschenk. Das ist bestenfalls ein Guthaben – was ich vielleicht vergesse, zurückzufordern. Wir haben beide voneinander gelernt. In dem Umschlag befindet sich ein Fünfzigstel meines Jahresgewinns, den du bei all deiner Schlauheit so genau nun doch nicht kennst.«

Das stimmte. Obwohl Georg immer geglaubt hatte, die fiskalischen Bücher seien tadellos in Ordnung oder entsprächen auch weitgehend der Wahrheit, gab es eben doch eine pekuniäre Grauzone, die Wolff vor seinem peniblen Lehrling Georg geheim halten konnte.

Georg spürte, es war ein dicker Umschlag. Er wusste auch, dass für Wolff »aus Statusgründen«, wie er immer behauptete, Geld erst ab Fünfzig-Mark-Scheinen begann. Alles, was drunter war, hielt er für kleinbürgerlichen Geiz. Wann immer Wolff etwas bar bezahlen musste, zahlte er das mit größeren Scheinen, rannte mit dem Wechselgeld zur nächsten Bank, bis er wieder größere Scheine dafür eintauschen konnte. Ein Fünfzigstel vom Gewinn musste eine Menge Geld sein.

»Neffe, die Finanzbehörden sind ja so dumm. Durch dich hab ich viel verdient. Gib deiner Mutter von mir einen Kuss.«

Georg nickte sacht, reichte seinem Lehrherrn die mit Juchtenleder behandschuhte Rechte und deutete einen Diener an.

»Ich werde meiner Mutter den Kuss von Ihnen ausrichten lassen.« Und er schaute zu Hugo, der bereits neben dem Kutscher saß.

Der Abschied von Georg fiel Wolff so schwer, dass er erst einen, dann zwei, schließlich vier Knöpfe seiner Brokatweste abriss und sie Georg in die Hand drückte.

»Für Notzeiten. Und pass auf, dass du mit anderen Händlern in Stralsund nicht überquer kommst. Deine Ideen mit Festpreisen werden dir Feinde verschaffen.«

Noch einmal wollte Wolff Georg herzlich an sich drücken, ja ihn sogar abküssen, doch Georg entwand sich dem Griff, zog ein Kavalierstuch aus der Brusttasche seines Kaschmirmantels und überreichte es feierlich dem Herrn Onkel Wolff.

»Als Andenken, lieber Onkel. Ein Kavalierstuch mit Paisleymuster. Gewebt und bedruckt in Carpi. Das liegt in der Nähe von Florenz. Eure besten Seidenpartien kommen aus dieser Stadt.«

»Carpi? Carpi? – Ich denke, wir beziehen die Seide aus Venedig?«

»Kommt aber in Wirklichkeit aus Carpi. Hab ich in einem Fachbuch für Seide gelesen.«

Wolff faltete das Kavalierstuch auseinander und hielt es in die Sonne.

»Du stopfst deinen Kopf voll mit Wissen. Aber kannst du dich in deinem Kopf auch mal über was freuen?«

»Über das, was ich weiß, Herr Onkel.« Und dann bestieg er die Kalesche und winkte Wolff, dem alten Nathan, den Lageristen und einigen anderen Mitarbeitern von Wolff & Apolant zu, die ihn alle sehr schätzten, weil sie wussten, dass er ihnen allen das Leben erleichtert hatte. Georg verspürte kaum Abschiedsschmerz. Er freute sich auf Stralsund und überlegte, wie das Leben dort mit der vorhandenen alten Ware der Ida Wertheim und der neuen von Wolff & Apolant weitergehen sollte. Und in den viel zu engen Räumen in der Gasse beim Hafen von Stralsund.

An der nächsten Ecke stand ein Gendarm und sorgte dafür, dass die schwerbeladene Kalesche die scharfe Kurve gefahrlos nehmen konnte. Dafür hielt er einige andere Kutschen und auch ein merkwürdiges Gefährt mit einem Verbrennungsmotor an.

An der Straßenecke stand ein bildschönes junges Mädchen, das, als der Wagen vorbeifuhr, sanft die rechte Hand hob und ein Winken andeutete.

Miriam. Nur für einen Wimpernschlag trafen sich Hugos und Miriams Augen. Dann fuhr das Gefährt durch die Kurve und Miriam wandte sich langsam ab.

Auch nach Stralsund zurück fuhren Georg und Hugo Dritter Klasse. Darüber wunderten sich die Bahnbediensteten. Die jungen Herren waren sehr teuer gekleidet, und es wurden ihnen schon die Türen zur Ersten Klasse aufgehalten. Auch die Schrankkoffer ließen eher auf junge Mitglieder der reichen Stände schließen.

Zweimal mussten sie umsteigen. Von einem Holzcoupé ins nächste. Je näher der Zug Stralsund kam, umso ungepflegter wurde auch die Dritte Klasse. Kurz vor dem vorletzten Halt vor Stralsund stieg ein Mann ein, der auf seinem Rücken eine große Kiepe trug, aus der er Knöpfe, Nähnadeln, Bänder, billige Stoffe und auch Handwerkszeug wie Scheren, Schabemesser und Schneiderkreide verkaufte. Er war einer der vielen fliegenden Händler, bei denen Ida früher nach langer Feilscherei eingekauft hatte.

Der Mann wunderte sich über die beiden eleganten Herren an den Fensterplätzen, zeigte dies aber zunächst nicht. Dann entschied er sich, doch zu fragen: »Wohl beim Kartenspielen das Reisegeld verloren, was?«

»Ja«, sagte Georg. Da verspürte er ein Würgen im Hals, als der Händler aus seiner Kiepe ein mit Zeitungspapier umwickeltes Päckchen nahm, es auf seinem Schoß ausbreitete. Darin verbargen sich Salzheringe, die er mit den bloßen Fingern zerriss und sich in den Mund stopfte. Dazu aß er ein Stück trockenes Brot, das er aus seiner Manteltasche nahm. Auch er stieg in Stralsund aus.

Die Brüder wechselten angewiderte Blicke. »Wir müssen uns an Stralsund wieder gewöhnen«, sagte Hugo.

Am Stralsunder Bahnhof wurden sie von Vater Abraham, Franz, Wilhelm und dem neunjährigen Wolf abgeholt. Abraham konnte nur Hugo umarmen. Georg wich wie immer jeder körperlichen Berührung aus. Schnell organisierte er einen Pferdewagen und einige Arbeiter, die die schweren Koffer auf einem Leiterwagen verstauten. Immerhin strich Georg seinem jüngsten Bruder Wolf über das Haar. Dieser war in einem gelben Samtanzug herausgeputzt und sah nicht mehr aus wie der Sohn einer armen jüdischen Händlerfamilie, sondern wie ein kleiner Prinz. Im Sonntagsstaat.

»Den Anzug hat Mama extra für mich machen lassen. Für euch.« Eitel drehte Wolf sich vor Georg herum und deutete einen hochmütigen Diener an.

»Wolf, du siehst aus wie ein spanischer Prinz auf einem berühmten Gemälde von Velasquez.«

Auch Kunstbücher hatte Georg in Berlin betrachtet und gelesen.

Das habe Mutter Ida auch gesagt. Sie habe eine Postkarte mit einem Gemälde zum Schneider getragen, ihn dort vermessen und verschönern lassen. Nur zu besonderen Anlässen dürfe er den gelben Samtanzug tragen, mit den dreiviertellangen Hosen, den weißen Strümpfen und schwarzen Lackschuhen.

»Ihr habt das alles mit euren Briefen bezahlt«, sagte er nicht ohne Tücke. Dann bestand er darauf, auf dem Ackergaul zu reiten. Hugo hob Wolf auf das Pferd.

»Caramba!«, rief Wolf, und das Gespann setzte sich in Bewegung.

Georg ging neben dem Pferd her, ebenso wie der Fuhrmann. Abraham und Hugo hatten sich hinten auf den Leiterwagen gesetzt. Während sie sich vom Bahnhof der Hafengegend näherten, bemerkte Georg viele Passanten, die er von früher kannte, die neugierig die Fuhre beobachteten. Auch die Gardinen in den Fenstern der umliegenden Häuser wackelten verdächtig.

Die Ankunft der ältesten Söhne der Hungerleiderfamilie Abraham Wertheim hatte sich in den engen Gassen des Stralsunder Hafenviertels schnellherum gesprochen, blitzschnell. Die Gerüchteküche brodelte schon kurz nach der Einfahrt des Zuges, und die Bäckersfrau von gegenüber ließ ihre Plunderteilchen Plunderteilchen sein und die Brötchen Brötchen.

Sie brüllte ihrem Bäckergatten zu: »Idas Älteste sind wieder zurück aus Berlin! Schnieke herausgeputzt wie alle Schiffsmakler und der Magistrat zusammen. Das muss ich sehen!«

Das Pferdefuhrwerk manövrierte durch die engen Gassen, vorwärts, rückwärts. Einmal musste sogar das Pferd ausgespannt werden. Georg, Hugo, Abraham, der Fuhrmann, Wilhelm und einige neugierige Nachbarn hievten den großen Leiterwagen um die Ecke. Dann bekam das Pferd von Hugo eine Handvoll Hafer und wurde wieder angespannt. Die Sensation war perfekt. Die Bäckersfrau hatte sich bereits neben Ida aufgepflanzt, redete unaufhörlich auf sie ein, wollte wissen, wie es ihren Jungen in Berlin ergangen sei, und lobte die elegante großstädtische Kleidung von Hugo und Georg, obwohl sie die beiden noch gar nicht gesehen hatte, sondern nur vom Hörensagen zu wissen glaubte, dass eine Revolution bei den Wertheims bevorstünde. Selbst Mundek Muschkatblüte, der Wein- und Lederhändler, war direkt von seinem Hafengeschäft herbeigeeilt, als er die Nachricht von der Heimkehr der Jungen hörte. Mundeks dicke Ehefrau natürlich auch. Und schnell auch andere Mitglieder der kleinen jüdischen Gemeinde, mit denen Abraham sich täglich zum Zehnergebet im Gebetsraum traf.

»Ruhe!!! Das ist ein unheiliger Heidenlärm! Sie gehen zu Ihren Brötchen und Ihren Streuselkuchen, bitte!«, Ida wandte sich an die jüdischen Freunde Abrahams: »Ihr geht jetzt euren Geschäften nach, bis ich euch rufen lasse! Das ist eine reine Familiensache.«

Dann sah sie erst Hugo und schräg hinter ihm ein Pferd und neben dem Pferd Georg. Abraham saß neben dem Kutscher auf dem Kutschbock und versuchte, mit der Peitsche zu schnalzen. Das konnte er nicht richtig. Machte ihm aber trotzdem Spaß.

Ida brach unverzüglich in Tränen aus. Sie hatte ihren beiden Söhnen immer vertraut und durch die wöchentlichen Päckchen auch gewusst, dass es ihren beiden Goldjungen in Berlin nicht schlecht ging. Die finanzielle Hilfe und die Waren aus Berlin hatten nicht nur das Familienleben der Wertheims verändert, sondern auch das Geschäft. Die Sache mit den Steckrüben hatte sich schon seit langem erledigt. Gehakelten Hering gab es nur an traurigen jüdischen Feiertagen. Ansonsten dreimal in der Woche Rotbarsch in verschiedenen Variationen, den Ida einem Fischer, dem sie vertraute, abhandelte.

Die Bäckersfrau zog beleidigt ab und beobachtete die weiteren Vorgänge durch ihr kleines Schaufenster. Dabei versteckte sie sich etwas hinter einem Frankfurter Kranz und einer Schwarzwälder Kirschtorte.

Hugo stürmte auf seine Mutter zu, nahm sie in die Arme und küsste sie ab. Er drückte sie so heftig, dass Ida als Erstes einmal beteuerte, sie sei in den vergangenen Jahren um kein Gramm dicker geworden. Dann nahm sie sich ihren Ältesten vor, umarmte ihn und sabberte ihm mit feuchten Küssen das Gesicht, den Hals und sogar zum Schluss noch die Hände voll. Sie wollte ihn gar nicht mehr loslassen. Ida Wertheim war allein schon deswegen eine vielfache Mutter, weil sie ihren einzigen Lebensmittelpunkt, das Zentrum ihres Daseins, ausschließlich in ihrem Nachwuchs sah. Im Gegensatz zu Abraham, der dem Allmächtigen immer für seinen Kindersegen dankte und Gnade, Mildtätigkeit und Wohlwollen herbeiflehte, war Ida der Allmächtige zwar auch nicht unwichtig, aber Idas moralisches Selbstverständnis favorisierte zunächst mal die sieben überlebenden Kinder, dann den dazugehörigen Vater Abraham, der die Kinder möglich gemacht hatte, und irgendwann danach auch den Allmächtigen, der sie mit Fruchtbarkeit gesegnet hatte. Ida hatte ihre Kinder fromm erzogen, legte offiziell viel Wert darauf, dass sie sich fromm verhielten, aber insgesamt mussten sie vor allem nach ihrer Pfeife tanzen – der allseits gefürchteten Bootsmannspfeife. Wenn die Pfeife trillerte, herrschte in der Wertheim'schen Enge Ausnahmezustand. Dann unterbrach sogar Abraham seine frommen Gebete an der Mesusa im Türrahmen zum Kinderzimmer.

»Eine schöne Bagage seid ihr geworden. Reich seht ihr aus, wohlgestaltet. Und du, Hugo, trägst deine Haare immer noch zu lang.«

Dann trocknete sie sich die Tränen, straffte sich, umarmte Abraham fest und schaute über dessen Schulter auf den vollbeladenen Leiterwagen. »Was möchtest du glauben, Abraham? Wir sind heute die glücklichsten Eltern auf der Welt!«

»Wir haben einen Triumphzug vom Bahnhof bis hierher hinter uns«, sagte Abraham sehr stolz und deutete auf den Leiterwagen.

Nun hieß es abladen. Der gelbe ›Prinz Wolf‹ verzog sich angesichts körperlicher Arbeit sofort in das Innere des Ladens, weil er einen gehörigen Durst verspürte und wusste, hinter welchem Regal die Flaschen mit Limonade standen, die Ida täglich aus Wasser, Fruchtsirup, Natron und Zucker herstellte. Damit versteckte er sich unter dem großen Verkaufstisch.

Georg und Hugo begrüßten ihre Schwestern. Hugo leidenschaftlich, Georg freundlich, aber deutlich distanziert. Immerhin bemerkte er, dass Hedwig und Helene ihre Sommer-Feiertagskleidung aus reiner Seide angelegt hatten. Die Stoffe hatten Hugo und Georg vor fast einem Jahr mal nach Hause geschickt.

Georg lobte sie: »Mädchen, ihr seht bonfortionös aus. Sehr schön. Kleidet euch gut. Was auch sonst – Seidenmoirée ist etwas Reelles. – Also, da sind wir wieder. Und jetzt heißt es Anpacken, Auspacken, Einpacken, Umpacken.«

Er wandte sich seiner Mutter zu, schaute ihr lange in die Augen: »Ein Großteil deiner alten Waren, Mutter, werden wir wohl beim Schiffsausstatter Kaminski verramschen. Viel wert ist das ganze Zeug nicht, aber es gibt nichts, was nicht noch irgendeinen Wert hätte.«

Franz und Wilhelm waren auf den Wagen gesprungen und ruckelten zusammen mit dem Kutscher die schweren Schrankkoffer über zwei schräggestellte Bretter von der Ladefläche nach unten.

Mit einem Metermaß hatte Georg festgestellt, dass die Schrankkoffer nicht durch die Eingangstür des Ladens passten: »Mutter, das ist ärgerlich. Wir müssen die Ware hier draußen, vor aller Augen, ausladen und sie dann nach innen schaffen. Schau mal nach drüben. Da lauert deine Bäckerin hinter ihren Cremeschnittchen.«

Mit einiger Mühe wurden die vier Schrankkoffer in die Nähe der Eingangstür geschoben.

Georg sah seinen Bruder Hugo an: »Dann wollen wir mal.«

Die beiden Herren öffneten ihre Reisekoffer und jeder zog sich einen grauen Kittel an, den sie bei Wolff & Apolant immer dann getragen hatten, wenn es am Anfang ihrer Lehre galt, in den verstaubten Lagerräumen Ordnung zu schaffen oder auch eine Bestandsaufnahme vorzunehmen.

Hugo trat dicht an Georg heran und hüstelte etwas: »Georg, sag doch mal ein liebes Wort über die Veränderungen zu Mutter!«

Er deutete auf das Schaufenster und die Eingangstür, die mit einer blütenweißen Gardine versehen war, und auf das Schild über der Tür, auf dem »Abraham Wertheim. Tuche und Posamenten« geschrieben stand. Das kleine Schaufenster sah in der Tat nicht mehr so chaotisch unaufgeräumt aus wie vor Jahren, als sie nach Berlin aufbrachen.

Hugo stieß Georg den Ellbogen in die Rippen.

Georg hatte begriffen: »Mutter, das ist ja kaum noch wiederzuerkennen! Ihr habt ja richtig dekoriert! Nicht mehr alles so vollgestopft wie Kraut und Rüben. Wertheim sieht jetzt richtig aus wie ein Laden.«

Ida freute sich über Georgs Urteil, hatte aber doch bemerkt, dass Hugo der Verursacher dieser Freundlichkeit war. »Ach, Georg, wenn ich nicht wüsste, dass du's wirklich auch ehrlich meinst, würde ich dir kein Wort glauben. Die Lehrzeit hat dich noch strenger, noch ordentlicher gemacht, als du schon als Gymnasiast warst.«

»Küss sie«, zischte Hugo.

Georg zog sich das Revers seines grauen Kittels zurecht, trat zu seiner Mutter und küsste sie tatsächlich auf die Stirn. Dann sagte er: »Wir sind sehr froh, dass wir wieder hier sind und euch beim Geschäft helfen können. Aber es wird ein völlig neues Geschäft werden. Vater, Mutter, einverstanden? Onkel Wolff hat sich zu unserem Abschied sehr großzügig verhalten. Wenn man so will, hat er uns erstklassige Waren auf Kommission mitgegeben.«

Den Briefumschlag und die Goldmünzen erwähnte er nicht. Nicht mal Hugo wusste davon.

Aus dem Inneren des Ladens krähte Wolf unter seinem Tisch hervor: »Euer Bett kriegt ihr nicht wieder! Da schlafe ich jetzt ganz alleine drin.«

»Das ist kein Problem. Hugo und ich werden zwei einfache, zusammenrollbare Matratzen kaufen und im Laden schlafen. Aber vorher wird Platz geschaffen. Einverstanden?«

»Oder wir besorgen uns zwei Hängematten von einem Schiffsausstatter. Mal was Neues!«

Hugo fand, dass das eine spannende Idee war.

Ida und Abraham waren vom Aktionismus ihrer Ältesten verunsichert. Dann hielt es Ida nicht mehr aus, sie wollte endlich selbst wieder das Zepter schwingen. Deshab trillerte sie laut mit ihrer Pfeife, und alle standen stramm. Sogar ›Prinz Wolf‹ kam aus dem Laden gelaufen.

Sie sprach: »Zuerst packen wir raus, was raus soll. Das überlasse ich dir, Georg. Und dann räumen wir ein, was ihr mitgebracht habt. Aber damit warten wir bis zum Einbruch der Dunkelheit. Wohlstand muss man ja nicht gleich zeigen. – Einverstanden?«

Daraufhin ging sie zum Kutscher und bezahlte den Preis für die Fuhre.

Hedwig und Helene mussten sich zur Arbeit wieder aus ihren Sommer-Feiertagskleidern pellen. Ida behielt das Kommando. Sie ergriff Georgs Arm und ging mit ihm in den Laden.

»Was, bitte schön, verkaufen wir an Kaminski? Und was steht hier so im Weg rum?«

»So ziemlich alles«, stellte Georg fest. »Verzeih, dass ich vorhin so herrisch war. Meine Freude kann ich wohl immer erst zeigen, wenn alles fertig ist.«

Dann holte er eine Trittleiter aus einer Ecke, kletterte drauf und zog aus den Regalen all jene Stoffe, die er für ›Ladenhüter‹ hielt, und reichte sie Ida. Die legte sie auf dem großen Verkaufstisch ab und gab keine Widerworte.

»Ich bin fest davon überzeugt, dass du und Hugo genau wissen, was ihr tut. Das ist zu unser aller Nutzen. Keine Diskussion.«

»Und keine Trillerpfeife mehr, Mutter«, bat Georg.

Nur einmal, als er einen weinroten Samt nach unten reichte, wollte sie widersprechen.

Aber Georg sagte: »Er ist an den Knick- und Faltstellen völlig vergilbt. Uralt. Fast porös. Wann hast du diesen Samt zum letzten Mal in der Hand gehabt?«

Als sie ihn gekauft habe, erwiderte Ida mit einem feinen Lächeln: »Möglicherweise war das mal keine gute Investition.« Und sie strahlte Georg an. »Hugo könnte uns doch helfen.«

Georg schüttelte den Kopf: »Hugo leidet unter einer permanenten Verkühlung. Schon seit Wochen. Er sollte sich schonen. – Wie alt ist eigentlich die Tochter vom Schiffsausstatter Kaminski?«

»Um die achtzehn. Vielleicht schon knapp neunzehn. Nicht hübsch, nicht hässlich, eher rothaarig. Warum fragst du?«

»Hugo hat in Berlin ein besonderes Talent entwickelt, bei nicht hübschen, nicht hässlichen und rothaarigen jungen Damen mit seinen feinen Umgangsformen die eine oder andere Kaufbegierde zu erwecken.«

»Du redest arg gewählt, gestelzt, mein Junge. Eigentlich willst du doch nur sagen, dass Hugo dieser sehr arroganten Dachpfanne, dieser fuchsroten einzigen Tochter von Kaminski unsere Überschussware andrehen soll.«

»Du bringst es auf den Punkt, Mutter.«

Da seufzte sie und meinte, jetzt habe sie endlich ihren Georg verstanden, und verzieh ihm seine spröde Herzlichkeit.

Die Aufräumarbeiten im kleinen Laden flutschten. Franz und Wilhelm trugen die aussortierte Ware erst nach draußen. Da war es schon später Nachmittag. Dort verpackten die Geschwister den ganzen Schrott in große Bögen aus Ölpapier und verschnürten sie fest mit Kordeln. Von jedem Tuch hatte Ida mit der Schere ein Musterstück abgeschnitten und an die Pakete geheftet. So konnte man draußen sehen, was drinnen – vielleicht nicht in gleicher Qualität – Kaminski angedreht werden sollte.

Als es langsam schon dunkel wurde, stapelten sich die Ölpapierpakete vor dem Schaufenster der Wertheims so hoch, dass man überhaupt nicht mehr in den Laden hineinsehen konnte. Das ganze Treiben wurde noch immer von der Nachbarschaft beargwöhnt. Am meisten ärgerte sich die Bäckersfrau, die längst herausgefunden hatte, dass bei Wertheims Dinge geschahen, die vor den Anwohnern verborgen gehalten werden sollten.

So war es auch. Die vier Brüder schleppten im Schutz der Dunkelheit die Tuche aus Berlin in das Innere des Ladens. Georg und Ida lamentierten darüber, wo welche Stoffe in den freien Regalflächen feilgeboten werden sollten.

Georg erklärte: »Mutter, die Waren, die ohnehin täglich nachgefragt werden, müssen wir nicht nach vorne dekorieren. Die kommen nach hinten in den Laden. In den vorderen Regalen und vor allen Dingen auf dem Verkaufstisch legen wir die Blickfänger aus. Das kostbare, teure Zeug. In Berlin nennt man so was ›mit den Augen kaufen‹. Wenn jemand deine Genueser Stoffe oder Nessel oder billiges Leinen erwerben will, muss er diese nicht als

Erstes sehen, sondern die Augen deiner Kundschaft müssen von Kostbarkeiten geblendet werden, die man sich nicht ohne weiteres in den Schrank legt oder zur Schneiderin trägt. Deine Laufkundschaft wird weiterhin bedient wie bisher. Aber findest du nicht auch, dass es besser wäre, wenn man sich bei Wertheim jetzt auch Träume erfüllen kann?«

Ida überlegte einen Moment.

Ihre beiden Töchter nickten heftig, denn sie hatten sich in die kostbareren Partien aus verschiedenartiger Seide, Kaschmir, englischen Tweedstoffen mit den Händen hineingewühlt. Vom Treppenabsatz aus beobachtete Abraham die Umgestaltung des Wertheim'schen Tuchgeschäftes mit offenem Mund und mit dem Kopf nickend wie beim Gebet.

Georg schickte seinen Bruder Franz zum Schiffsausstatter Kaminski, um herauszufinden, ob auch die rothaarige Tochter, die ihrem Vater im Geschäft half, anwesend sei. Sie war anwesend.

Daraufhin liehen sich Franz und Wilhelm zwei große Schubkarren im Hafen, und die Ausschussware wurde darauf verpackt. Da war es schon fast zehn Uhr und stockduster. Hugo zog den grauen Kittel aus und strich sich über die elegante Kleidung. Georg klopfte ihm aufmunternd auf die Schulter, kniff ein Auge zu und Hugo hob siegessicher den Daumen. Er schritt seinen Brüdern voran.

Die Bäckersfrau von gegenüber wusste nun überhaupt nicht mehr, was Sache ist. Vor lauter Neugier hatte sie es versäumt, ein Abendessen zuzubereiten, und hatte deswegen Ehekrach.

Wie geplant, hatte Hugo Erfolg bei der Rothaarigen. Ihr Vater überließ ihr die Verhandlungen mit dem schönen Hugo. Das war ein Akt mildtätiger Vaterliebe, denn es kamen nur selten gutaussehende junge Herren zum Schiffsausstatter. Eigentlich nie. Die Männer, die mit den Kaminskis Geschäfte machten, interessierten sich in der Regel nur für Ware. Und nun auf einmal der schöne Hugo Wertheim! Das gönnte Kaminski seiner einzigen Tochter. Seine Frau war vor vier Jahren gestorben. Seine Tochter war ihm geschäftlich eine Hilfe. Heiratstechnisch aber schlecht zu vermitteln. Wenigstens etwas Vergnügen sollte sie haben, wohl wissend, dass der Charmeur Hugo als Ehemann nicht in Frage kam. Nach wie vor galten die Wertheims als schlechte Partie. Die Rote zwitscherte und kicherte albern, und Kaminski war glücklich, das Töchterchen zu später Stunde auch mal bei guter Laune zu erleben. Koste es, was es wolle. Es kostete, für die Qualität der Waren, die seine Tochter nur nach den an den Paketen befestigten Mustern beurteilte, eine ganze Marge. Kaminski bezahlte bar glatte dreitausend Mark, auf die sich die beiden turtelnden Feilscher geeinigt hatten.

Hugo hatte dreitausend gefordert und sie auch bekommen, weil er im rechten Moment sagte: »Wir kennen uns doch von früher, als wir noch Kinder waren. Du hast übrigens wunderschöne glänzende Haare. Wenn du sie ein bisschen mehr aus dem Gesicht kämmst, kommt dein Gesicht viel besser zur Geltung. Warum versteckst du es?«

Das machte das Fräulein Kaminski sofort. Und mit einer eleganten Kopfbewegung schüttelte Hugo sein eigenes goldblondes Haar aus dem Gesicht. Diese Taktik hatte in Berlin auf dem ›Trallewatsch‹ immer zum Erfolg geführt. In Stralsund funktionierte es auch. Es gelang ihm auch noch, zu einem sehr günstigen Preis zwei aufrollbare Matratzen mit dünnen, daunengefütterten Bettdecken zu erstehen. Matratzen, Bettzeug, wie sie sonst nur in den Kapitäns- und Offizierskajüten von Schiffen auf großer Fahrt benutzt wurden.

Dieses Geschäft dauerte fast bis halb zwölf, war bombig und kostete Kaminski noch eine halbe Flasche aus Schottland importierten Whisky, an dem sich vornehmlich er, aber auch tüchtig seine Tochter delektierte. Hugo blieb nüchtern.

Als er nach Mitternacht heimkehrte, roch es in dem neu eingeräumten Tuchgeschäft nach frisch gebratenem Rotbarsch. Zur Feier des Tages hatte Ida ihn als Abendessen zubereitet. Natürlich war sie über die lange Abwesenheit ihrer Söhne irritiert, aber Georg hatte sie mit dem Allerweltsspruch »Gut Ding will Weile haben« beruhigen können. Zwischendurch war dann Franz mal kurz hereingestürmt und hatte berichtet, er habe durch die Fenster gesehen, wie Hugo mit Kaminski und seiner Tochter ein bräunliches Zeug aus Kristallgläsern trank, das aus einer teuren Karaffe häufig nachgeschenkt werde.

Ida war sofort besorgt: »Hat Hugo in Berlin auch schon dem Alkohol zugesprochen?«

Georg grinste breit.

Nach Hugos Rückkehr war die Familie endlich wieder beisammen. Keiner war müde. Immer wieder kletterten sie an den Regalen rauf und runter, befummelten die neuen Waren.

Ida murmelte immer wieder ihren Satz: »Was möchte die Zukunft sein?«

Ida lobte auch die Qualität der Matratzen und der Bettdecken und ließ vor Schreck beinahe ›Prinz Wolf‹ vom Schoß rutschen, der an ihrem Busen eingeschlafen war, als ihr Hugo stolz den erzielten Preis von dreitausend Mark mitteilte.

»Für diesen Schmonsens?! – Oij, oij, oij.«

Auf die Rotbarschfilets mit Stampfkartoffeln legte Ida für Hugo, Franz und Wilhelm noch einen Stängel Petersilie.

»Das Auge isst mit. Nicht wahr, Georg? Der Fisch alleine ist und bleibt nur Fisch, aber die Petersilie macht ihn schön. So schön, wie unser Laden jetzt ist. Hinten die Sachen, die wir ohnehin ständig verkaufen, und vorne die Petersilie, die die Leute kaufen sollen.«

Dann machte sie eine lange Pause. Georg lächelte seiner Mutter zu. Ida stellte endlich die Frage, die ihr nach der Heimkehr ihrer beiden Großen schon seit Stunden auf der Zunge lag: »Für Petersilie – also Seide, Samt, Moiré, Crêpe de chine, Brokat, Organza, die teuren silbernen und Perlmuttknöpfe aus Neapel und dieses weiche Kaschmirzeug –, haben wir für all den Luxus überhaupt Kundschaft? Jingeles, ich bin für Erneuerung. Aber wie verhökern wir den Kram?!«

»Mutter, wir verhökern nichts. Wir verkaufen, bieten an, überzeugen die Kundschaft, unsere Gäste, dass sie unser neues Warenangebot dringend brauchen.«

»Georg, Lieber, woher aber die Gäste nehmen, die sich erstens dieses englische, italienische und französische Zeug leisten können, und zweitens: Wie sollen die zu uns hier in den kleinen Laden finden?!«

Georg schwieg. Da er immer noch Hunger hatte, briet sie ein weiteres Stück Rotbarsch und reichte ihm die einzige silberne Gabel, die noch von ihrer Aussteuer übriggeblieben war. Im Laufe der Ehe musste Ida fast die gesamte Aussteuer verkaufen, um ihre Familie durchzubringen. Georg tauschte mit Hugo die Gabel: »Es gibt Leute, die sind mit goldenen Löffeln im Mund geboren worden, und solche Leute hast du in Berlin ja kennengelernt. Nach dem guten Geschäft mit Kaminski gebührt dir Mutters letzte Silbergabel. – Der Fisch schmeckt großartig. Von deinem Fisch habe ich in Berlin geträumt, Mutter.«

Hugo moserte: »Schmeckt nur zu sehr nach Fisch. Auch wenn er frisch ist. In Berlin verkauft man nur, wenn man auch die entsprechende Werbung macht. Man nennt das neuerdings ›Reklame‹. Wir haben vor unserer Abreise in Berlin schon Handzettel zur Wiedereröffnung des Tuchhauses Abraham Wertheim drucken lassen. Auf teurem Papier und mit einer sehr eleganten Schrift. Damit können wir die reiche Kundschaft anlocken.«

Aus seinem Koffer holte er die auf Bütten gedruckten Werbehandzettel hervor und verteilte sie an seine Geschwister und Abraham. Feierlich überreichte er Ida ein Blatt.

»Allmächtiger! Was für ein Prunk! Welch Luxus! – So ein edles Stück Papier wird niemand wegwerfen. Aber trotzdem sind wir hier in Stralsund. Nicht in Berlin oder gar Paris.«

»Aber wir haben Waren dabei. Morgen früh, wenn wir alle ausgeschlafen sind, wird der ganze Laden von uns allen erst mit Kernseife ausgestrichen, geputzt und später mit Bohnerwachs auf Hochglanz gebracht. Dann dekoriert Hugo die Posamenten da vorne in die Ecke, wo am wenigsten Licht hinkommt, damit die goldenen Troddeln besonders gut zur Wirkung kommen.«

›Prinz Wolf‹ interessierten die ausführlichen Pläne von Georg nicht. Freiwillig ging er nach oben und legte sich in das ehemalige Bett von Hugo und Georg. Er war nur ein bisschen beleidigt, dass ihm Ida nicht folgte, um ihn, wie sonst jeden Abend, extra zuzudecken und ihm beim Gutenachtkuss ein Karamellbonbon in den Mund zu schieben.

Es war klar, dass die Handzettel nur in Stralsunds besserer Gegend – dort, wo die reichen Schiffsmakler, Kapitänswitwen und Akademiker wohnten – verteilt werden sollten. Helene und Hedwig sollten das ohne Scheu tun. Zu diesem Zweck mussten sie am nächsten Tag natürlich wieder ihre Feiertagskleidung anlegen und weiße Handschuhe anziehen, an den Haustüren klingeln und ruhig all jene Leute persönlich aufsuchen, die in Stralsund einen guten, also reichen Namen hatten. Den Schwestern war etwas schwummerig bei dieser Vorstellung.

Hugo konnte sie beruhigen: »Wenn ihr was Wichtiges zu tun glaubt, ist es besonders wichtig, Augenkontakt zu suchen. Ihr verteilt keine Zettel, sondern überreicht Dokumente. Nicht wahllos, sondern geht am Marktplatz und im Westen, im Villenviertel, auf die Menschen zu, klingelt an, schaut den Leuten fest in die Augen, lächelt, deutet vielleicht sogar einen Knicks an. Ich würde mich nicht wundern, wenn der eine oder andere euch zum Tee einlädt, um Näheres über das Tuchhaus Abraham Wertheim zu erfahren.«

»Zum Tee lasst ihr euch von niemandem einladen! Da bin ich strikt dagegen! – Oder soll ich dafür sein, Georg?« Ida wirkte verunsichert.

Georg nickte unmerklich Ida zu.

»Gute Güte. Ich bin zu lange weg aus Berlin. Beim Kampf um das tägliche Brot verliert man ja doch die eine oder andere Umgangsform. – So, und jetzt gehen wir alle ins Bett. Bevor sich Helene und Hedwig morgen zum Tee einladen lassen, müssen wir Frauen zunächst mit Kernseife und Bohnerwachs aus unserem kleinen Laden einen Palast zaubern. Oben ist ja schon alles hui, in den Regalen, aber unten pfui. Und tüchtig durchlüften. Stinkt hier wirklich ungewöhnlich stark nach Fisch.«

Bis auf Wolf schlief in dieser Nacht niemand.

»Schläfst du schon?«, fragte Georg später von seiner bequemen Rollmatratze aus.

»Ja, fast«, erwiderte Hugo und hustete stark. »Es ist der Fischgestank. Das gesunde Klima der See.«

Dann pellten sich beide wieder aus ihren Betten und begannen wortlos, das Schaufenster, an dem sie von innen eine Nesselbahn als Sichtschutz befestigt hatten, mit den neuen teuren Waren aus Berlin eindrucksvoll zu dekorieren. Hugo hatte dabei entschieden mehr Phantasie als Georg.

Ab sechs Uhr tobte am nächsten Tag in dem kleinen Geschäft eine Putzorgie. Um sieben Uhr versperrte kein Nesselstoff mehr die Sicht auf das neue Schaufenster.

Auch die Bäckersfrau hatte nachts kein Auge zugetan. Nur schemenhaft hatte sie bemerkt, dass sich drüben bei den Juden irgendetwas tat. Sie zerrte ihren Mann aus der Backstube und beide standen kurz nach sieben vor der sehr eleganten neuen Dekoration im Schaufenster.

»Sieht propper aus«, sagte der Bäckermeister.

»Typisch jüdisch. Man weiß nie, was diese Leute in petto haben.«

»Aber es ist schon schön.« Dann eilte er wieder zurück an seinen Ofen.

Seine Frau trieb es in die Nachbarschaft, und sie alarmierte ihre Bekannten, Freundinnen und intimsten Feindinnen, sich doch mal die Neugestaltung bei Wertheims anzugucken. Völlig durchgedreht seien die über Nacht! Und schimpfte neidisch sehr über Prunk und Protz bei diesen Hungerleidern. So machte sie bei der unmittelbaren Nachbarschaft im Hafenviertel von Stralsund für Wertheims prächtig Reklame, während dort noch geputzt und gebohnert wurde.

Wie höhere Töchter herausstaffiert, begaben sich Helene und Hedwig in der Zwischenzeit mit ihren teuren Handzetteln in die besseren Wohngegenden von Stralsund. Am Marktplatz betraten sie das Rathaus, wurden bei einem Amtmann vorgelassen, der versprach, die, wie er sagte, ›exorbitanten, teuren Werbebilletts‹ persönlich dem Magistrat auszuhändigen.

»Wertheim, Wertheim, Wertheim? – Frau Ida Wertheim! War immer eine sehr tüchtige Frau. Gewissenhaft. Unsere Haushälterin hat sich oft über ihren Geschäftssinn beschwert. Aber von nichts kommt nichts, kleine Fräuleins.« Dann deutete er bei den Mädchen einen Handkuss an. Helene genierte sich etwas.

Zum Tee wurden sie nirgendwo eingeladen. Immerhin brachten sie über zweihundert Handzettel an kaufkräftige Kunden.

So weit, so gut!

Während Helene und Hedwig ganz beseelt durch Stralsund eilten, zum ersten Mal wichtig genommen und auch höflich behandelt wurden, tobte zu Hause ein Krieg zwischen Ida Wertheim und ihrem Sohn Georg. Um neun Uhr sollte die Eröffnung sein. Ganz beiläufig kamen immer mal wieder Nachbarn vorbeigeschlendert, die nur darauf warteten, dass sich die Türen endlich öffnen würden. Um zehn Uhr war der Laden immer noch geschlossen. Dafür hing an der Eingangstür ein Schild mit dem etwas unverständlichen Satz *WEGEN WIEDERERÖFFNUNG VORÜBERGEHEND GESCHLOSSEN*. Der Wein- und Lederhändler Mundek Muschkatblüte las den Satz, verstand ihn nicht, traute sich aber auch nicht, gegen die Tür zu klopfen. Er wechselte sogar einige Worte mit der Bäckersfrau, die er ansonsten wegen ihrer Geschwätzigkeit und hartnäckigen Feilscherei nicht schätzte.

Was war geschehen?

Nachdem nun alles blitzblank war und auch der Bohnerwachsgeruch durch das Hin- und Herschlagen von Nesseltüchern und den Einsatz von verdünntem Rosenwasser vertrieben war, reichte Georg seiner Mutter einen ganzen Stapel mit Preisschildern für die vielen neuen Waren wie auch für die alten.

Er nannte das »Festpreise«.

»Mutter, Hugo und ich haben jetzt nicht nur unseren alten Laden auf den Kopf gestellt, sondern wollen auch ein neues Geschäftsprinzip einführen: Festpreise, wie ich sie auch bei Onkel Wolff in Berlin durchgesetzt habe. Und wie es Hugo mit Kaminskis rothaariger Tochter auch schon gelungen ist.«

In der vergangenen Nacht, als die beiden jungen Herren nicht mehr schlafen konnten und das Schaufenster prachtvoll dekorierten, hatten sie anschließend begonnen, Preise und die Bezeichnung der jeweiligen Tuchqualität mit umbrafarbener Tinte auf gelbem Bütten für alle Waren mit Kunstschriftfedern zu malen. Schönschrift vom Feinsten. Ida hörte nur »Festpreise« und wusste sogleich, dass dies gegen die in ganz Stralsund üblichen Geschäftsmethoden des Aushandelns von Preisen ging. Vulgär ausgedrückt, war Feilscherei gang und gäbe. Georg erklärte ihr, dass es in Paris, in den Galeries Lafayette, schon lange üblich sei, mit Festpreisen Gewinne zu erzielen und selbst in Berlin sich dieses Geschäftsprinzip langsam durchsetze.

»Die Galeries Lafayette laufen bombig, Mutter. In Paris fährt man konstante Gewinne von fünfzehn bis dreißig Prozent ein, je nach Kostbarkeit der Waren wie zum Beispiel Bijouterien oder Spitzen.«

Hugo pflichtete seinem Bruder bei und begann, mit Stecknadeln die Preisschilder an die Stoffballen in den Regalen zu piksen und auch im Schaufenster die Lockangebote zu kennzeichnen.

Ida hatte wie immer mit Abraham in ihrem Bett in der Küche geschlafen, auch kein Auge zugemacht und stets nach unten in den Laden gelauscht, was wohl die Ältesten da unten alles anstellten. Aber sie ließ sie gewähren. Als sie morgens mit zwei Tassen echtem Bohnenkaffee und Milch zu ihren Söhnen kam, sah sie überall diese Preisschilder. Augenblicklich stieg ihr das Blut in den Kopf, die Zornesröte verteilte sich gleichmäßig. Während ihr Georg die Sache mit Paris und zu erwartenden hohen Gewinnen erklärte, verstand sie kaum etwas, außer dass das so ein französischer Kram aus Paris sei. Sie lief noch röter an und erhob die Stimme so weit, dass man es sogar in der Nachbarschaft hätte hören können, wenn nicht im letzten Moment Hugo seine Mutter in die Arme genommen hätte, mit der Bitte, doch etwas leiser zu schreien.

Nur mit Mühe konnte sie sich beherrschen: »Also, die Franzosen. Alles Französische ist nicht wohlgelitten in Deutschland. Besonders nicht bei uns hier. Gut, wir haben jetzt den Laden voll mit französischen Bijouterien und Galanteriewaren, sogar mit Brüsseler Spitzen. Weiß der Himmel, wer das alles kaufen soll, in Zukunft! Aber jetzt überall Preisschilder? Auch die neue, reiche Kundschaft – wenn sie denn kommt, was nur der Allmächtige weiß, wird sie solche Preisdiktatur nicht dulden. Keiner in Stralsund tut das! Und die Reichen erst recht nicht.«

Abraham hatte sich vorsichtig aus der Küche geschlichen und war leise die Treppe herunter in den Laden gekommen.

Er setzte zaghaft an: »Bitte keinen Streit. Georg, ich hab dich auch nicht verstanden. Unsere Kunden kommen doch seit über zwanzig Jahren zu uns, um mit Mutter Ida zu handeln.«

Ida begann bereits voller Zorn, die Trittleiter an den Regalen entlangzuziehen und von den Stoffballen die Preisschilder wieder zu entfernen.

Georg widersprach: »Mutter, lass das. Solange wir diese Sache nicht geklärt haben, wird der Laden nicht eröffnet. Bitte, Hugo, schreib ein Schild: ›Wegen Wiedereröffnung vorübergehend geschlossen‹.«

»Schmonsens!«, keifte Ida. Sie wunderte sich, wie eiskalt Georgs Augen schauen konnten, wenn er sehr wütend war. Georg war immer ein zielstrebiger Junge, aber dass er sich derart drastisch verändert hatte und aus ihrer Fuchtel geriet, hatte sie nicht erwartet.

Dann richtete sie sich an Hugo: »Nun schreib schon dieses Schild und häng es in die Tür. Ich habe nichts dagegen, dass wir uns weiter bezoffen. Und du, Abraham, wirst genau zuhören und mir selbstverständlich zur Seite stehen, wenn ich nicht mehr weiterweiß. Unsere Söhne sind meschugge! Und wohl auch ganz Berlin.«

Das Schild wurde aufgehängt. Der Laden blieb geschlossen. Abraham pflichtete Ida bei, dass die Kunden eigentlich nur kamen, um zu handeln. Überall in Stralsund. Das Feilschen in den Geschäften war keine speziell jüdische Sitte. Es war ein normaler Teil des Wirtschaftskreislaufes. Die Neuerungen, über die Georg mit seinem Lehrherrn in Berlin diskutiert und schließlich durchgesetzt hatte, waren in Stralsund viel schwerer einzuführen. Zunächst war es noch eine Familienangelegenheit.

Georg pikste seine Preisschilder wieder an die Waren und sagte: »Mama, die meisten Kunden glauben doch, wir wollten sie übers Ohr hauen, indem wir nicht klipp und klar sagen: So viel kostet die Ware, Schluss, Punkt, Ende, aus. Sondern immer nachgeben und uns auf irgendeinen Preis vielleicht einigen. Du giltst hier im Hafenviertel, was das betrifft, als die Titanin des Handelns, außer Frage.«

»Ja«, sagte Ida, »weil den Leuten einfach das Feilschen Spaß macht. Und ich gebe zu, mir ja auch. Aber nicht, weil wir jüdisch sind. Deshalb kaufen die Christenleute so gerne bei uns ein. Bei mir macht Handel Spaß!«

Georg packte seine Mutter sogar an den Schultern und schaute ihr noch fester in die Augen: »Ach, Mama! Natürlich macht es mehr Spaß, mit dir zu feilschen. Größtenteils leben in Stralsund auch noch diese langweiligen Protestanten. Aber hast du dir mal überlegt, dass das ganze Hin- und Hermauscheln, das ganze Gequatsche eigentlich nur Zeit kostet? Und überhaupt nichts bringt?«

Ida ging in sich und Abraham betete an der Mesusa der Ladentür. Dann beschloss Ida, zunächst einmal über alles nachzudenken. Sie zog sich auf den Treppenabsatz zurück, setzte sich auf einen Schemel, bat Abraham, zu ihr zu kommen und ihr die verspannten Schulterblätter zu massieren.

»Festpreise, Kinder, bringen Ärger. Mit ganz Stralsund. Ich rieche das förmlich. Das gilt als unkaufmännisch, wenn nicht sogar als gesetzeswidrig.«

Abraham massierte Idas Schulterblätter und wandte ein, dass draußen immer mehr Leute auf und ab gingen, dieses blöde Schild nicht verstünden und ob man denn irgendwann einmal zu einem Punkt käme, um dieses Experiment mit den »Fest- oder Bestpreisen« auszuprobieren.

Da war es aber schon nachmittags drei Uhr. Franz, Wilhelm und sogar ›Prinz Wolf‹ waren zunächst oben im Schlafraum geblieben, waren dann aus dem Fenster geklettert und hatten sich durch Hinterhöfe an die frische Luft begeben. Währenddessen verteilten Helene und Hedwig sehr erfolgreich ihre Handzettel.

Hugo hatte aus Berlin noch eine mechanische Türklingel mitgebracht, die er mit Schrauben über der Ladentür befestigte, die von einer Lasche zum Klingeln gebracht wurde, wenn jemand die Tür nach innen öffnete. Nachdem er das getan hatte, riss er das Schild ab, drehte den Schlüssel um und öffnete die Tür. Ein schrilles Gebimmel erfüllte nicht nur den Laden, sondern war auch bis in die Bäckerei zu hören.

Mit vielstündiger Verspätung ging das neue Geschäft der ›Abraham Wertheim Tuche & Posamenten‹ los.

Die Bäckersfrau war die erste Kundin. Dann Mundek Muschkatblüte. Und, Sensation: der neue Arzt vom Marktplatz, der sich Internist nannte und dem seine Frau den Handzettel dieses tollen Geschäftes in der Hafengegend gezeigt hatte. Mit dem Internisten rasselte die Bäckersfrau gleich zusammen.

Sofort schwadronierte sie los: »Pardon, der Herr Doktor vom Marktplatz! Schauen Sie sich das an. In den Schaufenstern stehen plötzlich Preisschilder! Was sagen Sie als gebildeter Mensch dazu?«

Der Internist bezog seine Brötchen bei einer anderen Bäckerei und kannte deswegen die Frau nicht. Er meinte nur, Festpreise seien ein interessanter Aspekt. Ungewöhnlich wohl, aber neue Ideen müssten ja nicht wertlos sein, wenn die Sachen von Wert wären. Dann betrat er den Laden, und die Bäckersfrau folgte ihm und redete ohne Punkt und Komma auf ihn ein.

»Blödsinn! Festpreise. Ohne Handeln.« Dann drückte sie auf ihre Gallengegend: »Herr Doktor, was fehlt unsereinem eigentlich, wenn es hier drückt und mitunter schmerzt?«

Der Internist war vom Warenangebot im Laden sehr angetan und ließ die Bäckersfrau abblitzen: »Wenn's da drückt, liebe Frau, dann kommen Sie in meine Praxis. Doch, sehr adrett hier, bei den Wertheims!«

Er ging zum großen Verkaufstisch, auf dem verschiedene Seidenstoffe ausgebreitet waren, und seine Hand glitt über einen Ballen altrosafarbener Naturseide aus Italien. »Tja, tja – reine Seide, reine Freude.«

Im Nu war der Laden voll. Glücklicherweise waren Wilhelm, Hedwig und Helene zurückgekommen, um im brechend vollen Geschäftslokal mitzuhelfen. Ida steuerte den neuen Internisten an, den sie nur vom Sehen kannte, um ihn zu bedienen.

Franz suchte in der Nachbarschaft noch nach dem kleinen Wolf, den er schließlich im Hof der nahe gelegenen Metzgerei fand, wo sich der jüngste Bruder mit dem angeblich so bissigen Metzgerhund angefreundet hatte und mit ihm in der Hundehütte kuschelte. Als Franz kam, wurde der Köter aggressiv, und er musste sich auf Kettenlänge von der Hütte entfernen. Wolf genoss bei diesem Viech wohl so etwas wie Welpenschutz. Er folgte seinem Bruder und wurde sehr neugierig, als Franz ihm erklärte, dass sich unzählig viele Kunden bei Wertheims drängelten. Jedenfalls mehr Kunden, als sonst in einer ganzen Woche zusammen den Laden betraten. Das wollte Wolf sehen. Was er dann sah, entzückte sein kindliches Gemüt. Sein Bruder Georg hatte sich auf dem Treppenabsatz hinter Idas Stehpult aufgepflanzt und beobachtete von oben den Andrang unten im Laden.

Es seien sehr viele Kunden da, aber es würde weniger geschrien als sonst, meinte Wolf, wenn Mutter Ida nur mit zwei Kunden gleichzeitig verhandelte. Und zu seinem Bruder sagte er: »Schöne Menschen, Georg. Bis auf die blöde Bäckersfrau.«

Ida hatte sich diskret dem Internisten genähert und fragte mit sanfter Stimme, was der Herr Doktor denn wünsche. Der Internist antwortete zunächst einmal, dass er quasi die Vorhut seiner Frau sei, also dass seine Frau ihn gebeten habe, mal dieses neue Geschäft zu überprüfen, denn gemeinhin meide seine Familie die Hafengegend, respektive die Gegend, in der sich dieses attraktive Tuchgeschäft befände.

Ida reagierte sofort: »Wenn Sie wünschen, machen meine Söhne oder ich mit Ihrer Gemahlin einen Termin aus. Hugo! Wann hättest du für die Frau Doktor einen Beratungstermin frei?«

Innerlich jubelte Hugo vor Freude, wie schnell sich Mutter Ida an die neue Situation anpassen konnte und, obwohl sie gegen die

Festspreise innerlich noch wütete, gleich so tat, als sei der kleine Wertheim-Laden in Stralsund weltberühmt.

Aus den Posamentenartikeln hatte sich Ida einen Fächer herausgefischt und fächelte sich, während sie höflich dem Internisten zuhörte, damenhaft Kühlung zu.

»Meine Frau lässt mich fragen, ob Sie auch Atlasseide führen – also eine schwere Qualität?«, erkundigte sich der Herr Internist. Heimlich hatte er einen Zettel aus seiner Westentasche genommen und las vor. »Ja, Atlasseide, schwere Qualität, in Birnen- oder Zitronengelb.«

Ida lächelte ihr feinstes und vornehmstes Lächeln und machte eine galante Handbewegung in Richtung Seidenstoffe: »Freilich, Herr Doktor.«

Und dann musste Wilhelm die Stehleiter hinaufklettern und alle Seidenstoffe in gelblichen Farbtönen herunterholen und auf dem Verkaufstisch ausbreiten. Der Internist war beeindruckt. Wilhelm durfte sich wieder einem anderen Kunden zuwenden. Der Arzt setzte sich eine Brille auf, ließ eine Lage cognacgelben Seidenstoff durch seine Hände gleiten und roch daran.

»Riecht auch sehr angenehm«, meinte er.

»Eau de Cologne und Rosenwasser. Schmeichelt der Nase und wirkt gegen Mottenbefall. Diese Partie kostet den Meter vier Mark neunzig.«

Der Internist war überrascht: »Liebe Frau Wertheim, vier Mark neunzig? Da ist sicherlich noch pekuniär Luft drin. Meine Frau und ich feiern unseren Hochzeitstag.«

Eigentlich wollte Ida in diesem Augenblick anfangen zu feilschen, aber sie spürte förmlich den Blick ihres Sohnes Georg, der oben hinter dem Stehpult thronte, im Nacken. Außerdem räusperte sich Georg energisch. Deswegen hielt Ida inne: »Wie schön, Herr Doktor. Gott segne Sie und Ihre Ehe – aber auf der Basis unserer Festpreise ist ein Handel schon in sich ausgeschlossen. Verstehen Sie? Der Preis ist fix. Es ist ein günstiger Preis. Bitte, lassen Sie sich ruhig Zeit. Betrachten Sie alle gelben Seiden. Ich will Sie nicht bedrängen. Entscheiden Sie sich ganz alleine.«

Dann ließ sie den Arzt stehen, nachdem sie ihm noch einige andere Stoffballen gelblicher Seide vorgelegt hatte. Helene übernahm ihren Platz und hielt ein hölzernes Metermaß verkaufsbereit hoch und lächelte den Internisten lieblich an.

Mundek Muschkatblüte hatte den Laden zwischenzeitlich betreten. Ida hatte ihn schon bemerkt, war auf ihn zugelaufen und hatte ihn sogleich umarmt.

Mundek konnte kaum an sich halten vor lauter Nervosität und wippte auf seinen teuren, aus Krokodilleder gefertigten Schnürstiefeln nervös auf und ab: »Ida, ich muss mit dir sprechen. Ich komme im Moment nicht als Kunde, sondern als Freund. Können wir unter vier Augen sprechen? Du bist wahnsinnig geworden.«

Er zog sie die Treppe hinauf, an Georgs Stehpult vorbei in die Wohnküche der Wertheims. Georg wurde nervös. Er spürte, dass es in der Küche zu einem Konflikt kommen würde. Er blieb stehen und beobachtete Hugo, der gleichzeitig drei jüngere und vermögendere Bürgerstöchter aus Stralsunds Villengegend bediente und becircte. Er überließ ihnen vollkommen die freie Entscheidung und deutete nur auf die Preisschilder. Er strich sich immer wieder seine langen blonden Strähnen aus der Stirn. Die reichen jungen Damen entschieden sich zögerlich beglückt, aber sie entschieden sich.

In der Küche brachte Mundek sein Gesicht dicht an das von Ida. Er hatte eine etwas feuchte Aussprache. »Ida, eure neumodischen Geschäftsmethoden, die machen böses Blut.«

»Warum?«, wollte Ida wissen.

Und Mundek erklärte ihr, dass die Wertheims unkaufmännisch handelten. Es sei in Stralsund üblich, dass Preise variabel seien. Seit Jahrhunderten schon. Hanseatischer Brauch eben.

Schon wieder die alte Leier, dachte Ida Wertheim. Als ihr Mundek erklärte, die Kaufmannschaft und der Magistrat wollen möglicherweise die Wertheims verklagen und die Handelskammer noch dazu, murmelte Ida lediglich, in Paris und Berlin seien Festpreise Usus und ihr Georg wisse schon, was er täte. Er denke über Stralsund hinaus. International.

Schließlich hielt es Georg nicht mehr an seinem Stehpult aus. Er riss die Küchentür auf und rief: »Mundek! Wir haben jetzt gerade mal ein paar Stunden geöffnet. Niemand der Kunden beschwert sich. Wir handeln reell. Und wenn ich heute Abend in unsere Stahlkassette schaue, werden wir einen schönen Umsatz und einen guten Gewinn erzielt haben. Mundek, von dem neuen Internisten vom Marktplatz haben wir sogar einen persönlichen Scheck akzeptiert. Was moserst du herum? Kümmere dich um deinen eigenen Laden!«

Die Wertheims hielten den Laden bis abends neun Uhr geöffnet. Dann schlossen sie die Tür ab. Es waren immer noch zwei sehr wohlhabende Kundinnen da, die sich von Hugo beraten ließen. Anstandslos zahlten sie schließlich, was auf den Preisschildern stand. Der erste Tag war ein großer Erfolg. In den wenigen Stunden hatten die Wertheims mehr Umsatz gemacht als sonst Ida im ganzen Monat, als sie vor Jahren noch ihren Ramschladen mit Konkursware betrieb. Und während der Lehrzeit von Hugo und Georg konnte sie ihr Warenangebot durch die Hilfe der Jungen verbessern, ihre Familie immer satt bekommen und mehr Umsatz machen. Aber auch verglichen mit diesen schon besseren Tagen entsprach es einem ganzen Wochenumsatz. In der Stahlkassette lagen präzise neunhundertsiebenundachtzig Mark und fünfunddreißig Pfennig. Außerdem legte Georg noch drei Schecks im Gesamtwert von hundertdreiundzwanzig Mark in die Kassette.

Abraham beschloss den Tag: »Der Allmächtige hat uns nicht nur wundersam gesegnet, sondern endlich mal über uns Wertheims nachgedacht und uns gnädig ein Wunder zuteilwerden lassen. Amen.«

Am nächsten Morgen wurde pünktlich um neun Uhr geöffnet. Im Nu war der Laden voll. Es waren vornehmlich Kundinnen, denen sich Hugo widmete, bis er so gegen elf völlig atemlos nach oben in die Küche lief, sich auf einen Stuhl setzte, nach Luft japste und hustete.

Nachmittags kamen der Amtmann und seine Frau. Sie kaufte altrosa Seide für eine Bluse und ein Unterkleid. Er suchte etwas Modisches für eine Sonntagsweste. Ida empfahl goldenen Brokat, passend zur goldenen Taschenuhr. Dann zeigte sie ihm die passenden Messingknöpfe aus der Posamentenabteilung. Das Ehepaar zahlte bar, aber im Hinausgehen flüsterte der Amtmann Ida zu, es habe zur Mittagsstunde Beschwerden von einigen Kaufleuten in Stralsund wegen der Festpreise gegeben. Ein Anwalt der Handelskammer Stralsunds habe einen Brief für den Bürgermeister hinterlegt, den er zwar nicht im Wortlaut kenne, aber im Rathaus habe sich herumgesprochen, dass die Handelskammer ein gerichtliches Verfahren gegen Wertheim anstrenge.

»Frau Wertheim, ich bin nur der Amtmann. Aber: In einer Hafenstadt gibt es immer viel Neid wegen der Preise. Die Preistreiberei unter den Großkaufleuten und besonders unter den Schiffsmaklern hier in der Stadt kommt einem Krieg gleich. Ich fühle mich erstklassig bedient ... aber ...«. Dann verließ er den Laden.

Ida behielt diese Warnung zunächst für sich. Bedrückt schlich sie nach Ladenschluss wortlos durch die Räume. Sie überließ Helene und Hedwig die Zubereitung des Abendessens. Das hatte es noch nie gegeben. Aus dem einfachen Tuchgeschäft Wertheim war innerhalb von Tagen das erste Haus am Platze für hochwertige Stoffe, Tuche und Posamenten geworden. Nirgendwo sonst in Stralsund konnten derartige Besonderheiten erworben werden. Die vermögenden Kunden fuhren sonst nach Rostock oder Anklam. Nur dort gab es Geschäfte, die ihren Ansprüchen genügten.

Trotz der diskreten Warnung des Amtmannes passierte lange nichts. Die Geschäfte liefen phantastisch. Abraham Wertheim richtete bei der Stralsunder Handels- und Schifffahrtsbank zum ersten Mal in seinem Leben ein Konto ein. Er wurde dort sehr höflich behandelt und erhielt, nachdem er viertausendfünfhundert Mark eingezahlt hatte, persönliche Schecks.

»Es ist alles zu schön, um wahr zu bleiben«, munkelte Ida immer wieder. Die Kocherei überließ sie ihren Töchtern. Nur die Ausgabe des echten Bohnenkaffees zum Frühstück verwaltete sie noch.

Zwei Monate mit enormen Umsätzen vergingen, ohne dass die Handelskammer aufmuckte.

Abrahams bester Freund in der Gemeinde war ein Schneider, der sich mühselig mit Änderungs- und Flickschneiderei in Stralsund über Wasser hielt. Ihn hatte ein Pogrom in Galizien aus Polen zusammen mit seiner Frau und seinen beiden Söhnen nach Stralsund verschlagen. In Polen war er ein geachteter Schneidermeister, der für noble Kundschaft und sogar für die österreichischen Besatzer gearbeitet hatte. Seine Söhne waren irgendwann weiter westwärts gezogen. Bronski, so hieß der alte Mann, wusste nicht einmal genau, wohin. Sie hatten sich nie gemeldet. Darunter litt er. Täglich erschien er zum Zehnergebet, betete inständig und war, wie auch seine Frau Eva, todtraurig, aber immer noch voller Vertrauen auf den Allmächtigen. Eva Bronski besserte als Weißnäherin für viele Bürger Bettwäsche, Tischtücher und andere Weißwaren aus. Diese Arbeiten verrichtete sie in reichen Bürgerhäusern. Dann und wann durfte sie auch mal für die höheren Töchter Unterkleider anfertigen oder die Hemden der Männer mit neuen Kragen versehen.

»Bitte den Meister Bronski doch mal in unser Geschäft. Dann sieht er, was wir geschafft haben, Tadde. Er wird sicher eine Freude daran haben, unsere Waren zu betasten. Außerdem brauchen unsere jüngeren Kinder neue Garderobe. Für feiertags und fürs Geschäft. Hugo und Georg sind ja bestens im Lack. Aber wir anderen?!«, schlug Ida vor.

Meister Bronski kam, war begeistert und nahm bei allen Wertheims Maß. Ein großer Auftrag.

Zum Abschied umarmte er Abraham: »Es ist nicht so sehr das Geld, Abraham. Aber durch diesen Auftrag werden Eva und ich einige Jahre Leben hinzugewinnen. Es ist dein Vertrauen, Abraham. Das gibt uns die Kraft, in Freuden weiterleben zu wollen. Danke!«

»Bronski, bedanke dich bei meinem Sohn Georg. Der hat Vertrauen zu dir und findet uns Wertheims zu schäbig.«

Georg nickte Bronski freundlich zu. Abraham brachte Bronski zur Tür und schaute ihm lange nach, bis er hinter einer Ecke verschwunden war und man nur noch seinen Schatten im Licht einer Gaslaterne sah.

In dieser Nacht kämpfte Hugo gegen einen Hustenanfall an. Georg schlich sich auf Zehenspitzen in die Küche. Ohne seine Eltern aufzuwecken, nahm er von dem ewig brennenden Holzofen einen Wasserkessel und brühte einen Pfefferminztee auf, in den er einige Tropfen Kampfer träufelte. Als Hugo sich mit einem Taschentuch den Mund abwischte, sah Georg im Schein der Kerze Blutflecken.

»Geht's besser, Hugo?«

Hugo nickte und drückte Georgs rechte Hand.

»Hugo, wir müssen hier raus. Raus aus diesem engen Laden. Hier ist es stickig. Diese Enge! Die Luft hier unten ist kein Zustand. Du musst gesund werden. Du gehst viel zu selten an die frische Luft. Was hatte der Arzt gesagt? ›Tief die Seeluft einatmen und dann ganz lange ausatmen. Bis es fast weh tut.‹ Du musst lernen, richtig zu atmen. Wir schlafen unter einem Ladentisch. Bäh! – Wir haben jetzt ein Bankkonto und unser Tadde wird am Marktplatz von fast jedermann gegrüßt.«

»Georg, du und deine Pläne. Red nicht so viel und lass mich endlich schlafen. Ich möchte träumen … von Miriam. Die Stralsunder Schicksen, die ich den ganzen Tag umschwirre, rauben mir die Luft. – Gute Nacht. Ich möchte jetzt träumen.«

Hugo legte sich auf die Seite und zog die Daunendecke bis zur Nasenspitze. Eine Weile sah Georg ihm noch beim Einschlafen zu. Dann löschte er die Kerze.

Als schon der Morgen graute, stupste Hugo ihn an. Georg war sofort hellwach. Hugo beugte sich über seinen Bruder und strich sich das Haar zurück: »Ich hab wieder von Miriam geträumt!«

»Wirklich? Einen schönen Traum?«

»Einen wunderschönen Traum … wenn nur nicht die Entfernung nach Berlin so groß wäre! Du, Georg, wir haben doch in kürzester Zeit Stralsund tuch-, seiden- und posamententechnisch auf den Kopf gestellt! Und haben schon Vermögen. Oder?«

»Ja.« Und dann beichtete Georg, dass ihm Onkel Wolff beim Abschied in Berlin eine, wie er sich ausdrückte, »nicht unbeträchtliche Summe Bargeld« geschenkt habe und dazu noch vier Goldmünzen. Nicht einfach nur Goldtaler, sondern französische Sovereigns und englische Guinees in Gold.

»Wir haben was in der Hinterhand«, meinte er. »Hugo, jetzt, wo die Geschäfte so gut anlaufen, ist das weit mehr als eine Reserve für schlechte Tage. Deine Idee mit den teuren Handzetteln und dein geschmeidiger Umgang mit dem weiblichen Geschlecht hier – das ist ja wertvoller als stilles Kapital! Wenn der Abverkauf unserer Waren aus Berlin so weitergeht, musst du bald nach Berlin fahren, um bei Wolff & Apolant neu zu ordern. Das könnte in nächster Zeit nötig sein. Vielleicht wird dann dein Traum von vorhin wahr.«

Hugo freute sich über Georgs Worte und boxte ihn gegen den Oberarm: »Du bist mir vielleicht ein Genie! Als wir noch jünger waren, in Berlin, da hast du Wolff & Apolant auf den Kopf gestellt, und hier hast du aus unserem Miefstall eine Goldgrube gemacht. Aber sei doch mal wenigstens eine Minute ein liebevoller Sohn und umarme Mutter!«

»Versprochen.«

Hugo nickte und sagte dann: »Weißt du, die meisten Genies sind oft nicht sehr umgänglich. Wer weiß denn schon, ob Wolfgang Amadeus Mozart oder Beethoven oder dieser Goethe nicht in Wirklichkeit üble Kotzbrocken waren?«

»Ich bin kein Kotzbrocken … nur schüchtern. Ohne dich würde die ganze Angelegenheit hier in Stralsund nicht funktionieren. Auf Englisch nennt man dich einen ›everybody's darling‹.«

Da klopfte es heftig an der Eingangstür. Es war gerade mal sechs Uhr und die Sonne noch nicht aufgegangen. Die beiden Brüder schauten sich erschrocken an.

Eine heisere Stimme brüllte von draußen: »Aufmachen! … Gendarmerie!«

Hugo und Georg schlüpften blitzschnell in ihre Hosen und Hemden.

Aus der Küche kam bereits Ida heruntergejagt. Über ihr Nachthemd hatte sie sich ihren großkarierten Hausmantel aus Flanell geworfen.

Vor der Eingangstür standen drei dunkel gekleidete Herren im Bratenrock, auf dem Kopf Zylinder und schauten grimmig. Außerdem standen noch zwei Gendarmen in Uniform stramm. Einer von ihnen hatte seinen Säbel gelockert und mit dem Knauf mehrfach gegen die Ladentür geklopft. Dahinter stand Mundek Muschkatblüte.

Durch die Gardine hatte Georg die Amtsgewalt erspäht. Ida stand hinter ihm und raffte mit energischen Griffen ihren Hausmantel vor der Brust zusammen und schnürte den Gürtel fest zu.

»Polizei bei Wertheim? Na wartet!«

Georg versuchte, sie zu beruhigen: »Mama, ich weiß, dass du jetzt gleich explodierst. Seit Wochen schleichst du schon durchs Haus, weil du genau vor diesem Auftritt Angst hattest.« Er nahm seine Mutter fest in den Arm und drückte sie an sich. »Wenn du jetzt explodierst, wird die Sache noch schlimmer. Lass mich die Tür öffnen und die Verhandlungen führen. Und wenn du den Eindruck hast, ich erzähle Blödsinn, dann kannst du ja immer noch in die Schlacht ziehen. Aber zieh dir bitte vorher etwas an.«

Dann trat Georg vor die Tür: »Guten Morgen, die Herren. Bitte schön? Was wünschen Sie?«

Mundek Muschkatblüte drängelte sich nach vorn zwischen die Gendarmen: »Guten Morgen, mein Junge. Ich hatte dich gewarnt.«

Georg setzte ein unverbindliches Gesicht auf und näselte: »Was bitte, meine Herren, wollen Sie so früh in unserem Unternehmen? Wertheim öffnet Punkt neun Uhr.«

Einer der drei Zylindermänner hatte ein Dokument aus einer Mappe gezogen und wollte es laut vorlesen. Doch Mundek riss es ihm aus der Hand: »Kollege, das ist eine Sache zwischen der Handelskammer und der Kaufmannschaft und der Familie Wertheim. Aber besonders zwischen Bürgern gleichen jüdischen Blutes.«

Ida hatte sich angezogen und lauschte von innen hinter der Tür. Sie zeterte los: »Dieser trevige Mundek Muschkatblüte will aus unseren vernünftigen Geschäften einen jüdischen Konflikt machen! Bitte, Hugo, halte mich zurück.«

Hugo tat wie ihm befohlen. Abraham, Franz und Wilhelm waren verschlafen aus ihrem Bett gekrochen und standen im Laden neben der zürnenden Ida. In ihr explodierte die kampferprobte jüdische Momme, die für ihre Familie durch alle Feuer dieser Welt schreiten würde, wenn man sie nur ließe. Sie wurde aber festgehalten.

Immerhin schrie sie noch: »Mundek Muschkatblüte! Du Schmock! Ich, Ida Wertheim, werde nicht morgens mit dem Vorsatz wach oder dem Satz ›Hast du heute schon den Staat beschissen‹ – wie du! Jeder deiner Geschäftsfreunde und -feinde weiß, dass dein Wein und deine Lederwaren niemals vom Zolllager im Hafen kontrolliert wurden. Das weiß jeder!«

Mundek Muschkatblüte war sehr empört: »Ida, wenn du so etwas Falsches und Hinterhältiges und Unwahres gegen mich vorzubringen hast, dann tritt vor die Tür! Stell dich!«

Muschkatblüte war blass geworden. Das bemerkten die Zylinderherren und auch die Gendarmen, denn an diesem Betrugsvorwurf gegen den Wein- und Lederhändler war in der Tat etwas dran. Die Herren der Kaufmannsgilde schauten sich vielsagend an.

Georg glaubte, den Satz zu hören: »Jetzt bekriegen sich die Itzige schon untereinander. Wo sie doch sonst immer zusammenhalten.«

Mundek brüllte erneut: »Komm raus und stell dich den Vorwürfen und der Polizei, Ida!«

»Das geht nicht. Meine Familie hält mich fest.«

Georgs Gesicht fiel in sich zusammen. Einen Moment lang wirkte er wie ein hilfloser Jüngling. Er entriss Mundek Muschkatblüte das Dokument. Muschkatblüte brüllte laut, die Kommerzkammer, der Magistrat, die Kaufmannschaft der Freien und

Hansestadt Stralsund habe die Schließung des Wertheim'schen Ladens wegen unkaufmännischen Verhaltens gerichtlich erwirkt.

»Da steht es schwarz auf weiß! Das ist ein Urteil unseres Amtsrichters! Im Eilverfahren.«

Tatsächlich. Georg überflog das Eilurteil und wusste sofort: Wertheim wird geschlossen. Da half kein Argumentieren mehr.

Einer der Gendarmen klebte ein knallrotes Siegelband auf die Eingangstür. Die drei schwarzen Herren lüfteten höflich ihre Zylinder und grinsten hämisch. Mundek Muschkatblüte zeigte ihr einen Vogel. Ein Gendarm erklärte, dass aufgrund dieses Siegels jegliche Verkaufstätigkeit eingestellt werden müsste. Ida riss die Tür auf. Georg überreichte ihr das Urteil.

Ida kaute auf der Unterlippe rum: »Jetzt, Georg, möchten wir keine Zukunft mehr haben.«

»Abwarten, Mutter. Könntest du heute Mittag für uns alle frische Forellen, ›Forelle blau‹ heißt das, zubereiten? Die haben Hugo und ich in Berlin schätzen gelernt.«

Hugo nickte begeistert.

Ida schaute ihren Georg verständnislos an: »An einem solchen Tag auch noch teure Forellen?! Blau?«

»Nur für heute haben wir verloren. Komplett chancenlos. Aber ...«, und dann zog er Hugo an der Hand aus dem Laden, wandte sich seiner verdutzten Familie zu, »Hugo und ich werden jetzt runter zum Hafen gehen, bis hin zur Ostsee und dort über Stunden nachdenken und die frische Luft des Meeres ein- und ausatmen.«

»Und wann, bitte schön, wollen die Herren die Forellen speisen?«

»Um die Mittagszeit. Geht ja schnell. Mit Salzkartoffeln und Butter. Ich verspreche euch: Punkt neun Uhr morgen in der Früh wird das Unternehmen Wertheim seinen Geschäftsbetrieb wieder aufnehmen.«

Anwälte kosteten Geld, wandte Abraham ein.

Hugo lief noch mal zum Geschäft zurück, küsste Ida links und rechts auf die Wange: »Ich glaube, dein Satz vorhin, von wegen

›Hast du heute schon den Staat beschissen‹, hat unser ökonomisches Genie da vorne«, und er deutete auf Georg, der ungeduldig wartete, »auf eine Idee gebracht, von der er mich an der frischen Luft überzeugen will.«

Dann eilte er zu Georg, und die beiden verschwanden um die nächste Ecke in Richtung Hafen.

»Jeder nächste Tag könnte die Zukunft sein, Kinder. Also, besorgt Forellen und mehlig kochende Kartoffeln«, sagte Ida. Dann ging sie zur Tür, betrachtete das Siegelband der Gendarmen aus Stralsund.

»Igitt!« Sie streckte dem Siegel die Zunge raus.

Das veranlasste ›Prinz Wolf‹, das rote Siegel anzuspucken.

»So ist es recht«, streichelte Ida ihren Jüngsten. »Magst du eigentlich Forellen?«

»Nicht schon wieder Fisch!«, nörgelte Wolf.

Den ganzen langen Vormittag spazierten Georg und Hugo im Hafen herum. Stundenlang. Bis sie an die Ostsee kamen. Das war damals ein langer Weg.

Zwei Stunden lang sagte Georg kein Wort, und Hugo atmete nur tief ein und aus. Zwischendurch hustete er.

»Dein Husten klingt schon besser. Die frische Luft tut deinen Atemwegen gut. Oder?«

»Georg, sei ehrlich: Du hast null Idee. Wir stecken im schlimmsten Schlamassel. Müssen beim Magistrat zu Kreuze kriechen und uns möglicherweise noch bei Mundek Muschkatblüte entschuldigen.«

»Ich habe in Berlin viele Bücher über Handelsrecht gelesen.«

»Ich weiß, ich weiß: Wenn du nicht gearbeitet hast, hast du gelesen oder warst mal mit mir rudern. Oder im Konzert. Wir beiden wissen doch ganz genau, dass in diesen Büchern klipp und klar nichts über Festpreise drinsteht. Da steht überhaupt nichts über Preisgestaltung und die Festsetzung von Preisen drin. Nur von handelsüblichem Gewohnheitsrecht. Manchmal hab ich auch gelesen, lieber Georg.«

»Hugo, freu dich auf die Forellen! Ich habe nicht nur eine Idee, sondern die Lösung.«

Hugo schaute Georg fragend an: »Ich höre?«

»Was haben Wolff & Apolant und auch viele andere Geschäftsleute mit ihren Lagerbeständen in Berlin so zwei-, dreimal im Jahr gemacht, um ihren Lagerbestand zu reduzieren und aktuellere Waren ins Sortiment nehmen zu können?«

Hugo grinste jetzt sehr, sehr breit, schlug Georg so energisch in die Rippen, dass es schmerzte, und rief: »Abverkauf! Schlussverkauf!«

»Eben. Nicht nur abverkauft, sondern günstig angeboten. Und genau das machen wir! Komm, die Forellen warten.«

Hugo wollte den schnellen Schritten seines Bruders folgen, aber er litt wieder unter Atemnot und bat ihn, einen Moment auf ihn zu warten. Er setzte sich auf eine kleine Mauer, schaute auf die Ostsee und atmete tief durch.

»Diese stundenlange Lauferei bin ich nicht mehr so gewohnt. Fühl mich aber besser. Versprochen«, keuchte Hugo.

Georg setzte sich neben ihn und hielt seine Hand. In Wirklichkeit fühlte er heimlich dessen Puls.

Im Laden wurden die mit Petersilie gefüllten Forellen zubereitet. Die Salzkartoffeln gekocht. Zwischendurch hetzte Ida kurz nach draußen, weil die Bäckersfrau sich vor die Ladentür gestellt hatte und laut schrie:

»Hochmut kommt vor dem Fall!«, um dann ihren dicken Hintern wieder in ihre Bäckerei zu schieben. Ida hätte ihr am liebsten die Fischabfälle an den Kopf geworfen, aber die lagen schon in Zeitungspapier verpackt im Müll. Auf Bänken, Stühlen und Hockern gab es, wohl zum ersten Mal im Hause Wertheim, Forelle blau.

Während des Essens stieß Georg Hugo in die Seite und begann: »Also, Mutter, Tadde ...«

»Jetzt keine Festtagsrede. Mein Blut befindet sich in Wallung. Wie geht's weiter, in Zukunft?« Ida redete nicht lange um den heißen Brei herum.

Hugo klatschte in die Hände: »Wir eröffnen morgen nicht um neun, sondern schon um sechs Uhr. Georg hatte eine sehr interessante Idee.«

»Auch die Lösung?«, fragte argwöhnisch Ida Wertheim.

»Mutter, zwischen einer Lösung und einer Möglichkeit gibt es immer nur einen sehr schmalen Spielraum. Eine Möglichkeit kann die Lösung sein, aber jede Lösung war erst eine Möglichkeit«, erklärte Georg.

»Kriegen wir trotzdem noch die neuen Hosen, Jacken und Hemden vom Ehepaar Bronski? Oder müssen wir alles abbestellen?«, fragte Wolf.

»Wie kommt ihr denn auf den Blödsinn? Ich schwöre euch, morgen, zwischen fünfzehn und siebzehn Uhr, wird es in unserem kleinen Geschäft nichts, aber auch gar nichts mehr zu kaufen geben. Alles wird ratzekahl verkauft sein. – Wie heißt es doch: ›Gelegenheit macht Diebe‹ … oder was sagen diese Protestanten von Christenmenschen: ›Man soll nicht die Perlen vor die Säue werfen‹. Wir werfen Perlen!«

Ida hatte kapiert. »Also verramschen! Das ist ja bei einer Geschäftsaufgabe nicht verboten.«

Schon wieder war Georg sehr lieb zu seiner Mama. Er fummelte mit der Gabel die Bäckchen aus dem Kopf seiner Forelle und schob die Delikatesse Ida in den Mund.

»Nennen wir's lieber totalen Ausverkauf für einen neuen Anfang. – So, und nun räumt die Teller weg. Und du, Hedwig, schneidest aus Nesselstoff eine Bahn von mindestens zwei Meter fünfzig Länge auf achtzig Zentimeter. Franz und Wilhelm gehen zum Marktplatz und kaufen rote Farbe und einen Pinsel.«

So geschah es.

Am nächsten Morgen hing quer über der Fassade der Wertheims ein Schriftband, auf dem nur das Wort *SCHLUSSVERKAUF* stand. In blutroter Schrift.

Die Bäckersfrau rief in aller Frühe ihre Freundinnen aus dem Hafenviertel herbei. In Stralsund sprach sich herum, dass der Jude

Wertheim sein Geschäft aufgebe. Und dass die kaufmännische Ordnung gesiegt habe. Um sechs Uhr waren die ersten Käufer da. Gegen neun Uhr tobte eine Schlacht. Ohne Rücksicht auf die ursprünglichen Preise wurden alle Stoffe zu einem Einheitspreis von einer Mark fünfzig für den laufenden Meter abgegeben. Solche Gelegenheitsverkäufe oder Geschäftsaufgaben infolge Konkurses oder Todesfalls gab es auch schon vorher in Stralsund. Das war Kaufleuten nicht verboten. Die vornehme Kundschaft, die sich so schnell an das neue Luxus-Tuchgeschäft Wertheim gewöhnt hatte, beteiligte sich nicht an diesem Ausverkauf.

Doch damit der Verlust für das Unternehmen Wertheim nicht zu groß wurde, waren die wertvollsten Stoffe schon vor sechs Uhr aus den Regalen genommen worden und im Schlafzimmer gelagert und somit dem Zugriff der Schnäppchenjäger entzogen. Damit beschränkte sich der Ausverkauf auf mittelprächtige Lockangebote und billigere Tuche wie Baumwollstoffe. Natürlich war ein Magistratsbeamter in Begleitung eines Gendarmen vorbeigekommen, um nachzuschauen, was sich die Wertheims da hatten einfallen lassen. Auch ein Zylinderträger war als Kunde gekommen, hatte wahllos Stoffe eingekauft, die er mit Sicherheit in seinem Privathaushalt nicht benötigte.

Als Mundek Muschkatblüte auftauchte, um sich mit Stoffen, Knöpfen, Gardinentroddeln und sogar Stopfnähnadeln und Garnen einzudecken, feuerte Ida böse Blicke ab.

Georg und Hugo beteiligten sich nicht am Ausverkauf. Beide hatten sich fein herausgeputzt und spazierten in die Innenstadt zum Marktplatz.

Georg meinte zu seinem Bruder: »Dein charmantes Getue und Rumgebalze ist heute nicht notwendig.« Er schien trotz der drohenden Wolken, die sich über der Existenz der Wertheims ausgebreitet hatten, bester Laune zu sein. Sie besuchten Bronski.

In Stralsund war es üblich, dass sich fast alle Bürger von einigem Wohlstand an den Spekulationsgeschäften im Hafen beteiligten. Wer etwas Geld übrig hatte, beteiligte sich an Warenkontrakten, die von Schiffsmaklern oder Reedern als sichere Kapitalanlage offeriert wurden und die angeblich hohe Gewinne versprachen. Es war eine Art Wettgeschäft. Selbst der Internist investierte in riskante Geschäfte wie Steinkohlelieferungen aus England oder Eisenerze aus Schweden. Angeblich, so hörte man, hatte der Bürgermeister sich am Import von Südfrüchten wie Apfelsinen, Zitronen und Pampelmusen verspekuliert, weil die Schiffsladung durch einen Sturm auf hoher See nicht pünktlich in Stralsund ankam und die Ware verdorben war. Und zudem, so hatte Herr Bronski Abraham verraten, sei der Bürgermeister knapp bei Kasse und die Handels- und Schifffahrtsbank säße dem Stadtoberhaupt mächtig im Nacken und fordere ihren Kredit zurück. Mit seinen guten Beziehungen war es dem ersten Bürger der Stadt gelungen, dieses todsichere Geschäft mit einem Kredit zu finanzieren, den ihm der Direktor der Bank gewährt hatte. Aber jetzt, als die Sache im wahrsten Sinne des Wortes den Bach runtergegangen war, hatte der Bankier den Bürgermeister aufgefordert, den Kredit unverzüglich zurückzuzahlen. Selbst um den Preis, dass er das eigene Haus am Marktplatz sofort veräußere, bevor die Bank zur Zwangsversteigerung gezwungen sei. Ein Umstand, der den Bürgermeister mit Sicherheit nicht nur das Amt, sondern für alle Zeiten auch jegliches Ansehen gekostet hätte. Bronski wusste viel.

Um die Sache klammheimlich unter der Decke zu halten, habe der Bürgermeister in Rostock sein Haus zum Verkauf angeboten. Er konnte nicht mal mehr die bescheidene Rechnung von Eva Bronski bezahlen.

»Soll heißen, Georg?«, fragte Hugo nach.

»Soll heißen, dass Bronski sicherlich keinen Quatsch daherredet. Und vor allen Dingen soll es heißen: Wenn der mächtige Fürst des Hafens nicht mal einen Flickschneider und seine Frau bezahlen kann, dann steht es grausam um seine Finanzen«, erklärte Georg.

»Soll aber für mich heißen, dass das nur Gerüchte sind. Und ich nicht so recht weiß, worauf du hinauswillst?«

»Da, lieber Hugo, gibt es wieder zwei Möglichkeiten und eine Lösung. Die eine Möglichkeit bestünde darin, dass du bei der rothaarigen Tochter vom Schiffsausstatter Kaminski herumschwadronierst – denn ich kann mir vorstellen, dass Kaminski von dieser peinlichen Angelegenheit mit Bestimmheit weiß. Dann können wir uns sicher sein, dass es wirklich stimmt. Nur, dann wird der Schiffsausstatter Kaminski vielen Leuten in Stralsund erzählen, wie es um den Bürgermeister und seine Familie bestellt ist. Die andere Möglichkeit wäre, dass die Wertheims dem Bürgermeister diskret aus der Patsche helfen.«

»Jetzt redest du totalen Stuss. Wie soll das gehen?«

Es ging ganz einfach. Während sich im Tuchgeschäft Wertheim gierige Menschen um die Ware fast prügelten, wurden Georg und Hugo beim Oberbürgermeister vorgelassen. Georg erklärte ihm unumwunden, dass er auf diskrete Weise bereit wäre, das Haus zu kaufen und ihm das Wohnrecht im zweiten Stock des eleganten Gebäudes einräumen würde. Ohne Aufsehen. Die Wertheims selber seien daran interessiert, das Ladenlokal im Erdgeschoss mit den zwei Schaufenstern zu übernehmen. Einen Monat zuvor hatte es in diesem Ladenlokal noch einen großen Kolonialwarenhandel gegeben, der in Konkurs gegangen war. Der Eigentümer hatte sich, genau wie sein Vermieter, bei dem Südfrüchtegeschäft verspekuliert und musste schließen.

Die Lösung war für den Bürgermeister reizvoll. Vor allen Dingen konnte er sein Gesicht und sein Amt bewahren. Er musste seine Wohnung nicht aufgeben und würde offiziell den Handelsstandort Stralsund um ein elegantes Geschäft bereichern. Der Bürgermeister war sich sicher, dass die Wertheims am Marktplatz eine bonfortionöse Sache aufziehen würden. Er hatte sich bereits im Armenhaus gesehen. Er versprach, die Angelegenheit mit den Festpreisen diskret mit der Handelskammer zu lösen. Schließlich habe es sich bei seinem Warentermingeschäft mit Obst auch um Festpreise gehandelt. Leider. Er entschuldigte sich sogar, die unmäßige Amtsmaßnahme gegen das kleine Wertheim-Geschäft nicht unterbunden zu haben. Alle ignoranten Festpreisgegner seien in windige Geschäfte verwickelt. Stralsund sei schließlich eine Hafenstadt. Eine Hafenstadt habe eigene Gesetze.

»Meine Herren, Sie schickt mir nicht nur unser gemeinsamer Gott, sondern der gesamte Himmel!«

»Wir sind sehr interessiert daran, Herr Oberbürgermeister, dass Sie im Amt bleiben und Ihre Hand über die Wertheims halten. Sie haben recht: Sie, Ihre Familie und uns eint der gemeinsame Gott.«

Der Bürgermeister war über sich selber erstaunt, aber auch glücklich, als die beiden eleganten jungen Herren sein Büro verließen. Zum Schluss hatte man sich, um die Sache rechtskräftig zu machen, hanseatisch die Hände geschüttelt. Die notarielle Angelegenheit sollte im nahe gelegenen Anklam erledigt werden.

Auf dem Heimweg fragte Hugo: »Georg, Lieber, können wir uns diese Lösung überhaupt leisten?«

»Noch nicht so richtig, Hugo. Aber wenn wir ein größeres Geschäft haben und neue Waren von Onkel Wolff aus Berlin und unter dem Schutz eines Bürgermeisters stehen, der unser Mieter ist, dann müssen wir nur noch mächtig Umsatz klotzen, mit hochkalkuliertem Gewinn, um die Sache zu stemmen. Bitte, Hugo, tu mir den Gefallen und erklär du Mutter Ida unser Gespräch im Rathaus. Ich traue mich nicht. Ich habe das Gefühl, sie würde mich zum ersten Mal in ihrem Leben züchtigen. Zwar aus Liebe, aber entschuldbar. Wir sollten uns trauen.«

Alle Ware war nach der Ausverkauf-Aktion von Wertheim am Abend ratzfatz verhökert worden. Bis auf die hochwertigen Tuche, die im Schlafzimmer der Kinder so dicht gestapelt lagen, dass die Mädchen, Wolf, Franz und Wilhelm eine Nacht auf Brokat-, Kaschmir- und Seidenstoffen nächtigen mussten.

Am Abend versammelte sich im leeren Laden die Familie um den großen Verkaufstisch. Es gab Bratkartoffeln mit geräucherter Rinderbrust und Spiegeleier.

»Und nun?«, fragte Ida erschöpft.

»Der Herr Bürgermeister hat uns heute sein Haus und das leerstehende Ladenlokal unten zum Kauf angeboten«, lächelte Hugo seine Mutter an.

Ida fiel vor Schreck beinahe vom Stuhl. Dann atmete sie mehrfach tief durch. »Soll ja pleite sein, der Bürgermeister! Hat sich seinen Toches angeblich bei einem Hafengeschäft total verspekuliert.«

Erstaunt schauten Georg und Hugo Ida an. Sie war auch gut informiert!

1880 eröffneten die Wertheims ein prächtiges Geschäft in der Mühlenstraße 56. Diese lag direkt am Alten Markt, und der Oberbürgermeister konnte wie früher von seiner Wohnung direkt in seine Amtsstube in dem alten Backsteinrathaus schreiten. Abraham und Ida Wertheim hatten das Notarielle für ihre Kinder in Anklam erledigt.

Wolff & Apolant halfen bei der Finanzierung, weil Onkel Wolff sich sicher war, dass Georg in dieser feinen Adresse ein bombiges Geschäft aufziehen würde.

Im ersten Stock, direkt über dem Ladenlokal, bewohnten die Wertheims eine großbürgerliche Wohnung. Das bedeutete: Alle Kinder hatten ein eigenes Bett. Sogar eigene Zimmer. Abraham und Ida ruhten in einem Eheschlafzimmer. Es gab eine große Küche. In wenigen Monaten war aus dem jüdischen Kleinunternehmen ein feines Stoff- und Posamentengeschäft geworden. Mit einem Jahresumsatz Ende 1880 von knapp zweihunderttausend Reichsmark.

Immer häufiger fuhr Hugo zum Wareneinkauf nach Berlin. Jedes Mal kam er zwar erschöpft, aber gutgelaunt und mit viel Ware zurück. Bei seiner ersten Berlinreise vor vier Jahren hatte er in der Cecilienstraße Miriam wiedergefunden. Einen langen Nachmittag und Abend bis fast um Mitternacht war er dort auf und ab spaziert, bis Miriam aus dem Haus trat, ihn in ihre Arme schloss und ihm ins Hotel folgte. Wie früher. Hugo liebte Miriam leidenschaftlich, aber Miriam blieb für ihn die geheimnisvolle, sehr nahbare Unnahbare. Sie nahm sich von Hugo, was sie für sich selber beanspruchte und von ihm leidenschaftlich forderte. Bei jeder Begegnung versicherte er ihr, sie heiraten zu wollen, weil er sie so abgöttisch liebe. Sie ließ sich nie auf solche Anträge ein. Sie sagte nicht einmal ›Vielleicht‹ oder ›Später‹ oder ›Wir müssen noch warten‹. Oder was man sonst so sagt, wenn man sich nicht festlegen will. Miriam empfand nur Leidenschaft für Hugo.

In Stralsund wurde Hugo von den vermögenden Bürgerstöchtern umworben. Er blieb seiner unglücklichen Liebe in Berlin treu. Georg ahnte, Hugo hatte ein Geheimnis, denn in den letzten Monaten war sein Bruder zwar nicht unglücklich, aber unzufrieden. Natürlich wusste Mutter Ida, dass Hugo krank war. Abraham flehte den Allmächtigen um die Gesundheit seines ältesten Sohnes an.

Bei jedem Hustenanfall wurden Ida und Abraham wach. Sie hielten den Atem an. Sie litten unter den krampfartigen Spasmen ihres Ältesten. Georg sorgte dafür, dass Hugo höchstens eine Stunde morgens im Geschäft war und nachmittags nur, wenn Damen der Gesellschaft ihre Einkäufe auf Voranmeldung tätigen wollten. Krankheitsbedingt wurde Hugo geschont. Georg war die Respektsperson im Geschäft, Hugo das Sorgenkind, für das gebetet wurde, und der ›Prinz Wolf‹ ein Hallodri, dem 1880, mit dreizehn Jahren, bereits skandalöse Verhältnisse mit Mädchen in Gartenlauben nachgesagt wurden.

Vom Internisten am Marktplatz wurde Hugo ständig abgehorcht und mit allen möglichen teuren Medikamenten versorgt. Georg achtete darauf, dass Hugo sich täglich stundenlang auf dem Südbalkon des Hauses in einen Liegestuhl legte, um die gesunde Ostseeluft einzuatmen. Es gab Nächte, da vermochte Hugo nur mit Hilfe von Georg einzuschlafen, der ihm einen gläsernen Aerosol mit einem Gummiball daran unter die Nase hielt, um ihm das Atmen durch eine Mixtur aus verschiedenen krampflösenden Medikamenten durch rhythmisches Zusammenpressen des Gummiballs zu ermöglichen. Es dauerte oft mehrere Stunden. Dann war ein Hustenanfall überstanden. Außer Ruhe, frischer Luft, gesundem Essen, wenig Anstrengung und seltsamen Medikamenten konnte in Stralsund nichts für Hugo getan werden.

An feuchten Tagen oder Wochen ging es Hugo besser. Der Internist nannte es eine ›Remission‹, eine vorübergehende Besserung, fürchtete aber, eine ernsthafte Erkrankung, eine lebensgefährliche gar, könne bei Hugo ausbrechen.

Sie war bereits in Berlin ausgebrochen.

Die große Küche der Wertheims war der Lebensmittelpunkt der Familie. Es gab auch einen Salon und ein Speisezimmer. Diese Räumlichkeiten wurden nur benutzt, wenn Gäste da waren oder das Sabbatmahl eingenommen wurde. Die Küche war die Regierungszentrale. Sie wurde beherrscht von einem ›Reform-Ofen‹. Das war ein weiß emaillierter Ofen, der wahlweise mit Brikett, aber von Ida lieber mit Holz beheizt wurde. Über der Herdplatte befand sich die Grude, ein Warmhalteschrank. Auf dem Boden der Grude lag Holzkohle, die durch Pusten oder Fächeln immer unter Glut gehalten wurde. In diesem Schrank wurden Speisen wie Linsen oder ein Bohnenschorlett bis zu vierundzwanzig Stunden warm gehalten. Das war wichtig für den Sabbat.

Seitdem die Wertheims großbürgerlich lebten, hielten sie sich wieder strenger an die jüdischen Gesetze zum Sabbat. Am Freitag wurden alle Gerichte vorgekocht und nachts in die Grude gestellt, so dass über den ganzen Sabbat warmes Essen zur Verfügung stand. Abraham achtete strengstens darauf, häusliche Verrichtungen am Sabbat, wie es das Gesetz befahl, zu unterlassen.

Das Geschäft war auch am Samstag geöffnet. Das war eine wirtschaftliche Notwendigkeit, die Abraham zwar nicht gefiel, aber Georg mit einem Trick umging: Er stellte einen christlichen Freund seines Bruders Franz als Verkäufer ein, den sogenannten ›Schabbes-Goij‹. Christenmenschen war das Arbeiten am Sabbat nicht untersagt. Er durfte die Türen öffnen, die neue Registrierkasse bedienen und die notwendigen Verrichtungen außer Haus leisten, die Juden nach den Sabbatgesetzen verboten waren. Früher, im Hafenviertel, konnte man sich diesen Luxus nicht leisten. Jetzt tat man es. Aber eigentlich nur, um Abraham eine Freude zu machen.

»Ida, Kinder – jetzt, wo wir es uns finanziell leisten können, sollten wir auch wieder den Sabbat ehren«, hatte er vorgeschlagen.

Dennoch arbeiteten die Wertheims auch samstags im Geschäft, aber immer so, dass es niemand mitbekam.

In der Grude stand, für Hugo zubereitet, immer eine Hühnersuppe. Ida kochte sie wie früher schon aus mehreren fetten Hühnern, Sellerie und vielen Ingwerknollen für ihren Ältesten. Sobald Hugo auf dem Balkon ruhte, schwirrte sie mit einer Suppentasse heißer Hühnerbouillon heran. Die tat den angegriffenen Atmungsorganen ihres Sohnes gut. Damit hatte sie sogar recht. Jahrzehnte später sollte man die klassisch gekochte jüdische Hühnersuppe das ›jüdische Penicillin‹ nennen. Kurzzeitig bekam Hugo dann Luft. Mit der Zeit konnte er Idas Gebräu aber nicht mehr ausstehen. Aus Solidarität löffelte manchmal Abraham mit. Sicherlich war es der Dauergabe von Hühnersuppe zu danken, dass Hugos Gesundheit sich nicht verschlechterte.

Wertheims Geschäft in der Mühlenstraße 56 lief so gut, dass eines Tages nach ein paar Jahren ein Georg Tietz nach Stralsund kam, das Wertheim'sche Tuch- und Posamentenhaus heimlich aufsuchte und zu dem Schluss kam: Wenn Stralsund ein Tuchgeschäft am Brummen hielt, war es eine gute Idee, ein zweites Tuchgeschäft zu eröffnen. Georg Tietz und sein reicher Onkel Hermann waren auch Juden. Auch ihr Tuchgeschäft florierte.

Ida war zunächst wegen der Konkurrenz besorgt und befand Georgs Argument, Konkurrenz belebe das Geschäft, für leichtfertig optimistisch. Aber Georg behielt recht. Bald kamen Kunden aus Rostock extra nach Stralsund gereist, um einzukaufen. Das heißt, um Stoffe zu erwerben und feine Weißwaren. Bald verkaufte Wertheim auch einfache Schürzen für Dienstmädchen und welche mit Spitzen aus Brüssel für die Hausherrinnen des Großbürgertums. Zudem einfache Baumwollkleider für Arbeiterinnen und Schulmädchen wurden angeboten. Waschbar und garantiert nicht einlaufend. In einer eigenen Abteilung wurden blaue Arbeiterhosen des Textileurs aus Moabit an die Hafenarbeiter und Seeleute verkauft. Die bezog Georg für einen sehr geringen Preis aus Berlin. Die Gewinnspanne war in Stralsund exzellent.

Gewinnspannen spielten bei Abraham Wertheim eine große Rolle. Es wurde gemunkelt, dass sie zwischen dreißig und hundert Prozent lagen. Dreißig Prozent bei billigen Stoffen, hundert Prozent bei Luxuswaren. Der Protest einiger Kaufherren, wie Mundek Muschkatblüte, gegen Wertheims Festpreise im Hafenviertel wurde zum Rohrkrepierer. Festpreise waren überhaupt kein Thema mehr. Bei Wertheim gewöhnte man sich daran, in Ruhe die Waren aussuchen zu können und sich auf Wunsch auch beraten zu lassen. Kein Kunde hatte das Gefühl, dass ihm etwas aufgeschwatzt wurde, und es wurde so gut wie nie nach einem Rabatt gefragt.

Wertheim hatte als Erster in Deutschland den Festpreis in einem Ladengeschäft durchgesetzt. Beim Konkurrenten Tietz ließ sich noch feilschen. Das hatte den Nachteil, dass der Einkauf dort sehr lange dauerte, und es unerträglich laut im Laden war. Helene und Hedwig, manchmal auch Hugo, besuchten die Nobelkundschaft in ihren Villen mit Stoffmustern. So kam es auch zu einer individuellen Beratung. Georg erfand für diese Art des Außer-Haus-Verkaufes einen Slogan, der bis auf den heutigen Tag benutzt wird: ›Dienst am Kunden‹.

In Stralsund erfand er eine weitere Form des Lieferns: den Versandhandel. Es hatte sich herumgesprochen, dass die Wertheims in Stralsund nicht nur über exzellente Waren von superber Qualität, sondern auch über preiswerte Gebrauchsgüter verfügten. In Rostock, Anklam bis rauf nach Schwerin wurden die Zeitungen sorgfältig studiert, in denen Abraham Wertheim seine Waren in geschmackvollen Anzeigen anbot. Georg ermöglichte es Kunden, die nicht anreisen wollten, gegen Nachnahme bei ihm zu bestellen.

»Wenn wir jetzt für Georg noch ein geeignetes jüdisches Mädchen fänden, das mit einigem Vermögen ausgestattet, mit etwas Humor und sehr viel Herzensgüte zu ihm passte, wäre mein Glück vollkommen.« Das sagte Ida eines Abends vor dem Einschlafen im Ehebett ihrem Abraham.

Abraham schwieg dazu, überlegte eine Weile und antwortete

schließlich: »Noch ist er mit seinen Geschäftsideen verheiratet. Jeden Monat eine neue Idee. Und wenn er merkt, dass wir auf Brautschau gehen, schließt er sich tagelang in sein Zimmer ein. Erinnere dich!«

Das war bei einem kleinen Hausball geschehen, zu dem Ida vor allem Stralsunder jüdische Gemeindemitglieder eingeladen hatte. Es hatte mit dem Geschäftserfolg der Wertheims zu tun, dass viele jüdische Geschäftsleute aus ganz Norddeutschland nach Stralsund zogen, um eigene Geschäfte oder Handelsfirmen am Hafen zu eröffnen. Bald darauf konnte auch eine kleine Synagoge gebaut werden.

Zu diesem ›Hausball‹ waren alle jüdischen Töchter im heiratsfähigen Alter eingeladen. Dazu ein Akkordeonspieler, ein Geiger und ein Klarinettist. Ida stachelte Georg auf, die Mädchen nacheinander abzutanzen. Das tat Georg mit dem Argument nicht, dass er zwei linke Beine habe. Stattdessen verteilte er den jüdischen Fräuleins missmutig-höflich den von Ida angesetzten Punsch und Waldmeisterbowle. Es nervte ihn, dass Ida mit anderen jüdischen Müttern ständig herumschwadronierte. Er verschwand in seinem Zimmer und schloss sich ein. Auch Hugo tanzte nicht. Einerseits aus gesundheitlichen Gründen, andererseits, weil er sich auf seine nächste Geschäftsreise nach Berlin und auf Miriam freute.

Franz und Wilhelm machten immerhin ihre ersten Erfahrungen beim Tanzen wie bei sexuellen Vorspielen. Jüdische Jünglinge, die sich für die guten Partien Hedwig und Helene interessierten, wurden von Ida rabiat weggebissen. Für ihre beiden Töchter hatte Ida andere Pläne. Wusste aber noch nicht genau, welche. Nur die Ahnung, dass für ihre Mädchen nur jüdische Herren in Frage kämen, die nicht ihren geschäftlichen Aufbau an der Ostseeküste versuchten. Für Helene und Hedwig hatte sich Ida etwas Weltmännischeres, Weltoffeneres vorgestellt. Der eine oder andere jüdische Vertreter aus Berlin, München oder Hamburg gefiel ihr schon, sofern er nicht nur der Vertreter eines Geschäftspartners war, sondern mindestens der Sohn oder jüngere Bruder ihrer Lieferanten. Unter den Stralsunder Juden war bald klar, dass Ida jegliches Anbalzen von Gemeindemitgliedern bei Hedwig und Helene mit hinterhältigen Mitteln bekämpfte.

Abraham redete ihr einen weiteren Versuch, Georg unter die Haube zu bringen, für diese Nacht aus. Über Hugo wurde in diesem Zusammenhang nicht diskutiert, denn sowohl Ida als auch Abraham hatten das Gefühl, die freudig übernommene Verpflichtung, nach Berlin zu reisen, hätte für Hugo noch einen persönlichen, emotionalen Grund. In Stralsund versprühte er seinen Charme nur bei geschäftlichen Angelegenheiten. Jüdische heiratsfähige Mädchen ließ er sonst links liegen. Georg wusste, warum. Die Unsicherheit um die Fortpflanzung ihrer ältesten Söhne ließ Ida die ganze Nacht nicht schlafen. Am nächsten Morgen schien die Sonne in die Wohnküche der Wertheims, als wolle sie eine neue Möglichkeit oder gar Lösung verkünden.

Georg sagte: »Mama, Vater, was haltet ihr davon, wenn wir nächste Woche alle zusammen in die Sommerfrische nach Zinnowitz auf Usedom fahren? Ich habe mal durchgerechnet: Wir können uns das leisten. Es ist für uns alle gesundheitlich förderlich. Der beständige Wind wird unsere Körper und Gedanken auslüften. Das schafft Platz für neue Ideen!«

Abraham wandte ein, dass Zinnowitz ein Badeort war, der berüchtigt dafür sei, keine Juden in den Hotels oder Pensionen zu dulden. Heringsdorf sei geeigneter.

Wolf jubelte und freute sich darauf. Er wollte der Erste der Wertheims sein, der das Schwimmen erlernte.

»Wenn Juden in Zinnowitz unerwünscht sind, ist das für uns eine Plage«, nörgelte Ida.

»Und?! Dann sind wir wenigstens als Juden unter uns. Und irgendeine jüdische Familie muss doch mal den Anfang machen!«, entgegnete Georg, der sich all das schon gründlich in der Nacht zuvor überlegt hatte.

Wo Juden nicht gern gesehen waren, wurde Ida blitzschnell klar, da werden auch weniger reiche Juden mit ihren Töchtern und Söhnen die Sommerfrische verbringen und insofern ein Heiratsmarkt für Georg ausfallen. Auch für die Töchter gäbe es dann kein Angebot.

Heringsdorf, wiederholte Abraham, sei judenfreundlich. Wie auch Norderney.

»Aber viel zu teuer«, protestierte Georg, »für neun Personen! Ich mag nicht nach Heringsdorf oder Norderney fahren und sofort umschwirrt werden von heiratswütigen jüdischen Mädchen! Nein, Zinnowitz. Ich bestelle in einer Pension für neun Personen und überweise das Geld im Voraus. Dann werden wir ja mal seh'n!«

Idas Hoffnungen schwanden. Hugo grinste, denn er wusste genau, worüber Ida nachgedacht hatte. Immer, wenn sie sich ärgerte, bekam sie einen roten Kopf. Hugo schaufelte ihr drei Löffel Zucker in den Bohnenkaffee, rührte um. Georg hatte das alles natürlich Hugo zuliebe so angezettelt.

Hugo sagte ruhig: »Mama, das Unternehmen Wertheim hat bis rauf nach Usedom bereits einen guten Klang. Wenn die uns in Zinnowitz jetzt nicht mögen, dann werden sie uns lieben lernen!«

»Und ich schwimmen.« Prinz Wolf hatte die Sache bereits beschlossen.

Während der Abwesenheit der Familie Wertheim könnte das Geschäft von Angestellten geführt werden, argumentierte Georg weiter. Der Schabbes-Goij hatte schließlich das Vertrauen von Ida gewonnen.

Doch so schnell ließ Ida nicht locker. Sie erzählte, der von ihr einst verehrte Journalist und Schriftsteller Theodor Fontane habe über sonnenhungrige Juden geschrieben, die sich an der See unter Prinzessinnen und Comtessen herumzieren und so tun, als seien sie die große Gesellschaft. Wörtlich hatte er geschrieben: *Wer aber elf Monate lang Kattun abmisst oder Kampfer in alte Pelze steckt, hat kein Recht, im zwölften Monat sich an einen Grafentisch zu setzen.*

Es blieb trotzdem bei Zinnowitz. Georg, Hugo und Prinz Wolf setzten sich am Ende durch.

Per Zug fuhren sie bis kurz vor Usedom, nahmen rüber zur Insel eine Fähre und fuhren dann mit einer Postkutsche weiter nach Zinnowitz zu einer Hotelpension, deren Inhaber frohlockte, gleich neun Personen gegen Vorkasse beherbergen zu dürfen. Der Name Wertheim sagte ihm irgendwas, aber dass es sich bei den Wertheims um Juden handelte, wusste er nicht. Als die Gäste vorfuhren, Abraham, Ida und Georg als Erste ausstiegen, wusste er es sofort. Abraham war durch seine Kleidung und seinen großen schwarzen Hut, vor allem durch seine Kaftanähnliche Jacke als Jude zu erkennen. Als die drei vor seinem Empfangstisch standen, blätterte er langsam, dann immer schneller in seinem Gästebuch herum.

Durch die geöffnete Tür sah er draußen die Kutsche mit weiteren sechs Personen, von denen eine laut herumgrölte, er wolle auf der Stelle in die Ostsee springen, um das Schwimmen zu erlernen. Das war Prinz Wolf.

»Wir sind leider komplett.«

»Ich leihe Ihnen gerne meine Brille: Ida und Abraham Wertheim.« Ida deutete auf Abraham und dann auf sich. Dann zog sie Abraham aus der Innentasche seiner langen Jacke die telegraphische Reservierungsbestätigung und knallte sie auf den Empfangstisch: »Hier bitte, Sie ignoranter Schmock!«

Von hinten streichelte Georg seiner Mutter den Nacken. Er befürchtete einen Wutanfall von Ida.

Ein Versehen sei passiert. Ein trauriges zwar, aber leider, wollte sich der Mann entschuldigen. Schüttelte bedauernd den Kopf.

Georg trat vor und legte einen Fünfzig-Mark-Schein zwischen die Seiten des Gästebuchs: »Wenn Sie die Güte hätten, noch einmal genauer nachzuschauen. Abraham Wertheim und Familie.« Fünfzig Mark waren unglaublich viel Geld. Dafür konnte man zehn Meter bedruckte Seide aus Carpi in Italien kaufen. Dann griff Georg erneut in die Tasche und fächerte fünfhundert Mark in Scheinen heraus und sagte: »Falls unsere Vorauszahlung noch nicht auf Ihrem Bankkonto eingegangen ist, hinterlege ich den Betrag noch einmal zur Sicherheit. Bitte, verschließen Sie unser gutes Geld in Ihrem Tresor. Man weiß ja nicht, was sich in Zinnowitz für Gesindel herumtreibt.«

Der Hotelbesitzer raunte, die Überweisung sehr wohl erhalten zu haben. Entschuldigte sich mit einem höflichen Diener, steckte die fünfzig Mark in seine Westentasche, händigte Georg die fünfhundert Mark wieder aus und stammelte: »Ah richtig! Die Wertheims aus Stralsund. Manufaktur und Tuche und Mode jeglicher Art. – Verzeihung, die Herrschaften.«

Dann bimmelte er einen Hausdiener herbei und die Wertheims erlebten ihren ersten Urlaub. Der doch laut Fontane nur Prinzen, Comtessen, Grafen und Großbürgern aus Berlin und Hamburg vorbehalten sein sollte. Diese Meinung teilte wohl auch die überwiegende Mehrheit der christlichen preußischen Bevölkerung.

Früh am nächsten Morgen zogen bis auf Abraham Wertheim alle anderen weiße Kleider oder naturfarbene Anzüge an und erkundeten Zinnowitz. Klein, fein und etwas langweilig. Aber erholsam! Wolf, Georg, Franz und Wilhelm erlernten im Männer-Strandbad an der Ostsee die Kunst des Schwimmens. Helene und Hedwig gingen mit Ida ins Frauen-Bad und planschten bis zu den Knöcheln im Wasser. Abraham verstaute sich in einem Strandkorb und ließ seine Pfeife so gut wie nie ausgehen. Er fürchtete die Mücken. Es war schön erholsam. Hugo flanierte die kleine Promenade entlang, manchmal zusammen mit Georg oder mit Ida. Es kümmerte ihn nicht, dass hübsche Mädchen sich nach ihm umdrehten. Sehr hübsche Mädchen.

Wenn das auch noch Jüdinnen wären – welch eine Auswahl, dachte Ida und resignierte, als sie bemerkte, dass sich Hugo nicht mal für die hübschen Schicksen interessierte. Bei einem dieser Spaziergänge wollte sie wissen, ob er möglicherweise eine beständige Verbindung in Berlin eingegangen sei? Mehr als eine Amour?

»Weder Verbindung, noch beständig«, wich Hugo aus.

Langeweile und das Schwimmenlernen können natürlich auch Erholung sein. Ganz sicher gute Mahlzeiten, bei denen für Hugo als Vorspeise immer eine Hühnersuppe nach Idas strengen Anweisungen von den Restaurants zubereitet werden musste. Immer, wenn die Brühe serviert wurde, fischte Ida aus einem Wachstäschen eine Knolle Ingwer und schnippelte feine Stäbe mit Abrahams Taschenmesser in die Bouillon. Da Hugo drei Tage nach Beendigung des Urlaubs wieder von Stralsund nach Berlin reisen wollte, ließ er die Tortur über sich ergehen.

Einmal geriet Idas Blut in Wallung. Sie glaubte, den Internisten vom Marktplatz gesehen zu haben, der, als er die Wertheims sah, blitzschnell um die nächste Ecke flüchtete und dabei am Arm eine junge Dame mit sich zerrte, die nicht die Frau Internistin war. Wolf erhielt den Auftrag, dem Arzt unauffällig zu folgen und auszuspionieren, wo der Doktor abgestiegen sei. Wolf fand es heraus. Abraham waren Indiskretionen zuwider, und er verbrachte eine unruhige Nacht neben seiner Frau, die so tat, als sei sie nicht nur empört über die Sittenlosigkeit des Mediziners, sondern in ihren üblichen Übertreibungen sah sie schon den gesellschaftlichen Weltuntergang von Stralsund voraus. Ida war auf Sensation aus. Rein zufällig traf sie den Doktor einige Tage später fernab und ganz alleine am Strand. Unter vier Augen. Der Arzt ging sofort in die Offensive, freute sich, die Wertheims in Zinnowitz zu treffen, und lobte die Weitsicht der gnädigen Frau, gerade diesen Ort gewählt zu haben, da er für die bedrohte Gesundheit des Hugo Wertheim besonders förderlich sei. Seine eigene Frau liebe das Reizklima, beteuerte er.

Er setzte fort: »Liebe gnädige Frau, bei all Ihrem Erfolg in der Mühlenstraße gibt es immer noch für unsereinen und unsere Freunde eine gewisse Hemmung, so mir nichts, dir nichts Ihren Laden zu betreten. Sie verkaufen ja nicht nur Luxus, sondern man trifft bei Ihnen auch die eigenen Angestellten, weil Ihre Firma auch billige Manufakturen für jedermann anbietet.«

»Danke für den Hinweis. Möge der Allmächtige Ihre Gesundheit und Ihre Ehe segnen.«

Als Ida später Georg von dem Treffen erzählte, meinte dieser nur, dass er solche Hinweise schon öfter bekommen hatte: »Natürlich, Mama, sind wir für jedermann da. Aber jetzt sind wir ein großes Geschäft, in dem sich die arroganten Pinkel Stralsunds nicht mehr so gerne blicken lassen wie früher in unserer kleinen Klitsche. Damals waren wir ein Geheimtipp – jetzt sind wir berühmt. Ich habe mit Hugo darüber nachgedacht, nach Rostock zu expandieren. Mit einer größeren Filiale.«

Da bekam Ida einen furchtbaren Schreck und bat Georg inständig, sie und Abraham nicht mit diesen Plänen zu verschrecken oder alles Erreichte zu gefährden: »Wir haben doch jetzt alles erreicht, was der Allmächtige uns zugedacht hat!«

»Hugo und ich sind uns über die Details noch nicht ganz im Klaren. Haben auch noch nicht ein geeignetes Geschäftshaus in Rostock gefunden. Lass uns doch erst einmal in Ruhe unsere Lungen in Zinnowitz erweitern.«

Die Söhne konnten nach dem Urlaub schwimmen. Nach ihrer Heimkehr wollten sich Abraham und Ida einem neuen Problem stellen: Rostock.

Zwei Tage nach ihrer Heimkehr saßen Georg, Hugo, Ida und Abraham zu später Stunde in der Wohnküche zusammen. Georg hatte die Eltern zu einem Gespräch gebeten. Es ging um Rostock.

Ida bereitete gehakelten Hering. Besonders scharf, mit viel Salz, Knoblauch, Dill, Petersilie und weiteren Gewürzen. Diese Mahlzeit kam einer Strafe des Allmächtigen gleich. Hugo aß nicht. Abraham und Georg mampften die Scheußlichkeit tapfer. Zwischendurch trank Georg einen Schluck Milch, damit er das scharfe Gematsche überhaupt herunterbekam.

»Mehr als gut essen, sich anständig kleiden, im eigenen Bett schlafen kann man doch nicht! Oder?«, eröffnete Abraham die Diskussion. »Dem Allmächtigen sei Dank. Wir haben alles! Was wollen wir denn mehr?«

Hugo hustete dezent in sein Taschentuch.

Georg antwortete: »In Rostock brauchen wir natürlich Angestellte, die unser Vertrauen verdienen. Und Hugo und mich. Dort eröffnen wir uns einen Kundenkreis, der sich ohne Dünkel in das neue Geschäft traut und dem wir nicht mit unserem Haus-Service in den Hintern kriechen müssen.«

»Ist das alles noch nötig?«, bohrte Abraham weiter nach, »Ist es wichtig und nötig, andere für sich arbeiten zu lassen? Wie könnt ihr sicher sein, dass das Geschäft in Rostock so gut läuft, dass wir pünktlich den Lohn bezahlen können? Ihr habt da zu Großes vor. Oje, oje, oje!«

Hugo berichtete, dass Onkel Wolf die Expansion ebenfalls empfohlen habe und auch die französischen Lieferanten, selbst die misstrauischen Italiener, über die Wertheims in Rostock gerne mit ihren Waren einen Fuß in die Hafenstadt bekämen.

Prompt kam es zu einem der Zornesausbrüche von Ida. Sie unterstellte den Ältesten, dass es ja nicht allein um ein Geschäft ginge, sondern um Hochmut! Tapfer kaute sie ihren gehakelten Hering und redete weiter: »Nein, ich fühle mich hier wohl! Wir haben sogar ein Badezimmer. Von diesen Einrichtungen gibt es in Stralsund insgesamt nur acht! Wir haben einen Salon mit zwei Sofas, einem Esstisch mit Gestühl für zwölf Personen, bei Bedarf auch achtzehn. Die Sommerfrische hat euch wohl das Gehirn verdampft!«

»Iss das Zeug doch nicht, Mama«, empfahl ihr Hugo.

Die Mutter war nicht mehr zu bremsen: »Wir sind die Ersten in Stralsund. Und ihr wollt das in Rostock übertreffen? – Was habt ihr nach Rostock vor?! Noch mehr? Berlin? Ach, Georg, was möchte dann die Zukunft sein?«

Georg antwortete ganz ruhig: »Vorläufig könnt ihr noch hierbleiben, in Stralsund. Aber irgendwann … Was uns die Zukunft bringt? Wachstum! Wir müssen wachsen.«

Ida holte aus der Grude einen Teller mit heißer Hühnersuppe und stellte sie vor Hugo hin: »Iss! – Was heißt schon Wachstum?! Lässt der Allmächtige einen Baum ewig wachsen?« Triumphierend schaute sie von oben auf ihre Männer und drückte Hugo einen silbernen Löffel in die Rechte.

Georg schob den Stuhl zurück, stand auf und brachte seinen Kopf dicht an den seiner Mutter: »Mama, denkt ein kleiner Baum über seine Zukunft nach? Wie groß er mal wird? Oder wie alt? Hundert Jahre oder zweihundert Jahre, gar tausend Jahre?«

»In tausend Jahren gibt es uns doch gar nicht mehr. Vergiss deinen Baum, wir Wertheims sind ein Fels. Und hast du schon mal erlebt, dass ein Fels Feuer fängt und abbrennt?«, kantete Ida zurück.

»Der Allmächtige hat Moses die Zehn Gebote in Stein gebrannt, mein Sohn«, wandte Abraham ein.

Georg sprach ruhig: »Da siehst du mal, wie allwissend der Allmächtige ist! Der Stein ist nicht kaputtgegangen! Und man kann ihn sogar lesen.«

Ida ächzte, Georg koste sie ihre Gesundheit, und würgte wieder den gehakelten Hering runter.

Lange Zeit dachte Abraham nach, dann nahm er einen Schluck Milch aus Georgs Glas und entschied: »Ida, lass die Jungen ziehen. Wir bleiben in Stralsund. Hier genießen wir unseren Wohlstand und vertrauen auf Georg und Hugo. Und auf den Allmächtigen.«

»Was, was, was?! In dieser Reihenfolge?! Aber, Abraham, versündige dich nicht!«

»Doch, genau in der Reihenfolge, liebe Ida! Als wir noch arm waren, war das doch nicht nur Sein Wille! Aber es ist doch wohl Sein Wille, dass Georg uns in den Wohlstand geführt hat.«

Georg nickte heftig und war gerührt, als er sah, dass sein Vater zum Türstock ging und die Mesusa berührte und ein Gebet murmelte.

Dann setzte er sich wieder an den Tisch, schaute Ida fest in die Augen: »Ida, der Allmächtige liebt die Klugheit unseres Georg und hat aus Hugo einen sehr schönen Menschen gemacht. Rostock ist eine sehr große Stadt mit einer großen Gemeinde. Da gibt es viele ansehnliche jüdische Mädchen. Denk nach, kluge Ida! Hugo wird dort garantiert reich heiraten. Lass die Jungen ziehen. – Reich heiraten! Das mindert das Geschäftsrisiko.«

Die jüdische Gemeinde in Rostock war eine der größten an der Ostseeküste, und es gab viel Wohlstand. Rostocks Juden schauten voller Dünkel auf die Mischpoche von Stralsund. Es reisten viele Rostocker Bürger nach Stralsund, um bei den Wertheims einzukaufen, weil es dort angeblich günstiger war. Aber reiche Rostocker Juden waren noch nie gekommen. Wohl, weil sie auf die

Wertheims neidisch waren. Auf das Unternehmen von dem Hermann Tietz auch.

»Heiraten?«, sagte Ida halblaut. »Hugo? Ganz alleine? Ohne uns?«

Hugo reagierte blitzschnell. Es täte ihm wahnsinnig leid, Georgs Idee nicht sofort mit in die Tat umsetzen zu können. Er müsse zuvor, damit die Geschäfte hier weiterliefen, noch nach Berlin reisen und die Bestellzettel aus dem Lager aufarbeiten. Das würde nicht wie üblich nur vier bis fünf, sondern zehn Tage in Anspruch nehmen.

Georg ging darauf ein: »Du kannst für Rostock gleich mit einkaufen! Ich habe mich bereits mit Immobilienmaklern in Rostock in Verbindung gesetzt und finde das eine oder andere Objekt sehr reizvoll. Die wichtigste Voraussetzung für unseren Wachstum in Rostock lautet: Gute Lage, gute Lage, gute Lage. – Das bedeutet Umsatz, Umsatz, Umsatz.«

Unter dem Tisch trat Georg Hugo gegen das Schienbein. Als Hugo ihn überrascht anschaute, kniff er ein Auge zu und formte stumm mit den Lippen den Namen ›Miriam‹.

Lage, Lage, Lage! Das war Georg bei seiner Expansion nach Rostock sehr wichtig. Es boten sich einige vielversprechende Objekte an, aber mal waren sie zu teuer oder Hugo, der auch auf eine luxuriöse Fassade Wert legte, mäkelte herum. Hugos Gesundheitszustand verschlechterte sich in den Monaten nach seiner Berlinreise dramatisch. Die Hustenanfälle waren weder durch Idas Hühnersuppe, noch durch ausgedehnte Liegekuren auf der Südterrasse in Stralsund einzudämmen. So gut es ging, verheimlichte er seinen Niedergang. Nur Georg wusste, dass es um Hugo sehr schlecht stand. Diskret entsorgte er immer die blutverschmierten weißen Taschentücher. Nachts konnte er kein Auge zutun. Er befürchtete das Schlimmste. Ida erkannte sehr wohl, dass der Internist vom Marktplatz ihrem Jungen nicht mehr helfen konnte. Über ihre Ängste schwieg sie. Setzte aber durch, dass Hugo in keiner Weise mehr in den Geschäftsbetrieb eingebunden wurde.

Hugo beklagte sich manchmal matt: »Mama, du behandelst mich wie einen lebendigen Toten.«

Doch dann lächelte sie nur und strich ihm über die Haare.

»Wenn er doch nur noch seine Hochzeit feiern könnte. In Berlin vielleicht«, sagte Ida, als sie eines Abends ohne anzuklopfen in Georgs Zimmer kam.

Georg saß über der Buchführung und klappte, überrascht über den Auftritt seiner Mutter, das Journal zu. Sie zog ihn zu seinem Bett aus Kirschholz rüber und setzte sich neben ihn auf die Matratze.

Dann sprach sie: »Wir sollten alle zusammen wieder in den Urlaub fahren – diesmal nach Heringsdorf.«

»Es ist schon Herbst, Mutter. Raues Klima. Nicht erholsam. Für niemanden von uns. Erst recht nicht für Hugo.«

Ida bestand auf einem Nachsaison-Urlaub in Heringsdorf. Vom Internisten am Marktplatz hatte sie gehört, dass dort ein weltberühmter Lungenfacharzt eine Sommerpraxis führte, die von Juni bis in den Herbst hinein betrieben und diskret von Lungenkranken aus dem ganzen Deutschen Reich besucht wurde. Der Arzt hieß Dr. Gräbe. Es wurde von ihm berichtet, dass selbst Schweizer Patienten ihn konsultierten, obwohl doch angeblich in Davos und Klosters kranke Lungen am besten behandelt werden konnten.

»Hugo muss zu diesem Dr. Gräbe. Eine Möglichkeit immerhin, Georg. Wir reisen für Hugo. Aber red nicht darüber. Auch nicht mit Tadde Abraham. Hugo verbraucht viele weiße, handgesäumte Taschentücher, nicht wahr?«

Georg nickte nur zögerlich.

»Doktor Gräbe«, sagte sie im Hinausgehen.

Georg arrangierte den Nachsaison-Urlaub für die Familie nach Heringsdorf. In der Wertheim-Familie wurde viel gestritten und gelacht – oder geschwiegen, wenn Ida das wünschte. Alle Geschwister machten sich über Hugo ihre Gedanken und Sorgen.

Wolf sagte einmal: »Der Hugo wird ja immer weniger. Muss mehr essen. Und schwimmen lernen.«

Ida sorgte dafür, dass über Hugos Krankheit nicht geredet wurde.

»Es werden gesündere Zeiten kommen!«, schnauzte sie in ihrer Wohnküche, als alle aßen und Hugo in seinem Bett lag und hustete.

Georg vereinbarte telegraphisch einen Termin bei dem berühmten Dr. Gräbe.

Und so fuhren die Wertheims im Herbst Erster Klasse nach Usedom. Hugo konnte sich während der Fahrt hinbetten, und die Reise strengte ihn nicht zu sehr an.

Am Tag nach ihrer Ankunft führten Ida und Abraham die Kinder an den Strand. Hugo hatte seine Mutter gebeten, dass ihn nur Georg zu dem Lungenfacharzt begleite.

Dr. Gräbe war kein Modearzt wie vor Jahren der Berliner Arzt. Er betrieb eine Praxis mit weiß lackierten Möbeln und metallenen Instrumentenschränken. Außerdem arbeitete er in einem weißen Kittel, benutzte kein läppisches Holzstethoskop, sondern ein modernes aus Metall, mit dem er den spindeldürren Hugo abhorchte. Hugo lag mit entblößtem Oberkörper auf einer mit weißem Leinen bezogenen Behandlungsliege. Schweigen im Raum. Dr. Gräbe gab nur Befehle: »Einatmen! – Ausatmen. – Husten!« Immer wieder horchte er Hugos Oberkörper ab, klopfte bei seinen Untersuchungen mit den Knöcheln gegen Brustkorb und Rücken. Alles dies sehr präzise und wortkarg. Georg stand im Hintergrund und beobachtete Dr. Gräbes Gesicht. Er hoffte, darin lesen zu können. Er wollte endlich eine Antwort auf die Frage, wie schlecht es um seinen Bruder stehe oder ob sich da noch eine ›Lösung‹ auftat. Georg hielt die Ungewissheit nicht mehr aus. Ihm war ganz schlecht vor Aufregung. Dr. Gräbe arbeitete konzentriert, emotionslos. Endlich beendete der Arzt die Untersuchung, reichte Hugo das Unterhemd und sein blütenweißes Oberhemd und half ihm beim Einsetzen des gestärkten Kragens. Er reichte ihm sogar die Seidenkrawatte. Hugo band sich die Krawatte. Erst dann blickte Dr. Gräbe Georg zum ersten Mal in die Augen. Dabei zwinkerte er nicht. Georg hielt dem Blick stand. Dr. Gräbe nahm von einem weißen Emailletisch eine nierenförmige Schale und bat Hugo, zu husten und dann hineinzuspucken. Das blutige Sputum deckte er anschließend mit einem Stück Gaze ab.

Dann sagte er: »Ich empfehle Ihnen dringend das milde Klima der ligurischen Küste, meine Herren. Nicht die Ostsee im Herbst. Herr Wertheim, einige Wochen San Remo. Mildes Klima. Und dieser Duft von Blumen das ganze Jahr. Und die Ruhe. Nichts als die Ruhe. Das wird Ihnen guttun.«

Dann ging er zum Waschbecken und wusch sich die Hände. Georg verfolgte mit seinen Blicken den Arzt. Er zitterte, als ihm klarwurde, dass Dr. Gräbe Hugo aufgegeben hatte. War San Remo noch eine ›Möglichkeit‹ oder nur der Ort für einen schöneren Tod? Georg wagte es nicht, nachzufragen.

Dr. Gräbe blieb sehr vage, als er sie verabschiedete: »Herr Wertheim, San Remo wird Ihnen gefallen. Ihren Zustand nicht verschlimmern. Es ist Tuberkulose. Genießen Sie Ihre Zeit dort.«

Als Ida Wertheim davon erfuhr, beschloss sie, den Urlaub in Heringsdorf trotz der erheblichen Vorauszahlung vorzeitig abzubrechen.

»Hugo und Georg müssen geschäftlich nach San Remo. Der schönen gedruckten Baumwollstoffe und des Hustens von Hugo wegen. Georg wird neue Lieferanten für Rostock besuchen und Hugo wird dort Linderung finden«, erklärte sie den anderen Familienmitgliedern.

Sie fuhren Erster Klasse wieder zurück nach Stralsund. Zwei Tage später führte Georg Hugo heimlich durch den Lieferantenausgang aus dem eleganten Laden in der Mühlenstraße. Dort wartete eine Kutsche. Georg half Hugo beim Einsteigen. Ida war noch in die Tür getreten, hatte ein Taschentuch zusammengeknüllt und drückte es gegen ihren Mund, wohl um ihr Weinen oder gar Schreien zu unterdrücken.

Die Reise von Stralsund nach San Remo war beschwerlich. Trotz guter äußerer Bedingungen. Ida Wertheim hatte ein ganzes Erste-Klasse-Abteil für alle Züge angemietet und in einem großen Reisekoffer mehrere temperaturhaltende Töpfe mit Hühnersuppe eingepackt. In dem Koffer befand sich in einem Asbestbeutel glimmende Holzkohle. Der letzte Versuch, die letzte Wohltat einer Mutter, die beim Abschied wohl wusste, dass sie ihren Ältesten nicht wiedersehen würde.

Nur mühsam überstand Hugo die Reise. In einem exquisiten Hotel bezogen die Wertheims eine Suite. Die Terrasse war überwuchert mit blühenden Bougainvilleen. Direkt nach der Ankunft begrub sich Hugo in seinem Sterbebett. Während der ganzen Fahrt hatte Georg die Hand seines Bruders nie losgelassen. Auch jetzt hielt er sie, als er den ausgemergelten Bruder in einem blutroten Seidenpyjama auf dem Bett liegen sah. Georg hatte ihm mehrere Daunenkissen unter den Oberkörper gelegt. Tränen liefen über Georgs Wangen. Er fühlte sich völlig hilflos, doch er versuchte, seine Angst zu verbergen. Vorsichtig streichelte er Hugos Hand. Diesen plagte ein Hustenreiz, aber er war schon zu schwach, um überhaupt noch richtig husten zu können. Bis Ende Januar 1883 lag Hugo im Sterben. Er wurde immer schwächer.

Leise sagte er: »Nicht mal mehr das Husten geht. Und dabei hat mir Mutter Ida ich weiß nicht wie viele Dutzend weiße Taschentücher eingepackt. Und Wäsche und helle Anzüge für Jahre. – Berlin war unsere schönste Zeit. Da hast du geschäftlich alles gelernt, und ich habe das Leben gelernt. Und die Liebe.«

»Sprich nicht so.« Georg wollte nicht Abschied nehmen.

»Nicht die Weibergeschichten mit Polka-Wolff. Nein, Miriam. Miriam war für mich Berlin. Bei unserer letzten Begegnung im Hotel hat sie mir gestanden, dass sie gar nicht Miriam heißt.« Hugo kämpfte um Atem. »In Wirklichkeit heißt sie Magdalene. Ob Miriam oder Magdalene, sie war meine große Liebe. Und ich über Jahre der Mann, den sie begehrte. Vielleicht war es doch Liebe bei ihr.«

Georg tupfte Hugo mit einem Taschentuch den Schweiß von der Stirn und von der Brust. Der rote Pyjama war durchgefeuchtet.

Hugo zog sich an Georgs Schultern hoch: »Doch, es war Liebe. Als ich das letzte Mal mit ihr im Hotel war, hat sie unsere Tochter mitgebracht. Ihre und meine Tochter.« Er versuchte abzuhusten.

»Du hast mit Miriam-Magdalene eine Tochter?!« Georg war fassungslos.

»Sie hat mein Kind ausgetragen. Ich wollte sie mit nach Stralsund nehmen. Beide euch hinterlassen. Ich weiß schon lange, dass ich sterbe. Aber sie wollte nicht mitkommen. Deswegen bekamen wir Streit. Sie wollte nicht als irgendein Niemand in Stralsund leben, mit einem unehelichen Kind. Sie hat das Kind weggegeben. Das hat sie mir, noch bevor wir nach Heringsdorf fuhren, geschrieben.«

Georg zog erschüttert den Kopf seines Bruders an seine Brust. Er starrte seinen sterbenden Bruder an.

»Sie war, als ich sie sah, vielleicht zwei oder drei Jahre alt. Sie konnte schon laufen. Nannte mich aber nicht Vater. Sie hat sie einfach weggegeben. Georg, du musst sie finden: Miriam und meine Tochter.«

Georg schaute ratlos-verwirrt auf die Bougainvilleen, dann auf seinen Bruder: »Bitte, bitte, Hugo, sieh mich an! Ich werde Miriam und ihre Tochter finden. Ganz sicher!«

Hugo öffnete die Augen, und sie blieben starr.

Hugo war tot.

Georg war wie gelähmt. Unfähig, irgendetwas zu tun. Er saß einfach nur neben seinem toten Bruder, dessen Hand in seiner, und Tränen liefen ihm übers Gesicht. Irgendwann – es mussten Stunden vergangen sein – sprach er das Kaddisch. Dann entkleidete er den Oberkörper und wusch ihn mit Wasser. Er schüttete ein Glas Wasser unter das Bett. So, wie es der jüdische Brauch bei einem Toten gebietet. Schließlich strich er noch einmal Hugos Haare glatt. Dann verließ er die Suite, wandte sich in der Tür um, nahm die Kippa vom Kopf, die er während der rituellen Waschung seines Bruder getragen hatte, und warf sie mit einem lauten Schrei auf den Boden.

In San Remo informierte Georg schnell die jüdische Gemeinde, und die Frau des Rabbiners nannte ihm einen Sargtischler, der den einfachen Sarg für Hugo schnell zusammenschreinerte.

Er hielt an dem verschlossenen Sarg, wie es Sitte ist, einige Stunden Totenwache. Dann verließ er wieder die Suite und beauftragte einen Klempner, einen Zinnsarg herzustellen. Georg glaubte, es seiner Familie schuldig zu sein, dass Hugo nicht in San Remo sofort unter die Erde kam, sondern in Stralsund beerdigt wurde.

Das geschah vier Tage später am 27. Januar 1883.

6. KAPITEL

Nach Hugos Beerdigung sollte das Geschäft in Stralsund sieben Tage geschlossen bleiben. Auf der Beerdigung hatte Georg keine Kippa getragen. Franz und Wilhelm hatten die Schaufenster von innen mit schwarzen Tüchern verhängt. Auf Idas Wunsch mussten sie auch die Spiegel im Salon verhüllen. Alle Familienmitglieder hatten sich die linke Ärmelnaht ihrer Jacken oder Kleider zum Zeichen der Trauer eingerissen. So war es jüdischer Brauch. Bis auf Georg. Als Einziger saß er nicht, sondern stand am Fenster und starrte hinaus. In ihm war etwas zerbrochen. Nichts würde mehr sein, wie es war.

»Der Allmächtige hat Hugo erlöst. Wenn wir jetzt weinen, sollten wir daran denken. Es war eine Erlösung«, sagte Abraham.

Heftig wandte Georg sich um. Unter Tränen schrie er: »Dann hat euer Allmächtiger aber einen furchtbaren Fehler begangen!« Er schluchzte kurz auf, beruhigte sich jedoch sofort und sagte: »Verzeiht. Ich werde jetzt auf der Stelle nach Rostock reisen und einen Kaufvertrag in der Kroepeliner Straße für ein Haus mit einem großen Geschäft unterschreiben. Diese Reise wollte ich mit Hugo zusammen antreten. Aber er wird bei mir sein. Hugo und ich hatten einen Traum: erst Rostock. Dann vielleicht Schwerin. Und dann, Vater, wenn dein Allmächtiger uns nicht wieder dazwischenfuhrwerkt, nach Berlin. Von dort sind wir zurückgekommen nach Stralsund, nur damit Hugo wieder gesund würde.«

Eigentlich wollte Abraham sagen, das seien unheilige Pläne, in der Trauerzeit die Familie zu verlassen und über Geschäfte nachzudenken. Aber er schwieg. Wolf hatte während der ganzen Zeit eine Geige auf dem Schoß. Als Georg den Salon verlassen wollte, stellte er sich ihm in den Weg und spielte einige Takte des Violinkonzertes von Mendelssohn-Bartholdy.

»Du musst noch viel üben, um ein Meister auf der Geige zu werden. Oder dich in Disziplin üben, um erwachsen zu werden«, schnauzte Georg unter Tränen den Jüngsten an.

»Deine geschäftlichen Erfolge haben dich auch nicht erwachsen gemacht, du kalter Fisch«, giftete Wolf zurück.

Am 1. April 1883 eröffnete Georg Wertheim mit einigen Angestellten ein Manufaktur- und Tuchhaus in Rostock in der Kroepeliner Straße 56. Hugo hatte für diese Eröffnung noch in Berlin die Waren eingekauft. Drei große Leiterwagen voll mit Stoffen aller Qualitäten fuhren vor. Dazu Konfektionswaren für Damen, ein Sortiment an Hemden, Schürzen, Posamenten, sogenannten Manufakturwaren und Modeartikeln. Besonders umfangreich war die Damenkonfektion. Schon bei der Eröffnung war der Warenbestand mehr als doppelt so groß wie der in Stralsund.

Der jüdischen Gemeinde in Rostock trat Georg nicht bei. Das war kühn, denn der Magistrat von Rostock hatte alle männlichen Juden per Verordnung dazu verpflichtet, sofern sie das Einwohnerrecht in Rostock besaßen, einem freien Beruf wie Händler oder sonst einem selbständigen Gewerbe nachgingen, sich der jüdischen Gemeinde anzuschließen. Als ersten Wohnort behielt Georg deshalb Stralsund bei, um sich nicht wieder irgendwelchen Zwängen von irgendwelchen Behörden aussetzen zu müssen. Wenn er in Rostock arbeitete, schlief er in seinem Büro. Nachts hielt er oft Zwiesprache mit Hugo. Die Idee, auch in die Landeshauptstadt Schwerin zu expandieren, verwarf er. Nun eine eigene Familie zu gründen kam ihm nicht in den Sinn. Nach Berlin fuhr er in immer kürzeren Zeitabständen, um Waren zu ordern. Tage- und nächtelang strich er dann dort in der Cecilienstraße herum. Auf der Suche nach Miriam. Im Laufe der Monate wurde er bekannt als der elegante Herr, der nach einer Miriam oder Magdalene und ihrer kleinen Tochter fragte. Niemand beantwortete seine Fragen. Manchmal glaubte Georg sogar, Hugo habe sich infolge seiner Krankheit in diese Liebe hineingeträumt und Miriam und die Tochter gäbe es gar nicht. Er erkundigte sich sogar beim Einwohnermeldeamt über alle Bewohner der Cecilienstraße. Kein Hinweis.

Onkel Wolff war sehr stolz auf Georg. Ein wenig ärgerte ihn allerdings auch, dass Georg sich mit französischen, italienischen und englischen Lieferanten in Berlin traf und über seinen Kopf hinweg direkt bei ihnen orderte. Diesen Ärger schluckte er aber runter, weil er sich eingestand, genauso zu handeln, wenn er an Georgs Stelle wäre.

In Stralsund machten die Wertheims nach wie vor gute Geschäfte. Doch Rostock überflügelte bereits im ersten Jahr den Umsatz von Stralsund um das Dreifache. Georg dachte nicht lange nach und kaufte bei der ersten günstigen Gelegenheit das Haus nebenan. Er erweiterte seine, wie er sagte, ›Gelddruckmaschine‹ in Rostock.

Die Verkäufer wurden in uniformähnliche Anzüge gekleidet. Jeder Mitarbeiter hatte die Verpflichtung, mindestens dreißigtausend Reichsmark im Jahr an Umsatz zu machen. Dabei achtete Georg peinlich darauf, dass den Kunden nie Waren aufgeschwatzt wurden. Seine Verkäufer sollten immer als Berater auftreten. Eiserne Festpreise gab es auch in Rostock, nicht mal Mengenrabatt.

Die Wertheim'schen Festpreise waren für Rostock eine Novität und wurden von den Käufern sehr schnell als angenehm empfunden. Eine vermögende Stammkundin, hübsch und immer dann als Käuferin im Geschäft, wenn Georg hinter seinem Stehpult über allem thronte, schrieb ihm einen persönlichen Brief. In dem lobte sie den Herrn Wertheim aufs Liebenswerteste und Demütigste dafür, dass der Einkauf in seinem Geschäft für sie immer wieder ein »Erlebnis« sei. Die Kundin war eine hübsche, jüdische, sehr reiche Person. Georg freute sich über den Brief, roch den Hochzeitsbraten und antwortete nicht. Er begrüßte sie mit höflicher Zurückhaltung, obwohl die junge Dame ihm immer huldvoll die Rechte zum Handkuss reichte.

Auch in Rostock hieß das Unternehmen ›Abraham Wertheim‹.

Ende 1884 ermunterte ihn Onkel Wolff, darüber nachzudenken, in Berlin eine Wertheim-Filiale zu eröffnen. Viele mittelständische jüdische Kaufleute, wie Georg und Hermann Tietz, Jandorf und Althoff, zog es in die Millionenstadt, um hier an der ›neuen Zeit‹ und ihren ungeheuren Umsätzen teilzuhaben. Es gab seit Beginn des Jahrhunderts schon mehrere jüdische Kaufhäuser wie ›Herzog‹ oder ›Gerson‹. Sie gehörten zu den wohlhabendsten Bürgern der Reichshauptstadt. Unter den hundertzwanzig reichsten Berlinern waren fast achtzig jüdischer Herkunft. Onkel Wolff gehörte auch dazu. Mehr und mehr zog es jüdische Händler aus München, Hamburg, Schwerin und 1885 auch Georg Wertheim an den Ort, wo seit dem gewonnenen Krieg gegen die Franzosen aus großen Handwerksbetrieben Industriebetriebe wurden. Siemens & Halske waren bereits weltberühmt. Große Bankhäuser aus Frankfurt, Köln oder Breslau eröffneten Filialen in Berlin und die ursprünglichen Gründungsstädte im Banken- und Börsengeschäft verloren gegenüber Berlin schnell an Bedeutung.

Onkel Wolff wollte seinen Neffen schnell in die Hauptstadt holen: »Georg, du musst zurück nach Berlin! Jetzt bist du nur ein stinkreicher Provinz-Krauter. Hier liegt das Geld auf der Straße! Das muss ich dir doch nicht sagen.«

»Vielleicht eröffne ich ein Geschäft in der Cecilienstraße. Da stehen einige Häuser zum Verkauf.«

Onkel Wolff war entsetzt. In der Cecilienstraße gäbe es keine Laufkundschaft. Und überhaupt sei der ganze Bezirk Schöneberg kein Platz für erfolgreiche Geschäfte. »Wie kannst du nur auf so eine meschuggene Idee kommen – klug, wie du bist?!«

Er suche eine bestimmte Kundin, orakelte Georg.

Das verstand Wolff nicht und wollte es auch nicht verstehen. Stattdessen befühlte er die Stirn seines Neffen, ob dieser vielleicht Fieber habe, und riet ihm, auch bald zu heiraten und zwar am besten hier in Berlin.

»Das Blut steigt dir schon zu Kopf. Ich empfehle dir eher die Gegend um die Rosenthaler Straße. Spandauer Vorstadt. Dort gibt es hundert-, zweihundert-, wenn nicht gar dreihunderttausend mehr oder weniger kaufkräftige Bewohner. Wenig Stinkreiche, aber dafür umso mehr Arbeiter! Dort leben Menschen, die in der Industrie täglich vierzehn Stunden arbeiten und deren Frauen es auch tun, so dass sie zu Hause kaum Zeit haben, für sich selber zu nähen, zu sticken oder häkeln. Die Menschen dort arbeiten so viel – Männlein und Weiblein –, dass sie in ihrer knappen freien Zeit sich mit günstiger Ware eindecken müssen. Doch, glaub mir, geh in die Rosenthaler Straße.«

Georg meinte, er kenne die Rosenthaler Straße von früher. Habe aber den Eindruck, dass er dann mit seinem Geschäftsprinzip, Kaufen bei Wertheim müsse ein Erlebnis sein, wohl nicht so recht reüssieren würde.

Er fuhr trotzdem mit seinem Onkel Wolff in einer Kutsche die Rosenthaler Straße rauf und runter, und was er dort sah, gefiel ihm dann doch. Viele potentielle Kunden, aber kaum geeignete Geschäfte, wenn man mal von den Klitschen absah, die minderwertiges Zeug verhökerten. Aber es gab täglich an jeder Ecke Wochenmärkte mit Gemüse- und Fleischangeboten. Auch irgendwelchen Stoff-Tinnef, der nicht einmal den Namen Stoff verdiente. Die Wochenmärkte brummten. Sieben Tage in der Woche. In Berlin waren auch am Sonntag alle Geschäfte geöffnet. Sechzehn Stunden am Tag.

Nachts wanderte Georg wieder durch die Cecilienstraße, stand stundenlang vor einem Haus, von dem er glaubte, in dem könne Miriam-Magdalene leben, bevor er sich in sein Hotel begab und nicht einschlafen konnte.

Als er im Bett lag, weinte er ein bisschen und schluchzte: »Ach, Hugo, Berlin oder die ganze Welt kann doch nicht ein Menschenkind mit einer kleinen Tochter verschlucken!«

1885 war es für Georg an der Zeit, seiner Familie mitzuteilen, dass er für alle die Entscheidung getroffen hatte, nach Berlin weiterzuwandern, um dem Namen ›Abraham Wertheim‹ auch dort zu Glanz zu verhelfen. Er bat die Familie abends in den Salon. Als

Letzter kam wie üblich der mittlerweile 18-jährige Wolf, etwas geckenhaft gekleidet, angeblich grade vom Geigenunterricht.

»Dann solltest du die Knöpfe an deiner Hose und deiner Weste ordentlich verschließen«, bemerkte spitz Schwester Helene.

Sie schenkte allen aus einer Karaffe Portwein ein und Hedwig verteilte französische Häppchen mit Lachs. Ida und Abraham saßen nebeneinander auf der mit venezianischem Brokat bezogenen Chaiselongue. Ida schob Abraham ein Samtkissen in den Rücken, weil Abraham es neuerdings etwas am Kreuz hatte.

Ida war stante pede gegen Berlin. Und wie immer, wenn sie gegen etwas war und ihren Willen durchsetzen wollte, kam sie nicht gleich auf den Punkt, sondern handelte nach ihrem Prinzip, dass zwischen zwei Punkten die Gerade nicht unbedingt die kürzeste Verbindung sei.

Georg hatte das Glas Portwein dankend abgelehnt.

Nun schaute Ida noch besorgter: »Möchtest du stattdessen lieber eine Zigarre rauchen? Dein Vater hat kubanische. Bei Abnahme von sechzig Flaschen Mosel und zwölf Flaschen Portwein legt dieser Schlemihl von Mundek Muschkatblüte immer eine Kiste davon als Rabatt dazu. Oder ein paar Hausschuhe aus Juchtenleder. Großzügig, nicht? Wir sind jetzt sehr angesehen, wie du weißt.«

Georg kannte seine Mutter und ihre Volten. Er erwiderte, dass Mundek ein reicher Mann sei, weil Leder immer gebraucht werde. Um in Stralsund leben zu können, müsse man sich das Kaff schön trinken, also würde hier auch viel getrunken.

Ida wusste, dass sie mit Tricksereien bei Georg nicht weiterkam. Sie versuchte es mit Fakten: »Wir Wertheims sind schon fast Millionäre. Nicht Einkommensmillionäre, sondern Vermögensmillionäre. Die Umsätze hier in der Provinz sind fraglos dein Verdienst. Du kennst ja die Kassenbücher. Willst du das aufs Spiel setzen?«

Jetzt wurde Georg doch etwas leidenschaftlicher: »Mutter Ida, wir sind Millionäre. Wohl wahr. Aber die Karstadts, die Jandorfs und die Tietzens sowie die Firma Althoff, die zieht es auch alle nach Berlin. Alle eröffnen dort Filialen! Berlin ist die Zukunft! Und nicht nur deine Vergangenheit, weil du dort mal geboren wurdest.«

Ida legte sich entnervt ein Samtkissen auf den Schoß und ließ sich ein zweites Glas Portwein reichen. Sie nippte kurz und erklärte dann, Berlin sei nichts für die Wertheims. Sie habe es immer und immer wieder gesagt: Lieber der Erste in Rostock und Stralsund sein, als einer unter vielen in diesem Moloch Berlin!

Abraham gab seiner Ida recht: »Was der Allmächtige gibt, kann er auch wieder fortnehmen.«

Die Aussicht auf Berlin beflügelte aber in Wahrheit alle Wertheim-Kinder. Prinz Wolf wurde ganz nervös und tigerte durch den Salon auf und ab. Helene und Hedwig schauten sich an, zupften an ihren Seidenblusen herum und dachten beide über die Eleganz der Großstadt nach und wohl auch über elegante Lebenspartner, die sie in Stralsund bisher nicht gefunden hatten. Im heiratsfähigen Alter waren beide schon längere Zeit. Franz und Wilhelm fanden Stralsund plötzlich reichlich öde, denn das Geschäft bedurfte schon lange nicht mehr ihrer Anwesenheit. Die Arbeit erledigte, unter strenger Aufsicht von Ida, das Personal. Franz und Wilhelm arbeiteten Bürokram ab. Spazierten manchmal abends über den Marktplatz, um Helene und Hedwig an die frische Luft zu führen. Sie fanden Georgs neue Perspektive in Berlin vielversprechend. Alle Kinder hofften, Georg würde sich bei den Eltern durchsetzen. Georg war eigensinnig und mit Sicherheit nicht der liebenswerte Bruder, zu dem man aufschauen wollte, sondern unnahbar und zielstrebig. Das war seit Hugos Tod noch schlimmer geworden.

Wolf, der Geigen-Hallodri, hatte es vor einiger Zeit mal auf den Punkt gebracht: »Unser Georg ist so kleinlich, wenn man dem morgens einen schönen Tag wünscht, rennt er sofort ans Fenster und guckt, ob die Sonne scheint! Dreht auch jeden Groschen dreimal um.«

Jetzt lobte Ida Georgs Bescheidenheit. Außer für seine extrem teure Kleidung gab Georg als junger Mann kaum Geld für sich aus. Nur für Bücher. Fachliteratur, Zeitungen und Kunstbücher.

»Ich glaube, ich würde mich in Berlin wohl fühlen. Leider durfte ich ja noch nie mitfahren«, maulte Wolf, um auch mal was zum Gespräch beizutragen.

Abraham wiederholte nur: »Was der Allmächtige gibt, das kann er auch wieder fortnehmen.«

Georg beendete schließlich die Diskussion. Er erklärte seiner Familie, dass er eine Geschäftseröffnung in der Rosenthaler Straße plane. Dass dort zwar nur wenig kaufkräftige Kundschaft lebe, dafür aber viele Menschen, und dass die Sache beschlossen sei. Punktum.

Er fügte noch hinzu: »Wertheim bürgt für Qualität, aber zunächst müssen wir uns einen Kundenstamm schaffen. Wir können nur anfangen mit festen Billigpreisen für einfache Waren!«

Ida rutschte vor Schreck fast vom glatten Brokatsofa. Sie schrie: »Wie bitte: Ramsch?! Ramsch?! Das haben wir doch überwunden!«

Wenige Wochen später reiste das Stehpult aus Stralsund mit nach Berlin. Georg versprach seinen Brüdern, dass sie nach der Eröffnung des Ladens nachkommen sollten, um ihm zu helfen – sofern die Sache funktionierte. Am liebsten wären sie natürlich gleich mitgefahren.

Er sagte: »Nur sukzessive. Wartet es ab.«

»Sukzessive« war sein neues Lieblingswort, wenn er sich einer Sache nicht so ganz sicher war. Er reiste mit seiner Garderobe, seinen Büchern und eben dem Stehpult nach Berlin.

Mit einem Vermieter in der Rosenthaler Straße einigte sich Georg sehr schnell auf einen äußerst günstigen Mietzins. Die Geschäftsräume waren stark renovierungsbedürftig, weil sie seit Jahren nicht vermietet wurden. Der Mann wünschte ihm viel Glück bei dem Vorhaben, aus dieser Industriearbeitergegend geschäftlich Gewinn zu ziehen. Es kämen jetzt viele jüdische Händler nach Berlin. Alle zum Absahnen. Alle sehr erfolgreich. – Ob Georg Wertheim auch Jude sei?

»Das ist einzig und allein meine Sache«, antwortete Georg kühl.

Der Vermieter gefiel ihm nicht. Der Mietzins war günstig. Die anzüglichen antisemitischen Bemerkungen nahm er nicht ernst. Onkel Wolff hatte ihn vorgewarnt. Als neuer jüdischer Händler müsse er mit antisemitischen Aktionen rechnen. Hinter diesem Antisemitismus steckte, so erklärte ihm Wolff, die ›Mittelstandspartei‹, deren Mitglieder Gewerbetreibende und kleine Handwerksbetriebe waren, die die moderneren Geschäftsmethoden und das enorme Kapital, das in die neuen Geschäftsgründungen floss, fürchteten. Damit hatten sie nicht mal ganz unrecht. Der Ramschhändler Lubasch bot Waren von minderer Qualität billigst an. Er drückte damit die kleineren und mittelständischen christlichen Einzelhändler an die Wand. In der Parteizeitschrift *Die Wahrheit* wurde immer öfter und immer infamer gegen die neuen Berliner Kaufherren gehetzt.

Georg hatte sich während der Renovierungsarbeiten in der Rosenthaler Straße diskret in den Geschäften von Lubasch umgesehen und war von der reißerischen Werbung, den schlechten Qualitäten und vor allen Dingen vom Personal angewidert. Die Firma verhökerte Stoffe, Posamenten und billige Konfektionskleidung zu Kampfpreisen. Selbst diese Preise waren Lubaschs Waren nicht wert. Die Verkäufer lockten laut schreiend auf der Straße Kunden in die Geschäfte. Nein, mit denen wollte Georg nicht in einen Topf geworfen werden.

In der Nähe der Cecilienstraße hatte er sich eine kleine Wohnung gemietet, schlief schlecht, träumte oft von Hugo, dieser Miriam-Magdalene und einem kleinen Mädchen. Und auch von dem lauten Geschrei vor den Lubasch-Geschäften.

Es kam sogar vor, dass wütende Alt-Berliner Händler Schlägertrupps organisierten, die gegen Lubaschs Geschäftsgebaren vorgingen. Lubasch erwehrte sich seiner Haut, indem er in all seinen Betrieben einige solide und arbeitslose Beschützer als Lagerarbeiter beschäftigte. Die hatten bei Demonstrationen schnell einen Holzknüppel zur Hand. Zumeist waren diese Lageristen Mitglieder sogenannter »Ringerclubs«, die sich in Kiez-Kneipen trafen, immer für eine schnelle Mark gut waren, zumeist wegen irgendwelcher Eigentums- oder Gewaltdelikte vorbestraft waren und für ein schnelles Geld die Fäuste fliegen ließen oder mit Knüppeln sich gegen Übergriffe von Demonstranten erwehrten. Auch die Schläger der Mittelstandspartei stammten aus diesem halbkriminellen Milieu der Ringer-Vereine.

Wertheim hatte bei seiner Neugründung nur die Chance, Kasse durch Masse zu machen. Aber von dem unternehmerischen Rabaukentum des Lubasch wollte Georg sich unterscheiden.

Kasse kann ich nur durch Masse machen. Und Gewinn nur durch Klasse, schrieb er nach Stralsund und versprach, dem Prinzip der Wertheims, niemals einen Kunden übers Ohr zu hauen, treu zu bleiben.

Mutter Ida schaute nicht sehr optimistisch in Georgs Berliner Zukunft. »Möchte wohl so sein. Man muss den Brief zwischen den Zeilen lesen. Unser Finanzminister ist unsicher!«

Dann reichte Ida den Brief an Abraham. Wolf wollte sofort nach Berlin reisen, um seinem ältesten Bruder beizustehen.

»Du willst nur deinem Vergnügen nachgehen!«, pfiff ihn Ida zurück und hatte damit recht.

Auch in Stralsund wurde *Die Wahrheit* gelesen.

»Ich dachte immer, in Preußen ist der Antisemitismus verboten? Oder zumindest nicht gesellschaftsfähig. Ein Hetzblatt, in das man nicht mal Fischreste einwickeln sollte!«, bekümmerte sich Abraham darüber, ging in die Synagoge und betete mit Bronski und seinen anderen jüdischen Freunden.

An einer soliden Einrichtung in der Rosenthaler Straße sparte Georg nicht. Der Laden sah »gediegen« aus und, wie Frau Ernestine und Polka-Wolff lobten: »Viel zu aufwendig für diese elende Gegend!«

Am Sonntag der Geschäftseröffnung engagierte Georg über eine Künstleragentur einen Stelzenmann. Der Artist lief auf drei Meter hohen Stelzen vor dem Geschäft auf und ab, trug einen großen Zylinder, eine Jacke und lange Hosen in den Wertheim'-

schen Farben: eine Art Burgunderrot. Das Kostüm war über und über mit den Buchstaben AW bemalt. Er hielt ein Schild hoch, auf dem geschrieben stand: *Alle Tuche für 50 Pfennig! Nur ff Qualitäten!*

Bei einem Stelzenmann als Werbefigur kamen natürlich als Erstes die Kinder der ganzen Gegend angerannt und bestaunten ihn wie ein Weltwunder. Dann kamen die Mütter der Kinder und dann die Väter. Und es gab viele Neugierige, die den neuen Laden mit dieser witzigen Werbeidee besichtigen wollten. Schnell hatte sich vor dem Geschäft eine Menschenmenge versammelt, die dem Stelzenmann alles Mögliche zurief, wie zum Beispiel: »Liegt oben auf deinem Zylinder noch Schnee?«

Die Menschen interessierten sich auch für die Auslagen der Abraham Wertheim oHG. Wiederum hatte Georg auf geschmackvolle Dekorationen gesetzt. Seine Waren waren zu einem festen Preis zwar billig, wurden aber opulent und teuer präsentiert. Ganz im Gegensatz zu dem Ramschchaos, das vor und in den Lubasch-Geschäften üblich war. Dort riss sich die Kundschaft gegenseitig die Angebote aus den Händen. Das wollte Georg verhindern.

Auf den Theken in der Rosenthaler Straße standen Gläser mit Bonbons, Lakritze für die Kinder und Veilchenpastillen für die Kundinnen. Auch Männer bekamen Naschwerk: Kautabak in Steinguttöpfen, aus denen jedermann sich bedienen durfte. Schon diese freundliche Werbeidee zog Kundschaft in den Laden. Gleich am ersten Tag waren die Kleinbürger der Spandauer Vorstadt in der Rosenthaler Straße von dem ordentlichen Warenangebot bei dem neuen Juden überrascht. Bei der Auswahl des Verkaufspersonals hatte Georg auf Freundlichkeit, angenehmes Äußeres und gleiche Kleidung Wert gelegt. Alle Verkäufer waren an burgunderroten Kitteln zu erkennen. Die Herren trugen Krawatten. In der Wäsche- und Damenkonfektionsabteilung hatte Wertheim hübsche junge Frauen eingestellt, die auch burgunderrot verschönt wurden, schwarze Lackgürtel um die Taille trugen und eine züchtige schwarze Seidenschleife um den Hals.

In der Rosenthaler Straße begann Georg mit billigen Produkten von guter Qualität, aber keineswegs ärmlich. Der Ramschkonkurrent Lubasch schäumte vor Wut und warb mit aggressiven Anzeigen in Berliner Zeitungen, in denen er behauptete: *Wer bei Wertheim kauft, bringt nichts von Wert heim!*

Georg Wertheim konterte in geschmackvollen, vornehmen Inseraten mit einem einzigen Satz in englischer Schreibschrift: *Wer bei Lubasch kauft, hat nichts von Wertheim!*

Der Laden lief gut und machte erfreuliche Umsätze. Das Verhältnis von Einkaufspreis zu Verkaufspreis war zwar knapp kalkuliert, aber Georg, der sieben Tage die Woche hinter seinem Stehpult residierte, war abends mit dem schmalen Gewinn zufrieden. An Luxuswaren war noch nicht zu denken. Seine qualitativ hochwertigen Billigangebote sicherten ihm das Vertrauen einer schnell wachsenden Stammkundschaft. Zu den Bonbons, Pastillen und Kautabakbehältnissen ließ Georg Wertheim zur Mittagszeit auch noch Gläser mit Soleiern stellen, die er kostenlos seinen Kunden anbot. Und Schrippen mit Senf.

Dann herrschte in den Handwerks- und Industriebetrieben der Gegend eine kurze Mittagspause. Viele Arbeiterinnen und Arbeiter hatten sich angewöhnt, mal kurz bei Wertheim vorbeizuspringen, um zu schauen, ob es was neues Interessantes im Angebot gäbe. Da waren die Soleier ein genialer Imbiss für den kleinen Hunger. Onkel Wolff fand die Eieridee zwar »total meschugge«, aber genial. Oft kam er selber mittags vorbei und fischte sich mit einer Holzzange ein Ei aus den Gläsern. Nicht so sehr des Hungers wegen, sondern um sich einen Eindruck von Georgs Geschäftserfolg zu machen.

Einmal raunte er: »Du bist unberechenbar mit deinen Ideen! Leise im Umgang, aber drastisch im Erfolg. Glückwunsch! Wie verkaufst du denn die blauen Arbeitshosen aus Moabit ab? Die müssen in dieser Gegend doch auch weggehen wie die Semmeln mit Eiern?«

»Anfangs erfreulich«, antwortete Georg, aber jetzt sei wohl der Bedarf gedeckt und der Umsatz stagniere. Das läge daran, dass diese Drillichhosen nicht so schnell kaputtgingen wie empfindliche Seide oder Organza. Außerdem kaufe seine Kundschaft nur ein Paar Hosen. Am Samstag würden sie abends in einem Holzbottich gewaschen und montags seinen sie wieder schnieke. Die Nachfrage nach seinen blauen Arbeiterhosen hatte Georg auf eine neue Idee gebracht. Mit dem Textileur aus Moabit hatte er vor Jahren sein erstes selbständiges Geschäft gemacht. Daraus hatte sich zwar keine Freundschaft, aber doch so etwas Ähnliches wie Vertrautheit entwickelt. Vertrautheit kam bei Georg eh schon selten genug vor. Er überzeugte den Konfektionär, Hosen mit einem Latz und Hosenträgern, die hinten an die Hose geknöpft wurden, herzustellen und gleichzeitig noch große Schürzen aus dem gleichen Stoff für Arbeiterinnen und Arbeiter. Damit war Georg Wertheim der Erfinder der Arbeiter-Latzhose. Er schrieb nun nach Stralsund, dass die Geschäfte gut liefen und neue Geschäftsideen den Umsatz wachsen ließen. Dann zeichnete er seine Hosen- und Schürzenentwürfe auf einen Briefbogen mit genauer Angabe der Nähte. Er berichtete in dem Brief auch von seinen Überlegungen, dass er für die einfachen Frauen und ihre Kinder eine Feiertags-Kollektion von Kleidern und Kinderkleidung entwickeln lassen wolle. Und bat Vater Abraham, Herrn Bronski zu bitten, über schnitttechnisch einfach herzustellende Entwürfe nachzudenken und ihm diese gegen Bezahlung zu schicken.

Bronski und seine Frau Eva fertigten sofort einfache Schnittmuster an und Georg beauftragte den Moabiter Textileur, diese Modelle herzustellen. Sie wurden der ›Abraham Wertheim oHG‹ aus den Regalen gerissen und die Kleiderständer mit billigem Sonntagsstaat mussten ständig nachgefüllt werden. Diese Kleider wurden mit einfachen, spitzenartigen Baumwollkrägen und Manschetten veredelt. Für Knaben ließ Wertheim Matrosenanzüge mit kurzen und langen Hosen und weißem Leinenkragen mit blauen Streifen herstellen.

Matrosenanzüge waren in den achtziger Jahren des Jahrhunderts der letzte Schrei für die Kinder des Großbürgertums. Seine Majestät, der Kaiser Wilhelm, baute eine Kriegsflotte auf und jeder Junge wollte Matrose werden und zog schon mal die Uniform an. Wertheim machte in der Rosenthaler Straße diese Feine-Leute-Mode zum Massenartikel. Er bot auch die dazu passenden Mützen an. Der neue Schwerpunkt ›Konfektion für die arbeitende Bevölkerung von guter Qualität plus Sonntagsstaat für jedermann‹ nötigte Onkel Wolff lautstarken Respekt ab.

Georg erklärte ihm einmal: »Irgendwann hab ich gemerkt, dass die Hausfrauen nicht mehr selber zu Hause schneidern, wie es früher üblich war. Wann haben die Arbeiterinnen in der Industrie denn noch Zeit dazu? Wenn es hochkommt, können sie nur abends einmal warm kochen. Deswegen sind meine Soleier zur Mittagszeit so beliebt. Die preußische Arbeiterfrau hat keine Zeit mehr zum Schneidern. Deswegen ist die Nachfrage groß.«

Onkel Wolff hatte da geantwortet: »Und du hast bald die Mittelstandspartei mit ihren Handwerksbetrieben mächtig am Hals, dass dir Hören und Sehen vergeht. Konfektion tötet das Handwerk! Darauf verwette ich alle meine Knöpfe von mindestens zwei meiner Westen.«

Er sollte recht behalten. Die Sonntagskonfektion von Wertheim war ein geschäftlicher Paukenschlag. Da die Verarbeitung erstklassig war und das Material strapazierfähig und doch, durch Applikationen, kostbar wirkte, kamen nach und nach auch die besseren Kreise aus den feineren Stadtteilen Berlins zur Rosenthaler Straße. Darauf hatte Georg gehofft.

Als die ersten begüterten Kunden seinen Laden besuchten und seine Weißwaren und Kinderkleidung bewunderten und kauften, sann Georg darüber nach, den Berliner Betrieb vorsichtig nach seiner Stralsunder und Rostocker Façon zu erweitern. Luxusartikel für jedermann. Bevor er dies in die Tat umsetzen konnte, gab es zunächst mal einen Rückschlag.

Es geschah an einem Freitagabend. Da gab es immer eine besondere Attraktion bei Wertheim: Künstler, die vor dem Laden mit Keulen jonglierten, oder auch Feuerschlucker, einmal sogar einen Messerwerfer, als Indianer verkleidet, vor dem die Kinder allerdings Angst hatten. An jenem Freitag war wieder einmal der Stelzenmann im Einsatz. Im Geschäft verteilte Georg persönlich

Bonbons an die Kinder. Ein kleines Mädchen bedankte sich artig bei ihm mit einem Knicks und sah ihn mit großen blauen Augen an. Für einen Moment glaubte Georg, in die Augen seines Bruders Hugo zu schauen. Er fragte das Mädchen nach dem Namen der Mutter.

»Gotskowski«, antwortete die Kleine.

»Und mit Vornamen vielleicht Miriam-Magdalene?«

»Nee, nur Mutti«, verriet das Mädchen, steckte schnell die Bonbons in die Tasche und rannte verunsichert aus dem Geschäft. Der Herr Wertheim hatte sie so lange traurig angeblickt.

Hugos Tochter musste jetzt ungefähr fünf bis sechs Jahre alt sein. Wann immer er kleine blonde Mädchen mit blauen Augen sah, erinnerten sie Georg an Hugo. An diesem Freitagabend wollte er nach Geschäftsschluss wieder einmal zur Cäcilienstraße fahren, um zum x-ten Mal nach Miriam-Magdalene und Hugos Tochter zu suchen.

Da sah er plötzlich durch die geöffnete Ladentür, wie der Stelzenmann zu Boden ging. Einige Männer hatten ihm die Stelzen weggeschlagen. Dann flogen Steine in seine Schaufensterscheiben.

»Hep, hep, Judendreck! Hep, hep, Judendreck!«

Wertheims Kundschaft verließ aus Angst schnell den Laden. Das Rollkommando riss die Verkaufsstände vor dem Ladenlokal auseinander und zerfetzte die darauf angebotenen Stoffreste, die als Sonderangebot hier auslagen. Dann stürmten die starken Männer das Geschäft. Georgs Personal flüchtete durch einen Hinterausgang. Einige Kunden bekamen sogar noch Tritte, um sie schneller aus dem Laden zu vertreiben.

Ein Mann brüllte: »Wo ist der Jude Wertheim?!«

Georg Wertheim rannte nicht davon. Er hatte sich hinter seinem Stehpult aufgerichtet und streckte das Kinn mutig vor. Zunächst beobachtete er wortlos den Überfall und Vandalismus des ›Ringer-Vereins‹. Die Männer zerrten Waren aus den Regalen und warfen Verkaufsständer mit der Konfektionsware um.

Georg räusperte sich, prüfte den Sitz seiner Stimme und brüllte: »Sie wünschen?!«

Ein besonders kräftig gebauter Mann trat vor, schwang spielerisch mit einem geschnitzten Holzprügel und brüllte zurück: »Wir wünschen, dass Sie mit diesem Affenzirkus hier aufhören! Ihrer Gesundheit zuliebe: Verschwinden Sie! Sofort! Für immer!«

Ein zweiter Mann erklärte, dass drei seiner Freundinnen Wertheims Konfektion wegen ihre Anstellung bei kleinen Schneidereien verloren hätten. »Meine Freundinnen sind brotlos. Ihretwegen!«

Bevor die Polizei eintraf, hatten die Männer Georg Wertheims ersten Laden in der Rosenthaler Straße zerlegt. Ein Trümmerhaufen. Georg stand aufrecht hinter seinem Stehpult. Seine stolze Haltung schützte ihn vermutlich vor einem tätlichen Angriff. Oder flößte den Rabauken Respekt ein. Als sie alles kurz und klein geschlagen hatten, verließen sie den Laden.

Draußen schrien sie weiter: »Hep, hep, Judendreck!«

Als die Polizei endlich eintraf, war das Geschäft in der Rosenthaler Straße am Ende.

Georg reiste am nächsten Tag nach Stralsund. Als er in der Wohnküche vom Vorgefallenen berichtete, waren seine Schwestern und Brüder entsetzt. Georg hatte seine Eltern freundlich in den Salon geschickt. Er wollte seinem kränklichen Vater die Wahrheit nicht zumuten. Vor Mutter Ida fürchtete er sich.

Wolf war fuchsteufelswild: »Du wirst doch jetzt nicht aufgeben?! Wenn wir zusammenhalten, fangen wir wieder von vorne an! Nur diesmal werden wir dich unterstützen. Wir müssen mit Tadde und Mama reden.«

Also gingen sie in den Salon. Dort saß Mutter Ida auf dem Sofa und rollte auf dem Tisch Münzen zu Geldrollen zusammen. Das Kleingeld des Stralsunder Umsatzes. Sie blieb dabei ganz ruhig.

Abraham Stimme zitterte: »Hep, hep, Judendreck! – So, so. – Wisst ihr noch, was das heißt, dieses ›Hep, hep‹?«

Eigentlich wollte sich keines seiner Kinder mehr daran erinnern. Vor fünfzehn Jahren wurde das auch mal in Stralsund geschrien.

Wolf winkte ab: »Er will aufgeben in Berlin! Ausgerechnet unser kalter Fisch!«

Ida klopfte bei einer Geldrolle an den Enden das Papier fest. Schon ziemlich wütend sagte sie: »Woher, Abraham, kommt ›Hep, hep‹? Ich habe es schon vor langer Zeit vergessen.«

Abraham antwortete leise: »Hierosolyma est perdita – Jerusalem ist verloren.«

Und dann explodierte Ida: »Das ist Feigheit, Schmonsens, Nonsens!«

Georg zog aus seiner Jackentasche eine Ausgabe der *Wahrheit* hervor, blätterte einen Artikel auf, legte ihn seiner Mutter auf den Tisch.

Sie konnte noch ohne Brille lesen: »*Die Juden sind unser Untergang ... Schändliche Infiltration des Berliner Handels und Gewerbes durch das Ramschgeschäft Wertheim ...* Oh je. – *Judenpack* steht auch über uns drin. Nonsens, Schmonsens! Du hast ein erfolgreiches Geschäft in Berlin aufgebaut. Wir alle kennen deine Umsatzzahlen. Kasse, Masse, Klasse! Nun ist der Laden zu Bruch gegangen. Aber doch nicht unser Ansehen!« Sie zerfetzte die Zeitung. »Eben nur ein Verlust. Und das ist nicht gut. Aber, Georg, es ist nicht deine Art, aufzugeben. Wenn man mal am Ende ist, fängt man wieder von vorne an! Berlin ist ein Moloch, ja, aber ...«

Dann scheuchte sie Helene und Hedwig in die Küche, um Bohnenkaffee zu holen und brüllte: »Ihr Jungen geht alle nach Berlin! Wir befinden uns in Berlin vielleicht derzeit im Krieg. Aber unsere Würde und unsere Tüchtigkeit müsst ihr verteidigen!«

Mit diesem entschiedenen Zornesausbruch von Ida hatte niemand gerechnet. Erst recht nicht damit, dass die Mutter alle nach Berlin schickte. Sie legte die Geldrollen in eine Stahlkassette, die schon mit Bargeld gefüllt war, verschloss sie, steckte den Schlüssel in ein Krokodilleder-Portemonnaie, das sie in einer Krokodilleder-Handtasche verstaute.

Dann sagte sie: »Hier in Stralsund oder Rostock seid ihr Müßiggänger. Die Geschäfte laufen von alleine. Meine Söhne, in Berlin fangt ihr noch mal von vorne an. In dieser Rosenthaler Straße!

Dort investieren wir unseren Reichtum. – War das klar genug?! Ich kann ja auch mal für etwas sein, wogegen ich mal war!«

Wolf war als Erster sehr überzeugt: »Zicke-zacke! Hurra, Berlin! – Und da gibt es ja auch echt was zu heiraten. Nicht, Mama?«

»Jedenfalls mehr als hier in meiner gemütlichen Provinz mit der guten Luft. Hier herrscht Piefigkeit. – Denkt nur an die Tietzens! Die sind auch in Berlin.«

Mit allem hatte Georg gerechnet, nur nicht damit, dass er mit seinen Brüdern zurück zum Wiederaufbau nach Berlin geschickt wurde. Er war so deprimiert gewesen, dass er sich eine Zukunft in Stralsund und Rostock ausgemalt hatte. Die Hoffnung, Miriam-Magdalene und ihre Tochter wiederzufinden, hatte er nach den Vorkommnissen schließlich aufgegeben. Vielleicht war Miriam-Magdalene auch vor fanatischen Antisemiten geflohen. Schließlich war sie eine unverheiratete jüdische Mutter.

»Das wird also die Zukunft bringen: Vier Brüder betreiben ein erstklassiges Fachgeschäft mit reellen Waren und geringen Unkosten – so, wie du es bereits aufgebaut hattest, Georg. Und dann spendierst du wöchentlich den Gendarmen am Freitagabend fünf Liter Bier, so dass nach der Wiedereröffnung alle naselang ein Gendarm vor euerm Geschäft auf und ab patrouilliert – meinetwegen auch als Feuerschlucker!«

Wolf fühlte sich schon mitten im Berliner Großstadttrubel. Konnte seine Vorfreude kaum verbergen. Er klatschte begeistert in die Hände.

»Und du denkst als Letzter ans Heiraten, mein Kleiner!«, tadelte ihn Ida.

Georg sagte sehr leise »Hep, hep«, als könne er diese Ungerechtigkeit noch immer nicht begreifen.

Ida schaute ihn nur böse an und schüttelte den Kopf: »Wenn es an der Zeit ist und die Geschäfte wieder laufen, dann kommen Vater und ich nach. Und gründen weitere Geschäfte in Berlin. Stralsund ist schön. Vater und ich sind hier älter und ihr erwachsen geworden. Aber so langsam bekomme ich diesen Seefischgestank nicht mehr aus der Nase. Was haltet ihr davon, wenn ich heute

Abend mit Petersilie gefüllte Forellen mit Salzkartoffeln, zerlassener Butter und Gurkensalat mache? Süßwasserfische!«

Am nächsten Morgen litt Georg unter Sodbrennen. Die Aufregung, der Fisch mit der Butter und vor allem der Gurkensalat waren ihm nicht bekommen. Sich eingestehen, in Berlin gescheitert zu sein und sich dennoch einen guten Namen bei wachsender Kundschaft gemacht zu haben, konnte er nicht. Auch die Hetzpresse steckte er nicht weg. Seine erste Niederlage im Geschäftsleben. Er sehnte sich schrecklich nach Hugo, der in diesem Moment sicher etwas Aufmunterndes gesagt hätte. Die Idee mit den fünf Litern Bier einmal wöchentlich für die Gendarmerie kannte er aus seiner Lehrzeit. Onkel Wolff hatte auch gute Kontakte zur Polizei.

Einige Wochen später wurde der Laden in der Rosenthaler Straße wieder eröffnet. Etwas zurückhaltender, ohne Stelzenmänner, Messerwerfer oder Jongleure. Auch keine Resteverkäufe vor dem Laden. Der Warenbestand, der nach dem Überfall restlos zerstört war, wurde behutsam wieder nachbestellt. Das in Rostock und Stralsund erwirtschaftete Vermögen mochte Georg nicht antasten. Er stellte seine Zeitungsannoncen ein. Er betrieb das Geschäft ängstlich und mit Behutsamkeit, um der Mittelstandspartei nicht Anlass zu geben, ihre Wut an dem jüdischen Händler auszulassen.

Außer einigen Lageristen standen seine Brüder, in rote Kittel gekleidet, hinter den Theken. Er verrichtete über Monate still seine Arbeit hinter seinem Stehpult. Es gab keine Bonbons, Lakritze, Kautabak und Soleier mehr. Die Rosenthaler Straße war ein ziemlich langweiliger Laden. Die Umsätze stagnierten und somit die Gewinne.

Einzig Wolf bäumte sich gegen Georgs Kleinkariertheit auf. Gemeinsam bewohnten die Brüder eine Wohnung, die, gemessen am Wohlstand der Wertheims, schäbig war.

Wolf rebellierte, machte immer pünktlich Feierabend und begab sich, wie vor vielen Jahren schon Hugo, auf den ›Trallewatsch‹. Im Gegensatz zu seinem ältesten, verstorbenen Bruder suchte er nicht die Nähe Polka-Wolffs und Ernestines und der besseren Kreise, sondern fand mehr Vergnügen darin, sein Amüsement in der Halbwelt zu suchen. Seiner Mutter schrieb er, er lerne in Berlin sehr viele Künstlerinnen kennen. Leider keine jüdischen. Und er hatte Affären. Liebschaften mit Salondamen, die in der Berliner Klatschpresse Beachtung fanden. ›Wertheim‹ selbst wurde als ein etwas langweiliges Warenhaus beschrieben, in dem diskret gehandelt wurde. Nicht mehr und nicht weniger.

Eher weniger. Ida amüsierten die bescheidenen, soliden Gewinne in Berlin nicht. Es erfreute sie auch nicht, im Zusammenhang mit dem Warenhaus Wertheim immer nur über ihren jüngsten Sohn Wolf in den Gazetten zu lesen. Er hatte sich mal mit der Madame scandaleuse X oder der Künstlerin Y oder gleich mehreren Hetären gleichzeitig im Nachtleben in Berlin bekannt gemacht. Eines Tages musste sie lesen: *Wo Wolf Wertheim auftaucht, steht der Sekt bis zur Klinke.*

Der Laden in Berlin wuchs betulich. Eine gediegene Kundschaft aus allen Stadtteilen ließ sich gerne von den Wertheim-Brüdern beraten und hofieren. Die Konfektion für Arbeiterfamilien stagnierte. Durch Wolfs nächtliche Kontakte kamen auch finanzkräftigere Kunden in die Rosenthaler Straße, die nach Luxus, Glamour und Glitter verlangten. Auch wenn Georg dagegen war, übernahm es Wolf, für seine Freunde und wechselnden Freundinnen, das geeignete Angebot für den Laden zu ordern. Die »Privatkundschaft« von Wolf kam immer auf Vorbestellung, wurde von Wolf in einem eleganten Verkaufssalon im hinteren Teil des biederen Geschäftes von ihm bedient und mit Früchten und Rieslingsekt verwöhnt. Auf dem separaten Verkaufssalon für die Nachtfalter hatte Georg bestanden. Er wollte nicht wieder auffällig werden.

Das »Hep, hep, Judendreck!« gellte ihm monatelang noch in den Ohren. Die Abraham Wertheim oHG machte solide Geschäfte mit einem frivolen Kontrapunkt im hinteren Salon.

Polka-Wolff und Ernestine kamen eines Tages vorbei und orderten eine große Partie echter Brüsseler Spitze. Die gab es natürlich am Lager, aber sie war in tresorähnliche Schränke verschlossen.

»Bescheidenheit ist eine Zier, lieber Georg«, echauffierte sich Ernestine bei ihrem Besuch.

»Georg, Junge, du hast keinen Arsch mehr in der Hose!«, schimpfte Polka-Wolff.

»Ja, ich habe Angst. Immer noch!«, gab Georg leise zu.

Und Ida fand Stralsund immer langweiliger und fischiger. 1888 beschlossen Ida und Abraham, nach Berlin zu reisen. Helene und Hedwig waren fast über das heiratsfähige Alter hinaus. In Berlin wuchsen die Tietzens, Althoffs, Karstadts zu größeren Warenhäusern mit großen Warenangeboten wie Küchenwaren und Kleinmöbeln, heran. Georg Wertheim steigerte in der Rosenthaler Straße zwar Schritt für Schritt die Umsätze, aber bei weitem nicht so wie die Konkurrenz. Vor allem das christliche Unternehmen Karstadt war geschäftlich in aller Munde und ständig im Konkurrenzkampf mit der Firma Tietz. Abraham Wertheim lief nur so am Rande mit. Ohne ihren Söhnen etwas mitzuteilen, löste Ida die Wohnung in Stralsund auf. Sie nahm einen der ersten Abendzüge, die von Stralsund mit nur einmal Umsteigen nach Berlin fuhren. Und so enterten Ida, Abraham, Helene und Hedwig eines Abends unerwartet den Laden.

Das Geschäft, das sah Ida auf den ersten Blick, wurde ordentlich geführt, sah bieder aus, aber etwas zu sehr grau in grau. Über den Konfektionsständern hingen sogar Nesselschutztücher gegen Staub und Lichteinflüsse. Franz, Wilhelm und Georg füllten gerade für den kommenden Verkaufstag die Regale auf und entfernten die Nesselschutztücher von den Regalen für Seide, Kaschmir oder die stark in Mode gekommenen bestickten Chinoiserien aus Seide oder Taft. Im ganzen Laden roch es nach Bohnerwachs.

Hinten, im Luxus-Separée, schlief Wolf seinen Rausch aus. Immerhin war er mal nicht in weiblicher Begleitung, als die Stralsunder, angeführt von Ida, den Laden betraten.

Am schlimmsten war für Mutter Ida der Bohnerwachsgestank. Kein Rosenwasserduft wie in den Geschäften an der Ostsee.

»Bohnerwachs!!«, war ihre Begrüßung.

Franz und Wilhelm kletterten eilig von ihren Leitern herunter. Georg klappte das Kassenbuch zu, verstaute es in seinem Stehpult und rannte auf seine Eltern und Schwestern zu.

Ida entnahm ihrer Kroko-Handtasche einen kleinen Flakon mit Parfum, beträufelte ein Batisttuch mit einigen Tropfen und hielt es sich angewidert unter die Nase: »*Kurz die Hose, lang der Rock. Krumm die Nase und der Stock! Augen schwarz, die Seele grau – Hut nach hinten, Miene schlau. So ist Schmulchen Schiefelbeiner. Schöner ist doch unsereiner*«, zitierte sie Wilhelm Busch, der damals sehr beliebt war.

Sie pflanzte sich vor Georg auf. Energisch hob sie mit beiden Händen einen lilafarbenen Schleier von ihrem Gesicht, der von ihrem prächtigen, mit vielen Applikationen stark überladenen Früchtekorb-Hut hing. Auch Helene und Hedwig hatten sich von Schneidermeister Bronski für Berlin aufhübschen lassen. Die Kleidung war elegant. Da hatte sich das Ehepaar Bronski aus französischen Modemagazinen anregen lassen. Doch eine durchgeknallte Stralsunder Hutmacherin tobte sich auf den Häuptern der Wertheim-Damen hemmungslos aus. Die Ungetüme wurden von Haarnadeln aus Sterlingsilber und Halbedelsteinen auf den Köpfen in Balance gehalten.

Ida versuchte, einen wütenden Blick in ihre Augen zu zaubern. Sie kniff sie tückisch zusammen: »Ich wiederhole mich noch mal. *Hut nach hinten, Miene schlau – so ist Schmulchen Schiefelbeiner. Schöner ist doch unsereiner.* Wenn man euch so betrachtet, kann ich nur sagen: Der Wilhelm Busch hat völlig recht mit diesem Gedicht.«

Georg trat verlegen von einem Fuß auf den anderen, hörte, dass Wolf aus dem Verkaufssalon hervortorkelte, und sagte blitzschnell: »Willkommen, Mutter! Warum hast du uns nicht telegraphiert? Und was, bitte schön, soll dieses Gedicht?«

»Wilhelm, Franz, Georg und du da hinten, Wolf, kommt mal

nach vorn. Ich sag es nur einmal! Wir sind nach Berlin gekommen, um euch und vor allem Georg wieder auf Schwung zu bringen. Georg, diese elegante Trostlosigkeit ist doch deprimierend! Und ich sage noch etwas: Wir bleiben nur bei euch in Berlin, wenn wir hier auch die Früchte unseres kleinen Paradieses genießen dürfen und auch ernten!«

Georg fragte: »Das soll heißen?«

»Das soll heißen, dass unsere Familie, wir alle, sehr reich sind. Hier ist es aber kümmerlich, langweilig, ich will nicht gerade sagen ›armselig‹, aber doch völlig ohne Esprit! Außer vielleicht bei Wolf im Separée. Wolf ist noch bis zur oberen Zahnreihe voll mit Sekt. – Was möchte die Zukunft sein? Diese gediegene Langeweile? Wo sind die Bonbons? Die Soleier? Die Lakritze? Das Leben? – Diese Kittel, die ihr da anhabt, die sind todtraurig! So stelle ich mir ein Beerdigungsinstitut vor.«

Georg wusste, dass er jetzt unbedingt etwas tun oder sagen musste, aber er wusste nicht, was. Deshalb trat er zu seinem Vater und umarmte ihn. Das überraschte Abraham und Ida sehr. Auch Hedwig und Helene bekamen, nachdem er die Schleier der Hüte gelüftet hatte, Küsschen links und Küsschen rechts. Wolf kam herangeschwankt und umarmte seine Mutter leidenschaftlich.

Die schnatterte munter weiter: »Wolf, über dich liest man ja alle naselang in der Zeitung. Bäh! Du riechst nach Alkohol und einem seltsamen Parfum – gleich nach mehreren Parfumen. Zweifelhafte Damen benutzen so etwas. In meiner Jugend nannte man so was in Berlin ›Hurenpetroleum‹.« Und dann umarmte sie ihren Wolf auch herzhaft.

Franz und Wilhelm waren in Deckung gegangen. Georg knibbelte mit seinem Zeigefinger an der Unterlippe herum und überlegte, wie er mit diesem Überfall seiner Familie fertig werden könne. Er wusste selber, dass seine Sparsamkeit und Gediegenheit zur Manie geworden waren und seine Mutter recht hatte.

Wolf entkrampfte die Situation, indem er die Wertheim-Damen abrüstete: »Ihr seht aber schnieke aus! Herzlich willkommen! Aber, beim Allmächtigen, welcher Blumenhändler hat euch diese

Obstkörbe auf die Häupter gestülpt?« Er entfernte die Hutnadeln und befreite Mutter Ida von dem Ungetüm.

Franz und Wilhelm mussten lachen. Ida grinste am Ende auch. Die Situation entspannte sich, als Wolf aus seinem Privat-Verkaufssalon ein Fläschchen Rieslingsekt holte und mit einer großen Stoffschere köpfte. Abraham war von der Reise erschöpft und setzte sich auf einen Besuchersessel in der Posamentenabteilung. Hedwig und Helene flankierten ihn und schauten, sich die Haare ordnend, Georg an, der wie ein geprügelter Hund vor Mutter Ida auf- und abstrich.

Endlich, nach Monaten innerer Angst oder Resignation, verspürte Georg zu seiner Freude einen leichten Anstieg seines Blutdrucks. Eigentlich war er seit Hugos Tod wie ein Phantom umhergelaufen. Doch plötzlich wurde ihm ganz warm.

»Junge, du hast ja einen ganz roten Kopf! Zu enger Stehkragen?«, fragte Ida herausfordernd.

Endlich bekam Georg ein paar Worte raus: »Zunächst einmal freue ich mich außerordentlich, dass ihr erwägt, in Berlin zu bleiben.«

Alle Wertheims blickten Georg an. Wolf grinste dabei breit und knuddelte mit Ida herum.

Die antwortete: »Wir bleiben nur unter angemessenen Bedingungen. Ich sagte es schon, in Stralsund haben wir in jeder Hinsicht im Paradies gelebt – auch wenn es dort immer mehr nach Fisch stinkt. Vorübergehend werden wir in einer Suite im Hotel Bristol absteigen, so wie es unser geliebter Hugo selig auch zu tun pflegte. Nur an einer erstklassigen Adresse kann man gute Geschäfte machen. Dann suchen wir uns eine elegante Residenz. Ich denke, Polka-Wolff und diese Ernestine werden uns dabei behilflich sein können.«

Blitzschnell fiel Georg seiner Mutter ins Wort: »Kurzum, Stralsund ist paradiesische Vergangenheit. Und ihr wollt ein neues Paradies finden, in Berlin.«

Ida lachte ihr hellstes Lachen, schaute ihren Abraham herausfordernd an, blinzelte ihm zu: »Unser vertrockneter Hagestolz Georg versteht!«

Dann fiel ihr Blick auf eine Theke, auf die Wolf ihren ›Früchtekorb‹ gelegt hatte. Sie fasste ihn an der Krempe und schleuderte das Ungetüm einmal quer durch den Laden. Beinahe hätte sie dabei eine in einen mäßig eleganten Mantel gekleidete Kostümpuppe geköpft. Darüber lachten alle. Erleichterung.

Georg gewann langsam Oberwasser: »Bevor wir das elegante Paradies der Wertheims in Berlin errichten, stell dir doch mal das Paradies in China vor.«

Schlagartig war die gute Laune verflogen. Niemand wusste, worauf Georg hinauswollte.

Misstrauisch kniff Ida ihre Augen zu feinen Schlitzen zusammen: »Paradies. Natürlich. Ja und? China?! Was ist mit China?«

»Versucht mir mal zu folgen. Die Chinesen leben ja wohl in einem anderen Paradies als wir hier auf unserem Kontinent.«

Allgemeine Ratlosigkeit.

»Vorsicht!«, bellte Wolf.

»Zum Beispiel gilt bei den Chinesen die Schlange als Delikatesse. Die Wertheim-Frauen sind alle Eva und wir Männer alle Adam. Stellt euch mal vor, eine chinesische Eva hätte einen chinesischen Adam verführt, die leckere Schlange zu verspeisen. Unsere gesamte Weltgeschichte sähe heutzutage anders aus! Nicht Apfel essen – die Schlange aufessen!«

Ida rang schwer nach Luft und setzte sich auf den zweiten Besucherstuhl in der Posamentenecke: »Schmonsens. Blödsinn. – Georg, du versündigst dich gegen den Allmächtigen!«, schimpfte sie.

»Er wird uns segnen. Hoffentlich recht bald. Bitte, Ida, sag den Jungen die Wahrheit«, jammerte Abraham.

»Wir sind doch nicht in China! Also, wir wohnen nur so lange im Bristol, bis die Renovierungsarbeiten in einer Villa in Berlin-Dahlem abgeschlossen sind. Ich habe mit Polka-Wolfs Hilfe dort bereits eine Villa gemietet. Schließlich muss der Baum der Wertheims in Berlin in einem Park weiter wachsen.«

Abraham deutete zum Himmel: »Nicht gemietet, Ida. Gekauft. Nicht schwindeln!« Und er deutete wieder rauf zum Allmächtigen.

Das Blut schoss Georg aus dem Kopf zurück in die Magengegend. Ihm wurde etwas schwindlig. Doch genau so etwas hatte ihm seit Hugos Tod gefehlt: frischer Wind und neue Ideen.

Ida und Abraham Wertheim hatten in Dahlem eine Villa erworben, die weit über hundert Jahre später den deutschen Außenministern als offizielle Dienstvilla dienen sollte.

Drei Wochen später zogen alle Wertheims um. Nach Dahlem. Das prachtvolle Gemäuer hatte siebenundzwanzig Zimmer, eine moderne Dampfheizung und vier Marmorbäder. Hundert Jahre später würde der Bau dieses prachtvollen Anwesens mit zehn Millionen Euro Baukosten kalkuliert werden und am Ende zwischen fünfzehn und achtzehn Millionen kosten. Zunächst zogen alle dort ein. Bis auf Georg. Der mietete sich eine großbürgerliche Wohnung an und lebte dort alleine mit einer Haushälterin und Köchin, die für ihn mehrfach in der Woche – eigentlich täglich – Seezungen aus Dover zubereitete.

Das gesellschaftliche Leben der Wertheims veränderte sich schlagartig nach Idas Überfall in Berlin. Das Ehepaar Abraham und Ida Wertheim legte sehr viel Wert auf gesellschaftlichen Umgang. Jeden Donnerstag veranstaltete Ida eine luxuriöse Teegesellschaft, die sie »Die blaue Stunde« nannte. Sie begann Punkt achtzehn Uhr, bei Einbruch der Dämmerung. Der Tee wurde aus blauem Porzellan der Meissener Manufaktur eingenommen. Die Teestunden mündeten immer in ein opulentes Diner. Ida Wertheim führte ein großzügiges Haus. Abraham fand Anschluss an die Berliner jüdische Gemeinde. So waren die meisten Gäste jüdische Berliner Großbürger wie der Justitiar Max Meschelsohn oder der umworbene Mediziner Dr. Isaak. Die ›Blauen Stunden‹ mit anschließendem Souper wurden innerhalb von zwei Jahren ein gesellschaftliches Muss unter vermögenden Berliner Juden. Christliche Geschäftsfreunde gab es eher nicht. Die jüdische Familie Wertheim hatte über viele Jahre ausschließlich jüdische Freunde.

Bis auf Wolf, der im Berliner Nachtleben weiterhin für schlagzeilenträchtige Furore und den einen oder anderen Skandal sorgte.

Besonders wenn er auf seinen nächtlichen Streifzügen verheiratete christliche Ehefrauen verführte. Er hatte für sich allein ein Acht-Zimmer-Haus gemietet. Es wurde »Die Liebeslaube« genannt.

Die Wertheims verprassten keineswegs das Vermögen aus ihren Rostocker, Stralsunder und Berliner Unternehmungen, sondern durch Idas gesellschaftliche Aktivitäten ergaben sich auch geschäftliche Verbindungen, die in neue Geschäftsgründungen mündeten. Irgendeiner ihrer Gäste zur ›Blauen Stunde‹ kannte immer eine günstige Gelegenheit, ein Geschäftshaus preiswert zu erwerben.

Wertheim expandierte in den folgenden Jahren schnell: 1890 eröffneten die Wertheims in der Oranienstraße ein großes Textilgeschäft, 1894 dann ihr erstes echtes Warenhaus. Es war die Abkehr vom reinen Manufakturen- und Konfektionshandel zu einem großen Angebot von Porzellan bis Haushaltswaren. Fast war es schon ein richtiges Kaufhaus. Bis auf Lebensmittel und Einrichtungsgegenstände wie Möbel und Polstergarnituren konnte man bei Wertheim in der Oranienstraße zwischen Warenabteilungen flanieren, wie ganz Berlin schwärmte.

Ida und Wolf Wertheim waren die Werbestrategen und Antreiber des Wachstums. Georg hingegen wog immer ab und rechnete den Expansionstrieb nach. Das Weiterwachsen des Wertheim'schen Baumes betrieb er vorsichtig. Er sicherte die nötigen Kredite durch seinen Hausbankier Bleichröder ab. Bleichröder hatte höchst erfolgreich das Vermögen des Reichskanzlers Bismarck vervielfacht. Bis auf Karstadt waren alle größeren Handelshäuser im Eigentum von jüdischen Familien. Doch Karstadt expandierte schneller als die Konkurrenz. Die Kaufmannssöhne Tietz waren die Mutigsten und verspekulierten sich in ihrem Expansionstrieb einige Male. Diese hatte es vor Jahren schon nach Stralsund gezogen, als Georg handstreichartig ein erstes größeres Geschäft eröffnete. Die Tietzens blieben Georg mit einem gesunden Konkurrenzneid auf der Spur, lebten aber im Gegensatz zu Georg mehr ›brutto für netto‹.

Bevor Georg expandierte, zagte, zweifelte, verhandelte er zäh um günstige Lieferbedingungen. Er erfand den kaufmännischen Trick, Waren in Kommission von namhaften Lieferanten in sein Angebot aufzunehmen. Das war geschäftlich ein kluger Schachzug. Viele Lieferanten vertrauten Wertheim ihre Ware an, weil sie sich dort am besten aufgehoben fühlten. Das waren sie auch. Georgs Leidenschaft für Zahlen und Buchhaltung machte ihn nicht zu einem windigen und vertrauensunwürdigen Gesellschaftslöwen wie seinen pfiffigen, phantasievollen, aber auch liebestollen Bruder Wolf. Georgs Rechnereien waren buchhalterisch immer wasserdicht. Mit diesem besonnenen Kaufherrn wollten berühmte Hersteller aus ganz Europa, ja sogar die Meissener Porzellanmanufaktur, ins Geschäft kommen. Koste es, was es wolle. Niemals hat ein Kommissionslieferant seine Geschäftsbeziehungen mit Georg Wertheim bereut. Es rechnete sich für alle Partner. Georg Wertheim hatte wegen seines schnellen Wachstums niemals eine schlaflose Nacht. Wenn er eine neue Filiale eröffnete, waren alle Zweifel ausgeräumt. Einzig seine Familienangehörigen hätten ihm manchmal ein bisschen mehr Feuer und gesellschaftliche Präsenz gewünscht.

Ida war nach der Eröffnung 1890 in der Oranienstraße, dem Zweitgeschäft in der Rosenthaler Straße 1891 und am 10. Oktober 1892 in der Leipziger Straße mit Georg geschäftlich äußerst zufrieden. In den knapp zwanzig Jahren seit der Gründung in Stralsund hatte Georg sechs Warenhauskinder gezeugt. Ida wäre auch zu gerne Großmutter echter Enkelkinder geworden.

Bis auf Georg und Wolff hatten nach und nach alle ihre Kinder in Berlin geheiratet. Wilhelm heiratete eine Martha Meschelsohn, Hedwig einen Albert Sternberg, Helene einen Ludwig Ever und Franz seine Käthe Goldschmidt. Alles jüdische Ehepartner, wie es sich Ida und Abraham gewünscht hatten.

Ab 1892, als sie ihr erstes Warenhaus in der Leipziger Straße eröffneten, stanken die Ostseejuden Wertheim vor Geld. Einem Puzzle gleich, baute Georg den Abraham-Wertheim-Konzern aus. Der regelmäßige Genuss von Seezungen beflügelte wohl seinen Geist. Doch bei allen heiratsfähigen, wohlhabenden und einigermaßen ansehnlichen jungen Damen der großbürgerlichen jüdischen Gemeinde Berlins biss Georg nicht an. Wenn sich nach den Abendessen Wolf ans Klavier setzte und zum Tanz aufspielte, war Georg nicht zu halten. Er entfloh in seine Mietwohnung und die Havelländerinnen mussten ihm sogleich einen Schlummertrunk servieren – heiße Schokolade mit einem Schuss Rum. Georg ging gerne früh ins Bett. Las Unmengen von Fachbüchern aus Handel und Gewerbe. Blätterte durch Messekataloge und die Lieferlisten der besten Lieferanten weltweit und erfreute sich an Kunstbänden bedeutender Maler und Plastiker seit der Antike bis in seine Gegenwart. Die impressionistische Malerei eines Max Liebermann war ihm fremd. Der Malstil des Sohnes einer sehr vermögenden jüdischen Familie war ihm nicht klar genug. Hinzu kam, dass sein unsteter Bruder Wolf Umgang mit diesem Max pflegte. Das allein machte Liebermann schon verdächtig. Erst als Seine Majestät Kaiser Wilhelm II. Liebermann und seine Malerfreunde als »üble Farbkleckser« titulierte, schaute sich Georg die Reproduktionen und auch eine Ausstellung an. Und fand die Liebermann-Gruppe »gewöhnungsbedürftig gut«.

Die wilhelminische Architektur mit ihren überladenen, kitschigen Fassaden und Allegorien fand Georg abscheulich. Er achtete den Kaiser als Staatsoberhaupt, aber verachtete dessen Geschmack. Jahrzehntelang suchte er auch geschäftlich nicht die Nähe zum Hofe. Während seiner Lehrzeit hatte er genügend von den Eifersüchteleien der Hoflieferanten, Hofjuweliere, Hofputzmacherinnen und Hofchocolatiers mitbekommen. Damit wollte er nichts zu tun haben.

Nur sein beständiges fulminantes Wachstum fiel auf. Offiziersfrauen, höhere Beamte, sogar Mitglieder des Generalstabs schätzten die Qualität und zurückhaltende Diskretion in den Wertheim-Warenhäusern und gehörten mehr und mehr zu seinen Stammkunden. Die kleinen Leute vergaß Georg dabei nie. Unverheirateten Offizieren gegenüber hatte er ein sehr pragmatisches Misstrauen. Seinen Kassiererinnen und Buchhaltern schärfte er ein, bei diesen Herrschaften immer diskret auf Barzahlung zu bestehen. Jedwede geschäftlichen Auseinandersetzungen mit Militärs führten bei anderen Kaufleuten zu Diskussionen in der Presse. Das wollte sich Georg ersparen. Am Ende war der jüdische Gläubiger immer »der Blutsauger«. Der über seine Verhältnisse lebende kaiserliche Edelmann immer »das Opfer«. Auch der brandenburgische Landadel, ohnehin nicht mit großem Vermögen gesegnet wie die Schweriner, Badenser oder gar Bayern, besuchte seine Filialen kaum. Kaufen und gleich bezahlen war einfach unter seiner Würde. Georg beließ es dabei. Franz, Wilhelm und vor allen Dingen Wolf versuchten immer wieder, ihn davon zu überzeugen, diesen Herrschaften gegenüber etwas nachgiebiger zu sein.

»Wenn wir nachgeben, zahlen wir drauf. Früher oder später«, argumentierte Georg.

In diesem Punkt gab ihm Ida zu »über hundert Prozent« recht: »Im Grunde genommen sind die honorigen Herrschaften wie Bäckersfrauen, die sich alles leisten, aber vieles nicht bezahlen können.«

1893, kurz nach der Eröffnung in der Oranienstraße, ahnte Georg noch nicht, dass des Kaisers Monokel sich bereits auf seinen allertüchtigsten jüdischen Untertan Georg Wertheim gerichtet hatte. Bis der Kaiser später tatsächlich höchstpersönlich bei Wertheim aufkreuzte, sollten allerdings noch siebzehn Jahre vergehen. Georg zahlte eisern und pünktlich seine Steuern, seine Kreditzinsen und seine Lieferanten. In der ausschließlich christlich dominierten Handelskammer Berlin galt er als die personifizierte Redlichkeit.

»Für einen Juden langweilig ordentlich«, soll ein Beamter einst gesagt haben.

Was es bedeutete, ein jüdischer Handelsherr zu sein, durchlitt Georg Wertheim, als ihm der Bauantrag zur Erweiterung in der Oranienstraße nicht genehmigt wurde. Das Hetzblatt *Die Wahrheit* schrieb während des Genehmigungsverfahrens üble Artikel wegen des Lebenswandels und der häufig wechselnden Gefährtinnen des jungen Wolf Wertheim und deutete über Wochen immer wieder hämisch an, dass die Expansion Wertheims in der Oranienstraße und Leipziger Straße den mittelständischen Unternehmen endgültig den Garaus machte. So konnte sich die Abraham Wertheim oHG nicht weiterentwickeln. Für einige Monate.

Bis auf Georg bewohnten alle seine Geschwister mittlerweile eindrucksvolle Häuser. Alle fuhren ab Juni für mindestens vier, mitunter gar acht Wochen in die Sommerfrische. Nach Norderney, Heringsdorf, Juist, Marienbad, in die Schweiz. Auch Georg. Er reiste häufiger im Jahr durch ganz Europa und verband Geschäftsverhandlungen in Europas teuersten Hauptstadt-Hotels in Zürich, Paris, London, Rom oder Neapel mit ausgedehnten Urlaubs- oder Kurfreuden. Dann konnte er endlich mal abschalten und Berlin hinter sich lassen. Auf Franz und Wilhelm konnte er sich während seiner Abwesenheit verlassen. Wolf nahm er entweder auf kürzere Reisen mit oder er ging das Risiko ein, dass Wolf ihn nach seiner Heimkehr mit den verrücktesten neuen Geschäftsideen überraschte. Wolf führte Sommer-, Winter-, Frühjahrs- oder Herbst-Schlussverkäufe ein und bot den Kunden dabei noch ein zusätzliches, kostenloses Angebot an Amüsement. In der Oranienstraße spielten täglich ab vierzehn Uhr in einer Teestube erstklassige Musiker zum Tanz auf. In der Kinderwarenabteilung tobten Zirkusclowns herum, erfreuten die Sprösslinge, verführten die Eltern zum Einkaufen und steigerten die Umsätze in ungeahnte Höhen. Auch beim traditionellen Stoffverkauf war Wolf ausgesprochen einfallsreich: Je nach Qualität der Tuche oder deren Lagerdauer bot er acht Meter für den Preis von fünf Metern an oder zwanzig Silberknöpfe zum Preis von fünfzehn. Trotzdem rechneten sich alle Ideen von Wolf. Georg war immer skeptisch und rechnete scharf nach. Es soll vorgekommen sein, dass er seinen Bruder lobte. Selbst die Errichtung einer Champagner-Bar in der Oranienstraße in der Abteilung für gehobene Stoffqualitäten duldete er. Aber erst, nachdem Ida ihm in ihrer Wohnküche der Dahlemer Villa ausführlich erklärte, dass der Champagner zu Sonderkonditionen von Mundek Muschkatblüte gekauft wurde und es bisher unter den Kunden nicht zu Saufgelagen mit geschäftsschädigenden Folgen gekommen sei. Beruhigend fügte sie hinzu, dass dem Verkaufspersonal der Genuss von Sekt während der Arbeitszeit erstaunlicherweise von Wolf persönlich untersagt worden sei!

»Wenn mit unseren reichen Kunden in der Oranienstraße oder an der Leipziger Straße angestoßen wird, so macht das Wolf persönlich«, hatte Ida Georg erklärt.

Die monatelange Warterei auf die Nichtgenehmigung ihres Bauantrages 1891 ärgerte die Wertheims. Dieser Ärger wurde überschattet vom Tode des Namensgebers Abraham Wertheim. Der hatte sich Ende Mai bis in den Juni hinein an den Vierwaldstätter See zurückgezogen, um sich zu erholen. Plötzlicher Herztod? Er starb mit zweiundsiebzig Jahren im Juli im schönen Seligsberg. Sein Leichnam wurde nach Berlin überführt und auf dem Friedhof in Weißensee unter einer einfachen schwarzen Granitplatte beerdigt. Ida trauerte bis zu ihrem eigenen Tode, viele, viele Jahre später immer noch um ihren Mann, der immer treu zu ihr gestanden hatte. Neun Wochen lang setzte sie ihre ›Blaue Stunde‹ mit anschließendem Souper für ihre Berliner Freunde aus. Nicht einmal Wolf vermochte sie in diesen Wochen zu trösten. Täglich besuchte er seine Mutter. So, wie ihr Ältester Georg von Seezunge lebte, kasteite sich Ida über all die Wochen mit gehakeltem Hering und kämpfte mit Natron gegen eine aufkeimende Gastritis an. Schließlich zwang ihr Leibarzt, Dr. Isaak, sie wieder zu normaler Kost.

Wolf fütterte seine ›Momme‹: »Eine Gabel für Helene, eine Gabel für Georg, eine Gabel …« und so weiter. Jüdische Hühnersuppe musste sie im Gedenken an den geliebten Abraham auch auslöffeln.

Natürlich besuchten auch die anderen Kinder die Trauernde. Aber dann weinte Ida ununterbrochen. Das tat niemandem gut. Georg konnte es am wenigsten aushalten, denn dann begannen seine Gedanken wieder um Hugo zu kreisen.

Anfang Dezember 1891 erschien Wolf mit seiner, wie er sagte,

»derzeitig Regierenden«, was so viel bedeutete wie, »er war länger als zehn Tage mit ihr liiert«, um Ida zu besuchen, aufzuheitern und ihr auf der Geige oder am Klavier vorzuspielen. Das Fräulein brachte Idas Blut in Wallung. Plötzlich war sie wie ausgewechselt. Innerhalb von Sekunden fand Ida heraus, dass die Geliebte eine Schickse war, als Ehefrau nie in Frage käme und im Übrigen nach Hurenpetroleum roch.

Beim Abschied der beiden sagte sie aber immerhin: »Ab kommendem Donnerstag gebe ich wieder meine ›Blauen Stunden‹. Mit allem Tam-Tam. Das bekommt ihr noch schriftlich.«

Ida hatte sich die Augen ausgeheult und irgendwann eingesehen, dass es sicherlich nicht in Abrahams und des Allmächtigen Sinne war, nun nicht mehr für ihre Familie da zu sein. Die Angelegenheit mit der versagten Baugenehmigung hatte sie in den Trauerwochen wohl irgendwo im Hinterkopf beschäftigt. Sie schrieb Georg auf Bütten einen Brief, dass er sich erstens am nächsten Donnerstag pünktlich zum Tee einzufinden hätte und die abgelehnten Baupläne mitzubringen habe und zweitens er sich darauf einstellen müsse, dass sie gedenke, bei dieser ersten ›Blauen Stunde‹ nach dem Verlust des Vaters eine fröhliche Gesellschaft zu geben.

P. S.: Interessante, einflussreiche Schlemihle werden zugegen sein.

Klar, dass Georg diesem Donnerstag entgegenfieberte. Das P. S. passte nicht in seine korrekte Denkungsart, ahnte er doch, dass Ida nicht nur eine Überraschung plante, sondern schon sehr weitgehende Pläne geschmiedet hatte. Pläne, die hoffentlich in Richtung Baugenehmigung gingen.

Der Donnerstag wurde eine Riesensause. So, als gäbe es keinen toten Abraham auf dem Friedhof in Weißensee. Pünktlich um siebzehn Uhr fuhren die Gäste vor. Natürlich die gesamte Familie und die üblichen Freunde, wie Meschelsohn, Dr. Isaak, Bleichröder und sogar der Dirigent, der die Familie Wertheim um Hilfe gebeten hatte, ein vorhandenes Orchester finanziell vor dem Ruin zu bewahren. Alles in allem waren es über hundert Personen. Um ihren Gästen den standesgemäßen luxuriösen Service zu bieten, hatte sich Ida sogar Meissener Porzellan ausgeliehen und Kristallgläser des bedeutenden Produzenten Lalique. Für die Süßweine zum Dessert reichten ihre böhmischen Gläser noch aus. Immer wenn ein Familienmitglied nach Marienbad fuhr, brachte er für Mutter Ida diesen geschliffenen Kitsch als Mitbringsel mit. Aus dem Hotel Bristol hatte Ida Lohndiener, Kellner und züchtig gekleidetes, aber überdurchschnittlich hübsches weibliches Personal engagiert. Die jüdische High Society von Berlin war anwesend. Bis auf Max Liebermann und seine Freunde. Seinen Freund Max hätte Wolf auch gerne mitgebracht. Aber der passte nicht in Idas Konzept, denn die meisten ihrer jüdischen Gäste legten großen Wert darauf, ihre guten oder auch nur gnädigen Verbindungen zum Kaiserhaus nicht durch den Umgang mit einem bei Hofe verachteten Künstler zu gefährden.

Vor allen Dingen Bankier Bleichröder war in diesen Etiketten heikel. Seine Aufgaben waren eng mit dem langweiligen Hof in Potsdam verknüpft. Bleichröder wusste auch, dass es zwischen Seiner Majestät und dem Fürsten Bismarck mächtig gekracht hatte. Er hatte aus dem ehemals armen Schlucker Bismarck einen der reichsten norddeutschen Fürsten gemacht und auch die finanziellen Interessen von Kaiser Wilhelm befördert: Wilhelm war reichlich geldgierig und wollte aus all seinen Besitzungen immer mehr Geld herausschlagen, als es eines Kaisers würdig war. Er hatte sich in den Kopf gesetzt, irgendwo an der Ostsee, in einem Kaff namens Cadin eine Kachelfabrik zu gründen, nur weil es dort geeigneten Ton gab. Der Kaiser als Kachelfabrikant – das war eine peinliche Angelegenheit. Bleichröder hatte das leise arrangiert, so dass ihm Seine Majestät mit einem knappen Nicken huldvoll dafür dankte. Der deutsche Hochadel hielt die Existenz einer Kaiserlichen Kachel- und möglicherweise sogar Kloschüssel-Manufaktur für ein Gerücht der Sozialdemokraten.

Georgs Bankier war mächtig. Im privatesten seiner privaten Büros hing ein Gemälde von Liebermann genau gegenüber vom heiligsten seiner heiligen Schreibtische. Wer je in dieses Büro geladen wurde, war anschließend bankrott oder unermesslich reich. Es war das Büro für die ernsten Entscheidungen. Bleichröder führte eine kleine Bank für sehr reiche Kunden. Georg Wertheim war schon mehrfach in diesem Kontor gewesen. Hatte immer mit dem Rücken zum Liebermann-Gemälde gesessen und war nach jedem Besuch wohlhabender geworden. Georg und Bleichröder verdienten aneinander sehr gut. Das war der Findigkeit des Bankiers und der gesellschaftlichen Zurückhaltung Georgs zu verdanken.

Ida empfing alle Gäste persönlich. Zu gesellschaftlichen Anlässen zwitscherte sie wie eine Nachtigall und bewegte sich behände wie ein Kolibri. Sie trug nicht mehr Schwarz, sondern eine französische Robe aus Organza mit einem Hauch von Cul. Soll heißen: mit einem Hauch von ausgestopftem Popo. Das Dekolleté war hinter feinster Klöppelarbeit ahnbar. Als Schmuck trug sie nur eine schlichte Brosche mit einem fünfkarätigen Diamanten. Oben rechts neben dem Dekolleté.

Wolf fiel vor Überraschung überhaupt keine freche Bemerkung ein, als er seine Mutter sah: jungfräulich weiß, mit einem Klunker am Ausschnitt, dass ihm die Worte fehlten.

Ida bemerkte das, strich sanft über den Stein: »Sag deinen Schicksen: Nie zu viel Schmuck. Weniger ist mehr.«

Auf Vermittlung von Polka-Wolff und Ernestine hatte sie sich diese fürstliche Brosche von einem Hofjuwelier für den Abend geliehen. Der Hofjuwelier war mit dieser Brosche etwas reißerisch in die Öffentlichkeit gegangen. Eine Gesellschaftszeitung behauptete, für den Wert dieser Brosche könne man sieben Landgüter in Brandenburg erwerben oder ein Dutzend in Ostpreußen oder Schlesien. Keiner kaufte den Schmuck.

Georg hatte mitbekommen, dass Chinoiserien sowohl in der Bildenden Kunst als auch in der Musik sowie beim Verkauf seiner chinesischen Seide groß in Mode gekommen waren. Das Großbürgertum hielt sich etwas darauf zugute, mindestens ein chinesisches Zimmer zu haben. Mit allem Drum und Dran. Ab den neunziger Jahren des Jahrhunderts ging die Anzahl Deutscher

Schäferhunde, die die Berliner Grünanlagen beschmutzten, stark zurück. Kläffende Pekinesen kamen in Mode. Selbst am Kaiserhaus. Majestät selber wurde zwar immer von einer Meute lauter und darüber hinaus auch noch alle Bediensteten beißender Kurzhaardackel umschwirrt, aber die Frau Kaiserin trug eine Pekinesenhündin spazieren.

So viel bestickte und bedruckte Chinaseide konnte der Wareneinkauf der Wertheims kaum heranschaffen, wie die Kundinnen danach verlangten. Auch Herren trugen Krawatten und Fliegen aus diesem Material. Der gute alte Onkel Wolff stieg bei seinen Westen von Brokat auf Chinaseide um. Und diese war mit frivolen Applikationen, grellen Farben und mit Gabardine gefüttert, damit seine in Chinaseide gehüllten Goldmünzen-Knöpfe überhaupt angenäht werden konnten.

In Charlottenburg hatte ein Florist eröffnet, der verkrüppelte Mini-Bäume aus Asien verkaufte. Die Bäumchen sahen eins zu eins aus wie deutsche Eichen, Linden, Pappeln oder Buchen, waren aber nur höchstens sechzig Zentimeter hoch und wurden ›Bonsai-Bäume‹ genannt. Einen Wertheim-Baum im Miniformat zu verschenken hielt Georg für eine hintergründig gute Idee. Über das Herkunftsland Japan sah er großzügig hinweg. Asien war Asien. Nur als der Florist ihn mit dem Preis für diesen winzigen Schnickschnack konfrontierte, war Georg schockiert. Das Bäumchen war laut Zertifikat zwischen achtzig und hundertzwanzig Jahre alt, eine Mini-Eiche und so teuer wie ein Hektar Eichenforst vor den Toren Berlins. Der Bonsai war kein Baum, sondern eine Kapitalanlage. Georg wusste, dass er beim Überreichen der kleinen Eiche bei Ida genau den Punkt traf, mit dem er sie 1888 bei ihrer Ankunft in Berlin mit seinem Beispiel von den Schlangen fressenden Chinesen verunsichert hatte.

Auch in Ida Wertheims Villa standen längst verschiedene Paravents im China-Stil. Georg überreichte ihr feierlich das Bäumchen und grummelte dabei irgendetwas von: Der kleine Baum von Wertheims, der in dieser Miniaturausgabe Tausende von Jahren bräuchte, um mal eine stattliche Eiche zu werden, und den er deswegen auch als ›die Wertheim-Eiche zum Einpacken‹ bezeichnete. Ida war gerührt, verstand den feinen Hintersinn und wollte ihren Jungen umarmen. Georg zuckte zurück und küsste ihr nur die Hand.

Wolf hatte neben seiner Regierenden zur Feier des Tages ebenfalls einen Bonsai mitgebracht: eine Krüppelkiefer. Als Georg der schrillen Begleiterin seines Bruders ansichtig wurde, hatte er augenblicklich schlechte Laune. Diese Dame sah aus, als sei sie soeben einer frivolen Revue entsprungen. Er musterte das Fräulein kühl von oben bis unten.

Dann zog er Wolf zu sich und deutete auf seine Mutter: »Wolf, muss das sein? Der erste große Abend von Mutter. Mit dieser Damenbegleitung gerät doch alles außer Façon.«

»Bleichröders Sohn hat mir Fräulein Ilona sehr empfohlen. Mit anderen Worten: Sie verkehrt in unseren Kreisen. Mal mit Bleichröder junior und jetzt ist sie Gast bei Mutter Ida. Mein Geschlechtsleben geht dich überhaupt nichts an.«

Georgs Kragen wurde wieder mal zu eng. Sein Gesicht lief rot an. Er atmete schwer. Als Ida dies bemerkte, nahm sie die Bonsai-Eiche und bat ihn, ihr zu folgen. Sie gingen nach nebenan, wo sich schon einige Herren eingefunden hatten. Neben dem berühmten Justizrat Meschelsohn saß ein sehr distinguierter, elegant gekleideter Mann um die vierzig. Ida stellte ihn als den Architekten Alfred Messel vor. Messel stammte aus Darmstadt, sprach einen breiten hessischen Dialekt und hatte für viele Berliner Großbürger jeder Religionszugehörigkeit geschmackvolle Villen gebaut, in denen er sich dem wilhelminischen Protz verweigerte.

Temperamentvoll wie in alten Tagen reichte Ida die Bonsai-Eiche herum. »Lieber Herr Messel, darf ich Ihnen die Wertheim-Eiche vorstellen und meinen Sohn Georg? Vor vielen Jahren hat mein Sohn einmal behauptet, die Wertheim-Geschäfte würden ewig weiterwachsen wie eine Eiche.«

»Eine hübsche Allegorie, gnädige Frau«, bewunderte Messel das Bäumchen und lobte Georgs exquisiten Geschmack.

»Stellen Sie sich vor, in Charlottenburg werden sogar Krüppelkiefern verkauft! Das finde ich unsinnig. Was schon verkrüppelt ist, muss man doch nicht noch kleiner züchten. Da lob ich mir die Deutsche Eiche!«

Nach dem dritten Glas Portwein gefiel Georg der Architekt immer besser. Sie hatten sich mit dem Bäumchen in den Wintergarten Ida Wertheims zurückgezogen, tranken, rauchten und redeten zunächst mal um den heißen Brei herum. Das Treffen mit Alfred Messel war von Ida mit Bedacht eingefädelt worden.

Doch Messel tastete sich langsam heran: »Ich hörte, Sie haben Schwierigkeiten mit einer Baugenehmigung in der Oranienstraße? Immerhin fünftausend Quadratmeter umbauter Grund! Unsere Berliner Behörden müssen verrückt geworden sein. Jetzt ist es doch Brachland.«

»Die Mittelstandspartei«, deutete Georg vorsichtig das Problem an.

Die Mittelstandspartei würde schon seit vielen Jahren alle Warenhäuser als geldgierige Konkurrenten verunglimpfen und auch die Wertheims mit antisemitischen Schmähschriften und gewalttätigen Aktionen überziehen. Er sei selber einmal Opfer einer solchen Intrige geworden und habe vor Jahren schon in Berlin aufgeben wollen.

Das alles war Messel bekannt: »Ich baue Häuser, Herr Wertheim. Obwohl ich auch Jude bin. Zu meinen Bauherren gehören Industrielle, höhere Beamte und demnächst auch ein Hofminister.«

Messel und Georg verpassten den Tee. Später auch das Diner. Als die übliche Tanzerei losging, saßen sie immer noch im Wintergarten. Georg hatte aus der Garderobe die abgelehnten Baupläne für die Oranienstraße geholt und sie vor Messel ausgebreitet.

Der Architekt erklärte: »Lieber Herr Wertheim, wenn ich ganz ehrlich bin, hätte ich als Beamter diese Pläne auch abgeschmettert. Der Entwurf ist scheußlich. Bestenfalls dem Kaiser und seiner Hofkamarilla würde dieser Protz gefallen. Aber um die Wirtschaft in Berlin kümmert sich der Hof kaum. Nur vor der Mittelstandspartei haben diese Herrschaften Respekt. – Tja, Herr Wertheim, in Berlin spricht man sehr viel über Ihr Unternehmen. Genau genommen kommt die gesamte Berliner bürgerliche Gesellschaft zu Ihnen zum Einkaufen! Angeblich haben Sie die Karstadts an Ruhm weit hinter sich gelassen!«

Georg räumte ein, dass er mehr Umsatz mache, das sei wahr. Aber er habe weniger Filialen als die Konkurrenz. Allein der Baugenehmigungen wegen.

Die beiden Herren tranken weiter und wurden sich immer sympathischer. Das hatte auch mit dem Alkoholpegel zu tun. Georg Wertheim pflegte für gewöhnlich maßvoll zu leben. Zwischendurch kam Ida mal vorbei und trompetete, Herr Messel könne das Unmögliche möglich machen. Und zwischen einer Möglichkeit und der Lösung gäbe es bei Wertheims immer einen Weg. Der Herr Architekt Messel sei ein bei den Baubehörden sehr beliebter und einflussreicher Vertreter seines Standes. So schnell ging Georg dem gesellschaftlichen Gespinst seiner Mutter aber nicht auf den Leim. Er bat Messel zum Abschied, ihm in angemessener Zeit und gegen das übliche Honorar einen komplett neuen Entwurf für das Oranienstraßen-Vorhaben zu entwickeln.

Er schloss seine Bitte mit den Worten: »Denken Sie daran: Wer bei Wertheim einkauft, trägt etwas von Wert heim. Ob billig oder teuer – es ist immer luxuriös. Und ich träume davon, in luxuriösem Ambiente meinen Kunden Entspannung zu verschaffen. Der Einkauf soll nicht nur Geld kosten, sondern auch Freude machen. – Fühlen Sie sich jetzt überrumpelt?«

»Ich bin so ehrlich, Ihnen zuzugeben, dass ich auf diese Frage gewartet habe, lieber Wertheim. Prosit! – Noch etwas: Ein rollender Stein setzt kein Moos an!« Alfred Messel lächelte.

»Schön gesagt, lieber Messel!« Dann lallte er etwas mit schwerer Zunge, das so ähnlich klang wie: »Lassen wir also die Steine rollen. Mit Ihren Kontakten.«

Messel konterte, Kontakte seien nicht so wichtig. Nur Leistung überzeuge. Aber ihn, den Neuberliner Architekten, reize es nicht mehr, für irgendwelche reichen Bürger, Beamte oder Hofschranzen die immer gleichen Behausungen zu entwerfen. Wertheims Vorhaben sei eine Herausforderung. Das Argument, Kaufen darf nicht nur Geld kosten, sondern muss auch Spaß bereiten, würde die vertrockneten Beamten genauso betören wie einen unterbezahlten Gendarmen ein Kasten Starkbier nach Feierabend.

»Was hat unser Bauvorhaben mit der Polizei zu tun?«, fragte Georg.

»Es könnte sein, dass uns beim Bauen die Polizei vor Übergriffen beschützen muss, mein Freund«, erklärte Messel.

Schon drei Tage später, versprach der Architekt, wolle er Georg in seinem Geschäft in der Rosenthaler Straße besuchen, um ihm erste Skizzen für die Oranienstraße vorzulegen.

Er war nicht mehr zu halten: »In meinem Kopf ist der Bleistift schon gespitzt. Eine geschmackvolle Fassade. Nicht überladen, aber mit geraden Linien und einem Eingang, den man nicht über eine Schwelle betreten muss, sondern durch den man fällt. Innen links und rechts imposante Treppen und in der Mitte ein Springbrunnen für die frische Luft. Ein Tempel, über den man sagen soll, dass Kaufen nicht nur Geldausgeben bedeutet, sondern es eine Freude sei, ihn zu betreten. Ob man nun was kauft oder nicht. Ich weiß sehr wohl, dass in Ihren Filialen Ihre Kunden niemals bedrängt werden – wie bei Tietzens oder Karstadts.«

Messel war ein temperamentvoller Hesse und hätte am liebsten am Ende des Kennenlernens einen Arm um Georgs Schulter gelegt. Dazu kam es noch nicht. Als Messel sich von Georg verabschiedete, ergriff dieser mit beiden Händen die Rechte des Architekten, geleitete ihn zur Garderobe, ließ sich von Idas Hausdame Messels Mantel reichen und half seinem neuen Geschäftspartner beim Anziehen.

Er reichte ihm den Seidenschal: »Auch eine Chinoiserie.«

»Hat meine Frau in Ihrem zweiten Geschäft, in der Rosenthaler Straße, gekauft. – Teuer?«

Georg lächelte breit: »Beim Einkaufspreis in Carpi … das liegt bei Florenz, haben meine Einkäufer Bedenken gehabt – ich auch. Ja, sehr teuer. Ein großzügiges Geschenk Ihrer Gattin. Aber immerhin, die Seide ist dreilagig gewebt. So was findet man heutzutage nicht mal mehr in China!«

Dann geleitete er Messel zur Kutsche und schaute dem davonfahrenden Wagen nach. Er lief schnell ins Haus zurück. Bemerkte, dass er viel zu viel getrunken und gar nichts gegessen hatte, und suchte seine Mutter. Er fand sie im Kreis von sehr eleganten Herren.

Als sie ihn sah, sagte sie: »Georg, geh in die Küche. Du musst erst mal was schnabulieren. Bist ganz grün im Gesicht.«

»Die kleine Eiche nennen wir ›Ida‹. Mama, du bist die Eiche!«

Alle Blicke richteten sich auf den angetrunkenen Georg. Dezente Fassungslosigkeit.

Er lallte: »Ein Teufelsweib«, stolperte kurz und sagte dann: »Ups … meine Mutter!« Georg machte auf dem Absatz kehrt, ging in Idas Wohnküche und verlangte mit ungewohnt laut dröhnender Stimme: »Gibt's neben den ganzen Pasteten, Fleischplatten und Federtieren auch gehakelten Hering? So richtig scharf? Einen Magenputzer?«

Gab es nicht. In einem Heringsfass lagen aber noch einige Salzheringe. Eine Kaltmamsell bereitete ihm eine Portion gehakelten Hering in einer milden Variante zu. Köstlich ernüchternd!

7. KAPITEL

Ida Wertheim pflegte ihre Eiche hingebungsvoll. Wachsen konnte sie natürlich nicht mehr. Wie jeder normale Baum färbte sie ihre Blätter Ende September gelbrot. Im Winter warf sie die Blätter ab, und im Frühjahr trieb die kleine Eiche. Blätter, klein wie die Hälfte eines Nagels am kleinen Finger. Mit pinzettenfeinen Scheren schnitt Ida falsche Triebe aus. Mit einer Pipette versorgte sie das Bäumchen mit dem nötigen Wasser. Mindestens eine halbe Stunde pro Tag umsorgte sie es. Gewaltig krakeelte sie, wenn jemand des havelländischen Dienstpersonals die Schale mit dem Bäumchen zum Staubwischen an die Seite schob oder, was noch schlimmer war, die Pflanze durch unsachgemäße Lüftung im Wintergarten Zugluft aussetzte.

Zwischen Georg und Alfred Messel entwickelte sich nach und nach eine tiefe Freundschaft. Sie ging über die Beziehung eines kühl rechnenden Bauherrn zu einem großzügig kalkulierenden Architekten hinaus. Außergewöhnlich dabei: Alfred Messel war einer der wenigen Menschen, mit denen sich Wertheim duzte. Wann immer Alfred einen Satz mit »Es wird teurer, aber auch viel schöner und praktischer …« begann, unterbrach ihn Georg mit der Frage: »Kostet?!«

Niemals in ihrer Zusammenarbeit lehnte Georg einen Vorschlag Messels ab. Egal, was es kostete. Durch seine geschäftlichen Erfolge hatte er niemals Kreditprobleme. Im Kaufhaus in der Oranienstraße wurde der erste Lichthof gebaut. Dieses Wunderwerk in einem Warenhaus wurde von der Kundschaft gefeiert. Dort trafen sich die Menschen wie die Italiener auf einer Piazza.

Das gemietete Warenhaus in der Leipziger Straße hingegen zog viele zahlungskräftige Käufer an. Die Umsätze waren enorm. Als einige angrenzende Grundstücke mit schäbigen Arbeiterhäusern zum Verkauf standen, überlegte Georg in der Wohnküche mit seinen Brüdern Wolf, Wilhelm und Franz, sich viereinhalb Millionen von Bleichröder für den Kauf dieser Anwesen zu leihen. Immerhin machten die Wertheims in der Leipziger Straße einen Jahresumsatz von zweieinhalb Millionen Mark. Unfassbar viel für jene Zeit. Das war mehr als Stralsund, Rostock und die Rosenthaler Straße zusammen. Die Brüder stimmten zu. Nur Ida bekam wieder einmal weiche Knie, als Georg von diesem neuen Abenteuer berichtete. Am nächsten Donnerstag fiel die ›Blaue Stunde‹ aus, und sie lud ihre Söhne zu einer Aalsuppe ein.

»Sieht Aalsuppe nicht wie Schlangensuppe in China aus, Georg?«, begann sie vorsichtig. Aber dann schlug sie mit der Faust auf ein Flugblatt, das auf dem marmornen Küchentisch lag. Zwei Tage zuvor waren in der Oranienstraße von Antisemiten Flugblätter in den Lichthof geworfen worden, auf denen stand: *Die Juden sind unser Untergang.*

»Seit über hundert Jahren haben sich jüdische Familien um den Textilhandel in Preußen verdient gemacht!«, schimpfte sie.

Wegen der Erfolge wären nur jüdische Unternehmen nicht mehr wohlgelitten. Man könne fast sagen, sie wurden verfolgt. Außer Karstadt. Der bemühe sich um gute Kontakte mit den Berlinern.

Jetzt wurde Ida noch wütender: »Jawohl, da ist viel böses, heißes Blut im Spiel! Und Wolf, deine nächtlichen Eskapaden in zweifelhaften Etablissements kann man fast täglich in den Schmonzetten nachlesen! Mit Geld sollst du angeblich ›christliche Maiden‹ gefügig machen! – ›Maiden‹! – Was ist denn das für ein blöder Ausdruck! Von deinem Vater oder von mir hast du diese Veranlagung jedenfalls nicht. Irgendwas muss ich bei deiner Erziehung verkehrt gemacht haben. In Zukunft bringst du mir nur noch jüdische Geliebte mit ins Haus. Damit das klar ist! Und jetzt reden wir Tacheles: Bauen wir die Leipziger Straße aus? – Ja oder nein?«

»Auf jeden Fall!«, antwortete Wolf für seine Brüder mit. »Wie soll ich sonst meine Kontakte mit Kundinnen finanzieren?!« Dabei grinste er breit.

Georg knibbelte mit dem Zeigefinger an seiner Unterlippe rum. Das war ein schlechtes Zeichen.

Er begann: »Deine Säfte, Wolf, dein wildes, unstetes Blut ist deine Privatsache. Aber nicht auf Kosten der Familie. Immerhin zeichnet dich deine Phantasie vor uns anderen aus. Mutter, ohne Wolfs Verkaufsideen wären wir in der Leipziger Straße nicht so weit gekommen. Selbst für Alfred Messel ist Wolf ein anregender Gesprächspartner. Er gibt sogar zu, dass unser Wolf mitunter noch kühnere Ideen für die Gestaltung neuer Verkaufsflächen entwickelt als Alfred selber. Und der ist schon ein Visionär.«

Ida überlegte kurz und fragte dann nach, ob die Schlangen-Aal-Suppe aus China allen gemundet habe. Als begeistert gejubelt wurde, war das größte Bauvorhaben, das Georg Wertheim jemals in Angriff nahm, beschlossen.

Am nächsten Tag besuchte Ida Wertheim ihren Abraham auf dem Friedhof Weißensee. Hinter seinem Grabstein hatte sie einen Baum pflanzen lassen und glaubte nun zu erkennen, dass der Baum schon ein klitzekleines bisschen gewachsen sei. In den folgenden Jahren bis 1897 besuchte sie Abraham immer häufiger. Das Bäumchen wuchs zu einem prächtigen Baum heran.

Bei dem gewaltigen Bauvorhaben in der Leipziger Straße kam es aber zu einer Unterbrechung: Um die erworbenen Grundstücke bebauen zu können, mussten die darauf stehenden Arbeiterhäuser abgerissen werden. Normalerweise ging das in Berlin in jenen Jahren Knall auf Fall. Auf die ärmere Bevölkerung wurde keine Rücksicht genommen, wenn es um wirtschaftliches Wachstum ging. Nicht so bei Georg Wertheim. Bevor er diese Mietskasernen abriss, erbaute er in der Nähe auf eigene Kosten für alle Bewohner freundliche neue, luftige Häuser, in denen es richtige Toiletten mit Wasserspülung auf dem Treppenabsatz gab und in allen Küchen fließendes Wasser. Georg stoppte das Bauvorhaben seines Kaufhauses um fast ein ganzes Jahr, als er zerlumpte Kinder auf der

Straße sah. Georg Wertheim war der Einzige der neuen Berliner Unternehmer, der einen Sinn für die soziale Frage entwickelte. Darüber schrieb *Die Wahrheit* kein Wort. Nur im sozialdemokratischen Gewerkschaftsblatt *Vorwärts* wurde knapp berichtet, dass Abraham Wertheim Ausweichquartiere für die eingesessenen Bewohner in der Leipziger Straße bauen ließ. Nur eine kleine Meldung. Die großzügigen neuen Häuser waren da schon längst fertig.

In der Leipziger Straße gab es wie schon in der Oranienstraße einen Lichthof, der aber diesmal vierundzwanzig Meter hoch war und abends von vergoldeten Kandelabern erhellt wurde. Durch diesen gigantischen Bau wurde Alfred Messel zu einem der gefragtesten Architekten Deutschlands und – obwohl er sich noch nicht hatte taufen lassen – Professor dazu.

1897 war das Kaufhaus Abraham Wertheim an der Leipziger Straße das größte in ganz Berlin. Sein Warenangebot war das vielfältigste unter den Konkurrenten. Bis 1900 wurde es in mehreren Bauabschnitten sogar noch einmal in Ausmaß und Sortiment verdreifacht. Georg zögerte zunächst noch, wie weit er erweitern solle oder könne. Wolf war es, der einen Slogan prägte: *Alles unter einem Dach*. Also gab es von nun an auch Lebensmittel.

Als Ida davon hörte, dass im Erdgeschoss eine Lebensmittelabteilung eingerichtet werden sollte, zeterte sie sofort los: Das ganze Haus würde dann nach Sauerkraut, Wurstwaren und Knoblauch riechen. Dieser Geruch würde in den vier Etagen in die empfindliche Stoffware ziehen.

Wolf beruhigte sie: »Professor Messel hat genau dafür eine Belüftungsanlage konstruiert.«

Messel hatte alles entworfen. Nicht nur den Bau. Alle Details, bis hin zum Verpackungsmaterial. Selbst die Lieferwagen passten zum Interieur und kündeten auf den Straßen Berlins von den Abraham-Wertheim-Warenhäusern. Ab 1897 gab es keinen Berlin-Reiseführer, in dem das Kaufhaus in der Leipziger Straße nicht als herausragende Sehenswürdigkeit gelobt wurde. In den kommenden Jahren mussten die Reiseführer wegen Wertheim häufig geändert werden. Die Rosenthaler, die Oranien- und vor allem die Leipziger Straße wurden ständig erweitert.

Georg Wertheim war um die Jahrhundertwende weltberühmt als Kaufmann und immer noch unverheiratet. Es gab mittlerweile kaum einen Berliner Stadtteil, in dem man nicht eine Wertheim-Filiale finden konnte. Der Bau in der Leipziger Straße näherte sich langsam dem Leipziger Platz. Nach allen Seiten offene Messingfahrstühle beförderten die Besucher in die verschiedenen Stockwerke. In Berlin wurde die U-Bahn gebaut, an der Wertheim bald partizipierte, indem er sich, auf eigene Kosten und nach Streitereien mit den Behörden, einen Zugang direkt zum Kaufhaus am Leipziger Platz verschaffte.

1906 stand alles zum Besten. Wertheim bezahlte seine Lieferanten pünktlichst nach Abzug von drei Prozent Rabatt. Es gab allerdings einen Lieferanten, mit dem Georg zunehmend überquer lag. Einen Lieferanten aus der eigenen Familie: die Firma Wolff & Apolant. Ohne Onkel Wolff wäre das Lebensabenteuer Georg Wertheims nie in Gang gesetzt worden. Im Laufe der Jahre kostete Onkel Wolff aber zu viel Geld, weil er, nicht zu Unrecht, auf seinen alten Festpreisen mit dem Neffen Georg bestand.

Sobald Georg Preisnachlass verlangte, antwortete er brüskiert: »Luft nach unten ist da überhaupt nicht drin, und Dankbarkeit steht doch wohl obenan.«

Georg hatte versucht, mit der Firma Wolff & Apolant über neue Konditionen zu verhandeln.

»Treue ist die Redlichkeit des Kühnen!«, schnauzte Ida ihren Georg an, als sie ihn in einer sehr auffälligen Robe aus chinesischer Seide in ihrer Wohnküche empfing, in der Georg sie um eine Unterredung gebeten hatte.

Ida hatte zuvor wieder die Bonsai-Eiche beschnippelt und sich deshalb verspätet, obwohl sie wusste, dass Georgs Tagesablauf im Minutentakt geplant war. Immer wieder hatte er auf seine silberne Taschenuhr von Nathan geblickt, in deren Deckel unterdessen eine Miniatur von Hugo von einem bedeutenden französischen Künstler in Emaille gemalt worden war. Georg hatte um die Unterredung gebeten, weil er sich Idas »Segen« sicher sein wollte. Er wollte Onkel Wolff die alten Lieferbedingungen brutal kündigen. Georg wusste, dass das für Ida eine heikle Angelegenheit war. Wolff & Apolant gehörte zur Familie und bei der Familie schaute man nicht aufs Geld. Sie war gegen jegliche Auseinandersetzungen mit Verwandten.

Normalerweise kreisten die Vieraugengespräche zwischen Mutter und Sohn um die Ehelosigkeit des bereits Neunundvierzigjährigen. An diesem Vormittag nicht. Ein Bruch mit der Familie war noch schlimmer als die Ehelosigkeit ihres Ältesten. Mit siebzehn Minuten Verspätung rauschte Ida in ihre Wohnküche.

»Original Seide aus China!« Sie deutete auf ihr Kleid.

Georg hatte das natürlich sofort im Augenwinkel erkannt und sagte: »Wohl, wohl. Sechs Mark neunzig der laufende Meter. Noch beziehe ich die Chinoiserien von Wolff & Apolant.«

»Noch? – Was heißt hier ›noch‹?!«, fragte Ida mit angehobener Stimme.

»Weil die Warenhäuser Abraham Wertheim in Berlin jetzt führend und von Onkel Wolff in vielen Tuchbereichen wirtschaftlich abhängig sind.«

Ida holte aus dem mit Gas betriebenen Eisschrank aus Amerika eine Schale mit gehakeltem Hering und tischte davon einen Teller vor Georg auf. »Georg, iss. Ein Baum wächst nur so lange weiter, wie er sich auf seine Wurzeln verlassen kann.«

Georg aß nicht. Er war sich sicher, dass Wolff & Apolant den Wurzeln die Kraft entzog.

Sie wollte ihre Hand auf Georgs Rechte legen. Er zog sie wie meist zurück. Ida war traurig und meinte, sie wisse wohl, dass Georg nur für den Traum lebe, das größte Warenhaus auf dem Erdenrund zu bauen. Sie stellte den gehakelten Hering in den Eisschrank zurück und fing wieder mit Georgs Ehelosigkeit an.

»Die Frau, die ich mal heiraten werde, wird mich finden«, sagte Georg. Dabei ahnte er nicht, dass dies genau an diesem Tag bei Wolff & Apolant geschehen würde.

Georg schaute auf seine Uhr, sagte, er wolle sich bei Wolff & Apolant nicht verspäten. Der Baum müsse weiterwachsen.

»Ohne mich wäre in Berlin überhaupt nichts gewachsen!«, zeterte Ida noch einmal.

Damit hatte sie recht. Georg küsste ihr zum Abschied die Hand und richtete sich auf ein unangenehmes Gespräch mit Onkel Wolff ein. Er ließ sich von einer Firmenlimousine zu seinem alten Lehrherrn fahren. Onkel Wolff war steinalt, gebrechlich und hatte Parkinson.

Gleich zu Beginn des Treffens vertraute er Georg an: »Tomatensuppe kann ich nicht mehr essen. Das gibt schlimme Flecken. Dann sehe ich wie hinterrücks erschossen aus. Du willst mich doch hinterrücks erschießen? Deshalb bist du doch hier, nicht wahr?«

Er wolle nur in Ruhe mit dem Onkel reden, versuchte Georg den giftigen alten Herrn sanfter zu stimmen.

»Ich habe dich über mehr als zwei Jahrzehnte am Kacken gehalten! Und jetzt willst du mir die Lieferverträge vor die Füße werfen?!«

Georg argumentierte, die Preise für hochwertige Stoffe von Wolff & Apolant seien, gemessen an der Konkurrenz in Europa, schlichtweg um zwei Fünftel überteuert. Und dass er sich in Zukunft auch vermehrt um günstigere Angebote bei gleicher Qualität bei anderen Lieferanten kümmern wolle. Er bat den Onkel, mit ihm die Garantielieferungen und die von Georg vor Jahrzehnten selber festgesetzten Festpreise neu zu verhandeln, und überreichte ihm eine Liste mit Seiden-, Kaschmir- und Brokatbestellungen: »Mach mir für diese Partien ein Angebot, ein billigeres, und wir bleiben im Geschäft.«

Wolff klemmte sich ein Monokel ins Auge. Die winzig kleine Schrift Georgs konnte er kaum entziffern. Sodann drückte er auf einen seiner zahlreichen Knöpfe. Irgendwo im Haus bimmelte eine mechanische Glocke. Die Herren starrten sich unverwandt an. Sie spielten das Spiel ›Wer zuerst zwinkert, hat verloren‹. Niemand kam. Wolff ließ seinen Finger über die Tastatur kreisen und setzte eine andere Glocke in Betrieb.

Es klopfte an der Tür. Dann betrat ein Mädchen im Alter von etwa zwanzig Jahren das Kontor. Sie war in ein sehr einfach geschnittenes, taubenblaues Gabardine-Kleid mit hochgeschlossenem weißem Kragen gekleidet. Davor trug sie eine dunkelblaue, bodenlange Schürze aus Baumwolle. Ihre Haare waren hellblond und ihre Augen waren heller als wasserblau. Erstaunlich selbstsicher blickte die Mitarbeiterin ihren Chef an. Dann saugten sich ihre Augen an Georg Wertheim fest. Georg war wie hypnotisiert. Dieses »Ding« war gekleidet wie eine zerrupfte Ente mit blauer Schürze, aber sie verströmte einen Glanz wie der helle Lichtkreis um den Mond in einer sternenklaren Nacht. Er sprang von seinem Besuchersessel auf und ging einen Schritt auf die Erscheinung zu.

»Fräulein Hanna Berger, mein erster weiblicher Lehrling«, stellte Wolff das Mädchen vor.

Georg Wertheim verspürte ein Kribbeln im Bauch, eine gewisse Blutleere im Hirn und weiche Knie. Wallungen sozusagen. Mit einem unkontrollierten Gesichtsausdruck schaute er zum ersten Mal in seinem Leben ein weibliches Wesen an.

Wolff bemerkte es, obwohl er fast blind war: »Warum guckst du denn so blöde? Nur, weil du einen weiblichen Lehrling siehst? Du beschäftigst doch in deinen Klitschen Dutzende davon. Die Berger macht sich ganz gut, ist aber noch in der Probezeit.«

Georg hörte seinem greisen Onkel nicht zu. Manchmal heißt es, ein Jüngling sei wie vom Donner gerührt oder der Blitz sei in ihn gefahren, als er die erste Liebe seines Lebens erblickte. Beim neunundvierzigjährigen Georg Wertheim war genau das der Fall. Beruflich hatte er es mit Hunderten von Frauen zu tun. Wenn er musste, konnte er sogar galant sein, bewahrte aber stets die gesellschaftliche Form. Seine Spreewälderinnen hielt er für neutrale Wesen. Eben Spreewälderinnen, die für ihn kochten, putzten und bügelten.

Mit weit aufgerissenen Augen starrte Georg das Fräulein Berger an. Mit der Zeit trat er verlegen von einem Fuß auf den anderen. Hanna hielt dem starren Blick des Besuchers stand. Am frühen Morgen hatte ihr Dienstherr herumkrakeelt, sein Neffe käme und wolle ihm vermutlich finanziell das Fell über die Ohren ziehen. Diese elegant gekleidete Wachsfigur war also nun der geniale Handelsherr, von dem Herr Wolff behauptete, dass er ihn als Lieferanten abservieren wolle.

Endlich kam Leben in Herrn Wertheim. Er trat einen Schritt vor, verbeugte sich höflich, ergriff zögerlich ihre rechte Hand und deutete einen Handkuss an. Nie zuvor war Hanna so begrüßt worden.

»Was sind das denn für Fisimatenten?«, entrüstete sich Wolff über diese seltsame Pantomime. »Ich habe Sie rufen lassen, damit Sie mit diesen Ordern für Stofflieferungen durch die Lager schwirren, um zu überprüfen, was wir vorrätig haben und was preislich für uns überhaupt möglich ist. Mein Neffe erwartet von uns Angebote, die dreißig, sogar vierzig Prozent unter unseren normalen Lieferbedingungen liegen.« Mühsam rappelte er sich aus seinem durchgesessenen Bürostuhl auf, taperte quer durch sein Büro und gab Hanna mit zittriger Hand die Bestellscheine. Aus den Augenwinkeln sah er, dass Georg sich offensichtlich für seine Bestellung gar nicht mehr interessierte, sondern sich darum bemühte, ein liebenswertes Lächeln in sein Gesicht zu zaubern.

Endlich senkte Hanna ihren Blick auf die engbeschriebenen Listen. Sie stellte erstaunt fest, dass der ›Große Wertheim‹ seinen Kopf zur Seite legte, um weiterhin mit ihr Augenkontakt zu halten. Hanna fand das seltsam, studierte die einzelnen Posten und knibbelte mit dem Zeigefinger hinter dem rechten Ohr in ihrem blonden Haar herum.

Schließlich sagte sie mit fester und dennoch sehr weicher Stimme: »Crêpe de chine haben wir in dieser Farbskala erst in vierzehn Tagen wieder vorrätig. Atlasseide wie gewünscht und im Überfluss. Ich muss leider sagen, dass Atlasseide zurzeit nicht gut läuft. Mousselin haben wir natürlich, in allen gewünschten Qualitäten und Farben. Nur Brokat müsste hergerichtet werden.«

Während sie weiter über die Positionen berichtete, war Georg hinter sie getreten und schaute ihr über die Schulter beim Lesen zu. Schon wieder bekam er puddingweiche Knie, als er den Duft von *Uralt Lavendel* aus Hannas Haar und Nacken erschnupperte.

»Ist famos, dass Sie alles im Kopf haben. Aber jetzt los, verschwinden Sie. Allez vite!« Wolff ging zur Bürotür und riss sie auf. Wollte mit einer barschen Handbewegung Hanna aus dem Kontor scheuchen.

Da mischte sich Georg ein: »Wenn du gestattest, werde ich Fräulein Berger bei ihrem Rundgang durch die Lager begleiten. Nach wie vor kenne ich mich bestens aus. Und wie ich dich kenne, hast du in den letzten Jahren nichts geändert. Aber das Aufbügeln von Brokat mit Aceton hast du wieder eingeführt. Schäm dich. Lässt du wieder Kinder mit ihren Müttern in den Katakomben schuften?«

»Das geht dich einen feuchten Kehricht an! Ich veredle und präpariere Brokat wieder in eigener Regie. Aus Kostengründen.«

»Ich möchte Fräulein Berger begleiten.« Lächelnd ergriff er Hannas Hand: »Es sei denn, Sie hätten etwas gegen meine Begleitung?«

Hilfesuchend schaute Hanna ihren Lehrherren an.

Der stampfte wütend mit dem rechten Fuß auf den Boden und sagte: »Auch bei Wolff & Apolant ist der Kunde König. Aber überlegen Sie sich jedes Wort, was Sie bei Ihrem Rundgang sagen, Fräulein Berger. Herr Wertheim hat das Gedächtnis eines … eines …«

»Eines Elefanten, Herr Wolff?«, fragte Hanna liebenswürdig.

»Das sicherlich nicht. Sonst würde er nicht so undankbar hier vorsprechen und mich in den Ruin treiben. Verschwinden Sie! Beide!« Wolff knallte die Tür zu.

Georg ließ Hanna einen Schritt voraus gehen. Er war vom anmutigen Gang dieser wundersamen Erscheinung fasziniert.

Da riss Wolff noch einmal die Tür auf: »Fräulein Berger, sollten Sie Herrn Wertheim auch die Bügelräume zeigen, sind Sie entlassen. Das geht ihn nichts an.«

Galant reichte Georg Hanna den Arm: »Dann würde ich doch sagen, Sie zeigen mir als Erstes diese schändlichen Bügelräume.«

Ratlos oder entsetzt blickte Hanna Georg ins Gesicht.

Er sagte: »Sollten Sie deswegen Ihre Stellung verlieren, werde ich unverzüglich dafür sorgen, dass Sie ein angemessenes Angebot aus meinem Hause erhalten. Mit anderen Worten: Es wäre mir eine große Freude, wenn Sie Ihre Betätigung hier noch heute verlören.«

Hanna befreite sich von Georgs Arm. »Probeweise ist zurzeit mein Leben. Hier lerne ich sehr viel, bekomme zu essen, lebe oben in der Mansarde. Außerdem macht mir die Arbeit hier Spaß.«

»Und nachts müssen Sie in meiner alten Mansarde husten, weil diese Acetondämpfe sich oben unterm Dachjuché sammeln und Sie kaum schlafen können? – Ist es so?«

Hanna schwieg einen Augenblick, ging dann weiter ins Seidenlager. Sie sagte: »Ich denke, wir sollten zunächst Ihre Bestellscheine abarbeiten«, und blieb vor einer Lagertür stehen, gegen die sie dreimal lang und zweimal kurz klopfte. Sie warteten, bis der Cheflagerist für Seidenprodukte die Tür aufschloss. Seiden waren so kostbar, dass sie bei Wolff & Apolant Tag und Nacht unter Verschluss gehalten wurden.

Georg räusperte sich: »Dumm, dieses Misstrauen wegen seiner teuren Seidenimporte. Glaubt mein Onkel immer noch, er würde ständig bestohlen?«

»Wir haben Atlasseide in solchen Mengen und in allen Regenbogenfarben, dass sie auf dem Markt momentan so gut wie nichts wert ist«, antwortete Hanna.

In den Regalen türmten sich Unmengen der schweren Qualität, dass sich Georg sehr wunderte: »Oh! Hier liegt totes Kapital hinter Verschluss. Wie sieht es mit italienischer Seide aus Carpi, bedruckt oder bestickt, aus?«

»Sehr gut. Die lagert natürlich in einem feuerfesten Tresor.« Hanna deutete auf einen großen Tresor, den es zu Georgs Zeit noch nicht gegeben hatte, und ließ ihn vom Lageristen öffnen.

Vorsichtig streichelte Georg durch die kostbaren Stoffe. Um die bestickten Seiden aus Carpi zu betasten, zog er zuvor weiße Baumwollhandschuhe an, die ihm Hanna Berger reichte.

Georg rief: »Donnerwetter. Diese Seiden sind ein Schatz! Wissen Sie, wie lange Stickerinnen für einen einzigen Meter brauchen?«

Hanna wusste es nicht.

Georg breitete gewissenhaft ein Stück bestickte Seide auf einem mit Naturseide bespannten Lagertisch aus und schaute Hanna verliebt an: »Für einen Meter ungefähr vier Monate. Vier Frauen arbeiten gleichzeitig daran. Sie werden schlecht bezahlt. Nur wenige Frauen beherrschen dieses Handwerk überhaupt noch. Vor Jahren habe ich mal einen Aufsatz darüber gelesen.« Er deutete auf die winzig kleinen Zuchtperlen und Rubinsplitter, die zu orientalischen Mustern auf die Seide gestickt waren. »Im Jahr verarbeitet unsere Maßschneiderei am Leipziger Platz vielleicht zwei, höchstens drei Meter dieser Kostbarkeit. – Was kostet dieses Teil?«

Das wusste Hanna aus dem Kopf: »Dreihundert Mark fix. Was kostet denn eine Robe Ihrer Maßschneiderei, die mit dieser Seidenqualität appliziert wird, Herr Wertheim?«

»Ich bin mir nicht sicher, aber ich denke, um die tausendfünfhundert bis zweitausend Mark. Wenn es Sie interessiert, müsste ich selber nachfragen. Nur, ehrlich gesagt, sind das Roben, die man selbst bei Hofe selten trägt. Wenn überhaupt. Und die einzige Dame, die eine solche Pracht auch öffentlich ausführt, ist meine Mutter Ida. Passt wenig zur preußischen Bescheidenheit. Dreihundert Mark, dieses Stück! Donnerwetter! Da kauft mein Bruder Wilhelm aber in Italien ungünstig teuer ein! Ich nehme alle Partien zu diesem Preis.«

»Das kann ich Ihnen nicht zusagen. Herr Wolff verteilt diese Qualität nur auf schriftliche Nachfrage und das eher selten. Er will den Markt nicht übersättigen«, gab Hanna zu bedenken.

»Verstehe. Ich räume ihm das halbe Lager seiner Atlasseiden aus und dann wird er schon zustimmen.«

»Aber Sie haben doch selber gesagt, Atlasseide sei nicht à la mode?«

Georg bemühte sich, selbstsicher zu klingen: »Wenn man den

Stoff ordentlich bewirbt – und so etwas kann mein jüngster Bruder Wolf fabelhaft –, rennt im nächsten Vierteljahr halb Berlin in diesem knisternden Zeug durch die Ballsäle. Mein Bruder hat da eine Vertraute oder Hofdame der Prinzessin Viktoria Luise an der Hand, der er immer zum halben Preis Kleider auf den adligen Leib schneidern lässt. Die erwecken sehr schnell Neid in Potsdam und dann in ganz Berlin.«

»Ein kluger Mann, Ihr Herr Bruder.«

»Klug nicht unbedingt. Aber phantasievoll und effektiv. Ich nehme sogar zwei Drittel der Atlasseide zu meinem Preis. Gehen wir jetzt ins Musselin- und Batistlager und anschließend in die Kaschmir-Katakomben und dann runter in die Bügelei. Und dann werden Sie entlassen, und ich nehme Sie mit.« Georgs Herz klopfte wild.

Hanna schüttelte den Kopf, schrieb aber die Bestellung auf ihre Listen, seufzte etwas und sagte schließlich: »Können wir uns die Bügelei nicht ersparen? Ich gebe zu, dass ich manchmal des Gestankes wegen huste. Aber Sie müssen mich verstehen: Außer Wolff & Apolant habe ich nichts.«

»Bin ich nichts, Fräulein Berger?« Georg wurde ganz schwindelig. Er schwankte leicht, konnte sich aber gerade noch unauffällig an einer Wand abstützen.

Dann gingen sie in das Lager mit Schweizer Batist- und Musselinqualitäten. Georg erledigte dort kurz entschlossen seine Bestellungen. Im Kaschmirlager fand Georg viel gediegene Ware aus England, die ihn qualitativ ganz und gar nicht überzeugte.

Er sagte: »In diesen Mustern sieht man wie sein eigener Großvater aus. Das geht gar nicht mehr. Ich nehme alle naturfarbenen Partien, sogar die mit Fischgrätmustern … auch dieses breit gestreifte Zeug.«

Hanna wunderte sich, dass Georg genau das Gegenteil von dem tat, was er zuvor gesagt hatte. Warum sah er sie nur so seltsam an? Und was war das für ein merkwürdiges Angebot, dass er sie mitnehmen wolle?

Georg versuchte sich zusammenzureißen und sagte: »Gucken

Sie mich nicht so ratlos an. Ich werde meine tschechischen Maßkonfektionäre bitten, daraus eine Kollektion für den eleganten Landedelmann herzustellen. Dann dekorieren wir drei, vier Schaufenster im Herbst damit voll, und schon finden die feinen Leute in Thüringen, Brandenburg oder im Harz sich todschick! – Nachfrage richtet sich, wie Sie sicher wissen werden, nach dem Angebot. Aber die Nachfrage steuern wir Händler.« Er verriet diesem wildfremden hellblonden Engel ganz charmant seine Geschäftsgeheimnisse. Während er einen Ballen Vikunja-Stoff aus Argentinien liebevoll streichelte und ihn sogar an seine Wange hielt, schwadronierte er weiter: »Es ist wie mit Austern, Schnecken oder Muscheln. Nahezu jeder ekelt sich davor, bis er sie mit Zitronen wohlangerichtet von unserem Bankettservice empfohlen bekommt. Und siehe da: Das eklige Zeug schmeckt heutzutage jedermann. Sofern er sich das leisten kann. Das war mal ein Armeleuteessen. Genau wie Kaviar, diese Fischeier. Ich kann mich noch dran erinnern, dass in meiner Jugendzeit in deutschen Flüssen Störe lebten. In solchen Mengen, dass die Angestellten in ihren Arbeitsverträgen bei Kost und Logis sich die Gunst erstritten, höchstens dreimal in der Woche mit Kaviar gemästet zu werden. Jetzt gibt es keine Störe mehr, und das Zeug wird beinahe in purem Gold aufgewogen.« Georg lachte laut auf.

Hanna starrte ihn mit offenem Mund an. Sie hatte ja schon einiges über den geheimnisvollen Georg Wertheim gehört. Vor allen Dingen viel über seine Menschenscheu und dass er angeblich nie lachen könne oder es in der Öffentlichkeit wenigstens nicht tue. Jetzt vertraute dieses Phantom ihr seine Geschäftsprinzipien an und lachte dabei dröhnend wie ein Fuhrknecht. Sie hing an seinen Lippen.

»Wir haben im Bankettservice jetzt sogar geröstete Ameisen aus China im Programm. Und die werden tatsächlich gegessen«, plapperte er weiter.

»Sie auch, Herr Wertheim? Sie essen die auch?«, fragte Hanna. Auch ihr wurde allmählich anders zumute.

»Ich? – Wie? Was?«

»Geröstete Ameisen.«

»Mal probiert. Unsinnig. Schmecken wie Salzstangen. Aber was rede ich die ganze Zeit? Über Fisch und Krustentiere … Da ist mir wohl bei all unseren Geschäften der Gaumen durchgegangen.« Er kicherte.

»Der Gaul«, verbesserte ihn Hanna lächelnd und erfuhr dann, dass Georg sich eigentlich weitgehend von Seezungen ernährte.

Georg glaubte, die junge Frau seit seiner Kindheit zu kennen. Obwohl sie ihn meistens nur staunend anstarrte und lieblich lächelte, war sie ihm in der kurzen Zeit ihrer ersten Begegnung vertrauter als je ein anderer Mensch zuvor. Bis auf Hugo einst. Lässig setzte er sich auf einen der großen Packtische und baumelte vergnügt mit den Beinen.

»So, jetzt haben wir eigentlich alles erledigt. Wir sind ins Plaudern gekommen. Pardon.« Er strahlte sie an.

»Verzeihung, ich habe keinen Ton gesagt. Ihnen nur zugehört.« Hanna war das alles nicht ganz geheuer.

»Das stimmt nun auch wieder. Normalerweise höre ich immer zu. – Wann haben Sie heute Feierabend?«, fragte Georg.

»Um neunzehn Uhr.«

Georg hüpfte vom Tisch, griff Hannas Hand und zog sie aus dem Kaschmirlager, zerrte sie schnellen Fußes mehrere Flure entlang zur Kellertreppe bis zur Tür der Bügelräume. Es stank nach Aceton, Schweiß, Wasserdämpfen. Nach feuchtem Muff. Er riss die Tür auf, und ein Schwall Wasserdämpfe trat aus den Katakomben und strömte wie durch einen Schornstein bis hoch an die Nase seines Onkels Wolff.

Der wartete schon oben an der Kellertreppe und brüllte jetzt: »Georg, du bist ein Hundsfott! Willst du wirklich, dass ich die Berger entlasse? Willst du das?!«

Georg flüsterte Hanna ins Ohr, dass er von jetzt ab bis um neunzehn Uhr in seiner Limousine draußen vor der Tür der Firma Wolff & Apolant auf sie warten werde, um sie in einen angenehmen Abend zu entführen.

Wolff brüllte dazwischen: »Ich hörte, du kaufst fast meine gesamte Atlasseide! Mein Seidenlagerist hat es mir natürlich sofort gesteckt. Er hält dich für schwachsinnig.«

»Fräulein Berger hat mich überzeugt«, rief Georg zurück. Dann rannte er die Kellertreppe hinauf, wandte sich noch einmal um, winkte Hanna zu und blaffte seinen Onkel an: »Wenn du diese außergewöhnliche junge Dame nicht auf der Stelle entlässt – was gesundheitlich nur von Segen für Fräulein Berger wäre –, werde ich sie entführen. Geschäftlich bin ich mit dir d'accord. Du darfst mich weiterhin zu meinen Bedingungen beliefern. Ich verspreche dir aber: Meine Nachfrage wird bald noch größer sein. Schönen Abend noch, Verwandter!«

Er lief aus dem Haus, stellte sich eine Weile neben seine Limousine und betrachtete seine alte Lehrstelle. Er atmete tief durch. Das Aceton reizte noch seine Lungen. Plötzlich fing er an zu zittern und wusste nicht, warum.

Sein Fahrer trat mit seinem schwarzen Kaschmirmantel an seine Seite: »Bei dieser Kälte holen Sie sich noch den Tod!«

Jetzt wusste Georg: Er zitterte nicht vor Wut über den Onkel. Auch nicht wegen der Kälte. Es war wegen Hanna Berger. Er schaute auf seine Taschenuhr: gerade mal drei Uhr.

Er erklärte dem Fahrer: »Wir müssen bis neunzehn Uhr hier im Wagen warten. Wir beobachten das Eingangsportal dort drüben. Wenn Sie eine junge Dame sehen, die aussieht wie eine … wie eine … eine junge Dame, dann sammeln wir die auf und fahren zu meiner Mutter. Kann aber vier Stunden dauern.«

Der Fahrer nörgelte, bis dahin sei man erfroren. Autoheizungen gab es 1906 noch nicht. Stöhnend wickelte sich der Chauffeur in mehrere Wolldecken, die in jedem Kofferraum vorgehalten wurden, um die Wartezeiten bei kühlen Temperaturen für das Personal erträglich zu machen.

Georg hingegen bemerkte nicht, wie die Kälte an seinen Füßen hoch bis zu seinem Kopf stieg und er mit den Zähnen klapperte. Unverwandt starrte er bis neunzehn Uhr fünf auf das Portal von Wolff & Apolant.

Während dieser Zeit beobachtete sein Onkel ihn durch einen

Schlitz der Samtvorhänge und klingelte nach Hanna Berger. »Sie können Ihre Sachen packen, Fräulein Berger. Sie sind entlassen.«

Fassungslos starrte Hanna den alten Herrn an.

»Nicht entlassen. Ich lasse Sie ziehen. Draußen bibbert mein Neffe. Freiwillig. Ihretwegen. Ich kenne ihn: Wenn er sich etwas in den Kopf gesetzt hat, wird er alles versuchen, Sie mir abspenstig zu machen. Sie sind ein Goldstück und fraglos haben Sie hervorragende Arbeit geleistet. Und mir heute Wertheims als Kunden erhalten. Unterm Strich ist es mir der heutige Tag wert, Sie in eine ungewisse Zukunft zu entlassen. Glückwunsch!«

Hanna verstand nun überhaupt nichts mehr. Kein Rausschmiss, sondern ein Wegloben.

Wolff winkte sie ans Fenster: »Da unten sitzt er. Frierend im Wagen. Ich hätte Sie schon vor drei Stunden in Frieden ziehen lassen können, aber den Georg da unten als Eiszapfen zu sehen hat mir Freude bereitet. – Wie finden Sie Herrn Wertheim?«

»Unheimlich.«

»Unheimlich? – Nicht unheimlich interessant? Oder meinen Sie gespenstisch?«

»Nein – unheimlich angenehm. Wenn ich mir die Bemerkung erlauben darf. Aber Ihre Firma ist alles, was ich habe«, besann sie sich schnell.

»Bei mir hätten Sie eine berufliche Zukunft, fraglos. Aber da unten wartet ein neues Leben auf Sie. Gehen Sie. Sie werden dem Allmächtigen für diesen Tag noch danken.« Dann riss er sich einen Knopf von der Weste und drückte ihn Hanna in die Hand. »Gehen Sie. Und sagen Sie dem Herrn da unten, das sei Ihr Restlohn. Dann wird er verstehen.«

Hanna verstand überhaupt nichts mehr. Sie rannte aus dem Büro. In ihrer Mansarde zog sie sich ihren Mantel an, überprüfte noch mal den Sitz ihrer Schnürstiefel, rannte wieder nach unten, blieb wieder vor der Bürotür stehen, atmete tief durch und stürmte ins Büro.

Schwer atmend sagte sie: »Herr Wolff, erklären Sie mir das mit dem Knopf – er ist ziemlich schwer.«

»Nun gehen Sie schon! Und richten Sie ihm auch aus, dass ich die Bügelstuben wieder schließen werde, sofern er meine Preise für Brokat akzeptiert. – Adieu.« Er trat wieder ans Fenster und lugte durch den Spalt nach unten. Diesmal stand Georg zitternd vor dem Wagen und blickte auf seine Taschenuhr.

Völlig ratlos stand Hanna hinter Herrn Wolff.

»Was ist eigentlich heute für ein Tag?«, fragte er.

»Der Zweiundzwanzigste.«

»Der zweiundzwanzigste Januar?! – Allmächtiger! Der Geburtstag von Ida, seiner Mutter! Jetzt fällt es mir wie Schuppen von den Augen!«

»Schuppen? – Der Herr Wertheim hat im Kaschmirlager auch immer von Fisch gesprochen und Schalentieren«, stammelte Hanna.

»Ist schon recht so. Jetzt aber raus mit Ihnen. Bis irgendwann. Ach so, schenken Sie den Knopf lieber Frau Wertheim zum Geburtstag. Georg wird Sie zu dem Riesenfest mitschleppen. Garantiert zum ersten Mal in Damenbegleitung!« Und dann wollte sich Wolff ausschütten vor Lachen und schob die arme Hanna endgültig aus seinem Büro. Er brüllte noch hinterher: »Ich bin zwar ein Ekel, aber Sie waren noch vor Georg das Beste, was ich je an meiner Seite geschäftlich geduldet habe!« Er humpelte auf den Treppenabsatz. »Sagen Sie, wenn Sie den Knopf schenken: ›Statt Blumen!‹ – Ida Wertheim soll eine Orangerie an ihrer Villa haben, groß wie Sanssouci, sagt man. – Nun laufen Sie doch! Ach, Kind, für eine alleinstehende Waise stolpern Sie gerade in Ihr Glück! Machen Sie sich einen schönen Abend. Und Georg keine schönen Augen. Nicht, dass diese alte Schildkröte wieder ihren Kopf einzieht.«

Unten an der Tür knickste Hanna und stellte fest, dass sie offensichtlich derartig durcheinander war, dass sie sich beim Anziehen ihres Mantels ihrer langen Schürze nicht entledigt hatte. Wolff half ihr aus dem Mantel und auch wieder hinein und nahm ihr sogar die Schürze ab, knautschte sie zusammen und schmiss sie in eine Ecke.

Über die Stunden hatte Georg mal im Wagen gefroren, dann sich um den Wagen herum bewegt, um sich aufzuwärmen, und zwischendurch sogar Gymnastik betrieben. Im Auto machte er sich zum ersten Mal Gedanken über sich und sein Verhältnis zu Frauen. Normalerweise begutachtete er Frauen nach ihrem Äußeren, wie Kleidung, Hut, Schmuck, Schuhe, Strümpfe. Augenkontakte duldete er immer nur so lange, wie es die Höflichkeit erforderte. Georg gestand sich ein, dass er mit diesem Fräulein Berger den Augenkontakt während ihres Beisammenseins nicht nur gesucht, sondern auch gefunden hatte. Während der Warterei fiel ihm dazu sogar ein englisches Verb ein: »flirten«. In Berlin nannte man so etwas ›sich bekannt machen‹ oder ›die Nähe eines Menschen des anderen Geschlechts suchen‹ oder, wie sein jüngster Bruder Wolf oft prahlte, ›eine Schickse anmachen‹.

Endlich, neunzehn Uhr fünf, vielleicht auch neunzehn Uhr acht, trat Hanna aus dem Haus. Gekleidet in einen praktischen Wintermantel von mittlerer Qualität und mit einer seltsamen Dohle aus Filz auf dem Kopf. Der Hut sah aus wie ein Blumentopf und reichte über die Ohren. Keine Handschuhe, dafür aber einen bunten selbstgestrickten Schal um den Hals.

Georg schoss aus dem Wagen. Er ging Hanna entgegen und geleitete sie zur Limousine. Dem Chauffeur entriss er einige Wolldecken und wickelte Hanna umständlich damit ein. Er schob sie ins Auto und vergewisserte sich, dass sie bequem saß. Dann erst nahm er neben ihr Platz.

»Herr Wolff freut sich, dass wir im Geschäft bleiben. Er ist mit den Konditionen sehr einverstanden«, begann Hanna zaghaft.

»Hat er nicht einmal ›räuberische Erpressung‹ gesagt, Fräulein Berger?«

»Nö«, hörte Georg aus dem Wolldeckenbündel.

Dann kam ihre Hand hervor und zeigte einen Westenknopf: »Herr Wolff meint, dass ich diesen Knopf Ihrer Mutter zum Geburtstag schenken soll?«

»Dieser alte Halunke. Ich möchte Sie tatsächlich zum Geburtstag meiner Mutter einladen.« Ich glaub diesen ganzen Tag nicht!, hätte Georg am liebsten laut geschrien. Das tat er aber nicht, sondern starrte stattdessen in Hannas blaue Augen. Sie lächelte ihn unendlich liebenswert an. Dann sagte er: »Ich kenne Sie schon mein Leben lang. Übrigens, Ihr Hut ist scheußlich, aber Ihr Schal ist bunt und fröhlich. Sind Sie ein fröhlicher Mensch?«

Hanna antwortete nicht. Niemals in ihrem Leben hatte sie sich vorstellen können, einmal neben dem berühmtesten Kaufhauskönig Berlins zu sitzen, der auch noch ihr zuliebe fast erfroren wäre.

Während der ganzen Fahrt zu Ida Wertheims Villa strahlte Georg sie unverwandt an. Langsam wurde ihr nicht nur warm ums Herz. Sie pellte sich aus den Plaids. Als sie die Auffahrt zur Villa erreichten, waren die Wolldecken ordentlich zusammengefaltet und zwischen sich und Georg gelegt. Sie zerrte an ihrem Filzhut herum. Ihrer Handtasche entnahm sie einen kleinen Spiegel und betrachtete sich: Der Hut war warm, aber mehr nicht.

Sie nahm den Westenknopf und drückte ihn Georg in die Hand: »Ich werde nicht mit zum Geburtstag Ihrer Mutter gehen, Herr Wertheim. Ich bin nicht eingeladen und zum Überraschungsgast tauge ich nicht. Bitte, überreichen Sie diesen Knopf Ihrer Frau Mutter mit den freundlichsten Wünschen von Wolff & Apolant.«

»Das bedeutet, ich habe umsonst gefroren?«

Hanna fand, das sollte es wohl bedeuten. Sie nickte.

»Aber bei meiner Mutter könnten wir uns wenigstens aufwärmen. Fräulein Berger, ich will Sie natürlich nicht in Verlegenheit bringen. Nur auf einen heißen Punsch – ja? Glauben Sie mir, sonst bin ich nicht so stürmisch!« Und da platzte aus Georg plötzlich ein Lachen hervor, wie er noch nie in seinem Leben zuvor gelacht hatte. Er ergriff Hannas Hände: »Was ich heute alles an Unsinn angestellt und geredet habe, ist mir jetzt vollauf bewusst. Aber ich habe nicht im Geringsten ein schlechtes Gewissen. Zum ersten Mal begreife ich, dass Unsinn auch eine gute Methode sein kann, etwas zu erreichen. Möglicherweise habe ich mir eine Lungenentzündung geholt – Ihretwegen.«

Er führte Hanna am Arm zum mit Fackeln erleuchteten Eingang der Villa. Beschwingt klingelte er am Portal. Ein Hausmädchen in einem dunkelblauen Kattunkleid und weißer Schürze öffnete. Hanna stand einen Schritt hinter Georg. Das Hausmädchen Lisbeth musste sich beherrschen, als sie den zitternden, von einem Fuß auf den anderen hüpfenden Georg sah.

Wie eine Trophäe hatte er Hannas Arm unter seinen geklinkt und schmetterte ein »Guten Abend!«.

Auch Hanna flüsterte leise »Guten Abend« und bemerkte, dass Lisbeth sie von oben bis unten musterte. Vor allen Dingen oben. Der Hut! Dann half sie Hanna und Georg aus dem Mantel.

Ohne die Fremde aus den Augen zu lassen, hängte Lisbeth die Mäntel auf eine Gästegarderobe. Aus den Bankettträumen ertönte Salonmusik. Hanna trat schnell vor einen Spiegel und nahm ihren Filzhut ab, richtete sich das Haar. Dabei hörte sie, wie Lisbeth bemerkte, Frau Ida Wertheim würde schon seit geraumer Zeit auf ihren Sohn warten. Sonst sei er immer zu offiziellen Anlässen überpünktlich. Kühl forderte Georg Lisbeth auf, seine Mutter zu informieren, dass er in Begleitung erschienen sei und in der kleinen Empfangshalle seine Mutter erwarte, bevor er sich mit Hanna Berger in das Festgetümmel zu stürzen gedenke.

Ups, dachte Hanna, Herr Wertheim kann auch ganz schön eisig sein!

Und genauso schnell war er wieder liebenswert. Er geleitete sie in eine kleine Empfangshalle. Die beiden trafen dort prompt auf Wolf Wertheim, der, elegant im Frack gekleidet, ein Cocktailglas in der Hand, sich fast an einer Olive verschluckt hätte, als er Hanna Berger an der Seite seines Bruders sah. Wolf glitt auf Lackschuhen sofort auf Hanna zu, verbeugte sich höflich und stellte sich vor. Georg stellte Hanna Berger vor.

»Wieso kommst du so spät? Und in Begleitung?«, fragte Wolf seinen Bruder leise. »Ein hübsches Ding! Mit etwas Putz und Seide könnte daraus noch eine Dame werden. Mutter Ida wird sich freuen. In jedem Fall aber überrascht sein. – Sie ist sehr jung, mein Lieber.« Grinsend verzog sich Wolf mit seinem Glas auf einen Hocker und wartete auf den Auftritt Idas.

Die Doppeltüren wurden von innen aufgestoßen, und Ida rauschte herein. Hanna hatte sich etwas hinter Georg versteckt, als Ida losmeckerte: »Das ist heute mein Geburtstag, und Unpünktlichkeit war nie eine deiner Schwächen!« Dann nahm sie das ärmlich gekleidete, aber attraktive Geschöpf an seiner Seite in Augenschein.

Georg murmelte: »Verzeih, Mutter, ich habe noch einen Gast zum Diner mitgebracht.« Dann stellte er ihr Hanna Berger vor. Diese machte vor der Hausherrin einen Knicks und wirkte noch unsicherer.

Ein breites Lächeln verzauberte Idas Gesicht: »Was möchte das für eine Überraschung sein!«

Sie ging einmal um Hanna herum. Hemmungen hatte sie noch nie gehabt. Wann immer sie Gefühle hatte, so zeigte sie die auch. So auch jetzt. Mit beiden Händen fasste sie Hanna an den Oberarmen, schob sie nach links und nach rechts, um sie besser betrachten zu können.

Hanna sagte schüchtern: »Verzeihen Sie, dass ich Ihnen Ungemach bereite und so unangemeldet hier auftauche.«

Ida japste vor Begeisterung und zog ihren Georg herbei: »Aber, aber! Sie bereiten mir überhaupt kein Ungemach! – Georg, ich höre. Vor Aufregung bin ich schon ganz kurzatmig.«

Georg wurde verschämt, liebenswert verlegen und behauptete, Fräulein Berger arbeite bei Wolff & Apolant als Lagerdisponentin, was Hanna mit ebenso großer Entschiedenheit bestritt und bescheiden berichtete, sie sei ein Lehrling auf Probe. Die überschwängliche Art von Ida Wertheim verunsicherte Hanna. Beinahe hätte sie darum gebeten, dass man sie nach Übergabe des Knopfgeschenkes wieder entließe.

Ida schien Gedanken lesen zu können. Sie dröhnte: »Sagen Sie nichts, mein Kind. Georg, biete Fräulein Berger doch zunächst mal einen Stuhl an, damit sie uns nicht gleich wieder wegläuft! Ihr wartet hier.« Sie machte auf dem Absatz kehrt, steuerte ihren Sohn Wolf an, der mit einer gewissen Arglist das Verhalten Georgs und die Schüchternheit dieser Hanna aus sicherer Entfernung beobachtet hatte.

»Wolfi, geh ins kleine Musikzimmer. Sitz hier nicht im Weg herum. Meinetwegen spiel Klavier. Nur keinen Tango! – Ach ja, und sei so lieb und schicke mir Hedwig hierher – hopp, hopp!«

Die Salonmusiker hatten Pause gemacht, und Ida musste zu ihrem Entsetzen hören, dass ihr Wolfi einen vom Kaiserhaus in keiner Weise goutierten südamerikanischen Tango aufspielte. Schwester Hedwig kam, festlich gekleidet, herangeflitzt. Sie wunderte sich, als sie die hübsche Hanna sah, die offensichtlich die Finger an ihren beiden Händen nachzählte.

Ida machte kurzen Prozess: »Hedwig, Fräulein Berger ist eine Bekannte von Georg. Mein Überraschungsgast. Du staffierst das Fräulein aus. Oben in meinen Räumen.« Dann tätschelte sie Hanna die Wange: »Kindchen, meine Tochter Hedwig hat von uns allen den besten Geschmack. Ab jetzt, und keine Angst – ich beiße nicht. Sehe nur manchmal so aus. Das Alter.«

Hedwig guckte ratlos dümmlich. Hanna ebenfalls. Georg erstarrte zur Salzsäule, als Ida ihn am Arm zerrte: »Und wir beiden gehen in die Küche.«

Wehren konnte sich Hanna ab jetzt nicht mehr. Hedwig geleitete sie in die Räume von Ida. In begehbare Kleiderschränke.

»Seit Monaten hab ich meine Mutter nicht mehr so aufgedreht gesehen wie heute Abend. Und wenn Sie, mein Fräulein, zum Ehrengast avancieren, dann sollten wir die alte Dame nicht enttäuschen.« Sie öffnete die Schiebetüren von einigen Kleiderschränken und überlegte. »Wenn Sie wollen – dort, die zweite Tür links –, dahinter können Sie sich noch frisch machen. Ich suche unterdessen etwas Passendes aus. Sie sind blond, schöne Frisur, blaue Augen – vom Hals abwärts bekommen wir alles hin. Sie sind übrigens die erste Dame, die mein Bruder seiner Mutter vorgestellt hat. Begreifen Sie, wie sehr es grade in meiner Mutter wühlt?«

Hanna zog sich in das rosa Marmorbad von Ida Wertheim zurück.

In Ida wühlte es in der Tat beträchtlich. Obwohl in der Küche mehrere Kaltmamsells herumwuselten, zwei Lohnköche kochten, zerrte Ida Georg in eine Ecke und zwang ihn auf einen Küchenstuhl. »Seit wann genau kennst du dieses hübsche, armselige Würmchen? Wer ist sie?«

Georg druckste herum und merkte sehr wohl, dass bei Ida einiges durch den Kopf tobte und sie ihm die Geschichte mit Wolff & Apolant noch nicht abgenommen hatte.

Seine jüdische Momme setzte sich in Position: »Also, seit wann kennst du das zauberhafte Geschöpf?«

Wahrheitsgemäß antwortete er, dass er Hanna seit sechs Stunden kenne und fünf Minuten. Das überprüfte er auf seiner Taschenuhr. Aber allerdings die meiste Zeit auf sie gewartet habe.

»Red keinen Schmonsens! Genauer! Bitte! – Ist sie Jüdin?«

»Wolff & Apolant beschäftigen nur Juden.«

»Richtig«, meinte Ida und fügte hinzu, »bei ihrem Liebreiz und ihren klugen Augen kann sie gar nichts anderes sein als eine Jüdin. Sie muss eine Jüdin aus gutem Haus sein. Sicherlich nicht aus dem polnischen Galizien – dafür ist sie zu blond. Aber edle Züge. Dem Allmächtigen sei Dank.«

Georg lehnte sich dicht an das Gesicht seiner Mutter: »Zügle dich, Mutter, bitte. Du planst meine Zukunft.«

»Rede! Bei dir hat doch da drinnen etwas gekribbelt!« Und sie bohrte ihm ihren Zeigefinger unter das Brustbein, bis es weh tat.

»Was heißt denn gekribbelt? – Was für ein Ausdruck!«

Ida kam in Fahrt: »Ach, meine Gefühle täuschen mich in solchen Dingen nie! Wenn du stundenlang auf sie gewartet hast, muss es bei dir gekribbelt haben. Schau mir in die Augen. Da! Sie leuchten. Und sind feucht!«

Das Personal in der Küche bekam ›lange Ohren‹.

Georg beugte sich näher zu seiner Mutter: »Mutter, in meinen Augen leuchtet nichts. Und feucht sind sie vermutlich nur durch die scharfe Meerrettichsoße aus den Schüsseln da hinten auf der Kredenz.«

Lange starrte Ida ihren Georg an.

Georg schmunzelte nach einer Weile hilflos.

»Jetzt strahlst du sogar wie ein von innen erleuchtetes Synagogenfenster.«

»Ach was?«

»Ach ja!«

»Gut, ich gebe es zu, Mutter, ich bin verliebt. Ja. Und … äh … ich hoffe, dass du Fräulein Berger in deinen Hausstand integrieren kannst. Darum bitte ich dich. Aber musstest du sie sofort in dein Ankleidezimmer jagen? Ausgerechnet mit Hedwig als Direktrice?«

»Bei meinen aufgedonnerten Gästen, vor allen Dingen den Damen, will ich das Kind doch nicht in Verlegenheit bringen. – Also, du bist verliebt … oder so ähnlich. Und ich weiß, was ich weiß!«

Oben im Ankleidezimmer konnte Hedwig nicht so recht entscheiden, was für Hanna am passendsten wäre. Schließlich öffnete sie einen schmalen Schrank und nahm daraus ein Abendkleid aus eben jener bestickten Carpi-Seide, das sich nur Ida traute, in der Öffentlichkeit zu tragen, ohne den Neid der Berliner Gesellschaft zu erwecken. Es war Idas Paradekleid und passte Hanna fast. Mit ein paar diskreten Stichen nähte Hedwig den Ausschnitt etwas enger. Das Kleid fiel, wie nur Seide aus Carpi in dieser Preislage fallen konnte. Die Applikationen waren atemberaubend und bestanden aus Perlen und einigen Smaragden, Rubinen und Pailletten aus purem Gold. Doch nur vorne. Hinten fiel die Seide von den Schultern runter bis zu einem angedeuteten Cul, einem künstlichen Popo, um dann als Schleppe achtzig Zentimeter über den Boden zu schleifen. Hanna betrachtete sich im Spiegel: Sie fand sich unwirklich. In den Modejournalen, die bei Wolff & Apolant abonniert waren, hatte sie sich manchmal in schöne Roben hineingeträumt. Die Robe der Ida Wertheim war für sie unbezahlbar, selbst beim Träumen.

»Eine Stola zu diesem Gewand wäre doch eine Sünde, oder? – Komisch – wenn Mutter das Teil trägt, sieht sie wie eine neureiche Jüdin aus dem Westend aus. Für Sie scheint es wie gemacht zu sein. Sie sehen überhaupt nicht verkleidet aus. Gehen Sie mal ein paar Schritte.«

Hanna hatte zuvor ein Paar seidene Abendschuhe von Ida probiert. Sie passten.

Hedwig war hingerissen. »Warum ist es mir nur so, als würde ich Sie schon ewig kennen?«, fragte sie.

»Und ich erkenn mich nicht wieder!«, rief Hanna.

»Wenn mein Bruder Wolf Sie später ins Visier nimmt, senken Sie einfach die Augen. Wolfi kann sehr penetrant sein.«

»Und wenn mich Herr Wertheim so sieht?«

»Dann hoffen wir, dass der Gute nicht endgültig die Contenance und den Boden unter den Füßen verliert. Den schlägt es glatt um. Ach, das wird ein spannender Abend!« Hedwig sauste durch das Ankleidezimmer, steckte, wie sie es oft früher in Stralsund getan hatte, zwei Finger in den Mund und pfiff einmal laut durchs Haus. Erschrocken tauchte Lisbeth unten an der Treppe auf.

»Sagen Sie meinem Bruder, wir sind fertig.«

Aus einem Rosengesteck auf der Treppenbalustrade entnahm Hedwig eine Rose, wischte sie sauber und reichte sie Hanna: »Die überreichen Sie meiner Mutter offiziell.«

»Und den Knopf!« In ihrer geballten Linken hielt Hanna immer noch den Knopf.

Georg schlug es tatsächlich fast die Füße weg, als Hanna die Treppe herunterschritt.

Er stolperte ihr einige Schritte entgegen und stammelte: »Nur äußerlich haben Sie sich verändert. Nichts von Ihrer Anmut eingebüßt. Ich rede Blödsinn, nicht?« Er geleitete sie die Treppe herunter und führte sie in den großen Bankettsaal.

Unter den zahlreichen Gästen hatte sich bereits herumgesprochen, dass ein Ereignis bevorstehe, mit dem keiner der Anwesenden gerechnet hatte: Georg Wertheim erschien mit einer Dame. Alle – vor allem aber Architekt Messel, Sanitätsrat Isaak, seine Brüder und der Sohn des Bankiers Bleichröder – waren gespannt auf Georgs Begleitung. Besonders Polka-Wolff und Frau Ernestine.

Als Georg und Hanna den Bankettsaal betraten, sagte Ernestine trocken in die Stille hinein: »Det is keen Jeburtstach, det is 'ne Verlobungsfeier.«

Der Tisch war mit Meissener Porzellan eingedeckt und mit

französischen Kristallgläsern von Lalique. Vorgregorianisches englisches Silber hatte Ida aus ihren Besteckkästen nehmen lassen. Das tat sie nur zu besonderen Anlässen. Alle Damen trugen so viel Schmuck, dass es ihnen ein Leichtes war, gegen die kristallenen Lüster anzuglitzern.

Georg führte Hanna oben an die Tafel und nahm mit ihr direkt neben Ida Wertheim Platz. Das Gedeck neben Ida war wie bei allen Festtagen mit einer schwarz eingefärbten Rose versehen und sollte an Abraham Wertheim erinnern.

Hanna überreichte Ida ihre Rose und legte ihr den Brokatknopf mit den besten Wünschen zum Geburtstag von Wolff & Apolant in die Hand. Georg schlug mit einem Dessertlöffel gegen ein Kristallglas, schaute in die Runde, blickte seine Mutter an, dann nur noch Hanna.

Er sprach laut und feierlich: »Mazel tov!«

Die Tischgesellschaft trompetete »Mazel tov!« wie ein Echo zurück.

Dann ging die Völlerei los. Und auch die Trinkerei. Hanna wurde von Ida wie Georgs Verlobte behandelt. Ständig tätschelte sie an Hanna herum. Als zu Idas Ehren wieder getoastet wurde, entschuldigte sich Georg bei Hanna, in der Hoffnung, ihr nicht allzu viel Ungemach zu bereiten. Seine Mutter neige manchmal zu dramatischen Spontanitäten.

»Soll ich jetzt sagen, ich bin Ungemach gewohnt?«, fragte Hanna.

»Bitte nicht«, flehte Georg.

»Ihre Mutter ist phantastisch«, lächelte Hanna.

Nach dem Dessert durften die Herren ins Raucherzimmer gehen. Wolf setzte sich an den Flügel und spielte perlende Musik von einem französischen Komponisten, der gerade sehr in Mode war und Eric Satie hieß. Die Damen drängelten sich immer dichter an Hanna und Ida heran, nahmen ihren Kaffee aus sündhaft teuren Mokkatassen ein. Als aber Ernestine sich in den Damenkreis zwängen wollte, nahm Ida Hanna bei der Hand und zog sie in ihre Wohnküche. Diesmal saß Hanna auf Georgs Stuhl.

Ida starrte sie an: »Zu Wolff & Apolant lass ich Sie nicht zurück.

Der Georg hat mich gebeten, Sie in meinen Hausstand zu integrieren. Ich habe noch drei, vier, fünf, sechs Gästezimmer. Wissen Sie, auf jemand wie Sie habe ich viele, viele Jahre gewartet.«

»Aber ich habe doch Herrn Wertheim erst heute kennengelernt?«

»Keine Details, Kleines. Heute ist mein Geburtstag«, erklärte Ida bestimmt.

Georg betrat die Küche, stellte sich räuspernd hinter Hanna und funkelte seine Mutter an.

»Liebe gnädige Frau, wenn ich Ihr schönstes Geburtstagsgeschenk bin und nicht der Knopf von Herrn Wolff, dann möchte ich Ihnen jetzt ein Ständchen spielen, wenn Sie gestatten. Am Flügel.« Hanna strahlte Ida an und stand auf.

Georg und Ida waren überrascht und geleiteten Hanna aus der Küche. Hanna setzte sich an den Flügel, den Wolf höflich für sie räumte. Sie spielte eine Polonaise von Chopin. Beifall von allen Zuhörern, die sofort in das Musikzimmer geeilt kamen. Es gab einen weiteren Vorzug des neuen Hausgastes der Wertheims zu bewundern.

Ida kamen die Tränen: »Klavier spielen kann sie auch noch! Und Jüdin!« Dann bat sie einen der Lohnkellner, ihr aus der Küche ein Wasserglas voll mit Kümmelschnaps zu holen. Ihr sei im Magen nicht ordentlich.

Sie kippte das Zeug ex runter. Dann zog sie sich mit Georg und Hanna in einen kleinen Salon zurück. Ohne Umstände beschloss Ida, dass Hanna in ihrem Haus Wohnung nehmen müsse und nach einer gewissen Zeit der gegenseitigen Gewöhnung als Disponentin oder Cheflageristin für die Tuchlager im Kaufhaus an der Leipziger Straße eine neue Beschäftigung finden solle.

»Hier wohnen – bei Georg arbeiten. Schauen Sie ihm ruhig auf die Finger. Sie können beide voneinander lernen«, kommandierte Ida.

Und so geschah es auch.

Hanna schrieb einen Brief an ihren Lehrherrn und teilte ihm mit, dass sie in Zukunft bei Ida Wertheim wohne und möglicherweise demnächst ihre Ausbildung bei Wertheim fortsetze. Aber es kam noch ganz anders.

Von wegen Ausbildung. Ida sorgte zunächst einmal dafür, dass Hannas Grundausstattung an Wäsche, Kleidern, Schuhen, Seidenstrümpfen, Mänteln für alle Jahreszeiten von Direktricen am Leipziger Platz herbeigeschafft wurde. Dabei zeigte sich schon, dass Hanna allzu auffälligem und teurem Luxus nicht zugeneigt war, sondern sehr viel Wert auf eine gediegene, zurückhaltende Qualität legte, die ihr eine unauffällige Wohlanständigkeit verlieh. Von allen Frauen in der Wertheim-Familie war Hanna von Anfang an die eleganteste Unauffällige. Das akzeptierte Ida, obwohl sie sich eigentlich etwas mehr auffälligen Chic für ihre Schwiegertochter in spe ausgedacht hatte.

Bereits nach drei Tagen Zusammenleben in der Villa war es Ida endgültig klar, dass sie ihrer zukünftigen Schwiegertochter Obdach gewähre und dass man schleunigst mit den Hochzeitsvorbereitungen beginnen müsse. Bei seinen täglichen drei, vier oder gar fünf Besuchen in der Villa Ida Wertheims vermied es Georg, seiner Mutter unter die Augen zu treten. Er kam immer nur »auf einen Sprung« vorbei, nahm mit Hanna den Tee ein oder verzehrte mit ihr gemeinsam Seezunge. Sobald Ida anrollte, verschwand er. Georg kannte seine Mutter und bemerkte sehr wohl, dass er bei Abendbesuchen von Ida beobachtet wurde. Wenn er abends das Haus gegen zehn Uhr verließ, schlug er laut die Haustür hinter sich zu. Mutter sollte nicht auf die Idee kommen, er würde die Nacht unter ihrem Dach verbringen.

Der dritte Sonntag im Februar des Jahres 1905 war frühlingshaft sonnig. Georg beschloss, mit Hanna Berger eine Landpartie zu unternehmen. Georg plante – wie immer. Nach einem Blick auf das Thermo- und Hydrometer wies er die Fahrbereitschaft der Kfz-Abteilung an, das Mercedes-Cabriolet aus dem Winterschlaf zu wecken. Zwei Kfz-Mechaniker und ein Fahrer polierten den Lack, bürsteten die Weißwandreifen des Wagens. Der Fond des Wagens wurde mit Decken aus Nutriafellen ausgelegt. Die Spreewälder

Hauswirtschafterin musste seinen mit Rosshaar und Seide gefütterten Kaschmirmantel ausbürsten und seinen englischen Bowlerhut mit einklappbaren Ohrwärmern aufdämpfen. Aus der Bankettabteilung orderte er in Silberdosen verpackte Sandwiches, eine Thermosflasche mit Kakao, eine mit Tee und eine kleinere mit einem heißen Eierpunsch. Er war schon ganz aufgeregt und konnte es kaum erwarten, mit Hanna einige Stunden allein zu verbringen. Sie hatte freudig zugesagt, ihn bei dieser Landpartie zu begleiten. Das hatte Ida Wertheim natürlich mitbekommen. Einerseits gefiel es Hanna, wie liebevoll und zugleich schüchtern Georg ihr den Hof machte. Andererseits wurde sie zunehmend verunsichert, weil ihr Leben komplett auf den Kopf gestellt worden war. Sie lebte zwar im Luxus, aber hatte keine wirkliche Perspektive für ihre Zukunft. Sie war von einem Tag auf den anderen wie Aschenputtel zur Prinzessin geworden. Ihr war nur nicht ganz klar, ob sie das wollte. Dennoch spürte sie in sich ein tiefes Gefühl für Georg wachsen. Nie zuvor hatte sie ein Mann wie er behandelt.

Wenn Ida sie fragte, was sie für ihren Georg empfände, antwortete sie stets: »Zuneigung, gnädige Frau.«

Dann zog Ida die Mundwinkel scharf nach unten. Fragte aber nicht weiter. Hanna war sich ihrer Gefühle zu Georg sehr sicher, aber es waren Gefühle, die sie zuvor nie gekannt hatte. Was war denn der Unterschied zwischen Zuneigung und Liebe? Und konnte es überhaupt Liebe sein? So plötzlich? Nach einem erbärmlichen Leben? Liebe hatte Hanna nie gekannt. Über das Thema Liebe hatte sie zuvor niemals mit irgendeinem Menschen sprechen können. Nur Ida wollte das.

Sie erklärte ihr mütterlich: »Kind, Liebe ist wie die Fettaugen auf einer guten Suppe: Sie schwimmt immer oben. Eine lebenslange Verbindung ohne ein klitzekleines bisschen Fettaugen auf der Suppe wird nicht funktionieren. Nicht alle Frauen heiraten den Mann, den sie lieben. Und umgekehrt ehelichen die Männer sehr selten ihre Geliebte.«

Solche Gespräche mit Ida verunsicherten Hanna noch mehr.

Bevor das Cabriolet Punkt elf Uhr vor Idas Villa vorfuhr, hatte Ida mit allem ihr zur Verfügung stehenden Nachdruck versucht, Hanna für die winterliche Landpartie auszustaffieren. Genauer gesagt zu verpacken. Sie ließ von Lisbeth fünf verschiedene Pelzmäntel aus dem mittels Kampfer gegen Motten besonders geschützten Schrank heranschleppen und bat Hanna, sie nacheinander anzuprobieren. Dazu verschiedene Pelzhüte und Kappen. Außerdem mit Pelz gefütterte Überschuhe.

Hanna erschrak. Alle Mäntel waren entschieden zu bombastisch. Warm wohl. Hanna fühlte sich in diesen Monstren, als sei sie in einen Haufen toter Tiere eingewickelt. Glücklicherweise sah Ida das ein: Ihre voluminösen Pelze versteckten Hanna. Sie verunstalteten sie. Ida brachte einen mit Nerz gefütterten, anthrazitfarbenen Gabardinemantel. Bodenlang. Dazu einen Hut, der die Ohren wärmte.

Endlich war sie zufrieden. »Das ist Ihr Stil, Kind. An Georgs Seite werden Sie ohnehin nicht frieren. Genießen Sie das herrliche Wetter und berichten Sie mir heute Abend alles in aller Schicklichkeit. Noch niemals zuvor ist mein Georg in einem offenen Wagen im Winter in die Umgebung von Berlin gefahren! Mein jüngster Sohn Wolf ist da ein ganz anderes Kaliber. Der kapriolt ab Mai ständig damit durch die Gegend. Auch nachts!«

Mit laufendem Motor wartete das Cabriolet vor der Villa. Georg holte Hanna an der Haustür ab. Hinter ihr wartete Ida.

Zum Abschied flüsterte sie ihr zu: »Was immer er Ihnen heute im Laufe des Tages erzählt: Hören Sie genau zu! Georg neigt dazu, zwischen den Zeilen zu reden. Das Herz trägt er nicht auf der Zunge.«

»Oh doch, Frau Wertheim. Da trägt er es doch«, widersprach Hanna. Dann ließ sie sich von Georg in den Wagen helfen.

Die Fahrt ging in das beschauliche Dorf Caputh, das noch hinter Potsdam an einem wunderschönen See lag. Dort hielt der Wagen an. Der Chauffeur wurde in eine Gastwirtschaft nahebei entsorgt.

Hanna und Georg saßen schweigend und wohlig gewärmt im

Fond des Wagens. Hanna entschied sich für Kakao und knabberte an einem Sandwich mit geräucherter Rinderbrust und Salatfüllung herum. Eine Pastrami-Spezialität für jüdische Kunden Wertheims. An der Uferpromenade spazierten wegen des schönen Wetters einige Passanten und warfen neugierige Blicke auf das riesige Auto, an dessen Türen wie ein Wappen das Wertheim'sche Firmenlogo lackiert war – ein großes W mit einem Globus darüber. Als die Neugierigen zu neugierig wurden, setzte sich Georg eine Sonnenbrille auf.

»Sie verwöhnen mich zu sehr, Georg. Bei Wolff & Apolant lebte ich in Ihrer alten Mansarde. Vergessen Sie das nicht«, sagte Hanna.

Georg nickte bedächtig, reichte ihr eine Serviette und empfahl Eierpunsch. Dann schwieg er wieder und beobachtete Hanna, wie sie einen Schluck Eierpunsch probierte. Er freute sich sehr, als er sah, mit wie viel Genuss sie den Becher austrank.

»Auch nicht zu heiß?«, fragte er fürsorglich.

Hanna schüttelte den Kopf. Sie hatte gemerkt, dass irgendetwas Georg beschäftigte.

Endlich begann er zu reden: »Ich hätte eine brennende Frage, Fräulein Berger. Sie treibt mich schon länger um. Bitte, wie sind Sie zu Wolff & Apolant gekommen? Und in diese elende Mansarde?«

Der Eierpunsch war für eisige Temperaturen bereitet worden. Der Alkohol löste an dem schönen Februar-Sonnen-Sonntag Hannas Zunge. Sie berichtete heiter drauflos: »Ich hab mich nach dem Besuch der Handelsschule für Mädchen bei ihm beworben. Als jüdisches Mädchen hab ich in Berlin nicht viel Auswahl. Übrigens hat der Herr Wolff Sie mir immer als ein Vorbild hingestellt. Sie seien nicht nur außerordentlich fleißig und ganz gewissenhaft gewesen, sondern sogar genial! – Ja, ja, das hat Ihr Onkel gesagt.«

Georg nahm auch einen großen Schluck Eierpunsch. Er war ganz verlegen.

»Doch, ehrlich! Ja«, sagte Hanna.

Georg legte behutsam eine Hand auf ihre Schulter: »Fräulein Berger, würden Sie für mich arbeiten, möglicherweise? – Ich meine … direkt für mich.«

»Ich kann doch nicht ewig bei Ihrer Mutter wohnen bleiben! Die Situation ist, das muss ich Ihnen gestehen, bereits etwas peinlich für mich. Aber Sie haben mir in den vergangenen Wochen immer das Wort abgeschnitten, wenn ich über diesen Luxus und über meine Zukunft reden wollte. Ich komme mir wie Aschenputtel vor. Ihre Frau Mutter ist herzensgut, aber für meinen Geschmack hat sie ein zu großes Herz! Sie behandelt mich wie eine Art Lieblings-Enkelkind oder jüngste Tochter!«

Schwiegertochter, dachte Georg. Er sah Hanna warmherzig an und nahm sogar seinen Bowlerhut vom Kopf: »Zu ihren Schwiegertöchtern hat sie weitaus mehr Distanz als zu Ihnen, Fräulein Berger. Also stelle ich meine Frage noch einmal: Wollen Sie für mich arbeiten? – Unmittelbar! Mit mir!«

»Gerne. Als Lagerdisponentin lege ich die Hand für das Unternehmen Wertheim ins Feuer.« Sie nahm einen weiteren Schluck Punsch und stammelte vergnügt und mit leuchtenden Augen: »Als Lagerdisponentin können Sie mich sofort einsetzen!«

Georg hing an ihren Lippen. Er war restlos dahingeschmolzen und lachte mit ihr: »Nein, nein – iiih, bewahre! Sie in einem miefigen Lager? Auf keinen Fall! Raus aus der Dunkelheit! Ich biete Ihnen mein Zimmer an – das ist dann allerdings keine Mansarde wie bei Wolff & Apolant.«

Hanna verstand nicht.

Dann nahm Georg ihr den Eierpunsch-Becher aus der Hand, stellte ihn auf einen Abstelltisch und griff mit seinen behandschuhten Händen die Hände von Hanna, die in Fäustlingen steckten.

Er blickte sie eindringlich an: »Ich bin mir sicher, dass wir uns in meinem Büro außerordentlich gut ergänzen … – So, jetzt ist es raus.«

Hanna verschluckte sich. »Direkt in Ihrem Büro?«

»Genau! Ich möchte mit Ihnen gemeinsam die Büroluft atmen.« Erst jetzt ließ er Hannas Hand wieder los.

Hanna druckste herum. »Das ist sehr ungewöhnlich. Oder?«

»Nichts ist ungewöhnlich oder nicht normal, wenn man es nicht einfach durchsetzt. – Die Herren Kontoristen in meinem Vorzimmer werden sich an Sie gewöhnen müssen. Diese Schreiberlinge mögen natürlich keine Veränderungen. Die Herren sind langweilig, aber penibel. – Sie hingegen, Fräulein Berger, sind ganz und gar nicht langweilig, aber sehr penibel. Und liebreizend noch dazu. Deswegen möchte ich Sie direkt in meinem Büro an meiner Seite haben. An einem Schreibtisch.«

Dann aßen sie weiter und tranken noch mehr Eierpunsch. Nach einer Weile stiegen sie aus und liefen noch ein wenig am Ufer des Sees entlang. Das war auch bitter nötig, denn beide waren äußerst erhitzt und ein wenig schwindelig – nicht nur vom Eierpunsch. Hannas Herz klopfte wie wild, und Georg konnte seinen Blick einfach nicht mehr von ihr abwenden.

Nach dem Spaziergang gingen sie wieder zum Auto. Der Chauffeur kehrte aus der Gaststätte zurück und schwor, er habe höchstens vier Mollen getrunken und sei fahrtüchtig. Und Hanna und Georg schauten sich während der Fahrt noch ein wenig im Berliner Vorland um. Sie schwiegen jetzt und genossen den ausklingenden Tag.

Als er sie wieder bei seiner Mutter ablieferte, sagte er zum Abschied: »Also morgen um acht in meinem Büro. Und wenn meine Mutter fragt, was wir tagsüber getrieben hätten, sagen Sie wahrheitsgemäß, dass ich Ihnen ein Stellenangebot gemacht habe und dass Sie ab jetzt im Büro meine rechte Hand seien.«

»Mutter Ida wird sagen, das sei eine Verlobung auf Probe. Garantiert. Sie trägt ihr großes Herz auf der Zunge.«

»Die Nähe, die ich zu Ihnen suche, hat mit meinen Gefühlen natürlich auch etwas zu tun. Deshalb geben Sie mir bitte keinen Korb und erscheinen morgen zur Arbeit. Das würde mich persönlich sehr glücklich machen.«

Hanna streichelte zum Abschied Georgs rechte Hand: »Versuchen wir's! Bisher haben Sie mich nur verwöhnt. Ab morgen lernen wir uns besser kennen. Sie sollen ein sehr gewissenhafter Chef sein. Kleinlich. Aber ich habe auch meinen eigenen Kopf.«

Georg geleitete sie zur Haustür seiner Mutter. Unter dem Vordach küsste er ihr die Hand. Hanna hatte vom Eierpunsch einen ganz roten Kopf bekommen. Vielleicht auch von der Kälte. Oder aber auch von diesem ungewissen Gefühl, das Ida mit »Fettaugen auf der Suppe« beschrieben hatte: Liebe. Zum Abschied schlang sie beide Arme um Georgs Hals und küsste ihn sanft auf beide Wangen. Da wurde Georg sehr rot. Er riss sich los und begab sich so schnell er konnte in den Fond des Wagens. Von dort warf er ihr einen flammenden Blick zu. Während der ganzen Fahrt in seine Wohnung strich er sich abwechselnd seine Wangen mit den Händen.

Punkt acht Uhr am nächsten Morgen saß Hanna vor Georgs Schreibtisch und schärfte mit einem Federmesser einen Bleistift an. Georg schritt im Büro auf und ab.

Hanna war schreibbereit. »Ja, ich habe in Abendkursen auch Kurzschrift gelernt.«

»Fein. – Was hat meine Mutter gestern Abend noch so gefragt?«

»Als ich heimkam, war sie in ihrer Küche und hackte Heringsfilets klein, die sie mit allen möglichen Kräutern verfeinerte. Sie wollte nach ihren Küchenarbeiten mit mir einen Kümmelschnaps trinken. Den habe ich abgelehnt. Bin früh ins Bett gegangen. Haben wir eigentlich viel Eierpunsch getrunken?«

»Wir sind das Trinken wohl beide nicht gewohnt, Fräulein Berger. Also, wenn ich zu schnell diktiere, dann sagen Sie es! Sagen Sie einfach ›stopp‹ oder ›langsamer‹.«

Durch die geätzten Glasfenster zum Vorzimmer des Chefbüros konnte man vier schwarz gekleidete Kontoristen betrachten, die den Chef beim Diktieren »rein zufällig« beäugten. Sie sahen, wie Georg schnell diktierte und seinen Ausführungen mit Gesten Nachdruck verlieh. Sie sahen auch, dass er Hanna bei der Arbeit anlächelte. Der einzige Ehemann unter den Kontoristen stellte fest, ihr oberster Dienstherr sei verliebt.

Nach dem ersten Arbeitstag konnte Hanna Ida Wertheim natürlich nicht entwischen. Ab achtzehn Uhr hatte Ida immer wieder zur Auffahrt geschaut, in der Hoffnung, Hanna käme zur Berichterstattung nach Hause. Sie kam erst um zwanzig Uhr.

»Entweder arbeiten sie die ganze Zeit oder mein Georg zeigt dem jungen Ding seine Junggesellenwohnung.« Ida führte bereits seit sieben Uhr Selbstgespräche.

Als Hanna acht Uhr endlich erschien, wurde sie sofort in die Wohnküche gezerrt. Auf dem Küchenofen hatte Ida eine Kanne mit Kakao warm gehalten. Sie nahm eine Flasche Jamaika-Rum, goss einen Schuss Rum in jede Tasse.

Hanna war auf der Hut. »Nicht schon wieder Alkohol, gnädige Frau. Ich hatte einen sehr anstrengenden Tag.«

»Papperlapapp! Kakao mit einem Schuss Rum erweitert die Gefäße. Saßen Sie den ganzen Tag mit Georg im Büro?« Sie nahm einen tiefen Schluck. »Wann haben Sie sich getrennt? Und wo? Im Büro?«

»Vor präzise sechzehn Minuten. In seinem Büro. Er hat mir den ganzen Tag Briefe diktiert und mich dann zu Ihnen entlassen. Wir haben eine Menge geschafft.«

Ida goss sich eine neue Tasse ein, im Verhältnis zwei Drittel Rum, ein Drittel Kakao. Da keine Bediensteten in der Nähe waren, hob sie ihre Stimme: »Er hat Ihnen was?! Er hat Ihnen Briefe diktiert?! Wofür, beim Allmächtigen, hat er seine Schreiber im Kontor? – Hat er Sie vertrauliche Briefe schreiben lassen? Raus mit der Sprache!«

Hanna schwieg.

Ida versicherte ihr: »Ich bin diskret. Versprochen. Reden Sie nur frei von der Leber. Ich kann Geheimnisse bewahren. – Auch vertrauliche.«

Hanna schwieg immer noch.

Ida ließ nicht locker. »Als ich in Ihrem Alter war, nannte mich meine Familie ›Das Grab‹. So verschwiegen war ich! – Tun Sie mir das nicht an. Reden Sie. Schweigen Sie nicht weiter.«

Genau das tat aber Hanna.

Es gab im Jahre 1905 durchaus Sekretärinnen in Berlin. Niemals aber im Büro eines Konzernchefs.

Ida probierte es weiter: »Zum Beispiel Briefe an Behörden? An das Bauamt? Katasteramt? Bürgermeisterbüro oder vielleicht

Standesamt? – Sie sind nur eine Frau. Eine Frau in seinem Privatkontor. Ungewöhnlich. Echt vertrauliche Briefe? Versiegelte Post?«

Nun nahm Hanna doch einen Schluck Kakao mit Rum und schluckte das Zeug runter.

»Sie wissen doch wohl, dass Georg im Begriff ist, das größte Kaufhaus Europas zu errichten. Es ist schon imposant, aber es soll noch größer werden.«

»Es wird ein Palast, Frau Wertheim«, antwortete Hanna.

»Am liebsten würde ich jetzt einen Wagen vorfahren lassen und mit Ihnen in Georgs Wohnung fahren. – Tatsächlich ein Palast?«

Der Rum lockerte Hannas Zunge: »Herr Wertheim ist nicht in seiner Wohnung. Er arbeitet momentan bei dem Architekten Messel an den Details für den weiteren Ausbau. Für heute Abend haben sich die Herren die Entwürfe für die neuen Aufzugskabinen in massivem Messing vorgenommen. Oh Gott, jetzt war ich aber nicht verschwiegen wie ein Grab!«

»Schön!«, jubelte Ida. »Aber was, bitte schön, ist Messing?«

Hanna wurde sehr schnell für Georg sowohl die linke als auch die rechte Hand und seine engste Vertraute für alle Fragen der Bauerweiterung am Leipziger Platz, aber auch in Dispositionsangelegenheiten, für die Bruder Wilhelm an und für sich zuständig war, über die Hanna aber sich sehr schnell einen bestechend genauen Überblick verschaffte. Hanna verfügte über ein phänomenales Gedächtnis, und ohne dass sie es eitel darauf angelegt hatte, wurde sie für Georg beruflich unentbehrlich. Jeden Morgen freuten sich die beiden auf den Tag, den sie miteinander verbringen würden. Wenn Georg nicht im Büro war, kümmerte er sich mit Messel auf der Baustelle um die Details, und Hanna verwaltete das Tagesgeschäft. Als sei Georg gar nicht weg. Schnell entwickelte sie einen Instinkt, wem sie in dem riesigen Betrieb vertrauen konnte und wem nicht. Leute, die Intrigen gegen sie zu spinnen begannen, behandelte sie mit eisiger, zurückhaltender Freundlichkeit. Niemals hätte sie sich bei Georg über Rankünе beschwert. Sie konnte sich ihrer Haut wohl erwehren. Dabei war sie nie falsch freundlich, sondern überhöflich distanziert.

Die Jahre von 1905 bis 1910 sollten zu den wichtigsten Jahren in der Geschichte des Hauses Wertheim werden. Bis zur Eröffnung des neuen Bauabschnittes lag eine gewaltige Arbeit vor allen Beteiligten. Einzig Hanna erwies sich als noch besonnener als der sonst doch immer so kühl kalkulierende Georg. Kostenmäßig drohte das neue Projekt aus dem Ruder zu laufen. Georg führte langwierige Verhandlungen mit seinem Hausbankier Bleichröder. Wenn Bleichröder wegen der Baukostensteigerungen nervös wurde, war es Hanna, die mit spitzem Bleistift die Kalkulation nachrechnete und Georg mit Argumenten versah, wie man aus unerwarteten Investitionen gleichzeitig auch mit einer höheren Gewinnerwartung zu rechnen habe. Schlau verstand sie es, die Kostensteigerungen mit ihrem Witz zu veredeln. Hanna verlor nie den Überblick über das Bauchaos. Selbst dann nicht, wenn Georg und die Familie schon nervös wurden.

Als der neue Haupteingang am Leipziger Platz konzipiert und die Kosten durchgerechnet wurden, empfahl Bleichröder, den Entwurf abzuspecken und etwas kleiner zu bauen. Prompt schlug Hanna vor, besonders in diesen gigantischen, vierundzwanzig Meter hohen Eingang sehr viel mehr Geld zu investieren. Sie behauptete, durch ein riesiges Portal würden nur dann viele Menschen strömen, wenn auch viele Kunden dort aufkreuzen würden. Eine U-Bahn-Station mit direktem Zugang zum Hauptportal müsse her. Ein U-Bahnhof machte die Sache noch teurer.

Georg war von dem Gedanken fasziniert: »So kann nur eine Frau Sachen verdrehen. Und dabei noch recht behalten.«

Bleichröder gab sich geschlagen und legte noch einmal zwei Millionen drauf.

Zunächst galt es, Europas größtes Kaufhaus feierlich zu eröffnen. Es gab drei Lichthöfe und einen gewaltigen Säulenhaupteingang zum Potsdamer Platz hin. Am Abend vor der festlichen Eröffnung bat Ida darum, dass Hanna für sie eine geeignete Garderobe in dezenter Eleganz aussuchen sollte.

Längst traute Ida ihrem einst pompösen Geschmack nicht mehr: »Hanna, mein Kind, wenn ich meine Garderobe jetzt so betrachte, bin ich in der Vergangenheit ja oft wie ein Kronleuchter in der Öffentlichkeit aufgetreten! Sie kleiden sich ein. Mein Abendkleid aus bestickter Seide – das können in tout Berlin nur Sie tragen!«

»Morgen in der Früh zur Eröffnung sicherlich nicht. Da tragen wir dezente dunkle Farben«, erklärte Hanna.

»Wie Witwen«, grummelte Ida.

»Nein – Sie wie eine elegante ältere Dame. Mit einem i-Pünktchen oberhalb der linken Brust.«

»Was hab ich denn für 'n Pünktchen oberhalb meiner linken Brust?«, fragte Ida.

Hanna hatte eine phantastische Idee. Schon Wochen vor der Eröffnung des Erweiterungsbaus wurde in Berliner Geschäftskreisen gemunkelt, die Wertheims hätten sich übernommen. Als die Gerüchte immer wüster wurden, ließ sich Hanna ein Empfehlungsschreiben für den berühmtesten und darüber hinaus noch reichsten Hofjuwelier Berlins schreiben: die Hofjuweliere Etzel. Bei Herrn Etzel ließ sich Hanna die größten Diamantenbroschen vorlegen, die dieser im Tresor hortete. Hanna machte Herrn Etzel schnell klar, dass sie nicht als Kundin gekommen sei, sondern sich seine kostbarste Brosche gerne für einen Tag ausleihen würde, um damit der Firmengründerin Ida Wertheim den nötigen Glanz zu verleihen.

Mit viel Nachdruck erläuterte sie: »Zu viel Schmuck, verehrter Herr Etzel, ist indiskutabel. Aber ein Teil an einer schlicht gekleideten älteren Dame, von dreißig Karat aufwärts, das hat den Stil, der dem Hause Wertheim schon lange Ehre macht. Reiches Understatement.«

Herr Etzel verstand schnell und zeigte Hanna eine Brosche mit einem Diamanten von vierundzwanzig Karat, der umrankt war von kleineren, lupenreinen Diamanten von jeweils fünf bis sechs

Karat. Ein nicht nur unbezahlbares, sondern vor allen Dingen auch mit Absicht unverkäufliches Stück. Etzel hatte diese Brosche zu seinem eigenen Vergnügen aus seinen besten Diamanten hergestellt, falls irgendwann einmal schlechte Zeiten kämen und er allein mit den Karat dieser Brosche sein Überleben sichern konnte.

»Wie viel würde diese Brosche kosten, wenn sich ein Käufer dafür fände?«, wollte Hanna wissen.

»Ungefähr so viel wie der Erweiterungsbau der Wertheims am Potsdamer Platz. Und noch ein paar Mark drauf, Frau Berger.«

»Sechseinhalb Millionen Mark?!«, staunte Hanna.

»In der Zeitung ist von vier bis viereinhalb Millionen Mark für den Erweiterungsbau Ihres Brotherrn die Rede?« Etzel war überrascht.

»Ach, die Zeitungen schreiben oft nicht die Wahrheit, weil sie es nicht besser wissen. Aber diesmal haben sie untertrieben.«

Hanna ließ die Brosche in einem der gepanzerten Geldtransport-Wagen des Wertheim-Konzerns abholen. Etzel begleitete den Werttransport in die Villa Ida Wertheims und sicherte auch zu, dass er am Tage der Eröffnung mit einigen Detektiven auf seine Brosche und auf Ida Wertheim, die Trägerin, achten würde.

Ida trat am nächsten Morgen in einem schlichten dunklen Gewand auf. Oberhalb ihres linken Busens leuchtete ein Diamantenfeuer gegen die moderne Illumination des neuen Geschäftsbereiches an. Magnesium flammte auf und Ida Wertheim wurde zur meistfotografierten Dame der Eröffnungsfeier.

In der antisemitischen Zeitung *Die Wahrheit* stand prompt am nächsten Tag, dass die Familie Wertheim, um die Prunksucht der alten Patriarchin zu fördern, eine Diamantenmine im südlichsten Afrika leergekauft haben müsste.

Die Juweliere der Firma Wertheim mussten in Zeitungsinterviews auf Empfehlung von Hanna versichern, dass im Hause Wertheim auch erschwingliche Schmuckwaren ab dreißig Mark aufwärts angeboten würden. Schmuck für jedermann.

Ida fühlte sich zum ersten Mal aufs Feinste ausstaffiert: »Weniger ist mehr. Und ich leuchte von innen heraus.«

Jedenfalls war die Kreditwürdigkeit der Wertheims durch diese heimliche Leihgabe bei Bleichröder gesichert.

Am Tag der Eröffnung schritt Ida von ihren Söhnen flankiert zum goldenen Band an dem bombastischen Eingang und schnitt es mit einer vergoldeten Schere durch. Dann betrat sie das Untergeschoss. Wolf hakte sich bei seiner Mutter ein und führte sie durch den fertiggestellten neuen Bauabschnitt. Hanna hielt sich diskret im Hintergrund und stenographierte alle Ereignisse der Eröffnung mit.

»Ach was? Hier unten, zu ebener Erde, ist ja die Lebensmittelabteilung etabliert! Mit all dem Fisch und anderen stinkenden Lebensmitteln. Ob das eine gute Idee ist? Ich weiß nicht.« Ida hielt witternd die Nase in die Luft und schnupperte.

»Mutter, riechst du was?«, fragte Wolf.

Ida roch nichts.

»Die Dame Hanna Berger hat Georg und uns anderen Brüdern die Bedürfnisse unserer Kundschaft mal ganz einfach erklärt. Warum kommen Kunden, Mutter? – Zuerst, um was zum Essen und zum Trinken einzukaufen. Dann zum Bekleiden und dann, ganz oben in den obersten Geschossen, zum Schmücken.« Er zeigte nach oben in den Lichthof, von dem auf Balustraden die einzelnen Verkaufsabteilungen abgingen.

»Irgendwann wird es aber im ganzen Haus nach Fisch riechen. Wie früher bei uns in ganz Stralsund.«

Nun trat Messel vor die Seniorchefin und erklärte, er habe eine Entlüftungsanlage konzipiert, die eine Geruchsbelästigung verhindere. Im Übrigen handele es sich um die erste Belüftungsanlage in Europa. Er habe sich die technischen Voraussetzungen für diese aufwendige Konstruktion aus Amerika besorgt.

Das stimmte nur zur Hälfte. Durch eifriges Studium von Architekturjournalen aus Amerika hatte Hanna recht frühzeitig die Vorzüge einer Verlagerung der Lebensmittelabteilung ins Erdgeschoss erkannt und hatte Georg empfohlen, Herrn Messel zu bitten, sich ebenfalls in diese Fachjournale zu vertiefen.

Deshalb wandte sich Messel ihr zu und sagte: »Ach, liebste Hanna, was würden wir ohne Sie hier im Haus für zum Himmel stinkende Fehler machen! Danke, mein Kind!« Und er trat dicht an sie heran und küsste sie auf die Stirn.

Auf dem Dach des Kaufhauses flatterten die Fahnen des Kaiserreiches. Es waren über zweihundert Fahnen. Das Wappen der Wertheims war oberhalb des neuen Haupteinganges noch größer geworden. Allein das W war vier Meter hoch, der Globus hatte einen Durchmesser von elf Metern. Der Andrang am Eröffnungstag war so groß, dass die Portiers an allen Eingängen Nummernkärtchen verteilen mussten, damit sich die Neugierigen nicht alle gleichzeitig auf den Füßen rumtraten. Wenn hundert Besucher das Warenhaus wieder verlassen hatten, durften hundert neue es betreten. Damit dieser Umlauf auch schneller funktionierte, erhielten die Besucher zum Abschied anlässlich der Eröffnung einen kleinen Kasten mit Wertheim-Pralinen. Dafür gaben sie ihre Nummern wieder ab und am Tage der Eröffnung wurden auf diese Weise einhundertachtundzwanzigtausend Neugierige durch das Kaufhaus gelotst. Die Angelegenheit mit den Nummern, wie auch mit dem Konfekt – für Kinder unter vierzehn Jahren gab es dazu noch Zuckerstangen in den Wertheim-Farben – war eine Idee von Hanna. Wolfi Wertheim war deswegen auf die »Dame an Georgs Schreibtischseite« eifersüchtig. Er hatte sich zum Eröffnungstag auch einen Knüller einfallen lassen. Hoch oben im neuen Lichthof balancierte ein Seiltänzer ohne Balancierstange auf einem Schlappseil herum, an dem die Hausfahnen der Wertheims und die preußischen Fahnen hingen. Eine tollkühne artistische Leistung ohne Netz, aber mit atemloser Spannung. Alle Kunden gafften nach oben. Georg und Hanna fanden die Sache eher gefährlich und auf eine besondere Weise befremdlich, denn es gab an den Kassen im Erdgeschoss plötzlich Stau.

»Wenn er runterfällt, haben wir einen Skandal. Und wenn er oben bleibt, haben wir einen Riesenstau an den Kassen und die Leute gehen unverrichteter Dinge, also ohne unsere neuen Waren wieder aus dem Haus, um an unserem Konfekt zu naschen.«

Hanna flitzte sofort zu den Packtischen neben der Sammelkasse und half mit.

An jenem Eröffnungstag hatte Wertheim auch eine Kfz-Betriebsstelle für Daimler und Maybach übernommen. In einem gläsernen Autosalon wurden die neuesten Modelle der Firma ausgestellt.

Alles unter einem Dach. »Von der Wiege bis zur Bahre«, ergänzte Hanna immer den Satz, wenn Georg in seinen Kaufhäusern das Angebot erweiterte. Die Sache mit der Bahre ließ Hanna allerdings immer erschauern. In einem Kellergeschoss betrieb Wertheim das Bestattungsunternehmen ›Mortalis‹, das in Berlin und Brandenburg den größten Umsatz in Erd-, See- und Feuerbestattungen machte. Da ließ sich die Vollwaise Hanna nie blicken.

Der Erfolg beflügelte Wolfi. Als erster Wertheim hatte er sich privat vor einigen Wochen ein Cabriolet mit Sonderausstattung gekauft. Auf Firmenkosten allerdings. Georg und seine Brüder und Schwestern benutzten für Privatfahrten die mit dem Firmenlogo versehenen Dienstfahrzeuge. Diese hohe Geldausgabe aus der Firmenkasse verärgerte Georg.

»Ihr Bruder Wolf möchte eben was Eigenes, was ihm ganz allein gehört«, hatte Hanna Georg erklärt und ihn dabei keck angeblinzelt.

Der Seiltänzer fiel nicht vom Schlappseil. Es gab weder einen Skandal noch Verletzte. Bleichröder war angesichts des Brillantschmucks von Mutter Ida davon überzeugt, dass sein Bankkunde Wertheim noch Vermögenswerte in der Hinterhand hatte, die man auf Idas linkem Busen blitzen sah. Dieser Tag bescherte den Wertheims einen Umsatz von sagenhaften siebenhundertachtzigtausend Mark. So viel setzten alle Karstadt-Filialen in einer Woche um. Im Tresorraum im Tiefkeller des Hauses hatten die Chefkassierer an diesem Tag viel Arbeit.

Am Ende des Tages saß Ida in ihrer Küche und hatte die Beine hochgelegt. Sie hatte von der ganzen Herumsteherei geschwollene Füße bekommen. Die Detektive von Etzel hatten sie nicht aus den

Augen gelassen, und nun lag die Brosche wieder im Tresor des Hofjuweliers. Als sie die Stimmen von Georg und Hanna im Empfangsraum ihrer Villa hörte, schickte sie Lisbeth mit der Bitte aus der Küche, sie wünsche, ihren Sohn und das Fräulein Berger auf der Stelle zu sprechen. Lisbeth hatte ihr gerade nasse Handtücher um die Füße gewickelt. Die schleuderte Ida von sich und setzte sich in Position.

Hanna betrat die Küche als Erste. Georg folgte ihr, ging zum Kühlschrank, um eine Flasche Moselsekt herauszunehmen, öffnete sie und stellte einige Gläser auf den Küchentisch. Lisbeth, die zur Hand gehen wollte, wurde von Ida hinausgescheucht.

»Ein Tag, den Berlin nie vergessen wird, dieser heutige Tag«, hob Ida an.

Auch Georg strahlte, wie er bisher noch nie gestrahlt hatte.

Hanna strich sich eine blonde Strähne aus der Stirn.

Kerzengerade saß Ida auf ihrem Stuhl und beobachtete die beiden. Langsam nippte sie am Sekt: »Also, was ist nun? Georg, bist du nun in Hanna verliebt oder willst du sie adoptieren?«

Hanna stellte ihr Glas zurück.

Ida legte noch nach: »Ihr duzt euch noch nicht mal, oder? Also bitte, rutscht nicht so nervös auf euren Stühlen herum.« Erneut nippte sie am Sekt.

Hanna hatte beide Hände zusammengefaltet auf den Marmortisch gelegt und blickte ruhig ihre Gönnerin an. Da legte Georg plötzlich seine Rechte auf Hannas Hände. Hoffnung glimmte in Idas Augen.

»Also, nun redet schon! Ich bin etwas eifersüchtig. Georg war noch nie zuvor so nett zu einer weiblichen Person, wie er es zu dir ist. Nicht mal mich hat er jemals gestreichelt. Ich bin immerhin seine Mutter.«

Georg zog die Hand nicht von Hannas Händen zurück. Er streichelte sogar ihre nackten Unterarme bis zur Ellbeuge und suchte das Geheimnis in Hannas Augen.

»Sind Sie sicher, Herr Wertheim, dass mir diese Zärtlichkeiten vor den Augen Ihrer Mutter gefallen?«, fragte Hanna keck.

»Ja, das bin ich, Hanna. Sonst wären Sie wie ein Silvesterknallkörper aufgehüpft und davongelaufen. Ich bin mir sicher, dass ich dich streicheln darf.«

»Ich auch«, antwortete Hanna, »und es tut mir gut. Seitdem wir miteinander arbeiten, bin ich mir sogar sehr sicher. Wir arbeiten nicht nur miteinander, sondern atmen auch gemeinsam.«

Georg lächelte: »Wir wollen nicht über deine Vorzüge als heimliche Chefin reden. Aber schöner konnte man es nicht sagen: ›Wir atmen zusammen.‹ Ich möchte, dass Fräulein Berger – also du, Hanna, eine eigene kleine Wohnung beziehst. Respektive eine Dienstwohnung auf Firmenkosten. Einverstanden?« Er blickte seine Mutter an.

Ida taten die geschwollenen Füße nicht mehr weh. Sie goss Sekt nach. »Endlich! Sehr einverstanden! Obwohl ich bedaure, dich dann nicht mehr in meinem Haus zu beherbergen. Was ziehe ich in Zukunft nur an? Ohne deinen Rat!«

»Deine erste eigene Wohnung.« Georg stand vom Stuhl auf, küsste Hanna auf den Hals. Sie küsste ihn auf den Mund, auf die Nase und auf die Augen.

Dann setzte er sich wieder steif auf seinen Stuhl und sagte: »So ist es nun mal. Hanna hat sich im Kontor unentbehrlich gemacht. Wilhelm, Franz und selbst Wolf meinen, ich sei ein anderer Mensch geworden.«

Ida nahm Hannas rechte Hand in ihre beiden Hände: »Tja, so ist er nun mal, mein Georg. So kann man auch über die Liebe sprechen, Hanna. Wie romantisch: ›unentbehrlich gemacht‹.«

Hanna schaute Ida fest an.

Die sagte zu ihrer Fast-Schwiegertochter: »Es ist undenkbar, dass du als Frau im Dunkeln bei den Wertheims arbeitest. Sozusagen als ›graue Eminenz‹ im Büro dieses Hagestolzes gewissermaßen.«

Hanna stand auf, stellte sich hinter Georg und massierte ihm die Schulterblätter. Ein ungeheuerlicher Vorgang. Das traute sich sonst nur der Barbier aus dem Wertheim-Konzern, der Georg jeden Morgen rasierte und auf Vordermann brachte.

»Sich lieben und getrennt wohnen! Was für Zeiten. Heiratet, wie sich das gehört! Ihr müsst doch nicht alles dem Wolfi nachmachen. Diesem Hallodri. Wenn alles stimmt, was von seinen Liebschaften in den Zeitungen steht, müssten ihm tagsüber ständig die Augen zufallen vor Müdigkeit. Also, heiratet!«

Hanna ließ Georg los.

Er stand auf und stellte sich steif vor Hanna: »Ich hege gewisse Empfindungen für Fräulein Berger. Für dich, Hanna.«

Am nächsten Tag mietete Georg Wertheim ein Ruderboot auf einem Havelsee. Georg, der in seiner eigenen Mietwohnung ein separates Sportzimmer hatte, war äußerst fit und ruderte mit Hanna in das Schilfufer. Dort, geschützt vor den Blicken anderer Wassersportler, setzte er sich neben Hanna. Es kam zu einer keuschen Umarmung, einem Kuss und schließlich zu einer leidenschaftlichen Knutscherei, die weder Hanna zuvor erlebt noch Georg in neunundvierzig Jahren je ausprobiert hatte.

Architekt Messel fand in der Bellevuestraße eine Beletage mit zehn Zimmern, mit Berliner Zimmer, Ankleidezimmer, zwei Kaminen, Dampfheizung, einer Wohnküche sowie zwei Bädern. Er zeigte sie Georg.

»Was meinst du? Könnte euch das gefallen?«

»Wie kommst du auf ›euch‹?«

»Ein Architekt sollte immer vorausdenken. Früher oder später wirst du hier einziehen. Und da sollte die Wohnung groß genug sein, damit ihr euch auch mal aus dem Weg gehen könnt.«

Die Inneneinrichtung, Ausstattung und Größe der Wohnung wurden vor Hanna geheim gehalten. Natürlich hätte sie nie nach ihrer »kleinen Dienstwohnung« gefragt.

»Lass dich überraschen, Liebes!«

Die Überraschung gelang. Messel hatte eine wirklich phantastische Beletage gezaubert. Es gab ein Luxus-Musikzimmer, zwei Salons, ein Ess- und ein Herrenzimmer. Hanna war überwältigt. Auch der begehbare Schrank hatte enorme Ausmaße und im Schlafzimmer blickte sie überrascht auf ein französisches Bett.

Georg hatte sie durch den Luxus geführt und öffnete einige Schränke. Sie waren mit edelster Bettwäsche gefüllt. Unten am französischen Bett stand eine gepolsterte Bank.

Auf diese zog er Hanna und streichelte ihr eine blonde Strähne aus dem Nacken. Hinter ihnen erstreckte sich das große Bett. Ihre Hände fanden sich und unisono legten sie sich beide auf die Matratze – nicht zu weich und nicht zu hart. Sie lagen still nebeneinander. Auf einmal knöpfte Hanna den obersten Knopf ihrer weißen Musselinbluse auf und lockerte bei Georg die wie immer festgezurrte Seidenkrawatte. Sie legten sich beide auf die Seite, zogen ihre Knie an und blickten sich lange in die Augen.

Dann liebten sie sich.

Hanna war noch Jungfrau.

Georg auch.

Am nächsten Morgen, einem Sonntag, waren sie bei Ida Wertheim zum Frühstück eingeladen.

Ida wusste natürlich sofort, was geschehen war: »So, so, so … Gemeinsame Wohnung. Ja, Kinder, das möchte für eure Zukunft wichtiger sein als ein weiterer Anbau für die Leipziger Straße. Gebt es zu, den plant ihr doch schon?«

Georg ließ sich sogar gefallen, von Ida in die Wange gekniffen zu werden. Eng umschlungen gingen Hanna und Georg nach dem ausgiebigen Frühstück zum Wagen und ließen sich zu Hannas Wohnung fahren. Da sie ab jetzt zusammenleben wollten, hatte Hanna eingewilligt, Georgs Personal zu übernehmen. Ida war glücklich, brachte sie bis vor die Tür und sah sich schon als Brautmutter ihres ältesten Sohnes.

»Wir entspannen noch etwas in unserem neuen Heim«, vertraute Georg seiner Mutter an, »müssen morgen früh zur Arbeit. Dann beginnt der Winterschlussverkauf.«

»Winterschlussverkauf?!«

»Eine neue Geschäftsidee von Wolfi«, erklärte Georg.

»Nein, nein, das ist nicht nur so eine Idee, sondern sehr klug und phantasievoll. Alles muss raus!«, sagte Hanna.

Außer in der Lebensmittelabteilung wurden in allen anderen Abteilungen Sonderangebote ausgezeichnet. Dabei handelte es sich nicht um Ausschussware von minderer Qualität, sondern um Produkte, deren Abverkauf im letzten Quartal nicht so erfreulich war wie von der Geschäftsführung gewünscht.

Atlasseide in allen Farben zum Beispiel.

Georgs Plan, die Nachfrage durch eigene Design-Roben anzukurbeln, war gescheitert. Die Maßschneidereien hatten sich für Entwürfe entschieden, bei denen die schwere Seide mit Samtvelour kombiniert wurde. Die ganze Pracht um die mit Stahlschienen befestigten Mieder wog bis zu zwanzig Kilo. So kalt war der Winter nicht. Die Schaufensterpuppen in den Winterschlussverkaufsauslagen brachen fast unter der Last der Kleider zusammen. Hanna hatte vor der Kollektion gewarnt, aber weder Georg, noch Wilhelm, noch die Abteilungsleiter für Maßkonfektion wollten auf sie hören. Nur Wolfi teilte Hannas Bedenken, gab sie aber nicht zu.

Vor allem in der Textilabteilung musste viel Zeug raus. Der erste Winterschlussverkauf wurde in allen Berliner Zeitungen beworben. Außerdem trafen per Post Vorbestellungen aus ganz Europa bei den Wertheims ein. Der Versandhandel hatte sich mit seinen Katalogen bestens entwickelt.

»Wir müssen mit einem gehörigen Ansturm auf unsere Sonderangebote rechnen«, warnte Hanna ihren Georg und empfahl ihm, zusätzliche Fachkräfte in den einzelnen Abteilungen einzustellen oder aber die Damen aus dem Dessous- oder Weißwäsche-Department während des Winterschlussverkaufs in die Sonderangebotsabteilung umzusetzen. Am Leipziger Platz arbeiteten 1906 im Service fast tausendachthundert Mitarbeiterinnen und Mitarbeiter.

In den oberen Stockwerken wurden kurz vor der Öffnungszeit einige Hundert Mitarbeiter gebeten, sich zu einer betriebsinternen Ansprache mit Herrn Wolf Wertheim einzufinden. Während sich unten vor den Eingängen bereits die kaufbereite Kundschaft drängelte, kletterte Wolf im dritten Stock auf ein Rednerpodest, betrachtete die in züchtige dunkle Kleider gewandeten Verkäuferinnen, Kassiererinnen und die sogenannten »Anstandsdamen«, die auf gutes Betriebsklima innerhalb der Belegschaft im Konzern zu achten hatten. Vornehmlich wachten diese aber darüber, dass es nicht zu Liebeleien zwischen Verkäufern und Verkäuferinnen, zwischen Juwelieren und Korsettnäherinnen kam. Zwischenmenschliche erotische Kontakte waren bei Wertheim verboten. Kamen aber immer wieder vor. Normalerweise führte das zur fristlosen Entlassung, sofern Hanna nicht intervenierte. Das tat sie oft.

Wolfi trat in einem dunkellilafarbenen Frack aus Atlasseide, fliederfarbenem Hemd mit Fliege und Weste an das Rednerpult. »Meine Damen und Herren, Sie haben heute Morgen in Ihren Postfächern Briefe der Geschäftsleitung vorgefunden, in denen untersagt wird, nach Ausscheiden aus unserem Betrieb bei Konkurrenzunternehmen innerhalb von zwei Jahren Ihre Dienste erneut anzubieten. Ehebündnisse unter Angestellten bedürfen der Genehmigung der Geschäftsleitung. Dafür garantieren meine Brüder und ich allen Herren, die mehr als zwei Jahre bei uns tätig sind, ein Monatseinkommen von hundertachtzig Mark, plus fünf Prozent Bonus auf den Umsatz Ihres Geschäftsbereiches. Für ledige Damen ist ein Grundgehalt von achtzig Mark vorgesehen, für verheiratete hundertzwanzig Mark. Nochmals: Wenn Sie sich innerhalb des Personals verheiraten wollen, bitte ich Sie, Anträge an meinen Bruder Wilhelm schriftlich einzureichen, und ich versichere Ihnen, dass die Anträge wohlwollend geprüft werden. Im Übrigen darf ich Ihnen mitteilen, dass pro Halbjahr Betriebszugehörigkeit Ihre Gehälter um drei Prozent angehoben werden. Das sind alles in allem zwölf Prozent mehr als von den Gewerkschaften gefordert.«

Ganz oben unter dem Lichthof, auf der letzten Balustrade, hatte Hanna Wolfis Ansprache zugehört, die so gar nicht zu seinem geckenhaften Äußeren passte. Georg war hinter sie getreten und räusperte sich. Er trat nach vorne an die Balustrade. Zum ersten Mal in der Geschichte der Wertheims sprach Georg direkt zu seinen Mitarbeitern. Hanna hatte ihn mit sanftem Druck vorne ans

Geländer geschoben, nachdem sie ihn unwillig auf einen Fehler Wolfis aufmerksam gemacht hatte.

»Meine Damen und Herren, ich erlaube mir, meinen Bruder Wolf zu verbessern. Wir zahlen vierzehn Prozent mehr als von den Gewerkschaften gefordert.«

»Danke, oh mein Bruder!«, höhnte Wolfi von unten herauf. Und dann wandte er sich wieder an die Belegschaft: »Und nun öffnen Sie die Tore und lassen Sie die Raubtiere in unseren Käfig! Der Winterschlussverkauf wird Ihnen mehr abverlangen, als Sie gemeinhin gewohnt sind. Deswegen erhöhe ich die Bonizahlungen während dieser Woche von fünf auf sieben Prozent.«

Applaus brandete auf, und Wolfi verbeugte sich nach allen Seiten. Diesmal intervenierte Georg nicht. Ärgerte sich aber darüber, dass sein Bruder die Bonizahlungen eigenmächtig erhöht hatte. Georg und Hanna eilten zurück ins Kontor.

Georg war wütend: »Manchmal könnte ich ihn erwürgen! Privater Mercedes ohne Dach und dann noch üppige Geschenke an das Personal! Alles in allem habe ich eine Umsatzsteigerung für diese Woche um die fünfunddreißig Prozent angesetzt. Besonders, wenn die Winterdamen-, Ober- und Kinderbekleidung abverkauft wird. Das ist bitter nötig, sonst können wir das ganze Gelumpe in den Reißwolf schieben.«

Hanna umarmte Georg, deutete auf ihren Mund, auf ihre Nase und auf ihre Augen und Georg küsste sie.

Längst waren die Türen zum Vorzimmer des Kontors ausgewechselt worden, und es gab keinen Sichtkontakt mehr. Es waren jetzt mit Leder und Kapok wattierte Türen, so dass kein Ton nach draußen oder nach drinnen drang. Hausintern wurde Georgs Büro »das Liebesnest« genannt.

Georg war noch immer aufgebracht: »Hast du dir diesen lächerlichen Aufzug von Wolfi angesehen? – Lila! Fliederfarben! Wie ein Zirkusclown.«

»Er hatte wohl nicht mehr Zeit, sich umzuziehen. Er war gestern Abend auf einem Künstlerball am Pariser Platz. Da hat es ordentlich gekracht«, wusste Hanna zu berichten.

»Auf Künstlerbällen ist er jede Nacht. Aber warum hat es denn gekracht?«

Hanna zog die Morgenzeitung aus der Pressemappe und legte sie Georg auf den Schreibtisch. Auf dem Titelblatt der *Berliner Illustrierten* sah man zwei ineinander verkeilte Daimler vor dem Pariser Platz stehen. Wolf saß, so hieß es in dem Artikel, selbst am Steuer. Es wurde berichtet, dass Wolf einen Zusammenstoß mit der berühmtesten Dame der Berliner Gesellschaft, Gertrud Pinkus, hatte. In diesem Artikel wurde auch zum ersten Mal der Begriff ›Verkehrsunfall‹ benutzt. Was war geschehen? Gertrud Pinkus war eine erstklassige, aber ziemlich extrovertierte und bereits mehrfach verheiratete Schriftstellerin, die unter dem Namen ›Truth‹ Enthüllungsromane über Ereignisse in der Berliner Gesellschaft schrieb. Diese Romane waren mit brillantem Witz geschrieben. Hinterhältig, geistreich, immer der Wahrheit entsprechend und führten regelmäßig zu großer Empörung. Sowohl im Berliner Großbürgertum als auch in Potsdam bei Hofe. Gertrud Pinkus war eine scharfzüngige Jüdin. ›Die Truth‹ war eine Salonlöwin, deren Bücher verschlungen wurden. Immer schrieb sie nur knapp an der Majestätsbeleidigung vorbei. Schonte aber auch nicht ihre besten Freunde, wenn sie nur Stoff für Klatschromane boten. Ihre gesellschaftliche Anerkennung wechselte infolgedessen häufig. Über Wolf Wertheims Eskapaden war sie noch nie gestolpert. Nun waren sie am späten Abend vor dem Winterschlussverkauf aufeinander gekracht.

Totalschaden.

»Pardon, Madame! Ich war für einen Wimpernschlag unaufmerksam«, entschuldigte sich Wolfi galant.

Die Pinkus kurbelte ihr Seitenfenster runter, erkannte Wolf Wertheim und säuselte mit einem Lächeln auf den Lippen: »Fast hätte ich mich erschrocken, Herr Wertheim. Es ist ein teures Laster, dieses Automobilfahren.«

Wolfi hatte der Pinkus dann aus dem Wagen geholfen. Die Pinkus beauftragte ihren Chauffeur, für das Wegräumen der beiden zerdepperten Fahrzeuge zu sorgen, und schlug vor, auf diesen

Schock in der gut besuchten Bar des Hotels Bristol noch einen Absacker zu nehmen. Das stand auch in der Zeitung.

»Wir gehen turbulenten Zeiten entgegen, lieber Georg. Wolf soll bei der Pinkus vergangene Nacht Feuer gefangen haben. Diesmal kein Abenteuer, sondern da hat es gefunkt.« Hanna blätterte auf die Seite drei der *Berliner Illustrierten* und da wurde berichtet, was sich im Folgenden zwischen der Pinkus und dem Wolf Wertheim im ›Bristol‹ abgespielt haben soll. Ein Pressezeichner war zufälligerweise zugegen und so konnte Georg comicstripartige Zeichnungen betrachten, auf denen er sah, wie sein Bruder Wolf in der ›Bristol‹-Bar die Pinkus mit Kaviar fütterte und beide mit Champagner nachspülten. Das Kennenlernen nach dem Verkehrsunfall wurde wie in einem kitschigen Theaterstück beschrieben. Demnach soll die Frau Pinkus dem Herrn Wertheim vorgeworfen haben, ihr bei allen gemeinsamen Gesellschaften aus dem Weg gegangen zu sein. Sie soll ihn auch gefragt haben, warum man sich nicht früher schon näher kennengelernt hätte.

»Meine Schüchternheit, Frau Pinkus«, hatte er geantwortet.

»Liebster Wolf, geben Sie zu, Sie hatten Angst vor mir.«

»Möglicherweise war ich auch immer in Begleitung und war zu abgelenkt, Ihnen meine Aufwartung zu machen«, schäkerte Wolfi.

Die Pinkus soll sich gefreut haben, dass man sich nun nähergekommen sei. In diesem nächtlich belauschten Gespräch soll Wolf auch gefragt haben, an wem ›die Truth‹ denn derzeit ihre spitze Feder wetze.

»An dem größten Hurenbock zwischen Charlottenburg und Potsdam – einem Bankierssohn. Sie kennen ihn – Bleichröder junior«, hatte sie mit einem Augenzwinkern verraten.

Wolf soll sehr erschrocken gewesen sein und darauf hingewiesen haben, dass Bleichröder der Hausbankier der Wertheims sei und dass es besser sei, sofort das Etablissement zu verlassen. In der Bar hätten die Wände Ohren. Damit hatte er recht.

»Gerne, lieber Wertheim. Wohin? Zu Ihnen oder zu mir?«

Wolf hatte ihr einen schmatzenden Handkuss verpasst: »Zu mir.«

»Danke. Das ist mir auch lieber. Ich bin grade Witwe geworden. Mein derzeitiger Mann hat sich in Monte Carlo infolge von Spielschulden erschossen.«

Wolfi hatte wirklich keine Zeit mehr gehabt, sich für den Winterschlussverkauf noch umzuziehen.

Die Wertheims verdienten mit dieser neuen Verkaufsidee des Schlussverkaufs viel Geld. Die Pinkus verbrachte in den nächsten Wochen jede Nacht in Wolfs Mietvilla. Auch während der Tage war Wolf oft nicht im Betrieb, sondern tingelte den ganzen Tag mit der Pinkus in Cafés, Restaurants und Teestuben herum. Ihre erblühende Liebe zeigten sie offen, und die Pinkus verriet in mehreren Zeitungsinterviews, dass eine Hochzeit mit Herrn Wolf Wertheim in ganz naher Zukunft nicht bevorstünde, da sie noch mindestens sechs Wochen ihren Witwenstand zu beklagen habe. Das gehöre sich nach guter jüdischer Sitte so.

Sechs Wochen später legte sich Hanna, nachdem sie ein Vollbad genommen hatte, hundemüde ins Bett und sah durch die geöffnete Schlafzimmertür, dass Georg im Herrenzimmer, bereits für die Nacht bekleidet, die Privatpost des Tages durchsah. Plötzlich schleuderte er die Juchtenledermappe quer durch sein Zimmer.

Hanna ahnte, was geschehen war: »Reg dich nicht auf. Ich hätte es dir auch schonend beibringen können. Du hast soeben die Hochzeitsanzeige von Wolfi mit dieser Pinkus gefunden.«

Sie sprang aus dem Bett und flitzte zu Georg, der sich zitternd in die Büttenanzeige vertieft hatte und, wie Hanna meinte, ganz käsig im Gesicht aussah.

»Mutter Ida trifft der Schlag, wenn sie diese Anzeige liest.« Seine Stimme bebte.

Hanna beruhigte ihn: »Mutter Ida hat für Paradiesvögel wie die Pinkus oder diese ›Truth‹ eine gehörige Schwäche! Hauptsache, Wolfi heiratet eine Jüdin! Dann ist er von der Straße weg. Der große Moralist in der Familie bist du. Im Übrigen leben wir auch in Sünde zusammen.«

»Wir heiraten bald! Aber diese Pinkus ist unmöglich! Sie ist eine Madame scandaleuse!«

»Und ich bin deine stolze Geliebte. Genau so eine Geliebte, wie sie in den Büchern der Frau Pinkus vorkommen. Macht aber nichts.«

Hanna kitzelte Georg am Ohr, weil sie genau wusste, dass er dort sehr empfindlich war und immer wütend mit der Nase schnaubte.

»Es ist mir ernst. Vor dem nächsten Bauabschnitt in der Leipziger Straße werden wir heiraten«, sagte er zu Hanna.

»Ich muss nicht dringend heiraten. Dein nächster Bauabschnitt ist für 1908 oder 1909 geplant. Du wirst nicht jünger! Vielleicht überleg ich mir bis dahin diese ganze Heiraterei.«

»Tust du nicht.«

»Tu ich vielleicht doch. Ach, Georg, so in Sünde zusammenzuleben ist auch was Schönes. Ich bekomme im Betrieb durchaus mit, wie die Leute über uns tuscheln. Hochinteressant! Unsere oberste Anstandsdame behauptet sogar, Amor hätte jahrzehntelang vergeblich seinen Köcher auf dich leer geschossen. Das ist ein Kompliment für eine Geliebte.«

»Wolf wird uns mit dieser Pinkus noch in eine unangenehme Situation bringen«, war sich Georg sicher.

Damit sollte er recht behalten. Aber es kam noch viel schlimmer, als er, seine Mutter, seine Brüder und Schwestern und vor allen Dingen Hanna es sich hätten vorstellen können. Zunächst einmal heiratete Wolf seine Gertrud. Vierhundert Gäste waren geladen. Ida bestand darauf, dass die Familie die Kosten für diese Trauungsfestivitäten übernahm. Als Georg den Kostenvoranschlag sah, beschloss er, weder an der jüdischen Trauungszeremonie, noch an dem Riesenfest im Hotel Esplanade teilzunehmen. Die Hochzeit wurde zum Medienereignis und hatte immerhin zur Folge, dass die Brautmodenabteilungen aller Wertheim-Kaufhäuser erweitert werden mussten. Wolfi hatte in der Presse gestreut, dass das Brautkleid der Frau Pinkus von zwei Dutzend Näherinnen und Schneiderinnen hergestellt worden war. Diese Hochzeit wurde zur Leistungsshow für die Berliner Gesellschaft. Der Umsatz für Hochzeitsutensilien verdreifachte sich.

Aber dann kam es noch dicker. Georg wurde vom Chefbuchhändler des hauseigenen Globus-Buchverlages in die Buchhandlung im dritten Stock gerufen. Dort wurde ihm ein Leseexemplar der Truth vorgelegt. Unter dem Titel *Baron Max* war das skandalöse Leben von Bleichröder junior aufgeschlüsselt. Die Auslieferung sollte drei Tage später beginnen. Der Verlagsleiter und Chef der Buchabteilung hatte einen Blick in das Buch geworfen und wusste um die engen geschäftlichen Verknüpfungen zwischen Wertheim und Bleichröder.

Georg bestellte sofort seinen Bruder Wolf ein und brüllte ihn an: »Hat deine Frau den Verstand verloren?! *Baron Max* – das ist eindeutig Bleichröders Sohn! Sie hat minutiös all seine Privatheit, Intimität in Blei setzen und drucken lassen! Die Wertheims halten sich aus Skandalen anderer raus. Das hier, das wird uns Millionen kosten!«

Wolf sah darin keinerlei Gefahr und meinte nur, das Buch sei witzig und wahrhaftig geschrieben.

Während Georg seinen Bruder anbrüllte, hatte sich Hanna in die kleine Teeküche neben dem Chefkontor verzogen und bereits einen Entschluss gefasst. Eingedenk der Finanzsituation war das Erscheinen dieses Buches für die Wertheims ein Desaster. Den Verkauf in der eigenen Buchhandlung konnte man ablehnen. Aber es gab noch Hunderte, wenn nicht gar Tausende Buchhandlungen und Zeitungskioske, die mit Truth-Büchern regelmäßig guten Umsatz machten. Bleichröder senior, so schlussfolgerte sie richtig, würde den Wertheims das Erscheinen des Tatsachenromans persönlich übelnehmen und die Kredite auf Kante stellen, weil Wolf Wertheim seine Ehefrau nicht zur Räson bringen konnte. Während sie eine Haarsträhne um die Finger zwirbelte, entwickelte Hanna eine Idee.

In der folgenden Nacht stapelten sich in den Tresorräumen Dutzende von Bücherkisten. Hanna bat Georg in den Tresor.

»Wie konntest du diese gesamte Auflage von diesem Machwerk aufkaufen? Wie hast du das geschafft?« Georg blickte Hanna ungläubig an.

»Der Globus-Buchverlag des Wertheim-Konzerns hat deiner Schwägerin ein Angebot gemacht, das sie nicht ablehnen konnte. Mit anderen Worten: Wir verlegen jetzt selber den Schund über den Baron Max. Verkaufen das Buch aber nicht.«

»Allmächtiger! Ausgerechnet das noch. Was gibt es denn schon so Interessantes über den jungen Bleichröder zu wissen?«

»Nichts, was du lesen möchtest oder irgendein anderer lesen sollte. – Nur Schweinkram.«

»Eben.« Georg nickte.

Das Buch kam nicht zur Auslieferung, und als Messel die Entwürfe für eine neue Vertäfelung des Chefkontors vorgelegt hatte und die Tischler ihre Arbeit begannen, wurde die gesamte Auflage des Bleichröder-Buchs mit Drähten an den Wänden befestigt und diente als Schall- und Wärmedämmung hinter der Wandverkleidung.

»Danke, Herr Messel«, sagte Hanna, als sie das fertige Zimmer sah.

»Es war Ihre Idee, Frau Berger. So taugt das Buch doch immerhin noch dazu, den Schall zu schlucken und die Feuchtigkeit abzuhalten.«

Die wenigen Leseexemplare, die noch in Berlin kursierten, machten den alten Bleichröder auch nicht glücklicher. Aber er sah darüber hinweg, obwohl Wertheims Eingriff in die freie Meinungsäußerung nach Bleichröders Liberalismus eine Sünde war.

Zwei Leseexemplare hatten sich Georg und Hanna mit nach Hause genommen und lasen sie nebeneinander im Bett liegend.

»Scheußlich! Oh, oh, oh! Mit drei Frauen gleichzeitig! Zwei davon Negerinnen und die dritte Mulattin«, echauffierte sich Georg bei einer besonders pikanten Stelle.

»Ich bin schon bei seinen Geisha-Abenteuern«, lächelte Hanna.

»Die leidenschaftlichen Japanerinnen stammten doch in Wirklichkeit aus Moabit und hatten sich nur verkleidet. Er soll es aber mit echten Indianerinnen getrieben haben«, blätterte Georg in dem Buch herum.

Und die waren aus Kreuzberg.

»Was manche Männer veranstalten, nur, um ihre Triebe zu befriedigen. – Unglaublich. Nicht?« Georg sah Hanna herausfordernd an.

Dann löschten beide gleichzeitig das elektrische Licht, legten die Bücher auf die Nachtschränke und fielen übereinander her. Es war eine Vollmondnacht. Sehr romantisch. Für beide anregend … der Mond.

»Auf diese leidenschaftliche Weise haben wir uns noch nie geliebt«, keuchte Georg hinterher und wunderte sich über seine eigene Begierde und die Positionen, die der durch Gymnastik und sportliche Betätigung zu Lande und zu Wasser sehr gelenkige Georg vollbringen konnte. Anschließend gingen beide gemeinsam in die Badewanne.

»Leidenschaften müssen manchmal angeregt werden«, relativierte Georg seine Behändigkeit in dieser Liebesnacht und seifte Hanna den Rücken ein.

Hanna musste lachen. »Den Witz der jüdischen Schriftstellerin Rahel Varnhagen hat deine Schwägerin Gertrud Pinkus allemal. Möglicherweise aber nicht ihren Geist und auch nicht ihre Diskretion.«

Drei Monate später saß Hanna wieder mal in Idas Küche und lächelte glücklich. Sie mampfte hungrig Idas berühmten gehakelten Hering mit viel Gurke und trank dazu einen Krug Bier. Irgendwie hatte sie einen Riesenhunger auf Saures, und gleich im Anschluss verzehrte sie drei hartgekochte Eier, die ihr Ida listig anbot.

»Hanna, na du? Mein Hausrezept: der gehakelte Hering. Sauer und sehr gut. Nicht?«

»Mutter Ida, ich bin sehr, sehr glücklich«, sagte Hanna nur.

»Das finde ich sehr, sehr schön.«

»Und ich bringe es sogar fertig, dass Georg jeden Tag vor und nach dem Büro mit mir eine halbe Stunde an die frische Luft geht.«

Ida kniff die Augen zusammen. »Hast du neuerdings des Öfteren Appetit auf Heringe, Gurken oder hartgekochte Eier?«

Hanna war schwanger und schob diese Schwangerschaft auf die leidenschaftliche Nacht mit anschließendem Wannenbad. Bevor sie den Familienarzt Dr. Isaak aufsuchte, wollte sie Georg von ihrem Zustand nichts sagen. Sie befürchtete zu Recht, dass Georg sie spätestens dann in Watte packen und nicht mehr ins Büro gehen lassen würde und sie von weiteren Spreewälderinnen behüten ließe. Mit Sicherheit würde er auch eine Amme in den Haushalt aufnehmen.

Am nächsten Morgen klopfte Georg verärgert seine Silberuhr auf die Schreibtischplatte und hielt sie ans Ohr. Die alte Zwiebel mit dem Stiftsuhrwerk hatte ihren Geist aufgegeben. Hanna bot sich an, die Uhr zum hauseigenen Uhrmachermeister zu bringen, da sie sich ohnehin zu ihrem täglichen Rundgang im Kaufhaus aufmachen wollte, um sich in der Lebensmittelabteilung auch ein Glas Spreewaldgurken zu besorgen. Georg händigte ihr die Uhr aus. Hanna legte sie einem Uhrmachermeister vor und bat ihn, mal nachzuschauen. Stehengeblieben sei die Uhr des Öfteren in letzter Zeit.

Der Uhrmachermeister öffnete den Uhrdeckel, und Hanna sah zum ersten Mal das kleine Bild im Inneren des Deckels: Hugo Wertheim. Eine Miniatur aus Emaille gebrannt. Plötzlich wurde ihr ganz heiß und sehr schwindlig. Sie schwankte vor der Theke auf und ab. Schnell wurde ein Stuhl herbeigebracht, und Hanna setzte sich.

»Frau Berger, sollen wir den Betriebsarzt rufen?«, fragte der Uhrmachermeister besorgt.

Sie schüttelte nur den Kopf.

Der Uhrmacher öffnete dann den Deckel zum Uhrwerk und versuchte, Hanna zu beruhigen. Der Schaden sei zu beheben. Aber die Sorge um die Uhr war nicht der Grund für Hannas Schwächeanfall. Auch nicht ihre Schwangerschaft. Als es ihr etwas besser ging, nahm sie dem überraschten Meister die Uhr einfach wieder aus der Hand.

Schnell eilte sie zu einem der Trinkwasserbrunnen, die alle

zwanzig Meter in allen Wertheim-Passagen sprudelten, und trank etwas Wasser, bevor sie wieder in Georgs Büro ging. Dort angekommen, legte sie die geöffnete Uhr langsam auf den Schreibtisch vor Georg.

Dieser sah sie verwundert an und sagte nur: »Mein älterer Bruder Hugo … Hat uns zu früh verlassen. Ich hab dir viel von ihm erzählt. Mein Lieblingsbruder. 1893. In San Remo.«

Hannas Gesicht war nass vor Schweiß. Langsam nahm sie ihre silberne Kette mit dem Amulett vom Hals. Mit zittrigen Fingern öffnete sie das Medaillon. Es verbarg ein Foto von Hugo Wertheim. Hanna legte das Medaillon neben die Uhr.

»Dieser Mann hier ist mein Vater.« Sie war käseweiß.

Augenblicklich war auch Georg schwindelig. Dann sprang er vom Stuhl und umarmte Hanna.

Er rang nach Worten: »Dann, dann, dann … bist du meine Nichte!«

Er ließ sie los und trat einen Schritt zurück. Sie schauten sich lange an, ohne ein Wort zu sagen. Eine Ewigkeit, so kam es Hanna vor.

Schließlich setzte sie zu einer Erklärung an: »Meine leibliche Mutter hat mich weggegeben. An ein Ehepaar, das später nach Amerika ausgewandert ist. Das Amulett hatte mir meine Mutter gegeben, bevor sie mich verließ. Sie wollte, dass ich meinen Vater immer bei mir trage, so wie er mich immer bei sich tragen würde, wenn er noch gelebt hätte. Nach diesen Worten ist sie gegangen. Ich bin alleine in Berlin geblieben, bei meinen Adoptiveltern und habe dann, wie du weißt, die Handelsschule besucht. Den Rest kennst du. Aber, um es gänzlich kompliziert zu machen, Georg, ich bin dennoch froh, dich getroffen zu haben. Ich danke dem Allmächtigen dafür. Eine Tragödie trotzdem!«

Zum ersten Mal wussten die beiden Liebenden nicht, wie sie miteinander umzugehen hatten. Sich umarmen oder auf Distanz bleiben? Schließlich legte Hanna ihre Kette wieder um. Georg verstaute die Uhr in der mittleren Schublade seines Schreibtisches. Hanna ging zu ihrem Schreibtisch, setzte sich. Sie fühlte sich unendlich schwach und hilflos.

»Wir leben in einer unheiligen jüdischen Verbindung.« Sie senkte den Kopf, legte ihn auf ihre Unterarme und begann zu weinen.

Georg trat zu ihr, nahm ihren Kopf in die Hände und brachte ihr Gesicht dicht an das eigene. Auch er weinte.

Er schluchzte: »Was ist schon heilig? Und was jüdisch? – Wichtig bleibt doch, dass wir uns lieben, Nichte! Der Tod meines Bruders war auch nicht heilig. Nein, es hilft jetzt nichts, dass wir uns zu viele Gedanken machen. Wir lieben uns, und das muss nicht plötzlich vorbei sein, nur weil wir eng verwandt sind.«

Hanna umarmte Georg leidenschaftlich.

Georg sprach weiter: »Ich habe immer nach dir gesucht und dich schließlich gefunden. Freilich ist es nun anders, als ich mir das vorgestellt hatte. Ich wollte für dich sorgen, weil du die Tochter meines Bruders Hugo warst. Ich weiß nicht, wie viele Stunden oder Tage ich in der Cecilienstraße auf dich gewartet habe. Es ist besser gekommen, als ich es mir jemals erträumt habe. Ich habe die Frau meines Lebens gefunden.«

»Wir müssen jetzt Angst haben«, wusste Hanna.

»Vor wem?« Georg verstand nicht.

»Vor uns.«

Draußen zog die Abenddämmerung heran, und im Büro wurde es dunkel.

Georg schaute sie eindringlich an: »Warum müssen wir vor uns Angst haben? Ist das wirklich dein Ernst? Der Zufall und die Liebe Knall auf Fall haben uns zusammengeführt. Diese beiden Bilder, in meiner Uhr und deinem Amulett, können uns nicht trennen.« Er küsste sie.

Sie drehte sich weg und rief: »Ida ist meine Großmutter!«

Georg sah enttäuscht aus. Er schritt mehrfach den chinesischen Seidenteppich auf und ab. »Mutter Ida darf das nie erfahren. Es wäre ihr Tod. Niemand sollte es erfahren!« Dann ging er zum Fenster, schaute in die Dämmerung hinaus und betrachtete den riesigen Globus des Wertheim-Konzerns, der abends mit Scheinwerfern angestrahlt wurde. Tränen liefen über seine Wangen. Hanna trat an ihn heran und tupfte sie mit einem Taschentuch ab.

Er wandte sich ihr zu und sagte jetzt schon viel ruhiger: »Hanna, es wird alles gut. Es muss einfach gut bleiben zwischen uns!«

Sie nickte und umarmte ihn. Engumschlungen blieben sie eine Ewigkeit vor dem Fenster stehen.

In der kommenden Nacht machten beide kein Auge zu. Sie sprachen auch nicht miteinander. Schweigend nahmen sie auch das Frühstück ein. Hanna hatte bei dem Spreewälder Hausdrachen eine scharfe Gurken-Rote-Beete-Suppe bestellt, was die Frau mit einem langen Blick quittierte.

Als sie fertig gefrühstückt hatten, sagte Hanna knapp: »Fahr du heute Morgen allein ins Büro. Ich habe mir einen Termin bei Dr. Isaak gemacht. In letzter Zeit leide ich unter Wallungen: mal heiß, mal kalt. Wir haben beide die ganze Nacht nicht geschlafen und wissen auch, warum. Mir ist kodderig. Es ist besser, Dr. Isaak aufzusuchen.«

»Aber sonst ist alles in Ordnung mit dir? Wir sind noch die gleichen Menschen wie gestern Abend.« Er fächelte mit der Serviette vor Hannas Gesicht und fügte noch hinzu: »Verscheuch alle bösen Gedanken! Was hat sich zwischen uns geändert?«

Hanna biss die Zähne fest aufeinander und schwieg.

Hanna hatte keinen festen Termin mit Dr. Isaak, wurde aber sofort vorgelassen, denn der Arzt hatte für ein Mitglied der Wertheim-Familie immer einen Termin frei. Dr. Isaak untersuchte Hanna eingehend. Schließlich knöpfte sie das Mieder wieder zu und zog sich an. Der Arzt putzte seine goldene Zwickerbrille und schaute sie lange an.

»Herr Dr. Isaak, ist es das, was ich vermute?«

Dr. Isaak lächelte sie voller Freude beruhigend an: »Keine Krankheit, kein Leiden.«

Hanna entgegnete: »Dr. Isaak, ich bin unverheiratet.«

Das genierte den Doktor nicht. Er setzte sich umständlich seinen Zwicker wieder auf die Nase.

Hanna fuhr fort: »Wie Sie wissen, bin ich unverheiratet mit dem liebenswertesten Menschen Berlins. Ich erwarte ein Kind von ihm, nicht wahr?«

Auf dem Schreibtisch des Arztes stand eine Menora. Langsam entzündete Dr. Isaak alle Kerzen des Leuchters.

»Weiß Georg von Ihrem glücklichen Zustand?«, fragte er sie.

Hanna schüttelte den Kopf.

»Dann sagen Sie's ihm doch einfach.«

»Glauben Sie mir, Herr Doktor, es gibt Gründe, dass ich mir dieses Glück nicht wünschen darf. Ich bitte Sie, mir zu helfen. Ich werde eine unverheiratete Geliebte bleiben müssen. Aber eine Geliebte ohne Kind.«

»Es gibt keinen Grund, dieses Menschenleben nicht das Licht der Welt erblicken zu lassen, gnädige Frau. Keinen Grund.«

»Doch.«

Dr. Isaak schüttelte langsam den Kopf.

Hanna ließ nicht locker: »Ich bitte Sie darum. Dringend! Ich selber bin ein uneheliches Kind. Ich weiß, was das bedeutet.«

Erneut schüttelte Dr. Isaak den Kopf.

»Vielleicht haben Sie einen Assistenten oder Kollegen, der mir hilft?«, versuchte es Hanna weiter.

Nach einer langen Überlegung schrieb Dr. Isaak seufzend einen Namen auf einen Zettel und überreichte ihn Hanna. Dann geleitete er sie schnell aus seinem Ordinationszimmer. Eigentlich ein Rausschmiss. Als Hanna seine Praxis verlassen hatte, berührte Dr. Isaak eine Mesusa am rechten Türpfosten und betete. Isaak war ein frommer jüdischer Arzt.

Während ihres Arztbesuches hatte es draußen angefangen zu regnen. Hanna öffnete einen Regenschirm, schaute auf den Zettel, den ihr der Familienarzt mitgegeben hatte.

Als sie mittags durchnässt ins Büro kam, tadelte Georg sie, warum sie nicht eine Droschke genommen habe und ob alles mit ihr in Ordnung sei. Hanna bejahte das. Georg bestand darauf, dass sie sich augenblicklich umzuziehen habe, da sie ja bis auf die Haut nass sei. Hanna ging in das kleine Ankleidezimmer neben dem Büro, nahm, bevor sie sich frische Sachen anzog, eine Dusche und arbeitete für den Rest des Tages mit Georg. So, als habe es die vergangenen vierundzwanzig Stunden gar nicht gegeben.

Sie redete nur weniger als sonst.

»Ist wirklich alles in Ordnung mit dir?«, fragte Georg zwischendurch.

»Heute Abend esse ich auch Seezunge. Wie du«, war ihre Antwort.

Am nächsten Tag ging Hanna zu der Adresse. Der junge Gynäkologe fragte nicht viel und entfernte das Kind der Liebe noch am selben Tag aus Hannas Körper. Vor der Praxis wartete eine Droschke. Hanna ließ sich in ihre Wohnung fahren und begab sich ins Bett.

Die oberste Spreewälderin musste ihr mehrere Wärmflaschen herrichten, die sie sich auf den Leib legte. Es waren neue Wärmflaschen aus Gummi, die eine wohltuende Wärme verströmten und praktischer waren als die schweren Metallbehältnisse aus Zink. Eine amerikanische Erfindung der Firma Goodyear. Die Spreewälderin fragte auch noch besorgt, ob sie eine weitere Gurken-Rote-Beete-Suppe kochen solle. Hanna bat sie, das Schlafzimmer zu verlassen und die Übergardinen vor den Fenstern zu schließen. Ihr sei seit Tagen nicht wohl. Das Schlimmste sei aber jetzt überstanden. Sie brauche nur Ruhe und Wärmflaschen. Dann schlief sie ein.

8. KAPITEL

1883, nach dem Tode von Hugo, hatte Georg Wertheim sich vom Leben und den Menschen abgekapselt. Er galt als gefühllos, in Umsatzzahlen verliebt, und er mied Vertraulichkeiten zu Mitmenschen. Seitdem er mit Hanna zusammen war, hatte sich das nicht weiter geändert. Außer, dass Hanna nun sein Leben war und ihm die Zeit mit ihr wie eine wunderschöne Ewigkeit vorkam. Täglich hatten sie sich seit ihrer ersten Begegnung gesehen. Sie hatte ihm leise die eine oder andere Eigensinnigkeit abgewöhnt und machte den ernsten Mann immer häufiger lachen.

Hanna hatte ihm ausrichten lassen, dass sie unter einer leichten Erschöpfung litt. »Verspannung« schrieb sie auf eine Büttenkarte, die ihr eine der jüngeren Spreewälderinnen ans Bett brachte. Sofort war Georg in Sorge. Bereits nach zwei Arbeitsstunden im Kontor ohne sie kam es ihm vor, als habe Hanna ihn schon jahrelang allein gelassen. Er überlegte, ob er nach Hause eilen oder sich zunächst noch mit dem neuen Ärger bei Wolfi und Gertrud beschäftigen solle. Er entschied praktisch: Er verließ sein Büro, rannte die Feuerwehr-Nottreppe runter ins Erdgeschoss, durchquerte die Gesellschaftsabteilungen Juweliere, Reisebüro, Hausbank und Putzmacherei und pflanzte sich vor einem der Reisebüromitarbeiter auf. Normalerweise erledigte das Chefbüro Aufträge innerhalb des Hauses mit der Rohrpost. Der Leiter des Reisebüros, Herr Bender, war ganz verdattert, als der Chef so plötzlich bei ihm aufkreuzte.

Die Reiseagentur Wertheim war die Erste, die international Reisen über die Kontinente hinweg anbot. Spezialisiert war das Reisebüro aber auf europäische Bäder wie Abano Therme, Marienbad, Bad Pyrmont, die Nordseebäder sowie englische und polnische Küstenbäder. Die Schweiz hatte man auch im Angebot. Reisen, Urlaub machen, zur Kur fahren war ein Privileg der feinen Gesellschaft. Für die unteren Schichten war arbeitsfreie Urlaubszeit nur dann eine Freude, wenn man eine Oma auf dem Lande hatte. In den besseren Kreisen kurte man. Im Sommer 1906 waren Marienbad, Zinnowitz, Heringsdorf und Norderney der Renner. In früheren Jahren hatte Georg des Öfteren das schwefeligfaule Wasser in Marienbad genossen und war zu dem Entschluss gekommen, Hanna sei überarbeitet und müsse dringend mit ihm dort kuren. Er forderte von Herrn Bender, dem Leiter des Büros, seine übliche Suite im üblichen Hotel in Marienbad an. Ab dem 18. Juli. Also in drei Tagen. Herr Bender versprach, alles zu tun, damit dieser Termin unter den genannten Bedingungen so kurzfristig klappe.

»Wenn es nicht klappt, werde ich über die Rückstufung aus Ihrer Leitungsfunktion nachdenken«, drohte Georg.

Er ist genauso eisig, wie immer behauptet wird, dachte der arme Herr Bender.

Mit ausgreifenden Schritten durchquerte Georg die zweite Etage und traf auf den überraschten Leon Zukowsky, den Chefjuwelier des Hauses.

Hier war Georg schon freundlicher: »Sind Sie verheiratet, Herr Zukowsky?«

»Ja, im nächsten Jahr fünfundzwanzig Jahre, Herr Wertheim.«

»Wenn Sie unbegrenzte Mittel hätten, mein Lieber, was würden Sie Ihrer Frau zum Hochzeitstag schenken?«

»Eine dieser neuen amerikanischen Nähmaschinen, Herr Wertheim. Die veräußern wir neuerdings im ersten Stock. Im Technikbedarf für den modernen Haushalt.«

Georg winkte ab. »Ich meine Schmuck.«

»Da empfehle ich unserer vermögenden Klientel immer einen Ring mit Rubinen und Diamanten. Sehr wertbeständig und nicht zu protzig. Was die Berliner Hofjuweliere anbieten, Herr Wertheim, sollen sich meinetwegen die Christen an den Weihnachtsbaum hängen, aber nicht an den Finger stecken.« Und er legte sofort eine Partie sehr teurer Ringe mit Rubinen und Diamanten vor. Blitzschnell entschied sich Georg für einen geschmackvollen Ring und bat Herrn Zukowsky, diesen angemessen einzupacken und zusammen mit dem Kassenbon in sein Büro zu schicken. Er bedankte sich höflich, sogar mit Handschlag.

Zukowsky rief dem Davoneilenden nach: »Gut gewählt! … Mazzeltov!« Seinen Mitarbeitern berichtete er anschließend, der Chef habe einen Verlobungsring gekauft. Für siebentausenddreihundert Mark, wenn man den Firmenrabatt einrechne.

Dann ließ Georg einen Wagen an einem Seitenausgang mit Auffahrt vorfahren und fuhr zu Mutter Ida. Er hatte einen Entschluss getroffen und wollte alles, bevor er Hanna daheim damit überraschte, zunächst einmal seiner Mutter Ida berichten.

Die betrachtete den Rubinring, fand ihn sehr geschmackvoll und nicht zu protzig. Sie lobte ihren Sohn für die Entscheidung, am Achtzehnten nach Marienbad zu fahren, um mit Hanna dort übelschmeckendes Wasser zu trinken.

»Ich will einfach nur mal mit ihr beisammen sein. Weit weg von dem Trubel hier. Hanna sieht seit Wochen angegriffen aus. Oder?«

Ida war sehr erfreut und fragte nur: »Heiraten?«

Georg machte eine vage Geste. »Ich weiß nicht, ob das auf die Schnelle klappt. Du weißt, in puncto Heiraten hat Hanna einen sehr eigenen Kopf. Und einen klugen noch dazu. Ob ich sie zur Ehe überreden kann – da bin ich mir nicht sicher. Aber versuchen werde ich es.«

»Ja, Georg, sie liebt dich. Abgöttisch sogar. Macht euch eine schöne Zeit. Ich drücke die Daumen.«

Erst dann fuhr er zu Hanna. Dass Hugo ihr Vater war, hatte er nicht verraten.

Hanna lag unterdessen auf einer Ottomane im Damenzimmer. Sie hatte sich bis zu den Hüften mit einem leichten Kaschmirplaid bedeckt. Mühsam trank sie ein Glas Wasser.

Georg stürmte in ihr Zimmer und schmetterte ihr entgegen: »Ich habe alle Vorbereitungen getroffen, um aus diesem Alltagstrott zu entfliehen und nach Marienbad zu fahren, zum Heiraten!« Glücklich sah er seine geliebte Hanna an.

Doch sie sah ganz elend aus. Dann beichtete sie: »Georg, ich habe heute am frühen Morgen durch einen verlässlichen Arzt unser gemeinsames Kind abgetrieben.« Sie konnte seinem Blick nicht standhalten und wandte sich kraftlos ab.

Georg war schockiert. Er schüttelte den Kopf und starrte sie ungläubig an. Auf einmal begann er zu zittern. Das konnte nicht wahr sein! Das konnte sie doch nicht einfach getan haben! Er fühlte sich schrecklich hilflos. Plötzlich brach er zusammen.

Auf dem Boden vor ihrem Bett hockend, weinte er und schrie: »Warum hast du das getan? Warum hast du das getan?«

Er kroch zu Hanna, kniete sich vor sie und verbarg seinen Kopf in ihrem Schoß. Seine Weinkrämpfe konnte Hanna auch mit Streicheln und Küssen nicht stoppen.

»Warum nur? Warum?« Er war völlig verzweifelt.

»Ich wollte, dass du unabhängig bleibst. Wir können, nein, wir dürfen niemals heiraten! Nie!« Auch Hanna liefen Tränen über das Gesicht.

»Doch!«, schluchzte Georg. »Ich muss dich heiraten. Was mach ich denn ohne dich?!«

Hanna streichelte ihm den Kopf, die Schultern und versuchte ihn zu beruhigen: »Ich bleibe doch bei dir. Auch ohne Trauschein. Was immer das Leben noch für uns vorhält: Wir bleiben zusammen. Bestimmt! Aber ich bin deine Nichte. Auf Dauer werden wir das nie verheimlichen können. Spätestens auf dem Standesamt nicht. Kannst du dir den Skandal ausmalen?! Da sind Wolfis Eskapaden ein laues Lüftchen dagegen. Der korrekte, gottgleiche König des Handels und guten Geschmacks heiratet seine Nichte! – Das ist doch fast so, als würdest du die eigene Tochter ehelichen!«

»Die wir nun nicht haben werden. Oder einen Sohn.« Er begann, wieder stärker zu weinen.

Lange lag er so und weinte und rief immer wieder »Warum?«. Es dauerte beinahe eine Stunde, bis sein Schluchzen aufhörte und er langsam aufstehen konnte. Sein Gesicht war geschwollen, die Augen rot. Da ergriff Hanna seine Handflächen und küsste sie. Er trat ans Fenster und schaute hinaus. Über einige Häuserdächer hinweg sah er die preußischen Flaggen, die auf dem Dach seines größten Kaufhauses flatterten. Er griff in die Tasche seines Jacketts und holte die Box mit dem Ring raus.

Mit ernstem, ruhigem Blick ging er zu ihr, reichte ihr den Ring und sagte: »Seit dem Tag, an dem ich dich zum ersten Mal sah, wusste ich, dass du meine Frau bist, dass du die Frau bist, die ich immer lieben werde. Egal, ob wir heiraten werden oder nicht – daran wird sich nichts ändern. Ich liebe dich, Hanna, aber ich bin todunglücklich über unser verlorenes Kind.«

Sie setzte den Rubinring langsam auf und blickte lange auf ihre Hand. »Georg, was für ein wunderschöner Ring! Ich bin doch genauso traurig wie du. Liebend gern würde ich mit dir eine Familie gründen, aber es geht eben nicht. Lass uns gemeinsam nach Marienbad fahren, dort können wir uns ausruhen.«

Georg nickte und hoffte insgeheim, sie noch umstimmen zu können. Vielleicht gäbe es ja doch eine Möglichkeit zu heiraten?

An diesem Tag ging er nicht zurück ins Büro. Es war das erste Mal, dass Georg Wertheim seine Arbeitsstelle nicht betrat, obwohl er in Berlin war, nicht auf Reisen und gesund noch dazu.

Bei den Wertheim'schen Vorzimmerkontoristen wurde gemunkelt, der Chef habe aus Ärger über die neuesten Eskapaden seines Bruders Wolf das Haus verlassen. Mittags waren alle Berliner Zeitungen voll mit Skandalen aus der Ehe Wertheim-Pinkus. Angeblich sollte das Paar eine unpreußische Ehe führen. Eine Ehe à la carte. Minuziös wurde belegt, dass Wolf Wertheim sich seit Wochen schon mit wechselnden Gesellschafterinnen umgäbe und Gertrud eine Vorliebe für Potsdamer Jungleutnants aus dem direkten Umfeld Seiner Majestät des Kaisers habe. Gertrud hatte sogar in einem flammenden Interview zugegeben, eine Frau solle ihren Bedürfnissen nachkommen, wenn ihr danach gelüste. Ein ungeheuerlicher Skandal.

Wolf wäre nicht Wolf, wenn er diese Sensation nicht sofort wieder für eine Volte nützte, die den Wertheim-Konzern positiv in die Presse bringen sollte. Im Gesellschaftsteil wurde über die großartigste Ballveranstaltung anlässlich eines Firmenjubiläums bei den Wertheims berichtet, die Wolf Wertheim und seine Frau für die Berliner Gesellschaft im Hotel Esplanade zu geben gedachte.

Georg hatte sich über die Berichterstattung morgens geärgert. Die Abwesenheit von Hanna hatte ihn aber mehr getroffen. Mutter Ida hatte ihn bei seinem Besuch auf den skandalösen Wolf nicht angesprochen und über den exorbitant teuren Empfang kein Wort verloren. Doch die Lawine, die beinahe zum Untergang des Wertheim-Konzerns führen sollte, rollte heran.

Hanna überredete Georg, am kommenden Tag wieder zur Arbeit zu gehen, um mit Wolf ein offenes Gespräch zu führen. Sie selber wollte sich noch etwas schonen.

Georg fragte sie zum Abschied: »Was hältst du denn von meinem Bruder und seiner verlotterten Ehefrau? Und dann als i-Tüpfelchen obendrauf noch eine mordsmäßig teure Sause im Esplanade! Wolf treibt es zu bunt. An Infamie ist er kaum zu übertreffen. Statt sich still nach diesem Skandal mit seiner Gertrud auf Reisen zu begeben, veranstaltet er jetzt noch ein öffentliches Desaster.«

Hanna antwortete gelassen: »Ich sage nur so viel dazu: Ich werde an diesem Fest nicht teilnehmen. Aber du wirst unter allen Umständen dort erscheinen. Sonst ist der Schaden für die Familie noch größer. Ein Kind, was unten im Brunnen schwimmt, sollte man retten. Oder?«

»Fünfundvierzigtausend Mark soll dieses Fest kosten! – Steht auch schon in der *Berliner Illustrierten*! Das hat denen bestimmt die Pinkus verraten.«

Hanna wiederholte: »Du gehst auf jeden Fall morgen Abend da hin. Und zwei Tage später reisen wir beide in aller Ruhe nach Marienbad und verknoten uns den Magen mit diesem Heilwasser. – Fünfundvierzigtausend Mark für eine angebliche Werbeveranstaltung mit tout Berlin sind idiotisch!«

Hanna hatte sich zumeist schützend vor Wolfi gestellt. Diesmal durfte Georg ihn zur Ordnung rufen. Was immer es nützte. Georg fieberte dieser Auseinandersetzung trotz seines Kummers mit einer sadistischen Freude entgegen.

In der kommenden Nacht schlief er wieder nicht und wechselte stattdessen Wärmflaschen für Hanna. Sie hatte Schmerzen. Georg beruhigte sich. Eine Teilnahme an diesem skandalösen Fest wäre in Hannas Zustand gar nicht denkbar.

Wolf, hochelegant, etwas stutzerhaft gekleidet und ein Kavalierstöckchen auf dem rechten Zeigefinger balancierend, saß auf der Fensterbank in Georgs Kontor. Georg malträtierte mit seinen Füßen den sündhaft teuren Seidenteppich.

»Rindviech! Fünfundvierzigtausend Mark für eine Soirée im Hotel Esplanade! Bist du wahnsinnig geworden?! Dahinter steckt garantiert diese verrückte Gertrud!«, sagte er zornig.

»Sie weiß eben, wie man schlechte Meldungen mit guten Nachrichten überdeckt.« Wolfi grinste nur.

»Du Idiot. Weißt du, dass Seine Majestät, der Kaiser, von fünfundvierzigtausend Mark ein ganzes Kanonenboot finanzieren könnte?« Er zeigte Wolf einen Vogel.

»Als ob du dich jemals für die Kanonenboote Seiner Majestät interessiert hättest. Wir disponieren in so viel teure und überflüssige Luxuswaren – damit könnte man des Kaisers ganze Kriegsmarine ausrüsten!«, entgegnete Wolfi.

»Ich halte unser Vermögen nicht mit Kinkerlitzchen oder überteuerten Privatvillen und Kunstsammlungen zusammen, sondern mit erstklassigen Warenangeboten. Das ist ein Unterschied, Wolf. Wozu soll dieses Fest gut sein?«

»Es wird ein Empfang mit amüsanten, angenehmen Herrschaften – und vor allen Dingen mit deinen Geschäftsfreunden. Es ist nichts anderes als eine Werbeveranstaltung der Abraham Wertheim oHG.«

So leicht war Georg natürlich nicht zu überzeugen: »Red keinen Unsinn. Es kommen doch nur wieder Leute, die deine Frau anzieht wie die Motten das Licht. Du lebst brutto für netto seit deiner Affäre mit dieser Dame Pinkus.«

»Wir sind verheiratet.«

»Und du bist dennoch ein Gigolo«, warf Georg seinem Bruder vor.

»Bleichröder und Sohn haben auch schon freudig ihr Kommen zugesagt ... mit Ehefrau.«

Dieses Argument traf Georg wie ein Schlag in die Magengrube. Er schwieg.

»Und Mutter freut sich auch schon auf das Fest. Wenn du nicht aufkreuzt, dann wäre es ein Skandal!« Wolfi lächelte siegessicher.

»Jedenfalls, aus der Firmenkasse wird diese ›Werbeveranstaltung‹ nicht bezahlt. Das erledige mal mit deinem persönlichen Vermögen«, forderte Georg.

»Sofern ich kann, gerne.« Wolf verließ das Büro.

Hanna brauchte all ihre Überredungskünste, um Georg von diesem Ball zu überzeugen. Sie musste ihn sogar in den Frack zwingen.

Dabei ächzte er: »So teuer hat Wolfi vor Monaten nicht mal geheiratet. Und das heißt schon was. Ich schwöre dir: Aus eigener Tasche soll er diesen Unsinn bezahlen!«

Georg ließ sich erst den rechten, dann den linken Lackschuh anziehen und unwillig auch das Frack-Cape über die Schultern legen, das sehr schwer war. Es war mit schwarzer Atlasseide gefüttert.

»Hab ich nicht irgendetwas Bequemeres? Dieses Cape zieht einen ja zu Boden.«

»Du besitzt noch ein Cape mit roter Seide gefüttert. Damit siehst du aus wie Mephisto.« Hanna zwinkerte ihn an.

Georg behielt das schwere Prunkstück auf seinen Schultern und zog die weißen Juchtenlederhandschuhe an.

Er erklärte: »Ich gehe unter Protest und werde mit keinem der Anwesenden auch nur ein einziges privates Wort reden. Weder mit der Familie noch mit Mutter Ida – mit niemandem. Ich werde anwesend abwesend sein. Und immer nur an dich denken.«

»Das hoffe ich doch wohl. Aber Hauptsache, du gehst überhaupt. Ich möchte gar nicht, dass du dich amüsierst. Deine bloße Anwesenheit wird die Veranstaltung adeln. Von dem ganzen Unsinn ablenken, mit dem Wolfi und seine Gertrud immer wieder in den Zeitungen für Skandale sorgen.« Sie brachte Georg noch zur Tür und verabschiedete ihn mit den freundlichen Worten: »Irgendwie siehst du etwas beschwert aus, Liebster. Mit diesem Cape. Ich hatte dich immer vor Atlasseide gewarnt.«

Georg wandte sich noch einmal um und lächelte Hanna zu. Dann ging er zurück, gab ihr einen Kuss auf den Mund: »Wenn wir in Marienbad sind, kriege ich dich rum! Zu allem! – Ach, Hanna, was geht nur manchmal in deinem Kopf vor? Bis gleich.«

Georg hatte die Absicht nicht aufgegeben, Hanna mit irgendeinem Trick in ein Standesamt zu bringen. Er setzte große Hoffnungen auf das ferne Marienbad. Da wäre eine Hochzeit anonym und könnte sofort vollzogen werden.

Wolf Wertheim und seine Gertrud hatten es richtig krachen lassen. Der Ballsaal war über und über mit Lilien geschmückt. Ein Salonorchester war engagiert.

Von den hundert reichsten Berliner Familien hatten über achtzig eine Abordnung geschickt. Auch Vater und Sohn Bleichröder waren erschienen und von der Deutschen Bank das Vorstandsmitglied Emil-Georg von Stauß. Von Stauß erschien nicht als Bankier, sondern als Begleiter einer von den vielen besten Freundinnen der Gertrud Pinkus.

Zunächst gab es einen Stehempfang. Es wurden Cocktails gereicht. Eine amerikanische Sitte, die sich in der Berliner Gesellschaft durchgesetzt hatte. Die Cocktails sollten zum Anheizen der Stimmung dienen. In Stimmung wollte Georg nicht kommen. Deswegen ließ er den Cocktailempfang aus und erschien erst zum gesetzten Diner. Die Speisekarte wies einundzwanzig Positionen aus, das Angebot an Weinen elf Positionen im Weißwein- und sechs Positionen im Rotweinbereich. Zu jener Zeit gab es noch eine leichte Kost. In der Speisenkarte wurde dem verehrten Gast empfohlen, durch ein dezentes Zeichen darauf hinzuweisen, den nächsten oder auch übernächsten Gang auszulassen. Das Zeichen war: Gabel von links auf den Teller legen.

Als Vorspeise gab es bereits vier verschiedene hochkomplizierte Pasteten aus Getier von Forst, Feld, Seen, Flüssen und Meer. Das Diner allein kostete nicht die Welt. Es wurde zum Eigenpreis vom Wertheim'schen Bankettservice zubereitet und geliefert.

Auch die Weine stammten aus der exzellenten Weinhandlung der Weinkellerei. Das Drumherum ging ins Geld: Service, Tischschmuck, Versicherungssumme für das Porzellan und Besteck. Für die Salonkapelle »Dimitri Fränkel Frank & seine seufzenden Geigen«. Es war immerhin ein Dreißig-Mann-Orchester mit Herrn Dimitri Fränkel Frank als dirigierendem Stehgeiger.

Kurz vor Beginn des Diners erschien Georg mit versteinertem Gesicht. Sein Auftritt war die Sensation des Abends. Nie zuvor hatte Georg an einer gesellschaftlichen Veranstaltung des sehr reichen Berliner Bürgertums und kleinen bis mittleren Landadels Brandenburgs teilgenommen. Es wurde über ihn getuschelt wie über ein Phantom, dessen Existenz man eigentlich nie so richtig für möglich gehalten hatte. Wolf ging schief grinsend auf seinen Bruder zu.

»Herzlich willkommen! Wie immer ohne Hanna.« Er schüttelte den Kopf.

Georg entledigte sich seines Capes. Gertrud Pinkus-Wertheim zwitscherte schnell herbei. Sie war unter allen anwesenden Damen fraglos die eleganteste und auch bestaussehende Erscheinung. Sie kam nicht alleine herangeeilt, sondern hatte sich jeweils links und rechts bei einem Leiboffizier aus Potsdam eingehakt. Georg funkelte die Schwägerin an. Die ließ ihre Leiboffiziere stehen und führte Georg gemeinsam mit Wolfi zu einem Bankettisch.

»Fräulein Berger hat Wolf und mich schriftlich wissen lassen, dass sie gesundheitlich indisponiert sei. Sehr distinguiert und höflich, deine Hanna, Georg. Möglicherweise sind wir beide ja ihre Indisposition?«

Georg antwortete darauf nicht, sondern nahm Platz. Es beruhigte ihn, dass an dem großen runden Tisch Mutter Ida ebenfalls platziert war. Sie kam in Begleitung seines Architekten Alfred Messel.

Die Pinkus sagte: »Ich habe dich mit deiner Mutter und Herrn Messel an den Heinrich-Heine-Tisch platziert.« Jeder Tisch hatte auch noch einen Namen!

Immer diese Extravaganzen, dachte Georg. Heinrich Heine gehörte nicht zu den favorisierten Dichtern bei Hofe. Infolgedessen auch nicht beim preußischen Bürgertum. Ida freute sich darauf, mit Georg sich außerhalb ihrer eigenen ›Hütte‹ mal satt essen zu können. Sie erwähnte die Abwesenheit Hannas mit keinem Wort. Mit am Tisch saßen noch Bleichröder junior mit einer Georg unbekannten Dame und einige Künstlerfreunde der Pinkus, die Georg sowieso nicht kannte. Insgesamt zwölf Personen. Der Stuhl neben Georg war noch frei.

Die Herren der Tischrunde erhoben sich, als Wolf Wertheim in Begleitung einer kleinen, etwas dicklichen und weiß zugeschminkten Person an den Tisch trat. Es war Ursula Gilka, die Tochter eines bekannten Spirituosenfabrikanten. Der Kümmelschnaps Gilka war im ganzen Deutschen Reich Marktführer. Die Gilka war einundzwanzig Jahre alt und von Natur aus mit einer lauten Fröhlichkeit, aber nicht mit einem Hauch von Anmut beschenkt.

»Fräulein Gilka, darf ich Ihnen meinen Bruder Georg vorstellen. Er ist unter uns gleichen Brüdern der Gleicheste«, stellte Wolf Georg die Tischdame vor.

Die kleine Dicke quatschte sofort los. Schüttelte Georg heftig die Hand: »Ich habe schon viel von Ihnen gehört und gelesen und meine Familie kauft in allen Ihren Filialen ein. So wie Sie ja auch in allen Häusern unseren Schnaps verkaufen!«

Fräulein Gilka war in der Tat gesprächig.

Gerson Bleichröder kniff verschmitzt ein Auge zu, machte sich über eine Kaninchenpastete her und spülte sie mit einem Saar-Ruwer-Gewächs hinunter. Der alte Bleichröder wusste genau, dass Georg nichts unangenehmer war als eine zu direkte Ansprache und Vertrautheit, sofern man sich nicht schon mindestens zwanzig Jahre kannte. So war es auch zwischen ihm und seinem besten Bankkunden.

Georg stocherte in einer Fischpastete herum. Obwohl er genau wusste, dass sie von exzellenter Qualität war, verteilte er sie nur auf dem Teller, nahm aber keinen Bissen zu sich. Beim Weißwein tat er nur so, als tränke er. Er ließ sich das Wasserglas immer nachgießen. Die Gilka redete ununterbrochen auf ihn ein.

Mutter Ida und Messel lauerten, wie sich Georg aus der Affäre zog. Irgendwann musste er auf die Quasselei der dicken Person eingehen.

»Es ist mir eine Ehre, Fräulein Gilka. Die Spirituosen Ihres Herrn Vater sind in der Tat in unserem Sortiment.« Georg sprach mit einer Stimme, als habe er versehentlich ein halbes Pfund Weizenmehl in den Rachen bekommen.

Ursula Gilka hatte außerordentlichen Appetit. Sie verputzte, während sie sprach, eine Wildschwein-, eine Kaninchen-, eine Fasan- und eine Fischpastete, goss mit diversen Weißweinen nach und drohte Georg mit einer Gabel: »Na, na, na, Herr Wertheim! Sie sind der größte Abnehmer unseres berühmten Kümmelschnapses. Sie verkaufen ihn aber unter dem Einkaufspreis! Mein Papa grämt sich darüber.«

Georg war genervt, wahrte aber die Contenance, weil ihm Messel aufmunternd zulächelte. Auch Ida versuchte, ihn im Zaum zu halten. Nur Bleichröder begann, sich allzu laut über den weiß geschminkten Mehlwurm an Georgs Seite zu amüsieren.

Georg wischte sich mit einer Serviette dezent über die Stirn: »Der Gilka Kümmelschnaps ist ein erfolgreiches Lockangebot, gnädiges Fräulein. Er beflügelt den Umsatz von Weinbrand, Korn und anderen Spirituosen. Verstehen Sie das?«

Ursula verstand es nicht. »Sie reden so klug wie mein Papa.«

Aus der Tischecke glaubte Georg ein Nuscheln von Ida zu hören: »Mein Herr Sohn ist vermutlich auch so alt wie Ihr Papa.«

Das hatte Ursula besser gehört. Sie trompetete fröhlich: »Je älter der Wein, umso besser!«

Bleichröder und Messel suchten irgendwas unter dem Tisch. Beide schüttelte ein Lachkrampf. Ida hielt die Luft an, obwohl sie doch ganz genau wusste, dass sich Georg niemals zu einem Gefühlsausbruch herabließe.

Georg zerlegte eine Fasanenbrust präzise wie ein Chirurg und konzentrierte sich auf diese Beschäftigung, um das Mademoisellechen an seiner Seite nicht anschauen zu müssen.

Am Nebentisch lauschten Wolf und Gertrud Pinkus der gequälten Konversation zwischen Ursula Gilka und Georg. Der weitere Ablauf des Abends sah vor, nach dem sechsten Gang eine kleine Bewegungspause einzulegen. Ein Conferencier empfahl den hochherrschaftlich Anwesenden, sich musikalisch in einer Weise zu bewegen, dass die reichhaltigen Speisen sich setzten und die Damen und Herren zusätzliche Vergnügungen erlebten. Es gab also eine Tanzpause. Die Gilka hatte keinen Gang ausgelassen. Dimitri Fränkel Frank & seine seufzenden Geigen spielten zum Tanz auf. Ursula schaute ihren Tischherrn schelmisch von der Seite an.

»Nachts soll es in Berlin hoch hergehn!«, wusste sie.

Fräulein Gilka zog sich ein geklöppeltes Batisttaschentuch aus ihrem Dekolleté und schwenkte es zum Takt der Musik. Herausfordernd schaute sie ihren Tischherrn an.

»Ich pflege nicht die Nächte durchzutanzen!« Georg legte seine Gabel von links oben auf den Teller. Für ihn hatte sich das Essen erledigt.

Die Geigen des Dimitri Fränkel Frank schmalzten einen argentinischen Tango. Der Maestro spielte selbst die Tango-Harmonika. Gertrud Pinkus ließ sich von einem knackigen Offizier auffordern.

Sprungbereit hatte sich Ursula etwas seitlich auf den Stuhl gesetzt und klimperte mit den Augen.

Georg erstarrte.

Messel wollte Ida auf die Tanzfläche führen. Dezent wies sie ihn ab und deutete auf Georg.

»Gnädiges Fräulein, tut mir leid. Mein Rheuma … mein Ischias … und mein Hexenschuss.« Dann grinste er.

Ursula schien enttäuscht. Georg blickte auf seine Taschenuhr, deutete Richtung Ida einen Diener an und verabschiedete sich von der Gilka, indem er ihre Hand in die Nähe seines Mundes führte. Er verbeugte sich nicht.

»Ich begebe mich morgen in der Frühe auf eine Reise. Verzeihen Sie bitte.« Er versuchte, hüftsteif in Richtung Garderobe zu entfliehen. Mutter Ida hatte sich Messel gepackt und folgte ihm.

»Was, bitte schön, wollte diese kleine Fleischpirogge von dir?«, flüsterte ihm seine Mutter zu.

»Das besprich bitte mit Wolfi und der Pinkus. Alles ist hier geschäftlich! Ein Kuppel-Attentat!« Georg schüttelte verärgert den Kopf.

Der Garderobendiener half ihm in sein Frack-Cape und hob sich daran fast einen Bruch. Dann reichte er ihm den weißen Schal und den Zylinder. Bevor er das Gerät aufsetzte, küsste Georg seiner Mutter die Hand.

»Georg, du hast wieder feuchte Augen«, bemerkte sie.

»Das ist die schiere Galle, die in mir hochgestiegen ist, Mutter.«

Dann versperrte ihm Emil-Georg von Stauß den Ausgang, vor dem Dutzende von Privatwägen, Kutschen und Kaleschen warteten.

»Schön, Sie mal von Angesicht zu Angesicht gesehen zu haben. Ich hätte gerne am Rande dieses Ereignisses ein paar Worte mit Ihnen gewechselt.« Er stellte sich als Vorstandsmitglied der Deutschen Bank vor und reichte Georg seine Visitenkarte. Wertheim zückte eine eigene Karte aus einem Silberdöschen, das er in seiner Frackweste bei sich trug.

»Tut mir leid, Herr von Stauß. Ich habe Verpflichtungen.«

»Man sieht sich bestimmt wieder! Ihre Erweiterungspläne am Leipziger Platz und Ihre Grundstückaufkäufe am Moritzplatz und der Bellevuestraße werden unter den Berliner Bankiers mit großem Wohlwollen diskutiert.«

»Ach, ist das so, Herr von Stauß?«

»Ja, so ist es. Aber auch der gute alte Gerson Bleichröder besorgt sich das Kapital für Sie bei seinen Kollegen. Doch jedes Fass hat einen Boden. Man sieht sich.« Dann trat er zur Seite, und Georg konnte die Veranstaltung verlassen.

Die Offenheit Emil-Georg von Stauß' imponierte und irritierte Georg einen Moment. Von dem jungen, mutigen Vorstandsmitglied der Deutschen Bank hatte Georg schon gehört. Er galt als durchsetzungsfähig, wagemutig und risikobereit.

»Gute Erholung in Marienbad!«, wünschte von Stauß.

»Jeder Schritt, den du tust, alle Pläne, die du hast – auch wenn sie nur zwischen uns beiden ausgesprochen und diskutiert werden –, werden über kurz oder lang bekannt. Ist dir das nicht bewusst?«, fragte Hanna, als er ihr mit Abscheu von dem Fest und seiner Tischdame berichtete. Die kurze Begegnung mit von Stauß beschäftigte ihn länger. Auch noch, als er mit Hanna einen Absacker trank – einen schlaffördernden Melissentee mit Hopfenaufguss.

Unmengen von Koffern waren für die Reise nach Marienbad gepackt. Mehr als zwei Drittel davon beanspruchte die Ausstattung Georgs. Wenn er reiste, kam das einem Umzug gleich. Für jeden Aufenthaltstag mindestens drei verschiedene Anzüge, Tagesjacken und Mäntel. Sein Schuhwerk war in dem Schrankkoffer eines französischen Gepäckherstellers in Seidenpapier gewickelt und auf Lindenholz-Schuhspanner gezogen. Dazu kamen noch zwei Reisekisten vollgepackt mit Büchern, Magazinen und Georgs Schreibtischgarnitur.

»Ich trage im Sommer nur Seide, leichte Wäsche und brauche höchstens einen Staubmantel. Ich will mich in Marienbad erholen und nicht ständig umziehen«, erklärte Hanna ihr Handgepäck.

Bevor es am nächsten Mittag losgehen sollte, wollte sie sich noch einmal im Büro »umschauen«, wie sie sagte, um die aktuelle Post durchzusehen und auch die Pressemappe, weshalb sie und Georg vor Reiseantritt schnell zum Kaufhaus fuhren.

Nach einem kurzen Blick in die Zeitungsausschnitte ließ Hanna den Herrn Bender vom Reisebüro anweisen, den Kuraufenthalt in Marienbad auf unbestimmte Zeit zu verschieben. Die Morgenpresse berichtete über das Wertheim-Fest und merkte genießerisch an, dass Georg Wertheim nach einem Streit mit seinem Bruder Wolf die Festivität im Zorn vorzeitig verlassen habe. Es erschien sogar eine Schlagzeile: *Bruderzwist im Hause Wertheim?*

Auch über die Tischdame, Fräulein Gilka, wurde ausführlich berichtet. Dann soll es noch zu einem Streit zwischen Wolf Wertheim und dem Justitiar des Unternehmens, Max Meschelsohn, gekommen sein, in dessen Folge Wolf den langjährigen Anwalt fristlos von allen seinen Aufgaben entbunden hatte.

Georg bestellte sofort seine Brüder Franz und Wilhelm zu sich, die wie er gleichermaßen empört und überrascht waren. Es wurde umgehend ein Bote zu Meschelsohn geschickt, mit einem Brief, der die fristlose Entlassung als Anwalt rückgängig machte. Alle drei Brüder unterschrieben. Wolf war unauffindbar. Seine Brüder konnten sich genau wie er keinen Reim auf das eigenmächtige Handeln des Jüngsten machen. Wilhelm meinte nur, Wolfi sei seit der Ehe mit der Pinkus unberechenbar.

»Möglicherweise will er einen öffentlichen Skandal, um sich aus der Familie und dem Unternehmen lösen zu können, um eigene Wege zu gehen«, vermutete er.

Eine rechte Hilfe waren Franz und Wilhelm nicht. Sie waren es ein Leben lang gewohnt, Georgs Anweisungen zu folgen. Sie zogen sich betroffen in ihre Büros zurück.

»Ich habe gestern Abend kurz einen Menschen von der Deutschen Bank kennengelernt. Einen Herrn von Stauß. Er war über unsere Interna bestens informiert. Ein sympathischer junger Mann. – Was meinst du, Hanna, will sich Wolf aus der Familie lösen?«, fragte Georg.

»Das Faszinierende an Wolf ist, dass er immer eigene Wege gehen will. Dabei aber nicht seine Zunge im Zaum hält. Die Sache mit Meschelsohn ist ein klares Signal: Er will Streit mit euch allen.« Hanna nickte mit einem entschlossenen Gesichtsausdruck.

»Und wozu dieses Affentheater gestern? Mit Tanz und Fräulein Gilka?«, wollte Georg wissen.

»Er wollte dich in aller Öffentlichkeit mit Fräulein Gilka kompromittieren ... oder verkuppeln. Bitte, jetzt guck mich nicht an wie ein ertrunkener Fisch! Gesellschaftlich war sie deine Tischdame.« Mit ihrem Brieföffner pikste Hanna auf verschiedene Zeitungsartikel.

Nun brach es aus Georg heraus: »Jetzt ist aber Schluss! Ich nehme den Kampf mit Wolf auf. Was immer in seinem verwirrten Kopf vorgeht! Vorher wirst du mich heiraten. Punktum!« Er feuerte, ganz gegen sein Temperament, die Pressemappe durch die geöffnete Tür in das Vorzimmer. Dann knallte er die Zweiflügeltür zu und legte seine Arme um Hannas Hals.

Hanna schaute ihn ernst an und sagte: »Ich liebe dich, Georg. Aber ich werde dich auf der Stelle verlassen, wenn du mich noch einmal danach fragst. Ja, du musst tatsächlich heiraten! Vielleicht sogar dieses Fräulein Gilka. Sie ist die erste Frau, die in der Öffentlichkeit mit dir gesehen wurde.«

»Du spinnst! Hast du noch Fieber?!« Georg war fassungslos.

»Ich prophezeie dir: Ihr Wertheims habt nur eine Zukunft, wenn du standesgemäß heiratest und eheliche Kinder zeugst«, sprach Hanna weiter.

Georg war außer sich: »Wenn mein Bruder Wolf, aus welchen Gründen auch immer, durchdreht, musst du es nicht auch noch tun.« Er rannte aus seinem Kontor, wollte eigentlich die Tür hinter sich zudonnern, überlegte es sich aber im letzten Moment und schloss sie leise.

Ida bedauerte, dass die Reise nach Marienbad verschoben wurde. Sie empfing Georg in ihrem Gartenpavillon und schälte ihm eine Apfelsine. Georg war viel zu nervös, um sie in Spalten zu zerteilen, und so machte das Ida und reichte ihm Stückchen für Stückchen.

Sie begann zu erklären: »Hanna ist eine bemerkenswerte junge Frau. Sie hat in kürzester Zeit unsere Herzen gewonnen. Ich verstehe sie gut, sie will dich aus reiner Liebe nicht heiraten. Sie ist keine Frau von Stand – oder wie sie sagt ›nicht standesgemäß‹. Und so, wie die Dinge im Betrieb gerade laufen, hat sie recht: Du musst dringend unter die Haube!«

Georg schmiss den Stuhl um, herrschte seine Mutter an: »Mutter, auf wessen Seite stehst du eigentlich? Es geht hier um mein Leben. Um das Glück von Hanna und mir. Wolf macht, was er will, und ich tue das ab jetzt auch! Ich habe die richtige Frau gefunden. Wolf steht unter dem Einfluss dieser eiskalten, aber hochintelligenten Irren.«

Georg hatte sich von einem der Kontoristen ein Quartalsjournal aushändigen lassen, fummelte aufgeregt immerzu an einer Ecke herum. Während Ida ihm den üblichen Vortrag hielt, dass es ihr einst vergönnt gewesen sei, den Abraham aus Liebe heiraten zu dürfen, und die Ehe glücklich, aber auch voller Mühsal war, knibbelte Georg weiter am Journal. Ida fuhr fort: Ehebünde aus Liebe seien höchst selten. Eher die Ausnahme. Hanna habe dies, im Gegensatz zu Georg, längst erkannt. Eine unstandesgemäße Eheschließung bei den ungeordneten Geschäftsverhältnissen im Konzern würde zu unerfreulichen Maßnahmen des Bankiers Bleichröder führen. Georg zerknautschte das Journal allmählich. Schließlich nahm Ida ihrem Sohn das Kassenbuch weg.

Georg sagte: »Das sind die Quartalsentnahmen von Wolf. Aufgeschlüsselt Mark für Mark. Tausende, Hunderttausende für alle möglichen privaten Investitionen: Bilder, Plastiken, Gartenpavillons und sogar einige Grundstücksbeteiligungen in der Friedrichstraße!«

Ida blickte in das Buch. »Wolfi und Gertrud leben auf sehr großem Fuß.«

»Fragt sich nur, wie lange wir diese Schuhe für ihre Füße noch bezahlen können! Vor allen Dingen die Grundstücksanteile in der Friedrichstraße machen mir Sorgen. Er plant doch etwas! Die Berliner Bankiers wissen mehr als du und ich. Und sogar mehr als Hanna. Das heißt was!«

Wolf Wertheim und Gertrud Pinkus planten in der Friedrichstraße Passagengeschäfte. In diese Läden wollte er Einzelhändler aufnehmen, die unter dem Mantel von Wolf Wertheim eine Einkaufsgemeinschaft bildeten. Luxusartikel, Kunstwerke des zwanzigsten Jahrhunderts und ausschließlich Exquisites sollten hier angeboten werden. Seine Brüder, Schwestern und selbst Ida Wertheim sollten außen vor bleiben. Wolf lockte die Unabhängigkeit von der Familie. Diesen Plan verwirklichte Wolf Wertheim. Er sollte daran kläglich scheitern und in einen Konkurs taumeln, für den die Wertheims, der Familienehre wegen, einstanden. Beinahe wären sie mit in den Strudel eines Bankrotts geraten. Wolf hatte mit dem grandiosen Fest in Wahrheit nur ein Ablenkungsmanöver gestartet. Innerlich hatte er sich von seinen Brüdern schon gelöst. Er plante »Wertheim de luxe« und nicht »Wertheim für alle«.

Die Bankiers pflegten damals ein sehr feines Gespür und ungewöhnlich gut entwickelte Ohren und Augen zu haben. Nach seinem Besuch bei Mutter Ida erreichte Georg eine Botschaft, in der Gerson Bleichröder ihn aufforderte, in eine Teestube des Kurfürstendamms zu kommen, weil er geschäftlich mit ihm zu reden habe.

Gleich nach der Begrüßung wurde Georg Wertheim sehr direkt: »Wolfs Ballveranstaltung hat Sie verstört. Richtig? Oder verunsichert.«

Der Bankier nickte: »In gewisser Weise schon, Georg. Aber neben den privaten Ausgaben Ihres Bruders, die ich finanziere, kann ich mir die Finanzierung weiterer Bauvorhaben, sowohl bei Wolf als auch bei Ihnen, in Zukunft nicht mehr leisten.«

Da half es auch nicht, dass Georg darauf hinwies, alle seine Verbindlichkeiten Bleichröder gegenüber immer pünktlichst bedient zu haben. Wolfs Pläne und Vorkosten verunsicherten den alten Bankier. Wolf wurde zum unkalkulierbaren Risiko und somit die gesamte Familie Wertheim. Bleichröder empfahl Georg, mit allen Kräften zu versuchen, Wolf aus der Familiengesellschaft auszubezahlen. Er selber sei bereit, dafür mit drei Millionen Mark die Kreditlinie zu erhöhen. Georg wollte eine Million für Wolf abschreiben. Das war diesem aber nicht genug, als ihm Meschelsohn das Angebot noch am selben Tag im Namen der Familie unterbreitete. Schließlich brachte Ida ihre Söhne am Abend in ihrer Wohnküche an einen Tisch.

Sie stellte sich vor ihnen hin und begann: »Vor vielen Jahren waren wir zusammen arm. Es war keine Schande. Aber Reichtum und Luxus könnten zur Plackerei werden, wenn ihr euch nicht mehr versteht. Bis auf Georg führt ihr alle ein großes Haus. Ich auch. Doch dein Verhalten, Wolf, können deine Brüder nicht mehr billigen und deine Ausgaben auf Dauer nicht tragen.«

Wolf bekam einen roten Kopf und schnauzte zurück: »Ich habe die Bevormundung und das hinterhältige, vornehme Getue von Georg satt. Ein Wort von mir oder Gertrud und die Presse schüttet Kübel von Jauche über Hanna Berger aus. In Wahrheit ist er doch gar nicht der ›heilige‹ Georg, sondern hängt sich an ein junges Ding von fragwürdiger Herkunft.«

Blitzschnell ging Ida auf Wolf zu und schlug ihm mit der Hand ins Gesicht. Georg trank ein halbes Glas Kümmelschnaps. Er wusste, dass Wolf seine Drohung ernst meinte und die Pinkus auch die Möglichkeit hatte, die Presse auf seine Hanna zu hetzen. Er musste sie beschützen. Einerseits musste er bei Wolf gut Wetter machen und ihn andererseits endgültig loswerden. Um welchen Preis auch immer.

Georg sah seinen Bruder an und sagte: »Wir – Franz, Wilhelm, ich und Mutter – sind übereingekommen, dich in deinen Neigungen nicht mehr zu behindern. Wir werden dich aus dem Familienvermögen auszahlen. Zu deinen Bedingungen.«

Wolf blickte erstaunt auf, überlegte kurz und nannte dann eine immense Summe an Geld. Als Georg einwilligte, war er verdutzt.

Bleichröders Kreditzusage über drei Millionen reichte gerade so aus. Wolfs Auszahlung behinderte aber die Expansion des Stammhauses Wertheim.

Obwohl sich die Familie in Idas Wohnküche geeinigt hatte, ging die Mutmaßerei in der Presse in den nächsten Wochen weiter. Gertrud Pinkus ließ alle Beziehungen zu Herausgebern, Redakteuren und auch Politikern der Mittelstandspartei spielen und schürte ihr Feuer in der Öffentlichkeit weiter, das in der Familie gelöscht zu sein schien. Hanna lebte über Wochen in der Angst, über sich und Georg Unflätigkeiten zu lesen. Sie hatte wieder recht behalten: Sie war ein Sicherheitsrisiko für Georg. Immer wieder drängte sie ihn während dieser Zeit, sich wenigstens pro forma zu verehelichen. Er sollte reich heiraten, um die Kreditwürdigkeit der Familie Wertheim wiederherzustellen.

Georg antwortete ihr: »Du denkst immer noch über dieses Fräulein Gilka nach. Gib's zu.«

Hanna versuchte zu lächeln: »Du kannst sie nicht ausstehen. Ida nennt sie eine Fleischpirogge, aber sie kommt aus wohlhabendem Haus. Die Gilkas gehören mit einem Privatvermögen von sechs Millionen Mark zu den hundertfünfzig reichsten Familien in Berlin und Brandenburg. Herr Gilka verfügt über Barmittel von fünfhunderttausend Mark!«

Georg wunderte sich mal wieder, was Hanna schon alles wusste, bevor er selber darüber nachdachte und eigene Recherchen anstellte. Die Gilka hatte er längst vergessen. Aber Ursula Gilka brachte sich selbst in Erinnerung. Zwei-, dreimal in der Woche suchte sie das Kaufhaus am Leipziger Platz auf, kaufte exquisit ein und sorgte bei ihren Einkäufen dafür, dass ihre Sonderanfertigungen in der Maßschneiderei oder Putzmacherei immer als Rückfragen bei der Geschäftsleitung landeten. Oft legte sie auch charmant schriftliche Beschwerden wegen schlechten Services ein, was ebenfalls im Durchlauf der Abteilungsleiter und Prokuristen letzten Endes auf Hannas Schreibtisch auflief.

Bei Mutter Idas ›Blauer Stunde‹ erschien sie in Begleitung eines jungen Brandenburger Adligen, den Ida eingeladen hatte, weil er ein lustiger armer Junge war, dem sie mal etwas Gutes tun wollte. Mit ihrer naiven Quasselei amüsierte sie Ida. Doch beim zweiten Besuch bemerkte sie, dass Ursula ein feines Netz über die Familie Wertheim warf. Sie wurde bald auch in den Häusern von Franz und Wilhelm Wertheim eingeladen. Nur an Georg kam sie nicht heran. Der vergewisserte sich immer vor seinen Besuchen bei der ›Blauen Stunde‹, dass die »seltsame Person« nicht anwesend war.

Viel wurde über die Wertheims geschrieben. Falsches, Hinterhältiges, Geschäftsschädigendes. Doch Hanna Berger wurde ausgespart. Sie blieb öffentlich der Schatten, der sie wohl selber sein wollte. Die unbekannte Geliebte.

Die Auszahlung von Wolf Wertheim lähmte die Expansion des Wertheim-Konzerns. Infolgedessen konnte Georg die Pläne am Moritzplatz für ein weiteres Großkaufhaus nicht ausführen. Er musste bis zum Jahr 1913 warten und mit seinen Lieferanten sogar längere Zahlungsziele vereinbaren, um überhaupt den Geschäftsbetrieb aufrechtzuerhalten. Die drei Millionen an Wolf waren ein Aderlass, der nur mühsam aufzufangen war. Messels Pläne blieben in der Schublade. Es waren die Pläne eines Toten. 1906 war Alfred Messel verstorben.

Hanna bewahrte in all diesen schweren Zeiten Umsicht und führte viele unangenehme Gespräche mit Bleichröder und Lieferanten. Georgs Kreislauf aber wurde instabil. Der Kuraufenthalt in Marienbad musste dringend nachgeholt werden.

Doch dann geschah noch etwas: Onkel Wolff von Wolff & Apolant segnete das Zeitliche. Er hatte Hanna Berger als Alleinerbin seiner Anteile eingesetzt. Siebenhundertfünfzigtausend Mark. Nach der Beisetzung überwies Hanna ihr Erbe diskret auf das Wertheimkonto bei Bleichröder.

Bei einer ›Blauen Stunde‹ traf Hanna zum ersten Mal auf Ursula Gilka und fand sie gar nicht so langweilig und hässlich, sondern nur provinziell uninspiriert, aber von bäuerlicher Schläue. Nach diesem Kennenlernen organisierte Hanna ohne großes Getöse und mit minderem Gepäck einen Kuraufenthalt nach Marienbad, zu dem Dr. Isaak ihr dringend wegen Georg geraten hatte.

Eine Stunde vor der Abreise hatte Georg von Hannas Überweisung erfahren. Nun schimpfte er: »Bist du wahnsinnig? Als alleinstehende Geliebte mir dein Erbe in den Rachen zu werfen?«

Sie schaute ihn sanft an: »Und was, bitte schön, habe ich von einem bankrotten Geliebten? Wir können beide Bilanzen lesen und müssen ohnehin zusehen, wie wir nach der Kur an frisches Geld kommen. Übrigens, neuerdings beliefern unsere Schreibwarenabteilung und die Druckerei die Zentrale der Deutschen Bank mit dem gesamten Bürobedarf. Dieser Herr von Stauß hat dich nicht vergessen. Ich hab ihn einige Male mit unterschiedlichen Begleiterinnen im dritten und vierten Stock gesehen. Er hat sich in der Jagdwaffenabteilung ein teures Gewehr aus Suhl bestellt. Maßanfertigung.«

Georg staunte: »Wie schön, dass du dich um Details kümmerst und sie auch noch in deinem Kopf bewahrst. – Diesmal fahr ich nur unter Protest nach Marienbad!«

Es war ein gelinder Protest. In seinem Stammhotel bezogen Hanna und Georg die große Suite. Hanna genoss die Umgebung, war geradezu ausgelassen und half Georg dabei, sein Briefpapier, Tintenfass, Schreibtischunterlage, Papiermesser usw. auf dem Schreibtisch der Suite auszubreiten.

Georgs Laune besserte sich: »Schau mal aus dem Fenster: prachtvoll! Hier können wir unsere trüben Gedanken sammeln und die traurige Angelegenheit mit Wolf, den Tod des guten Onkel Wolff mit Marienbader Heilwasser wegspülen ... soweit das möglich ist.«

Er zog Hanna auf die Terrasse vor der Suite und zeigte ihr die schöne Aussicht.

»Es gibt da allerdings noch einen gewissen Punkt«, schwindelte Hanna.

»Bitte jetzt nichts Unangenehmes. Genießen wir den Augenblick. Und sag mir nicht schon wieder, dass du mich partout nicht heiraten willst, weil du meine Nichte bist.«

»Unsere Ehe ist ein Traum. Und muss es auch bleiben. Und genau da ist der gewisse Punkt.«

Georg wurde zornig: »Was, verdammt noch mal, geht in deinem Kopf wieder vor, wovon ich nichts weiß? Ich sehe dir doch an, dass du mich beschwindelst! Nein, sogar belügst! Zum ersten Mal!«

Georg hatte recht.

Am nächsten Morgen flanierten Hanna und Georg zwischen anderen Kurgästen zu den Trinkbrunnen. Beide waren elegant-gediegen gekleidet. Sie trug ein weißes Seidenkleid mit großem weißen Panamahut und bis auf den Rubinring keinen Schmuck. Georg war in einen weißen Anzug aus ägyptischem Leinen gekleidet, von dem behauptet wurde, dass es nicht, wie sonst üblich, knitterte. Ägyptisches Leinen war eines der teuersten Tuchprodukte bei Wertheims. Auch er trug einen Hut. Sie stießen mit den Trinkbechern vergnügt an und probierten das Gesöff.

Georg hatte wieder gute Laune: »Scheußlich, nicht? Wie Schwefel aus der Hölle. Komm, Hanna, ex! Carpe diem!« Und er trank.

Hanna nippte an dem Heilwasser und verzog das Gesicht.

Georg lachte: »Nur Mut. Man gewöhnt sich daran. Wie faule Eier, oder?«

In diesem Augenblick ertönte eine schrille Frauenstimme: »Huhu! Herr Wertheim!«

Erschrocken wandte Georg sich um. Er erblickte die pummelige Ursula Gilka, die ihn aus kugelrunden Augen anstrahlte und mit einem Trinkglas durch die Gegend fuchtelte. Eine laute Provinzlerin.

Georg stammelte ein fassungsloses »Fräulein Gilka? ... Sie? Hier?«.

Ursula hüpfte blitzschnell an seine Seite, hakte sich bei ihm ein und schaute zu dem hölzernen Fotoapparat eines Kurfotografen hinüber, der sein Stativ bereits in Stellung gebracht hatte. Hanna ging schnell einen Schritt weg. Später würde sie beteuern, dass sie in diesem Moment sehr schuldbewusst geschaut hätte. Was Georg immer wieder dramatisch anzweifelte.

»Herr Wertheim, jetzt sollten wir beide fröhlich ›Kuckuck‹ rufen!«, posaunte die Gilka.

Der Gehilfe des Fotografen entzündete einen Magnesiumblitz auf einer Brennschiene. Im letzten Moment versuchte Georg noch, seinen Panamahut vor das Gesicht zu schieben. Zu spät. Die Gilka legte ihren Kopf an seine Schulter.

Am nächsten Morgen war dieses Foto in der antisemitischen *Wahrheit* zu betrachten. Die Überschrift lautete: *Jude Wertheim buhlt um reiche Christin.*

Nach diesem Überfall bestand Georg augenblicklich auf der Abreise. Hanna konnte dem nichts entgegensetzen. Schließlich war sie an dieser Intrige beteiligt gewesen.

Nachmittags saßen Hanna und Ida in der Wohnküche. Georg rannte aufgeregt um den Marmortisch herum.

Ida sprach mit ihrem Sohn: »Ich gebe ja zu – ein bisschen habe ich diese Peinlichkeit mit arrangiert. Hanna konnte mir diese Intrige nicht ausreden.«

»Wollte sie das denn?«, schimpfte Georg. »In dem Schmierblatt steht, ich ›buhle‹! – Mutter, ich bin in meinem Leben noch nie so gedemütigt worden! Wie konntet ihr nur?! Hanna, sag was.«

»Seit Wochen reden wir doch darüber: Der Konzern braucht positive Meldungen. Also buhlst du um das Fräulein Gilka. Ein Geschöpf aus allerbestem Haus. Jedenfalls kannst du jetzt nicht mehr zurück.«

Georg lockerte seine Krawatte. »Ihr habt also beschlossen, dass ich diese – Mutter, wie hast du Ursula Gilka immer genannt? – diese ›Fleischpirogge‹ heirate. Seid ihr meschugge?«

Ida legte die Karten auf den Tisch: »Jude buhlt um … – Ach, Georg, vorher müsstest du dich noch taufen lassen. Mit dem jüdischen Glauben hast du's doch seit dem Tode Hugos eh nicht mehr so, oder? Wann warst du zum letzten Mal in der Synagoge? In Berlin wohl noch nie! Erst als Christ bist du respektabel.«

Jetzt legte Georg noch den Kragen ab und öffnete zwei Knöpfe seines Oberhemdes. Er hätte am liebsten etwas zerschlagen. Vielleicht die Kümmelschnapsflaschen.

Ida redete weiter: »Ja, leider. Eine Taufe muss sein. Ich darf nicht darüber nachdenken. Wenn Vater Abraham das noch erleben müsste.«

Und Hanna fügte noch hinzu: »Da wir schon bei der Wahrheit sind, gestehe ich, dass Justizrat Meschelsohn, der übrigens auch schon lange getauft ist, bereits einen Ehevertrag mit der Familie Gilka ausgehandelt hat.«

Georg starrte die beiden an. Dann stieß er einen wütenden Schrei aus und schnauzte die beiden an: »Ich gehe jetzt sofort mit

Hanna auf eine Weltreise, bis dieser Sturm der Idiotie über die Wertheims hinweggefegt ist.«

»Ohne deine Hochzeit wird es bald keine Wertheims mehr geben«, stellte Hanna sachlich fest.

»Und wann heirate ich, Hanna? Und wo und wie? Steht das auch alles schon fest?« Er sah sie mit weit aufgerissenen Augen an.

»Übernächste Woche. Auf dem Gutshof der Großeltern der Braut. Im kleinen Rahmen«, antwortete Hanna ruhig.

Ida schenkte ihrem Sohn und sich ein Glas Gilka-Kümmelschnaps ein. Hanna umarmte Georg: »Verzeih mir, mein Liebster.«

Er drückte sie an sich, seufzte und flüsterte dann: »Ich kann doch gar nicht anders als dir verzeihen. Im Augenblick würde ich dich aber lieber erwürgen.«

Am 30. Mai 1906 fand sich vor einer kleinen Kapelle auf Gut Weissagk eine Hochzeitsgesellschaft ein. Franz und Wilhelm waren nicht gekommen. Ida immerhin. Helene und Hedwig ebenso wenig. Zu diesem Zeitpunkt waren alle Wertheims, bis auf Ida, Helene und Wolf Wertheim, getaufte Christen. Taufen von Juden geschahen fast nur aus geschäftlichen Gründen. Franz und Wilhelm hatten sich vor Jahren in der heutigen Kaiser-Wilhelm-Gedächtniskirche taufen lassen, um die Baugenehmigungen für ihre Villen zu bekommen.

Die pummelige Ursula Gilka wartete vor der Kapelle am Arm ihres Vaters mit ihrer Verwandtschaft. Es gab einige Brüder und viele Onkels und Tanten. Alle Damen trugen Weiß, die Herren alle Schwarz. Hanna war natürlich zu Hause geblieben. Alle Rituale liefen schnell ab.

Als Bräutigam, mit einem Zylinder in der Hand, beugte Georg sich über ein Taufbecken und wurde von einem evangelischen Pastor mit Taufwasser benetzt.

»Möge der allmächtige Herr, unser aller Gott, auch deiner sündigen Seele gnädig sein. Ab jetzt und in alle Zukunft.«

Ida hatte sich hinter einem Busch versteckt.

Mit einem knappen Kopfnicken bedankte sich Georg bei dem

Geistlichen und rannte aus der Kirche, die mit ländlichen Blumenbouquets festlich geschmückt war. Herr Gilka hielt den Hochzeitsstrauß bereit, den seine Tochter mit in die Kirche schleppen sollte. Er gab das Bouquet dem miesepetrigen Georg. Der steckte es Ursula unter den Arm. Unter Orgelgetöse betrat die Hochzeitsgesellschaft zur Trauung die Kirche. Der Organist spielte *Eine feste Burg ist unser Gott*. Herr Gilka spendierte dem Ehepaar eine Mietvilla in Dahlem.

Die Hochzeit war klein, nicht fein und blitzartig. Trotzdem entging sie nicht der Berliner Journaille. Wie von Hanna befürchtet, machte *Die Wahrheit* mit der Schlagzeile *Wertheim kein Jude mehr* auf. Dass die Taufe und die Hochzeitsfeier nicht unbemerkt blieben, war nur in Hannas Sinn. Sie hatte die Brautmodenabteilung gebeten, mindestens zwei Schaufenster mit der neuesten Kollektion von Brautkleidern zu bestücken. Die sehr hässliche Reaktion der *Wahrheit* überraschte Hanna dennoch.

Zwei Tage nach der Hochzeit stürzte sich Ida schon ganz früh ins Kontor, warf sich in einen Sessel in der Besucherecke und las laut vor: »Nun hör sich das einer an! – *Zur Hochzeitsfeier auf Gut Weissagk ist nicht ein einziger jüdischer Bekannter oder seine Familie eingeladen gewesen …* – Bin ich niemand?! – *Darob beim Berliner Judentum große Entrüstung. Die Gilkas wollten sich also ganz und gar nicht mit allem Drum und Dran jüdisch verschwägern. Wer ›A‹ sagt, muss auch ›B‹ sagen.*« In ihrer Wut verarbeitete Ida die Zeitung zu Konfetti, versank tiefer im Sessel und seufzte: »Bis auf Wolf sind nun alle meine Söhne getauft. Und immer noch diese Hetze. Hanna, bist du eigentlich noch Jüdin?«

»Meine Mutter war's und auch mein Vater. Und ich infolgedessen wohl auch!«

Ida zerrte Hanna an der Hand aus dem Büro ihres Sohnes: »Dann begleite mich. Allmächtiger – eine Ehe aus geschäftlichen Gründen. Auch wenn wir beide daran schuld sind, Kindchen, ich versteh dich immer noch nicht. Du bist doch meine einzige Sonne.«

Sie fuhr mit Hanna ans Grab von Abraham Wertheim. Sie wollte ihrem geliebten Mann die Wahrheit über den Fortgang des

Wertheim'schen Konzerns beichten. Mit der Taufe von Georg war er nun christlich.

Hanna versuchte, sie zu beruhigen: »Mutter Ida, was heißt hier schon ›christlich‹? Georg war schon lang kein Jude mehr und ist jetzt nur ein bisschen getauft. Sein Vertrauen auf den Allmächtigen ist sehr begrenzt. Wenn er sich ärgert, sagt er allerhöchstens: ›Gott schlägt nicht mit dem Hut, sondern immer mit dem Stock!‹«

Ida widersprach: »Aber Juden bleiben Juden. Getauft oder nicht. Gläubig oder nicht. – Was möchte die Zukunft sein, Kind?«

»Die Liebe ist unsterblich, Mutter Ida. Ich komme mit dieser Situation zurecht. Nur Georg hat jetzt ein paar Pflichten zu erfüllen.« Hanna lächelte traurig.

Die erfüllte Georg Wertheim kurz darauf nach großem Rumkrakeele und äußerst widerwillig in Zinnowitz auf Usedom in der Pension, in der die Familie Wertheim seinerzeit ihren ersten Sommerurlaub verbracht hatte. Dem Allmächtigen sei Dank wurde Ursula sogleich schwanger, und Georg betrachtete seine Pflicht damit als erledigt.

Am 30. März 1907 kam Ursula in der Mietvilla in Dahlem mit einer Tochter nieder. Ida war natürlich bei der Geburt anwesend.

Als die Hebamme verkündete, ein wohlgeratenes kleines, weibliches Menschenkind habe die Welt erblickt, entfuhr es Ida, »Och, nur ein Mädchen?«

Ida freute sich über ihre zahlreichen Enkel, die sie von Helene, Hedwig, Franz und Wilhelm bekam. Über das erste Enkelkind von Georg freute sie sich besonders. Hanna vertraute sie an, dass Georg immerhin bewiesen habe, noch Kraft in seinen Lenden zu haben. Hanna wusste das auch. Niemals hatte sie ihre Abtreibung einem anderen Menschen als Georg anvertraut.

Als verheiratete Frau Wertheim begann Ursula von ihrer Berliner Mietvilla aus, sich nachdrücklich in das Gesellschaftsleben der Stadt einzubringen. Nun bekam sie all die Einladungen, die Georg bisher immer höflich schriftlich abgesagt hatte. Sie nahm alle an. Sie besaß bald ein Abonnement bei der Städtischen Oper in Berlin, besuchte regelmäßig Konzerte und hatte in Hanna eine kluge Ratgeberin, was ihre Erscheinung betraf. Die junge Frau Wertheim wusste, dass sie niemals die richtige Frau an Georgs Seite sein würde, und wollte das auch gar nicht. Die gesellschaftliche Reputation der Familie wusste sie bestens für ihre eigenen Zwecke zu nutzen.

Aber das Nonplusultra des gesellschaftlichen Berliner Lebens lag in Wahrheit in Potsdam. Es gab kaum einen Großbürger, der nicht irgendwann einmal die Nähe Seiner Majestät selbst oder die seiner Familie suchte. Franz und Wilhelm Wertheim verkehrten mit ihren Frauen mit Vettern und Cousinen der kaiserlichen Familie. Waren bei Hofministern, Protokollchefs und anderen Schranzen eingeladen. Ursula schaffte es sogar, von des Kaisers Lieblingstochter Viktoria Luise zu einem Damen-Lunch eingeladen zu werden. Hanna hatte diese Einladung hinter Georgs Rücken ermöglicht.

Säumige Zahler des Hofstaates wurden normalerweise von Georgs Anwälten ohne Ansehen der Person mit Mahnbescheiden bedacht. Als eine Cousine von Viktoria Luise in Zahlungsschwierigkeiten kam, hielt Hanna diese Zwangsmaßnahme zurück. Nahm im Teesalon einen Tee mit der verarmten Verwandten und erreichte eine Einladung zum Mittagessen. Was Hanna nicht ahnte, war, dass mit der Einladung auch der Ehemann Georg informiert wurde und ihm höfische Daumenschrauben angesetzt wurden. Einladungen bei Hofe kosteten Geld.

Ursula hatte sich mit eiserner Disziplin für diesen Tag einige Pfunde abgehungert und ließ sich im Schönheitssalon am Leipziger Platz Haare, Finger- und Fußnägel richten. Sie schnallte sich ein Korsett um, das bei weniger ehrgeizigen Frauen zum Erstickungstod geführt hätte. Die verarmte Cousine hatte Hanna schließlich wissen lassen, dass sich das Lunch bis in den Abend gezogen habe. Hanna war neugierig, Genaueres über den Ablauf bei Hofe zu erfahren, und Georg wohl auch.

Während Ursula noch ›bei Kaisers‹ tafelte, gingen Georg und Hanna früh ins Bett. Er strich ihr verträumt durch das blonde Haar. Hanna legte ihre Hand auf Georgs Brust.

»Mit ein bisschen Glück schaut sogar Seine Majestät der Kaiser auf einen Pudding vorbei!«, sagte Georg.

»Immerhin ist deine Frau die erste Wertheim bei Hofe.«

»Das Arrangement hat mich fünfzehntausend Mark gekostet«, gestand er.

»Wie bitte?! Fünfzehntausend? – Das wusste ich nicht. Fünfzehntausend, nur für ein Essen?!« Hanna war entsetzt.

»Ich hab dieser Gräfin von Soundso und Aufunddavon, der Cousine der Prinzessin, nur die Rechnung für unsere Putzmacherei erlassen.«

»Da sind wir uns aber wohl gegenseitig in die Quere gekommen«, erklärte Hanna.

»Mehr Deutlichkeit bitte, Fräulein Berger!«

»Und wieso nimmst du fünfzehntausend Mark aus der Kasse?! – Bei Hofe wird angeblich sparsam gegessen. Linseneintopf und so. Und nicht mal Pudding, sondern Griesbrei mit Himbeersirup.« Hanna kannte sich aus.

»Das Geld war eine Spende. Für ein Heim einbeiniger Matrosen Seiner Majestät Kriegsmarine. Hast du dafür gesorgt, dass Ursula anständig eingekleidet wurde? Höfisch?«, wollte Georg wissen.

Hanna legte sich beleidigt auf die Seite: »Unsere besten Direktricen und Putzmacherinnen haben Schwerstarbeit geleistet.«

Georg legte sich hinter Hanna, kuschelte sich an sie, ertastete ihre Hand mit dem Rubinring und begann, so viele kleine Küsse auf ihrem Nacken zu platzieren, bis sie sich endlich wieder zu ihm drehte.

»Ich weiß nicht, ob ich bei fünfzehntausend Mark Unkosten für den Kaiser in Stimmung komme!« Sie zwinkerte ihm zu.

»Für einbeinige Matrosen?!«, fragte Georg.

»Na dann …!« Sie musste lachen, bevor sie sich liebten.

Die von Wolf Wertheim mit viel Phantasie und großem Werbeaufwand gestartete Einkaufspassage in der Friedrichstraße war von Anfang an dem Konkurs geweiht. Viele seiner ›Einzelhändler‹

konnten den Mietzins nicht entrichten, und die Luxusgeschäfte für Kunstwerke des zwanzigsten Jahrhunderts oder Mode machten Verluste. Ida unterstützte ihren jüngsten Sohn heimlich mit ihrem Vermögen. Nur knapp entging er 1910 einer Anklage wegen Konkursverschleppung.

Es kam sogar zu Preiskämpfen zwischen den Unternehmungen von Wolf Wertheim und den Filialen der Abraham Wertheim Aktiengesellschaft. Seit dem Krach mit Wolf war das Familiengeschäft in eine Aktiengesellschaft umgewandelt worden. Die Tietzens, Jandorfs und Karstadts partizipierten jahrelang an dem Familienkrieg bei Wertheims. Die Kunden freuten sich über die Kampfpreise. Wolf fragte bei Emil-Georg von Stauß um Notkredite nach. Sie wurden abgelehnt. Die Deutsche Bank pflegte keine Geschäfte mit einem jüdischen Unternehmen zu machen – so hieß es hinter vorgehaltener Hand in Gesellschaftskreisen. Beamte der Finanzbehörden und Gendarmen schlossen die Scherengitter der Wertheim'schen Einzelhändler nach und nach. Sie versiegelten die Unternehmungen mit Bleiplomben. Wolf Wertheim hatte einen ungeheuren Schuldenberg angehäuft.

Georgs Verhältnis zu Bleichröder kühlte unterdessen ab. Die Wertheim AG konnte Erweiterungsbauten oder gar Neugründungen nicht mehr finanzieren. Bleichröder empfahl Georg, sich an die Deutsche Bank zu wenden. Georg gefiel das nicht. Er schlief schlecht und ließ sich heimlich von Dr. Isaak Opium verschreiben, um überhaupt noch ein Auge zutun zu können. Infolge des schweren Beruhigungsmittels wirkte er tagsüber unkonzentriert. Als Hanna die Flasche mit dem Opium in Georgs Badezimmer hinter amerikanischer Zahnpasta fand, machte sie Dr. Isaak eine gewaltige Szene. Sie bestellte in der Sportartikelabteilung ein Zimmer-Veloziped, auf dem Damen und Herren, ohne auch nur einen einzigen Kilometer zu fahren, sich abstrampeln konnten. Bis zu der Opium-Attacke hatte sich Georg jeden Tag mit Hanteln und Medizinbällen und an einer Sprossenwand sportlich betätigt und war in guter Kondition. Der Ärger mit Wolf setzte ihm aber dermaßen zu, dass er kaum noch einen klaren Gedanken fassen konnte. Nun strampelte er auf dem Zimmer-Veloziped, und Hanna, die zu jeder Zeit als Einzige einen genaueren Überblick über die Finanzsituation der Abraham-Wertheim AG hatte, arrangierte einen Besprechungstermin mit der Deutschen Bank. Zuvor hatte sie sich ein mahnendes Schreiben Gerson Bleichröders besorgt, in dem der Bankier seinem langjährigen Kunden empfahl, Kontakte mit dem großen Institut aufzunehmen, da er selber zwischen Wolf und Georg Wertheim aufgerieben würde und sich finanziell nicht in der Lage sähe, einem von beiden den Vorzug zu geben. Deutlich wurde auch, dass er wohl mit keinem der Brüder geschäftlich in der Zukunft etwas zu tun haben wollte. Auch Mutter Ida stand bei ihm mächtig in der Kreide, weil sie Wolf unterstützte.

Nach einem kräftigen Frühstück mit Seezunge, Rührei, Krabbencocktail und englischem Breakfast-Tee lieferte Hanna Georg am Hauptsitz der Deutschen Bank mit einem Firmenwagen ab und versprach, so lange zu warten, bis die Verhandlungen erledigt waren.

»Da musst du hier vorne aber lange warten: Bei unserem Pech werde ich gleich durch die Hintertür wieder hinausbefördert«, meinte Georg.

Hanna sagte: »Entweder es geht ganz schnell oder gar nicht. Außerdem warte ich gern auf dich – so wie du vor einigen Jahren auch schon einmal mehrere Stunden auf mich gewartet hast. Ich weiß, dass der Herr von Stauß schon lange mit seiner Frau oder seinen diversen Verhältnissen in unserem Hause herumlungert. An und für sich hätte er schon unsere Goldene Kundenkarte verdient. Sein Privatleben gefällt mir zwar nicht, aber er scheint dich zu bewundern!«

Von Bewunderung war an diesem Morgen zunächst nichts zu spüren. Georg hockte am u-förmigen Konferenztisch mitten zwischen den Mumien des Vorstandes der Deutschen Bank. Zehn Herren, in Lehnstühlen versunken, die sich die Geschäftsunterlagen des Wertheim-Konzerns wortlos mit spitzen Fingern weiterreichten.

Der Vorstandsvorsitzende schaute sich die Papiere gar nicht erst an, sondern schüttelte gleich den Kopf. Eine gespenstische Atmosphäre. Die Wände waren mit anthrazitfarbenem Samt bespannt. Davor hingen grauenvolle Ölbilder: Seestücke und Schlachtengemälde. Auch das neueste Porträt des derzeitigen Vorstandsvorsitzenden. Der jüngste Vorstand war Emil-Georg von Stauß. Er saß zwei Plätze neben dem Vorstandsvorsitzenden und hatte im Gegensatz zu seinen vertrockneten Kollegen ein Knie gegen die dicke Tischplatte aus Eiche gestemmt.

Er ergriff als Erster das Wort: »Die Geschäftszahlen der letzten zwei Jahre sind trotz Ihrer Auseinandersetzungen mit Ihrem Bruder Wolf durchaus beeindruckend. Sie haben keine Schulden bei den Finanzbehörden. Da frage ich mich doch: Wieso hat Seine Majestät der Kaiser Sie noch nicht einmal zum Kommerzienrat ernannt, Herr Wertheim?«

Georg schüttelte unwillig den Kopf.

»Bringen wir's auf den Punkt, Wertheim: Sie benötigen von uns acht bis zehn Millionen. Sonst ergeht es Ihnen wie Ihrem Bruder Wolf. Ich will Ihnen nicht zum Vorwurf machen, dass Sie fünfzehn Prozent über die üblichen Tariflöhne bezahlen. Ihre hohen Löhne sichern zwar Ihren exzellenten Service, gehen aber auch ins Geld. Um Ihren Warenbestand in gewohnter Qualität zu erhalten, müssten Sie in Zukunft Ihre Lieferanten pünktlich bezahlen, sonst werden Sie Ihren guten Namen nicht bewahren können.«

»Acht bis zehn Millionen?«, ächzte der graue Vorstandsvorsitzende.

Georg wollte eigentlich nur auf der Basis von vier bis fünf Millionen verhandeln, verstand das Signal von Emil-Georg von Stauß aber sehr wohl.

Der lächelte ihn freundlich an, als er seinem Mitvorstand erklärte: »Außer bei den Karstadts haben wir uns bei keinem anderen Berliner Handelsherrn engagiert. Aber ich frage Sie, meine Herren: Es kann doch wohl nicht angehen, dass unsere Frauen und Töchter und unsere Mitarbeiter nicht mehr zu Wertheim gehen können, um etwas von Wert heimzutragen! Ich bitte um Ihr

Handzeichen.« Er hob selber die Hand. Von Stauß erhielt von seinen Vorstandskollegen die Mehrheit. Nur der Vorstandsvorsitzende verschränkte trotzig die Arme vor der Brust.

Emil-Georg von Stauß würde ihn in einigen Jahren ohnehin nachfolgen. Von Stauß faltete sich hinter dem Tisch auseinander und ging zu Georg. Er reichte ihm die Hand: »Abgemacht, zehn Millionen.«

»Das ist das höchste Fremdkapital, das ich jemals aufgenommen habe. Das bedeutet, ich bin nicht mehr Herr im meinem Haus. Sondern Sie«, erkannte Georg nüchtern.

Von Stauß brachte sein Gesicht dicht an das von Georg und sprach direkt in sein Ohr: »Wer könnte Sie ersetzen? Glückwunsch! Man sieht sich.«

Nach nur dreißig Minuten kam Georg etwas verwirrt durchs Hauptportal der Deutschen Bank und steuerte auf Hanna zu, die am Wagen wartete und sich zu diesem Zweck einen großen, breitkrempigen Hut mit lilafarbenem Schleier, der ihr Gesicht verbarg, aufgesetzt hatte. Hanna öffnete ihm den Wagenschlag. Georg hüpfte ins Auto. Hanna setzte sich daneben.

»Zehn Millionen«, sagte Georg mit heiserer Stimme.

»Ach du Schreck. Dann müssen wir ja wieder bauen. Aber ich weiß, welche Lieferanten wir als Erste bezahlen.«

»Natürlich die Treusten der Treuen, Hanna.«

»Nein, diejenigen, die dir am meisten Ärger bereitet haben und mit denen Wolf vermutlich unter einer Decke steckt. Die solltest du für alle Zeiten auszahlen! Und komm bitte ja nicht auf die Idee, zum Sklaven der Bank zu werden. Du bleibst der König der Kunden und unsere Kunden bleiben unsere Könige. Im unteren Preissegment werden wir in allen Geschäften mit den Preisen runtergehen. Jetzt kannst du dir das leisten. Masse und Klasse! Das hast du doch immer gepredigt. Dir gewünscht. Jetzt bist du an dem Punkt … Übrigens hat dir Ursula einen Brief geschrieben, in dem sie dich bittet, das Wochenende mit ihr gemeinsam in Zinnowitz zu verbringen.«

Georg nörgelte: »Oh nein, ich ahne Schreckliches. Hanna, ich will lieber mit dir zusammen sein. Ich möchte diese Person nicht anfassen.«

Hanna sagte nur: »Ach Georg, das weiß ich doch. Und dennoch wäre es gut, wenn ihr einen Sohn bekämt. Dann wäre die Zukunft des Wertheim-Konzerns gesichert.«

»Das funktioniert nur, wenn ich die Augen schließe. Ich liebe dich.« Sie blickte ihm fest in die Augen.

Am kommenden Wochenende reiste das Ehepaar nach Zinnowitz und Georg zeugte einen Sohn. Nach nur zwei Tagen war er wieder zurück und ließ sich von Hanna trösten. An Hannas und Georgs Leben in Berlin hatte sich trotz der Hochzeit nichts geändert. Georg verbrachte seine gesamte Zeit mit seiner ewigen Geliebten.

Als der Junge am 5. September 1910 geboren wurde, erwarb Georg zum Dank für diesen Stammhalter das Gut Saßleben bei Görlitz. Zu diesem gehörten sechshundert Hektar unterm Pflug, mehrere Fischteiche und ungefähr neuntausend Hektar Forst, in denen Ursula Wertheim das Jagdrecht hatte. Das Anwesen lag weit von Berlin entfernt. Die eheliche Mietvilla in Dahlem wurde aufgegeben. Ursula widmete sich fortan dem Ackerbau, der Viehzucht und der Jagd. Nur zu größeren Anlässen, wie der Taufe seines Sohnes und Erben Albrecht, reiste Georg auf das Gut. Er vermied es, dort zu übernachten. Ursula hatte genug damit zu tun, weit über hundert Mitarbeiter zu befehligen. Als treffsichere Waidfrau war sie in Adelskreisen anerkannt. Während der Saison veranstaltete sie regelmäßig Jagdgesellschaften, von denen sie Hanna immer zuvor informierte, damit diese geeignete Herrschaften in Berlin aussuchen konnte, denen ein Jagdwochenende auf Saßleben eine große Ehre war. Hanna suchte immer Persönlichkeiten aus, mit denen die Abraham Wertheim AG entweder schon im Geschäft war oder ins Geschäft kommen wollte, oder welche, auf deren Geduld Georg angewiesen war. Emil-Georg von Stauß wurde regelmäßiger Gast auf Gut Saßleben.

Hatte Georg sein Unternehmen für zehn Millionen an die Deutsche Bank abgetreten? Georg war sich nicht ganz sicher. Laut Vertrag hatte die Deutsche Bank nur ein Anrecht auf die Aktienoptionen, die von der Eigentümerfamilie gehalten wurden. Und darauf ein Vorkaufsrecht, sollte ein Familienmitglied aus der Eigentümergemeinschaft ausscheren wollen.

Justitiar Meschelsohn beruhigte Georg und meinte, die Deutsch-Banker hätten, wenn sie gewollt hätten, die Wertheims rabiat an die Kandare nehmen können. Die Verträge seien nachgerade hochherzig und dem Sinne nach nicht darauf aus, das Wertheim'sche Imperium zu übernehmen. Daraufhin vertieften sich Hanna und Georg nächtelang in Fachliteratur über Nationalökonomie, Bankrecht, überhaupt über das Kreditwesen. Immer wieder fand Georg einen Haken in dem großzügigen Kreditvertrag.

Hanna sagte zu Georg: »Bevor du wieder schlaflose Nächte hast und möglicherweise wieder zum Opium greifst, lass dir von mir sagen, dass du wirklich noch Herr im eigenen Haus bist. Und deine Familie auch. – Warum allerdings der Herr von Stauß so gegen alle Vernunft mit dir milde umgegangen ist, verstehe ich auch nicht. Aber er hat's getan.«

Zur Unterzeichnung der endgültigen Verträge trafen sich alle Wertheim-Brüder bei Mutter Ida im Salon.

Emil-Georg von Stauß war persönlich vorgefahren und erklärte der Familie: »Eines mal vorweg: Sie bleiben Herren in Ihrem Unternehmen. Als Familienaktiengesellschaft. Und Sie die Patronin, gnädige Frau.«

Ida sah ihn erstaunt an: »Wie? Was, Herr von Stauß? Sie leihen uns Geld und alles bleibt beim Alten?! Wie geht denn das?!«

Ida war nicht nur lebensklug, sondern durch ihr hartes Leben auch misstrauisch. Der junge Banker gefiel ihr. Er war gutaussehend und hinterließ auch nicht den Eindruck, ein Finanzhai zu sein. Sie hatte gehört, dass Herr von Stauß einem turbulenten Privatleben neben seiner Ehe frönte. Und gegen Menschen, vor allen Dingen Männer, die neben ihren Geschäften auch noch lebten, hatte sie nichts einzuwenden. Gerade deswegen warfen sie die unnötigen kriegerischen Auseinandersetzungen innerhalb der Familie wegen Wolfi mehrfach kurz aufs Krankenbett: Bronchitis, Nervenfieber, hysterische Krämpfe, Zuckungen im linken Arm oder rechten Bein. Als familiär vieles im Argen lag, legte sich Ida eine eingebildete Krankheit nach der anderen zu und sich selbst längere Zeit immer wieder ins Bett.

»Also, wieso bleibt alles beim Alten? Eine Bank verschenkt doch nichts.« Ida sah von Stauß skeptisch an.

Er antwortete: »Betrachten Sie mich persönlich als Geschäftsfreund. Die Betonung liegt auf ›Freund‹. Liebe gnädige Frau, als Kind habe ich schon Ihre Filialen besucht und mir die Nase an Ihren fabelhaften Auslagen platt gedrückt. Wertheim war immer ein Traum für mich. Jetzt habe ich ihn mir erfüllt: Ich bin ein Teil von Ihnen.«

»Dann muss ich wohl danke sagen. Nicht wahr?« Ida belauerte den jungen Banker.

Georg Wertheim war nach dieser Ansprache keineswegs beruhigt. In der Hand hielt er einen Gesprächszettel, den er mit Hanna in der vergangenen schlaflosen Nacht für diesen Termin vorbereitet hatte.

Er stellte seine erste Frage: »Hohe Gewinne im Geschäft bedeuten hohe Renditen! Warum verzichtet Ihr Institut auf einen prozentualen Anteil an den erwirtschafteten Gewinnen unseres Unternehmens? Gerson Bleichröder hätte mich die Treppe hinuntergeworfen, wenn ich ihn um ein derartiges Entgegenkommen gebeten hätte!«

»Wenn ich mich an Ihren Gewinnen beteiligen wollte, was würde ich erreichen? Gar nichts. Ich will nicht Ihre unternehmerische Phantasie deckeln!« Von Stauß sprach ruhig und konzentriert.

Da war was dran. Ida nickte hocherfreut.

»Sie haben diesen Vertrag doch sicher eingehend mit Ihrer Büroleiterin, Frau Berger, besprochen, Herr Wertheim, oder?« Dabei grinste von Stauß sehr charmant. »Wir – die Deutsche Bank und Sie – sind eine Ehe eingegangen. In einer Ehe sollte man sich lieben.«

Sogleich wurde Ida wieder misstrauisch. Wurde aber auf den Boden der Realität zurückgeholt, als von Stauß die Familie aufforderte, Wolf Wertheim außer Landes zu schaffen und dafür zu sorgen, dass er nie mehr das Deutsche Reich betrat. Er bestand darauf, Wolf wegen Konkursverschleppung sofort verhaften zu lassen, sollte jemand dieser Vorgabe widersprechen. Wolfi sollte nach England gebracht werden. Da wehte ein Hauch von Kälte durch den Salon. Die Familie lehnte diese Forderung stumm ab. Georg geleitete von Stauß zur Haustür.

Von Stauß sagte zum Abschied: »Herr Wertheim, ich wünschte, ich hätte etwas von Ihrem Mut und Ihren Talenten in meinem Blut. Glauben Sie mir, wir werden uns sehr nahe kommen. Speziell wir beide. Tut mir leid um Ihren Bruder. Man sieht sich.« Winkend ging er zu seinem Wagen.

»Der Herr möchte vielleicht nobel sein. Oder?«, fragte Ida ihre Söhne.

Wolf Wertheim verschwand tatsächlich nach London. Mutter Ida schenkte ihm zum Abschied noch einen Kreditbrief über fünfzigtausend Mark. Gertrud Pinkus folgte ihrem Mann nicht. Als er Berlin verließ, befand sie sich grade auf einer Indienreise. Angeblich hatte sie ein Verhältnis mit einem Maharadscha und ritt hoch auf einem Elefanten durch den Dschungel. Zur Tigerjagd.

Am übernächsten Tag nach Wolfs Flucht kreuzte von Stauß ohne Anmeldung in Georg Wertheims Kontor auf. Eine seiner Schreibmumien im Vorzimmer überreichte Hanna seine Visitenkarte.

Als sie damit zu Georg ging, sagte dieser: »Sieh mal einer an! Da ist er ja schon, der Herr von Stauß. Schnell. ›Man sieht sich.‹ Manchmal hab ich das Gefühl, er will tatsächlich bei uns einheiraten. Meine Brüder und Ida hat er schon um den Finger gewickelt. Hüte dich vor ihm, Hanna.«

»Ich finde ihn recht attraktiv. Aber Männer wie der wollen nur den Körper einer Frau. Sehen wir seinen Besuch mal positiv.« Sie nickte ihm zu und lächelte.

»Eben«, beruhigte sich Georg.

Von Stauß blieb mit Mantel mitten im Büro stehen. Er bewunderte die prachtvolle Ausstattung: »Sehr elegant-gediegen hier. Reden wir weiter.«

Hanna stellte Wasser, Portwein, Gläser und Salzgebäck auf einen Clubtisch und sagte: »Wenn Sie Herrn Wertheim noch besser kennenlernen wollen, sollten Sie den Mantel ablegen. Es redet sich kommoder.«

Von Stauß lachte entspannt und Georg half ihm aus dem Mantel. Umständlich wählte von Stauß zwischen Portwein, Wasser und Salzgebäck und entschied sich schließlich nur für trockenen Port.

»Stehl ich Ihnen auch nicht Ihre Zeit?«, wollte er wissen.

Das verneinten Hanna und Georg natürlich. Während des Gesprächs wollte Hanna das Büro verlassen.

»Ach bitte, bleiben Sie doch, Frau Berger. Ich möchte Sie beide besser kennenlernen ... – Prösterchen! ... Ich wünschte, mein Institut hätte etwas von Ihrem unternehmerischen Elan. Gemessen an dem schnellen Aufschwung Ihres Konzerns, Herr Wertheim, liebe Frau Berger, ist die Entwicklung meiner Deutschen Bank geradezu lahmarschig. Aber das wird jetzt anders werden, mit Ihnen beiden als Partner.«

Hanna zauberte ein Lächeln auf ihr Gesicht.

Georg tat es ihr nach.

Von Stauß lobte sich für sein Engagement bei den Firmen Daimler, AEG und bei der Ufa-Filmproduktion und betonte, dass diese Unternehmen und Wertheim die Zukunft des Landes seien. Karstadt würde es schwer gegen die Wertheims haben. Schließlich hatte von Stauß noch eine Bitte. Er wollte sich im Fotoatelier mit Georg gemeinsam fotografieren lassen. Aus Prinzip hatte Georg sich niemals vor einen Fotoapparat gestellt. Die wenigen Schnappschüsse, die es von ihm gab, waren Zufälligkeiten (oder Arrangements von Hanna) und machten ihn wütend, wenn sie in der Familie herumgereicht wurden.

»Auch in Öl haben Sie sich nie für die Ewigkeit festhalten lassen?«, stocherte von Stauß nach.

»Ein Gemälde von mir? Nur über meine Leiche!«

»Sie können mir nicht weismachen, dass es nicht mal ein gemeinsames Foto mit Frau Berger gibt?« Von Stauß fragte ungeniert weiter.

»Es gibt noch nicht mal ein Foto von mir ganz alleine!«, sagte Hanna. Das Geplänkel ging hin und her. Von Stauß bestand immer wieder auf einem gemeinsamen Foto mit Georg Wertheim und meinte, es sei ihm ein Herzensbedürfnis. Er fühle sich mit dem großen Unternehmer fast freundschaftlich verbunden, betonte er.

Schließlich hatte Hanna eine Idee: »Kein Foto. Dafür erhalten Sie ohne große Umstände unsere Goldene Kundenkreditkarte! Davon sind in Berlin zurzeit nur hundert im Umlauf.«

Von Stauß musste schallend lachen, fragte noch nach, wie viele dieser Goldenen Kundenkarten in Potsdam bei Seiner Majestät Hofhaltung verteilt worden wären.

»Nicht eine einzige!«, empörte sich Hanna. »Erstens kommen diese Herrschaften nicht und zweitens: Sollten sie kommen, ist es sehr unwahrscheinlich, dass sie bezahlen. Kundenkarte hin, Kundenkarte her – ich habe meine liebe Mühe, mit größter Diskretion die adligen Herrschaften aus dem Badischen an ihre Zahlungsverpflichtungen zu erinnern, ohne dass diese Leute gleich beleidigt sind … – Georg kennt in solchen Dingen kein Pardon. Und unsere Stammkundschaft zahlt bar.«

Ab jetzt tauchte von Stauß jeden zweiten Tag am Leipziger Platz auf. Er ließ sich Schuhe anfertigen, Anzüge, Hemden und kaufte selbst für seine Familie in der Feinkostabteilung ein. Die Goldene Kundenkarte benutzte er nie. Er zahlte bar. Darüber wurde Hanna von der Sammelkasse im Erdgeschoss informiert.

»Ein seltsamer Mann, dieser von Stauß. Rennt als Bankier mit Bargeld in der Tasche durch die Welt. Etwas undurchsichtig ist er schon. Vielleicht hättest du dich doch mit ihm fotografieren lassen sollen«, überlegte Hanna laut, während sie sich in ihrem Badezimmer mit einer silbernen Zahnbürste und einer neuen amerikanischen Zahnpasta die Zähne putzte.

Georg sah die Privatpost im Herrenzimmer durch. Es war Anfang Januar im Jahre 1910. Ein kostbarer Umschlag mit dem kaiserlichen Wappen drauf flatterte aus der Mappe.

Er öffnete ihn, las und schrie auf: »Himmel, Arsch und Zwirn! Auch das noch! … – Entschuldige die Ausdrucksweise.«

Hanna kam, noch mit der Zahnpasta und der Bürste im Mund, herangelaufen. Wortlos reichte Georg ihr das Schreiben und befahl ihr, diesen »Wisch« vorzulesen.

Sie nuschelte: »*Sehr geehrter Herr Wertheim. Namens Seiner Majestät, Seines Durchlauchtigsten Kaisers Deutscher Nation und Seiner Hoheit, der Kaiserin nebst Ordonnanzen, erwägt Seine Durchlaucht, Seine Aufwartung in Ihrem Warenhaus zu machen. Zu einem Termin, der mit mir abgestimmt werden möge. Mit Gruß: Etzdorf, Hofminister. – P.S.: Als Termin schlage ich den 23. Januar vor.*«

»Verflucht! Diese Ehre können wir nicht mehr abwenden. Da hat Ursula mit ihren höfischen Verbindungen dran gedreht.«

»Oder der Herr von Stauß. Jedenfalls kannst du dich dann nicht wieder in deinem Büro verkriechen. Es wird Fotos von dir geben. Mit den Majestäten.« Hanna hatte die Zahnbürste jetzt aus dem Mund genommen.

Georg wich zurück: »Nun mal den Teufel nicht gleich an die Wand! Seine Majestät Wilhelm II. ist natürlich für unser Unternehmen eine große Ehre. Preußischer Dschingderassabum. Heiliger Bimbam! Ida wird platzen vor Stolz. Wir müssen sie auf der Stelle von dieser Ehre informieren.« Er ging in sein Ankleidezimmer und warf sich nachlässig in Schale und bat Hanna, sich für einen nächtlichen Besuch bei Mutter Ida wieder anzuziehen.

»Jetzt noch? Hat das nicht bis morgen Zeit? Es ist Viertel zwölf!«

»Um Viertel zwölf legt Ida noch ihre Patiencen.«

Genau so war es. Ida saß bei einem Glas Milch, in das sie Honig gerührt hatte, am Küchentisch und legte eine Patience. Hanna und Georg fegten herein. Ida wusste sofort, dass der nächtliche Besuch was Wichtiges war.

»Bist du etwa schwanger, Hanna?«, war ihre erste Frage.

»Keine Scherze, Mutter Ida.« Hanna legte der alten Dame das Schreiben des Hofministers vor.

Über diese Nachricht war sie sehr erfreut: »Mazel tov! Mazel tov! Mazel tov! Ein kaiserliches Gefolge besucht zum ersten Mal seit fünftausend Jahren ein jüdisches Haus. Georg, bei uns wird Geschichte geschrieben. Oh! Majestät bringt sogar Seine liebe Frau mit! Mazel tov!« Dann füllte sie drei Cognacschwenker mit einer Jahrgangsabfüllung. Freudig stieß sie mit Hanna an. Georg blickte griesgrämig drein.

Ida wunderte sich: »Du wirkst nicht sehr begeistert? Der Kaiser kommt! Das ist nach dem Segen des Allmächtigen in Preußen die höchste Ehre, die einem Sterblichen widerfahren kann!«

»Flüchtig betrachtet, Mutter.«

Ida streichelte das Büttenschreiben, hielt es gegen das Licht und hauchte sogar einen Kuss darauf.

»Unsinn! Tausende von Kunden aus den allerbesten Kreisen werden nach diesem Besuch den Boden am Leipziger Platz küssen, über den das kaiserliche Paar gewandelt ist«, triumphierte sie.

»Genau diese Ehre wird sich Wilhelm II. von mir honorieren lassen«, warf Georg ein.

Nun kam Ida ins Grübeln. »Das möchte möglich sein. Was sagst du dazu, Hanna?«

»Tja ...« Nach einer Pause wiederholte sie: »Tja, tja, tja ...«

Georg und Ida schauten Hanna herausfordernd an. Deren Verstand arbeitete mächtig.

»Also, wir hatten mal vor Wochen eine Anfrage von einer Cadiner Keramikkachel-Fabrik. Wir sollten den Vertrieb für das ganze Reich übernehmen. Diese Firma gehört zu hundert Prozent Seiner Majestät.«

Ida empörte sich sogleich, als sie etwas von Kacheln hörte. Kacheln verband sie natürlich mit profanen Küchen, Badezimmern und Toiletten.

»Unsinn! Ein Kaiser stellt doch keine Klokacheln her!«

Hanna wiegte nur den Kopf.

Am nächsten Morgen trafen sich Georg und von Stauß zu einem winterlichen Spaziergang und Gedankenaustausch in der Skulpturenallee des Bezirks Tiergarten. Dort standen in Marmor gehauen die deutschen Geistesgrößen und die militärischen Helden herum.

»Was soll ich mit Kacheln aus Kaiserlicher Produktion, Herr von Stauß?«, fragte Georg den Bankier.

»Zunächst einmal, lieber Herr Wertheim, habe ich mit diesem Besuch gar nichts zu tun. Die Deutsche Bank pflegt mehr oder weniger gute Kontakte zum Kaiserhaus. Aber eher weniger. Mit Majestäten Geldgeschäfte zu machen kommt oft teuer. Aber, um auf die Kacheln zurückzukommen: Sie sollten überlegen, ob Sie nicht tatsächlich dieses Angebot, Kaisers Kacheln zu veräußern, annehmen?«

»Alles unter einem Dach heißt doch nicht, dass ich auch noch Fliesen, Steine, womöglich Zement verkaufe!« Georg schüttelte den Kopf.

»Denken Sie an die Neubauten der Untergrundzüge. An die vielen neuen unterirdischen Bahnhöfe und die Gleisanlagen.«

»Sie wissen doch, Herr von Stauß, dass die Kosten für Untergrundbahnen gemeinhin ein Fass ohne Boden sind. Ich weiß, wovon ich rede. Ich habe schon viel von unserem Geld in einen privaten Zugang zum Bahnhof für den Leipziger Platz gesteckt, ohne dass bisher ein einziger Spatenstich mein Engagement belohnt hätte. Mit diesen neuen U-Bahnen habe ich bisher nur üble Erfahrungen gemacht.«

Von Stauß blieb stehen und hielt Georg vertraulich am Ärmel seines mit einem Persianerkragen versehenen Mantels fest. »Nicht, wenn die Deutsche Bank diese neuen Verkehrsmittel finanziert, mein Lieber.« Dann schaute von Stauß einigen hübschen Damen nach, die, obwohl winterlich vermummt, dem jungen Bankier zu gefallen schienen.

Ursula reiste zwei Tage vor dem Kaiserbesuch in Berlin an und wohnte in einer Suite im ›Bristol‹-Hotel.

Bei Wertheims wurde in den kommenden Wochen versucht, ruhig und normal weiterzuarbeiten. Es wurden viele Pläne geschmiedet, an denen sich Georg aber nicht beteiligte. Sein einziger Vorschlag war, auf dem Dach die persönlichen Fahnen Seiner Majestät zu hissen. Ansonsten: business as usual.

Die fünfzehntausend Mark für ein Heim einbeiniger Matrosen ärgerten ihn immer noch. Durch diese Erfahrung wusste er: Die Aufwartung des Kaisers würde nicht umsonst sein. Das dicke Ende würde sicher noch kommen. Kacheln hin, Kacheln her. Hanna übernahm die Vorbereitungen. Sie ließ an der Außenfassade schwarz-weiß-rote Girlanden anbringen. In jedes Schaufenster wurde ein Foto des Kaisers gestellt. Außer bei der Herren-Leibwäsche und den intimen Damenartikeln. Dort lächelte die Kaiserin von einem hübschen Porträtbild.

Im Schaufenster für Jagdbedarf und -garderobe herrschte eine lebensgroße Gipsbüste Seiner Majestät als Waidmann. Die frivole Idee, in den Fenstern für die Putzmachereiabteilung die neuesten Hutkreationen der Wertheim'schen Fachkräfte auf dem Haupt von Frau Kaiserin zu präsentieren, lehnte Hanna als »zu übertrieben« ab. Dafür entschied sie sich für ein Foto der ersten Frau im Reiche, das sie mit geschmacklosem Hut zeigte. Ida fand das Hutbild besorgniserregend und nörgelte, Ihre Majestät könne beleidigt sein, wenn sie so unvorteilhaft zwischen den schönen Hutkreationen ausgestellt würde.

»Einen kleinen Scherz dürfen wir uns sehr wohl erlauben«, frohlockte Hanna.

Tagelang übte das Salonorchester aus dem großen Restaurant Blasmusik. Am Leipziger Platz waren achtzehn Musiker zur Unterhaltung der Kunden angestellt. Diese Musiker konnten von Kunden für private Feste auch als Hausmusiker angemietet werden. Ebenso vermittelte das Bestattungsunternehmen ›Mortalis‹ Trios und Quartette für musikalische Beerdigungsuntermalung. Der aktuelle Beerdigungsrenner war ›Air‹ von Johann Sebastian Bach. Als kaiserliche Blaskapelle hatten sie sich noch nie versucht. Marschmusik galt als verkaufsschädigend. Wilhelm Wertheim hielt sich die Ohren zu, als er die Märsche hörte. Die Planung lief auf Hochtouren. Der Haupteingang wurde komplett abgesperrt und von Reinigungspersonal mit Schrubbern und Seifenlauge gebürstet, um später mit roter Teppichware ausgelegt zu werden. Drei Tage lang musste das gemeine Volk einen Umweg machen, um bei Wertheims einkaufen zu können.

Georg ließ Hanna machen, was sie für nötig hielt, und wollte ansonsten mit dem Besuch nicht belästigt werden. Auch nachts nicht, obwohl Hanna so viele Probleme auf der Seele brannten.

Am Morgen vor dem hohen Besuch bat er sie: »Bitte, mach in den nächsten drei Stunden Ursula hoffähig. Sie bittet mich, dich zu bitten, ihr den Hofknicks beizubringen. Kannst du den Hofknicks?«

Hanna lachte: »Na, aus dem Effeff! Den mach ich doch täglich vor dir, mein Kaiser!«

Georg schmunzelte: »Tu dein Bestes.«

Ursula kam festlich, also übertrieben herausgeputzt für den kaiserlichen Besuch ins Kontor. Im Haar trug sie ein Diadem und um den Hals viel Schmuck. Auch an den Armen war sie mit Gold- und Platingeschmeide ausstaffiert. Unbeholfen versuchte sie vor Hanna einen Hofknicks. Und machte dabei einen plumpen Ausfallschritt.

Hanna wollte ihr Mut zusprechen: »Das sieht noch etwas ungelenk aus. Probieren Sie es mit ein wenig mehr Grazie. Das ganze Knicksen muss selbstverständlicher wirken. Ursula, Sie waren doch schon bei Prinzessin Viktoria Luise geladen. Keine Angst, wir schaffen das.«

»Bei der Prinzessin ging es heiter und zwanglos zu. Da musste ich nicht knicksen. Nur den Ring küssen.« Erneut verunglückte ihr ein Hofknicks.

Hanna holte tief Luft: »Zunächst einmal, liebe Ursula, das Diadem und Ihr Collier, die müssen weg. Ich denke, es ist besser, wenn Sie mit einer Hutnadel einen schlichten Hut auf Ihrem Kopf befestigen. Einen sehr schlichten Hut. Ihr großartiges Collier fällt bei jedem Knicks nicht ins Auge, sondern, was schlimmer ist, immer nach vorne! Ihre Majestät die Kaiserin wird nachmittags kaum so viel Schmuck tragen. Ich empfehle für Ihr Dekolleté eine Abdeckung in Atlasseide oder besser noch Musselin.«

Ursula überlegte, sah diese Vorschläge ein und hob beide Arme: »Meine Armbänder und die Ringe auch ab?«

Hanna nickte: »Besser wär's.«

Im Hintergrund, auf einem Beistelltisch, lag ein Strauß frischer Flieder. Hanna holte ihn, während Ursula ihren Schmuck ablegte.

Ursula sagte: »Machen Sie mir den Hofknicks doch einfach noch mal vor! – Jetzt bin ich der Kaiser. Bitte!«

»Gerne.« Hanna legte einen vollendeten Hofknicks voller Grazie und Anmut hin, obwohl sie das zuvor noch nie gemacht hatte. Den hatte sie sich in den cinematographischen Vorführungen im Fotoatelier bei Filmen über das Leben am Kaiserhof abgeguckt. Wie fast jede Frau in Berlin, die damit rechnete, irgendwann einmal in diese Verlegenheit zu kommen … oder zu dieser Ehre.

»Sieht so leicht aus«, stammelte Ursula.

»Das war der einfache Knicks, den alle weiblichen Angestellten von Wertheim beherrschen müssen, wenn Kundinnen von Stand oder mit viel Geld uns die Ehre und ihr Bares geben«, erklärte Hanna.

»Das ist toll!«, sagte Ursula.

Hanna überreichte ihr den Fliederstrauß und spielte die Rolle der Kaiserin. Sie machte eine huldvolle Geste. Ursula versuchte sich erneut am Hofknicks.

Hanna beruhigte sie: »Es wird besser!«

Anlässlich des hohen Besuches hatte Hanna Georg befohlen, einen Bratenrock mit gestreiften Hosen oder einen englischen Cut anzuziehen. Georg gehorchte und stellte sich den beiden Frauen im Cut vor. Sogleich applaudierte ihm Ursula. Dann erblickte er den Fliederstrauß in Ursulas Armen.

Er fragte: »Wo gibt es denn um diese Jahreszeit Flieder? Ende Januar?!«

Ursula verriet: »In San Remo. Per Express importiert. Nicht?« Hilfesuchend schaute sie Hanna an.

Als Georg »San Remo« hörte, verdüsterte sich sein Gesicht. Lange blickte er Hanna an. Dann sah er auf seine Taschenuhr und ging langsam aus dem Büro.

Von draußen rief er: »Wird Zeit! So langsam sollte unser Wilhelm die roten Teppiche ausrollen.«

Ursula flitzte hinterher und sagte im Weggehen zu Hanna: »Seine Majestät soll wunderschöne hellblaue Augen haben – aber man darf ihm ja nicht direkt in die Augen schauen.«

Eine Stunde später schritt das kaiserliche Ehepaar über den roten Teppich. Gefolgt von uniformierten Offizieren der Halberstädter Kürassiere, Hofdamen und Hofminister Graf Etzdorf. Eine riesige Menschenmenge hatte sich am Haupteingang des Kaufhauses versammelt, brüllte »Hurra!« und winkte mit Fähnchen. Es gab allerdings auch eine Gruppe grimmig blickender Bürger, die über den kaiserlichen Besuch nicht erfreut war.

Einer rief: »Seine Majestät beim Juden Wertheim? Pfui Teufel!«

Es war eine Abordnung der Mittelstandspartei, die gegen alle Kaufhäuser stänkerte. Nur die Karstadts ließen die Mittelständler in Ruhe. Karstadt war ein christliches Unternehmen und ein Karstadtvorstand war Stellvertretender Vorsitzender dieser Partei.

Bankier von Stauß schlängelte sich an die Seite des kaiserlichen Ministers Etzdorf und flüsterte ihm etwas zu. Etzdorf legte daraufhin einen Arm auf seine Schulter und nickte.

Innerhalb des Kaufhauses sollte der hohe Besuch von Georg und Ursula in Empfang genommen werden. Doch zunächst blieb der Kaiser am Eingang stehen, schaute sich nach allen Seiten um, blickte vor allen Dingen nach oben und freute sich über die Girlanden und den Fahnenschmuck. Dann betrat er das Kaufhaus. Er lief auf einen riesigen Brunnen zu, den Hanna innerhalb von zwei Wochen errichten ließ und der komplett aus Cadiner Majolika gefertigt war. Ein schrecklicher Wasserspeier. Hanna wollte das Ding wenige Tage später wieder abreißen lassen.

Doch Georg wollte das nicht: »Was so viel unsinniges Geld gekostet hat, bleibt stehen. Meinetwegen dürfen Jungen und Mädchen sich da drin vergnügen und planschen. Mich stört's nicht.«

Der Kaiser fand den Brunnen schön. Er nickte anerkennend und trat Georg entgegen: »Seien Sie gegrüßt, lieber Wertheim.« Huldvoll streckte er die behandschuhte Rechte aus und hielt die verkrüppelte Linke an seinem Uniformkoppel fest. Seine Majestät erschien natürlich in Uniform. Dezent in Feldgrau. Nicht bombastisch wie seine Begleiter.

»Es ist mir eine Ehre, Kaiserliche Majestät.« Ursula gelang ein manierlicher Hofknicks vor der Kaiserin und dem Kaiser. Der Hut rutschte nicht.

Frau Kaiserin bedankte sich für den Flieder und reichte ihn an eine ihrer Hofdamen weiter.

Der Kaiser ergriff Wertheims Arm und führte ihn durch den Lichthof: »Wertheim, meine Freude ist so immens, dass ich Ihnen das Tages-Du anbiete – du darfst heute ›Willi‹ zu mir sagen.«

»Danke, Majestät.« Georg war überrascht.

»Dann zeig mal deinen Schuppen«, sagte Willi.

Des Kaisers Vertraulichkeit ging so weit, dass er seine Rechte auf Georgs Schulter legte. Die beiden Herren gingen durch den glanzvoll herausgeputzten Lichthof für Schmuck, Parfümerie und auch für Klein-Antiquitäten. Ursula tippelte neben der Kaiserin her. Ganz oben auf der Balustrade des Lichthofes stand Hanna und beobachtete das höfische Treiben.

Bis rauf konnte man die kraftvolle Stimme Seiner Majestät hören: »Ich hörte von Minister Etzdorf, dass meine Cadiner Majolika in Ihr Sortiment aufgenommen werden. Gut, gut, gut.«

Hanna dachte sich im Stillen, dass geschäftliche Diskretion nicht gerade zu den Stärken Seiner Majestät gehörte. Aber immerhin gefiel ihm der Brunnen in Preußischblau.

Im Hintergrund feixte Emil-Georg von Stauß herum und suchte Blickkontakt mit Georg. Dann hob er den rechten Daumen zum Triumph. Das Geschäft über kaiserliche Kacheln war mit Etzdorf bereits unter Dach und Fach gebracht.

Der Kaiser sagte unterdessen zu dem leicht pikiert dreinschauenden Georg Wertheim: »Schorschi, lassen wir mal die Damen dorthin ziehen, wo sie sich am wohlsten fühlen: zu weiblichem Prunk und Pomp. Und zu den Putzmacherinnen. Du zeigst mir noch den vielgerühmten Paukenschlag deines Unternehmens – Waidwerk und Waffen.«

Georg geleitete den Kaiser zu einem Aufzug. Ein Liftboy durfte ihn nicht fahren. Das besorgte ein Ordonnanz-Offizier aus Potsdam. Als Letzter betrat Georg den Aufzug. Für die Jagd- und Sportartikelabteilung hatte der Kaiser geringes Interesse. Ihn drängte es in den Schießstand, den Wertheim betrieb, um seiner jagenden Kundschaft das Erproben von Jagdflinten zu ermöglichen. Er war luxuriös und schalldämmend gebaut.

Kaiser Wilhelm legte eine Flinte aus der berühmten Produktion des thüringischen Ortes Suhl an und feuerte sie ab. Wegen der Behinderung seines linken Armes traf er nur leidlich.

Hanna hatte wieder mal alles richtig vorausgesehen und geahnt, dass es den Kaiser zu den berühmten Schießgewehren im Wertheim-Angebot ziehen würde. Deswegen hatte sie auch dort ein Kaltes Buffet aufbauen lassen. Die Offiziere bedienten sich. Livrierte Kellner servierten Champagner aus Sektkelchen.

Von Stauß stieß diskret mit Georg an: »Wir könnten auch langsam zum Du übergehen. Über diesen Tag hinaus. Oder, Georg?«

Georg nickte.

Der Bankier sprach weiter: »Minister Etzdorf überlässt dir den Vertrieb der Kacheln für 'n Appel und 'n Ei. So können wir alle zufrieden sein.«

Der Kaiser hatte unterdessen mit großem Interesse und zunehmender Begeisterung ein besonders kostbares Gewehr in die Hand genommen.

»Prachtvoll, prachtvoll!«, lobte er.

Georg trat blitzschnell hervor, als ihn der flehende Blick seines Ersten Waffenmeisters traf: »Ein Einzelstück, Majestät. Äh … gefertigt speziell auf den Wunsch eines Kunden aus dem Badischen.«

Der Kaiser reichte seinem Ordonnanz-Offizier das Glas mit

Champagner und betrachtete erneut das Schießgewehr. Gefährlich zitterte seine Stimme: »Dem Prinzen von Baden etwa?«

Von Stauß legte hinter Kaisers Rücken den Zeigefinger vor den Mund. Georg bemühte sich um ein unverbindliches Gesicht.

Der Kaiser brummte: »Gut, gut. Wertheim, ich schätze Ihre Diskretion. Doch, doch, alles sehr prachtvoll hier. Allerorten. Ihr Geschäft ist wie ein Palast. Da stinke ich mit meinem Potsdam müde ab.«

Wie bestellt flüsterte ein Ordonnanz-Offizier ihm etwas ins Ohr.

Majestät nickte: »Ah ja! Nun muss ich in die Bescheidenheit meines elenden Potsdam zurück. Staatsgeschäfte, lieber Georg.« Dann stellte er das Glas ab, streichelte noch einmal über die Suhler Flinte und verließ den Schießstand.

Georg öffnete ihm die Tür zur Jagd- und Sportabteilung. Alles in allem hatte der Besuch eindreiviertel Stunden gedauert. Dann strömten wieder viele Kunden in das Warenhaus, um einzukaufen. Oben auf der Balustrade hatte sich Ursula neben Hanna gestellt.

Sie schwärmte: »Ein kurzer, aber schöner Besuch. Unvergesslich. Ihre Majestät, die Kaiserin, spricht ja nicht viel. Sie ernährt sich wie ein Spatz. Wir waren im Tee-Salon. Sie hat nur Kamillentee getrunken und an Zwieback geknabbert. Trotzdem, ein großer Tag! – Waren Sie zufrieden mit mir?«

Was sollte Hanna sagen? Sie überlegte kurz und sagte dann: »Schön, dass es zu keinerlei Störungen oder Ausschreitungen gekommen ist. Eine kaiserliche Aufwartung macht viele Neider.«

Ursula ergänzte: »Der Kaiser ist wie Gott. Auf Saßleben gibt es niemanden, der Seine Majestät nicht verehrt. Und in Berlin sind nur die Sozialdemokraten hinterhältig.«

Und mein Georg, dachte Hanna.

Alles in allem lagen die Kosten für den Besuch bei dreihunderttausend Mark. In freundlichen Schreiben forderte Hofminister Etzdorf Georg kurze Zeit später zu allen möglichen Spenden für Majestäts gute Werke auf. Wohlfahrtsorganisationen des Militärs. Es gab sogar eine Gesellschaft für in Not geratene Adelswitwen.

Diese Zahlungen landeten alle auf einem Konto des Kaisers und waren steuerlich nicht absetzbar.

Immerhin wurde der U-Bahn-Ausbau von der Deutschen Bank unterstützt. Wertheim lieferte dafür die Majolika-Kacheln. Zumeist in Preußischblau. Bis in alle Zeiten soll man sie in U-Bahnhöfen und auf den Strecken bewundern können.

Am Morgen nach dem kaiserlichen Überfall reiste Ursula wieder nach Saßleben. Sie organisierte für das drauffolgende Wochenende eine Jagd auf Schwarzwild. Hofminister Etzdorf hatte sich bereits selber eingeladen. Etzdorf wurde später auch Taufpate ihres Sohnes Albrecht. Auch die Patenschaft war nicht umsonst – sie kostete sage und schreibe 30 000 Mark!

Um sich von den Strapazen des Kaiserbesuchs zu erholen, fuhr Georg mit Hanna zum Wannsee, um »mindestens tausend Kilometer« stramm zu rudern. Am Morgen hatte er sich im Büro schrecklich über die sozialdemokratische und Gewerkschaftspresse, insbesondere aber über *Die Wahrheit* geärgert, die reißerisch behauptete, der Kaiser schlüge mit seinem Besuch beim Juden Wertheim dem Mittelstand und der Arbeiterschaft ins Gesicht. Herr von Etzdorf dementierte aber in einem Artikel mit dem Satz: *Herr Georg Wertheim ist immerhin getauft.*

Als sie mitten auf dem See waren, zog Georg die Jacke seines weißen Anzuges aus, lockerte die Krawatte und krempelte sich sogar die Hemdsärmel auf. Trotz winterlicher Temperaturen. Für seine Verhältnisse eine Ungeheuerlichkeit.

Er lächelte Hanna an und sagte: »Da kann ich ja nur froh sein, dass der Wannsee nicht zugefroren ist. Sonst müssten wir Schlittschuh laufen.«

Hanna legte ihm die Jacke über. Sie selber saß, in einen Wintermantel gehüllt, Georg gegenüber. »Rudern im Winter. Das wär ein gefundenes Fressen für die Journalisten«, ärgerte sie sich.

»Stubenhocker, dieses Pack«, stimmte Georg zu.

Hanna schaute so lange in die Wintersonne, bis ihr die Augen brannten. In all den Jahren hatte das Privatleben Georg Wertheims niemals die Neugier gefürchteter Klatschjournalisten geweckt. Hanna vermutete richtig, dass Gertrud Pinkus schützend ihre Hand über Hannas Liebe zu Georg hielt. Die Pinkus behandelte Georgs ewige Geliebte immer respektvoll und sogar mit einer gewissen Ehrerbietung. Einmal hatte die Truth um einen Vorschuss vom Globus-Buchverlag gebeten, dieses Schreiben direkt an Hanna gerichtet und im P. S. vermerkt:

Wie kann eine kluge, über alle Maßen hübsche Person so klaglos im Verborgenen blühen? Ihnen allein gebührt der Respekt dieser schrecklichen Familie. Grüßen Sie mir herzlich Mutter Ida.

Hanna hatte diesen Vorschuss trotzdem abgelehnt. Wegen der Pinkus hatte es juristischen Ärger gegeben. Im Jahre 1906 hatte sie dem Schuster Wilhelm Voigt nach seiner aufsehenerregenden Köpenickiade unter die Arme gegriffen. Als Hauptmann verkleidet, hatte Voigt in Köpenick die Stadtkasse um viertausend Mark beklaut und damit das gesamte Deutsche Reich und sogar den Kaiser zum Lachen gebracht. Dafür hatte die Pinkus ihm eine Leibrente von hundertfünfundzwanzig Mark monatlich für den Rest seines Lebens spendiert. Nach Wolfis Pleite konnte diese Leibrente nicht mehr ausgezahlt werden. Schuster Voigt klagte bei der Familie Wertheim seine hundertfünfundzwanzig Mark monatlich ein. Georg hatte sich über diese Unverfrorenheit aufgeregt und Hanna gebeten, die Angelegenheit irgendwie aus der Welt zu schaffen. Letzten Endes habe die Familie mit Rentenzahlungen der Pinkus nichts zu tun. Bevor Schuster Voigt sich bei der Berliner Presse ausheulen konnte, hatte Hanna ihm eine einmalige Abfindung von tausendfünfhundert Mark von einem Konto der Deutschen Bank überweisen lassen.

In den kommenden drei Jahren wurde der Ausbau am Leipziger Platz vorangetrieben und die Wertheim AG eröffnete am 6. Oktober 1913 am Moritzplatz ein Kaufhaus mit einer Verkaufsfläche von vierzigtausend Quadratmetern. Die Geschäfte liefen glänzend. ›Luxus für alle‹ war wieder der Leitsatz des Warenhausunternehmens. Die Lieferanten wurden pünktlich bezahlt. Der Name

›Wertheim‹ stand trotz der erheblichen Konkurrenz der anderen Berliner Warenhäuser für den Begriff »Warenhaus« – alles unter einem Dach. Die Berliner gingen nicht »einkaufen«, sondern »zu Wertheim«.

Kaiser Wilhelms Hofstaat erkor das Kaufhaus an der Leipziger Straße zum beliebtesten Hoflieferanten. Das bedeutete für Hanna Mehrarbeit. Als Überwacherin des Zahlungsverkehrs hatte sie sich in der Finanzverwaltung unentbehrlich gemacht. Sie hatte den Daumen auf allen Geldgeschäften. Georg sprach nicht nur von »seiner Hanna«, oft nannte er sie »die leibhaftige Revision«.

»Lieber Emil-Georg«, sagte er zu von Stauß, »du fragst mich zwar niemals nach unseren Quartalszahlen, aber deine Augen sprechen Bände. Uns geht es goldig. Frag die leibhaftige Revision, Hanna Berger.«

1913 nahm Wertheim Platz 81 unter den hundert reichsten Berliner Familien ein. Die Revision Hanna wusste es aber noch viel genauer. Vom Barvermögen her stimmte das. Aber wenn man den Grundbesitz, den Georg Jahr um Jahr vergrößerte, einrechnete, waren die Wertheims die achtreichste Familie im Großraum Berlin.

Im gleichen Jahr fiel Georg auf, dass das offizielle Gehalt seiner Hanna weit unter dem monatlichen Einkommen seiner zwölf Prokuristen lag. Beim Seezungen-Essen an Pfingsten oder dem jüdischen Schawuot verkündete er: »Hanna, wir beide reden ja nie über Geld – außer über Geschäfte. Ich finde, du bist unterbezahlt. Du verdienst ja nur zweihundertachtzig Mark im Monat. Das habe ich in der Lohnbuchhaltung gehört. Als Bürochefin solltest du viel mehr verdienen.«

Hanna sah erstaunt auf: »Ich bin unbezahlbar, Georg … Vorsicht, Gräte! Von meinen zweihundertachtzig Mark leg ich monatlich zweihundert in der Wertheim-Bank fest an. Aufgrund der üppigen Zinsen habe ich ein kleines Vermögen angehäuft und könnte dich und Mutter Ida eine Zeitlang über Wasser halten, wenn das mal nötig wäre!«

Georg schnaufte: »Immer dein galliger Witz beim Fisch! Zweihundertachtzig Mark sind zu wenig und stören das Gehaltsgefüge im Betrieb.«

Hanna widersprach: »Zweihundertachtzig Mark in der Geschäftsführung sind so wenig, dass mich niemand um meine Stellung beneidet, verstehst du? Außerdem habe ich freies Essen, Wohnen, Kleidung, Parfümerien, Zahnpasta und vor allen Dingen dich. Du bist auch unbezahlbar. Weißt du überhaupt, wie viel Geld du persönlich monatlich der Betriebskasse entnimmst?«

»Mit oder ohne Reisen?«, fragte Georg argwöhnisch.

Hanna und Georg hatten sich in den vergangenen Jahren Reisen in alle Hauptstädte Europas geleistet. Auch zur Insel Capri, dem Vierwaldstätter See und immer wieder nach Marienbad. Sie lebten stets in den teuersten Hotels.

»Ohne Reisen fünfhundert Mark. Mit unseren Auslandsaufenthalten fünfzehntausend Mark. Die fünfzehntausend Mark buche ich unter ›Spesen‹ ab, mein Lieber«, erklärte sie.

»Au weia! Das ist ja monatlich fast ein Drittel Kanonenboot für den Kaiser.«

»Das sind die teuren Hotels, die wir beide so sehr genießen.«

Der Kaiser rüstete sich in dieser Zeit auf und Viktoria Luise kam unter die Haube. Der russische Zar, der englische König und Wilhelm trafen sich im Jahr 1913 noch friedlich bei den Hochzeitsfeierlichkeiten. In Wahrheit konnten sich die drei miteinander verwandten Majestäten nicht ausstehen. Das Säbelrasseln hörte Emil-Georg von Stauß bereits, als noch nicht einmal über die Möglichkeit eines Krieges gewispert wurde. Er investierte früh in die Rüstungsindustrie. Zu einem unverbindlichen Geplänkel mit den Brüdern Wertheim meldete er sich bei Mutter Ida an. Er bat auch den Justizrat Meschelsohn dazu und bestand auf Hannas Anwesenheit. Zu diesem Plausch sollte kein aufwendiges Essen vorbereitet werden. Nur ein paar Erfrischungen. Zum Essen sei die Lage zu ernst. Die Runde tagte im Speisesaal. Justizrat Meschelsohn saß an der Kopfseite, um das Protokoll zu führen. Auf der anderen Stirnseite thronte Ida Wertheim und hielt mit Hanna unterm Tisch Händchen. Georg schenkte Moselwein ein. Nicht einmal das Hauspersonal war zugegen. Schließlich schlug Georg mit einem Messerrücken gegen das Glas. Die Runde schwieg augenblicklich. Nur leises, unverständliches Gemurmel war zu hören. Die ernsten Gesichter von Georg, Hanna und von Stauß ließen nichts Gutes vermuten. Von Stauß hatte zuvor heimlich ein paar Worte mit Georg gewechselt.

Georg schaute in die Runde, deutete auf von Stauß: »Red du.«

Während er sprach, ging von Stauß um den Tisch herum: »Wir haben gemeinsam harte Zeiten hinter uns und haben sie durchgestanden. Aber in Wirklichkeit bleibt die Zeit nicht stehen, Freunde. Sie rast davon. In eine ungewisse Zukunft. In Berlin wurde viel gefeiert in den letzten Jahren. Hanna, nennen Sie bitte die Zahlen, die durch die Feierlichkeiten in der Wertheim AG hängen geblieben sind.«

Hanna hielt Idas Hand fest. Ruhig legte sie dar, dass der Wertheim-Konzern mit allen seinen Häusern im vergangenen Jahr einhundertacht Millionen Reichsmark Umsatz gemacht hatte. Das war das Doppelte von dem, was ›Harrods‹ in London oder die ›Galeries Lafayette‹ in Paris erwirtschafteten.

»Danke«, sagte der Bankier und fuhr fort: »Aber Dunkelheit fällt über Deutschland. Mit Waffen werden jetzt die Geschäfte gemacht. Bitte erweitern Sie noch schnell Ihr Warenhaus am Moritzplatz und bauen Sie auch den Potsdamer Platz aus. Noch ist Zeit.«

»D'accord, Emil. Wir leben noch in friedlichen Zeiten. Und haben bereits unseren Konzern gut aufgestellt«, sagte Georg.

Die alte Ida fragte: »Was heißt ›noch in friedlichen Zeiten‹?« Unverwandt hatte sie den um den Speisetisch herummarschierenden von Stauß angestarrt.

»Vor einem Krieg herrscht Frieden. Und danach gibt es auch irgendwann wieder einen Frieden. Für den Frieden nach einem kommenden Krieg müssen wir gerüstet sein.«

Franz, Wilhelm und Ida standen Ratlosigkeit und Unverständnis ins Gesicht geschrieben. Ida ließ Hannas Hand los, nahm ihren Gehstock mit Silberknauf und schlug ihn rhythmisch auf den Boden: »Herr von Stauß, Krieg gegen wen, bitte sehr? Jeden Tag, Punkt vierzehn Uhr dreißig, lasse ich mich durch Berlin fahren. Und was sehe ich? – Italiener, Engländer, Franzosen, Russen und Polen spazieren fröhlich durch unsere Stadt! Berlin ist die Hauptstadt Europas!«

Von Stauß pflichtete ihr bei: »Dazu haben die jüdischen Kaufhäuser viel beigetragen.«

»Uns und unseren Konkurrenten geht es doch bestens. Justizrat Meschelsohn, was sagen Sie zu all diesen Fisimatenten? Krieg? Frieden?«, fragte Ida.

Meschelsohn steckte seinen edlen Kopf aus dem Stehkragen weit vor, legte seinen Bleistift auf die Unterlagen: »Liebe Freundin, ich werde dieses Land verlassen. Das Deutsche Reich. Freiwillig. Ich werde alle meine Mandate niederlegen und in die Schweiz gehen.«

Monate später, im Jahr 1915, waren die Schaufenster aller Berliner Warenhäuser mit braunem Packpapier verklebt. Schon lange marschierten keine jungen Männer mehr mit Blumensträußchen im Gewehr zu den Klängen von Marschmusik in den Krieg.

Außer in der Lebensmittelabteilung am Leipziger Platz war der Verkauf eingestellt. Mangelbewirtschaftung. In den folgenden drei Jahren gab es in den Lebensmittelgeschäften außer schrumpeligen Kartoffeln und Kohl kaum noch etwas Essbares zu kaufen. Die Berliner versorgten sich notgedrungen auf dem Lande. Das Gut Saßleben belieferte, so gut wie es eben ging, die Filialen Wertheims in Berlin. Irgendwann kamen nur noch Steckrüben. Zu einem ungeheuer hohen Preis kaufte Georg auf Hannas Anraten tausend Tonnen Schweineschmalz in Ostpreußen auf. Er spendete fünfhundert Tonnen an die Kaiserliche Marine und Armee. Die andere Hälfte ließ er in seinen Berliner Filialen an die hungernde Bevölkerung verteilen. Für fünf Pfennig das Pfund. Er selber hatte eine Mark fünfundzwanzig für ein Pfund bezahlt. Dies war Georgs Beitrag gegen den Hunger in Berlin.

Lange Schlangen bildeten sich vor den Warenhäusern. Hanna

beaufsichtigte, hinter den Schmalzfässern stehend, die gerechte Verteilung des grauen Fettes. Brutal wurden Kinder aus der Wartereihe geschubst. Dann griff auf ein Zeichen von Hanna das ältliche Wachpersonal ein.

Der Geschäftsbetrieb musste auch eingestellt werden, weil alle wehrfähigen Männer unter den Angestellten im Krieg um den Sieg kämpften. Sie starben oder verloren Arme und Beine oder das Augenlicht. Knapp zweitausendfünfhundert Männer von Wertheim dienten im Krieg. Die Verkäuferinnen, Kassiererinnen und Handwerkerinnen des Unternehmens arbeiteten in der Rüstungsfabrik oder zupften aus Baumwolle Verbandsstoffe. Der Geschäftsbetrieb war zum Erliegen gekommen.

Während des Krieges saßen Georg und Hanna täglich an ihren Schreibtischen und schrieben mit der Hand schwarzgeränderte Trauerbriefe. 1918 waren die Stapel besonders hoch, die Hanna den zwei alten Buchhalterinnen im Vorzimmer täglich zum Kuvertieren gab.

»Wie viele Beileidbriefe haben wir in den letzten Wochen geschrieben?«, erkundigte sich Georg eines Abends bei Hanna.

»Vierhundertachtundzwanzig unserer männlichen Mitarbeiter im Alter unter vierzig Jahren sind gefallen. Und hundertsechzehn Witwen habe ich persönlich mein Beileid bekundet«, antwortete sie.

Nach dem Frieden von Versailles hatte sich Wilhelm II. nach Holland aus dem Staub gemacht und schrieb in einem wütenden Brief, dass die jüdischen Unternehmer Deutschlands ihm den Sieg nicht gegönnt hätten. Die Juden seien der Giftpilz an der deutschen Eiche.

Georg las das in einer Notausgabe des sozialdemokratischen *Vorwärts* und schlug wütend mit der Hand auf den Tisch: »Und dieser Hundsfott wollte mich einen Tag lang duzen!«

»Du hast dich wie ein Held benommen und widerstanden«, lächelte Hanna ihn an.

1919 entfernten Dekorateure das Packpapier und die Bretter von den Schaufenstern aller Wertheim-Filialen. Das, was am meisten fehlte, waren Lebensmittel. In allen anderen Abteilungen – Modeartikel, Schmuck, Kleidung und Bettwäsche – gab es keinen Mangel. Die Antiquitätenabteilung quoll über von Kisten und Truhen aus den Beständen des deutschen Adels, die Hanna und Georg zu fairen Preisen erworben hatten. Sie sollten, wenn wieder Frieden herrschte, veräußert werden. Es gab reichlich unverkäufliche Ware, nur nichts zu essen. Vor der Wiedereröffnung des Hauses am Leipziger Platz wollte Georg mit Hanna zum Rudern gehen. Es gab aber keine Ruderboote mehr. Sie wurden während des Krieges konfisziert. So begaben sie sich zur Skulpturen-Allee und schenkten einem kriegsversehrten Akkordeonspieler Geld. Georg reichte ihm noch seine angebrochene Packung mit Zigarillos. Einigen Kriegshelden-Skulpturen hatten wütende Bürger rote Nasen gemalt oder sie gleich abgeschlagen.

»Jetzt würdest du doch gerne ein Zigarillo rauchen – nicht, Georg?«, fragte Hanna.

»Du kennst mich zu gut! In dem Moment, wo ich diesem armen Kerl meine Packung geschenkt hatte, wollte ich mir tatsächlich eines anzünden. – Es muss weitergehen. Organisiere bitte die Eröffnung aller Wertheim-Filialen mit Musik.«

Hanna war begeistert: »Ein Fest für Berlin! Da sollen alle kommen! Das bekomme ich hin. Obwohl wir viel auf Lager haben, was keiner jetzt braucht. Ich muss an die Lebensmittelabteilung denken: Mit Ursulas Steckrüben machen wir unsere Kunden nicht glücklich. Aber du hast recht. Eine Gala täte jetzt allen gut.«

Die Weißnäherei wurde beauftragt, zweihundert schwarz-rot-goldene Fahnen zu nähen, um den Leipziger Platz für die neue Zeit zu beflaggen. Unter den knapp tausend meist älteren Mitarbeitern ließ Hanna fragen, wer ein Blasinstrument spielte. Und so versammelte sich ein großes Blasorchester. Erstmals jubelte die Berliner Presse uneingeschränkt und ohne Rücksicht auf eigene politische Vorurteile über die Wertheims. Einhunderteinundzwanzig Bläser eröffneten mit der Nationalhymne der Weimarer Republik das Kaufhaus am Leipziger Platz. Es war das größte Blasorchester in der Geschichte Preußens. Hanna wies junge Witwen an, Zettel mit den drei Strophen der neuen Nationalhymne zu verteilen. *Deutschland, Deutschland über alles …*

Sie selber sang wie Tausende von Berlinern mit. Alle drei Strophen. Georg blieb in seinem Büro und beobachtete das Geschehen vom Fenster aus mit gewohnter Zurückhaltung. Dann summte auch er. Und dann stürmten die Kunden die Warenhäuser. Doch schnell machte sich Ernüchterung breit: Außer Sauerkraut, Wirsing, etwas Öl und noch weniger Schmalz gab es nichts zu essen. Nur Steckrübenbrote.

Aber die Antiquitätenabteilung war vollgestopft, und davon lag noch mal das Drei-, Vier-, Fünffache in den Lagerhallen in Moabit. Wertheim war nach dem Krieg der größte Antiquitätenhändler des Deutschen Reiches. Nur Kunden hatte er nicht.

Georg war verzweifelt: »Na prächtig! Hier dümpelt unser Vermögen. Die Grafen, Barone und Fürsten sitzen jetzt zwar ohne Möbel, aber immer noch in ihren Schlössern herum. Die haben genügend Ackerland, um satt zu werden. Wir nicht. – Hanna, hast du eine Idee? Wie gedenkst du, die Lebensmittellager wieder attraktiver zu machen? Wenn die Spreewälder Frauen uns nichts aus ihren Wassergärten mitbrächten, müssten selbst wir hungern. Mit diesem neuen, wertlosen Geld zeigen uns unsere alten Lieferanten in Holland, Frankreich, Belgien und der Schweiz den Vogel.«

Hanna hatte schon eine Lösung parat: »Emil-Georg von Stauß hat mir versprochen, ein Arrangement mit der Deutschen Reichsbahn zu treffen. In zwei Tagen werden dreihundert Tonnen Weizen-, Roggen- und Gerstenmehl aus dem Elsass nach Berlin gebracht!«

Überrascht musste sich Georg auf einen gotischen Sessel setzen. Der krachte zusammen. Holzwurm. Wertlos. »Hat er das? – Dreihundert Tonnen? Gemahlenes Getreide? – Wie willst du das bezahlen?«

Hanna hatte schon bezahlt: Während des ganzen Krieges transferierte sie an die Lieferanten der Normandie, der Bretagne und im Elsass Quartal für Quartal Geld. Die französischen Bauern litten genauso unter dem Krieg wie die deutsche Bevölkerung. Hanna hatte während des Krieges schon für den Frieden vorgesorgt. Sie sagte Georg, dass schon alles bezahlt sei.

Er war verblüfft: »Hanna, die dreihundert Tonnen hast du schon bezahlt? Wie denn?!«

»Ich hab hinter deinem Rücken unsere ausländischen Freunde unterstützt. Zum Dank schicken sie per Reichsbahn das Mehl nach Berlin.«

»Teufelin! Woher hattest du während des Krieges auch noch Geld für den Feind?« Georg starrte Hanna mit offenem Mund an, nahm sein Kavalierstuch und wischte sich den Schweiß von der Stirn.

Hanna lächelte fein und schwieg.

»Ich möchte nur eines wissen: Wieso hat die Revision in der Buchhaltung nichts von deinen Machenschaften gemerkt?«

Hanna schmiegte sich dicht an Georg, küsste ihn auf den Mund und flüsterte: »Ich bin die Revision.«

Der Warenverkehr mit dem ehemals feindlichen Ausland florierte bei Wertheim schnell. Bald wussten die Käufer, dass sie nur beim Wertheim satt werden würden. Es kamen besonders die neureichen Kunden. Die Kriegsgewinnler, Schieber und Altmetallhändler. Über alle Maßen aufgedonnerte Damen mit bodenlangen Pelzmänteln und überdimensionalen Hüten flatterten durch die Schmuckabteilung und kauften, um ihr schlechtes Image mit Luxusgütern zu veredeln. Unter den Kunden fand man viele Männer mit Gamaschen über Lackstiefeletten und mit vielen Ringen an den Fingern. Oft trugen sie auffällig gestreifte Anzüge. Die Parfümerieabteilung boomte. In den Villen dieser Neureichen roch es wie in orientalischen Bazaren oder Vorstadtbordellen. Die Berliner Wasserversorgung funktionierte kaum, und es gab zu wenig Heizmaterial für die Badezimmer. Da war Parfum sehr gefragt. Kosmetik und französischer Champagner, den Wertheim noch in seinen Kellern hortete und den eine befremdliche Klientel sich leisten konnte, wurde reichlich gekauft.

Ida Wertheim litt unter den schlechten Zeiten sehr, auch wenn es ihr an nichts fehlte. Doch die ständig schlimmen Nachrichten gingen ihr zu Herzen, auch wenn sie sich dies nicht anmerken ließ, sondern munter wie immer meckerte. Am 19. Dezember 1918 verstarb die mittlerweile 88-jährige Dame. Georg erlitt einen Zusammenbruch, Chanukka wurde in diesem Jahr nicht gefeiert.

Im Jahr 1919 erweiterte sich die Schicksals- und Liebesgemeinschaft Hanna und Georg um ein neues Mitglied.

Als einziges Berliner Warenhaus waren die Wertheims in der Lage, alle Grundnahrungsmittel anzubieten. Die Bäckereien buken wieder Brote, einmal am Tag sogar Schrippen. Einst war Georg stolz darauf gewesen, fünfmal täglich frische Brötchen für seine Kundschaft backen zu können. So weit war er noch nicht wieder. Die Hasardeure des Krieges erfreuten sich im Wintergarten des Erdgeschosses an einem Klaviertrio mit Geige und Harfe, schlürften Sekt, knabberten dazu trockenen Schiffszwieback und sorgten in den Luxusabteilungen für Umsatz. Georg mochte dieses charakterlose Gesindel nicht. Er igelte sich wieder in seinem Büro ein. War es Ahnung, Fügung oder wieder einmal ein Instinkt seiner Hanna, dass sie darauf bestand, bei ihrem morgendlichen Rundgang am 4. März 1919 von ihm begleitet zu werden? Übelgelaunt trottete Georg hinter Hanna her. Für jeden Angestellten, den sie traf, fand sie ein freundliches Wort, erkundigte sich nach dem Wohlergehen der Familie und machte sich immer in ihrem schwarzen Merkheft Notizen, wenn die Antworten dringende Hilfe der Geschäftsführung erforderten. Kaum ein Firmenmitglied war vom schrecklichen Krieg verschont geblieben. Der Klavierspieler im Wintergarten war ein einbeiniger Ex-Leutnant. Georg und Hanna blieben stehen und hörten dem Trio eine Weile zu.

Hanna erklärte Georg: »Wir haben jetzt die neuen Flaggen der

Republik auf dem Dach. Da erwarten die Mitarbeiter, dass du auch mal Flagge zeigst und ihre Hände schüttelst.«

Er habe nie Hände geschüttelt, maulte Georg und schüttelte auch künftig nicht.

Da gab es plötzlich Geschrei. Es kam zu einem Handgemenge. In Zivil gekleidete Hausdetektive – ehemalige Unteroffiziere – erwischten einen etwa vierzehnjährigen Jungen, der mit zwei Kohlköpfen unterm Arm aus der Lebensmittelabteilung im Erdgeschoss nach oben flüchtete. Zwei Männer verfolgten ihn. Einem Dritten lief er in die Arme.

»Du kleiner verfluchter Dieb!«, schrie der Mann und nahm den Jungen in den Schwitzkasten. Er hatte strubbelige blonde Haare, trug nur eine zerschlissene Hose, ein Hemd und einen selbstgestrickten Pullover aus Restwolle. Trotz des kühlen Märztages lief er barfuß herum. Der oberste Unteroffizier unter den Detektiven herrschte den kleinen Kerl an, ihn der Polizei zu übergeben, damit diese ihn in ein Erziehungsheim stecke. Er beklagte laut, die Räuber würden immer jünger. Die Festnahme ereignete sich zehn Meter vom Wintergarten entfernt und sorgte für Aufsehen. Die Männer wollten den Jungen abführen.

»Moment mal.« Georg ließ Hannas Arm los und stellte sich zwischen den Jungen und seine Häscher.

Völlig entgeistert sah der Junge, die geklauten Kohlköpfe unterm Arm, den vornehmen Herrn an.

»Wie heißt du?«, fragte Georg.

Der Junge schwieg.

»Gut. Frage ich mal so rum, auf welchen Namen wurdest du denn getauft?«

»Willi«, nuschelte der Strubbelkopf.

Georg befahl den Mitarbeitern, den Dieb in sein Büro zu bringen. Mit den Kohlköpfen.

Auf Hannas Schreibtisch legte Willi die beiden Kohlköpfe ab. Barfuß stand er auf dem Seidenteppich, schaute sich verunsichert und ängstlich um. So viel Pracht hatte er in seinem ganzen Leben noch nicht gesehen. Das Warenhaus war schon ein Palast. Aber das hier! Die wohlige Wärme im Büro tat ihm gut. Georg lehnte am halbgeöffneten Fenster und atmete die frische Luft ein und aus. Er war erschüttert darüber, dass ein Junge, der offensichtlich so arm war, dass er Kohlköpfe klauen musste, von seinen Mitarbeitern sofort in ein Erziehungsheim eingewiesen werden sollte. Er selber hatte in seiner Jugend nie gestohlen. Er hatte dank Ida auch nie wirklich gehungert. Hanna registrierte Georgs Sprachlosigkeit und wusste sofort, dass dieser Knabe eine Saite in Georgs Herz zum Schwingen brachte. Diese hatte sie schon oft bemerkt, wenn er armen Kindern auf der Straße begegnete. Dann pflegte er immer mehrfach zu schlucken und bekam eine heisere Stimme. Wenn er überhaupt sprach.

»Also, du heißt Willi?«, fragte Hanna das mickrige Kerlchen.

Willi nickte.

»Und bist wie alt?«

»In einem Monat werd ich vierzehn.«

»Hast du schon häufiger gestohlen? Bei uns oder woanders?«, wollte sie weiter wissen.

Willi nickte und schaute auf die Kohlköpfe auf Hannas Schreibtisch.

»Aber immer nur Kartoffeln oder Kohl.«

Georg wandte sich vom geöffneten Fenster ab: »Und wo wohnst du?«

»Rosenthaler Straße. Mit meiner Mutter … Der Vater ist im Krieg geblieben.«

In der Rosenthaler Straße hatte Georg bereits 1885 arme Kinder in seinem ersten Berliner Geschäft gesehen und sie mit Lakritzen, Zuckerstangen und Soleiern verwöhnt. Seine eigene Vergangenheit holte ihn jetzt ein.

Er reichte Willi die Hand: »Ich bin der Wertheim.«

Willi schien das zu ahnen.

»Also, Kartoffeln und Kohl. Niemals Schokolade oder sonst was? – Kohl klauen ist doch sehr unhandlich! Ich könnte mit zwei Kohlköpfen auch nicht schnell laufen«, sagte Georg freundlich.

Willi gab zu, dass er einmal auch eine Flasche Öl entwendet

hatte und beinah mal ein Paar Schuhe. Da habe man ihn aber erwischt. Dann habe er die Schuhe stehen lassen und die Flasche Öl für sich und seine Mutter gerettet und sei davongerannt.

»Welche Schuhgröße hast du denn?«, fragte Georg.

Willi wusste das nicht.

Hanna drückte den Jungen in einen Besuchersessel und empfahl Georg, zunächst mal Kakao und Kekse für den Willi ins Büro zu bestellen. Georg wunderte es, dass Willi nicht mal das Wort »Kakao« kannte.

Hanna erklärte es Willi: »Kakao ist flüssige Schokolade mit Milch und manchmal einem Klecks Sahne obendrauf.« Sie beugte sich zu Willi und streichelte ihm übers Haar. Dann begab sie sich zur Sprechanlage an ihrem Schreibtisch, drückte den Sprachknopf. »Ach was! Keine Kekse – diese trockenen Schiffszwiebacke. Ich brauche Kakao und Wurstbrötchen. Und einen Herrn aus der Abteilung für Knabenbekleidung.«

Willi krallte sich mit beiden Händen in die Armlehnen des Sessels fest.

»Wenn Herr Wertheim und ich nicht zufälligerweise vorbeigekommen wären, hätte man dich wohl in eine Erziehungsanstalt gesteckt.« Hanna schüttelte den Kopf.

»Skandalös, nicht?!«, schimpfte Georg. »Das ist doch völlig abartig! In Erziehungsanstalten werden aus Kindern Verbrecher herangezogen.«

»Ich war schon mal im Arbeitshaus. Aber nur zwei Wochen«, sagte Willi und machte eine hilflose Geste. »Konnte aber abhauen!«

Hanna hatte ihren Georg beobachtet und wusste, dass er bei Willi Feuer gefangen hatte.

Lässig setzte er sich auf den anderen Besuchersessel: »Du lebst also allein mit deiner Mutter in der Rosenthaler Straße. Wohl in einem Keller, nicht? Da gibt es ja nur Kellerwohnungen für Leute wie ... wie ...«

Willi unterbrach ihn: »Souterrain, sagt meine Mutter. Früher, als Vater noch lebte, wohnten wir im zweiten Stock.«

Eine Klingel an der wattierten Tür ertönte und ein humpelnder Kellner brachte ein Tablett mit Kakao und einem Berg Wurstbrötchenhälften. Willi griff zu und biss gierig in die Brötchen. In Nullkommanix waren alle verputzt. Hanna forderte ihn auf, weiterzuessen. Vorsichtig probierte Willi den Kakao. Das Zeug schmeckte ihm.

Georg sah ihn an: »Willi, wie viel ist vier mal sieben?«

Mit vollem Mund antwortete Willi: »Achtundzwanzig.«

»Und dreizehn mal dreizehn, Willi?«

Willi antwortete fast empört: »Hundertneunundsechzig.«

Das Feuer in Georgs Augen glühte: »Vierzehn mal siebenundzwanzig?« Kaum hatte er gefragt, antwortete Willi: »Dreihundertachtundsiebzig.«

Hanna strahlte beglückt. Sie wusste, was Georg die ganze Zeit umtrieb. In diesem Moment betrat ein elegant gekleideter griesgrämiger Endvierziger das heilige Kontor.

Hanna fragte den Mann: »Kinder- und Knabenabteilung?«

Der Fachverkäufer machte einen strammen Diener und schlug die Hacken zusammen.

»Auch Schuhe?«

Der Knabenausstatter nickte.

Gleichzeitig deuteten Hanna und Georg auf Willi.

»Also, Willi, möchtest du bei uns arbeiten?«, fragte ihn Georg.

Schwupps, fiel Willi ein Stück Brötchen aus dem Mund. Dann verschluckte er sich am Kakao. Er hustete: »Da muss ich meine Mutter fragen. Sie liegt krank im Bett.«

Georg war wieder an das geöffnete Fenster getreten und atmete die frische Luft ein. Tränen liefen ihm über die Wangen.

Hanna entließ Willi mit dem Knabenartikelverkäufer und drückte ihm zum Abschied noch die beiden Kohlköpfe in den Arm: »Die bringst du vorher noch zurück in die Lebensmittelabteilung. Der Herr hier passt auf dich auf.« Sie schaute dem Jungen nach, trat hinter Georg und streichelte ihm den Nacken. »Du hast nichts dagegen, wenn ich mit unserem Betriebsarzt in die Rosenthaler Straße fahre, oder? Auch Elend kann manchmal etwas Gutes haben. Seh ich das richtig?«

Georg knurrte etwas Unverständliches und wischte sich die Tränen weg.

»Wie viel ist dreihundertachtundsiebzig minus hundertneunundsechzig?«, fragte Hanna.

Georg antwortete leiernd: »Zweihundertneun.«

Dann drehte sie ihn zu sich und gab ihm einen Kuss auf den Mund.

Georg zwirbelte Hannas blondes Haar hinter dem Ohr und sagte: »Ein schrecklicher Tag. Aber irgendwie schön.«

Der Betriebsarzt ging nun eine Woche lang täglich zu Willis Mutter und kurierte sie von einer Bronchitis infolge des kalten, feuchten Kellers. Willi trat zwei Tage später eine Lehrstelle als Einzelhandelskaufmann bei Wertheim an. Georg persönlich sorgte dafür, dass Willi durch alle Abteilungen geschleust wurde, und alle seine leitenden Mitarbeiter mussten ihm über den Jungen wöchentlich Rapport erstatten. Schnell erreichte Willi durch die ständigen Nachfragen der obersten Etage eine Sonderstellung. Er lernte viel, blieb bescheiden und war penetrant wissbegierig. Willis wegen ging Georg häufiger in den Betrieb und schaute ihm bei der Arbeit zu. Dann hatte er einen Entschluss gefasst. Er fragte Hanna, ob diese sich vorstellen könne, den begabten Rechner und auch in Wort und Schrift sehr umgänglichen Willi zwischen die alten Mumien im Vorzimmer zu platzieren, damit man dessen Entwicklung nicht aus den Augen verlöre? Hanna hatte es die ganze Zeit geahnt. Sie besorgte eine Wohnung für Willis Mutter und behandelte den Jungen etwas strenger als Georg, der für ihren Geschmack arg nachsichtig mit dem intelligenten Lehrling umging. Er wies den ersten Chauffeur der Fahrbereitschaft sogar an, dem Vierzehnjährigen das Fahren eines Lieferwagens auf dem firmeneigenen Parkplatz beizubringen. Willi lernte alles sehr schnell. Georg war entzückt. Er selber hatte in seinem ganzen Leben niemals das Autofahren gelernt. Willi entwickelte im Vorzimmer des Chefkontors ein fotografisches Gedächtnis und interessierte sich auch noch für die Fachmagazine aus Handel und Gewerbe. Bereits im zweiten Lehrjahr las er den Wirtschaftsteil aller Berliner Tageszeitungen. Dabei behielt er alles unauslöschbar im Gedächtnis. Willi wurde zum Sonnenschein für Hanna und Georg.

Doch finanziell stand es nicht zum Besten. Das Geld wurde in dieser Zeit nach und nach wertlos, und die Kassen im Kaufhaus wurden durch große Kisten ersetzt. Inflationsgeld häufte sich. Bei einer ihrer wöchentlichen Besprechungen im Büro gestand von Stauß seinem Freund Georg, die Deutsche Bank sei, streng genommen, pleite. Die Siegermächte hatten allen deutschen Banken jegliche Devisengeschäfte verboten. Von Stauß beneidete Georg wegen seines Warenkapitals, das unverkäuflich in den Lagern lag: »Wenn es wieder aufwärts geht, bist du und alle anderen Warenhauskönige fein raus. Und die Deutsche Bank wird es nicht mehr geben.«

Die internationale Kundschaft aus vielen Ländern, die noch am Vorabend des Krieges Devisen nach Berlin schaufelte, blieb fern.

Am 19. Dezember 1919 jährte sich der Todestag von Ida Wertheim. An diesem Morgen verließ Georg sein Bett nicht. Er bat Hanna, sich zu ihm zu setzen und ihm noch mal in Erinnerung zu bringen, was sich auf den Tag genau ein Jahr zuvor zugetragen habe.

Hanna erzählte: »Deine Mutter hatte uns am frühen Nachmittag – also dich, Franz, Wilhelm, Helene, Hedwig und mich – in ihre Wohnküche gebeten. Sie hatte für uns alle eine Schüssel mit Heringen und Pellkartoffeln zubereiten lassen. Dazu tranken wir Bier.«

»Richtig, richtig«, sagte Georg leise.

»Damals saß sie auf ihrem Stammplatz, fragte dich nach Emil-Georg von Stauß und nach der Deutschen Bank. Und du hast uns allen erklärt, die Bank sei so gut wie bankrott, und wir könnten von unserem unverkäuflichen Kapital nicht leben.«

Georg wischte sich Tränen aus den Augen. »Ja, aber dann hat sie doch angefangen, Orientzigaretten zu rauchen. Wie ein Schlot!«

»Ja«, erinnerte sich Hanna, »sie hatte dreist wie immer verkündet, mit achtundachtzig Jahren müsse sie im Leben mal was Neues probieren, während wir um sie herumsaßen. Sie paffte ununterbrochen.«

»Nein, sie hat nur drei Zigaretten geraucht. Dann musstet du und Helene ihr beim Aufstehen behilflich sein. Ihr habt sie nach oben in ihr Schlafzimmer gebracht. Weiter!«, forderte er sie auf.

»Nun quäl dich doch nicht so, Georg. Du weißt, was geschah. Du hast nach Dr. Isaak verlangt. Ida ist noch aus eigener Kraft die Treppe hinaufgegangen und hat sich in ihr Bett gelegt. Hat noch rumgemeckert, dass man ihr Kissen hinter den Rücken legen sollte, und gemeint: ›Wenn man erst mal zum Liegen kommt, ist es aus mit einem. Im Sitzen stirbt es sich nicht so schnell.‹ – Jetzt ist aber Schluss, Georg! Sie ist dann gestorben. In Helenes und meinen Armen. Und ihr habt draußen vor dem Schlafzimmer gewartet. Warum muss ich dich noch zusätzlich damit quälen? Das alles läuft doch wie ein Film vor deinen Augen ab. Steh sofort auf und geh an die Arbeit!« Hanna griff nach seinem Arm.

Georg klammerte sich in seinem Bett fest. »Was waren ihre letzten Worte? Wiederhol sie bitte! Für mich, Liebes!«

»Ihre letzten Worte waren typisch für Ida: Eben, dass Chanukka vor der Tür stünde und dass für euch getaufte Juden in fünf Tagen Weihnachten sei. Sie machte noch den Witz: die christlichen Juden würden zu Chanukka ›Weihnukka‹ sagen. ›Chanukka – Weihnukka‹ waren ihre letzten Worte. Dann war sie tot. Und wir haben sie neben Vater Abraham beerdigt. – Geh jetzt gefälligst zur Arbeit. Oder muss ich dir ab heute jedes Jahr am 19. Dezember Mutter Idas Tod erzählen? – Ida wurde achtundachtzig Jahre alt! Sie hat eine Stunde vor ihrem Ableben Zigaretten geraucht! Ich finde das großartig. Ich könnte dir jetzt auch sagen, dass sie sich des Öfteren bei mir beklagt hatte, dass du dein Leben lang ihrer Mutterliebe nie mit Zärtlichkeit entgegengekommen bist. Manchmal hatte ich sogar das Gefühl, sie sei auf unsere Liebe eifersüchtig. – Jetzt ist Schluss!« Hanna stand auf.

Georg wühlte sich aus dem Bett und begab sich in sein Badezimmer. Durch die halbgeöffnete Badezimmertür fragte er: »Welche Vorkehrungen haben wir für das kommende Weihnachtsfest oder ›Weihnukka‹ für unsere Kundschaft getroffen?«

»Das haben wir doch längst besprochen. Armenspeisung. Erbsensuppe mit Speckeinlage und Brot- und Brötchenkörbe zur freien Bedienung für alle Hungernden. Im Personalkasino.« Sie seufzte.

Georg erschien in der Badezimmertür: »Ich wünsche, dass auch in den Banketträumen und in allen Restaurants jedermann über die Weihnachtstage kostenlos verköstigt wird. Bitte, organisiere das zusammen mit meinem Willi.«

»Nennst du Erbsensuppe und Brötchen ›Luxus für alle‹? Georg, das ist keine gute Idee: Die Bedürftigen für ein paar wenige Stunden in unsere prächtigen Restaurants zu lassen und sie danach wieder auszugrenzen. Das gibt böses Blut. Deine Sentimentalität in Ehren, aber die Welt richtet sich nicht nach deiner Laune. Zum Philanthropen taugst du nicht. Du musst Geschäftsmann bleiben.«

»Ist das dein Ernst? So hartherzig?« Er sah sie ernst an.

»Das ist vernünftig, Georg. Die wenigen vermögenden Kunden oder sagen wir die Leute, die sich unseren Luxus leisten können, dürfen wir nicht verprellen. Was glaubst du, wie schnell du Herrn von Stauß am Hals hast! Der scharwenzelt in letzter Zeit für meinen Geschmack zu häufig durch die Schmuckwarenabteilung und durch unser Antiquitätenchaos. Die Deutsche Bank könnte auf die Idee kommen, unseren wertvollen Warenbestand auf dem Weltmarkt beispielsweise in Paris, Brüssel oder London anbieten zu lassen. Um die Verbindlichkeiten der Deutschen Bank abzusichern. Auch wenn er dein Freund ist, hält die Deutsche Bank letztlich doch einen Daumen auf eure Familienaktien.«

»Manchmal bist du Emil-Georg gegenüber zu kritisch.«

»Ein Mann, der es sogar während des Krieges geschafft hat, auf den Berliner Seen mit einer eigenen Motoryacht herumzuschippern, um sich dort mit seinen Damen zu vergnügen, verdient mein Misstrauen. Schon Willi hat mich gefragt, woher der Herr von Stauß den Treibstoff für sein Boot bekäme. Dein Freund wird recht bald mit einem Angebot um die Ecke kommen, das du schlecht ablehnen kannst.« Sie unterstrich ihre Worte mit einem Nicken.

»Wieso, Hanna?«

»Wertheim und einige andere Firmen sind die einzigen Diamanten, die noch in der Krone der Deutschen Bank funkeln.«

»Unverkäufliches Kapital funkelt nicht«, entgegnete Georg.

Doch Hanna sollte wieder recht behalten.

Zwei Zivilmatrosen holten Hanna und Georg an einem Sonntagmorgen am Bootssteg des Wannsees ab und ruderten sie zur Privatyacht des Herrn von Stauß. Unterdessen war er Vorstandsvorsitzender der Deutschen Bank geworden.

An Bord des prachtvollen Schiffes ertönte die Pfeife eines Bootsmaats. Eine Gangway wurde herabgelassen.

Von Stauß empfing sie mit der gewohnten Herzlichkeit: »Endlich sieht man sich mal wieder!«

Bei dem schönen Wetter wurde auf dem Vorderdeck serviert. Eleganter Imbiss, verschiedene Getränke. Von drei Stewards gleichzeitig. Von Stauß hatte bereits einen Gast an Bord: Arthur Höfgen, ein zweiundzwanzigjähriger junger Mann mit tadellosen Manieren. Er gefiel Hanna auf der Stelle nicht. Zu sehr bemühte sich der junge Mann um sie, um Georg und um von Stauß. Er war von gefährlicher Beflissenheit.

Von Stauß sagte: »Also, endlich sieht man sich mal wieder! Ich möchte die Gelegenheit nutzen, euch meinen Assistenten Arthur Höfgen vorzustellen. Ein tüchtiger junger Mann. Promoviert sogar noch nebenher.«

Georg fixierte Höfgen, reichte ihm nicht die Hand. Er war lange genug mit Hanna zusammen, um zu spüren, dass sie sich in ein Schneckenhaus zurückgezogen hatte. Als der Kerl sich auch noch mit einem Handkuss anbiedern wollte, fällte auch Georg sein Urteil. Hanna griff zu einem Glas Wasser. Höfgen zeigte keine Enttäuschung.

Schnell reichte er Lachsschnittchen rüber und plauderte los: »Hoffentlich kommt kein Wind auf. Dann würde es wackeln. Sonderlich seefest bin ich nicht! Bei meinen Ruderpartien gebe ich immer selber den Kurs vor!«

Windstille. Georg schaute sich auf dem Boot um und sagte, dass es nicht nur sehr schön und groß sei, sondern auch mit reichlich viel Besatzung bestückt.

»Du hast recht, ich beschäftige für das Bötchen zu viel Personal. Aber jeder Mann, dem ich eine Arbeit gebe, verbreitet auf der Straße keine Unruhe«, erklärte von Stauß gewandt.

Höfgen lachte laut auf. »So kann man Ihren Luxus auch definieren!«

Von Stauß lachte tatsächlich mit. »Unter allen meinen persönlichen Sekretären ist Herr Höfgen mein persönlichster.«

»Wie weit ist Ihre Promotion?«, fragte Georg.

Von Stauß spürte sehr wohl die Distanz, die von Georg, aber insbesondere von Hanna ausging. Georg knibbelte an seiner Unterlippe. Das war stets ein schlechtes Zeichen. Hanna drehte nicht ihre blonden Haare hinterm Ohr zusammen – was sie immer tat, wenn sie guter Laune war oder etwas überlegte. Starr saß sie auf einem Deckchair, als hätte sie einen Stock verschluckt.

»Wenn meinen Doktorvater nicht der Schlag trifft, bin ich in zwei Monaten mit meiner Arbeit fertig«, antwortete der junge Mann.

Georg ging endlich in die Offensive. Die Anwesenden hatten bis jetzt nur um den heißen Brei herumgeredet.

»Warum habe ich eigentlich niemals einen Kreditvertrag mit deiner Bank unterschrieben? Nur diese Familienaktienfinanzierung.«

»Unter Freunden bedarf es doch keiner Verträge. Solange sie ihren Verpflichtungen nachkommen.« Von Stauß lächelte.

Hanna war alarmiert. Georg blieb ruhig.

»Und wer kontrolliert dich, lieber Emil? Und deinen privatesten unter allen privaten Sekretären?«, das interessierte Hanna brennend.

Von Stauß lockerte die Krawatte: »Euch beiden kann man nichts vormachen. Natürlich habe ich euch hergebeten, um über meine Probleme zu reden. Wisst ihr, das Bankenwesen ist letzten Endes sehr einfach: Solange im Geschäftsbereich alles auf Haben steht und Gewinne erzielt werden, ist die Frage nach Sicherheiten Ketzerei. Nur haben sich die Zeiten nach diesem verfluchten Krieg geändert. Ach weißt du, Georg, ich würde zu gerne wieder mal bei deiner Frau Ursula in eine frisch gepflückte Tomate beißen. Oder zur Jagd eingeladen werden.«

»Warum?«

»Um aus dem Berliner Elendstrott rauszukommen!«

Georg versprach, Ursula würde ihn zur nächsten Jagdgesellschaft einladen, und es würden auch genügend Tomaten bereitstehen, in die er beißen könne.

Beiläufig deutete Georg auf Höfgen: »Und damit du dich nicht langweilst, bring den Herrn Höfgen gleich mit.«

Überschwänglich begeisterte sich Höfgen für die Einladung. Er griff sogar nach Georgs Hand. Ein großer Fehler!

Nach dem Aufenthalt auf der Motoryacht hatten Hanna und Georg das Bedürfnis, sich in der Nähe der Wohnung die Füße zu vertreten. Sie blieben vor einem jüdischen Silberwarengeschäft stehen. Die Auslagen waren überladen. Die beiden Inhaber schauten hinter ihrer Eingangstür sehnsüchtig nach Kundschaft. Silber wurde in Zahlung gegeben, aber nicht gekauft. Die beiden orthodox-jüdischen Eigentümer hatten schlechte Laune. Neben ihrer Eingangstür kauerte ein Bettler, dem Hanna eine Tafel Schokolade schenkte, die sie in ihrer Handtasche zufälligerweise bei sich trug – Halbbitter.

Während sie die Silberauslagen betrachteten, sagte Hanna: »Weißt du eigentlich, dass die Deutsche Bank keinen einzigen Juden in leitender Position beschäftigt? Seit der Gründung. Und die Geschäftsführung soll sogar stolz darauf sein!«

Georg legte eine Hand auf ihren Arm: »Das war eine komische Bootspartie, zugegeben. Emil ist aber in Wahrheit eine ehrliche Haut. In all den Jahren war er herausragend treu und hilfsbereit. Dieser Höfgen irritiert mich. Genau wie dich. Ein glatter Aal. – Elegante Erscheinung, zweifellos. Er wird Ursula sehr gefallen, beim Jagen.«

»Fährst du auch nach Saßleben?«

»Für Saßleben bin ich im Moment zu alt. Ich habe einfach keine Lust.«

»Du bist zu feige! Solltest aber fahren. Ursula und deine Kinder sind deine natürlichen Erben. Wer weiß, ob es von Stauß und Höfgen nur zum Jagen und der Tomaten wegen nach Saßleben treibt?«

»Du kannst manchmal auf penetrante Weise recht haben.«

Hanna gluckste in sich hinein und hakte sich bei Georg unter: »Immer habe ich nicht recht.«

»Wann hattest du mal nicht recht, in den vergangenen Jahren?«

»Darüber muss ich nachdenken«, kicherte Hanna und ließ den Schleier ihres Hutes vors Gesicht fallen.

Willi und der Chef der Lebensmittelabteilung fertigten eine lange Warenliste an, die neben Gemüse, Wildbret, Schweine- und Rindfleisch viele andere Nahrungsmittel enthielt, die von Gut Saßleben nach Berlin expediert werden sollten. Hanna fügte dieser Liste ein persönliches Schreiben an Ursula hinzu und bat sie, alles zu tun, um das Leid der Berliner zu lindern. Es war eine heikle Angelegenheit. Gut Saßleben wurde von den Behörden zwangsbewirtschaftet und die Produkte von Wald, Flur, Garten und Feld unterlagen einer Abgabenkontrolle. Doch wie bei allen Bauern und Gutsherren wurde gemogelt. Auch Ursula trickste herum. Hanna schrieb ihr freundlich, dass sie möglicherweise mit einem Bein im Gefängnis stünde, sollte sie alle Wünsche der Berliner erfüllen. Sie beendete das Schreiben mit dem Satz: *Not macht erfinderisch. Ich wünsche Ihnen gutes Büchsenlicht und Treffsicherheit beim Jagen. Trotzdem tun mir die armen Tiere leid. Berlin lechzt nach Proteinen, Obst und Gemüse.*

Als Georg den Brief gelesen hatte, brummte er nur: »Das kriegt Ursula hin. Beste Beziehungen. Sie lädt den Polizeichef von Görlitz und den sozialdemokratischen Landrat zu all ihren Gesellschaften ein.« Dann verstaute Georg die Liste und den Brief in seiner Aktenmappe.

Der Wertheim-Konzern wurde wöchentlich mit fünfhundert Litern Treibstoff beliefert – das war im Vergleich zu anderen Warenhausketten sehr wenig. Sechzig Liter gingen für die Reise nach Saßleben drauf. Georg lehnte es ab, mit der Bahn zu fahren und dreimal umzusteigen. Die Siegermächte des Krieges hatten die Bahnverbindung nach Görlitz auf eingleisigen Betrieb reduziert. Die abgebauten Gleise lagen nun auf einem Schrottplatz in der Nähe Berlins und verrosteten.

Kurz vor der Ankunft hatte Georg seinen Chauffeur John gebeten, in einer Kurve anzuhalten. Er wollte die Lage zunächst einmal sondieren. Mit Herrn John hatte Hanna ihm einen Chauffeur an die Seite gestellt, von dem sie wusste, dass seine Verschwiegenheit und Zurückhaltung nie die Nerven Georgs strapazierten. Konversationssüchtige Chauffeure waren ihm ein Graus. Ebenso erging es ihm bei Friseuren. Die Trennscheibe zwischen dem Chauffeur und der Rückbank wurde heruntergelassen.

Georgs Laune war leidlich schlecht. Er sagte nur: »Ja, dann mal rein ins Getümmel. Ach, lieber John.«

John lächelte seinem Chef ermutigend zu.

»Dann erzählen Sie doch mal, was ich meiner Frau und meinen Kindern mitgebracht habe. Was hat Frau Berger einpacken lassen?«, wollte Georg Wertheim wissen.

John rasselte runter: »Eine Terrine Gänseleber, original aus dem Perigord, außerdem Tulpenzwiebeln für Ihre Gemahlin. Für Ihren Sohn Albrecht einen Metallbaukasten und für Ihre Tochter einen Fotoapparat mit Rollfilm.«

»Ist das gut, John?«

»Das kann ich nicht beurteilen«, hielt sich John klug zurück. »Aber es klingt gut.«

Georg ließ die Trennscheibe wieder hoch. Sie fuhren am Gutshaus vor. Georg wunderte sich, als er die zahlreichen Autos, Kaleschen und Limousinen vor dem Herrenhaus in Gut Saßleben sah. Auch von Stauß und Höfgen waren soeben im Wagen vorgefahren. Von Stauß begrüßte Ursula mit formvollendetem Handkuss. Dann stellte er seinen Begleiter vor. Höfgen blickte Ursula sofort sehr tief in die Augen. In diesem Moment funkte es zwischen ihnen, und Höfgen wich nicht mehr von Ursulas Seite.

Von Stauß beobachtete amüsiert, wie Georg seiner Ursula zwei Luftküsse rechts und links an der Wange vorbei schenkte. Albrecht Wertheim war elf Jahre alt und kam sofort ins Jagdzimmer geflitzt. Er wollte an seinem Vater hochspringen, um ihn zu umarmen. Georg erschrak und schüttelte seinem Sohn nur schnell die Hand. John überreichte dem Jungen den Metallbaukasten. Da jubelte er und lief aus dem Jagdzimmer. Höfgen stand bereits wie festgeklebt neben Ursula.

Georg versuchte sich in Konversation: »Schlechte Straßen. Bin aber dennoch lebend angekommen. War schon lange nicht mehr hier. So, und was machen wir jetzt? – Ursula, zunächst möchte ich dir den angehenden Herrn Dr. Höfgen vorstellen. Oder kennt ihr euch schon?«

»Schon geschehen!«, tirilierte Ursula. »Ich habe eine exorbitant exquisite Jagdgesellschaft organisiert. Die Damen und Herren ziehen sich in ihren Räumen um. Wundervolle Mischung: ein bisschen Kunst und Politik.«

Von Stauß ging zu den Panoramafenstern und schaute in den großen Park. Georg und Ursula stellten sich rechts und links von dem Bankier auf und guckten auch nach draußen.

Höfgen schlich sich wieder an Ursula heran.

Von Stauß war bester Laune und schwadronierte los: »Tja, nun sind wir ja mal alleine unter uns! Frau Wertheim, zunächst einmal«, lobte er, »können Sie stolz auf Ihren Mann sein. Ich selber genieße wohl den Vorzug und die Ehre, mich seinen einzigen Freund nennen zu dürfen. Ist doch so, Georg. Nicht?« Schnell wandte er sich um und musterte erst die Hausherrin, dann den ältlichen Georg.

Höfgen grinste schief.

Georg antwortete: »Stimmt, Emil. Obwohl wir sehr verschieden sind. In jeder Hinsicht. Zum Beispiel in unserer Lebensart. Du besitzt immer noch eine Motoryacht. Ich habe zuweilen ein Ruderboot zur Miete.«

Ursula plapperte daher: »Ja, ja. Gegensätze ziehen sich wohl an.« Und vergewisserte sich mit einem: »Nicht wahr, Herr Höfgen?«

Höfgen nickte und verbeugte sich.

Von Stauß wandte sich vom Fenster ab, trat in die Mitte des Raumes, senkte seine Stimme: »In Georgs Geschäfte waren Sie nie eingebunden, gnädige Frau. Nicht wahr?«

»Gott bewahre!«, empörte sich Ursula. »Natürlich nicht! Ich für meine Person ziehe das zurückgezogene Leben auf dem Lande mit hie und da einigen Gästen und reichlich Natur vor. Warum fragen Sie?«

Verbindlich lächelnd ging von Stauß auf Georg zu, fixierte ihn und legte ihm eine Hand auf die Schulter. Er brachte sein Gesicht an das von Georg. Jetzt schaut er dämonisch, dachte Georg.

Von Stauß sagte: »Mein Freund, ich muss Tacheles mit euch reden. Es ist höchste Zeit. Hier lebt deine richtige Familie. Deine Erben. Hältst du es nicht auf Dauer für sinnvoll, Ursula in die Geschäftsverantwortung mit einzubeziehen? Du wirst nicht jünger.« Gefährlich lächelnd starrte er Georg an. Der hielt dem Blick stand. »Dein Sohn und Erbe ist noch ein Kind.«

Hanna hatte recht gehabt. Von Stauß wollte einen Vorschlag unterbreiten, den Georg nicht ablehnen konnte. Georg war nicht mehr jung, aber als Vorstandsvorsitzender alleinverantwortlich für die Abraham Wertheim AG. Auf Saßleben wollte von Stauß das ändern.

Er drängte den langjährigen Freund: »Eine häufigere Präsenz in Berlin wäre gesellschaftlich angenehm und geschäftlich wichtig für Sie, gnädige Frau. Das meinen Sie doch auch, Höfgen, oder?«

Höfgen fand das natürlich auch.

Mit scharfer Stimme, über die er sich selber wunderte, konterte Georg: »Meine Frau vermisst Berlin nicht. Sie liebt das Landleben! Ich kann auch Tacheles reden.«

Ursula begriff die Spannung zwischen den beiden Männern. Sie nickte heftig: »Wir müssen Fakten schaffen. Gehen wir doch alle zusammen an die frische Luft. Ein Spaziergang wird uns guttun.

Wie sagst du immer, Georg? Es erweitert die Lungen und macht den Kopf klar.«

Höfgen fragte Ursula galant, ob er ihr den Arm reichen dürfe. Diese bejahte, und beide folgten dem Bankier und dem Tycoon des Wertheim-Konzerns.

»Meinen Arm halten Sie doch schon die ganze Zeit fest, Herr Höfgen«, kicherte Ursula albern.

Georg hatte die inszenierte Intrige durchschaut: »Emil, was sollte dieser Auftritt vor Ursula? Warum hast du nicht eine Sekunde lang an Hanna gedacht? An mein Leben? ... Meine Liebe?«

Von Stauß blieb kühl und geschäftlich: »Haben Hanna und du nur mal rein geschäftlich gesehen eine Zukunft? Lieber Freund, meiner Bank ist eine geschäftsführende Geliebte nur sehr schwer zu vermitteln.«

Georg blieb stehen. Ihm blieb die Luft weg. Er setzte sich auf eine Bank an einem Karpfenteich und versuchte, seinen Kreislauf zu stabilisieren. Höfgen warf Steinchen ins Wasser.

Als Georgs Puls sich wieder einigermaßen beruhigt hatte, fragte er seinen besten Freund entgeistert: »Soll ich mich etwa von Hanna trennen? Wollt ihr das? – Du spinnst doch wohl!«

Von Stauß setzte sich neben ihn und legte ihm eine Hand aufs Knie: »Nein, das natürlich nicht. Aber mit irgendeinem Ergebnis muss ich bei meinem Vorstand antanzen. Also, wir erwarten, dass du als Finanzchef oder meinetwegen auch Vorstand des Aufsichtsrats einen Mitarbeiter der Deutschen Bank akzeptierst. Das würde fürs Erste schon reichen.«

Wütend zerbrach Georg seinen Spazierstock. Er wunderte sich, woher er die Kraft dafür nahm. »Niemals! Wertheim verfügt nach wie vor über die Mehrheit aller Aktien. Zugegeben, mein Finanzvorstand ist inoffiziell. Dafür kostet er auch wenig ...«

»Ja, ich weiß, es ist Hanna. Inoffiziell. Sie ist genial. Aber was nützt dir die Aktienmehrheit. Wie lange habt ihr die noch? Es gibt in meinem Institut so Strategiespiele. Ich kann dir nicht versprechen, wie lange dich die Sonne der Deutschen Bank noch bescheinen wird. Auf eure Familienaktien haben wir ein Vorkaufsrecht. Daraus könnte man euch einen Strick drehen. Nicht nur theoretisch.«

Georg sprang von der Bank auf. »Versteh ich das richtig? Sollte die Sonne der Deutschen Bank mal erlöschen, dann liegt das doch wohl einzig und allein daran, dass ihr klamm seid! Wovon wollt ihr mich denn ausbezahlen? Mich und meine Familie? Die Sache mit Ursula und meinem Erben war mies und hinterhältig. Aber wenn mein bester Freund schon zu Taschenspieler-Tricks greifen muss, muss es verdammt schlecht um die Bank bestellt sein! Ich werde dich und deinen Vorstand bei Gelegenheit zu einem Teller Suppe einladen. Wenn du willst, sogar auf dein eigenes Boot.« Mit diesen Worten ging er einfach durch den Park zurück zum Wagen.

Von Stauß schaute ihm verdutzt nach. Auch Ursula und Höfgen hatten Georg niemals zuvor so beschwingt laufen gesehen.

Viele Jagdgäste waren aus ihren Räumen gekommen. Viele freuten sich darauf, den legendären Georg Wertheim mal persönlich kennenzulernen. Doch sie sahen nur noch Heck und Auspuff seiner Limousine.

Zweifellos hatte Georg in Saßleben gegen seinen Freund von Stauß einen vorläufigen Sieg errungen. Hanna würde sehr stolz auf ihn sein, hoffte er. John fuhr, so schnell es die Straßenverhältnisse erlaubten, nach Berlin. Georg benutzte nicht einmal den kleinen metallenen Aufzug zur Wohnung. Er stiefelte vergnügt die Treppen hinauf. Außer Atem kam er an der Etagentür an, hatte den Schlüssel schon in der Hand, überlegte es sich aber und klingelte Sturm. Während seiner Abwesenheit hatte Hanna den Spreewälderinnen freigegeben. Und so öffnete sie selber die Tür. Georg strahlte sie vergnügt an. Er wirkte wie ein Jüngling. Nahm seine Melone vom Kopf und versuchte, sie an Hanna vorbei auf den Hutständer zu werfen. Das ging natürlich daneben.

Er ärgerte sich: »Das hat noch nie geklappt!«

Hanna war irritiert: »Das hast du auch noch nie probiert! – Was ist los?« Sie wollte ihm aus dem Mantel helfen, aber Georg wehrte ab.

Er schmiss ihn über einen Empfangssessel im Berliner Zimmer, umfasste dann mit beiden Armen Hannas Hüften, brüllte laut: »Aufgepasst!«, und wirbelte sie im Kreis herum.

Hanna war nun mehr als verwundert: »Hey, hey, hey!«

Er schleuderte sie noch ein wenig herum, bis er endlich noch mehr außer Atem war. Er hörte auf, setzte sich und schnaufte: »Da bin ich wieder.«

»Hast du getrunken, Darling?«, fragte Hanna.

»Und wie!« Er stand wieder auf und zog sie hinter sich her in den Salon. Dann begann er zu erzählen: »Emil-Georg von Stauß, dieser Strolch, wollte dich und mich übern Tisch zieh'n! Du hattest mal wieder zu hundertfünfzig Prozent recht! Erstens, weil ich angeblich einen unmoralischen Lebenswandel führte.« Er deutete auf Hanna. »Zweitens, weil ich zu alt bin, um noch geordnet den Geschäften nachgehen zu können.« Er deutete auf sich und machte albern eine Kniebeuge auf einem Bein. »Und drittens wollte er uns doch tatsächlich einen Finanzchef oder Aufsichtsratsvorsitzenden in den Konzern setzen, damit das wertlose Geld dieser Ganoven von der Sonne unseres unverkäuflichen, gleichwohl sehr wertvollen Warenlagers beschienen wird! – So ein Schlawiner!«

Hanna fragte entgeistert: »Und darüber lachst du und kannst dich auch noch amüsieren?«

»Hast du's nicht verstanden? Dann darf ich ausnahmsweise mal dir was erklären: Mir wurde heute Knall auf Fall in Saßleben klar, wie sehr die Deutsche Bank uns braucht. Sie braucht uns. Wie die Daimler-Werke, die AEG, diese Krupps und Thyssens – denn wir alle besitzen etwas, was den Banken jetzt fehlt: Werte! Verstehst du? Werte!«

Hanna nickte langsam: »Unverkäufliche zwar, aber immerhin. Da hast du recht. Mit anderen Worten, du hast heute deinem Freund Emil den Krieg erklärt.«

Georg flitzte in die Küche, schaute in den Eisschrank, entdeckte zu seiner Freude zwei Seezungen. »Nein, nein! Ich wehre mich nur. Auch wenn's mir bei unseren schlechten Umsätzen verdammt schwerfällt. Ich habe übrigens Willis und deine Bestellzettel an Ursula einfach ihrem Verwalter in die Hand gedrückt. Ursula war auch über Emils Auftritt erschrocken. Aber über diesen Höfgen äußerst erfreut. Der Kerl wich nicht von ihrer Seite. Und sie nicht von seiner. Kleines dickes Luder!«

Hanna grinste: »Das war zu befürchten. Also Seezunge. In Butter gebraten. Kartoffeln müsstest du aus dem Keller holen, wenn du so nett bist.«

»Seit wann wachsen Kartoffeln im Keller?«, fragte Georg schelmisch.

»Nein – sie lagern dort, Schatz. Keller, zweite Tür links. In einem Holzverschlag.« Sie reichte ihm einen Gemüsekorb.

Verwundert betrachtete Georg den Korb in seinen Händen. »Warst du etwa schon mal in unserem Keller?«

»Ja«, sagte sie, während sie die Seezungen aus dem Eisfach holte, »was meinst du denn, wo ich unsere Leichen vergraben habe? Oder unsere Devisen! Die wir leider nicht mehr haben. Und die uns alle retten würden – genau wie die Deutsche Bank!«

Georg schlug vor, die Seezunge in Butter pur zu essen und auf die Kartoffeln zu verzichten. »Eigentlich freue ich mich auch schon auf unser Bett. Erdäpfel liegen vielleicht doch zu schwer im Magen.«

Und so aßen sie den Fisch ohne Beilage.

Eine Stunde später lagen Georg und Hanna sinnierend nebeneinander im Bett und hielten Händchen.

Georg sagte: »Also, außer ein paar Emporkömmlingen kann sich niemand mehr unsere Luxusartikel leisten. Wer sonst, um alles in der Welt, kauft jetzt Antiquitäten, Silber, Geschmeide? Oder unsere Juwelen aus den Tresoren?«

Mit tonloser Stimme antwortete Hanna: »Bevor die Deutsche Bank uns möglicherweise irgendwann das Zeug wegpfändet, fielen mir im Moment nur die Amerikaner ein. Ja, die Amerikaner, die kaufen so was. Die bauen sich sogar richtige Schlösser im Wilden Westen.«

»Schlösser im Wilden Westen? Diese Cowboys? Ach, machen die das?« Georg war erstaunt.

»Im Original! Vorher bauen sie die Schlösser Stein um Stein, Stück für Stück in Schottland, Frankreich oder in Süddeutschland ab. Und dann bauen sie die mitten in der Wüste auf oder am Strand«, erzählte Hanna.

»Komische Leute, diese Amerikaner. Haben aber viele Dollars. – Darling, mein Englisch ist noch ganz gut. Aber mit dem Amerikanischen …« Georg grinste verschmitzt. In Wirklichkeit kannte er sich bestens aus in Amerika. 1921 hatte ihn Ursula zu einer Reise nach New York gezwungen. Bei Tiffany erlitt sie einen wahren Kaufrausch, doch Georg erwarb damals nur einen schlichten Rubinring für Hanna.

Im Jahr 1923 sorgten Georg und Hanna dafür, dass die Amerikaner nach Berlin kamen. Das Geld war nichts mehr wert, und in der Bäckerei der Wertheims kostete ein einziger Brotlaib so viel Geld, dass es nur in eine Handtasche passte. Zählen konnten die Wertheim-Kassierer das Geld nicht. Bestenfalls wiegen. Doch das nützte auch nichts. Hanna schlug vor, eigenes Geld drucken zu lassen. Die sogenannten Wertheim-Taler. Die hauseigene Druckerei druckte dieses Notgeld. Mit den Finanzbehörden verhandelte Hanna erfolgreich, und die Wertheim-Taler wurden eines von verschiedenen Berliner Ersatzzahlungsmitteln.

Die Armenküche des Kaufhauses wurde erweitert, die Kürschnerabteilung vorübergehend aufgelöst und der Winteroberbekleidung zugeschlagen, so dass hier Tische und Stühle aufgestellt werden konnten. Von morgens acht bis abends neunzehn Uhr gab es kostenlos Erbsensuppe und Brot. Häufig kam es wegen des großen Andrangs zu Handgreiflichkeiten, die der Sicherheitsdienst nicht unter Kontrolle bringen konnte. Dann erschien Willi im Chefbüro und bat Hanna, mitzukommen und ein paar nette Worte an die hungrigen Menschen zu richten.

»Frau Berger, Sie haben das bisher immer hingekriegt und Sie bekommen es auch diesmal wieder hin. Nicht erschrecken, es gibt einige blutige Nasen und Schnittwunden.«

Hanna bekam es hin.

Willi hatte längst seine Lehre beendet und war unter allen Mitarbeitern für Hanna und Georg unentbehrlich. Er wurde zum Sohn, den sie nie hatten.

Georg wusste das: »Sollte dein kluger Verstand infolge einer kurzen schweren Krankheit mal nicht funktionieren, könnte ich mich auch auf Willi verlassen. Hanna, der Junge kommt ganz nach dir! Bezahlen wir ihn eigentlich ordentlich?«

Hanna antwortete: »In diesen Zeiten wird niemand ordentlich bezahlt. Alle unsere Mitarbeiter können einigermaßen gut leben und werden vor allem satt. Und ich habe mit Willi einen Plan ausgearbeitet, die Deputate für Sommer-, Herbst- und Winterkleidung für die Angestellten zu erhöhen. Also, um deine Frage zu beantworten, auch deswegen verfügt Willi über vier erstklassige Anzüge in Schwarz, zwei Sommeranzüge, Übergangsmantel und Wintermantel mit Pelzkragen. Was die Garderobe anbelangt, bist du sein Vorbild. Er trägt sogar schon Maßschuhe wie du ... Er kommt ganz nach dir!«

Im Jahr 1924 ließ Emil-Georg von Stauß seine Motoryacht in ein Trockendock ziehen und mit Planen abdecken, die ihm die Markisennäherei der Firma Wertheim angefertigt hatte. Dort sollte sie längere Zeit liegen bleiben. Ursula blieb auf Gut Saßleben, ließ für Berlin Fleisch aus den Wäldern schießen, mästete und schlachtete schwarz Schweine und baute hinter dem Rücken der Behörden Gemüse und besonders viele Kartoffeln an. Der um vierzehn Jahre jüngere Dr. Höfgen eroberte das Herz und das Bett Ursulas schon bei seinem ersten Besuch. Er wurde ihr Geliebter. Er plante, irgendwann mit von Stauß' und Ursulas Hilfe einen Fuß in den Wertheim-Konzern zu bekommen.

In dieser Zeit hatte Hanna eine Idee, kaufkräftige Kundschaft, also die Amerikaner, nach Berlin zu locken. »An und für sich müssten wir alle Mitarbeiter unseres Reisebüros freistellen. Andrang herrscht da grade nicht. Wir selber gehen ja auch höchstens mal zum Rudern auf den Wannsee oder fahren übers Wochenende nach Heringsdorf – mal abgesehen von deiner New

York-Reise«, begann sie mit ihren Ausführungen Georg gegenüber.

»Hanna, Schatz, was hast du dir mit Willi überlegt?«

»Dass du jetzt ins Reisebüro stiefelst und den Abteilungsleiter anweist, für die drei Schiffe ›Imperial‹, ›Wisconsin‹ und ›Victoria‹ zehn Prozent aller Erster-Klasse-Suiten ab New York und Boston zum halben Preis in Amerika anzubieten. Alle Preise in Dollar natürlich.«

»Und dann?«, wollte Georg weiter wissen.

Hanna erklärte: »Die ganze Aktion läuft unter ›Wertheim Shopping Tours‹. Du weißt, dass unser Versandhandel in Friedenszeiten einen Batzen Geld in den USA, speziell in New York, Boston bis runter nach Buenos Aires erwirtschaftet hat! Ausschließlich Luxusgüter. Wertheim hat in Amerika einen exzellenten Namen! Jetzt öffnen wir die Berliner Häuser dem Wilden Westen.«

»Darüber möchte ich mit dir erst mal eine Nacht schlafen.«

Das taten sie.

Am nächsten Tag ließ sich Georg zum Vorstandsvorsitzenden der Deutschen Bank fahren. Seit Wochen hatten die beiden Freunde nicht mehr miteinander geredet. Die Bestellung der Schiffsplanen war ein erster Hinweis für Georg, dass der Bankier wieder die Nähe zum Konzern suchte. Der zweite und weitaus deutlichere Hinweis war das Geschenk eines Rolls-Royce, den von Stauß sich selber nicht mehr leisten wollte. Er schenkte Georg das Fahrzeug zum 67. Geburtstag. In einem kurzen Brief führte er aus, dass die Siebenundsechzig eine Primzahl sei und dass eine Primzahl nur durch sich selbst, durch eins, aber durch sonst nichts teilbar und eine wahre Freundschaft auch niemals teil- oder trennbar sei.

»War ja nur 'ne Frage der Zeit, bis Emil mit weißem Fähnchen um Frieden bettelt. Musste aber nicht gleich ein riesiger weißer Rolls-Royce sein. Da dich keiner in Berlin so richtig kennt, wird man dir diesen Karren nicht übelnehmen«, meinte Hanna. »Du Neureicher!!«

Georg gewöhnte sich an die Behaglichkeit der Limousine. John trug nun unter seiner Chauffeursuniform grundsätzlich weiße, gestärkte Hemden und immer eine weiße Krawatte, wenn er den Rolls fuhr.

Von seinem Bürofenster aus sah von Stauß, wie Georg mit seinem alten Wagen vorfuhr.

Als Georg bei ihm im Büro von der neuen Idee berichtet hatte, seufzte der Bankier: »Ach, Georg, die Bank ist devisentechnisch am Ende.«

»Bedeutet das Zahlungsschwierigkeiten?«, wollte Georg wissen.

»Ja, Junge, ohne Devisen keine Geschäfte. Wenn deine Amerikaner nach Europa kämen, wäre das vielleicht kulturell keine Bereicherung für die Republik, aber die Dollars in deiner Kasse wären ein Segen für uns alle. Sonst gehen bald die Lichter aus. Auch bei dir … Fass das jetzt bitte nicht wieder als Drohung auf.«

»Natürlich nicht.«

»Wir haben Devisenbewirtschaftung. Offiziell darfst du die Devisen gar nicht behalten. Selbst die Bank muss sie diesen ständig wechselnden Regierungen in den Rachen schmeißen. – Hättest du eine Idee? Oder Hanna Berger?«

»Nee«, sagte Georg ehrlich. »Aber vielleicht Hanna! Und mein Junge im Vorzimmer. Dieser Willi. Die meinten, du könntest vielleicht ihren Überlegungen Gewicht verleihen. Willi leitet unterdessen unsere Kundenbank und behauptet, du könntest zusammen mit einer amerikanischen Bank in New York eine kleine Filiale deines Institutes für uns arme Europäer gründen.«

»Das wäre theoretisch möglich und, wenn ich ganz, ganz ehrlich bin, sehr nötig, mein Freund. Dieser Willi ist sehr gut … Verboten ist ein solches Arrangement trotzdem.«

So geschah es dann aber dennoch: Gemeinsam mit JP Morgan betrieben die Deutsch-Banker kurz darauf eine heimliche Filiale in New York, und sie belebten ihre alte Dependance in Genf wieder. Von Stauß richtete ein Devisenkonto für die Wertheims in der Schweiz ein und hoffte, dass die Amerikaner unvernünftig genug waren, Berlin leer zu kaufen, viele Dollars zu verschleudern und Deutschland aus dem ökonomischen Sumpf zu ziehen.

Hanna und Willi überwachten persönlich die amerikanische Parade am Leipziger Platz. Stars-and-Stripes-Flaggen, zweihundert an der Zahl, flatterten auf dem Dach des palastartigen Baus. Georg erklomm auch das Dach. Er war sehr angetan, bestand aber darauf, hie und da mit einer schwarz-rot-goldenen Fahne für die Weimarer Republik Farbe zu bekennen. An der Fassade zum Haupteingang hing auf nahezu dramatische Weise eine riesige Stars-and-Stripes-Sonderanfertigung. Die Schaufenster waren mit exquisiten Antiquitäten, Meissener Porzellan, Fayence-Figuren, Silberbestecksortimenten und nur mit Zeug dekoriert, was sich in Europa kaum ein Mensch leisten konnte. Aber Amerikaner sehr wohl.

Und sie kamen. Über Wochen und Monate. Amerikaner kommen immer, wenn es etwas zum halben Preis gibt. Die Luxussuiten auf den drei Schiffen kosteten den halben Preis. In den Luxusetagen legten Willi, auch Georg, vor allen Dingen aber Hanna die Dollarpreise fest. Sie orientierten sich dabei an den Weltmarktpreisen für amerikanischen Mais, Weizen und Erdöl. Diese Grundgüter wurden weltweit auch unter der Fuchtel des Dollars gehandelt. Eine Barockkommode, von Balthasar Neumann entworfen, kostete so viel wie hundert Barrel Öl. Willi setzte sich mit seiner Preisvorstellung von hundertfünfzig Barrel nicht durch.

Hanna erklärte ihm: »Nicht gierig werden, Willi. Schnelles Geld, was reinkommt, läuft auch schnell wieder davon. Wir müssen sehr nett zu den Herrschaften sein! Egal, wie sie sich benehmen!«

Im Laufe des Jahres 1924 kamen knapp tausend sehr wohlhabende Amerikaner nach Berlin zu Wertheim. In der Schmuckwarenabteilung wurden Krabbeltische eingerichtet, bei denen jedes Schmuckstück hundert Doller kostete, aber nur aus Silber gefertigt war. Die Preise der edleren Pretiosen aus den Tresoren waren Verhandlungssache. Georgs eiserne Forderung nach Festpreisen auch für Luxusgüter war in diesem Fall nicht aufrechtzuerhalten.

Beim gemeinsamen Zähneputzen mit der amerikanischen Pfefferminz-Zahnpasta Colgate meckerte Georg eines Abends, dass dies gegen seine Geschäftsprinzipien verstoße.

»Deine Prinzipien schicken wir mal eine Weile auf Urlaub«, war alles, was Hanna dazu sagte.

Lange Zeit igelte sich Georg in seinem Büro ein und wollte von der amerikanischen Invasion nicht behelligt werden. Die Einnahmen erfreuten ihn aber doch. Hanna hatte ihr Englisch aufpoliert und sich einen amerikanischen Akzent zugelegt. Sie beteiligte sich an den Einkäufen der Amerikaner wie Willi als »shopping assistant«.

»It's from Tiffany. Original Tiffany!«, erkannte einer der Kunden von Übersee.

In der Lampenabteilung standen viele original »Tiffany«-Lampen herum. Die Verkäufer blickten hilfesuchend zu Willi. Er erklärte, dass die »much more cheaper« seien als in New York, und lotste ›die Cowboys‹, wie er die Amerikaner nannte, auch in die Schmuckwarenabteilung. Hier gab es viel antiken Schmuck aus alten deutschen Adelshäusern. Hanna verbrachte viele Stunden hier. Schnell erkannte sie, dass amerikanische Ehefrauen zwar unermessliche Wünsche hatten, die Männer aber das Geld. Sie verordnete den Fachverkäuferinnen »mehr Haut«! Normalerweise waren Wertheim-Verkäuferinnen hochgeschlossene Damen. Die geschlechtsneutralen Wesen zeigten nun aber mehr Bein und etwas mehr Dekolleté.

Züchtige Kleidung hatte immer zu Georgs Geschäftsprinzipien gehört. Er sah bei den weiblichen Angestellten darin einen praktischen Nutzen: Heiratswillige männliche Kunden sollten gar nicht erst auf die Idee kommen, ihm eine Fachkraft von der Theke wegzuheiraten. Das langweilige Äußere war dafür allerdings auch keine Gewähr. Wertheim-Angestellte waren im Mittelstand begehrte Heiratsobjekte, weil sie nicht nur über exzellente Manieren, sondern zumeist auch über ein wohlgefülltes Gehaltskonto bei der Wertheim-Bank verfügten. Wertheim-Damen hatten Schliff. Bei den Amerikanern sollten sie außer ihrer guten Erziehung nun auch mehr Haut zeigen. Hanna trug neuerdings auch Kleider bis kurz über die Knie.

Am ersten Tag der Amerikaner-Invasion freute sich Hanna bereits nach zwei Stunden über einen Umsatz von neuntausendfünfhundert Dollar. Das war eine ungeheure Summe. Dafür konnte man 1924 beispielsweise einen Bauernhof mit dreihundert Hektar Zuckerrübenland kaufen.

Trotz aller Erfolgszahlen, die ihm Hanna oder Willi ins Büro reichten, blieb Georg hinter seinem Schreibtisch sitzen. Wochenlang. Bald hatte Hanna vor lauter Geschäftigkeit und Feilscherei dicke Füße und schlechte Laune. Sie lehnte sogar einen gemütlichen Dover-Seezunge-mit-Salzkartoffeln-Dinner-Abend ab.

»Deine Fische stehen mir bis da oben!«, muffelte sie und stopfte sich ein Frankfurter Würstchen in ein Milchbrötchen. Sie nannte das »Hot Dog«. Dazu trank sie nicht, wie ihr Georg zur Seezunge, Moselwein, sondern Coca-Cola. Jeden Tag ging sie früher ins Bett und schlief sogleich ein. Es störte sie nicht, wenn Georg bis tief in die Nacht Kunstbücher studierte und irgendwann Vincent van Gogh für einen respektablen Maler hielt. Als sie mit den Amerikanern knapp fünfhunderttausend Dollar Umsatz gemacht hatte und dieses Geld via Genf sowohl an Georg wie auch in die Deutsche Bank floss, hatte sich Georg immer noch nicht bei seinen amerikanischen Rettern blicken lassen.

Willi entwickelte sich zum Verkaufsgenie. Er wurde von den Amerikanern mit ›Mister Wertheim‹ angesprochen – sie hielten ihn wohl für den Chef.

Das brachte Hanna schon wieder auf eine Idee: »So, Willi, jetzt machst du Pause, dringst zu unserem Allerhöchsten vor und sagst ihm Folgendes: ›Herr Wertheim, ich schleiche den ganzen Tag zwischen amerikanischen Mistern und Missessen herum. Die sagen zu mir und anderen immer ›Herr Wertheim‹. Ehrlich, die reden jeden Verkäufer der Schmuck-, Schuh-, Porzellanabteilung mit ›Mister Wertheim‹ an! Ich will ja nicht vorlaut sein, aber sollten unsere lieben amerikanischen Herrschaften nicht mal das Original kennenlernen?‹«

Hanna hatte sich hinter Willi mit in Georgs Kontor geschlichen und konnte sich das Lachen kaum verkneifen. Georg schritt schließlich missmutig in den Antiquitätensalon. Dort stand ein großer antiker Tisch mit Erfrischungen wie Obst, Getränken, Petit fours, Coca-Cola, Hot Dogs und French Fries. Emil-Georg von Stauß war auch da. Probierte eine Cola und knabberte an einem Hot Dog. Er hatte Georg schon erwartet.

»Na endlich! Respekt, alter Freund. Wir haben noch mal im richtigen Moment die Kurve gekriegt. Wir können jetzt Schwedenstahl und die Buntmetalle bezahlen. Hannas Idee mit diesen fröhlichen Amerikanern war superb! Ihr schüttelt quasi die Devisen aus dem Ärmel.«

»Man kann sich nur etwas aus dem Ärmel schütteln, was man vorher hineingesteckt hat, lieber Emil. Bereust du endlich, was du mir damals in Gut Saßleben antun wolltest?«, fragte Georg.

Von Stauß tat so, als bereue er.

Es war wirklich höchste Zeit, dass sich Georg mal bei den Amerikanern blicken ließ.

Ein eleganter New Yorker trat auf ihn zu: »How are you?«

»Fine«, sagte Georg. »How are you?«

»You are the German Kaiser of the Kaufmänner. Nice to meet you, Mister Wertheim. I'm Mister Bloomingdale.«

Schluck! Georg entgleisten die Gesichtszüge. Natürlich waren ihm Bloomingdale, Sak's, Bergdorf und Goodman, Macy's und Alexander als große Warenhausbetreiber ein Begriff.

Bloomingdale schüttelte ihm die Hand und umarmte ihn sogar. Körperliche Nähe! – Hanna hielt die Luft an.

»It's my pleasure«, ächzte Georg und rieb sich die schwitzigen Hände mit einem weißen Taschentuch ab.

Hanna trat dazwischen: »We are happy to see you in the Wertheim-Cathedral!«

»Ich habe einige Freunde mit nach Berlin gebracht. In New York sind Sie das Gespräch unter uns amerikanischen Kollegen.« Er lachte dröhnend. Bloomingdale sprach deutsch. Georg war überrascht. Bloomingdale erklärte: »Meine Familie ist vor zwei, drei

Generationen, also 1851, nach einem unschönen Pogrom gegen jüdische Handwerker und Händler, nach Amerika geflüchtet.«

Georg murmelte etwas wie: »Das tut mir sehr leid.«

Bloomingdale zog Georg in eine Ecke des Antiquitätensalons und bat ihn, mit ihm auf einem Rokoko-Sofa Platz zu nehmen.

»Mister Wertheim, dieser Emil-Georg von Stauß hat sich um uns, also um mich und einige Freunde aus der JP Morgan Banker-Familie, sehr bemüht. Was ist er für ein Gentleman? Ist er ein Gentleman? Seine Bank hat den Krieg mitfinanziert.«

Georg antwortete, von Stauß stünde ihm sehr nahe.

»Die Deutsche Bank verfügt nicht über den besten Ruf bei uns amerikanischen Juden«, erklärte Bloomingdale.

»Herr von Stauß ist kein Antisemit, Mister Bloomingdale. Ich möchte aufrichtig sein: Ohne Ihre Hilfe würden wir in Deutschland noch lange hungern.«

Bloomingdale schaute Georg fest in die Augen: »Hungern werden Sie doch nicht. Beautiful Unternehmen! Sie kriegen Berlin wieder hin! Ein Kerl wie Sie schafft das! Ich würde mich mit Ihnen und Ihrer Frau Berger gerne in einer typisch deutschen Wohnstube treffen. Könnten Sie das einrichten?«

Georg lud Bloomingdale noch für den gleichen Abend in die Wohnküche seiner verstorbenen Mutter Ida ein.

Bloomingdale war amüsiert. Als Gastgeschenk hatte er einen ledernen Koffer mitgebracht, den er auf den Küchentisch stellte. Hanna hatte gehakelten Hering mit Pellkartoffeln vorbereitet. Dazu wurde Bier getrunken.

»Nice, diese deutsche Wohnstube! – Kommen wir gleich zur Sache: Meine Geschäftsfreunde und ich haben von Ihren Ideen, Herr Wertheim, in New York, Los Angeles, Houston, Chicago, Boston alles gelernt, was ein gutes Warenhaus ausmacht. Seit vielen Jahren sind Sie erfolgreicher als Harrods in London. Welch großartige Ideen – Sommer-, Winterschlussverkauf! Ratenzahlung! Kundenkreditkarte! Ich weiß nicht, ob Sie es wissen, aber wir Amis haben alle Ihre Ideen längst abgekupfert.« Bloomingdale strahlte.

Spröde antwortete Georg, der Verdienst gelte im Besonderen seiner Mitarbeiterin und Lebensgefährtin Hanna Berger.

Blitzschnell schälte Hanna Pellkartoffeln, obwohl ihr die Finger brannten, und legte sie Bloomingdale auf den Teller.

Dieser blickte sie fasziniert an: »Um eine solche Lebensgefährtin beneide ich Sie. Ich bin aber leider verheiratet.«

»Ich auch«, sagte Georg und streichelte Hannas Wangen. Dann nahm er ihr das Messer weg und schälte selber die Pellkartoffeln. Das erste Mal in seinem Leben.

»Herr Wertheim, wie würden Sie Ihr Geschäftsprinzip in einem einzigen Satz auf den Punkt bringen? Können Sie das?«

Georg musste nicht lange überlegen. Die Kartoffeln waren sehr heiß. Die Finger schmerzten. »Der Kunde ist König. Mehr nicht!«

Bloomingdale öffnete den Koffer und entnahm ihm eine massivsilberne Menora, den siebenarmigen Leuchter und das wichtigste religiöse Symbol der Juden. »Anfang 18. Jahrhundert. Eine Antiquität. Habe ich meiner Gemeinde in New York abgekauft. Für Sie.«

In einem Vorratsfutteral im Koffer befanden sich noch mehrere Dutzend handgezogene Kerzen. Bloomingdale steckte sieben Kerzen in die Menora und entzündete sie mit einem Kienspan, der in einer Dose neben dem Küchenofen steckte.

Hanna bekam feuchte Augen. Georg schaute in die flackernden Kerzen. Seit Jahrzehnten hatte er nicht mehr das Licht einer Menora betrachtet. Unruhig rutschte er auf seinem Stuhl herum.

Er stand auf und umarmte Bloomingdale. »Danke. Ich muss Ihnen allerdings etwas gestehen …«

Bloomingdale winkte ab: »Gestehen Sie mir nichts. Auch ein getaufter Jude bleibt ein Jude. Wir wissen in Amerika sehr wohl von den Anfeindungen, die Ihrem Unternehmen mit perfider Regelmäßigkeit entgegenschlugen. So what?!« Ausführlich führte Bloomingdale noch einmal aus, wie viel die amerikanischen Handelsherrn Georg Wertheim zu verdanken hätten. Und dann beendete er seine Ansprache mit der Bemerkung: »Ihre Festpreisregelung haben Sie ja wohl derzeit außer Kraft gesetzt. Dafür habe ich

Verständnis. Luxusgüter können keinen Festpreis haben. Wer weiß schon, wie wertvoll was in Wahrheit ist?«

»Oder wie wertlos das ganze Zeug noch vor wenigen Monaten war«, ergänzte Hanna Bloomingdales Bemerkung.

»Ich möchte Ihnen auch etwas schenken, Herr Bloomingdale. Was immer Sie wollen – suchen Sie es sich in meinen Warenhäusern aus«, bat Georg.

»Gerne. Ich kaufe Ihnen für hunderttausend Dollar das Rezept für den gehakelten Hering ab.«

Georg schaute blöd. Hanna drehte ihr Blondhaar hinterm Ohr und starrte so lange in Bloomingdales Augen, bis sie so feucht wurden, dass sie doch blinzeln musste. Bloomingdale hatte einen Kreditbrief auf den Küchentisch gelegt, der mit einer Verzinsung von viereinhalb Prozent jährlich auf Hanna Berger und Georg Wertheim persönlich ausgestellt war.

»Das Bankhaus JP Morgan und einige meiner Kollegen wollen den Bestand des Wertheim-Konzerns sichern. Speziell für Sie beide. So, Frau Berger, nun schreiben Sie mir mal das Rezept für gehakelten Hering auf.«

Hunderttausend Dollar waren eine ungeheure Summe. Sie entsprach dem Wert von mehreren bewirtschafteten Rittergütern.

Georg wurde flau im Magen. »Ihr New Yorker Juden müsst verrückt geworden sein.«

»Als Gegenleistung erwarten wir natürlich weiterhin Ihr Knowhow. Was halten Sie davon, wenn mein Unternehmen den Vertrieb Ihrer Antiquitäten in der Lexington Avenue übernimmt? Es wäre mir eine Ehre, diese Dependance ›Abraham-Wertheim-Antiquities‹ nennen zu dürfen.«

Bloomingdale hielt Wort. »Wenn Sie klamm sind, fahren Sie doch einfach zusammen mit Frau Berger in die Genfer Filiale Ihres Freundes Herrn von Stauß und versorgen sich mit frischem Geld.« Er steckte das Rezept für gehakelten Hering, sorgfältig zusammengefaltet, in die Innentasche seines Jacketts.

»Jetzt verstehe ich auch Justizrat Meschelsohns Satz: ›Spare in der Schweiz, so hast du in der Not‹«, sagte Georg.

Am nächsten Tag wurde Willi beauftragt, Herrn Bloomingdale die Schönheiten Berlins zu zeigen und Landpartien mit ihm zu unternehmen. Willi kam bei dem Amerikaner ebenfalls sehr gut an, so dass dieser ihm das Angebot unterbreitete, ihn nach New York zu begleiten, um als Prokurist bei ihm tätig zu werden.

Willi berichtete Hanna und Georg von diesem Angebot und erklärte kategorisch: »Habe abgelehnt. Ich kann unser Haus doch nicht alleinlassen.«

»Du hättest das Angebot annehmen sollen«, wiegelte Hanna ab.

»Nein«, wehrte sich Willi energisch, »wenn man in New York Kohlköpfe klaut, kommt man direkt nach Sing-Sing!« Dann legte er den Bericht über die Tageseinnahmen aller Berliner Filialen auf Hannas Schreibtisch und verließ das Kontor.

Am Abend des gleichen Tages lagen Georg und Hanna eng aneinandergekuschelt im Bett und starrten an die Decke.

»Jetzt haben wir beide zusammen hunderttausend Dollar. Unglaublich!«, stammelte Hanna.

Georg lächelte kaum merklich.

Hanna sah es dennoch: »Manchmal merkt man dir doch an, dass du dich über etwas sehr, sehr freust.«

Georg antwortete: »Ein Verrückter, dieser Bloomingdale! Wir sind gerettet. Das waren zwei gute Tage.«

»Nein, nein, ich meine nicht nur die letzten beiden Tage. Right, die Amerikaner sind unsere Rettung. Fraglos. Aber gib zu, du bist im Moment allerbester Laune, weil du grade an Willi denkst!«

Georg stützte sich auf seinem Ellbogen ab und blinzelte Hanna an: »Ein toller Junge! Ich wünschte, ich wäre in seinem Alter auch so frech gewesen. Ich war immer zu seriös. Aber er ist vorlaut und wissbegierig. Steckt uns beide längst in die Tasche. So wäre unser Sohn geworden. Mein Albrecht ist mit seinen vierzehn Jahren viel zu verspielt. Technik ist sein Leben. Meine Geschäfte werden ihn nie interessieren.«

Hanna wandte ein, dass Albrecht noch sehr jung sei und sich noch entwickeln müsse. Er aber Willi zum zeichnungsberechtigten Prokuristen des Wertheim-Konzerns machen solle. Sie krabbelte aus dem Bett und entzündete die Menora, die auf einer Kommode stand.

Als sie sich wieder hinlegte, umschlang Georg sie eng. »Mutter Ida wäre jetzt sehr stolz auf uns.«

Hanna streichelte Georgs Nase, weil sie wusste, dass er da kitzlig war. Plötzlich hielt sie inne: »Allmächtiger! Ich habe beim Gehakelten-Hering-Rezept den Dill vergessen!«

Auf Gut Saßleben wurden nun immer öfter große Jagdgesellschaften veranstaltet. Immer war Höfgen an Ursulas Seite. Er übernahm die Rolle des Gutsherrn. Alfred Kerr, ein berühmter Berliner Kunst- und Theaterkritiker, kam auch des Öfteren zusammen mit Schauspielern, Sängern und Politikern nach Saßleben. Kerrs beißender Spott war so brillant wie gefürchtet. Die enge Beziehung von Ursula und Höfgen kam in der Berliner Gesellschaft allmählich ins Gerede. Es war eigentlich nur eine Frage der Zeit, bis die Klatschpresse über Frau Wertheim und ihren vierzehn Jahre jüngeren Geliebten berichten würde.

Das nutzte von Stauß für seine eigenen Zwecke: »Auch wenn ihr beide den Kerl nicht leiden könnt, muss ich euch doch dringend bitten, Dr. Höfgen einen offiziellen Status im Konzern einzuräumen«, sagte er mit viel Besorgnis in seiner Stimme. »Meinetwegen steckt ihn in die Rechtsabteilung. Aber legitimiert auf irgendeine Weise Ursulas Affäre mit meinem tüchtigen jungen Mann!«

Das war eine nachdrückliche Bitte. Von Stauß führte umständlich aus, Höfgen sei auch seit Jahren schon Mitglied der NSDAP, einer seltsamen nationalistischen Partei aus München, die sich angeblich um die durch die Inflation sozial Benachteiligten verdient mache und regen Zulauf habe. Auch in Berlin sei das so. Solange Leute wie Höfgen diese Bewegung im Interesse der Deutschen Bank und auch des Wertheim-Konzerns kontrollierten, könne nichts passieren. Deutschland aber tanze am Rande eines Vulkans. Höfgen wäre ein treuer Mitarbeiter, weil er das Herz von Ursula erobert habe.

»Das alles stört mich nicht im Geringsten! Ich wünsche Ursula jedes Glück. Aber ich bin nicht das Sammelbecken für politische Funktionäre! War ich nie«, entgegnete Georg.

»Ein Fehler! Du bist so konsequent unpolitisch und ignorant, dass es schon eine Intelligenzfrage ist, Georg!«, schimpfte von Stauß. »Wollt ihr wirklich, dass euer Privatleben an die Öffentlichkeit gezerrt wird? Ihr habt die Krisenzeiten noch ohne Politik überstanden. Die Tietz-Gruppe beschäftigt jetzt in leitender Position Funktionäre der Sozialdemokratischen Partei. Die Sozen gefallen mir zwar nicht, aber sie verhindern im Reichstag Gesetze, die den freien Handel einschränken. Insbesondere für die Tietzens.«

Georg gab sich geschlagen. »Also gut. Ein kleines Büro in unserer Rechtsabteilung für den Höfgen. Damit Ursula weiter in Ruhe lieben kann und du nicht noch mehr Müll redest, Emil«, beendete er die Diskussion.

»Er könnte sich um unsere Immobilienangelegenheiten kümmern«, schlug Hanna klug vor. »Dann hat er mit den Tagesgeschäften nichts zu tun.«

In den folgenden Jahren ging es wieder aufwärts mit Wertheim. Es wurde zum Stammkaufhaus der künstlerischen und intellektuellen Elite Berlins. International gefeierte Sänger und Sängerinnen unterhielten bei der Wertheim-Bank ein Einkaufskonto. Berühmte Maler wie Max Liebermann, Oskar Kokoschka, Lovis Corinth, die Schriftsteller Zuckmayer, Heinrich und Thomas Mann, viele Staatssekretäre und Minister und sogar der sozialdemokratische Polizeiminister Zerrgiebel betrachteten das Kaufhaus am Pariser Platz als Treffpunkt und den Teesalon als Wohnstube.

Hanna genoss es, die vielen Berühmtheiten aus der Theater- und Filmszene im Haus persönlich kennenzulernen. Unter den Künstlern und Intellektuellen gehörte es zum guten Ton, sich ausschließlich bei den ungarischen Maßschuhwerkstätten ihr Gehwerk anfertigen zu lassen. Und bei den tschechischen Schneidern Anzüge und Kleider.

Im Wertheimer Friseursalon für Damen und Herren arbeiteten sechs Meister und Dutzende von erstklassigen männlichen und weiblichen Friseuren. Um dort einen Termin zu bekommen, mussten selbst Theatergrößen wie Fritz Kortner, Hans Albers oder Henny Porten sich in eine Warteliste einschreiben.

Das Klaviertrio im Wintergarten war längst durch eine Ragtime-Band ausgetauscht worden. Im großen Tee-Salon spielte ab sechzehn Uhr nachmittags eine Charleston-Band auf. Um dem Swing der zwanziger Jahre Rechnung zu tragen, hatten sich diese Musiker die Gesichter schwarz geschminkt und ihre Lippen blutig rot, übergroß angemalt. Sie taten so, als seien sie Schwarze.

Für Georgs Geschmack ging es ihm in seinen Kaufhäusern jetzt zu laut, zu unseriös und zu unübersichtlich zu. Obwohl ihn der Absatz der Spirituosenabteilung zu Begeisterung hätte hinreißen müssen, mäkelte er oft abends mit Hanna rum.

»Hanna, es kann doch für die Berliner nicht gesund sein, so viel zu saufen! Die Bankettabteilungen arbeiten vierundzwanzig Stunden rund um die Uhr. Für mein Empfinden gibt es zu viele Leute, die sich ins Delirium trinken und bis zur Fettsucht vollfressen. Und wir verdienen auch noch dran! Die Armen werden aber nicht weniger. Sie benutzen nur noch unsere Seiteneingänge, um diese Hautevolee am Haupteingang nicht zu stören. – Das ist die traurige Wahrheit!«

Die Popularität, die Wertheims Kaufhäuser in Berlin in den Zwanzigern genossen, war Georg nicht mal kaufmännisch recht. Ihm schwante Unheil. »Auf Dauer können die Umsätze doch nicht immer nur steigen!«

Hanna antwortete ruhig: »Georg, du hast recht. Unsere Umsatzsteigerungen stehen in einem proportionalen Verhältnis zur wachsenden Arbeitslosenzahl. Aber was willst du dagegen tun? Und warum?«

»Was würdest du tun?«, fragte Georg.

»Ich werde das mal mit Willi besprechen.« Das tat sie.

In den folgenden Wochen führte Hanna den ersten Selbstbedienungsladen ein. Dort konnte sich die ärmere Bevölkerung zu erschwinglichen Preisen mit Lebensmitteln aller Art eindecken. Die

Reichen gingen da natürlich nicht rein. Sie kauften in eigens für sie eingerichteten Pavillons Trüffel, Austern, Seezungen oder überteuerte Importmarmeladen aus England, Schokoladen aus der Schweiz und Belgien. Damit erfüllte Hanna Georgs Anspruch »Luxus für alle« auf kluge Weise. Für Arm und Reich!

Hanna hatte sich hinter ihrem Schreibtisch einen Paravent aufstellen lassen, an den sie Fotos mit den Autogrammen der Berühmtheiten der zwanziger Jahre anheftete. Georg ließ sie gewähren.

Eines Abends schleppte Hanna ihn in die Oper *Götterdämmerung* von Richard Wagner.

Georg protestierte bereits in der ersten großen Pause: »Ich möchte sofort nach Hause, Hanna! Dieser Richard Wagner benutzt für meinen Geschmack viel zu viele laute Noten. Hab ich doch immer gesagt. Ist ja furchtbar. Bitte, bitte, nach Hause. Spiel mir Chopin vor.«

»Du wirst langsam kauzig«, entgegnete Hanna, ging zur Garderobe, holte die Mäntel ab, fuhr mit Georg nach Hause und spielte ihm eine Polonaise des großen Polen vor.

»Danke. Kann ich etwas dafür, dass ich immer älter und möglicherweise immer dümmer werde? Und du auf ewig jung bleibst? Aber diesen Richard Wagner muss man mir doch nicht antun! Im Übrigen war er Antisemit.«

Es sollte für den Georg noch schlimmer kommen. An einem Morgen im Jahre 1928 quengelte seine Tochter Ulla bei Hanna im Büro herum, sie möge ihr einen Termin im Friseursalon machen. Ulla wolle sich aufhübschen. Sie kam sich optisch wie ein rückständiges Landei vor, dem die Haare bis zum Hintern runter wuchsen. Hanna organisierte es und begleitete Georgs Tochter in den Friseursalon.

Georg war entsetzt, als Hanna selbst nach zwei Stunden mit lackierter Pagenkopf-Frisur, kurzem Kleid und die Fingernägel in »Dschungelrot« lackiert, sein Büro betrat. Er selber saß im gewohnten altväterlichen Stehkragen, ein Seidenjabot um den Hals gewickelt, hinter seinem Schreibtisch. Er rang nach Luft.

»Tach!«, strahlte Hanna ihn an.

»Wer bist du?!«

»Wenn du schon nicht in der neuen Zeit lebst, muss ich es wohl mal versuchen!« Sie betrachtete sich im Spiegel und sagte: »Etwas ungewohnt schon. Doch irgendwo erkenn ich mich wieder.«

»Ich nicht«, entschied Georg und schlief die kommende Nacht in seinem Herrenzimmer auf dem Sofa. Das tat seinem Rücken nicht gut. Hanna und der Friseur, der am nächsten Morgen pünktlich zu Georgs Rasur kam, mussten ihm vom Sofa helfen.

»Möchtest du einen starken Kaffee, mein Lieber?«, fragte sie ihn liebenswürdig.

»Nein. Eine Coca-Cola. Ich werde nach Amerika auswandern. Zu unserem Mister Bloomingdale. In die Lexington Avenue. Dort als altmodischer Antiquitätenhändler ganz von vorne anfangen«, war seine Antwort.

Hanna erklärte, dass Coca-Cola bereits seit 1926 wieder ausgelistet worden sei, weil sich die Nachfrage der amerikanischen Käuferinvasion zurückentwickelt habe. Die Schickeria Berlins bevorzuge jetzt Tonic Water der Firma ›Schweppes‹. Vermischt mit Gin und Wodka.

Auch in der Wertheim'schen Apotheke erschienen mittlerweile verdächtig viele Prominente mit ärztlichen Rezepten für Kokain. Es herrschte eben viel gute Laune in Berlin und sogar um das Büro von Georg Wertheim herum.

Selbst Emil-Georg von Stauß hatte nach den schwierigen Zeiten seine Motoryacht wieder zu Wasser gelassen. Er lud Hanna und Georg eines Tages sogar zu einem Doppeldecker-Flug über Berlin bis Saßleben und zurück ein. Georg sollte endlich mal am normalen, hektischen Freizeitleben teilnehmen. Der Pilot war Ernst Udet. Georg lehnte ab. Er wollte auf seine alten Tage nicht auch noch in die Luft fliegen. Er wusste noch nicht, wie schnell der Fliegerheld des Ersten Weltkrieges ihm noch auf die Nerven gehen würde.

Hanna wollte aber mitfliegen. Doch als sie dann am Fliegerhorst vor dem wackeligen Doppeldecker stand, sagte sie zu Udet: »Wenn wir damit runterfallen, sind wir beide tot. Und Herr Wertheim sitzt schutzlos in seinem Büro. Allein den neuen Zeiten ausgeliefert ... Herr John, fahren Sie mich zurück in meine Folterkammer.«

Eine Stunde später saß sie wieder an ihrem Schreibtisch und überlegte, wie sie Georg in die Neuzeit führen könnte. »Liebster, was hältst du von einem Picknick? John fährt uns ins Grüne, wir breiten eine Decke aus, nehmen Fressalien und was zu trinken mit. Vielleicht noch ein Grammophon. Und machen uns einen schönen Nachmittag. Vielleicht an der Havel!«

»Da schwirren die Mücken«, wehrte Georg ab.

In der nächsten Nacht schlief Hanna auf Georgs Couch im Herrenzimmer. Die Spreewälderinnen und Georgs Diener machten sich große Sorgen um das Liebesleben ihrer Herrschaft.

Tochter Ulla und Sohn Albrecht waren mittlerweile erwachsen geworden und hatten sich gemeinsam eine Wohnung in Zehlendorf genommen, wo sie die zwanziger Jahre genießen konnten. Albrecht erbat von seinem Vater, im Kfz-Handel und in den Reparaturwerkstätten eine Lehre beginnen zu dürfen. Zumindest aber ein Praktikum. Georg wollte ihn in der Buchhaltung hospitieren lassen. Albrecht lehnte ab. Da wusste Georg – einen Erben für das Geschäft hatte ihm Frau Ursula nicht geliefert. Hanna gestattete Albrecht, in der Autoreparaturwerkstatt herumzuschrauben und sich mit Motorenöl zu beschmieren.

Eines Morgens kam Willi in einem blaurot gestreiften Anzug mit Stiefeletten an den Füßen in Georgs Büro. Da war sich Georg sicher, in einer falschen Zeit zu leben. Er wurde trübsinnig.

»Am besten, ich gehe eine gewisse Zeit alleine auf Reisen. In die Schweiz. In eine Kurklinik. Hoch in den Bergen. Wo es kein lautes Leben gibt. Nur leise Krankenschwestern und teure Ärzte«, drohte er.

Hanna ließ daraufhin die spanische Wand mit den Fotos aller Berühmtheiten wieder abbauen, begab sich in die Maßschneiderei für Damenoberbekleidung, bestellte mehrere Seidenkleider mit Paisleymuster und ließ ihren mit portugiesischer Pomade gelackten Bubikopf wieder wachsen. Sie hatte erkannt: Um mit Georg weiterleben zu können, musste sie ihm ein Gefühl von Gediegenheit vermitteln. Langweilig, aber nötig.

Nachdem sie eines Abends Seezunge für ihn gebraten hatte, sagte sie: »Liebster, wir haben eine Ewigkeit ein nonkonformistisches Leben geführt. Eine Mesalliance. Sehr modern, will ich meinen. Einen ehrwürdigen alten Baum wie dich sollte man nicht umtopfen. Erst recht nicht, wenn der alte Baum droht, sich in einem Schweizer Sanatorium dem Himmel zu nähern!«

Sie stellte sich in der sündhaft teuren, gediegen zeitlosen Kleidung vor Georg hin und musste sich von ihm anhören: »Du siehst etwas altmodisch aus, Kind!«

Doch das waren nur kleine Probleme.

Die Arbeitslosenquote stieg. Die Umsatzzahlen bei Wertheim ebenso. Nach einem Umsatz von Hundertmillionen Reichsmark im Jahr 1928 schenkte von Stauß Georg noch einen Rolls-Royce. Auf den Straßen hingegen kam es zwischen Kommunisten, Sozialdemokraten und jungen Männern in braunen Uniformen oft zu Prügeleien. Georg ließ die Preise in seinem Selbstbedienungsladen für die ärmere Bevölkerung mehrfach herabsetzen, erhöhte die Angebote für preiswerte Textilien beträchtlich. Aus der ganzen Welt kamen wieder Touristen nach Berlin. Sie drängelten sich bei Wertheim und kauften die Regale leer. Fast alle genossen die hemmungslosen Freiheiten der sündigsten Hauptstadt Europas.

Eines Nachts waren Einbrecher in die Gemüselager am Leipziger Platz eingedrungen und hatten außer Kartoffeln nur Sauerkraut, Kohl und ein paar Säcke mit Mehl gestohlen. Ein Notraub.

Am folgenden Tag suchte Willi vergeblich nach Georg Wertheim im Büro. Dieser war, wie ihm die Kontoristen verrieten, im Haus unterwegs. Willi konnte sich das kaum vorstellen und fand seinen Chef schließlich doch auf dem Dach des Kaufhauses. Dort flatterten neben den Fahnen der Weimarer Republik Hunderte von internationalen Flaggen aus vielen Ländern. Georg stand am Rand des Daches und schaute in die Tiefe.

Willi hielt die Luft an. Georg war schwindelfrei. Willi zog ihn am Arm vom Dachrand fort und schimpfte: »Herr Wertheim, ich habe Sie im ganzen Haus gesucht wie einen Floh! Unser Flaggenmeister hat mir endlich verraten, dass Sie hier oben rumturnen!«

»Ach was. Ist ja gut. Hast mich ja gefunden. – Seit wann haben wir denn einen Flaggenmeister?!« Er ging mit Willi über das Dach zum Einstieg ins Warenhaus.

»Den hat doch Frau Berger eingestellt. Sicher mit Ihrer Zustimmung?«

»Hanna macht alles richtig.«

»In fünfundvierzig Minuten haben Sie einen Termin mit Dr. Höfgen.«

Georg blieb stehen und schaute Willi skeptisch an. »Im Haus wird erzählt, dass Sie und Frau Berger auf die Fahnen genauso stolz sind wie auf täglich sechsmal frische Schrippen aus der Bäckerei.« Amüsiert klopfte Georg Willi auf den Hinterkopf. »Zu Höfgen?«

Dr. Höfgen grüßte Georg herzlich von Ursula und erkundigte sich nach dem Befinden von Hanna. Georg bemühte sich, an Höfgen intensiv vorbeizuschauen. Er fragte, ob der »Herr Doktor« die neuen Grundstücksgeschäfte in der Bellevuestraße unter Dach und Fach gebracht hätte. Höfgen bejahte das und betonte, dass er bei diesem Immobilientransfer vor allen Dingen auf die politische Unterstützung des Herrn von Stauß hinweisen müsse. Wertheims enormes Engagement in Grundstückskäufen würde von den Parteien im Reichstag mit großer Skepsis beobachtet.

Georg ging darauf nicht ein und meinte nur, dass ihn Ranküne jedweder Art mit zunehmendem Alter nicht mehr berühre. Er richtete seiner Frau Ursula noch Grüße aus und wandte sich ab.

»Sicher werden Sie Ursula heute zur Premiere im Kurfürstendamm-Theater des Herrn Max Reinhardt sehen. Da können Sie sie selber grüßen!«, rief ihm Höfgen nach.

Von einer Theaterpremiere am Kurfürstendamm hatte Georg keine Ahnung. »Wie bitte?«

Es sei eine Revue über das Kaufhaus Wertheim! Tout Berlin wolle da hin und prügele sich schon lange um Karten. Die erste Reihe sei für die Familie Wertheim reserviert. Dann verließ Höfgen das Büro und dachte sich im Stillen, dass der große Wertheim nicht mehr auf diesem Planeten lebte.

Georg fand Hanna kurz darauf in der Damenoberbekleidung, wo sie zwei Kleider für den Premierenabend ausgewählt hatte. Er erzählte ihr von dem Gespräch mit Höfgen und fragte, ob es tatsächlich ein Stück über die Wertheims gäbe.

»Ja, Schatz, das ist richtig. Eine Revue über das Kaufhaus Wertheim. Keine *Götterdämmerung*. Jedenfalls gehen wir da hin. – Warum sollte ich dich zu früh nervös machen?« Sie lächelte ihn an.

»Eine Revue?! Über uns?! Möglicherweise mit unbekleideten Damen?! Auf keinen Fall setze ich mich in diese erste Reihe. Nein!«

Hanna hatte sicherheitshalber eine Loge reservieren lassen. Sie wusste genau: Ohne den Schutz der Anonymität bekäme sie Georg nie ins Theater. Sie hielt ein langes Abendkleid hoch.

Georg deutete darauf. »Das andere ist mir zu kurz.«

Hanna entschied sich für das mit Pailletten bestickte kurze Hängerchen und ließ sich von einer Putzmacherin noch ein Stirnband mit einem wippenden Federbusch anpassen. Georg fand den Kopfschmuck albern. Umgehend wurde er abgestraft: Hanna schleppte ihn in die Herrenabteilung für Abendgarderobe, um ihm dort einen neuen Frack in Maßkonfektion auf den Leib stecken zu lassen.

»Warum hast du mir nichts von dieser musikalischen Veranstaltung berichtet?«, wollte er wissen.

»Weil du dann mit einem Schweizer Sanatorium gedroht hättest«, antwortete Hanna.

Der tschechische Schneider pikste Georg versehentlich.

Georg schrie »Aua!«, nörgelte erneut und war davon überzeugt, man würde ihn ohnehin nicht vermissen und seine Abwesenheit gar nicht bemerken.

Da reichte es Hanna: »Du gehst in eine Revue, die zu deinen Ehren aufgeführt wird! Wir waren nur ein einziges Mal zusammen im Theater. In der Oper. Ein Desaster. – Du kommst mit.«

Georg meckerte weiter: »Ich hasse die Ansammlung von zu vielen Menschen.«

»Du siehst großartig aus. Zu viele Menschen? Spinnst du?! Das sagt einer, der sein Leben lang Warenhäuser für die Massen gebaut hat?«

Schließlich stimmte er sogar dem kürzeren Kleid zu: »Selbst in deinem Alter kannst du ganz gut kurz tragen!«

Hanna Berger hatte es Ende der zwanziger Jahre nicht leicht mit ihrem Georg. Er fand die mühsame Vergangenheit spannender, die lustige Gegenwart abstoßend. Für die Zukunft sah er ohnehin seinen Ruin voraus. Außer seinen Immobilien sei bald alles wertlos.

Eine Stunde vor Premierenbeginn stieg er in den neuen Frack. Hanna befestigte die Knöpfe des Frackhemdes. Es waren echte Perlen. Die Manschettenknöpfe waren aus Platin. Hanna durfte sich zum kurzen Kleid den kessen Strauß aus feinen Vogelfedern aufs Haupt stülpen. Die Cocarde wippte bei jedem Schritt. Hanna drängte zum Aufbruch. Prompt drückten Georg jetzt die Lackschuhe.

Es klingelte an der Etagenwohnung Sturm.

John und Emil-Georg von Stauß standen vor der Tür. Außer Atem berichtete von Stauß, dass Georg und Hanna auf dem Weg zum Theater einige Umwege fahren müssten. Sowohl auf dem Kurfürstendamm als auch um den Potsdamer Platz herum und auch direkt vor dem Theater fänden Demonstrationen statt. Es sei auch schon zu Gewalttätigkeiten gekommen.

»Etwa wegen dieser blöden Revue?«, argwöhnte Georg.

Von Stauß beruhigte ihn: Es handele sich um die übliche Randale am Samstagabend. Kommunisten würden sich gegen die Sozialisten wenden und sie verprügeln. Beide Gruppen zusammen wären dann aber gegen die Vertreter der neuen Zeit, den Parteisoldaten des Herrn Hitler. Er empfahl, das Kurfürstendamm-Theater durch einen Seiteneingang zu betreten. Für die Sicherheit des Paares habe er mit Hilfe des Polizeipräsidenten gesorgt.

Vier Polizeibeamte auf Motorrädern gaben dem Rolls-Royce Geleit auf einer umständlichen Fahrt zum Kurfürstendamm. Georg schimpfte, es sei ein unsinniger, teurer Aufwand und schlimm genug, dass man mit Polizeischutz durch die neue Demokratie fahren müsse.

In den Hauptstraßen wüteten Kämpfe. Hanna belehrte Georg, Demonstrationen seien ein demokratisches Grundrecht. Ein wichtiges Ventil für die arme Bevölkerung, die Georg Wertheim schon lange unter dem Selbstkostenpreis in seinen Warenhäusern mit Lebensmitteln versorge.

»Wozu haben wir beide den Kreditbrief über hunderttausend Dollar? Muss ja nicht alles für Immobilien draufgehn«, antwortete Georg.

Unbemerkt erreichten sie den Nebeneingang, dann schlichen sich Hanna und Georg in die Loge. Dort angekommen, erspähte Hanna mit einem Opernglas in der ersten Reihe des Theaters alle Familienmitglieder der Wertheims. Ursula Wertheim hielt mit Dr. Höfgen Händchen. Von Stauß und eine Begleiterin saßen ebenfalls in der ersten Reihe.

Da ertönte ein lauter Gong, und der Vorhang öffnete sich.

Es war eine atemberaubende Revue. Ida Wüst spielte gleich mehrere Rollen – mal war sie Verkäuferin, mal Kundin, mal Frau Wertheim selbst. Der große Hans Albers spielte nur eine Nebenrolle, die aber mit tosendem Beifall von den Premierenbesuchern gewürdigt wurde.

Eine kecke, fast schon schnippische Dame gab in einigen Liedern einen Vamp. Sie hieß Marlene Dietrich. Ihre Darbietungen bis zur Pause wurden mit freundlichem Applaus bedacht.

Die Revue war wie ein Bilderbogen über die Wertheim-Geschäfte innerhalb eines Tages aufgebaut und hieß: *Ein Tag im Hause Wertheim in 24 Bildern*. Viel Pomp. Viel Glanz. Die Couplets sollten später zu Evergreens werden. In der Lebensmittelabteilung sang Hans Albers beispielsweise von den Vorzügen, ein Huhn zu sein. *Ich wollt', ich wär' ein Huhn*. Ein Bild spielte im Schönheitssalon bei Wertheims. Da meinten Ida Wüst und das Fräulein Dietrich, dass Wasser nicht nur zum Waschen da sei. Und die Glitzerfassade voller Pailetten und Glamour im Stil der zwanziger Jahre wurde vor der großen Pause mit vielen halbnackten, tanzenden Verkäuferinnen dekoriert. Sonst waren alle Darsteller züchtig gekleidet.

Während der großen Pause blieb Georg in seiner Loge sitzen. Er beklagte, Willi mit dem Opernglas nicht im Publikum erspähen zu können. Hanna beichtete ihm daraufhin, Willi gebeten zu haben, in der gefährlichen Samstagnacht im Kaufhaus auszuharren und mit dem Wachpersonal über die Sicherheit des Hauses zu wachen. Wieder einmal hatte sie die richtige Vorahnung.

Vor einem Nebeneingang des Kaufhauses hatten sich in der Zwischenzeit einige Demonstranten versammelt. Ein Anführer rief: »Jetzt saufen und fressen wir uns satt! Umsonst!«

Dann schlugen die Männer die Türscheiben ein und stürmten in das Haus. Es waren arme, zerlumpte Gestalten. Hungernde. Keine organisierte Aktion einer Partei.

Willi und einige Wachleute stellten sich den Männern entgegen. »Wenn ihr Hunger habt, könnt ihr so viel essen, wie ihr wollt!« Willi bekam einen Tritt in die Magengrube und ging zu Boden.

Einer der Armseligen schrie: »Wertheim-Knecht!«

Willi schleppte sich zu einem Nottelefon. Er wollte die Polizei anrufen. Als er den Hörer abhob, war die Leitung tot – keine Verbindung.

»Scheiße!«, sagte er.

Hunderte Polizeibeamte versuchten unterdessen am Kurfürstendamm, sich zwischen Kommunisten und Sozialisten zu stellen, um blutige Auseinandersetzungen zu verhindern.

Als die Hungernden gerade das Kaufhaus am Leipziger Platz stürmten, wurden im Theater Wertheims Engagement und Opfer für die arme Bevölkerung in berührenden Bildern dargestellt. Marlene Dietrich sang, nur von einem Scheinwerfer-Spot in graues Licht getaucht: *Ich weiß nicht, was soll es bedeuten, dass ich so traurig bin.*

Im Hintergrund wurde ein Prospekt angestrahlt. Auf ihm waren Antiquitäten und düstere Särge gemalt. Auch ein abgehalfterter Soldat auf Krücken trat auf und bejammerte sein Geschick. Dieser Recke sollte Kaiser Wilhelm II. darstellen. Auf der Spitze seiner Pickelhaube steckte ein Kohlrabi.

Die Revue ging zu Ende mit einem Lied über die Vor- und Nachteile der Ratenzahlung. Die Figur Georg Wertheims erschien nicht auf der Bühne. Es war eine Unterhaltungsrevue zwischen der Freude am Luxus und der Angst vor der Zukunft, durchdrungen von der Erkenntnis, dass die Welt mit Sicherheit unterginge, sollte es das Kaufhaus Wertheim einmal nicht mehr geben.

Aus der Antiquitätenabteilung hatten Männer einige Möbelstücke geschleppt und sie zwanzig Meter tief in den Lichthof geworfen. Die Möbel beschädigten den blauen Majolikabrunnen, der vor achtzehn Jahren zu Ehren Kaiser Wilhelms II. errichtet worden war. Endlich war er kaputt!

Die Presse hatte schneller als die Polizei von den Ausschreitungen bei Wertheim Wind bekommen. Magnesiumblitze durchzuckten die Nacht.

Willi hatte es trotz seiner Schmerzen geschafft, sich mit einem Wortführer zu verständigen. Er lotste die Männer in die Lebensmittelabteilung. Wachleute verteilten Tüten. Jedermann durfte so viel Essen einpacken, wie er wollte und tragen konnte.

Als endlich mehrere Polizeibeamte eintrudelten, schickte Willi sie fort. Er hatte allein die Kontrolle zurückgewonnen und wollte nicht, dass die Männer für ihren verzweifelten Hunger bestraft wurden.

Hanna hatte am Ende der Revue mitgezählt: Einunddreißig Vorhänge hatte es gegeben. Fünfundvierzig Minuten hatte der Applaus gedauert. Georg klatschte verhalten mit. Plötzlich wurde die Logentür aufgerissen, ein Logendiener reichte ihnen ein Extrablatt herein. Hanna las: *Theatersensation am Kurfürstendamm* und *Die Luft brennt*. Darunter stand: *Vandalismus bei Wertheim*.

Die Schlagzeilen waren in Schwarz-Rot auf weißem Grund gedruckt.

Entsetzt schauten sich Georg und Hanna an. John betrat die Loge und forderte seinen Dienstherrn auf, ihm sogleich zu folgen. Dr. Höfgen und Ursula waren vor die Bühne getreten. Von Stauß überreichte Marlene Dietrich einen Blumenstrauß.

Noch in derselben Nacht wurden die Türscheiben repariert, die zerstörten Antiquitäten weggeräumt und der Brunnen abgerissen. Willi hatte heimlich die nächtlichen Besucher durch die Bestattungsabteilung Mortalis zu einem Seitenausgang im Kellergeschoss geführt und sie dadurch dem Zugriff der Polizei entzogen.

Am nächsten Morgen erstattete er Hanna und Georg Bericht: »Stante pede. Von jetzt auf gleich! Keine Sozialisten oder Kommunisten! Auch nicht diese braunen Affen! Nur wütende Bürger. Traurige, hungrige Menschen. Frau Berger, wie konnten Sie das voraussehen? Wir hatten schon mehrere Einbrüche im Lager. Aber Leute, die nur Kartoffeln klauen, sind keine schlechten Menschen. Diese Menschen sind letzte Nacht wiedergekommen. Mein Bauch tut noch weh.«

Georg fand das alles unfassbar. Hanna konstatierte, dass bei jeder Revolution immer zuerst die Paläste gestürmt würden. Trotzdem verstand Georg den nächtlichen Übergriff nicht und beklagte, dass Essen, Trinken und Wohnen zu reellen Preisen doch sein Leben lang sein Geschäftsprinzip gewesen sei. Er fragte Hanna, ob er diesen Grundsatz überhaupt noch einlöse? Und wenn ja, ob das ausreiche?

Sie sah ihn an und sagte: »Die Zeit, in der man sich bei uns eine schönere Welt erträumte, ist vorbei.« Dann sang sie leise: »*Ich wollt', ich wär' ein Huhn, dann hätt' ich viel zu tun.*« Und sie fügte traurig hinzu: »Aber wir drei wissen doch ganz genau, dass es viele Menschen gibt, die sich nicht mal ein Ei leisten können.«

Willi schimpfte, es gäbe dafür aber zu viele braune Hühner, die die Kieze Berlins beherrschten und dort angeblich für Ordnung sorgten. Sie könnten das besser als die Polizei.

»Was redest du da?!«, empörte sich Hanna.

Will sprach eifrig weiter: »Diese braunen Kackstelzen haben nur ein Ziel: Sie wollen Ordnung herstellen. Sie sind keine aufgescheuchte Hühnerherde, haben aber einen Hahn, der ihnen sagt, wo's langgeht.«

Hanna fragte, wohin es denn bei denen ginge?

Eigentlich wollte Willi antworten, danach solle sie doch mal Herrn Höfgen fragen. Das sagte er aber nicht. Stattdessen meinte er: »Wohin es langgeht? Herr Wertheim, Sie sind doch schon lange kein Jude mehr. Entschuldigung, jetzt habe ich mir einen Knoten in die Zunge geredet. Schauen Sie nicht so böse, Frau Berger. Ganz ehrlich, brauchen wir wirklich über zweihundert Sorten Käse im Sortiment? Damit unsere Kunden satt werden?« Dann verließ er das Kontor, drehte sich noch mal kurz um und rief: »Dr. Höfgen trägt auch das Parteiabzeichen der braunen Hühner.«

Am nächsten Tag übergab Höfgen auf der Motoryacht Emil-Georg von Stauß die Schadensmeldung des nächtlichen Überfalls. Er betonte, dass Herr Wertheim diese Ausschreitungen nicht an die große Glocke hängen wolle, sondern sie lieber zu den Akten legte.

Ursula, die auf dem Fußteil des Deckchairs saß, fand das nicht richtig. Sie bestand auf einem Exempel: »Aber die Geldgeschäfte und Versicherungsangelegenheiten erledigst du doch für meinen Mann?«

»Manchmal. Und nur so weit mich Frau Berger gewähren lässt«, entgegnete Höfgen. Dabei blickte er von Stauß herausfordernd an.

Dieser antwortete: »Was die Politik betrifft, ist Georg absolut stur. Keinerlei Weitblick. In Geldgeschäften traut er mir auch nur begrenzt. Wir sind seit vielen Jahren Freunde und auch nach schlimmen Auseinandersetzungen Freunde geblieben. In all der Zeit hat er mir nie etwas aus seinem Leben erzählt. Aus seiner Kindheit zum Beispiel.«

Ursula schlürfte an einem Cocktail, der unter dem Namen »White Lady« in Berlin in Mode gekommen war. »Mir hat er auch nie etwas erzählt. Mich hat er nur geheiratet. Knall auf Fall.«

Ungefähr zur gleichen Zeit begab sich Georg in Begleitung von Willi in die Käseabteilung und sortierte hundertsiebzig Käsesorten aus, die in Zukunft aus dem Angebot herausgenommen werden sollten. Dem Käsedisponenten erklärte er, dass die sozialen Bedürfnisse der Kundschaft berücksichtigt werden müssten.

Danach bat Willi Georg, ihm aufs Dach zu folgen.

Als sie oben ankamen, konnte Georg erkennen, dass alle fünfzehn bis zwanzig Meter braun gekleidete SA-Männer an allen Schaufensterfronten am Leipziger Platz Mahnwache hielten.

»Sie provozieren nicht. Wachen nur. Ich denke, Dr. Höfgen will uns beschützen«, erklärte Willi.

»Und wer beschützt mich vor diesem Höfgen? Du etwa, Willi? Oder …«

»Frau Berger allemal. Sie hat nur noch keine Idee.«

Die SA-Männer standen stumm, blickten starr, taten nichts, störten aber doch den Geschäftsbetrieb durch ihre Anwesenheit.

»Unbehaglich. Mehr als unbehaglich«, brummte Georg.

Hanna hatte Georg am Nachmittag gebeten, mit ihr zusammen das Grab von Abraham und Ida Wertheim zu besuchen. Sie legte einige Steine auf die Grabplatten und verweilte in stiller Andacht. Georg lüftete den Hut und senkte den Kopf. Hanna stieß ihn in die Seite und schaute ihn mahnend an. Georg setzte den Hut wieder auf, bedeckte sein Haupt, so, wie es sich für einen Juden am Grab gehört.

Emil-Georg von Stauß hatte Hanna zuvor telefonisch gebeten, dass sie ihn zusammen mit Georg in den nächsten Tagen auf seiner Yacht zu einem kleinen Umtrunk aufsuchten. Man könne zwanglos über das eine oder andere reden. Georg willigte sofort ein. Die Mahnwache der SA-Leute ging fraglos auf Höfgens Initiative zurück. Georg empfand die Belagerung als Bedrohung.

Hanna bestärkte ihn. »Wir reden Tacheles mit Emil.«

Als sie einige Tage später auf dem Schiff ankamen, stellte Hanna fest, dass es auf der alten Motoryacht doch immer wieder schön war, und nippte am Moselwein. Dann schwieg sie.

Georg hatte sich gegen eine Reling gelehnt, schaute über den Wannsee und schwieg zunächst auch.

Von Stauß ergriff das Wort: »Nicht geredet haben wir nun lange genug und außerdem auch kaum was getrunken. Ich wollte euch um einen Gefallen bitten. Also, mein Höfgen ist ein sehr einflussreicher Mann in der NSDAP geworden …«

Georg platzte heraus: »Dann schaff mir diesen Höfgen vom Hals! Er politisiert! Sein Einfluss geht mir am Toches vorbei – am Arsch! Das hat mit seinen Intimitäten zu Ursula nichts zu tun. Emil, in meinen Vorstandssitzungen wird mehr über Politik gequatscht als über Geschäfte!«

Von Stauß erwiderte, dann solle er doch einfach auf den Tisch hauen und Hanna möge die Tagesordnung für die Vorstandssitzungen so eng gestalten, dass für politisches Geschwafel keine Zeit bliebe.

Georg schüttelte den Kopf: »Du bist herzlich zur nächsten Sitzung eingeladen. Überzeug dich selbst davon, wie dein Geld, mein Geld, unser Geld«, er deutete auf Hanna, »und Hannas Geld verwaltet wird! Und wie ich mich ständig für meine Niedrigpreis-Politik für sozial Benachteiligte auch noch rechtfertigen muss!«

Von Stauß versprach, an der Sitzung teilzunehmen. Beiläufig gestand er, sich mit fünfhunderttausend Reichsmark selber in den Reichstag als Abgeordneter eingekauft zu haben. Er betonte, heutzutage nur noch Geschäfte machen zu können, wenn man selbst in der Politik etwas bewege.

»Etwa bei den Nationalsozialisten?«, wollte Georg wissen.

Die doch nicht. Aber bei den Bürgerlichen der Deutschen Volkspartei, gab von Stauß zu.

Georg war empört: »Was bitte ist an der Politik fünfhunderttausend Reichsmark wert?!« Er überlegte. »Fünfhunderttausend Reichsmark erwirtschaften die Kartoffelbauern der Mark Brandenburg pro Ernte! Also, wenn einer über Kartoffeln reden kann, dann bin ich das. Ich verschenke sie!«

Von Stauß war verärgert. Er hielt den Vergleich für unpassend und Georg für einen Querulanten, dem weitgehend der Sinn für die Realitäten abhandengekommen war.

Hanna stand Georg bei: »Lieber Emil, stellen Sie sich mal Ihre politischen Unkosten in Kartoffelsäcken vor! Kommen leicht ein paar Zehntausend zusammen!«

Bei Zahlenspielereien hatte Georg immer Oberwasser. »Präzise dreihundertdreiundachtzigtausend Zentner Kartoffeln! So viel kostet dein Abgeordnetenmandat. Glückwunsch! Und jetzt sieh zu, wie ich diesen Höfgen loswerde.«

Von Stauß zuckte mit den Schultern und meinte nur: »Ich fürchte, da spielt meine Deutsche Bank nicht mit. Georg, ich empfehle dir nach der nächsten Vorstandssitzung einen Urlaub mit Hanna.«

9. KAPITEL

Emil-Georg von Stauß erschien tatsächlich zur nächsten Sitzung. Hanna kauerte neben Georg und führte das Protokoll. Alle saßen an einem ovalen Tisch, den Alfred Messel vor langer Zeit im Jahr 1906 für das Sitzungszimmer entworfen hatte. Die Stühle, die Tintenfässer aus Lalique-Kristall, ja selbst die Notizblöcke und die Aktenordner hatte der berühmte Architekt einst gestaltet. Stur hielt Georg an seinen mittlerweile altmodischen Accessoires fest. Die Wasserkaraffen und Gläser waren im Laufe der Jahre blind geworden. Bis auf seine Brüder Franz und Wilhelm und Hanna glaubten alle Vorstände, Georg sei verkalkt und allem Neuen gegenüber unaufgeschlossen.

Auf der gegenüberliegenden Seite thronte Dr. Höfgen neben von Stauß. Die Diskussion war von Anfang an aggressiv. Schon beim ersten Tagesordnungspunkt »Erweiterung des Zeitschriften- und Illustriertenangebots um offizielle parteipolitische Presseorgane« gab es Streit.

Die Wahrheit, Der Völkische Beobachter, Der Stürmer, der sozialdemokratische *Vorwärts* waren bei Wertheim erhältlich. Höfgen stellte den Antrag, die sozialistische und kommunistische Presse zu eliminieren.

»Das ist ein dummer Antrag. Ich bitte um Handzeichen. Während der Kaiserzeit gab es mal Pressezensur. Die wurde in der Republik abgeschafft. Und das ist auch gut so«, war Georg Wertheims Anwort.

Trotzdem stimmten alle, bis auf seine Brüder, Hanna und ihn, für den Nichtverkauf der kommunistischen, sozialdemokratischen und Zentrums-Presse. Einzig die Druckwerke der Nationalsozialisten und der Deutschen Volkspartei sollten als politisch genehm weiter verkauft werden.

Von Stauß beobachtete Georg Wertheim – dieser bekam einen hochroten Kopf.

»Als Vorstandsvorsitzender habe ich zwei Stimmen. Damit ist der Antrag abgelehnt«, erklärte Georg.

Höfgen sprang erregt auf und holte aus seiner Hosentasche eine Armbinde mit dem Hakenkreuz der NSDAP und warf sie auf den Tisch. Drei Vorstandsmitglieder trugen am Revers Goldene Parteiabzeichen der NSDAP und erhoben sich spontan. Sie grüßten die Anwesenden mit dem Hitler-Gruß. Nur von Stauß war sitzen geblieben.

»Es ist jedem meiner Mitarbeiter unbenommen, sich politisch zu betätigen. Aber wenn es um die Finanzen und um die Geschäfte in unserem Betrieb geht, lehne ich die politische Orientierung von Dr. Höfgen und seinen Kollegen ab.« Georg nahm die Tischglocke und schlug darauf.

Die Nazi-Kollegen schrien durcheinander. Auf ein kurzes Handzeichen von Stauß' setzten sie sich wieder. Von Stauß ging um den Tisch herum, stellte sich hinter Georg. Er legte beide Hände auf seine Schultern: »Deine Neutralität und Standhaftigkeit in Ehren. Aber außer dir gibt es in Berlin kaum einen Firmenchef, der sich nicht politisch betätigt. Ich habe es dir schon mal gesagt: Deine Kollegen von Tietz sind sogar mit den Sozialdemokraten verbündet.«

Georg duckte sich unter von Stauß' Händen weg, sprang auf, lief auf Höfgen zu und wischte die Nazi-Armbinde vom Tisch.

Hanna hielt die Luft an – nie zuvor hatte sie Georg so aggressiv erlebt.

Jetzt stellte sich Georg hinter Höfgen und legte seine Hände auf dessen Schultern, so dass der die Armbinde nicht vom Boden aufheben konnte.

Das sei ein Affront, brüllte Höfgen. Georg sei sträflich politisch kurzsichtig.

Georg reagierte sofort: »Kurzsichtig. Ach was! Ich gebe zu, dass ich in letzter Zeit Probleme mit meinen Augen habe. Aber wir sind ein Kollegium von verantwortungsvollen Geschäftsleuten. Meine einzigen Partner in der Politik sind die Gewerkschaften. Nur die. Sie sind meine Freunde. Selbst in Zeiten, als es der Firma schlechtging, habe ich immer vierzehn bis fünfzehn, derzeit sogar sechzehn Prozent mehr Lohn gezahlt, als es sonst in anderen Firmen üblich ist. Also erzählen Sie mir nichts von ›sozialer Gerechtigkeit‹! Oder Kurzsichtigkeit. Da sind wir Wertheims gerechter als all eure Parteien zusammen!«

Seine Brüder stimmten zu.

Hanna hatte alles mitstenographiert und meinte: »So, ich habe alle Vorgänge bis dato protokolliert. Damit ist die Sache wohl erledigt?«

Georg bedankte sich offiziell bei Hanna und löste die Versammlung auf. Er bückte sich nach der Hakenkreuzbinde und stopfte sie wie ein Kavalierstuch in Höfgens Jackentasche.

Von Stauß war sitzen geblieben und sah Georg an: »Das war ein bisschen viel Klartext heute, oder?«

Georg erklärte seinem Freund, dass ihm an Neutralität gelegen sei. An Übersichtlichkeit. So habe er es sein Leben lang gehalten: Anstand, Würde, Großzügigkeit und etwas Starrsinn.

Von Stauß entgegnete, er könne sich auf Dauer dieser nationalsozialistischen Bewegung nicht widersetzen. Höfgen habe doch auch nur das Wohl der Firma im Sinn.

»Das will ich meinen! In gewisser Weise ist er schon ein Teil der Familie. Das ist Ursulas Sache«, antwortete Georg.

Dann sprachen Hanna, Georg und von Stauß noch über die Geschäftsentwicklung der anderen großen Kaufhäuser. Von Stauß erwähnte mit leisem Vorwurf, dass Tietz und besonders Karstadt in Berlin und im ganzen Deutschen Reich expandierten und außerdem umsatzmäßig Wertheim überholt hätten.

Hanna drehte an ihren blonden Locken herum: »Ich weiß, Karstadt verfügt über einundsechzig Filialen im Deutschen Reich. Hoffentlich haben die noch den Überblick. Und die Hermann Tietz AG dreht doch auch ein viel zu großes Rad. Größe kann sehr gefährlich werden«, argumentierte sie.

Von Stauß ließ nicht locker: »Ihr müsst zugeben, Höfgen organisiert die Immobiliengeschäfte mit behutsamer Hand. Da ist er sehr erfolgreich.«

Georg winkte ab: »Er arbeitet ja auch auf Erfolgsbasis. Neben seinem Gehalt ist er an jedem Immobiliengeschäft mit zweieinhalb Prozent des Kaufpreises wie ein Makler beteiligt.«

Von Stauß fragte: »Und denkst du, er spendet das Geld seiner Partei? Vielleicht überschüttet er Ursula mit kostbaren Geschenken?«

»Eher umgekehrt«, reagierte Hanna trocken. »Ich habe bei Höfgen albern viele Schmuckringe an den Fingern gesehen. Die goldene Taschenuhr mit Brillanten ist von den Wertheim-Juwelieren persönlich hergestellt worden. Ein Vermögen hat sie gekostet! Und das sind alles Geschenke von Ursula! Liebesgaben.«

Von Stauß musste lachen: »Ein eitler Pfau! Soll das etwa heißen, deine Ursula stattet zum Selbstkostenpreis meinen Dr. Höfgen mit Pretiosen aus eurer Herstellung aus? ... Mir hat noch nie eine Frau etwas geschenkt.« Von Stauß wunderte sich voller Neid.

Nach diesen Tagen voller Strapazen lechzte es Hanna nach Seeluft. Sie verfrachtete Georg auf ein verlängertes Wochenende nach Zinnowitz, um aufzutanken. Für die wenigen Tage nahmen sie wieder unglaublich viel Gepäck mit. Georg benötigte zwölf Hutschachteln und vier Schrankkoffer. So viel passte nicht in einen Rolls-Royce. Es wurde mit der Bahn vorausexpediert.

Hanna reichten zwei Koffer. Sie sagte ihr übliches Sprüchlein auf, wenn es auf Reisen ging: »Reine Seide, reine Freude. Verpackt sich leichter. Und so viele Füße, um derartig viel mit mir rumzuschleppen wie du, habe ich nicht.«

Der Rezeptionist in Zinnowitz begrüßte die berühmten Gäste. Neben dem älteren Herrn stand ein jüngerer Mitarbeiter, der das Abzeichen der NSDAP am Revers trug und sich betont distanziert zurückhielt. Der Rezeptionist musste ihn sogar anknuffen und ihn mit einem bösen Blick darauf hinweisen, diese Gäste besonders zuvorkommend zu behandeln. Herr Wertheim sei seit Jahrzehnten Stammgast.

Der junge Nazi reagierte ungehalten: »Schnösel, dummdreister du.«

Hannas Augen wurden sofort zu kleinen Schlitzen. Da sie zufälligerweise einen roten Seidenschal um den Hals trug, wedelte sie nach kurzem Überlegen mit diesem vor dem Gesicht des Nazis herum und trompetete: »Rotfront – der Arsch ist blond!«

Der Angestellte flüchtete.

Hanna band sich den Schal wieder um und war sehr mit sich zufrieden.

Nicht so Georg: »Bist du wahnsinnig, Hanna?!«

»Mir war plötzlich danach.«

Der alte Rezeptionist kriegte den Mund nicht mehr zu.

»Dann unterlass das in Zukunft bitte!«

»Einen braunen Seidenschal werde ich nie tragen. Braun steht mir nicht!«, freute sich Hanna. Sie war stolz auf sich und darüber hinaus auch wütend.

Georg trat ihr sanft auf den rechten Fuß und fragte, was denn der Wetterbericht so vorhersage?

»Aua«, sagte Hanna leise. »Es wird wie immer schönes Wetter geben, Sonne die ganze Zeit. Möglicherweise mit geringfügiger Wolkenbildung. Also stellenweise Regen. Nicht?«, bemerkte Hanna lächelnd.

Georg lachte nun mit.

Am nächsten Tag goss es in Strömen. Georg und Hanna trotzten, in bodenlange Burberry-Mäntel gehüllt und unter einem großen Schirm, dem schlechten Wetter. Sie gingen über den Steg bis zur tobenden Ostsee. Georg drückte Hanna fest an sich.

»Herrlich, herrlich, herrlich!«, freute sich Hanna.

Dann spazierten sie wieder zurück. Auf der menschenleeren Promenade trampelte Georg übermütig durch eine dicke Pfütze.

»Liebster, trag mich bitte rüber. Aber heb dir keinen Bruch«, forderte ihn Hanna auf.

Georg war zwar älter geworden, aber körperlich keineswegs schwächer. Er patschte durch die Pfütze zurück und trug Hanna ungefähr zehn Meter durch den Regen. Dann ging ihm doch die Puste aus.

Während die beiden sich den Rest des Tages im Bett amüsierten, schien in Berlin die Sonne. Auf dem Kaufhausdach waren Hakenkreuzfahnen aufgezogen worden. Nur wenige Kunden besuchten das Kaufhaus. Die meisten Menschen strömten zum Potsdamer Platz, um Adolf Hitler zu lauschen. Oben auf dem Dach hörte man das Gequäke einer schlechten Lautsprecheranlage, die das Gebell Hitlers übertrug. Zehntausende Braunhemden hingen an seinen Lippen. Viele Männer zierte das gleiche alberne Bärtchen des Führers. Ein Polizeikordon von mehreren Hundert Polizisten war aufgezogen und darum bemüht, eine Gegendemonstration von Kommunisten und Sozialisten zu verhindern.

Dr. Höfgen war nicht bei seinem Führer. Er stand neben Willi auf dem Kaufhausdach und schaute zum Potsdamer Platz rüber. Während Georgs und Hannas Abwesenheit hatte Höfgen befohlen, riesengroße Hakenkreuzfahnen auf dem Dach aufzuziehen. Während er begeistert den Worten des Führers zu lauschen versuchte, schlug ihm eine der Flaggen ins Gesicht. Das tat weh. Minderte aber seine Begeisterung nicht. Willi stand hinter Höfgen und bekam vor Wut Magenschmerzen. Höfgen haute ihm kräftig auf die Schulter, ballte seine Faust zum Sieg und erhob den Arm zum Hitler-Gruß.

Willi floh schnell vom Dach, ging in sein Büro und rief die Hotelpension in Zinnowitz an. Es wurde ihm mitgeteilt, dass die Herrschaften infolge eines plötzlichen Wetterumschwungs an den Strand gegangen seien, um sich der unerwarteten Sonne auszusetzen. Der Rezeptionist fragte, ob er etwas ausrichten könne. Ausrichten könnte er nichts. Willi bat ihn um eine Gefälligkeit.

Hanna und Georg waren mit den ersten Sonnenstrahlen zu einem Strandkorb geeilt, genossen das schöne Wetter. Plötzlich drückte Georg Hanna ganz eng an sich und barg ihren Kopf an seine Schulter und streichelte ihr über das Haar.

»Wie konntest du es mit mir nur so lange aushalten?«

»Das frage ich dich!«, konterte Hanna.

»Bin ich verkalkt? Altmodisch? Ein ignoranter Idiot?«

»Ja«, bestätigte Hanna. »Aber genau das ist ein großer Vorteil in diesen unsicheren Zeiten. Einzig du allein und dein Unternehmen sind ein Garant für Beständigkeit.«

Zwei Stunden später saßen sie im Rolls-Royce und rasten zurück nach Berlin. Ein Page des Hotels hatte ihnen auf Bitten von Willi die neuesten Tageszeitungen zum Strandkorb gebracht.

Georg konnte aufgrund seiner schlechten Augen kaum noch lesen. So las ihm Hanna vor: »*ADOLF HITLER – REDE FÜR DEUTSCHLAND. ZUKUNFT OHNE JUDEN*«.

Sie starrte entsetzt auf die Schlagzeile. Georg faltete noch ein Telegramm auseinander und hielt es dicht vor seine Augen. Er konnte es dennoch nicht entziffern. Er schimpfte mit sich und klagte, dass er bald gar nichts mehr lesen könne, und reichte es an Hanna.

Sie schaute ihn besorgt an und las vor: »*Dr. Höfgen hat Ihren Schreibtisch eingenommen. Stopp. Hat Flaggenparade für Hitler angeordnet. Stopp. Flaggenmeister entlassen. Stopp. Ich wurde vom Doktor abgemahnt. Kündigung droht. – Willi.*«

Hanna und Georg schwiegen sich im Auto an. Nervös nahm Hanna einen Schluck aus dem Becher einer Thermoskanne. Sie verschluckte sich und hustete so nachhaltig, dass Georg ihr vorsichtig den Rücken klopfte. In der anderen Hand spielte er mit der silbernen Taschenuhr mit der Miniatur von Hugo.

»Schatz, hab mich nur verschluckt. Das hört bald auf.« Nach einer Weile hustete sie nicht mehr.

Auch aus dem *Völkischen Beobachter* las sie vor: »Da bitte, hier steht's: *Sogar der Jude Wertheim hat sich der Bewegung angebiedert und sein Haus mit unseren heiligen Fahnen geschmückt! Doch deutscher Geist und deutscher Mut lassen sich nicht täuschen. Kein Hosianna für jüdische Ausbeuter. Warte nur, Wertheim!*«

Georg war außer sich vor Wut. »Ich werde den Höfgen mit einem Tritt in den Toches entlassen. Dann soll Ursula ihn zum Kartoffelernten in Saßleben einstellen!«

Dazu sei es schon zu spät, meinte Hanna leise.

Georg feuerte Höfgen direkt nach seiner Rückkehr, unter Einhaltung der gesetzlichen Frist. »Die dreimonatige Kündigungsfrist werden Sie vermutlich bei meiner Frau Ursula auf Gut Saßleben verbringen?«

Höfgen grinste und nahm das Entlassungsschreiben Georgs in die Hand. »Wie rührend. Ich werde auf Empfehlung des Herrn von Stauß als Aufsichtsratsvorsitzender zurückkehren. Sicher! Hierher! Nicht an Ihrem Schreibtisch sitzen und nicht in Ihrem Vorstand herumhängen, sondern als Wächter über Ihre Machenschaften das Sagen haben. Dagegen werden Sie nichts ausrichten können. Spätestens in drei Monaten schau ich Ihnen auf die Finger! Heil Hitler!« Er verschwand aus dem Büro.

Hanna hatte alles aus der Teeküche mitgehört. »Du musst sofort mit von Stauß reden.«

Georg winkte ab und bat Hanna, endlich an ihrem Schreibtisch wieder Platz zu nehmen und ihm die Umsatzzahlen während der kurzen Abwesenheit mitzuteilen. Wie seit vielen Monaten waren die Umsätze gestiegen.

»Bleibt alles beim Alten. Unsere Umsätze steigen und die Arbeitslosigkeit in der Bevölkerung auch. – Grotesk, nicht?« Hanna blickte ihn an.

»Schwanengesang. Das Ende.« Georg betrachtete die Miniatur in seiner Uhr und sagte: »Ich möchte gerne die Menora von Bloomingdale im Büro aufstellen. Was meinst du? Oder?«

Hanna nickte. »Dein Sohn Albrecht soll übrigens im Haus sein. Hat mir Willi verraten.«

»Wohl in der Autoreparaturwerkstatt? So, wie er es immer tut, wenn er bei uns in Berlin ist. Zum Teufel noch mal! Wieder nur als Monteur? Nicht als Praktikant im Vertrieb oder der Disposition? Ich gehe zu ihm. – Wenn Willi vorbeikommt, trink mit ihm eine ›White Lady‹.«

Hanna bat Georg, Albrecht keine Szene zu machen: »Georg, dein Sohn lebt seinen Traum voller Autos und Technik. Zeig nicht deine Enttäuschung darüber. Bitte.«

Georg versprach es.

»Albrecht, ich bräuchte einen Sohn, der mir im Büro hilft. Und in der Verwaltung. Bei den Geschäften«, bedrängte der Vater seinen Sohn dann doch.

»Ein solcher Sohn bin ich aber nicht«, entgegnete Albrecht und bat den Vater, »ernenn mich doch bitte zum Leiter der Kfz-Betriebe!«

»Mein Erbe als motorenölverschmierter Schraubenmonteur? Na gut, Albrecht, wenn es das ist, was du willst, dann sollst du es haben. Ich wünsche dir viel Glück!« Wertheim fand sich damit ab.

Nur eine Woche später unterzog er sich der Staroperation an beiden Augen. Eine Woche lang blieb er, mit Hamamelis-Kompressen bedeckt und von drei handfesten Spreewälder Damen sowie seinem italienischen Diener bewacht, im Bett. Licht durfte nicht an seine Augen dringen. Alle Fenster waren verdunkelt.

Hanna ließ die Menora währenddessen im Büro nicht ausgehen und verwaltete den Betrieb. In dieser Woche flogen einmal antijüdische Hakenkreuz-Flugblätter von der Balustrade des mittleren Lichthofes und verfingen sich in der Plastik ›Die Arbeit‹.

Dann endlich entwischte Georg seinen Wächtern. Er erschien im Büro.

»Hanna, jetzt mach mir nicht den Vorwurf, ich hätte zu lange mit der Operation gewartet«, begrüßte er sie.

»Ist doch alles gutgegangen, mein Sonnenschein!« Sie stand auf, ging zu ihm und küsste ihn auf den Mund. Dann zog sie sofort die Brokat-Übergardinen vor die Fenster.

Zur Feier seiner Genesung bestellte sich Georg eine Flasche Coca-Cola, die wieder im Sortiment aufgenommen worden war und mit großflächigen emaillierten Werbetafeln in ganz Berlin beworben wurde. Darauf waren halbnackte Frauen abgebildet, die auf einer Coca-Cola-Flasche ritten. Als man Georg ein Glas Coca-Cola brachte, schmeckte es ihm dennoch nicht. Er überlegte, auf White Lady oder Gin Tonic umzusteigen.

Plötzlich flog die doppelflügelige Bürotür auf. Höfgen stürmte ins Chefzimmer. Er schaltete das Licht an. Georgs Augen schmerzten. Er hielt sich den rechten Unterarm vor die Augen. Höfgen brüllte Hanna an, sie möge ihm auf der Stelle ein angemessenes Büro für seine Tätigkeit als Aufsichtsratsvorsitzender herrichten lassen! Er wünschte Georg gute Besserung und war wieder weg.

Hanna löschte das Licht und umarmte Georg. »Auf von Stauß kannst du nicht mehr zählen.«

Höfgen bekam innerhalb weniger Tage sein Büro und stattete es mit Hirschgeweihen vom Gut Saßleben und mit den Köpfen der von ihm selbst totgeschossenen Wildsäue aus. Auf dem Schreibtisch drapierte er viele Fotos von sich und Ursula Wertheim.

Zwei Wochen später ließ Georg sich von Prof. Orlik malen. SA-Leute stürmten währenddessen das Kaufhaus.

Emil Georg von Stauß traf sich zur gleichen Zeit mit Adolf Hitler, Erich Röhm, Joseph Goebbels und Hermann Göring auf seiner Yacht.

Wenig später beendete von Stauß den SA-Spuk im Kaufhaus und zwang Georg Wertheim, eine Abtretungserklärung an seinen Eigentumswerten zugunsten seiner Frau Ursula zu unterzeichnen.

Georg reiste daraufhin nach Saßleben und unterschrieb gemeinsam mit seiner Frau eine endgültige Ausfertigung. Er war als Firmenchef entmachtet. Es gab einen Zusatz, dass er »aus Altersgründen« zugunsten seiner natürlichen Erben, wie Ursula und seinen Kindern, schon zu Lebzeiten auf sein Vermögen verzichtete.

Nach 1933 war ihm bis 1935 gestattet, mit Hanna täglich sein Büro zu betreten. Er durfte weiterhin, wie von Stauß ihm freundlich versicherte, die Geschäfte der Wertheim AG als Berater beobachten. Mehr nicht!

Hanna und Georg erhielten dafür ein üppiges Gehalt. Geldanweisungen, Verhandlungen mit Lieferanten durften die beiden nicht mehr ausführen.

1935 traten in Nürnberg die Rassengesetze in Kraft. Seit 1933 flatterte über allen Wertheim-Kaufhäusern die nationalsozialistische Hakenkreuzfahne. Eines Morgens verteilten Zeitungsjungen auf allen Berliner Straßen Extrablätter des *Völkischen Beobachters* mit der Schlagzeile: *Nürnberg: Endlich Gesetze gegen die Juden.*

Zu diesem Zeitpunkt befand sich Georg Wertheim auf der Rückfahrt von Saßleben nach Berlin. Ihm ging es elend, alle seine Anteile waren an seine Frau und seine Kinder übertragen worden. Georg ließ die Trennscheibe zwischen John und sich hochfahren. Wie ein Film lief sein Leben vor ihm in der Erinnerung ab. In seinen Schläfen pochte es.

»Hep, hep!« Georg Wertheim lachte bitter. Er übersetzte leise: »Hierosolyma est perdita.«

1935 waren ihm nur noch Hannas Liebe und die Nachsicht seines besten Freundes Emil-Georg von Stauß geblieben.

Einen Tag nach Verkündigung der Rassengesetze packten Lageristen im Büro den gesamten persönlichen Besitz von Hanna und Georg sowie alle Unterlagen und Utensilien zusammen und trugen sie hinaus. Dr. Höfgen und von Stauß prüften gewissenhaft alle Dokumente, die Hanna eingepackt hatte. Höfgen überwachte den Transport und kniff Hanna vertraulich in die Wange. Am liebsten hätte Hanna ihm eine Ohrfeige verpasst. Sie bewahrte Haltung.

Mit einem dezenten Winken verabschiedete sich von Stauß. In der Tür machte er doch noch eine theaterreife Verbeugung. Weg war er.

»Ich soll Ihnen auch im Namen des Herrn von Stauß versichern«, sagte Höfgen, »dass Sie und Ihr Lebenspartner, Herr Wertheim, völlig unbehelligt und ausgestattet mit einer erklecklichen monatlichen Summe, ein zufriedenes, ruhiges Leben führen dürfen.«

»Großartig, Sie Gigolo!«, fauchte Hanna.

»Ich muss Sie darauf aufmerksam machen, dass Sie beide keine deutschen Staatsbürger mehr sind. Die Einschränkungen Ihrer Glaubensgenossen werden Sie dennoch nicht beeinträchtigen. Von Stauß nimmt das auf seine Kappe. Ich sage nur: Chapeau! Ihre feudale Wohnung wurde auch von meinen Mitarbeitern bereits aufgelöst. Sie wurde von Ihnen auf Firmenkosten bewohnt. Welchen Mitarbeiter Ihres Vertrauens darf ich Ihnen an die Seite stellen, um Sie beim Transport zu begleiten?«

Hanna sagte: »Nur Willi. Sonst keinen!«

Höfgen drehte sich lachend um die eigene Achse: »Mit Vergnügen!« Dann betätigte er einen Knopf der Gegensprechanlage und befahl: »Frau Berger wünscht Willi, ja, DEN Willi, zu sprechen.«

»Willi wird gleich kommen.«

Willi stand in der geöffneten Bürotür. Er trug eine SS-Uniform und salutierte. »Zu Ihrer Verfügung, Frau Berger!«

Hanna zuckte zusammen. Unglaube und Entsetzen, aber auch Sprachlosigkeit machten sich in ihr breit.

Das Inventar ihrer Wohnung war von Mitarbeitern abgeholt und in Ida Wertheims Villa geschafft worden. Den Inhalt der beiden Tresore, Bargeld und Hannas Schmuck sicherte Willi. In zwei Reisetaschen trug er die Wertsachen persönlich aus dem Haus und übergab sie Hanna.

Es war schon Abend, als sich von Stauß und Georg in der Wohnküche von Ida trafen. Jeweils am Kopfende des Marmortisches standen sich die beiden Männer gegenüber.

Von Stauß sagte: »Wir bleiben Freunde. Ich kann für deine und für Hannas Sicherheit garantieren. Auch eure gemeinsame Zukunft.«

»Und was, Emil, dürfen wir in Zukunft noch tun?« Georgs Stimme zitterte.

»Fast alles«, erklärte von Stauß. Sein Freund könne mit Privilegien weiterleben, die sonst keinem einzigen Juden in Deutschland gestattet seien. Allerdings unter einer Bedingung.

Georg goss sich ein Glas Kümmelschnaps ein. »Welche Bedingung? Lass mich raten. Sie betrifft Ursula, richtig?«

»Mag dein Körper auch schwächeln, dein Verstand ist messerscharf. Ja, die Bedingung lautet, du lässt dich umgehend von Ursula scheiden. Dann ist sie auch juristisch die alleinige Rechtsnachfolgerin der Abraham Wertheim AG.«

Das also sei die Bedingung, damit der Wertheim-Konzern bestehen bleibe, folgerte Georg richtig.

Von Stauß antwortete: »Versteh doch, Georg, wenn die Wertheims nicht mehr in der Geschäftsleitung sitzen, wird sich die Wut des neuen deutschen Volkes nicht gegen unser neues Unternehmen richten. Da bin ich mir sicher!«

»Vielleicht wird Ursula irgendwann auch noch Höfgen heiraten! Ist alles möglich, oder?«

Von Stauß belustigte Georgs frivoler Gedankengang. Es könne aber ein Funken Wahrheit darin stecken. Er betonte, darauf bestehen zu müssen, dass Georg und Hanna sich im Haus der Ida Wertheim aufhielten. Er selbst habe das Anwesen privat erworben und stelle es aus Freundschaft zur Verfügung.

»Auch deine Limousine kannst du benutzen. Und sofern John den Mut dazu hat, darf er dir auch als Chauffeur dienen. Ich habe alles Nötige möglich gemacht«, schmeichelte von Stauß.

»Es braucht viel Mut, zu mir zu stehen. Nicht wahr? Für deine Großherzigkeit muss ich mich bedanken«, sagte Georg bitter.

»Vielleicht riskiere ich sogar meinen Kopf … wohl wahr. Um deine persönliche Sicherheit wird sich Sturmbannführer … na, du weißt schon wer, dein Willi – bemühen.«

Willi war nicht übergelaufen, sondern mitgelaufen, um seine Arbeit bei Wertheim fortsetzen zu können. Willi setzte sich selber an das Steuer des Lkws und fuhr, mit Hanna auf dem Beifahrersitz, über den Kiesweg zu Ida Wertheims Villa.

Als sie das Haus betraten, hörten sie aus dem Salon Herrn von Stauß sagen: »Georg, ich werde dir Sicherheiten und Annehmlichkeiten gewähren, die keinem Juden mehr zustehen. Weiterleben im Wohlstand – das ist mein Geschenk für dich.«

Hanna und Willi gingen ins Haus. Hanna stellte die beiden Reisetaschen auf den Boden.

Willi hatte sie ihr persönlich überreicht und gesagt: »Habe ich aus dem Tresor genommen – vielleicht Ihre Zukunft.«

Sie gingen zu Georg und von Stauß in die Küche. Hanna wurde plötzlich übel.

Von Stauß beendete soeben seine Anweisungen für Georgs und Hannas Zukunft: »Den gesellschaftlichen Kontakt zu dir muss ich allerdings einstellen. Obwohl Hanna persönlicher Besitz nicht mehr zusteht, habe ich auch ihren Kram aus eurer gemeinsamen Privatwohnung gerettet. Also, das wär's. Hab ich noch etwas vergessen?«, fragte er Willi.

Willi keuchte. Es fiel ihm schwer zu reden: »Herr Wertheim, Frau Berger, einmal monatlich können Sie sich frei über die Stadtgrenzen Berlins hinaus in Ihrer Limousine bewegen. Sie reisen doch so gerne.« Dann grüßte er militärisch und verließ die Wohnküche.

Als von Stauß sich auch verdünnisieren wollte, stellte sich Georg ihm in den Weg. »Und wann, bitte schön, lasse ich mich von Ursula scheiden? Gibt es da auch schon einen Termin?« Er folgte von Stauß in Idas alten Salon.

Von Stauß winkte ab und meinte, die Formalitäten für die Scheidungsbedingung würden nur Aufsehen erregen. Dann legte er seine Hände auf Georgs Schultern: »Offiziell gibt es euch gar nicht mehr.«

Vor dem Salon wartete noch Willi. Als er den letzten Satz von Stauß' hörte, rannte er in den Salon und salutierte: »In Zukunft werde ich auf Sie aufpassen! Hab ich das richtig verstanden und gesagt, Herr von Stauß?«

Von Stauß tätschelte Willi die Wange: »Deine Ehre ist Treue. Und ein bisschen davon sollte für unseren Freund Georg Wertheim und die Berger übrig bleiben.« Er legte den Zeigefinger zum Zeichen der Verschwiegenheit auf die Lippen.

Einige Wochen richteten sich Hanna und Georg, so gut es ging, in der riesigen Villa ein. Die Möbel von Ida Wertheim waren noch vorhanden. Immerhin wurde das Schlafzimmer aus Hannas Wohnung herübergeschafft. Georg und Hanna konnten weiter auf ihrer gewohnten Matratze schlafen. Sich zärtlich streicheln. Jeden Abend setzten sie sich auf die Bank am Fußende des Bettes und entzündeten die Menora auf einer Kommode. Der Herbst ging zur Neige. Draußen wurde es winterlich. Hanna und Georg lagen nebeneinander im Bett. Die Menora brannte.

Eines Abends sagte Georg: »Meine Zeit ist abgelaufen. Liebste, du musst weiterleben. Richtig leben. Weit weg. Wir müssen uns trennen. Jetzt. In diesem Monat noch. Du musst raus aus Deutschland. Auch wenn viele Tausend Meilen zwischen uns liegen, werden wir zusammenbleiben. Liebste, ich habe nicht mehr die Zeit, noch lange meinen Erinnerungen nachzuhängen. Aber du.« Unter dem Kopfkissen zog er ein Ticket für einen Überseedampfer hervor. Er hielt es Hanna hin.

Sie sah schockiert aus: »One-way-Ticket nach Amerika? Ab Bremerhaven?« Sie widersprach: »Auf keinen Fall! Ich lass dich nicht allein. Niemals!«

Doch Georg antwortete: »Wenn du mir morgens nicht hilfst, komm ich kaum noch allein aus dem Bett. Seitdem ich nicht mehr arbeite, baue ich ab. Nein, du fährst! Das Schiff legt morgen Nachmittag ab. Wie du weißt, darf ich nur einmal im Monat mit der Limousine die Berliner Stadtgrenze überfahren.«

»Nein, auf keinen Fall!« Hanna schüttelte energisch den Kopf.

»Hep, hep!«, erhob Georg seine Stimme, stand auf und begann sich anzukleiden. Heimlich hatte er mit Hilfe seiner einzigen verbliebenen Spreewälderin Hannas Habseligkeiten gepackt. »Ich möchte jetzt nicht mehr mit dir diskutieren.« Dann zog er unter dem Bett eine große Reisetasche hervor. Sie war sehr schwer.

»Man wird dich in Bremerhaven beim Einchecken nicht kontrollieren. Besonders nicht diese Tasche. Wie sagte man früher immer bei den Juden? Dein Fluchtvermögen … Sogar einige Goldknöpfe von Onkel Wolff sind dabei. Du wirst ein neues Leben in Amerika beginnen. Dort immer an mich denken. An die Vergangenheit! Bitte nicht an das, was von mir übrig geblieben ist.«

Erneut schüttelte Hanna den Kopf. Tränen liefen ihr übers Gesicht. Sie wollte sich nicht von Georg trennen und wusste doch, dass er recht hatte.

Georg sagte nur: »Doch!«

Sie zog ihn zurück ins Bett, legte ihren Kopf auf seinen Schoß und weinte.

Georg tröstete sie mit den Worten, dass man ihm möglicherweise die Post aus Amerika aushändigen werde. Er bat sie, sich reisefertig zu machen. Vor ihrer letzten gemeinsamen Nacht.

Hanna seufzte, stand langsam auf, begab sich ins Badezimmer und sprach, während sie sich die Zähne putzte:

»Ins Judenkaufhaus geh'n wir nicht,
die Mutter zu dem Kinde spricht.
Nur deutsche Waren kaufen wir.
Mein liebes Kind, das merke dir.«

Sie warf den Zahnputzbecher wütend auf den Boden.

In aller Frühe saß John hinter dem Steuer des Rolls-Royce. Neben ihm in SS-Uniform Willi und im Fond Georg und Hanna. Es war neblig grau, fast winterlich. Sie fuhren ein letztes Mal zusammen durch die Straßen Berlins.

Hanna sang:

»Nur das, was deutsche Hand geschafft,
durch deutschen Fleiß und deutsche Kraft,
soll'n deutsche Frauen kaufen.
So wollen wir nun laufen.«

Sie hielt sich die Hand vor den Mund und weinte.

Georg legte ihr eine Hand auf die Schenkel.

Nach stundenlanger Fahrt erreichten sie Bremerhaven.

Hanna passierte anstandslos den Check-in-Schalter einer internationalen Reederei. Die deutschen Zollbeamten durchsuchten zwar ihr Reisegepäck, nicht aber die Reisetasche mit ihren Wertsachen: Darin befanden sich Schmuck und Bargeld im Wert von etwa dreitausend Dollar.

Willi hatte die Tasche unter den Arm genommen und war einfach am Zolltisch vorbeimarschiert und hatte sie Hanna ausgehändigt.

Hanna und Georg umarmten und küssten sich. Zum Abschied überreichte Hanna ihrem Georg das silberne Zigarettenetui, das Ida benutzt hatte, als sie mit achtundachtzig Jahren, kurz vor ihrem Tode, anfing zu rauchen.

Gegenüber vom Kai war ein riesiges Werbeplakat der Abraham Wertheim AG aufgestellt. Die internationalen Gäste sollten glauben, in Deutschland sei noch alles beim Alten.

»Hurra! Noch kleben wir ja hier rum, wir Wertheims!« Georg versuchte, fröhlich zu klingen. Es misslang.

Hanna umarmte ihn und wollte sich beherrschen, um sich und ihm den Abschied nicht noch schwerer zu machen. Am liebsten wäre sie ins Hafenbecken gesprungen.

»Was soll ich ohne dich machen?«, schluchzte sie.

»Leben. Weit weg. Herr Bloomingdale wird dir helfen. Ich mach es mir noch ein wenig bei Mutter Ida gemütlich – bis es nicht mehr geht.« Er sah sie zärtlich an.

Hanna ging über die Gangway an Bord. Ein Steward trug ihr Gepäck und eine Stewardess die Tasche mit den Wertsachen.

Georg winkte ihr zum Abschied lange nach. Willi stand unten an der Gangway, stellte sich an Georgs Seite und winkte ebenfalls. Er hatte Tränen in den Augen. Auch John konnte sie nicht mehr halten. Willi ergriff die Hand seines Wohltäters und sagte, er wisse, wie dieses blöde Gedicht oder Lied weiterginge:

»So woll'n wir nun laufen
ins Haus der deutschen Waren,
wo wir auch mehr ersparen,
weil billig alles ist und echt.
Beim Juden aber kauft man schlecht.
Drum merke, was die Mutter spricht:
Bei einem Juden kauft man nicht.«

Willi hatte leise gesungen und Georg dann zurück in den Rolls-

Royce begleitet. Die Gangway wurde hochgezogen. Die Schiffssirenen ertönten. Abschied.

Am Silvestertag, dem 31. Dezember 1939, starb Georg Wertheim im Alter von zweiundachtzig Jahren unter dem Schutz von Emil-Georg von Stauß in der Villa seiner Mutter Ida.

Hannas Briefe erreichten ihn nie.

Ursula heiratete Höfgen und wurde mit ihm unglücklich. Zum Schluss auch noch arm.

Hanna bewarb sich bei der Firma Bloomingdale in New York um eine Arbeitsstelle. Nach einer Probezeit von drei Monaten wurde sie Chefin der Warendisposition für europäische Luxusgüter. Sie kaufte und verkaufte Luxus für alle nur zum Festpreis. Im Alter von siebzig Jahren zog sie sich aus dem aktiven Geschäftsleben zurück, beteiligte sich an einer Kunstgalerie und wartete bis zu ihrem Tode täglich zwölf Stunden lang auf Kunstfreunde, die sich für Avantgarde erwärmen konnten.

Es ist nicht bekannt, wann und ob sie überhaupt je gestorben ist.

ANMERKUNG DER AUTOREN

Ein Paradies für alle ist ein Roman, wenn auch viele Figuren, wie Georg Wertheim und seine Familie, tatsächlich gelebt haben. Wir haben uns bemüht, die Stimmungen der Zeit so genau wie möglich einzufangen, doch für die Dramaturgie des Romans haben wir uns einige Freiheiten genommen.

DANKSAGUNG

Unser besonderer Dank für die Hilfe an unserer Arbeit gilt:

Claudia Winkler, die das Buch redigiert hat.

Heike Weidler, die Wort für Wort aufgeschrieben hat.

Bettina Haskamp
Hart aber Hilde

Roman | 288 Seiten | Klappenbroschur | ISBN 978-3-547-71171-4

Keine Gnade für Klaus-Dieter. Heute will ich seinen Kopf!

Pia hat alles, was eine Frau nicht braucht: Schulden, drei Jobs, einen pubertierenden Sohn, einen ekelhaften Chef und einen fatalen Hang zu den falschen Männern. Natürlich würde sie lieber heute als morgen ihr Leben ändern – aber wie? Bei einer ihrer Chaos-Aktionen fährt Pia eine alte Dame um. Ausgerechnet Hilde wird der Schlüssel zu ihrem neuen Glück.

Herzzerreißend komisch. Der neue Bestseller von Bettina Haskamp.

Alice Castle
Schokoherz

Roman | Aus dem Englischen von Julia Walther
480 Seiten | Softcover | ISBN 978-3-547-71153-0

Männer oder Schokolade –
was macht Frauen wirklich glücklich?

Endlich bekommt Bella das Angebot ihres Lebens. Sie beginnt in einem kleinen Laden in Brüssel als Chocolatière zu arbeiten. Die süße Leidenschaft bestimmt ihr Leben, doch Schokolade allein hat noch keine Frau glücklich gemacht. Denn auch ihre Liebe zu Tom stellt eine zarte Versuchung dar. Bringt er sie schließlich zum Dahinschmelzen?